Knaur.

Im Knaur Taschenbuch ist von der Autorin bereits erschienen:
Das Schokoladenmädchen
Der Kuss des Schokoladenmädchens

Über die Autorin:
Katryn Berlinger hat Literatur- und Musikwissenschaft studiert und in einem Schallplattenunternehmen in Hamburg gearbeitet. Einige Jahre später tauschte sie dann den Beruf gegen ihre Familie ein. Heute lebt und arbeitet sie als Schriftstellerin in Norddeutschland. Ihr Roman »Das Schokoladenmädchen« war ebenso wie der Nachfolger »Der Kuss des Schokoladenmädchens« ein großer Erfolg.

Katryn Berlinger

Die Muschelsammlerin

Roman

Knaur Taschenbuch Verlag

Besuchen Sie uns im Internet:
www.knaur.de

Originalausgabe Juli 2010
Copyright © 2010 by Knaur Taschenbuch.
Ein Unternehmen der Droemerschen Verlagsanstalt
Th. Knaur Nachf. GmbH & Co. KG, München
Alle Rechte vorbehalten. Das Werk darf – auch teilweise –
nur mit Genehmigung des Verlags wiedergegeben werden.
Redaktion: Ilse Wagner
Umschlaggestaltung: ZERO Werbeagentur, München
Umschlagabbildung: Margetson, William Henry (1861–1940)
Private Collection/Bridgeman Berlin
Satz: Wilhelm Vornehm, München
Druck und Bindung: CPI – Clausen & Bosse, Leck
Printed in Germany
ISBN 978-3-426-50586-1

2 4 5 3

*»Ein ganz klein wenig Süßes
kann viel Bitteres verschwinden machen.«*
(Francesco Petrarca)

*»Süßes Verlangen –
flüchtig wie die Schaumblase des Meeres
salzig seine Perlen der Begierde,
Perlen der Lust.«*
(frei über Aphrodite)

Kapitel 1

Seit Stunden trieben schwere Regenwolken über das Meer. Von Nordosten wühlte ein kalter Wind die See vor der Küste Heiligendamms auf, jagte schäumende Wellen an den Strand. In ihnen rieben sich Kiesel aneinander, und die Wellen schoben sie raschelnd im immer gleichen Rhythmus auf und ab. Zwischen ihnen schimmerten Mies- und Plattmuscheln, Tang und Krebse. Seemöwen jagten über sie hinweg. Das Tosen des Meeres übertönte ihr Geschrei. Kein vertrauter Laut war hier in der sichtgeschützten Bucht unterhalb des Steilufers zu hören, weder das Flattern der Fahnen an der Seebrücke und auf den Dächern der großherzoglichen Sommerresidenzen noch das Stampfen der Turbinen der Ausflugsdampfer, weder Walzerklänge noch Marschmusik.

Alles lag fernab, nur dieser Wall aus legendenumwobenen Steinen, die das Meer einmal vor langer Zeit aufgeschichtet hatte, verband Lilly Alena Babant noch mit ihrem früheren Leben.

Sie fror, war erschöpft, ja geradezu benommen vom unaufhörlichen Schlag der Wellen. Ihre blonden Locken flatterten um ihr bleiches Gesicht. Haut und Kleider, so kam es ihr vor, waren längst vom salzigen Seewind mürbe geworden. Hätte es Bernsteine geregnet, sie hätte es kaum mehr bemerkt.

Am frühen Nachmittag war sie hierher geflüchtet, verzweifelt über das, was ihr geschehen war. Der Verlust ihrer Arbeit war ihr zunächst unverständlich und ganz und gar ungerecht erschienen. In ihrem Aufruhr hatte sie Muscheln um sich geschichtet und eine nach der anderen mit einem keilförmigen Kiesel zertrümmert. Irgendwann war ihr bewusst geworden, dass sie den größten Fehler ihres Lebens gemacht hatte. Sie hatte ihr Glück verspielt, ihr Leben zerstört.

Ihr blieb keine Hoffnung, kein Ziel mehr. Am meisten verbitterte es sie, dass sie nie mehr erfahren würde, warum der Mann, der sie seit ihrem vierzehnten Lebensjahr in ihren Träumen begleitete, sie einst zurückgestoßen hatte: Clemens von Rastrow. Jetzt war ihr auch dieses Rätsel gleichgültig.
Es wurde Zeit, dass dieser Tag, der 15. Juli 1885, ein Ende nahm. Lilly Alena erhob sich, füllte ihre Kleidertaschen mit Kieseln. Schon umspülte der salzige Schaum ihre Stiefeletten. Eine kraftvolle Welle schlug ihr entgegen. Das Wasser weichte rasch ihre Sohlen auf, drang durch Ösen und Schäfte … Schneller, Lilly, du musst schneller gehen! Sie atmete tief ein und stürzte sich den Wellen entgegen. Wenn doch endlich der Grund unter ihr wegbrechen würde … Da spritzte eine Fontäne neben ihr auf. Der Kopf eines weiß-braunen Terriers lugte aus den Wellen, den wachen Blick auf sie gerichtet. Im selben Moment packte sie eine Hand fest um die Taille und riss sie zurück.
»Sie haben wohl den Verstand verloren!«, schrie ihr ein bärtiger, kahlköpfiger Mann ins Ohr und zerrte sie an den Strand zurück. Dort, zwischen Kieseln und groben Steinen, lag ein schwarzer Borsalino, den der Wind ihm vom Kopf gefegt hatte.
»Es hat doch keinen Zweck mehr! Lassen Sie mich!« Sie entwand sich dem Griff des Fremden, riss ihr Schürzenband auf und schleuderte die Schürze in den Wind. Entschlossen lief sie auf die Wellen zu.
»Einen Teufel werd ich tun!« Der Fremde schnellte vor und fasste so hart zu, dass sich sein Daumen schmerzhaft in ihre Armbeuge drückte. Der Terrier sprang kläffend um sie herum, schnappte sich ihre nasse Schürze und schüttelte sie wie eine Beute. Der Mann packte Lilly an den Schultern und sah ihr fest in die Augen.
»Herrgott, nehmen Sie doch Vernunft an! Ich will Sie retten, und Sie wollen wieder zurück ins Wasser? Sind Sie wahnsinnig?«
»Ich will frei sein! Frei! Verstehen Sie nicht?« Sie zitterte vor Kälte, merkte aber, wie sich ihr innerer Aufruhr endlich Bahn brach.

Der Fremde verzog sein Gesicht. »Und ich? Ich käme wegen unterlassener Hilfeleistung ins Gefängnis! Wollen Sie das?« Ohne dass Lilly sich dagegen wehren konnte, riss er sie energisch an sich und nahm sie in die Arme. »Ist Ihnen denn Ihr Leben so wenig wert?« Er strich ihr ihre nassen Locken aus dem Gesicht. »Nicht wir bestimmen, wann es zu Ende ist. Wir nicht.«

Schluchzend lehnte sie sich an die Schulter dieses Fremden. Mein Gott, er hat recht, was hab ich nur getan? Erst als sie aufgehört hatte zu weinen, nahm sie die kühle Ruhe wahr, die sich in ihr ausbreitete. Und da wurde ihr bewusst, dass es nicht allein die Gegenwart dieses Fremden war, die sie gerettet hatte. Nein, es war das Meer selbst, das ihre Verzweiflung und Wut fortgeschwemmt hatte. Mit klammen Fingern griff sie in ihre Kleidertaschen, ließ die Kiesel in den Sand fallen und zog ein nasses Taschentuch heraus.

Der Fremde lächelte und reichte ihr ein trockenes. »Ein Badetuch kann ich Ihnen leider nicht bieten. Aber damit Sie wissen, mit wem Sie es zu tun haben: Franz Xaver von Maichenbach. In meiner Heimat, der Pfalz, hätte ich mir nie vorstellen können, eines Tages eine Meerschaum-Venus retten zu müssen.«

Lilly wollte etwas sagen, doch ihre Zähne klapperten vor Kälte. Mühsam putzte sie sich ihre Nase. Ihr kam es vor, als hielte sie das nasse Mieder wie eine Eiszange umschlossen. Sie musste so schnell wie möglich nach Hause und ins Bett. Unruhig trat sie von einem Fuß auf den anderen, wobei sie von Maichenbach beobachtete, wie er seinem Borsalino hinterherlief, den der Wind hochwirbelte. Der Pfälzer war mittelgroß, sicher kaum älter als vierzig. Schmutzige Sandspuren waren auf der Rückseite seines hellen Sommeranzugs zu sehen. Er musste sie also vom Buchenwald her gesehen haben und das Steilufer zu ihr herabgeglitten sein. Sein rechtes Hosenbein war hochgerutscht, entblößte ein blasses, mit dunklen Härchen bewachsenes Schienbein. Jetzt setzte er seinen Hut auf und kehrte zu ihr zurück. Lilly tat, als suche sie nach ihren Kämmen, die sie vorhin aus Verzweiflung aus dem Haar

gerissen hatte. Tatsächlich fand sie zwei ihrer Hornkämme mit Bernsteinbesatz. Ihre nassen Locken hochsteckend, wandte sie sich zum Gehen. Doch wohin? Durch den Wald, wo sie niemand sehen würde, oder durch das Seebad, wo sicher auch bei diesem stürmischen Wetter Kurgäste unterwegs sein würden? Sie zögerte, nahm aus den Augenwinkeln wahr, wie von Maichenbach sein Hosenbein bis zu den durchweichten Gamaschen hinunterzog.
»Sie haben sich meinetwegen Ihre Kleider ruiniert.« Sie war verlegen, wusste nicht, wie sie ihm ihre Dankbarkeit zeigen sollte.
Er lächelte. »Nur Ihretwegen? Haben Sie eine so schlechte Meinung von sich?«
Ja, eine furchtbar schlechte, dachte Lilly bitter, aber das erzähle ich Ihnen nicht. Ich will ... Sie schlang ihre Arme um sich und schaute zurück aufs Meer. Ich will die Wahrheit wissen. Ich will wissen, ob ich jemals wieder kochen darf. Und warum du, Clemens von Rastrow, damals einen Freundschaftsschwur ablehntest und mich dennoch so rätselhaft ansahst. Warum ich deinen Gesichtsausdruck nie vergessen konnte. Sie suchte mit ihren Blicken den Horizont ab, als könne ihm eine riesige Kammmuschel entsteigen, sich öffnen und ihr die ersehnte Antwort geben.
Warum nur, Clemens?
Sie fuhr mit ihrer Zungenspitze über ihre aufgesprungenen Lippen, die salzig schmeckten. Sie warf von Maichenbach einen flüchtigen Blick über die Schulter zu. Er bemerkte sie nicht, weil er damit beschäftigt war, seinen Terrier einzufangen, der mit ihrer sandverschmutzten Schürze über den Kieselstrand rannte. Lilly lief dem Hund nach, erhaschte einen Schürzenzipfel und zog daran. Der Terrier zerrte ebenfalls, und so ging es eine Weile hin und her. Schließlich lächelte Lilly.
»Ihr Hund scheint einen stärkeren Willen zu haben als ich. Behalten Sie die Schürze. Ich brauche sie nicht mehr.« Dann lief sie davon, dem Ostwind entgegen. Der Fremde rief ihr etwas nach, doch sie achtete nicht mehr darauf.
Ich hoffe, wir sehen uns nie wieder.

Es begann zu regnen. Auf der Lindenallee, die Heiligendamm und Doberan verband, waren nur noch wenige Droschken unterwegs. Die Kutscher, die sie kannten, warfen Lilly unter ihren Kapuzen hervor neugierige Blicke zu und machten die eine oder andere spöttische Bemerkung. Keiner der Fahrgäste aber hieß sie anhalten, um Lilly mitzunehmen. Sie fror, biss die Zähne zusammen. Sandkörner rieben ihr in den nassen Stiefeletten die Haut auf. Irgendwann schmerzte es so sehr, dass sie beschloss, barfuß weiterzulaufen.

Woher kam das Rauschen? Vom Regen? Vom Meer? Vom Großen Wohld? Vom Spott der Geister des Gespensterwaldes, die ihr ihren eisigen Atem nachbliesen? Lilly war wie benommen vor Erschöpfung und Kälte. Sie hatte die Doberaner Rennbahn erreicht, doch noch nie zuvor war ihr der Weg so lang erschienen. Sie hatte das Gefühl, als sei sie so langsam wie eine Krabbe auf Glas. Sie raffte ihr nasses Kleid und beschleunigte ihre Schritte. Dabei dachte sie an frühere Jahre zurück.

All die Sommer, die sie dank der Ersparnisse ihres Vaters allein bei ihrem Onkel und Cousin in Doberan hatte verbringen dürfen, waren heilsam für sie gewesen. Ihre Freunde, aber auch Landschaft und Meer hatten ihr geholfen, das Elend in Berlin zu vergessen, das Leid ihrer Mutter Hedwig, den frühen Tod ihres Vaters. Stets hatte sie Trost in ihrer Heimat gefunden, die, wie jeder wusste, Gottes Engel selbst »taurechtgemudelt« hatten. Es war ein liebliches, grün-blau-gelbes Naturgewebe mit sanften Hügeln, fast kreisförmigen Seen mit Mooren und Quellen, verzweigten Flüssen und Bächen, gewaltigen Findlingen, Heide und uralten Wäldern. Selbst die Sommernächte waren wie verzaubert gewesen, hatten Lilly stets Geborgenheit gegeben. Wo aber war der Duft der Linden, von Hauhechel, Goldrute, Feldrittersporn und Kamille?

Alles war anders, und sie fragte sich, wie es für sie weitergehen sollte. Sicher war nur eines: Für den Reichskanzler Otto von Bismarck, den man Anfang August zu den Doberaner Renntagen erwartete, würde ein anderer Koch Desserts kredenzen.

Nicht sie.
Hatte Maître Jacobi, Chefkoch der »Strandperle«, ihr etwa gekündigt, um selbst glänzen zu können? Lilly Alena wollte nicht mehr nachdenken. Wichtig war vorerst nur eines: Ihre Mutter Hedwig musste geschont werden.

In Doberan angekommen, bog Lilly von der Dammchaussee, die Heiligendamm mit Doberan verband, rechts in die lange Goethestraße ein, bis sie die Höhe des dreieckigen Kamps – der früheren Kuhweide und jetzigen Parkanlage und Festwiese – erreicht hatte. Rechter Hand führte eine Gasse direkt zum Markt, der von einer Reihe einfacher Bürgerhäuser eingesäumt war. Wie immer war die Tür des zweistöckigen, ziegelgedeckten Babantschen Hauses unverschlossen.
Lilly trat ein. In der Diele war es dunkel. Alles war still. Nur die Katze schlich lautlos über den Holzboden und strich ihr schnurrend um die Beine. Lilly atmete auf. So schliefen sicher Onkel und Cousin bereits. Sie nahm die Katze auf den Arm und huschte die Treppe zur Dachkammer hinauf. In der aufgestauten Hitze vergangener Tage roch es durchdringend nach alter Schafwolle, Staub, Kamillentee – und gegorener Buchweizengrütze.
»Du kommst spät!«
Erst als Lillys Augen sich an den Schein der Öllampe gewöhnt hatten, sah sie ihre Mutter halb aufgerichtet in ihrem Bett liegen.
»Und du hast deine Grütze nicht gegessen«, erwiderte Lilly und setzte ihr die schnurrende Katze auf den Schoß.
»Lilly, du ... du ... riechst so komisch, bist du ins Wasser gefallen? Was ... ist passiert?« Hedwig streichelte die Katze, begann aber zu husten.
»Es regnet, das ist alles. Lass mich jetzt. Ich bin todmüde.«
»Lilly!« Es klang wie ein Vorwurf.
»Nein, Mama, es ist alles in Ordnung. Ich will nur schlafen. Erst diese Hitze heute Vormittag, dann dieser Sturm. Es war einfach

anstrengend. Ich war nur noch ein wenig am Strand. Das ist alles.« Sie zerrte ihre feuchten Kleider vom Leib.
Auf einmal hörte sie, wie jemand mit der Faust gegen das Fachwerk schlug. Kurz darauf wurde die Tür aufgezogen, im Erdgeschoss polterte es. Dumpfes Getrampel ertönte, gefolgt von Stöhnen und Rülpsen. Plötzlich klirrten Flaschen. Sie hörte Onkel und Cousin fluchen. Dann fielen krachend die Türen ihrer Schlafkammern ins Schloss. Angestrengt lauschten Lilly und ihre Mutter, doch es blieb still.
»Dein Onkel wird sich noch zu Tode saufen. Es wird nichts mehr mit ihm. Und Victor traue ich nicht.«
»Ich auch nicht, aber bis jetzt lässt es sich mit ihm aushalten.«
»Er hat mir sogar heute Mittag Tee gebracht.«
»Na, siehst du. Er kann ganz freundlich sein.«
»Ja, das hat er sich angewöhnt.« Hedwig hüstelte wieder.
»Und warum hast du nichts gegessen?« Lilly gähnte.
»Ich hab mich heute einfach nicht gut gefühlt.«
»Siehst du? Da haben wir was gemeinsam. Also, gute Nacht. Schlaf jetzt.« Eine Weile blieb es still.
»Lilly? Irgendetwas stimmt nicht mit dir. Ich spüre es.«
Lilly antwortete nicht. Sie tat, als sei sie eingeschlafen, denn sie mochte nicht noch mehr lügen. Reglos lag sie da und wartete, bis ihre Mutter sich wieder hingelegt hatte, die Katze zu ihren Füßen.
Ich habe meine Arbeit verloren und könnte morgen ausschlafen. Aber ich will nicht! Ich würde viel lieber wie immer in der Früh aufstehen, Milchsuppe und Bratkartoffeln für alle bereiten, auch wenn Alfons und Victor schlecht gelaunt sind – wenn ich nur wieder kochen könnte. Das nicht mehr tun zu können, bereitete ihr einen Schmerz, der größer war als alles, was sie früher hatte erdulden müssen.
Ein letztes Mal glitten Lillys Gedanken zu Franz Xaver von Maichenbach zurück. Er war ihr nicht unsympathisch gewesen, von einer Freundlichkeit, die harmlos und undurchschaubar zugleich

war. Ob er über ihre Begegnung in geselliger Runde erzählte? Oder würde er wie ein Kavalier schweigen? Plötzlich fuhr sie hoch.
Wenn er ausplauderte, was sie, Lilly, getan hatte, wäre ihr Ruf ruiniert und ihre Freundschaft zu ihrem alten Jugendfreund Joachim gefährdet. Wo mochte er nur sein? Seit Tagen hatte sie ihn nicht gesehen. Sie fand keine Ruhe. Sie musste irgendetwas tun.
Sie lauschte. Ihre Mutter schlief. Sie stand auf und tastete im Dunkeln nach dem Buch, mit dem alles begonnen hatte. Lilly schlug das weiße Leinen zurück und strich über die goldenen Lettern auf dem bordeauxroten Einband des Buches: *Cuisine d'Amour*, murmelte sie und küsste die Buchstaben ein letztes Mal.
Dann nahm sie ihre feuchten Kleider, schlich hinunter in die Küche, wusch sie im Zuber aus und hängte sie im Vorraum ihrer Dachkammer auf. Die aufgestaute Hitze würde reichen, morgen früh wenigstens wieder ein trockenes Unterkleid anziehen zu können. Denn sie wollte nicht nach Meer und Tang riechen, wenn sie zum Antiquar ging, um das kostbare Buch zu verkaufen.

»Lilly, wach auf!«
Lilly fuhr erschrocken hoch. Noch nie hatte ihre Mutter so verärgert geklungen. Schlaftrunken blinzelte Lilly sie an. Hedwig stand an ihrem Bett, ihre vom Vortag noch feuchten, aufgerauhten Lederstiefeletten in den Händen.
»Du verschweigst mir etwas!« Hedwig schwenkte die Stiefeletten vor Lillys Nase hin und her. »Und du hast mich gestern angelogen. Du warst nicht am Strand. Du bist im Wasser gewesen. Deine Stiefeletten sind völlig ruiniert. Und in die linke ist eine winzige Muschel hineingerutscht. Hast du sie nicht gespürt? Sie muss dich blutig gescheuert haben. Also, sag, Lilly, was ist passiert?«
Lilly schlug die Bettdecke beiseite. Tatsächlich entdeckte sie eine lange blutige Schürfwunde an ihrer Wade. »Also gut. Ich wollte

dich gestern Abend schonen. Ich hätte es dir noch erzählt. Auch wenn ich weiß, dass ich mit allem allein fertig werden muss.« Sie klang zu anklagend. Vergeblich versuchte sie zu lächeln.
»Weiter!« Mit ernstem Gesicht zog Hedwig ihr Schultertuch enger um die Brust.
»Maître Jacobi hat mich rausgeworfen. Einfach so.«
Hedwig sank erschüttert auf die Kante des Bettes. »Das darf nicht sein. Sag, dass das nur eine seiner gemeinen Launen ist. Alle mochten dich. Jacobi hat dich damals eingestellt und dich von seinem Sous-Chef ausbilden lassen. Dein Lohn war gut, man hat deine Kochkunst gelobt … Ich verstehe das nicht. Bestimmt holt er dich wieder zurück. Er muss! Was wollen sie denn ohne dich tun, wo doch bald die Renntage beginnen? Sogar Bismarck soll kommen, hast du mir erzählt. Und dann die vielen anderen anspruchsvollen Gäste! Wie will er das denn ohne dich schaffen?«
»Für jeden gibt es Ersatz, Mutter, ob in der Fabrik, im Laden, in der Küche.«
»Aber wer ein solches Talent hat wie du, ist einzigartig. Ein Mädchen wie dich kann auch ein Jacobi nicht einfach so vor die Tür setzen. Was wirft er dir denn vor?«
»Er wird mich nicht zurückholen, Mutter. Mach dir keine Hoffnungen. Denn niemand stellt eine vermeintliche Giftmischerin wieder ein.«
»Was?! Er sagt, du seiest eine Giftmischerin? Du?« Hedwig wurde totenblass und schlug die Hände vors Gesicht. »Nein, das glaube ich nicht! Das ist ja furchtbar. Lilly, was hast du getan? Wenn das stimmt, hast du unser bisschen Leben zerstört.«
»Ich weiß, es tut mir auch leid. Aber ich habe doch nur seinem Bruder, Professor Jacobi, einen harmlosen Streich gespielt.«
»Dem früheren Hauslehrer von Joachim? Ich denke, er lebt in Rostock?«
»Ja, seit Joachims Abitur vor fünf Jahren ist er am dortigen Mädchengymnasium angestellt, kommt aber jeden Sommer hierher,

um zu kuren. In Wirklichkeit soll er aber immer noch mit Frau von Stratten ein heimliches Verhältnis haben. Wie dem auch sei, vor einer Woche fing er mich nach einem Festessen im Kurhaus ab, für das ich spezielle Desserts geliefert hatte. Er meinte, ich sähe prächtig aus. Der Erfolg hätte mich zu meinen Gunsten verändert. Ob mir bewusst sei, dass ich ihm all dieses Gute zu verdanken habe? Und so bat er mich um seinen Lohn. Ich solle ihm eine besondere Süßspeise kochen … Du weißt, wie ich das meine.«

»Dieser Hund! Und? Hast du ihm gegeben, was er wollte?«

»Nein, natürlich nicht. Aber es reizte mich, ihm einen Denkzettel zu verpassen. Wie oft habe ich mich früher über seine Arroganz geärgert, nur weil er sich Professor nennt. Dabei ist das lediglich der französische Begriff für ›Lehrer‹. Er nutzt das Unwissen der anderen aus, die ihn tatsächlich für einen ›Hochschullehrer‹ halten, den man gleichzeitig achten und bedauern kann. Schließlich hat er jahrelang als Privatlehrer gearbeitet. Nun, vorgestern habe ich ihm eine kleine Lektion erteilt …«

»Mit Gift?«

»Nein, natürlich nicht.«

»Lebt er noch?«

»Natürlich lebt er, das ist ja das Schlimme. Ihm geht es gut, und ich habe wegen einer Kleinigkeit meine Stellung eingebüßt.«

»Dann wird sich sicher alles wieder einrenken. Hauptsache ist doch nur, dass du … unversehrt bist.« Hedwig stand auf und ging heftig atmend in der Kammer auf und ab. »Was für ein falscher Hund! Ich hab ihn nie gemocht. Und dann dieses Buch, das du ihm damals zum Übersetzen gabst. Mein Gott, Lilly. Hätte ich dich nur davon abgehalten, für andere zu kochen, die höheren Standes sind als wir. Aber du warst so leidenschaftlich dabei. Selbst mir machte es Freude, dich so zu erleben. Jetzt muss ich einsehen, dass diese Süßspeisen die Männer nur auf schlechte Gedanken bringen.«

»Nein, du weißt, dass das nicht so ist.« Lilly sprang erregt aus

dem Bett und zog sich an. »Zwischen Träumen und schlechten Gedanken ist ein großer Unterschied. Ich liebe meine Arbeit, vergiss das nicht, Mutter. Sie ist eine Kunst.«
Hedwig blieb stehen und lachte heiser auf. »Du bist eine unverbesserliche Romantikerin, Lilly. Oder immer noch naiv. Oder beides. Aber jetzt musst du mir alles beichten. Was hast du denn nun wirklich getan?«
»Ich habe ihm in Safran getunkte Hefeteigbällchen gebacken, mit Karamellpudding gefüllt und mit Geleesternen umrahmt.«
»Geleesterne?«
»Gelee aus ungekochtem Holundersaft.« Lilly lächelte. »Du weißt doch, was passiert, wenn man ungekochten Holundersaft trinkt?«
Hedwig kicherte und unterdrückte einen erneuten Hustenreiz. »Und was geschah dann?«
»Nun, Professeur Jacobi bekam Koliken mit … na ja. Doch obwohl es ihm sterbenselend ging, fand er die Kraft, alles Frau von Stratten zu erzählen. Du weißt, dass sie unsere Familie nicht mag. So kam eines zum anderen. Man unterstellt mir, der Erfolg sei mir zu Kopf gestiegen, und ich hätte Joachims ehemaligen Lehrer vergiften wollen. Dass es sich nur um ungekochten Holundersaft handelte, wollten sie mir nicht glauben. Natürlich weiß ich, dass der Saft in rohem Zustand ungenießbar ist, aber er ist niemals tödlich. Du kannst dir denken, dass mein Streich für Joachims Mutter die beste Gelegenheit war, mich bei Maître Jacobi in ein schlechtes Licht zu rücken. Gestern rief er mich zu sich und entließ mich mit der Begründung, er könne mir kein Vertrauen mehr schenken.« Lilly wurde von einem heftigen Hustenanfall Hedwigs unterbrochen und sprang auf, um einen Löffel und Eibischsirup, den sie jede Woche neu auf Flaschen aufzog, zu holen. Als sie zurückkam, lag Hedwig heftig hustend auf ihrem Bett und presste das mit Stroh gefüllte Kopfkissen gegen ihre Brust.
»Ich hole dir nachher eine bessere Medizin.« Lilly wartete, bis

Hedwig sich etwas beruhigt hatte, dann flößte sie ihr den Eibischsirup ein. »Schlaf noch ein bisschen, nimm ein wenig Laudanum. Ich muss noch etwas erledigen.«
»Sieh zu, dass du wieder eine Arbeit findest«, keuchte Hedwig und ergriff Lillys Hand. »Aber eine, bei der du rein bleibst, rein wie die Lilie. So sagt man doch, oder?« Sie lächelte gequält und hustete erneut. Lilly brachte ihr den Spucknapf und fühlte ihre Stirn. Nein, sie fieberte nicht. Das war wenigstens ein gutes Zeichen.
»Ich werde mich beim Apotheker nach neuem Hustensaft erkundigen.«
»Geh nur«, flüsterte Hedwig. »Sorg dich nicht um mich.«
Mitleidig betrachtete Lilly ihre Mutter. Sie war in letzter Zeit zusehends abgemagert. Der Arzt, der sie im Armenkrankenhaus in Berlin untersucht hatte, hatte ihr geraten, an die See zu gehen. Dort würde sie wieder gesund werden. Das werde ich tun, hatte Hedwig damals gemeint, aber nur, um im Haus meiner Vorfahren sterben zu können. Jetzt lebten sie schon vier Jahre hier, und nichts hatte sich gebessert. Im Gegenteil, ihre Mutter hustete immer mehr. Wovon sollte Lilly ihr nur weiterhin die Medizin kaufen, wenn sie keine Arbeit hatte? Nervös stand sie auf und trat ans geöffnete Dachfenster. Fahrig begann sie, ihr Kleid zuzuknöpfen. Der Himmel hatte aufgeklart, die Sonne stand schon hoch. Sie musste sich beeilen.
»Ich bin gleich wieder bei dir«, rief sie ihrer Mutter zu. Sie setzte ihren Strohhut mit den seidenen Kornblumen auf, nahm den verblichenen Sonnenschirm ihrer verstorbenen Tante Bettine und beeilte sich, das Haus zu verlassen.

Am Doberaner Kamp hielt Lilly inne. Noch zögerte sie, den schmerzlichen Schritt zu tun. Sie ließ ihre Blicke über die geschichtsträchtigen Gebäude gleiten, die den Kamp umschlossen. Auf den Dächern der großherzoglichen Repräsentationsbauten an der östlichen Seite des Kamps flatterten Fahnen. Zahlreiche Kutschen fuhren vor Logierhaus, Salongebäude und Prinzenpalais hin und her. Die einen in nördliche Richtung nach Heiligendamm, die anderen in südliche, zum Stahlbad.

Lilly erinnerte sich, dass Herzog Friedrich Franz I. nach der Gründung des Seebades Heiligendamm-Doberan im Jahre 1793 als Erstes das Logierhaus hatte bauen lassen. Im Laufe der Jahre hatte es viele Berühmtheiten beherbergt: Könige und Kapellmeister, Fürsten und Feldmarschälle, Prinzen und Professoren, Kanzler und Künstler, Bischöfe und Generäle, Sänger und Schauspieler aus ganz Europa. Sie alle hatten, nach dem vormittäglichen Baden am Heiligen Damm, am frühen Nachmittag gegen halb zwei Uhr an der täglichen »Table d'hôte« im Salongebäude des Herzogs gespeist, Champagner getrunken und getanzt – vor allem aber die Etikette vergessen dürfen. Denn der bei Adel und Volk gleichermaßen beliebte Herzog hatte angeordnet, während der Badesaison die höfische Rangordnung aufzuheben. So konnten die Sommergäste frei und ungezwungen miteinander umgehen, in der im Logierhaus eingerichteten Spielbank Pharao und Roulette spielen und so manches hübsche Doberaner Mädchen im Englischen Garten verführen. Noch immer gab es ältere Doberaner, die aus jener Zeit anzügliche Anekdoten zu berichten wussten.

Vieles hatte sich in der Zwischenzeit geändert. Das Salongebäude, das zwischen Großherzoglichem Palais an der Nordseite und dem Logierhaus am Südende des Kamps lag, präsentierte sich längst nicht mehr als Tanz- und Speisehaus. Denn seit Doberan als ehemals großherzogliche Sommerresidenz im Jahre 1879 Stadtrecht erhalten hatte, diente es als Rathaus und Amtsgericht.

Auch die Zeit des einstmals berühmten Theaters am südlichen Zipfel des Kamps war vorüber. Früher waren dort regelmäßig die Schauspieler des Schweriner Hoftheaters sowie Deutschlands berühmteste Schauspieler wie die Catalani oder Ludwig Devrient aufgetreten, und mehr als fünfhundert Menschen hatten ihnen applaudiert. Jetzt wollte man die Jugend fördern, den Musentempel abreißen, ein Gymnasium aufbauen, auch wenn die Großherzogin Alexandrine dagegen protestierte. Vielleicht würde sie zustimmen, könnte man den namhaften Zwickauer Architekten Gotthilf Ludwig Möckel, der bereits das Münster restaurierte, dafür gewinnen.

Alexandrine war die Tochter der preußischen Königin Luise und hatte 1822 mit ihrem Gemahl, dem Erbgroßherzog Paul Friedrich, im Prinzenpalais ihre Flitterwochen verbracht. Es war ein schönes, mit vier ionischen Säulen verziertes Gebäude, das der großherzoglichen Familie noch heute als Wohnsitz diente. Alexandrine hingegen lebte nach dem frühen Tod ihres Mannes in einem romantischen Cottage in Heiligendamm.

Insgesamt besehen, dachte Lilly, konnten die Doberaner stolz darauf sein, dass der große Architekt Carl Theodor Severin auch ihrem kleinen Städtchen eine elegante klassizistische Note gegeben hatte.

Sie ging ein Stück weit in den Park hinein, in dem sich in der Zwischenzeit rege Betriebsamkeit ausgebreitet hatte. In den Blumenrabatten jäteten Gärtner Unkraut, schnitten Büsche, mähten Gras, harkten die Wege. Mehrere Frauen mit weißen Kittelschürzen putzten die Fenster der beiden Pavillons. Herzog Friedrich Franz I. hatte sie bereits im Frühjahr 1813 für die Sommergäste errichten lassen, und noch immer diente der kleinere Pavillon als Café, der größere als Musik- und Tanzsaal. Am achteckigen, mit Eichenschindeln gedeckten Zeltdach des kleinen Pavillons lehnte eine Leiter. Gerade eben stieg ein Mann mit Eimer und Putzutensilien auf ihr hinauf, um die Mohnkapsel, die die Dachspitze zierte, zu polieren. Lilly warf einen Blick auf den großen Pavillon. Sein Dach zierten eine Windrose und ein fernöstlich anmutender Fisch. Beide blitzten, je nachdem, wie der leichte Wind sie im Morgenlicht wendete.

Vom nahen Münster schlug in dunklem Ton die Glocke zehn Mal. Ihr Klang riss Lilly aus ihren Gedanken. Wenn sie hier noch länger stünde und über die Geschichte dieses beliebten Kurortes nachdächte, würde sie womöglich sentimental werden. Sie presste

das wertvolle Buch an sich und ging rasch zur Severinstraße an der Nordseite des Kamps hinüber. Vor dem dreistöckigen ehemaligen Wohnhaus des vor vielen Jahren verstorbenen italienischen Küchenmeisters Gaetano Medini blieb sie stehen. Er hätte ihr wunderbares Buch mit französischen Rezepten bestimmt nicht verkauft. Er hätte es zu würdigen gewusst und behalten. Aber er hatte auch die Ehre gehabt, vom Herzog anerkannt zu werden … Andere Zeiten, ein anderes Schicksal.
Lilly, reiß dich zusammen. Du findest keinen Trost in der Geschichte. Handele. Versilbere, was dir drei Jahre deines Lebens vergoldet hat.

Als Lilly auf das Haus des Antiquars zuging, öffnete dieser die Tür und verabschiedete unter wiederholten Verbeugungen drei Herren und eine Dame. An ihrer Sprechweise erkannte Lilly die Ersteren sofort als Schweden, die Dame als Russin. Diese trug einen grauen Spitzenschleier, lange Handschuhe und hatte einen kleinen Hund auf dem rechten Arm. Seine Stirn war weiß gefleckt, die Ohren lang behaart, die Nase ein wenig stumpf – auf den ersten Blick erinnerte er Lilly an eine Katze. Das Besondere aber war der Ausdruck seiner Augen. Noch nie war sie so angestarrt worden. Sie war sich sicher: Zu solch einem blasierten Blick wäre selbst Maître Jacobi in seiner launischen Arroganz nicht fähig gewesen.
»Er mag Sie«, sagte die Russin amüsiert, woraufhin die Herren lachten.
Lilly aber erschrak. Erkannte man sie? Machte man sich bereits über sie lustig? Ihr lief es siedend heiß über den Rücken. Doch da eilten die vier Kurgäste auch schon auf den kleinen Pavillon zu, wo zwei Kellner die Stühle mit Polstern bezogen hatten und nun damit begannen, trotz der Putzarbeiten Kaffee, Schokolade und Tee auszuschenken.
»Lilly Babant«, begrüßte der Antiquar sie leutselig, »was bringst du mir Schönes?«

»Dieses Buch, ich fand es auf dem Dachboden. Sagen Sie mir bitte, was ist es wert?« Sie legte es auf den Ladentisch und schlug das Leinentuch zurück. Die goldenen Lettern des Titels spiegelten das Sonnenlicht wider. Früher, dachte Lilly, hätte ich es für ein Zeichen der Aufmunterung gehalten. Jetzt aber ... jetzt ist es nichts als ein Aufflackern eines Abschiedsgrußes.

»Ah, ein französisches Buch.« Er überflog den Titel, blätterte die mit Goldschnitt verzierten Seiten durch. Er schürzte die Lippen. »Appetitlich, sehr appetitlich, diese Abbildungen. Sehr französisch.« Er senkte sein Kinn auf die Brust. »Ich hätte mir nie vorstellen können, dass dein Onkel damals eine solche Kriegsbeute mitgebracht hat. Kannst du den Titel denn überhaupt aussprechen?«

Stolz tat sie, worum er sie bat.

»Und das heißt ›Küche der Liebe‹, jaja.« Er überlegte. »Einundsiebzig war Alfons noch bei den Siegesfeiern in Paris dabei. Lass mich nachdenken: Wie alt ist dein Cousin Victor jetzt?«

»Was spielt denn das für eine Rolle? Ich möchte das Buch verkaufen, nicht mit Ihnen darüber spekulieren.«

»War Bettine damals vielleicht guter Hoffnung? Weißt du, ich würde mir deinen Onkel ja gerne als liebevollen Ehemann vorstellen, der im Feindesland an seine Gattin hier in Doberan denkt. Aber heute genießt er ja einen etwas anderen Ruf als damals.«

»Sie kennen den Grund. Wollen Sie mich beleidigen?«

Er seufzte. »Ich wollte dir und deiner Familie nicht zu nahe treten. Es tut mir leid. Ich möchte dir etwas erklären. Dieses Buch ist nur ein Kochbuch, eine schlichte Kriegsbeute. Es hat nur einen ideellen Wert, keinen materiellen. Und wenn wir an die letzten Jahre denken, daran, was uns – im Nachhinein betrachtet – die Reparationszahlungen der Franzosen eingebrockt haben, können wir gleich das Gespräch beenden. Dann hätte es nämlich keinen Zweck mehr, über Wert und Unwert dieses Buches zu verhandeln.«

»Ich verstehe Sie nicht.«

»Sicher ist dir bekannt, dass nach dem Krieg umgerechnet fast vier Milliarden Mark ins Land flossen. Dieses Geld kurbelte zwar das Schwungrad unserer deutschen Wirtschaft kräftig an, aber es stieg auch vielen zu Kopf! Gerade du weißt doch darüber Bescheid, Lilly. Dein Onkel hat es allen vorgelebt. Alfons Babant als erfolgreicher Stuckateur, als stolzer Aktienbesitzer … und dann bankrottierte er. Wie so viele. Am französischen Geld klebt nichts Gutes.«

»Aber die gebildeten Kurgäste lieben die französische Küche, die Mode, die Literatur …«

Er machte eine verächtliche Miene. »Die Franzosen sind ein vergnügungssüchtiges Volk, das seine wollüstige Seite in den Kaschemmen auf dem Montmartre ausschwitzt. Verzeihung, ich übertreibe, das liegt an meinem hohen Blutdruck. Was ich sagen will, ist Folgendes, Lilly: Wir sind jetzt dank Otto von Bismarck ein geeintes deutsches Reich, und da wollen wir uns auf unsere eigenen Wurzeln besinnen.« Er verschränkte abwehrend die Arme. »Und nun kommst du mit diesem Buch. Ich kann dir nur sagen: Nimm es wieder mit.«

»Wollen Sie sagen, es ist nichts als Papier?« Sie konnte es kaum glauben.

»Nun, in St. Petersburg oder Paris würde man dir sicher etwas geben. Ich könnte es natürlich auch einem Kollegen nach Berlin schicken, der bessere Kontakte hat, doch das wäre allein schon wegen der Versandkosten ein Geldverlust, nicht? Lilly, du musst einsehen, hier in Doberan ist es nichts wert. Und das, was an ihm wertvoll ist, hast du im Kopf, nicht? Es ist doch so: Die Kurgäste wollen genießen, nicht lesen. Und wenn die weiblichen Kurgäste etwas lesen, dann das hier!« Er trat an eines der dichtgefüllten Bücherregale und entnahm ihm drei prächtig gebundene Ausgaben. »Hier: *Goldelse*, *Das Geheimnis der alten Mamsell*, *Die zweite Frau* von unserer erfolgreichen Thüringerin Eugenie Marlitt aus Arnstadt. Was glaubst du, in wie viele Sprachen ihre Werke schon übersetzt sind. So etwas wird verschlungen. Nicht nur von den deutschen Leserinnen. Die ausländischen Gäste bringen die

schönsten Prachtausgaben von zu Hause mit, lesen sie während der Kur und überlassen sie dann mir.«
»Ich hatte noch nie die Zeit dazu, mir genügte dieses eine Buch hier«, erwiderte Lilly und wies auf ihr Kochbuch.
»Dann solltest du sie dir vielleicht einmal zur Weiterbildung nehmen. Neulich erklärte mir nämlich eine Dame, die Marlitt schriebe keine billigen Liebesgeschichten. In Wahrheit sei sie eine Aufklärerin, wolle ihren Leserinnen eine humanistisch-christliche Erziehung bieten, ihren Willen zur Eigenständigkeit fördern. Alles verpackt in anständige Liebesgeschichten. Erzähl mir doch irgendwann einmal, ob du das auch so siehst. Die Marlitt selbst soll ja nicht viel Glück in der Liebe gehabt haben. Heute lebt sie bei ihrem Bruder und dessen Familie in einer großen Villa, die sie selbst finanziert hat.« Er holte eine Schnupftabakdose, streute einige Tabakkrumen auf seinen Handrücken, schniefte. »Da könnte man schon denken, sie tröstet sich selbst mit ihren gedruckten Träumen, oder?« Gedankenverloren ruhte sein Blick auf Lilly.
Lilly wurde es zu viel. Zerstreut nickte sie ihm zu. »Das ist möglich, ja, warum nicht?« Sie nahm ihr Buch noch einmal in die Hände. Ihre Finger fächerten die Blätter auf. Dem letzten Rezept »Bénédictine au chocolat« folgten Register und Nachwort. Letzteres aber hatte sie nie beachtet. Sie hatte Joachims ehemaligen Lehrer Jacobi nur gebeten, die Rezepte zu übersetzen. Jetzt sah sie es an. Es umfasste eine knappe Seite, war an seinen Rändern mit kaum lesbaren handschriftlichen Notizen versehen. Hier und da waren Wörter in einer kleineren Schrifttype gesetzt, andere mit winzigen Zeichen aus Tinte versehen. Und auf einmal wurde ihr bewusst, dass dieses Buch schon einmal einem Menschen viel bedeutet haben musste. Jemand, der vielleicht mehr Sinn, mehr Verständnis gehabt hatte als sie. Sie musste sich von ihm trennen, ohne sein letztes Grußwort gelesen zu haben. Die Buchstaben verschwammen vor ihren Augen. »Ich brauche es nicht mehr.« Ihre Stimme klang heiser.

»Ich verstehe.« Der Antiquar zog seine Kasse auf und entnahm ihr ein paar Münzen. »Zwei Mark fünfzig, Lilly. Es tut mir leid für euch.«

Dafür hätte ich fast einundzwanzig Strohhüte nähen müssen, zwei bis drei Tage lang. Oder einen Tag kochen ... Wie konnte sie nur so denken? Lilly verstand sich selbst nicht. Sie hatte das Gefühl, der Preis für das Buch sei gar nicht so gering. Oder irrte sie?

Mit einem knappen Dank drehte sie sich auf dem Absatz um und verließ das Antiquariat. War es wirklich richtig gewesen? Sie fühlte sich auf einmal so leer. Aber was hätte sie sonst tun sollen? Ihre Mutter brauchte dringend etwas anderes als Laudanum, Eibischaufguss und Zwiebelhonigsaft. Entschlossen betrat Lilly die Apotheke und erkundigte sich nach dem wirkungsvollsten Hustenmittel.

»Egerscher Fenchelhonig-Extract, von Seiner Majestät König Wilhelm von Preußen persönlich empfohlen, ist das Beste!« Der Apotheker hielt das Fläschchen stolz gegen das Licht und las: »Gegen katarrhalische Beschwerden, Brust-, Keuch- und Krampfhusten! Seiner Majestät persönlich hat es bestens geholfen.«

Dann würde es nicht billig sein.

»Ist es für dich, Lilly, oder für deine Mutter? Dann nämlich solltest du eine größere Menge mitnehmen.« Er las ihr die Antwort an ihren Augen ab, verschwand im Hinterzimmer und kam mit einer größeren Flasche zurück. »Eine Mark zehn«, sagte er.

Sie legte ihm die Münzen auf den Ladentisch. Er nickte zerstreut und schaute an ihr vorbei auf den Kamp hinaus. »Da reiten sie wie zu Zeiten des alten Großherzogs quer über den Kamp, die Herren von Stratten, Recklin und Bastorf. Jung und unbesorgt.« Er nahm Lillys Münzen und ließ sie klirrend in seine Kasse fallen.

Joachim! Lilly hastete zur Tür, riss sie auf und trat mit klopfendem Herzen auf die Schwelle hinaus. Er ritt gerade zwischen den Bäumen auf den Kleinen Pavillon zu. Lilly hob ihre Hand, winkte.

Tatsächlich bemerkte er sie und grüßte knapp zurück. Da galoppierte ein weiterer Reiter, vom Rosenwinkel kommend, auf den Kamp zu. Joachim riss sein Pferd herum und ritt ihm entgegen. Lilly strengte sich an, konnte jedoch dessen Gesicht unter dem breiten Panamahut nicht erkennen. Sie beobachtete, wie beide Männer Seite an Seite an der Reihe der großherzoglichen Gebäudezeile entlangritten. Am nördlichen Ende des Kamps gesellten sich die anderen beiden Reiter hinzu. Rasch verschwanden alle vier hinter der Ecke des Palais in Richtung Klosteranlagen. Ob Joachim mir meinen Streich an seinem ehemaligen Lehrer verzeihen wird? Oder würde er die Partei seiner launischen, kapriziösen Mutter ergreifen?
»Die Medizin! Willst du sie nicht mitnehmen, Lilly?«
Sie schreckte auf. »Natürlich, danke.« Sie steckte die Flasche und das restliche Geld in ihre Kleidertasche und eilte nach Hause. Hedwig war in der Zwischenzeit vor Erschöpfung wieder eingeschlafen, und so stellte Lilly den neuen Hustensaft auf einen Hocker neben ihr Bett. Dann fiel ihr ein, dass Brot fehlte. Und so machte sie sich erneut auf den Weg.

Lilly lief die beschauliche Goethestraße mit ihren hübschen Bürgerhäusern in Richtung Alexandrinenplatz entlang. Dort befand sich ihr Lieblingsbäcker. Sie hörte hinter sich eine Kutsche heranrollen, kümmerte sich aber nicht darum, sondern trat nur beiseite, um in einem Schaufenster neu ausgestellte Weißstickereien zu betrachten.
»Lilly!«
Seine Stimme!
Ihr Herz stolperte. Im Glas spiegelte sich, sitzend in einer offenen Kutsche, der Mann, den sie liebte: Clemens von Rastrow!
Doch er war nicht allein. Neben ihm saß seine Mutter Isa und ihm gegenüber deren Schwester Norma von Stratten – Joachims Mutter – und Helen Marchant, ihre Jugendfreundin, die seit über zwei Jahren in einem Lübecker Mädchenpensionat lebte.

Das war doch nicht wahr! Das durfte nicht wahr sein! Was, um Himmels willen, hatte Helen mit den Gutsherrenfamilien von Rastrow und von Stratten zu tun? Lilly hatte das Gefühl, der Boden bräche unter ihren Füßen weg. Nur mit allergrößter Mühe drehte sie sich zur Straße hin um. Die beiden adeligen Schwestern tuschelten miteinander, ohne sie zu beachten. Es war ihr gleichgültig, denn nur er zählte für sie, die rätselhafte Wachheit seines Blickes.

Alles um sie herum wurde plötzlich unscharf: Gesichter, Bewegungen, Geräusche. Ganz so, als glitte ein in Wasser getränkter Pinsel über ein Bild, in dessen Fokus sie sich verlor.

Nun winkte Helen ihr zu. »Lilly! Wie schön, dich zu sehen! Ich bin erst seit gestern aus Lübeck zurück. Wir sehen uns bald, ja?« Lilly nickte, doch ihr Mund war wie verschlossen. Ihr Blick glitt zu Clemens zurück, der dem Kutscher auf die Schulter klopfte, auf dass dieser die Pferde anhielt. Er lächelte ihr zu und lüftete grüßend seinen Hut. »Wie geht es dir, Lilly? Wir haben uns so lange nicht mehr gesehen. Hat Joachim dir erzählt, dass ich komme?«

»Nein, ich habe ihn seit Tagen nicht mehr gesprochen«, erwiderte Lilly tonlos.

»Wir müssen uns unbedingt treffen, es gibt viel zu erzählen.«

Lilly schenkte ihm einen dankbaren Blick. Schon holte sie Luft, um etwas zu sagen, da sah sie, wie Isa von Rastrow Clemens die Hand auf den Arm legte. »Du wirst dich doch wohl besinnen, Clemens? Wie kannst du mit diesem Mädchen sprechen? Bitte achte auf den Anstand, auf unsere Ehre.« Sie hob stolz ihren Kopf. »Jeder weiß, dass sie ein leichtes Temperament hat und einen hochgelehrten Mann aus Rache zu vergiften suchte, nur weil dieser sie abgewiesen hatte.«

Lilly stockte der Atem, ihr wurde schwindlig vor Empörung. Tränen traten ihr in die Augen, als sie Clemens' irritiertem Blick begegnete. »Stimmt das?«

»Das ist nicht wahr«, wehrte sie sich schwach.

»Mutter, du irrst. Ich kenne Lilly gut genug, um zu wissen, dass du einer üblen Nachrede Glauben schenkst.«
Da wandte ihm Isa von Rastrow ihr Gesicht zu. Ihre Miene war hart wie Marmor. »Eine Mutter irrt nicht, solange sie ihre Gefühle zu beherrschen versteht. Impulsivität ist eine Eigenschaft der Gosse, und es ist meine Pflicht als Mutter, auch einen erwachsenen Sohn vor gefühlsmäßigen Entgleisungen dieser Art zu schützen. Habe ich nicht recht, Norma?«
»Ich stimme dir ausnahmsweise einmal zu.« Norma von Stratten wich Lillys Blick aus, nickte und tippte dem Kutscher mit dem Griff ihres Sonnenschirmes auf die Schulter. »Fahren Sie weiter. Rasch!«
»Giftmischerin«, hörte Lilly Isa von Rastrow zischen, so dass eine Handvoll Kurgäste und Dienstmädchen, die zu beiden Seiten der gepflasterten Straße unterwegs waren, Lilly verwundert musterten.
Nun war es geschehen. Es hätte keine Zeitungsmeldung dafür gebraucht, um sie öffentlich zu verunglimpfen. Lilly konnte ihre Tränen nicht mehr zurückhalten. Sie war vor Clemens gedemütigt worden. Vor ihm, nach dem sie sich so lange gesehnt hatte. Und nun, im Augenblick ihres ersten Wiedersehens, musste sie befürchten, ihn gleich doppelt verloren zu haben: an ihre Freundin Helen und an seine Mutter.
Und diese hatte sie sogar öffentlich beleidigt, als sei sie eine Hexe aus dem Mittelalter. Ihr Onkel würde sie schlagen, wenn er erführe, dass sie den Namen ihrer Familie beschmutzt hatte. Lilly merkte, dass sie keine Kraft mehr hatte, Brot zu kaufen. Sie musste fort von hier. Sofort.
Sie überlegte, wohin sie gehen sollte, um Ruhe zu finden. In die weiten Buchenwälder rund um Doberan? In den Klostergarten? Ins Münster?
Nein, sie würde dorthin gehen, wo sie gestern ihre schwerste Stunde erlebt hatte: ans Meer. Sie würde sich ihm noch einmal stellen, seinen Wellen, die verspielt tänzeln, aber auch zuschlagen

konnten wie tödliche Pranken. Sie würde mit ihm, dem Meer, noch heute ihren Frieden schließen. Ihm Abbitte leisten für das, was sie hatte tun wollen – und was sie wirklich getan hatte: Sie hatte seine Schätze, die sie liebte, mutwillig, wenn auch aus Verzweiflung, mit einem Kieselstein des Heiligen Dammes zerrieben.
Heute würde sie sie wieder sammeln, als Zeichen dafür, dass sie sie zu würdigen wusste und bereit war, das Leben in all seiner Süße und Bitternis wieder anzunehmen.

Lilly lief zum Markt zurück, holte ihren Emailleeimer und schlug den Weg westlich der Dammchaussee über das Bollhägener Fließ, einer abwechselnd flachen, dann wieder welligen Niederung, ein. In Gedanken versunken wanderte sie über Wiesen, durch Erlenbrüche, vorbei an vermoorten Senken, kleinen Gehölzen, blühenden Hecken und Kopfweidenreihen. Sumpfdotterblumen und Fieberklee, Hyazinthen und wilde Orchideen zogen immer wieder ihre Blicke auf sich. Schwalben zwitscherten hoch über ihr, und ab und zu war der Ruf eines Eichelhähers zu hören. Saphirgrüne Libellen mit blau geflecktenFlügeln sanken anmutig auf Wiesengräser nieder.
Langsam wurde sie ruhiger, ihr Verstand klarer.
Warum war Clemens' Mutter – Isa von Rastrow – ihr derart feindselig begegnet?
Und wie kam es, dass ausgerechnet Helen mit den standesbewussten Schwestern Norma von Stratten und Isa von Rastrow Umgang pflegte? Sie war eine Bürgerstochter, der Vater war Juwelier in Doberan, die Mutter entstammte einer Lehrerfamilie. Als Mädchen war sie rundlich gewesen, scheu und schweigsam. Je älter sie wurde, desto stärker ekelte sie sich vor ihrem eigenen Körpergeruch. Sie war nicht hübsch, hatte große, etwas wässrig wirkende Augen, ein fliehendes Kinn, was sie stets dazu veranlasst hatte, selbst bei Sommertemperaturen Stehkragen zu tragen. Was hatte sie mit diesen beiden Frauen zu tun, einer emotionalen und unberechenbaren

Ehefrau eines Rittergutsbesitzers und einer gefühlskalten und egoistischen Berliner Bankiersgattin? Und beide waren ihre, Lillys, Feindinnen. Schlimmer noch: Ihre Söhne – Clemens von Rastrow und Joachim von Stratten – hatten mit ihr, Lilly, in den Sommerferien gespielt, nicht mit Helen. Ihre Söhne waren mit ihr, Lilly, durch die Natur gestreift, hatten ihr Segeln und Reiten, Bogenschießen und Floßbauen beigebracht, nicht Helen.
Mit ihnen hatte sie sich zum Freundschaftsschwur getroffen …
Dem Rätsel, warum Clemens sich ihr damals entzogen hatte, war nun ein weiteres hinzugekommen: Welche Rolle spielte Helen in ihrem Kreis?
Oder war alles nur harmlos? Sollte Helen nur beiden Damen die neuesten Schmuckkreationen ihres Vaters präsentieren? Schließlich würden ihnen die berühmten Doberaner Renntage Anfang August genug Anlässe bieten, elegant und mit auffallendem Schmuck ausstaffiert Festessen, Bälle und Soireen zu besuchen. Hatte Helen nicht ein Köfferchen auf ihrem Schoß gehalten?
Lillys Gedanken glitten zu Clemens zurück. Wo mochte er all die Jahre gewesen sein? Vier Jahre war es her, dass sie sich das letzte Mal gesehen hatten. War er wirklich nur wegen der Renntage gekommen? Er liebte Pferde, hatte jedoch nie Wert auf Wettkämpfe gelegt. Um ihr, Lilly, das erzählen zu können, was er in der Zwischenzeit erlebt hatte, würde er aber seiner Mutter beweisen müssen, wie wichtig ihm seine persönliche Freiheit war.
Ob ihm das gelänge?
Und wenn wir uns jemals wiedersähen, was würde ich ihm sagen wollen?
Ich würde ihn von der Wahrheit überzeugen. Ich würde mir wünschen, dass er mir zuhörte. Ich könnte es nie ertragen, ihn an eine Mutter zu verlieren, die ihren erwachsenen Sohn in aller Öffentlichkeit wie ein Kind maßregelt, das Birnen gestohlen hat. Er war jetzt vierundzwanzig Jahre alt, hatte sicherlich studiert und Erfahrungen gesammelt – und dann das!
Ein Mann wie er konnte, durfte nicht das Eigentum einer kalther-

zigen, egoistischen Mutter sein. Je mehr diese Empörung von Lilly Besitz ergriff, desto stärker fühlte sie sich. Bestimmt, dachte sie, hatte dieser von Maichenbach recht. Sie sollte ihrem Leben einen Wert beimessen und nicht so schlecht von sich selbst denken, auch wenn sie nur das Kind der Strohhutnäherin Hedwig Babant und des einfachen Arbeiters Paul Pächt war.
Kämpfe, Lilly, kämpfe. Für dich und um den Mann, den du liebst. Aber wie? Und ... würde sie ihr Ziel erreichen?

Als Lilly Heiligendamm erreicht hatte und die Schönheit des Blicks auf eine friedliche Ostsee sie umfing, wurde sie von einem Gefühl der Aufregung ergriffen. Sie grüßte einige Kutscher, die an der Kutschenstation auf Gäste warteten, und lief zwischen Kurhaus und »Grand Hotel« auf die Promenade zu.
Wie immer zur Zeit der Sommersaison herrschte auch heute in Deutschlands erstem und vornehmstem Seebad reges Treiben. Wohin Lilly auch sah, überall promenierten Sommerfrischler auf den Wegen um das altbewährte Kurhaus in der Mitte des Gebäudeensembles aus acht wunderschönen Villen im Osten, dem »Grand Hotel«, der »Burg Hohenzollern« und den großherzoglichen Logierhäusern »Villa Krone«, »Marien-Cottage« und »Alexandrinen-Cottage« im Westen. Von überallher strebten frohgelaunte Ausflügler auf die Seebrücke zu, wo ein geflaggter Dampfer für einen Ausflug nach Lübeck, Travemünde oder Kopenhagen auf sie wartete. Weiter draußen auf dem Meer schnitten Segelboote durch die Wellen. Auch an Land blies ein warmer, kräftiger Wind. Die Sonne schien, und am Himmel war kein einziges Wölkchen zu sehen.
Es war, als hätte es diesen unglückseligen Vormittag und die düsteren Stunden des gestrigen Tages nicht gegeben. Lilly zwang sich, weder an das eine noch an das andere zu denken. Stattdessen suchte sie einen Moment lang Schutz im Schatten jener Bäume, die um den berühmten Gedenkstein Heiligendamms gepflanzt worden waren. Der riesige Findling aus rotem Granit, den man einst auf

dem Acker des Elmenhorster Bauern Schmitt gefunden hatte, wog gut zweihundertzwanzig Tonnen. Man hatte ihn unter Hofbaumeister Demmlers Anleitung mit großem Aufwand und Muskeleinsatz über elf Kilometer hierhertransportiert und zum fünfzigjährigen Bestehen des Seebades 1843 an dieser Stelle aufgestellt.
Einen Moment lang verlor Lilly sich im Anblick der Villen, ihrem Charme, ihrer klassizistischen Eleganz. Und dann blieb ihr Blick am berühmten Sinnspruch Heiligendamms hängen, der in goldenen Lettern im Gesims des Kurhauses, über dem säulengeschmückten Portal, prangte: HEIC TE LAETITIA INVITAT POST BALNEA SANUM. Hier erwartet dich Freude, entsteigst du gesundet dem Bade …
Konzerte, Liederabende, Billard- und Kartenspiel, Tanz und Genuss, ja, diese Freuden waren wichtiger Bestandteil der Badekur, doch nicht für sie. Sie war nur sicher, vom Meer selbst geheilt worden zu sein. Sie erinnerte sich an den Moment, als von Maichenbach sie gerettet hatte. Es war wie ein verhaltenes Aufatmen gewesen, eine kühle, leichte Ruhe. Ein gutes Gefühl, das sie gerne länger genossen hätte, wäre von Maichenbach nicht so neugierig gewesen. Ob sein Hund wohl noch immer mit ihrer Schürze spielte? Und wer mochte wohl eines Tages ihr Kochbuch *Cuisine d'Amour* kaufen? Oder würde es wie die anderen Bücher in den Regalen des Antiquars einstauben? Verzauberte es gar bereits jemanden, der seine Rezepte so schätzte wie sie?
Schon jetzt bereute sie, es verkauft zu haben.
Sie ließ die Schönheit der Prachtbauten Heiligendamms hinter sich und spazierte die Promenade westwärts, am »Grand Hotel«, der »Burg Hohenzollern« und den großherzoglichen Villen unterhalb der Steilküste entlang. Vor der Bucht, wo sie ihrem Leben hatte ein Ende setzen wollen, beschleunigte sie ihre Schritte. Dann begann sie zu laufen, bis sie außer Atem war und endlich die Ruhe fand, dem Meer Abbitte zu leisten – und sich selbst das zu verzeihen, was sie gestern noch hatte tun wollen.
Dann begann sie, wie schon so oft, Muscheln zu suchen: zarte

Platt- und Baltische Tellmuscheln – weiß, gelb, orange, rosa –, große Sandklaff- und Islandmuscheln, Venus- und stachelige Herzmuscheln, gedrungene Trogmuscheln – graugelb, hell- und dunkelbraun –, weißliche, hell- bis grünlichbraun genetzte Wellhornschnecken, orangene und gelbe Strandschnecken, die eine und andere Krause Bohrmuschel. Wählerisch aber war Lilly auch heute bei den Kammmuscheln. Sie liebte ihre Form, weil sie sie einmal dazu gereizt hatten, sie neu zu füllen ...

Die See war weit und frei. Die Möwen jagten mit dem Wind. Kurze eilige Brandungswellen verwischten Lillys Spur. Es war wie ein Sog, der sie zwang, dem langgezogenen Band des Strandes zu folgen.

Sie merkte kaum, wie die Sonne immer höher stieg und auf sie herabbrannte. Längst begegnete sie niemandem mehr. Nur der Wärter des Leuchtturms Buk auf dem Signalberg bei Bastorf, der diesen Teil der Wismarer Bucht überwachte, würde sie vielleicht mit dem Fernglas beobachten können. Kühlungsborn war nicht mehr weit, ihr Eimer gefüllt mit Muscheln, die leise aneinanderrieben. Nur der unaufhörliche Schlag des Wassers klang wie der Herzschlag der Ewigkeit. Und erst jetzt wurde Lilly bewusst, dass sie schon immer gelaufen war, um einer zehrenden Kraft, einer tief verborgenen Sehnsucht zu entkommen.

Ja, die heutige unerwartete Begegnung mit Clemens und seiner Mutter hatte etwas in ihr in Bewegung gebracht.

Je länger sie nachdachte, desto klarer wurde es ihr. Mit ihm, Clemens, hatte alles vor vielen Jahren begonnen. Sie hatte ihn von Anbeginn an geliebt. Auch er hatte in Berlin, allerdings im vornehmen Zehlendorf, gewohnt und die Sommerferien abwechselnd bei Joachim auf dem Strattenschen Rittergut und dem väterlichen Rittergut bei Rostock verbracht.

Jahrelang hatten sie als Kinder diese Zeit miteinander geteilt, bis zu diesem Sommerabend '78. Sie war vierzehn, Clemens und Joachim waren siebzehn Jahre alt gewesen.

Sie hatten, wie so oft, den ganzen Tag miteinander gespielt, waren ausgeritten, in die Kirschbäume gestiegen, hatten Brom- und Himbeeren vom Strauch gegessen, am frühen Abend am Teich Fische gebraten, heimlich eine Flasche mit Mirabellengeist aus dem Gutsherrnkeller geholt, bis Joachim spät in der Nacht auf die Idee gekommen war, einen ewigen Freundschaftsbund zu schließen. Lilly war sofort einverstanden gewesen, sie vertraute ihm und wusste, wie sehr er sie mochte. Aber Clemens schüttelte sanft den Kopf, zog sich an einen Birnbaum zurück, lehnte sich an den Stamm und schaute ihnen mit einem unvergesslich rätselhaften Ausdruck in seinen Augen zu. Diesen Blick hatte sie nicht vergessen können. Bestürzt hatte er sie, bestürzt und aufgewühlt. Sie verstand ihn damals nicht und verstand ihn auch heute nicht. Im Jahr darauf feierte Clemens sein Abitur. Danach verloren sie sich aus den Augen. Drei Jahre lang arbeitete sie ohne Sommerpause in der Strohhutfabrik – bis zu ihrer Rückkehr im Frühjahr vor vier Jahren.

Erst mit dem Buch *Cuisine d'Amour* war etwas in ihr berührt worden, dessen sie sich nicht bewusst gewesen war. Doch heute wusste sie: Das Buch hatte auf eine indirekte Weise etwas mit ihrer Sehnsucht nach Clemens zu tun. Es war für sie stets mehr gewesen als nur eine Sammlung hübsch illustrierter Blätter mit außergewöhnlichen Rezepten. Es hatte ihr geholfen, in Maître Jacobis Küche ihrer Sehnsucht nach Clemens entkommen zu können, indem sie kulinarische Traumwelten entwarf. Dieser Höhenflug der Sinne, dieser Rausch von Zunge, Herz und Gaumen, war ihr Trost gewesen.

Jetzt vermisste sie ihn, als sei er ein verlorengegangener Teil ihrer Seele.

Sie vermisste das Buch. Sie vermisste Clemens. Sie vermisste ihre Süßspeisen. Ihre Welt. Ihre Liebe.

Was blieb ihr noch?

Nichts als ihre Kleidertaschen, die Muscheln und die zehrende Lust des Suchens nach jener besonderen Kammmuschel, die ihren Schmerz für immer in sich einschließen würde.

Ihr Weg war die Suche, das Sehnen nach dieser einen Muschel.
Das war ihr Geheimnis, das in ihrer Seele verborgen war wie ein Bernstein auf dem Meeresgrund.
Sie stellte ihren gefüllten Eimer ab, weil sie eine besonders schöne, großbauchige Herzmuschel zwischen den nass glänzenden Kieseln entdeckt hatte. Sie bückte sich und umschloss sie mit ihren Händen. Zu ihren Füßen schwappten leise die Wellen an den Strand. Die Sonne breitete ein Netz aus silbrigen Lichtreflexen über dem Meeresblau aus. Es war, als höbe die ätherische Leichtigkeit des Himmels sie empor, als wiege das Spiel der Wellen sie auf und ab, auf und ab.
Frei und geborgen sein, unbeschwert und getragen, was für ein herrliches Gefühl!
Das ist ein Glück, das mir niemand nehmen kann. Niemand.
Für das aber, was du liebst, Lilly, wirst du selbst kämpfen müssen.
Ich liebe dich, Clemens, so wie ich das Meer, das Licht, den Himmel, die Luft liebe. Niemand wird dich je ersetzen können. Niemand. Ich möchte dir helfen, den Weg zu mir zu finden. Aber wie?
Und wie soll ich dich davon überzeugen, dass ich keine Giftmischerin bin?
Die Herzmuschel fest in der einen, den mit den anderen Muscheln und Schnecken gefüllten Eimer in der anderen Hand, kehrte Lilly nachdenklich nach Heiligendamm zurück.

An der Seebrücke hatte ein Ausflugsdampfer angelegt. Zwischen den aussteigenden Sommerfrischlern entdeckte Lilly ihren Lebensretter Xaver von Maichenbach und den weiß-braunen Terrier an der Leine. Hechelnd und schwanzwedelnd zerrte der Hund seinen Herrn zu Lilly hin.
»Ah, was für ein glücklicher Zufall!«, rief von Maichenbach und kam Lilly mit einem herzlichen Lachen entgegen. »Wie schön, dass ich Sie wiedersehe. So ist die Meerschaum-Venus doch nicht davongeschwommen.«

Sie mussten ein wenig beiseitetreten, um den zahlreichen Familien mit Kleinkindern und älteren Ehepaaren Platz zu machen, die es eilig hatten, die Seebrücke zu verlassen, um Hunger und Durst zu stillen. Lilly gestand sich ein, froh zu sein, von Maichenbach wiederzubegegnen. Sie begrüßte ihn und bückte sich sogar zu dem Hund hinab, um ihn zu streicheln.
»Ich bin Ihnen gestern ohne Abschied davongelaufen«, sagte sie verlegen.
»Das ist verständlich, schließlich waren Sie ja reichlich durcheinander, nicht? Wollen Sie mir nun bitte Ihren Namen verraten?«
»Lilly Alena Babant«, sagte sie scheu.
»Lilly? Was für ein schöner Name. Kommen Sie, wir müssen uns unbedingt unterhalten. Ich habe die ganze Zeit an Sie gedacht und habe Fragen über Fragen, die mir doch arg zu schaffen machen. Ich würde gern ein wenig mehr darüber erfahren, warum Sie mir gestern die Chance gaben, etwas Gutes zu tun. Dürfte ich Sie zu einer Spazierfahrt einladen?«
Lillys Gedanken überschlugen sich. Was mache ich jetzt? Soll ich es wagen? Kann ich ihm vertrauen? Er hat gestern meine verzweifelte Lage nicht ausgenutzt. Im Gegenteil, er war geradezu ritterlich. Und ich? Ich möchte mich noch einmal aussprechen hören, was ich erlebt habe. Ja, das ist es. Sie gab sich einen Ruck.
»Also, wohin wollen wir?«
Sie zögerte, doch dann schlug sie vor, hinaus nach Börderende, einem Fischerdorf vier Kilometer östlich von Heiligendamm, zu fahren. »Ich danke Ihnen noch einmal für gestern«, flüsterte sie ihm zu, als sie nebeneinander in der Kutsche saßen, den Terrier zwischen sich. »Ich fürchte, ich habe wirklich etwas Furchtbares getan.«
»Allerdings. Nun, auf ans Meer!«
Am Damm von Börderende angekommen, löste von Maichenbach seinen Hund von der Leine, der sofort begeistert den Seemöwen nachjagte. So setzten sie sich fernab des Trubels an den

Strand, die glitzernde Ostsee vor sich, den zwischen Wiesen gelegenen Conventer See hinter sich.

Lilly legte Schirm und Hut ab. Der warme Wind zupfte an ihren blonden Locken. »Herrlich ist es hier!« Sie breitete die Arme aus. Für einen Moment genoss sie den wolkenfreien Himmel, der sich wie ein seidenes Tuch über das glitzernde Meer wölbte. Ein Stück weiter westlich schimmerte die schneeweiße Perlenkette Heiligendamms, Kur- und Logierhäuser sowie großherzogliche Villen. Von der Seebrücke legten mehrere Segelschiffe ab, die unter dem sich rasch aufblähenden Großsegel Fahrt aufnahmen. In der Nähe trat ein alter Fischer auf den Strand und begutachtete ein Netz, das zwischen Staken aufgespannt war. Alles sah so friedlich aus, als habe es nie einen stürmischen Nordost gegeben, nie solch düstere Stunden wie gestern, an die sie vorhin von Maichenbachs Nähe noch einmal schmerzlich erinnert hatte. Ihre Finger glitten über die glatten Kiesel.

»Vielleicht haben Sie jetzt Lust, mir alles zu erklären«, begann von Maichenbach ruhig. »Niemand wirft sein Leben einfach so fort. Erst recht nicht jemand wie Sie. Dafür braucht es schon einen sehr triftigen Grund.«

Lilly schwieg. Sie wusste nicht, womit sie anfangen sollte. Mit Berlin? Dem Gutshof der Strattens? Dem Haus ihrer Großeltern? Der Terrier bellte auffordernd, schaute zwischen beiden hin und her.

»Wer sind Sie, Lilly?«, drängte von Maichenbach leise. »Wissen Sie, was mir gestern auffiel? Sie rissen Ihre Schürze ab und sagten, alles sei sinnlos. Es ist eine Kochschürze, nicht wahr? Hat die Schürze etwas mit Ihrer Verzweiflung zu tun?«

»Wo ist sie eigentlich?«

»Ich lasse sie gerade waschen ... Brauchen Sie sie denn so dringend?«

Lilly gab sich einen Ruck. »Nein, jetzt brauche ich sie nicht mehr. Ich bin, ich war Süßspeisenköchin in der ›Strandperle‹, Herr von Maichenbach.«

Er erblasste. »Sie sind es nicht mehr?«
Stumm schüttelte sie den Kopf.
»Haben Sie dort noch vorgestern Abend gekocht?«
Sie nickte.
»Dieses Dessert ... Mohn-Vanille-Parfait mit Schokolade und ...«
Er überlegte.
»... und einer Schaumcreme aus Sanddorn und Honigmelone«, ergänzte sie leise.
»Serviert in einer kristallenen Schale ...«
»Sie hat die Form einer Großen Kammmuschel. Es war meine Idee, die Desserts so anzurichten ...«
Fassungslos und voller Bewunderung schaute er sie von der Seite her an. Er lupfte seinen Borsalino. »Ich habe eine Venus gerettet, eine Köchin der Liebe! Ich muss sagen, das hätte ich mir niemals vorstellen können. Sie müssen wissen, bis zu Ihrer unseligen Tat habe ich mich über die Langeweile hier geärgert: die Spielbank geschlossen, die Damen nicht nach meinem Geschmack, das Meer zu kalt, eine Bekannte, die ich erwarte, noch nicht eingetroffen. Ich möchte nicht ironisch sein, aber durch Sie hat sich für mich alles geändert. Erlauben Sie mir meine Neugier ...«
»Ich habe drei Jahre lang erfolgreich in der ›Strandperle‹ gearbeitet und war sehr stolz darauf. Denn ich hatte schlimme Jahre hinter mir.« Sie machte eine kurze Pause. Nein, alles würde sie ihm nicht erzählen. »Kurz gesagt: Mir gelang es, mich aus äußerst ungünstigen Verhältnissen zu befreien. Aber durch einen dummen Fehler habe ich vor zwei Tagen mein ganzes Glück verspielt. Und das nur wegen eines Buches, mit dem alles begann. Es hieß *Cuisine d'Amour*.«
»Küche der Liebe. Sie verstehen also Französisch?«
Der Hund legte sich neben sie. Lilly streckte ihre Hand nach ihm aus und kraulte ihm den Kopf. »Nein, ich kann kein Französisch«, murmelte sie.
»Das dachte ich mir. Ein Kochbuch` über die Liebe ... Es hat Ihnen wohl ein Gast als Anerkennung geschenkt, nicht?«

38

»Was denken Sie von mir? Ich fand es auf dem Dachboden meines Onkels in Doberan. In einer Kiste mit dem Hausrat meiner verstorbenen Tante Bettine.«

»Verstehe, Ihr Onkel war Soldat im Frankreich-Feldzug und brachte es mit. Eine etwas ungewöhnliche Kriegsbeute. Aber warum nicht? Auf jeden Fall konnten Sie in dem Buch nicht lesen. Also, was geschah dann?«

Sie fasste das Erlebte zusammen, bis zu dem Punkt, wo ihr besonderes Dessert ins Spiel kam.

»Safranbällchen mit Karamellpudding!«, wiederholte von Maichenbach. »Himmlischer Orient! Köstlich! Und die Geleesterne?«

»Aus ungekochtem Holundersaft. Sie wissen natürlich, was passiert, wenn man ungekochten Holundersaft trinkt?«

»Beginnt man dann noch mehr zu schwitzen?«

»Nein, das geschieht nur, wenn der Holundersaft heiß ist. Dann hilft er gegen Fieber und ist gut bei Erkältungen. Nein, im rohen Zustand genossen, bekommt man Koliken und, na ja ... Jedenfalls rief mich Professor Jacobis Bruder, Maître Jacobi, gestern zu sich und entließ mich.«

»Das ist bedauerlich. In der Tat. Ihre Arbeit fehlt Ihnen sicher sehr, oder?«

»Ja, seit ich denken kann, habe ich es geliebt, in der Küche zu experimentieren. Und so habe ich mich eigentlich immer als Spezialistin für süße Geschmacksträume gesehen.« Lilly merkte, wie ihr die Worte leicht über die Lippen kamen. Ihrer Mutter gegenüber hätte sie sich nicht so frei äußern können, sie hätte sie doch nicht ganz verstanden. »Süßes inspiriert mich, es regt meine Phantasie an. Sie wissen doch: Nach einem mehrgängigen Menü erwartet der Genießer von einem Dessert, dass ihm etwas Besonderes geboten wird. Ich war immer der Meinung, dass es nicht einfach ein deftiger, süßer oder sahniger Paukenschlag sein darf. Nein, ein gutes Dessert muss wie eine romantische Melodie sein, im Gast weiterklingen, ihn zum Lächeln bringen. Es sollte ihn verzaubert haben, bevor er die Tafel verlässt. Können Sie das verstehen?«

»Aber ja, sicher. So, wie Sie es beschrieben haben, klingt es wunderbar anschaulich. Und glauben Sie mir, die Desserts in der ›Strandperle‹ haben auch genauso geschmeckt. Mein Kompliment. Wenn ich gewusst hätte, dass Sie diese Geschmacksmelodien komponiert haben … Das ist doch wunderbar. Quasi gedoppelte Süße und Schönheit. Ich darf das sagen – ich esse nämlich sehr gern sehr gut.«

»So sind Sie ein Gourmet, Herr von Maichenbach?«

»Allerdings, für mich gibt es kaum Schöneres, als das Gute aus allerlei Küchen zu genießen. Ich sagte Ihnen ja schon, ich bin Pfälzer … und damit ein Genießer durch und durch. Also, Lilly, Sie haben ein großes Talent. Sie verstehen Ihr Handwerk, mehr noch, Sie lieben es. Warum gehen Sie nicht in eine Großstadt? Nach Dresden, Berlin oder Hamburg?«

»Wahrscheinlich weil ich das wenige Schöne in meinem Leben nur hier erlebt habe.« Einen Augenblick lang verharrte Lilly in der bittersüßen Schwere der Erinnerung. Doch dann besann sie sich und sagte: »Ich möchte hierbleiben. Dies ist meine Heimat, die Heimat meiner Mutter, meiner Vorfahren. Auch wenn mir mein Onkel und mein Cousin das Leben schwermachen. Denn hier habe ich meine besten Freunde. Außerdem muss ich für meine Mutter sorgen. Sie ist lungenkrank.«

»Ihre Mutter braucht also Ihre Pflege, und Sie leben bei Ihrem Onkel.«

»Ja, auf dem Dachboden.«

»Auf dem Dachboden? Die Süßspeisenköchin der ›Strandperle‹? Das ist geradezu impertinent.«

Lilly verspürte plötzlich leichten Schwindel. Ihre Schläfen pochten, und für einen kurzen Moment überkam sie das Gefühl, enge Dachschrägen schlügen über ihr zusammen. Sie massierte ihre Schläfen.

»Ist Ihnen nicht gut?«

»Es ist nicht einfach, nur geduldet zu sein«, erwiderte sie ausweichend. »Aber wie gesagt, es ging alles drei Jahre lang gut. Ich konnte Geld verdienen, meiner Mutter Medikamente kaufen, meinem Onkel Miete zahlen.«
»Sie zahlen ihm für eine Dachkammer Miete? Mit Verlaub, aber Ihr Herr Onkel ist ...«
»... der Bruder meiner Mutter. Und er hasst sie, Herr von Maichenbach. So ist es nun mal.«
»Mein Gott, ja aber warum?«
»Stellen Sie sich vor, ich weiß es nicht.«
Er musterte sie kritisch. »Sie wissen es nicht?«
»Nein«, erwiderte sie knapp. Plötzlich missfiel ihr von Maichenbachs Neugier. Doch als hätte er ihre Verstimmung gespürt, sagte er leise: »Es ist immer bedauerlich, wenn ein Mensch sein Glück verspielt. Und noch bedauerlicher, wenn es eine so liebreizende Person wie Sie tut.«
Da spürte Lilly, wie sich sein kleiner Hund an sie schmiegte. Aufmerksam schaute er sie an, und seine Augen schienen zu sagen: So lustig, wie ich dachte, bist du gar nicht, oder? Was kann ich tun, damit du wieder fröhlich wirst? Sie beugte sich über ihn und kraulte ihm das Fell, woraufhin er sich auf den Rücken rollte. Er genoss sichtlich ihre Berührung.
»Er mag sie, Lilly. Erzählen Sie mir noch kurz etwas von Ihrem Onkel, bitte.«
»Er ist Privatier«, murmelte sie.
»Das bin ich auch«, gab von Maichenbach mit gedämpfter Stimme zurück. »Doch wohl unter anderen Vorzeichen, nicht?«
»Das ist möglich«, erwiderte sie und ärgerte sich, so viel von sich preisgegeben zu haben. Sie griff in ihren Eimer und begutachtete nacheinander jede einzelne Muschel und Schnecke. Hin und wieder warf sie von Maichenbach einen Seitenblick zu. Dieser aber starrte, ohne auf sie zu achten, nachdenklich auf das Meer. Dabei nagte er angespannt an seiner Unterlippe, während er mit dem Zeigefinger die Löckchen seines Kinnbartes zwirbelte.

Der Wind hatte aufgefrischt. Die Segelboote auf dem Meer stießen unter geblähten Segeln kraftvoll kielwärts auf die Wellen zu, zogen hoch, klatschten in die Wellentäler und wurden erneut emporgehoben. Landeinwärts, an den Ufern des Conventer Sees, schwankten die Wipfel der Schwarzerlen und Grauweiden hin und her. Irgendwo im Schilf rief ein Kiebitz. Seeschwalben jagten hoch über ihren Köpfen vorbei. Lilly lauschte dem Rauschen der Wellen, dem Rascheln des Strandhafers.

Da räusperte sich von Maichenbach energisch. »Ich fühle mit Ihnen, Lilly Alena. Sie bemühen sich zwar, Ihre Traurigkeit zu verbergen, aber das wird Ihnen nichts nutzen. Sie müssen etwas tun, damit sie vergeht. Ich möchte Ihnen etwas vorschlagen. Ich kann Ihnen Ihre Stellung nicht zurückgeben, aber Sie könnten auf andere Weise Geld verdienen. Schließlich können Sie ja nicht darauf verzichten.«

»Womit denn?«, fragte sie sofort.

Zu schnell, viel zu schnell, dachte sie erschrocken. Er muss denken, ich würde … alles tun.

Von Maichenbach jedoch deutete auf seinen Hund. »Was halten Sie davon, Dog Walking zu machen? Dreimal am Tag eine Stunde?«

Lilly zögerte. »Dog Walking?«

»Dog ist englisch und heißt Hund. Ein Dog Walker ist jemand, der Hunde ausführt. Man könnte natürlich je nach Arbeitsaufwand auch von einem Dog Sitting sprechen. Einen Säugling oder ein Kleinkind zu umsorgen nennt man in England Baby Sitting. Aber so weit wollen wir ja nicht gehen, nicht? Auch wenn ich behaupten könnte, dass, wenn Sie meinen Hund eine Weile ausführten, es beinahe aufs Gleiche herauskäme.« Er grinste.

Sie überlegte. Sie mochte Hunde, keine Frage, aber sie täglich auszuführen war eine heikle Angelegenheit. Was, wenn ihr von Maichenbachs Hund entwischte? Was würde sie tun, wenn er sich mit Artgenossen anlegte und sie biss? Würde man dann nicht sie für das schlechte Benehmen des Tieres verantwortlich machen?

»Ich zahle Ihnen den gleichen Lohn wie Maître Jacobi, einverstanden?«
Dieser Vorschlag zerstreute all ihre Zweifel, dennoch zögerte Lilly.
»Wollen Sie sich vorher noch mit Ihrer Mutter beraten?«
»Nein, ich denke, sie wird nichts dagegen haben. Ich werde es zumindest mal versuchen. Alles Weitere wird sich schon ergeben.«
Von Maichenbach lachte und zeigte wieder mit dem Finger gen Himmel. »Er wird Sie ab jetzt behüten wie mich mein Hut. Kommen Sie also, wenn Sie mögen, morgen früh um acht zur Villa ›Seestern‹, dort logiere ich im ersten Stock. Mein Diener wird Ihnen Schmidtchen abgefüttert übergeben.«
»Schmidtchen?«
»So heißt er. Es amüsiert mich immer, wenn sich der eine oder andere Zweibeiner gleichfalls angesprochen fühlt und uns beide dann entrüstet anschaut. Da habe ich wohl eine anarchistische Ader.« Er grinste, zog seinen Hut wieder tief in die Stirn.
Er muss wirklich viel Muße haben, um auf solche Scherze zu kommen, dachte Lilly. Schmidtchen auszuführen könnte spannend werden.

»Du willst Hunde ausführen?« Hedwig hockte auf einem Schemel, die Füße in einer Schüssel mit dampfendem Wasser, das nach einer Kräutermischung roch. »Weißt du nicht, was das bedeutet? Wie naiv bist du, Tochter? So, wie du ausschaust, wirst du die hübscheste Seele, das leichteste Mädchen von ganz Heiligendamm sein!«
Lilly schoss vor Ärger das Blut ins Gesicht. »Ich habe keine andere Wahl!«
Hedwig schleuderte ihr Handtuch neben die Schüssel und stellte ihren linken Fuß auf den Boden. »Du hattest die Wahl, nein zu sagen! Hat dieser Maichenbach dir etwas versprochen? Hat er dir schöne Augen gemacht? Wie kommst du dazu, einem Fremden über uns, über dich zu erzählen?«

Weil er mein Leben gerettet hat, dachte Lilly, aber das, Mutter, darfst du nie erfahren. Laut sagte sie: »Er kennt die ›Strandperle‹, kannte sogar meine Desserts und war von meinem Unglück erschüttert. Er wollte mir helfen, das ist alles.«
Hedwig trocknete, ohne Lilly aus den Augen zu lassen, hektisch ihre Füße ab. Wütend warf sie ihr das Handtuch zu. »Du hast einen Fehler gemacht, Lilly. Du bildest dir ein, es sei richtig, doch die Folgen werden für uns alle schlimm sein. Hast du denn gar nicht an deine Familie gedacht? An unseren Ruf? Was, glaubst du wohl, wird dein Onkel dazu sagen?«
»Ich habe an dich gedacht, Mutter. Im Moment ist das Angebot von Maichenbach gar nicht so übel. Ich liebe Tiere, bin an Hunde gewöhnt, warum sollte ich nicht den Gästen helfen, damit sie in Ruhe ihrer Kur nachgehen können?«
»Weil du auffallen wirst, wenn du Tag für Tag zwischen all den Reichen und Vornehmen herumspazierst! Darum! Jeder wird dir etwas anderes unterstellen. Was habe ich nur für eine dumme Tochter!«
»Mutter, ich habe nur das Beste gewollt«, erwiderte Lilly so ruhig, wie es ihr möglich war. Denn wenn ihre Mutter auch sicher übertrieb, die Angst, es könnte tatsächlich so sein, wie sie es befürchtete, würde Clemens in für sie unerreichbare Ferne treiben ... »Es ist Unsinn, gleich an das Schlimmste zu denken«, sagte sie daher betont forsch. »Im Moment gibt es keine andere Arbeit für mich. Und ich werde jeden zurückweisen, der mich auch nur anzusprechen versucht.«
Hedwig lachte auf. »Du träumst, meine Gute. Ich fürchte, du bist zu lange bei deinen süßen Träumen in der Küche gewesen. Das Leben außerhalb, hast du es denn schon vergessen? Es hat andere Regeln als die, die für Desserts gelten, keine, wobei es auf Harmonie ankommt.«
Außer sich vor Wut griff Lilly nach der Schüssel und schüttete das Wasser aus dem offenstehenden Fenster. »Du wirst schon sehen, dass ich es schaffe! Du wirst schon sehen!«

»Lilly?«
Sie fuhr herum. »Was verlangst du noch von mir, Mutter? Verstehst du denn nicht? Ich habe keine andere Wahl! Oder möchtest du, dass ich zurück in die Strohhutfabrik nach Berlin gehe, damit du hier in Ruhe …?«
»Damit ich in Ruhe sterben kann? Willst du mir das sagen? Lilly, wie kannst du es wagen! Du bist mein einziges Kind.«
»Ich wiederhole nur das, was du selbst jeden Tag sagst.«
Stumm starrten sie einander an. Vom Markt her hörten sie laute Stimmen, unterbrochen vom Rattern der Fuhrwerke und kleinen Handkarren, die über das holprige Pflaster gezogen wurden. Spatzen, die unter der Dachrinne hausten, tschilpten aufgeregt.
»Ich gehe Brot holen«, sagte Lilly. »Es kann später werden.«
»So ist wohl schon das Brotholen ein Vorwand für heimliche Vergnügungen?« Hedwig holte tief Luft und machte eine wegwerfende Handbewegung. »Ach, es hat heute wohl keinen Zweck mit uns beiden. Geh nur. Hauptsache, dein Onkel muss sich nicht bei mir darüber beklagen, dass du seinen Haushalt schlecht führst.«

Lilly bemühte sich, ihren Ärger zu unterdrücken. Sobald sie das Brot gekauft hatte, hielt sie es nicht mehr länger aus. Sie musste mit ihrer Freundin Margit sprechen. Und so machte sie sich auf den Weg zum Buchenberg. Dort, unweit des Friedhofs, wohnten Margit und ihre sechsundvierzigjährige Mutter Hanne allein in einem kleinen Haus mit Garten. Beide arbeiteten als Badefrauen im Doberaner Stahlbad.
Als Lilly auf ihr Haus zuging, entdeckte sie die beiden auf der Bank, einen Korb blau umsäumter Badetücher zu ihren Füßen. Wie immer kamen sie rasch ins Gespräch, und so erzählte Lilly ihnen von ihrem Streit mit ihrer Mutter und dem, was ihr geschehen war.
»Ich denke, da hast du wirklich einen großen Fehler gemacht«, meinte Hanne schließlich.

»Dabei war ich mir sicher, nur etwas Harmloses getan zu haben. Ich hab mir einfach nicht vorstellen können, dass Professor Jacobi sofort zu Frau von Stratten geht und ihr alles haarklein berichtet. Und nach dem, was ich heute Vormittag erlebt habe, wissen es jetzt bestimmt alle.«

»Lilly, die Leute reden und vergessen schnell«, warf Margit mitfühlend ein. »Wir kennen dich doch. Wir wissen, dass du nichts anderes getan hast, als deine Ehre zu retten. Ein harmloser Streich, mehr ist es doch nicht gewesen.«

»In den Augen von Frau von Stratten und ihrer Schwester bin ich jetzt beinahe eine Kriminelle. Aber sie mochten mich nie, und Joachims Mutter hat es nie gern gesehen, dass ich mit Joachim befreundet bin.«

»Na, dann hättest du eben vorher nachdenken müssen, Lilly«, meinte Hanne vorwurfsvoll. »Was sagt denn Hedwig dazu?«

»Wir haben uns gerade gestritten, weil sie nicht mit dem Dog Walking einverstanden ist.«

Hanne stemmte ihre Fäuste in die Taille. Ihre Stimme nahm einen noch schärferen Ton an. »Du bist mir ja ein Engelchen! Hunde ausführen ist noch harmlos im Vergleich zu dem, was du getan hast. Hättest du nicht daran denken können, bevor du dich mit dem Französischlehrer eines Rittergutsohnes anlegst? Du hast dich so angestrengt, um aufzusteigen, und bist nun durch Übermut abgestürzt. Warum suchst du dir nicht in Rostock oder Wismar neue Arbeit?«

»Und wer kümmert sich um meine Mutter? Schon hier reichte mein Lohn gerade für Miete, Essen und die teuren Medikamente. Die Groschen, die ich mir vom Mund abspare ... wie wenig ist das. Zudem müsste ich dann ja zusätzlich für Unterkunft und Fahrtkosten aufkommen. Wie stellst du dir das vor? Dass eine Süßspeisenköchin mit Gold zugeschüttet wird?« Lilly war ärgerlich.

Hanne schnappte nach Luft. Es sah aus, als wolle sie etwas sagen, doch da kam Hedwig mit eiligen Schritten, ein Tuch vor dem Mund, auf sie zu.

»O Gott, dass mir das passieren musste. Lilly, was hast du nur getan?« Sie schwitzte und keuchte vor Anstrengung.
»Was ist denn geschehen, Hedwig? Komm, setz dich und trink ein Glas Mirabellenlikör.«
Hedwig sank auf einen gepolsterten Korbsessel, wischte sich die Stirn, während sie nach Luft rang. Hanne eilte in die Küche und kam mit einem gefüllten Schnapsglas zurück. »Trink. Und nur dass du es weißt, Lilly hat uns alles erzählt. Es ist nicht so schlimm, wie du denkst.« Hedwig schob das geleerte Schnapsglas über den Tisch.
»Vorhin war ein Bote bei Alfons«, fuhr sie aufgeregt fort. »Er sei von Maître Jacobi geschickt, sagte er. Er wolle dir dein Kochbuch abkaufen. Du hättest ja alle Rezepte im Kopf. Alfons hat ihm die Tür vor der Nase zugeschlagen. Dann hat er getobt, das kannst du dir nicht vorstellen. Warum du so eitel seist, deiner Laune nachgingst, einfach zu Hause bliebst. Wenn du so weitermachtest, würdest du noch deine Stellung verlieren. Was für nutzlose Weiber wir seien. Welche Belastung für ihn. Und dann: Du hättest dich an seinem Eigentum vergriffen. Sein Buch sei es. Seines!«
Lilly wurde übel. Also waren Isa von Rastrows öffentliche Beleidigungen noch nicht an ihn herangetragen worden ... Sie füllte das Schnapsglas mit Mirabellenlikör nach und nahm einen Schluck. Neugierig verfolgten die Frauen jede ihrer Gesten.
»Wo ist es denn?«, fragte Hanne vorsichtig.
»Ich hab es heute Morgen verkauft.«
Die Frauen starrten sie an.
»Nein, sag, dass das nicht stimmt.« Hedwig war bleich geworden.
»Ich musste dir doch deine Medizin holen.« Lilly senkte den Kopf. Konnte es noch schlimmer kommen?
»Du hast Alfons' Buch gegen meinen Hustensirup eingetauscht?«
»So ist es.«
»Dann können wir nur beten, dass er es nie erfährt. Er würde

nicht den Besenstiel nehmen, sondern den Dreschflegel und auf dich einschlagen. Am besten, du sagst ihm, du hättest es verloren.«

»Oder es sei dir gestohlen worden«, meinte Margit eifrig, doch ihre Mutter Hanne warf Lilly einen aufmunternden Blick zu. »Ich stehe dazu, du hast einen Fehler gemacht, Lilly. Aber jetzt musst du stark bleiben. Ich sage euch, Alfons wird das Buch, das ihn doch nie interessiert hat, sofort vergessen, sobald Lilly ihm wieder Geld zum Saufen auf den Küchentisch legt. Mach dir keine Sorgen, Lilly. Ich denke, du hast es richtig gemacht. Führe den Hund dieses Herrn von Maichenbach aus. Alles Weitere wird sich schon ergeben.«

»Aber was die Leute über meine Tochter denken werden, davon macht ihr euch keine Vorstellung.«

»Ach was, Hedwig, du denkst an frühere Zeiten, als einige Frauen sich als Buhlmädchen von Männern aushalten lassen mussten. Das ist gottlob vorbei. Heute kann und darf eine Frau tun, was nötig ist, wenn sie nicht untergehen will. Hunde auszuführen ist doch nicht unanständig. Es kommt ganz darauf an, wie Lilly es macht. In kurzem Röckchen und roten Schuhen wird sie es ja wohl nicht tun, nicht, Lilly?«

Lilly nickte mit hochrotem Kopf.

»Na siehst du, Hedwig. Du solltest deiner Tochter mehr zutrauen. Hat sie nicht schon viel erreicht? Pass auf, Lilly, ich würde es so machen: Spazier nicht einfach mit dem Hund herum. Nimm sein Trinkwasser, etwas zu fressen und eine Bürste mit, falls er sich beschmutzt. Putz ihn sorgfältig, auch die Pfoten, und kämme sein Fell, bis es glänzt. Dann erst bringe ihn zu seinem Herrn zurück. All das wird dich in ein gutes Licht setzen. Es wird zeigen, wie ernst du deine Arbeit nimmst. Und du selber wirst deine innere Würde behalten.«

Margit verdrehte die Augen. »Siehst du, Lilly, solche Moralpredigten muss ich mir tagein, tagaus anhören.«

»Du hast eine vernünftige Mutter.«

»Dann bin ich es wohl für dich nicht, wie?« Hedwig beugte sich hüstelnd vor und presste ein Taschentuch auf den Mund.
Hanne legte ihr die Hand auf die Stirn. »Du solltest dich hinlegen, Hedwig. Und lass Lilly in Ruhe. Sie hat es schon schwer genug. Ich kann euch aber auch noch einen anderen Rat geben, wenn ihr wollt.«
»Nicht, Mutter, lass doch bitte dieses Thema«, warf Margit schüchtern ein.
»Ach was! Es tut mir leid, das sagen zu müssen, Lilly, aber ich fürchte, Hedwig ist schon viel zu mutlos geworden, um dir einen vernünftigen Rat zu geben. Du und Margit, ihr seid jung, ihr seid hübsch. Wollt ihr euer ganzes Leben mit harter Arbeit verbringen? Helft euren alten Müttern und sucht euch einen vermögenden Mann. Seht euch doch um!« Sie machte eine Pause. »Vergesst eure Gefühle. Denkt praktisch, so wie ich es getan habe, als ich jung war. Mir hat mein verstorbener Mann eines Abends auf einem Stückchen Papier dieses Häuschen aufgemalt und mich gefragt, ob ich Lust hätte, mir die Gardinen selbst zu nähen. Das war sein Heiratsantrag. Er hatte lange gespart, etwas geerbt und dieses Grundstück gekauft. Er war etwas kleiner als ich, auch konnte er nicht tanzen. Doch er war zuverlässig und sparsam. Das, was ihr euch vorstellt – Liebe, Leidenschaft –, habe ich nie kennengelernt. Aber seht jetzt, was ich habe. Das ist mehr, als ich mir je erträumt habe. Und wenn Margit bald den Richtigen findet, höre ich mit der Arbeit auf und ziehe zu ihr, um die Kinder zu hüten. So ist es richtig. Alles andere sind Flausen.«
Lilly fühlte sich unbehaglich. Sie stand auf. »Dann wäre es am besten, ihr gebt mir zusätzlich Arbeit, Hanne«, meinte sie mit leichter Ironie. »Damit mir die Flausen vergehen.«
Hanne lachte. »So gefällst du mir besser. Du solltest einfach mutiger sein, Lilly.«
»Mut, Hanne, den hatte ich auch einmal«, erwiderte Hedwig bitter. »Mein Paul hatte schon angespart. Wäre er nicht verunglückt, besäßen wir heute auch so ein hübsches Häuschen wie deines.«

»Du belügst dich doch nur.«
»Ich bin vom Pech verfolgt, schon mein Leben lang.«
»Du belügst dich, Hedwig«, wiederholte Hanne hartnäckig.
»Nein, wir mussten von hier fortgehen. Paul fand keine Arbeit mehr bei den Bauern, das weißt du, Hanne. Er hatte Pläne …«
»Ach was, er war ein größenwahnsinniger, besitzloser Bauernsohn, der in der umschwärmten Tochter des angesehenen Malermeisters Heinrich Babant ein williges Dummchen fand. Mit dir glaubte er die Reichshauptstadt erobern zu können. In den strahlendsten Farben hat er dir das Leben dort ausgemalt. Und du bist auf sein Spiel hereingefallen.«
Hedwig schwieg beklommen.
Ein besseres Leben hatte er uns versprochen, dachte Lilly bitter. Was für ein Versprechen. In einen Hinterhof hat er uns geführt, wo nie ein Sonnenstrahl hinabfiel. Als Kind habe ich immer geglaubt, die Sonne ekele sich so sehr vor den Haufen voller Müll und Exkrementen, dass sie ihre Strahlen zurückhielt und es vorzog, nur flüchtig über die rußverschmierten Dächer zu streifen.
»Er hat dich noch nicht einmal geheiratet, Hedwig.«
»Seine Mutter war eine Katholische, hast du das vergessen, Hanne? Paul hing an ihr, war ihrem Glauben treu. Das war auch einer der Gründe, warum er sich hier auf dem Land nicht wohl fühlte. Natürlich hätten wir uns in Berlin standesamtlich trauen lassen können. Paul war aber dagegen. Entweder eine Ehe mit kirchlichem Segen oder eine freie Lebensgemeinschaft, das war seine feste Meinung. Aber nun ist er tot, und ich bin hier, um auch zu sterben.«
»Denk nicht immer ans Sterben, Hedwig Babant! Du versündigst dich. Sei lieber froh, dass Lillys Holundersaft Professor Jacobi nicht ins Jenseits befördert hat.« Es sollte wie ein Scherz klingen, doch keine von ihnen lachte. Energisch sammelte Hanne die ausgebesserten und neu umsäumten Wäschestücke ein. »Lilly, weißt du eigentlich, wie froh du sein kannst, in der heutigen Zeit zu leben? In früherer Zeit hätte die von Strattensche ein Manoleken für dich machen lassen. Ihr wisst doch, was ich meine, oder?«

»Sei still, Hanne«, rief Hedwig verärgert. »Die Zeit der Hexerei ist vorbei. Dass du so abergläubisch sein musst.«
»Mutter, was du immer alles erzählst!« Margit verdrehte die Augen.
»Ach, einer Badefrau ist das viele Schnattern vertraut. Was glaubt ihr, was ich jeden Tag so alles höre. Und erzählen muss ich auch ständig etwas Unterhaltsames. Und die Geschichte mit den Wachsmännchen, durch die die Hexen Dochte zogen und sie im Namen des Teufels tauften, um jemandem zu schaden, treibt meine Trinkgelder immer in die Höhe!«
»Du wirst doch wohl nicht meine Geschichte versilbern, Hanne?« Lilly drohte ihr spielerisch mit dem Finger.
»Nein, Lilly. Über das, was du uns erzählst, schweige ich wie ein Grab. Das verspreche ich dir. Und wer auch immer etwas Schlechtes über dich sagen sollte, der bekommt es mit mir zu tun!«
Hedwig erhob sich. »Lass uns nach Hause gehen, Lilly. Mir ist nicht wohl. Du musst noch die Küche aufräumen und die Wäsche einweichen. Ich hatte heute keine Kraft dazu.«
Lilly fing den mitleidigen Blick ihrer Freundin Margit auf. »Ach, Lilly«, flüsterte diese, »es tut mir so leid um dich. Du bist viel zu zart für diese Arbeiten, auch wenn du gar nicht so aussiehst.«
»Sie war schon immer etwas verträumt«, erwiderte Hedwig leise, »das ist die einzige Wahrheit. Das Kochen ist anstrengend, aber wenn Lilly darüber spricht, könnte man meinen, sie wolle darüber ein Buch schreiben. Komm, Lilly.«
»Von wem sie wohl so viel Phantasie hat?« Hanne schaute zu ihr hoch. »Ich weiß es, Hedwig, du hast sie in der Berliner Luft aufwachsen lassen. Da sind ihr schon im Säuglingsalter die wildesten Geistesblüten zugeflogen! Sie wäre eine ganz andere geworden, wärst du hiergeblieben.«
Und da Hedwig wieder zu husten begann, fügte Hanne eine Spur sanfter hinzu: »Geht nach Hause, alle beide. Pass auf deine Mutter auf, Lilly, ja?«
Langsam machten sie sich auf den Heimweg. Nach ein paar

Schritten hakte sich Hedwig bei Lilly unter. »Es tut mir leid, Lilly, wir sollten uns nicht streiten. Hannes Rat ist aber gut. Sie hat recht. Mach es besser als ich. Ich weiß nicht, wie lange ich noch leben kann.«

»Dass du ihr zustimmst, Mutter! Einen Mann aus Berechnung zu heiraten! Ich bin entsetzt. Glaubt ihr denn gar nicht an die Liebe?«

»So wenig wie ein Vogel an die Ewigkeit.«

Sie hakten einander unter und machten sich auf den Weg.

Es war eine warme, sternenklare Nacht. Still und friedlich, inmitten wispernder Buchen und Eichen, lagen linker Hand das Brauhaus des ehemaligen Zisterzienserklosters, rechter Hand das große Münster, das Beinhaus und weiter dahinter die Wolfsruine. Der Doberbach, der sich durch die Klosteranlage schlängelte, gluckste hier und dort. Vom Wolfsberg weiter nördlich wehte der frischherbe Duft reifender Hopfendolden herüber, mischte sich mit dem blühender Rosen vom Prinzengarten. Ganz in der Nähe rief ein Käuzchen. Es verstummte abrupt, als im hell erleuchteten herzoglichen Palais Fenster aufschlugen und lautes Klavierspiel in die Nacht hinausklang.

In der kleinen Torkapelle rechter Hand brannte Licht. Bevor Lilly und Hedwig noch darüber nachdenken konnten, wer sich dort wohl zu dieser Stunde aufhielt, hatten sie auch schon das Klostertor passiert. Doch nach wenigen Schritten prallten sie mit einer Gestalt zusammen, die aus dem Schatten der Klostermauer auftauchte. Erschrocken schrien sie auf und wichen zurück. Das vor ihnen schwankende Wesen stank, als wäre es einem Fass Biermaische entstiegen.

»Alfons, schämst du dich nicht? Du bringst uns mit deinem Gesaufe noch alle ins Unglück!« Hedwig hatte ihren Bruder als Erste erkannt.

Er rülpste, zeigte mit dem Finger auf Lilly.

Ihr wurde eiskalt.

»Himmel, Onkel Alfons! Was ist denn mit dir?«, flüsterte sie voller Angst.
»Mit mir?« Ihr Onkel zuckte mit einem kehligen Gurgeln zurück. »Bist du blöd? Meinst, ich weiß es nicht?«, zischte er böse. »Er hat dich wohl schon abgeschossen, wie? Abgeschossen wie 'ne Taube.« Er packte sie an der Brust und schlug ihr ins Gesicht. Einmal, zweimal. »Wo ist mein Buch? Und wieso will dieser Jacobi es haben?«
Lilly schrie auf, wankte. Hedwig stürzte vor, doch Alfons packte seine Schwester brutal am Kinn und drückte sie gegen die Klostermauer, bis sie vor Schmerz wimmerte.
»Verlorenes Pack, alle beide!«, fluchte er. Er wollte noch weitersprechen, doch plötzlich beugte er sich vor und übergab sich direkt vor ihnen. Angeekelt sprang Lilly beiseite. Ihr Kopf schmerzte, ihre Wangen brannten. Da richtete sich ihr Onkel auf und packte sie an den Haaren. Sie hielt die Luft an, schlimmer als der Schmerz war der entsetzliche Gestank seines Atems. Gehässig lachte er auf. Er schien mit einem Schlag nüchtern. Laut schrie er ihr ins Ohr: »Egal, was du gemacht hast, Nichte, ich will dir nur eines sagen: Mach es besser!« Er ließ sie los. Die Trunkenheit in seinen Augen war einer Härte gewichen, die Lilly keinen Zweifel daran ließ, dass er wusste, was er wollte.
»Wovon redest du?«
»Wenn du nicht aufpasst, ist bald Schluss für dich. Kahlden wird Heiligendamm aufkaufen. Der Baron wird investieren wollen – und du solltest dir nicht mehr zu fein sein, das zu tun, was du uns schuldig bist!«
»Was redest du denn da?«, rief sie völlig verunsichert. Ihr Onkel mochte zwar keinen wachen Geist mehr haben, aber er besaß für Klatsch denselben Spürsinn wie ein Jagdhund für Wildfährten. Und er war ebenso boshaft wie ehrgeizig. Also musste er etwas wissen, wovon er sich Vorteile erhoffte …
»Wovon ich rede, Nichte? Dass er eure ganze Küchenmischpoke rausschmeißen wird, um Köche aus Paris, Berlin oder sonst wo

her zu holen. Dein gockeliger Maître ahnt es wohl schon, deshalb will er sich noch rechtzeitig mein Buch unter den Nagel reißen. Kahlden wird ihn auf die Straße setzen – und eine wie dich erst recht! Ein ehemaliges, lausiges Strohhutmädchen!«

»Das ist doch alles nicht wahr.« Abwehrend streckte sie ihre Arme aus, weil er erneut dicht an sie herantrat.

»Weißt du denn nicht, was du die ganze Zeit gemacht hast? Hä? Nichts anderes, als deine Nase in ein Kochbuch zu stecken, das mir gehört! Mir! Ich will es zurückhaben! Dieser Gockel Jacobi soll es nicht in die Finger bekommen! Und du, Lilly Alena Babant, denkst dir was anderes aus!« Er schrie und stieß ihr wieder und wieder schmerzhaft mit dem Zeigefinger gegen die Brust. »Jetzt ist die Zeit gekommen, etwas Klügeres zu tun. Mach dem Kahlden schöne Augen, ihm und seinen Freunden. Das mit dem Kochen wird ja wohl nichts mehr. Ich sage dir: Bring, verdammt noch mal, endlich Geldbatzen nach Hause, keine Krümel!« Er stieß Lilly nun so heftig an, dass sie beinah über ihre Mutter gestolpert wäre, die mit rasselndem Atem, totenbleich, am Fuße der Mauer hockte. Lilly stellte sich schützend neben sie, wagte aber nicht, etwas zu erwidern. Während Alfons auf ein Gebüsch zustakste und sich aufstöhnend erleichterte, überschlugen sich ihre Gedanken.

Entweder hatte ihr Onkel nichts über ihr Unglück gehört, oder er ignorierte es, weil er etwas anderes im Sinn hatte.

Sie erinnerte sich, dass es schon seit langem Gerüchte über die Zukunft des Seebades gegeben hatte. Jetzt schien wahr zu werden, was manch einer herbeigesehnt, andere dagegen befürchtet hatten: Rittergutsbesitzer Baron Otto von Kahlden würde endgültig zugreifen, um sich Heiligendamm, die »Weiße Stadt am Meer«, einzuverleiben. Schon '73 hatte er als Direktor einer Aktiengesellschaft dafür gesorgt, Heiligendamm bis auf die drei fürstlichen Cottages für fünfhunderttausend Taler aufzukaufen. Mit dem Geld waren, neben dem Kurhaus das vierstöckige Logierhaus »Neuer Flügel«, ein seeseitiger Anbau des Badehauses sowie eine

Arkadenverbindung zwischen Letzterem und dem Kurhaus errichtet worden ...

Ihr Onkel hatte recht. All jene, die für den Baron arbeiteten, würden vom weiteren Ausbau Heiligendamms profitieren. Von Kahlden würde das attraktivste Seebad an der Ostsee besitzen, und Doberan, die alte großherzogliche Sommerresidenz, würde langsam in einen Dornröschenschlaf versinken.

Hätte ich doch nur den Holundersaft abgekocht, dachte Lilly gequält. Bestimmt hätte ich meine Arbeit behalten. Ich hätte den Baron mit Rezepten überzeugen können, die ich noch nie öffentlich ausprobiert habe ... Was habe ich nur für einen Fehler gemacht! Den größten meines Lebens! Jetzt ist es zu spät.

»Warum sagst du uns das alles, Alfons?« Hedwig blinzelte zu ihm hoch.

Alfons Babant holte tief Luft, breitete die Arme aus und brüllte: »Weil es alle in Doberan schon wissen! Nur ihr beiden Strohköpfe nicht!«

»Du lügst, Alfons, das denkst du dir nur so aus.« Hedwigs Stimme war nur noch ein Hauch.

»Glaubst du das wirklich, Schwester? Pah! Ich will dir eines sagen, und mir ist völlig egal, ob es die ganze Stadt hört: Du bist mir eine Last, und deine eingebildete Tochter erst recht. Kann sie es denn nicht endlich kapieren?« Er packte Lilly am Arm. »Herr im Himmel! Bist du taub oder blöd? Wie alt bist du? Zwölf? Vierzehn?« Er lachte böse. »Nein, du bist alt, viel zu alt: einundzwanzig! Längst hättest du unter der Haube sein können. So aber ... so bringt ihr – du und deine Mutter – nichts als Unruhe ins Haus. Sieh zu, dass du dein Kostbarstes den Hochwohlgeborenen anbietest. Auf! Mach dich zu ihrer sprudelnden Quelle!« Er grinste sie an und brach unvermittelt in ein grölendes Gelächter aus.

Wortlos, aber tief verletzt griff Lilly Hedwig unter die Arme und half ihr auf. Alfons wippte auf den Füßen, lachte noch immer. Und während sie hastig in die Beethovenstraße einbogen, war seine Stimme noch eine gute Weile zu hören.

»So böse war Alfons noch nie.«
»Er trinkt einfach zu viel.«
»Weil er seinen Absturz nicht verkraftet. Lilly, was sollen wir nur tun, wenn es schlimmer wird mit ihm?«
»Dann sollten wir doch fortziehen, irgendwohin, wo ich wieder kochen kann.«
»Nein, Lilly, ich habe keine Kraft mehr für eine solche Anstrengung. Und du weißt, ich möchte hier sterben. Hier in meinem Elternhaus.«
»Du wirst noch lange nicht sterben, Mutter. Aber hierbleiben um jeden Preis, das werden wir nicht.«
»Ach, Lilly.«
»Warten wir's ab.«
»Ja, warten wir's ab.«

Später, als Hedwig schon schlief, wälzte sich Lilly unruhig auf ihrem Bett hin und her. Was würde ihr Onkel tun, wenn er erführe, dass sie sein Buch verkauft hatte? Er hatte doch schon beinahe seinen Verstand darüber verloren, seine Existenz als Stuckateur verloren zu haben. Jetzt brachte sie den Babantschen Namen ein weiteres Mal in Verruf. Ob er sie umbringen würde?
Und was würde er tun, wenn die Lüge, sie sei eine Giftmischerin, die Runde gemacht hatte?
Wie lange würde es dauern, bis er und Victor davon erführen?
Wäre es nicht besser fortzuziehen?
Lillys Gedanken mahlten wie kantige Steine in ihrem Kopf, zerrieben ihr Gemüt.
Tante Bettine war in diesem Haus nur wenige Jahre glücklich gewesen.
Ihre Mutter hatte es früh verlassen.
War es ihr Schicksal, hier zu zerbrechen?
Hanne mit ihrem Hang zum Aberglauben würde womöglich sagen, es gäbe einen Fluch, der Böses von Generation zu Generation weitertrüge ...

Unsinn, alles Unsinn, man durfte sich nur das Böse nicht selbst in den Kopf setzen.

Sicher aber war nur eines: Die nächsten Tage würden schwer werden. Schmidtchen auszuführen wird nun ein Spießrutenlauf sein, ein Spießrutenlauf *comme il faut,* Mademoiselle Babant. Aber das ist und bleibt meine eigene Schuld.

Kapitel 2

Ein starker Nordostwind brachte über Nacht einen Wetterumschwung. Am nächsten Morgen, als Lilly zur Villa »Seestern« lief, um von Maichenbachs Terrier abzuholen, türmte der starke Wind bereits die Ostsee zu hohen Wellen auf, wütete in Eichen- und Buchenkronen. Die Wege waren verschlammt und voller Pfützen, abgerissene Zweige, Blätter und morsche Äste spiegelten sich in ihnen, lagen verstreut über Kieselstrand und Rasenflächen. Kaum ein Heiligendammer Sommerfrischler ließ sich sehen, und jene Gäste, die in Doberan kurten, verzichteten bei dem nasskalten Wetter auf die tägliche Fahrt an das Meer. Lilly kam es gerade recht, denn so hatte sie Muße, sich an ihre neue Tätigkeit als Dog Walker zu gewöhnen.

Drei Tage lang konnte sie Schmidtchen in einem geradezu klösterlich ruhigen Seebad ausführen, wenn auch zuweilen die See so laut donnerte, dass Schmidtchens aufgeregtes Bellen kaum zu hören war, wenn er wieder einmal die Fährte eines Kaninchens in die Nase bekommen hatte. Franz Xaver von Maichenbach hingegen hatte bislang stets im Bett gelegen, wenn sie sich morgens in der Villa »Seestern« meldete. Es war sein Diener, der ihr die Leine mit dem ungeduldig japsenden Hund in die Hand drückte und sie mit den immer gleichen Worten verabschiedete: »Seien Sie bitte vorsichtig. Der Herr hängt an seinem Tier.«

Es amüsierte Lilly, wie devot der Diener von dem Mann sprach, der ihrem Talent als ehemaliger Süßspeisenköchin mit so viel Respekt begegnet war.

Selbst wenn sie Schmidtchen nach zwei Stunden zurückbrachte, schlief von Maichenbach noch. Und wenn sie ihn um die Mittagszeit wieder abholte, ließ er sich nicht sehen. »Unser Herr ist ausgegangen«, erklärte der Diener einmal, ein andermal meinte er:

»Unser Herr hat noch nicht ausgeschlafen.« Gerne hätte sie nach seinem Befinden gefragt, doch nach ein paar Tagen ließ sie es bleiben, holte und brachte Schmidtchen ohne große Worte.
An einem dieser kühlen, stürmischen Tage begegnete ihr ein älterer Herr in einem beige karierten Regencape. Er trug ein Monokel, und an einer silbernen Kette hing ein einklappbares Lupenglas. Aus seiner rechten Manteltasche lugte eine lederne Mappe.
»Ich beobachte Sie nun schon seit mehreren Tagen. Sie führen trotz des schlechten Wetters diesen Terrier aus. Mir scheint, er nutzt Ihre Gutmütigkeit aus. Er gehört Ihnen nicht, stimmt's?«
Lilly nickte flüchtig, weil Schmidtchen unter einem blühenden Hortensienbusch am Rasenrand zu graben begonnen hatte. Wenig beherzt zerrte sie an der Leine. Der Fremde musterte sie kritisch.
»Er gehört Maichenbach. Ich weiß.« Er machte eine Pause. »Er sagt, Sie seien eine Einheimische. Ich frage mich, was Sie wohl dabei empfinden, täglich an einem Damm aus Steinen entlangzulaufen, der als heilig angesehen wird. Warum eigentlich? Bedeutet er Ihnen etwas?«
Vielleicht, gab sie ihm im Stillen die Antwort, weil ich annehmen könnte, es sei göttliche Fügung gewesen, dass Franz Xaver von Maichenbach im richtigen Moment gekommen war, um mein Leben zu retten. Laut aber sagte sie: »Nun, wir glauben daran, dass einmal vor langer Zeit an dieser Stelle ein furchtbarer Orkan gewütet haben soll. Eine Sturmflut kam auf, die bis nach Doberan reichte, wo in der Klosterkirche die Mönche Gott auf Knien anflehten, sie aus der Todesgefahr zu erretten. Da soll die Flut in einer einzigen Nacht eine riesige Menge von Steinen und Geröll aufgehäuft haben, so dass dieser Damm entstand. Er wehrt bis heute die Wellen ab und schützt das Land. Es gibt viele Legenden, die alle recht interessant sind. In der Heiligen Blutskapelle in Doberan soll sogar einmal eine blutende Hostie aufbewahrt worden sein, von der die Menschen Wunder erhofften.«
»Wichtig sind nur historische Fakten«, unterbrach sie der Gelehrte ungeduldig. »Im frühen Mittelalter eroberten christliche

Herzöge mit ihren Rittern dieses Gebiet, bekehrten die heidnischen slawischen Stämme, siedelten landlose Bauern an, beispielsweise aus Niedersachsen und Westfalen. Die Slawen passten sich ihrer Lebensweise an. Spuren davon gibt es in Hülle und Fülle. Sie wissen doch, dass im Doberaner Münster der letzte Wendenfürst, Pribislaw, begraben liegt?«
»Ja, natürlich. Er gründete das Kloster. Jeder hier weiß das.«
Der Fremde betrachtete sie nachdenklich. »Ja, er und sein Vater Niklot waren die ersten slawischen Herrscher, die sich christlich taufen ließen. Wissen Sie auch, dass er sogar mit Heinrich dem Löwen nach Jerusalem pilgerte und seinen Sohn mit dessen Tochter vermählte?«
Lilly schüttelte den Kopf.
»Geschickt, nicht? So gelang es einem ehemals heidnischen Slawen, eine Fürstendynastie zu gründen, die bis heute dem von Christen eroberten Mecklenburger Land als Herrscherhaus vorsteht. So viel zu den Fakten. Wenn Sie mehr an Legenden und Mythen als an Fakten interessiert sind, so können Sie sich vielleicht vorstellen, heidnische Vorfahren zu haben?«
»Wollen Sie mich provozieren? Wer, bitte, sind Sie?«
»Professor Momm aus Berlin, verzeihen Sie.« Er deutete eine verhaltene Verbeugung an. »Mineraloge aus Leidenschaft, Pädagoge aus Passion. Und deshalb: Ihre Geschichte über diesen sogenannten Heiligen Damm klingt nach Phantasterei. Ich glaube nicht daran. Mich interessiert das Fassbare. Schauen wir uns doch einmal das Ganze im Einzelnen an. Wissen Sie, was das hier alles ist? Moränenschutt! Nur Moränenschutt aus der Eiszeit, den Meeresfluten im Laufe von Jahrtausenden bloßgelegt haben. Kommen Sie mit. Vielleicht können Sie etwas dazulernen.«
Schmidtchen hatte eine Wurzel aus der Erde gezerrt und sprang nun, dreckverschmiert, wie er war, an Lilly hoch. »Du willst spielen, nicht?«, sagte sie zu ihm, nahm ihm die Wurzel aus dem Maul, löste die Leine und warf die Wurzel fort. Sie flog Richtung Kieselstrand. Begeistert rannte Schmidtchen hinterher – und ihm

folgte nicht weniger freudig der Mineraloge. Lilly blieb nichts anderes übrig, als ihnen nachzugehen.

Schmidtchen hatte einen Schwarm dicker Seemöwen entdeckt, die zwischen den Kieseln nach Krabben und Schnecken pickten. Er ließ die Wurzel fallen, scheuchte sie auf, bellte triumphierend und kehrte zu seiner Wurzel zurück. Ein Stück weiter ostwärts kreisten Seeschwalben. Eine Seemöwe stieß im Flug nach einem Fisch und ließ sich mit ihrer Beute auf einem der Pfosten der menschenleeren Seebrücke nieder. Professor Momm bückte sich, um einzelne Steine zu begutachten.

»Wissen Sie, was das hier ist?« Professor Momm hielt ihr einen matt glänzenden, rötlichbraun gesprenkelten Stein entgegen.

Atemlos schüttelte sie den Kopf.

»Jaspis!«, rief er enthusiastisch. »In allerschönster Färbung! Und hier: Quarze, Sand-, Kiesel-, Kalk- und Feuersteine.« Er balancierte auf den glattgewaschenen Kieseln ein Stück weiter, bückte sich bei jedem Schritt. »Schauen Sie! Ein Porphyr! Und hier, eine pflanzliche Versteinerung!«

Lilly betrachtete die Steine und entdeckte zwischen ihnen eine zerbrochene Kammmuschel. »Kennen Sie sich ebenso gut mit Muscheln aus, Professor Momm?«

Er richtete sich auf. »Nun, die Kammmuschel weist über vierhundert Arten auf. Es gibt sie in Brasilien ebenso wie auf Hawaii. Die Pilger im Mittelalter steckten sie als Symbol an ihren Mantel.« Er lächelte. »So viel zu den Fakten. Mir aber gefällt sie am besten in der Darstellung eines Mythos, die Geburt der Venus aus dem Meer, wie sie der florentinische Maler Sandro Botticelli im fünfzehnten Jahrhundert dargestellt hat.« Er bückte sich ein weiteres Mal. Dabei wirbelte ihm eine Windböe den Hut vom Kopf. Sofort rannte Schmidtchen diesem nach. Lilly musste mehrmals nach ihm pfeifen, bis er widerstrebend zu ihr zurückkehrte. Sie kniete neben ihm nieder, streichelte ihm Erdkrumen aus dem Fell und schalt ihn liebevoll. »Dass du mir ja die Hüte in Ruhe lässt, mein Lieber, das musst du mir versprechen.«

Schmidtchen blickte ihr treuherzig in die Augen, so dass sie lächeln musste. »Du bist ein Braver, nicht?« Er leckte ihr kurz über den Handrücken. Professor Momm lächelte ihr zu und eilte seinem Hut nach.
Wieder hatte jemand sie mit der Venus verglichen ... Lilly sah den auffliegenden Möwen nach. Der Wind zerzauste ihr Haar. »Komm, lass uns gehen. Es ist Zeit, dein Herrchen wartet bestimmt schon auf dich.« Sie warf noch einen letzten Blick auf Professor Momm, der begonnen hatte, etwas auf seinem Papier zu zeichnen. Er schien sie vergessen zu haben.
»Ich wünsche Ihnen noch einen guten Tag!«, rief sie ihm zu.
Er schaute auf. »Halt, warten Sie. Sie haben mir Ihre Zeit gewidmet, dafür möchte ich mich bedanken. Darf ich Ihnen diesen außergewöhnlich schönen Jaspis schenken? Nicht in dieser Gestalt, sondern, wenn Sie erlauben, als geschliffenen Stein ...« Er zeigte ihr das Blatt, auf dem er einen tropfenförmigen Kettenanhänger mit den Maserungen des Jaspis aufgezeichnet hatte. Jetzt wirkte er nicht mehr wie ein gestrenger Pädagoge, sondern weich wie ein alt gewordener Mann, der in seinem tiefsten Herzen einsam war. Lilly lächelte.
»Gerne, das ist sehr freundlich von Ihnen. Sicher sehen wir uns in den nächsten Tagen wieder, ich komme ja täglich hier am Strand vorbei.«
»Darauf freue ich mich. Schön, dass Sie meinen Dank annehmen. Grüßen Sie Maichenbach von mir. Und erzählen Sie ihm, was Sie von mir gelernt haben!«

Zügig lief sie Schmidtchen hinterher, der bereits das östlichste der acht Logierhäuser, die Villa »Bischofsstab«, erreicht hatte. Diese war Ende der fünfziger Jahre auf Wunsch des Großherzogs Friedrich Franz II. von Mecklenburg-Schwerin im Stil Berliner Vorstadthäuser mit asymmetrischer Fassade und viktorianischem Turm errichtet worden und diente seither der großherzoglichen Familie als Gästehaus. Lilly dachte noch darüber nach, dass ein

Bischofsstab – neben Schwan und Hirsch – Teil des Doberaner Stadtwappens war und auf das Doberaner Münster verwies. Da hörte sie Schmidtchen bellen und nahm an, er hätte von Maichenbach entdeckt, der vielleicht bereits vor der Villa »Seestern« auf ihn wartete. Sie hätte sich Zeit lassen und langsam zwischen dem »Sommer-Salon« mit seinen Kaufhallen auf der linken, den Villen »Anker«, »Hirsch« und »Schwan« auf der rechten Seite entlangschlendern können – doch ein ungutes Gefühl trieb sie an. Und tatsächlich hörte sie, wie plötzlich eine Frau aufschrie. Lilly rannte los, trat auf ihren Saum und riss ihn ein, doch das war ihr gleichgültig. Auf der Höhe der Villa »Schwan« standen zwei Damen in hellen Sommermänteln und fuchtelten mit den Spitzen ihrer Regenschirme vor Schmidtchen herum. Er fletschte die Zähne, knurrte außer sich vor Wut einen schwarzen Pinscher an – und biss in dem Moment zu, als Lilly nach ihm rief.

»Aus! Schmidtchen, aus!«, schrie sie und wusste nicht, was sie tun sollte. Der Pinscher drehte sich jaulend im Kreis, schnappte nach Schmidtchen, doch dieser flitzte zwischen den Damen hindurch und stieß ihre Reisetaschen um. Hektisch flüchteten sie auf den Eingang der Villa zu, während die Hunde einander jagten.

»Nimm dein schreckliches Tier an die Leine, Mädchen!«, rief eine von ihnen, während die andere an der Glocke zog. »Gustav! Gustav! Wo bleiben Sie denn?« Dabei hielt sie ihren Regenschirm aufgespannt vor sich.

Schon wurde die Tür aufgerissen. Ein übernächtigt aussehender Bediensteter mit schütterem Backenbart kam heraus.

»Endlich! Schlagen Sie diesen tollwütigen Hund tot!«

Der Bedienstete stürzte an ihr vorbei, trat Schmidtchen mit seiner Stiefelspitze in die Seite, so dass dieser vor Schmerz laut aufjaulte. Dann beugte er sich zu dem Pinscher hinab und hob ihn auf seine Arme. Die Frau an der Tür warf ihre Kapuze in den Nacken. Lilly schlug die Hand vor den Mund, um nicht laut aufzuschreien. Es war Isa von Rastrow! Sie musste sich beherrschen, gegen ihre Panik ankämpfen. Das Einzige, was sie irritierte, war die Frage: Warum logierte sie hier in einer Sommerresidenz und nicht bei ihrer Schwester auf dem Rittergut?

»Sag ihr, sie soll sich entschuldigen!«, rief sie ihm mit eisiger Stimme hinterher.

»Wie heißt du?«, fragte der Bedienstete lauernd.

Ohne auf seine Frage zu reagieren, bückte sich Lilly nach Schmidtchen und entdeckte, dass er hinter seinem linken Ohr blutete.

»Ihr Pinscher hat zuerst gebissen!«, rief sie laut.

»Sie lügt! Sie soll sich auf der Stelle entschuldigen!«

Der Bedienstete trat dicht an Lilly heran. »Du hörst doch, was sie von dir verlangt. Für beides musst du zahlen! Für den Biss und deine impertinente Lüge!« Er schielte zu Isa von Rastrow auf der Treppe hoch, die ihm zunickte.

Lilly schwitzte vor Angst. Was sollte sie nur tun? Wo war Clemens? Sicher würde er ihr helfen, wenn er sähe, in welch unangenehme Situation mit seiner Mutter sie ein weiteres Mal geraten war.

»Sie sind unmöglich, Lilly Alena Babant! Gehen Sie uns aus dem Weg. Ich fürchte, Sie sind auf die infame Idee mit diesem Hund gekommen, um meinem Sohn nachzustellen. Glauben Sie mir, ich traue es Ihnen aus voller Überzeugung zu! Was geht nur in Ihnen vor, sich dermaßen unverschämt zu benehmen? Fällt Ihnen noch nicht einmal ein Wort der Reue ein?«

Sie hatte doch nichts getan. Was immer sie auch zu ihrer Verteidigung sagen würde, nie würde Isa von Rastrow ihr glauben. Irgendetwas aber musste sie tun. Da fiel Lilly das Wechselgeld ein, das sie beim Apotheker vor ein paar Tagen in ihre Kleidertasche gesteckt hatte. Sie griff hinein und erhob sich. Der Bedienstete grinste hämisch. Lilly schlug die Augen nieder. Was für eine Erniedrigung. Er hob das Markstück hoch, Isa von Rastrow reckte noch eine Spur hochmütiger den Kopf. Da griff Lilly noch einmal in ihre Tasche und legte die restlichen vier Groschen in die rauhe Hand des Dieners.

Wie, um Himmels willen, würde sie jemals diese Frau von ihrer Liebe zu Clemens überzeugen können?

Das Wetter besserte sich, es wurde wieder angenehm warm. Das Bäderleben ging weiter, als sei nichts geschehen: Die vornehmen Kurgäste genossen die salzige Luft, das Spiel der Wellen, die Ausfahrten mit Kutsche, Boot oder Ausflugsdampfer, spielten Kegel oder Ball, fuhren hinaus zum Conventer See, zum Glashagener Quellental oder besichtigten die Klöster Doberan und Althof. Nichts, auch nicht die Zeitungsmeldung über den für November geplanten offiziellen Kauf Heiligendamms durch Baron von Kahlden, störte die Ruhe.

Lilly versuchte, soweit es ging, das unliebsame Erlebnis mit Isa von Rastrow und dem Pinscher zu vergessen. Von Maichenbach hatte sie zu trösten versucht und ihr erzählt, dass Schmidtchen bei dem Einzug der Damen vor einer Woche zunächst den Pinscher, der in Wahrheit eine Pinscherin sei, geneckt hätte. »Er wollte mit ihr spielen, und ihn reizte wohl der Duft des Puders, den man dieser ins Fell bürstet«, meinte er belustigt. »Der Pinscher-Dame aber war Schmidtchen wohl zu aufdringlich, sie biss ihn, was Schmidtchen sehr schockierte. Seitdem kann er sie nicht mehr ausstehen. Glücklicherweise sind die Damen oft unterwegs. Sie aber, Lilly, sollten sich keine Gedanken mehr machen. Genießen Sie Ihr neues Leben, sehen Sie das Gute und Schöne. Hässliches sollte man unverzüglich aus seinem Gedächtnis streichen.«

Ob die Reichen die Heiterkeit im Blut haben, fragte sie sich, oder erlag Maichenbach schlichtweg nur dem Zauber dieses schönen Fleckchens Erde?

Wie gern hätte sie jetzt mit Clemens gesprochen, ihm alles genau erklärt. Stattdessen musste sie damit leben, dass ihm seine Mutter eine weitere Begebenheit schilderte, die von ihrer Feindseligkeit gefärbt war.

Dreimal am Tag promenierte sie in ihrem hellblauen Kattunkleid mit hochgesteckten Locken und in alten Schnürstiefeletten mit Schmidtchen zwischen Buchenwald und Spiegelsee, den Villen »Krone«, »Marien-Cottage« und »Alexandrinen-Cottage« im

Westen, die um 1839/40 im Auftrag des früh verstorbenen Großherzogs Paul Friedrich von Mecklenburg-Schwerin als Sommerhäuser für die herzogliche Familie gebaut worden waren, dem weiten Kurplatz mit Kur- und Logierhaus und Anbauten in der Mitte und der weißen Perlenkette der schönen Villen im Osten, deren Namen Lilly auswendig hätte aufsagen können: »Bischofsstab«, »Anker«, »Hirsch« und »Schwan«, »Seestern«, »Möwe«, »Greif« und »Perle« …
Erst nach Tagen bemerkte Lilly, dass sie einigen Kurgästen auffiel, die zur selben Zeit wie sie unterwegs waren. Lilly bemühte sich, freundlich zu gucken, um sich nicht anmerken zu lassen, um wie viel lieber sie in der Küche der »Strandperle« vor ihren neugierigen Blicken verschwunden wäre … Doch die Wege dorthin mied sie, als lägen nicht Kiesel, sondern glühende Kohlen darauf.
Stattdessen studierte Lilly die Prospekte, die im Kurhaus für die Gäste auslagen. Früher hatte sie kaum Zeit gehabt, sich mit der Geschichte Heiligendamms zu beschäftigen. Nun aber lernte sie, dass seit der Gründung des Seebades 1793 durch den beliebten Großherzog Friedrich Franz I. bedeutende Baumeister wie Johann C. H. von Seydewitz, Carl Theodor Severin und Georg Adolph Demmler dieses klassizistische Gesamtkunstwerk aus Sommerresidenzen und Logierhäusern geschaffen hatten. Eine Leistung, die bei Volk und Adel höchste Anerkennung fand. Sohn und Enkel des Seebad-Begründers war es gelungen, Doberan und Heiligendamm in beliebte, international anerkannte Kurorte zu verwandeln: der '41 zu früh verstorbene Herzog Paul Friedrich und Großherzog Friedrich Franz II., der sechzigjährig im April vor zwei Jahren nach einundvierzigjähriger Regentschaft im Doberaner Münster zu Grabe getragen worden war.
Der jetzige regierende Friedrich Franz III. führte diese Tradition mit modernen Mitteln weiter. Seit dem letzten Jahr gab es eine Eisenbahnverbindung zwischen Rostock und Wismar, an die auch Doberan angeschlossen war.
»Ein Stück Erde stiller, anmutvoller, vornehmer Naturschönheit«

sei dieser Flecken, auf dessen Wegen Lilly nun Tag für Tag wandelte. Und sie konnte dem nur zustimmen.

Hier waren schon vor Jahren Berühmtheiten gegangen, deren Namen sie aus den Zeitungen kannte: Kaiser wie Wilhelm I. und russische Zaren wie Nikolaus I.; Könige wie Friedrich Wilhelm II. und Ludwig I. von Bayern; Prinzen wie der Kronprinz Maximilian von Bayern, die Prinzessin von Thurn und Taxis; Fürsten wie jener von Schaumburg-Lippe; Bischöfe und Herzöge; Künstler wie der Komponist Felix Mendelssohn Bartholdy und die Schriftsteller Hermann Sudermann und Theodor Fontane ...

Lilly erinnerte sich an jenen Sommer vor elf Jahren, als ihre Eltern sie das erste Mal allein nach Doberan geschickt hatten. Damals hatten hier Schiffe der russischen Flotte angelegt, um die frisch vermählten Marie Alexandrine von Mecklenburg-Schwerin und Großfürst Wladimir Alexandrowitsch an Bord zu nehmen. Ihre Tante Bettine hatte ihr bestes Kleid angezogen, sie und Victor an die Hand genommen, sich mit ihnen unter die große Menschenmenge gemischt. Mit selbstgenähten weißen Fähnchen und »Vivat«-Rufen hatten sie dem Hochzeitspaar zugejubelt.

Vielleicht waren es diese frühen Kindheitserinnerungen, die ihr die Kraft gegeben hatten, ihrem Talent zu kochen zu vertrauen. Sie wusste ja, die einfachen Mecklenburger hatten ihre eigene Küche und bevorzugten Süßes in anderer Form als der Adel: süße Rosinen zum Grünkohl, süße Backpflaumen und Speck zur Kartoffelsuppe »Tüften und Plum« oder Zucker und süße Sahne und Schattenmorellen zu geriebenem, zwei Tage altem Schwarzbrot, der Mecklenburger »Götterspeise«. Nur die anspruchsvolleren, verwöhnteren Gaumen würden ihre Rezepte zu würdigen wissen.

Tagelang umkreiste Lilly den Platz zwischen dem Logierhaus »Neuer Flügel« und dem »Sommer-Salon«, wo die »Strandperle« lag. Die Wege, die zu ihr führten, waren regelmäßig gegen Mittag und frühen Abend mit hungrigen Gästen bevölkert. Gäste, für die jetzt jemand anders die Desserts anrichtete. Immer wieder

kämpfte Lilly gegen ihre Phantasien über Süßspeisen an – vergeblich. Von Tag zu Tag wurden sie stärker. Und so stellte sie sich vor, wie der neue Koch wohl Rosenblätter in Mandelmilch köcheln ließ oder Granatäpfel entkernte, ihr Fruchtfleisch zerteilte oder Walnüsse fein mahlte und mit Honig und Eigelb eindickte …
Wie sehr fehlte ihr dieser Trost!
Es war kaum auszuhalten, dass sie nicht wusste, wo Clemens war und wie er über sie dachte. Und immer wenn Lilly bei dieser Angst angelangt war, holte sie die Erinnerung ein. Und sie bildete sich ein, der Blick ihres alten Küchenchefs Maître Jacobi verfolge sie durch ein imaginäres Fernrohr.
Dann sah sie ihn wieder vor sich, wie er um die Frauen in der Küche herumschlich, französische Begriffe murmelte, die Augen gen Küchendecke verdrehte, mit der Zunge schnalzte und abrupt, mit geöffnetem Mund, den Kopf in den Nacken warf. Nur zu gerne spielte er die Rolle des phantasievollen Küchenchefs, der nach einer besonderen kulinarischen Idee suchte, und war doch zugleich süchtig nach Klatsch aller Art. Hatte er genug oder zu wenig gehört, strich er den Küchenfrauen mit einem Teigrädchen oder Butterpinsel über den bloßen Nacken oder kniff ihnen mit einer Silberzange in den Allerwertesten. Nie berührte er sie direkt, nie sprach er freundlich mit ihnen. Am meisten ärgerte ihn, dass viele Gäste ausgerechnet die Süßspeisen seiner Küche lobten. Stets war sie sich bewusst gewesen, dass er sie um ihr Talent beneidet hatte und ihr Buch am liebsten an sich gerissen hätte.
Cuisine d'Amour, das Buch, das ihrem Leben die entscheidende Wende gegeben hatte. Lilly erinnerte sich, wie sie es wenige Tage nach ihrem Einzug in einer verstaubten Kiste zwischen ausrangiertem Hausrat ihrer Tante Bettine und alten Tapetenresten und Dekormappen ihres Großvaters Heinrich Paul Babant gefunden hatte. Sie hatte ihren Onkel darauf angesprochen, doch der hatte nur gemeint, er könne sich nicht mehr an das Buch erinnern.

»Mach damit, was du willst! Hauptsache, der Groschen rollt!« Dabei war es geblieben.

Wie aufregend war es gewesen, mit Hilfe ihrer Mutter ein Rezept nach dem anderen in der alten Küche ihrer Vorfahren auszuprobieren. Sie hatten jede Stunde nutzen müssen, in der Alfons und Victor außer Haus waren oder schliefen. Dann hatten sie Imme benachrichtigt. Deren Großmutter hatte Anfang des Jahrhunderts im Palais des vor fast fünfzig Jahren verstorbenen Großherzogs Friedrich Franz I. als Küchenmädchen gearbeitet. Bis an ihr Lebensende war sie stolz gewesen, unter seinem Hofkoch Gaetano Medini gedient zu haben. Und sie hatte das, was sie bei ihm lernte, schon früh an ihre Enkeltochter Imme weitergegeben.

Imme aber hatte früh geheiratet, sechs Kinder geboren und noch immer alle Hände voll damit zu tun, für ihre Familie, ihre verwitwete Schwiegermutter und ihre alleinstehende Schwester zu kochen. Aber sie hatte ein gutes Gedächtnis und konnte Lilly wichtige Handgriffe und genug Grundwissen des Süßspeisenkochens beibringen, damit sie am Herd bestehen konnte.

Wehmütig dachte Lilly an die Stunden zu dritt. Es hatte Spaß gemacht, gerade weil ihre gemeinsame Zeit kostbar war. Sie wussten, dass sie ihre Experimente nicht vor Alfons und Victor verheimlichen konnten. Doch sie hatten auch keine Lust, deren Appetit zu wecken, und nutzten jede Stunde, in der die beiden Männer außer Haus waren. Und so lernte sie ihre Kunst zwischen prasselndem Holzfeuer, schnell gebutterten Pfannen, in Messingtöpfen siedendem Wasser, im Wechsel aufgefüllter und ausgespülter Schälchen, zwischen klecksenden Schneebesen und hastig umhergereichten Probierlöffeln, dem melodischen Klang dutzendfach wiederholter Zitate, knapper Befehle, den Zurufen einer manchmal vor dem Haus Wache stehenden Mutter, dem Wirbel durchströmender Zugluft – und wunderbar stillen Stunden in tiefer, kerzenbeschienener Nacht.

Und dann war eines Nachts ein Kurgast vorbeigeritten, hatte kehrtgemacht und durchs offene Fenster geschaut.

»Hier blühen Düfte! Ambrosische Düfte geradezu. Ich hätte nie gedacht, in dieser norddeutschen Gegend eine solch verführerische Kochwerkstatt vorzufinden. Was essen Sie da?«
»Ich probiere gerade Butterhalwa ... und dieses hier ist Mandelsulz ...«
»Butterhalwa?«
»Aus Pinienkernen, mit frischen Mandeln und Haselnüssen, Kakao und Zimt ...«
»Und viel Zucker?«
»Zwei Becher voll ...«
»Und das Mandelsulz?«
»Frische Vanille, Milch und Sahne, anderthalb Becher Zucker und Birnenkompott ...«
»Wollen Sie mir von jedem eine Kostprobe durchs Fenster reichen?«
Es hatte nur zwei Tage gedauert, bis er sie Maître Jacobi und dessen damaligem Süßspeisenkoch Heinrich Wilhelm Horch vorgestellt hatte.
Dreieinhalb Jahre war das jetzt her.
Wo, fragte sie sich, war ihr Elan geblieben? Ihre Lust, um das zu kämpfen, was sie liebte? Hatte sie sich in sich selbst getäuscht?

Eines Tages, als sie diese düsteren Gedanken wieder einmal besonders quälten, führte sie Schmidtchen an den Strand und begann Muscheln zu suchen. Am Abend rahmte sie zu Hause ein rechteckiges Stück Pappe mit abgewinkelten Holzleisten ein, bereitete Kleister zu. Am nächsten Tag nahm sie den Rahmen und die schönsten Muscheln mit und setzte ihre Suche fort. Schließlich hockte sie sich an den Strand. Während der Terrier frei umherlief und Möwen jagte, drapierte sie rosa, weiße und rote Tellmuscheln, schlanke, dunkelbraune Gitter- und grünlichbraune Wellhornschnecken um die aufgeklappten Schalen jener Herzmuschel, die sie vor ein paar Tagen gefunden hatte. Es war, als kapselte sie ihre Sehnsucht ein.

»Steh auf! Er liegt in seiner Jauche!«
Lilly fuhr hoch. Es war noch dunkel. Victors Stimme.
»Ich komm ja schon«, murmelte sie matt. Sie fühlte sich bleiern schwer. Ein kurzer Blick zum Dachfenster zeigte ihr, dass es noch tiefe Nacht war. Sie konnte kaum mehr als vier Stunden geschlafen haben. Benommen tastete sie nach ihrem Hausmantel. Es war nicht das erste Mal, dass sie von Victor aus dem Schlaf gerissen wurde, nur um …
»Wenn du dich nicht beeilst, ist er tot. Dann hast du die Schuld!«, fauchte er und schob sie derb die Treppe hinunter. Schon auf den letzten Stufen schlug ihr der Gestank entgegen. Im Schein eines flackernden Öllichts lag Alfons Babant röchelnd in seinen Exkrementen. Mal gurgelte er kehlig, würgte und spuckte, dann wieder setzte sein Atem kurz aus. Lilly knickten vor Schwäche und Ekel beinahe die Knie ein. Sie wich einen Schritt zurück.
»Du bleibst«, befahl Victor. »Hol den Eimer!«
Sie lief in die Küche, holte ein feuchtes Tuch, eine Schüssel und einen Eimer und stellte Letzteren neben das Bett. Victor zerrte seinen würgenden Vater erst auf die Seite, dann ein Stück weit über die Bettkante. Er klopfte ihm auf den Rücken, trat zurück, lehnte sich an die Tür und schaute zu, wie er sich übergab. Lilly drückte ihrem Onkel ein feuchtes Tuch auf die Stirn. Nachdem Alfons nur noch Galle hochwürgte und stöhnend zurücksank, schälte sie ihn aus den stinkenden Kleidern, wusch ihn von Kopf bis Fuß, bezog das Bett neu. Ihr Kopf war leer. Wie oft hatte sie das schon getan? Schlief sie womöglich dabei? Nachdem Victor ihr geholfen hatte, Alfons hin- und herzurollen, damit sie das Bett frisch beziehen konnte, verschwand er für einen kurzen Moment in der Nebenkammer und kehrte mit einem Kuvert in den Händen zurück. »Hier, das soll ich dir geben.«
Lilly drückte mühsam die Knöpfe von Alfons' frisch gestärktem Nachthemd durch die Knopflöcher und drehte sich schwerfällig um.
»Was? Was sagst du?«

Victor schnippte das Kuvert zwischen seinen Fingern auf und ab.
»Willst du's oder nicht? Ist von deinem, na, du weißt ja von wem, nicht?«
O Gott, Joachim, was hast du mir geschrieben? Und du, Victor, du hast doch wohl nicht seine Zeilen gelesen? Hektisch riss sie ihm den Brief aus der Hand, doch da packte er sie am Handgelenk. »Hast du's dir überlegt? Was du mit ihm machst, kannst du auch mit ...«
Lilly holte mit ihrer linken Hand zum Schlag aus, doch Victor lachte sie aus und duckte sich weg.
»Du bist ein Scheusal!«, schrie sie wütend.
Unvermittelt ließ er sie los und verschränkte die Arme vor seiner Brust. »Hast du meinen jungen Herrn brüskiert? Dir einen Fehler erlaubt?«
»Nein, wie kommst du darauf?«
»Nun, Frau von Stratten warf neulich eine Bürste nach mir und schrie: dieses Babant-Luder! Da kann sie doch nur dich gemeint haben. Ihre Schwester Isa von Rastrow hatte sie kurz zuvor besucht, vielleicht hat diese ihr ja irgendetwas über dich erzählt. Ich weiß es nicht. Es fällt nur auf, dass mein junger Herr seit ein paar Tagen verändert ist. Ich vermute daher eher, dass es etwas mit dir zu tun hat. Du solltest aufpassen, was du tust. Mach keine Fehler, Cousinchen.«
»Ich habe nichts getan, was ...«
»Lüge nicht, Cousine. Wir haben erst gestern erfahren, dass du deine Stelle verloren hast. Du warst feige und gemein, es uns zu verheimlichen.«
Sie wollte etwas entgegnen, doch er fuhr ihr über den Mund. »Sei froh, dass dich mein Vater nicht gleich durchgeschüttelt hat, um den Grund zu erfahren. Es ist schon seltsam genug. Niemand sagt etwas, und ich kann nur vermuten, dass du meinem jungen Herrn etwas angetan hast, das dich in ein schlechtes Licht rückt. Vater dachte ja zunächst, du seist deshalb zu Hause geblieben, weil dir der Erfolg zu Kopf gestiegen sei. Hochmütig seist du, meinte er,

weil du an den Renntagen für den Reichskanzler Süßes kochen dürftest. Jetzt wissen wir, dass du uns etwas verheimlichst.«
Sie erfror förmlich unter seinem Blick. Ist es nicht eher so, dass du mir etwas verheimlichst, Victor? Weißt du etwas über mich, womit du mich erpressen willst?
»Mein Leben geht dich nichts an, Victor!«, rief sie verzweifelt.
»Glaubst du? O nein. Mit dem, was du tust, sicherst du vorerst noch unsere Existenz. Was ich dir aber sagen will, ist: Ich möchte nicht, dass du es dir mit den Strattens verdirbst. Widersetze dich meinem Herrn nicht, wenn er ...«
»Victor!«
»Lass mich. Ich bin Mann genug, um dir die Wahrheit ins Gesicht sagen zu dürfen. Also, sei willfährig, sei freundlich. Ich will nämlich weiterhin mein Ziel verfolgen.«
»Du willst immer noch Jockey werden? Das ist doch größenwahnsinnig! Reiten ist Herrensport!«
»Nein, das ist es nicht, Cousine. Es gibt Ausnahmen. Außerdem, Ehrgeiz liegt in der Familie, das sollte dir bewusst sein. Und von dir will ich mir meine Pläne schon gar nicht durchkreuzen lassen. Insofern ist es mir ganz recht, dass auch du durch diese Hundespaziererei Zugang zu den besseren Kreisen hast. Das weiß ich zu schätzen. Und du solltest, so wie ich, darauf achten, beliebt zu sein.« Er grinste, dann fuhr er leidenschaftlich fort: »Du hast es einfacher als ich. Ich muss gegen Vaters borniertе Vorstellung kämpfen, ich müsse die Tradition fortführen: Großvater war Maler, Vater Stuckateur, und ich? Ich soll in dieser Richtung weitermachen? Nein, niemals. Es ist lächerlich. Ich weiß, was ich will. Und ich werde jedem kräftig in den Hintern treten, der mir in die Quere kommt.«
»Tu, was du willst, Victor. Es interessiert mich nicht.«
»So? Das siehst du ganz falsch. Du bist doch mit meinem Herrn befreundet, nicht ich. Verstehst du denn nicht? Ich will, dass es keinen Ärger mit den von Strattens gibt! Um mit den Worten der feinen Herren zu sprechen: Ich lege Wert auf eine gute Beziehung

unserer Häuser. Um eines Tages Jockey sein zu können, brauche ich die Unterstützung meines Herrn. Er hat die Kontakte, die mir weiterhelfen. Und du, du solltest einfach nur weiterhin, auf welche Weise auch immer, Geld verdienen, auf nette, dezente Weise. Dann wird es auch mit Vater keinen Ärger geben.«
Ihr blieb fast die Luft weg bei Victors kalter Offenheit.
»Du bist unverschämt!«
»Du bist ein Weib. Nicht mehr, nicht weniger.«
Sie hätte ihm vor Empörung die Augen auskratzen können. »Und du bist nur eitel und zerfressen vom Neid auf die Söhne aus besseren Kreisen. Da du armer Kerl ja nicht so leben kannst wie sie, möchtest du wenigstens von ihnen bewundert werden.«
»Unsinn! Ich sage dir noch einmal: Wir Babants haben Ehrgeiz im Blut!«, gab er wütend zurück. »Guck doch in den Spiegel! Wer so hübsch ist und nichts daraus macht, ist einfach nur dumm.«
Sie packte ihn außer sich vor Wut am Hemd.
»Ich bin keine Dirne! Und ich werde nie eine sein!«
»Wart's ab. Wir können ja wetten, wer den Adel als Erster erobert!« Er lachte höhnisch und drückte schmerzhaft ihre Handgelenke zusammen. Dann stieß er sie mit einem Ruck von sich. Lilly taumelte gegen den Türrahmen. »Du bist gemein! Entsetzlich gemein!«
»Du doch auch, oder? Einfach eine angesehene Stellung in den Wind schreiben!«
»Jetzt verdiene ich keinen Groschen weniger!«
»Na also, weiter so, Cousinchen!«
Es hatte keinen Sinn mehr, mit ihm zu streiten. Lilly lief die Treppe hinauf. Vom oberen Absatz herab rief sie ihm zu: »Sag Imme Bescheid, sie soll sich heute um Mutter kümmern. Und denk daran: Noch bringe ich mehr Geld ins Haus als du!«
Aber wie lange, Lilly, wie lange noch?
Lilly trat ans Dachfenster, durch das fahles Mondlicht schimmerte. Nachdenklich betrachtete sie das Kuvert, in seiner linken

oberen Ecke den eingestanzten Absender: »*Rittergut Armin von Stratten, Hohenfelde bei Doberan*«. Sie drehte es um. Es war mit Siegellack verschlossen. Das von Strattensche Wappen. Warum so offiziell, Joachim? Sie brach das Siegel und las die wenigen Zeilen:

Meine liebe Lilly,
es tut mir leid, was geschehen ist. Hast Du nicht meinen letzten Brief erhalten, den ich Dir schrieb, bevor ich nach Berlin fuhr, um Clemens vom Bahnhof abzuholen? Er war über zwei Jahre in Südwestafrika, hat sich sehr verändert, wie ich finde. Seiner Mutter ist das nur recht, glaube ich. Aber was wissen Mütter schon über ihre Söhne. Sie haben ja selbst genug Probleme.
Ich möchte Dich unbedingt sehen. Es ist aber so schwierig, die Zeit ist mir so knapp. Mutter und Tante rauben mir noch die wenige Zeit, über die ich frei verfügen kann. Erlaube mir daher, Dich in Heiligendamm anzusprechen. Ich wünschte mir so sehr, dass es Dir eines Tages wieder gutgeht.
In alter Freundschaft
Joachim

Hatte Victor seinen Brief abgefangen? Hatte er ihn gelesen? Was wusste er jetzt über sie? Es war egal. Im Moment konnte sie nichts tun. Es tat gut zu spüren, dass Joachim sich um sie sorgte. Doch warum schrieb er so geheimnisvoll über Clemens' Veränderung? Über die Probleme Isa von Rastrows? Was mochte in beiden Familien vorgehen? Vor allem aber: Warum wollte Joachim sie sprechen?
Wenn sie ehrlich war, gestand sie sich ein, dass eine Nachricht von Clemens sie glücklich gemacht hätte. Joachims Zeilen aber beunruhigten sie. Sorgenvoll schaute Lilly in die Morgendämmerung hinaus. Was immer Clemens und Joachim über sie dachten, sie ahnten nichts von ihrer Leidenschaft.
Hinter sich hörte sie ihre Mutter im Schlaf husten. Nachdenklich

trat sie ans Bett ihrer Mutter und betrachtete deren eingefallenes Gesicht. Schon damals in Berlin war sie früh ergraut. Und die Krankheit hatte ihr von Jahr zu Jahr mehr zugesetzt. Du hast kaum noch ein Gramm Fett am Leib, dachte sie mitleidig. Ausgebeutet in der Fabrik, alleingelassen wegen des plötzlichen Todes meines Vaters … Nein, ich muss dich schonen. Du darfst nicht die ganze Wahrheit über mein Leben erfahren. Ich muss deine Stütze bleiben und dich weiter in der Sicherheit wiegen, unser Leben könnte doch noch eines Tages besser werden.

Wieder hüstelte Hedwig im Schlaf. Lilly strich ihr eine Haarsträhne von der Wange und wandte sich ab. Es hilft nichts, dachte sie übermüdet, ich muss etwas tun, damit Mutter nicht noch mehr unter dem Ärger hier im Haus leiden muss. Wenn Alfons gegen Mittag aufwacht, wird er Hunger haben – und ich habe gestern Abend vergessen, das Mittagessen für heute vorzubereiten.

Reiß dich zusammen, Lilly Alena Babant, und wenn du noch so müde bist.

Todmüde kleidete sie sich an und schlich wieder die Treppe hinunter. Als Erstes heizte sie den Ofen ein, dann ging sie in den Garten hinaus, um dort die verschmutzte Wäsche ihres Onkels in einem Wäschezuber mit Soda und einer guten Prise Salmiakgeist gegen den üblen Geruch einzuweichen. Zurück in der Küche, schälte sie, obwohl ihre Augen vor Müdigkeit brannten, Kartoffeln und Zwiebeln, schnitzelte Lauch, Speck und Möhren und setzte schließlich einen Topf Wasser auf. Imme, ihre Nachbarin, würde die Suppe gegen Mittag nur heiß machen und die Kochwürste hineinlegen müssen. Und obwohl Lillys Beine sich so weich wie gekochte Lauchstangen anfühlten und sie sie am liebsten wohlig in ihrem Bett ausgestreckt hätte, rührte sie einen Eierpfannkuchenteig mit dem schaumig geschlagenen Eiweiß an, holte ein Glas eingelegte Birnen vom Vorjahr aus dem Keller, schnitt die süßen Birnen in Schnitze, mischte diese unter den Teig und buk gut ein Dutzend saftig-süße Pfannkuchen.

Lilly stand am glühenden Ofen und schaute zu, wie der flüssige Teig in der Pfanne langsam hellbraune Ränder bekam und immer mehr kleine Schwitzperlen aus zerlassener Butter auf ihm zu britzeln begannen. Der Duft der Birnen weckte ihren Appetit. Hungrig schnitt sie einen Kanten Schwarzbrot ab und biss hinein. Sicher würde nichts mehr von alldem übrig sein, wenn sie am Abend heimkäme – außer geleerten Töpfen und Tellern. Einen einzigen Pfannkuchen will ich mir gönnen als Lohn für all diese Mühe, sagte sie zu sich und legte einen ausgekühlten Pfannkuchen in eine Proviantdose. Nachdem alles fertig war, bereitete sie, wie jeden Morgen, das Frühstück für ihre Mutter zu: Buchweizengrütze mit frischer Sahne, dazu eine Kanne Fencheltee mit Honig.

Doch während sie die graubraunen Fenchelkörner beobachtete, die langsam auf den Kannenboden sanken, geschah plötzlich etwas Merkwürdiges. Lilly begann all jene Körner zu zählen, die noch auf der heißen Wasseroberfläche schwammen. Und da wurde ihr bewusst, was in ihr vorging. Meine Mutter wird sterben, dachte sie, wie viel Wochen, Monate, Jahre noch? Neunzehn? Zwölf? Sieben? Drei? Drei Jahre? Nein, bestimmt keine Jahre mehr. Der Arzt in Berlin hatte ihre Lunge abgehört und gemeint, wenn sie die üblichen Heilmittel nähme, würde der Bronchialkatarrh verschwinden. Wenn nicht, hätte sie Krebs. Wir beide wissen doch längst, dass das die Wahrheit ist. Und das, was ich ihr gebe – Fenchel, Zwiebelaufguss, Eibischsirup, Honig –, sind nichts anderes als lindernde Trostmittel. Und ich weiß, was sie von mir erwartet: dass ich trotz ihres Schicksals nicht zusammenbreche. Ich werde sie weiterhin pflegen, alles für sie tun. Auch wenn sie mir ansieht, wie unbefriedigend es für mich ist, nur noch kochen zu müssen, um Hunger zu stillen. Was, Lilly, wird aus deinem Talent, Süßspeisen zu komponieren, die Seelen wie mit Feenhänden umfassen und zu den verborgenen Quellen tiefer Sehnsüchte zu führen?

Mutter würde über mich lachen. Lilly, du bist und bleibst eine

Romantikerin. Ja, eine unerweckte Romantikerin, die ihre sinnlichen Gefühle hinter sensibler Kunstfertigkeit verbirgt. Ja, es stimmt, ich weiß mehr über die Geheimnisse der Speisen, wenn sie Zunge und Gaumen berühren, als manch ein Gourmet. Aber ich habe meine Träume selten zugelassen. Im Gegenteil. Ich habe für andere gekocht, damit sie träumen konnten. Ich selbst habe die Kostpröbchen abgeschmeckt, um mich zu vergewissern, wie gut ich meine Kunst beherrschte. Das war alles gewesen. Fast alles.
Nur manchmal wurde ich schwach und schlang alles in mich hinein, um zu vergessen.
Sie war hungrig.
Verzweifelt.
Einsam.
Ohne Trost.
All diese Anspielungen, Ängste, Sorgen – was hatte das alles mit ihrem ureigensten Wesen zu tun?
Lilly, tu etwas, tu etwas nur für dich allein!
Die Eisenringe des Ofens glühten noch. Sein Bratenfach war noch heiß. Lilly suchte nach der Nussmühle, schraubte sie an der Küchenplatte fest, füllte das Fach mit Haselnüssen, drehte sie durch die Trommel. Dann schlug sie sechs Eigelb mit Zucker, mischte die gemahlenen Nüsse, eine halbe Tasse Semmelmehl, einen Schuss Rum und etwas Zitrone hinzu, schlug das Eiweiß steif und hob es darunter. Zügig füllte sie eine Backform mit der Nussmehlmischung und setzte zwei Esslöffel Butter obendrauf.
Als die Sonne aufging, öffnete sie das Fenster, schöpfte einen Löffelschlag aus der noch heißen Mehlspeise, füllte sie in die saubere, dutzendfach benutzte Schale einer Großen Kammmuschel und setzte sich auf die Fensterbank. Der nussige Duft des Teiges verwob sich mit dem erwachender Sommerblumen, betauter Gräser, von Klee und Lindenblüten. Sie tunkte den Löffel in die luftige Masse. Irgendwo im milchigen Morgenblau des Himmels stieg tirilierend eine Lerche auf.

Ihre Lippen schlossen sich um den Löffel.
Sanft drückte ihre Zunge den zarten Teig gegen ihren Gaumen.
Sie schloss genießerisch die Augen.
Diese Stunde gehörte nur ihr.
Irgendwann werde ich wieder das tun, was ich liebe – allen Schwierigkeiten zum Trotz.
Bestimmt.
Und ich würde Clemens gerne beweisen, wie wunderbar meine Süßspeisen sind.
Ich vermisse dich. Ich ... vermisse ... dich.
Clemens.
Sie deckte die Backform mit einem sauberen Küchentuch ab, ging zurück in ihre Dachkammer und stellte sie neben das Bett ihrer Mutter auf einen Schemel. Der Duft würde durch das Tuch in ihre Träume strömen.

Wieder war es ein heißer Julinachmittag. Lilly hatte am Strand Muscheln gesammelt und kehrte nun mit Schmidtchen im lichten Schatten des Buchenwaldes oberhalb der Steilküste nach Heiligendamm zurück. Schon waren das Lachen, Kindergeschrei und die fröhlichen Stimmen der weiblichen Kurgäste zu hören, die hier, unterhalb der Anhöhe, das Damenbad besuchten. Lilly schwitzte und hätte selbst gerne gebadet. Bestimmt wäre Schmidtchen von dieser Idee begeistert gewesen. Doch sie hatte von Maichenbach versprechen müssen, ihn eine halbe Stunde früher als sonst zurückzubringen. Pünktlich um halb sieben, nach Nachmittagskonzert und Teestunde, würde von Maichenbach vor dem Kurhaus auf sie warten, um mit Schmidtchen sofort zu einem Freund weiterzufahren.
Nur einen Moment wollte sie sich noch gönnen, um das »Alexandrinen-Cottage« zu betrachten, das sie so liebte. Es war die östlichste der großherzoglichen Sommerresidenzen, die gepflegte Rasenflächen und vereinzelte Bäume licht umrahmten. 1839/40 hatte es Großherzog Paul Friedrich von Mecklenburg-Schwerin

für seine junge, lebensfrohe Frau Alexandrine bauen lassen. Er hatte seinen Regierungssitz von Ludwigslust nach Schwerin verlegt, dort ein neues Schloss in Auftrag gegeben und war zweiundvierzigjährig bei dem Versuch, einen Großbrand zu löschen, früh – 1842 – gestorben. Seither lebte Großherzogin Alexandrine hier in den Sommermonaten allein. Lilly stellte sich die junge, trauernde Witwe vor, ihre langen Jahre der Einsamkeit in einer Villa, die ihre einstige Heiterkeit widerspiegeln sollte. Musste diese Villa sie nicht ständig daran erinnern, wie sehr ihr Mann sie einst geliebt hatte? Der Großherzog hatte nämlich Schwerins bedeutenden Baumeister, den Architekten Georg Adolph Demmler, beauftragt, der Villa ein dem Wesen seiner Frau entsprechendes heiteres und lichtes Flair zu verleihen. Demmler gab dem Gebäude eine verspielte, barocke Form und stattete seine Front großzügig mit hohen Rundbogenfenstern aus, von denen jedes auf die See gerichtet war. Es war ihm geglückt, den Herzenswunsch des verliebten Großherzogs in die Tat umzusetzen.
Lilly stellte sich vor, wie schön es wäre, in bequemer Couture und seidenen Mokassins an einem dieser Fenster zu sitzen, aufs Meer zu schauen, den Gedanken nachzuhängen. Um wie viel schöner noch wäre es, mit Clemens im achteckigen Türmchen zu sitzen, Mokka oder heiße Schokolade zu trinken ... zu speisen ... zu lieben ...
Sie verlor sich in ihren Träumen.
Die Sonne flirrte über dem Meer. Auf dem Badesteg des Damenbades gingen einige Frauen in modischen Badekostümen auf und ab. Andere hockten am Rand, planschten mit den Füßen im Wasser, plauderten und lachten. Einige Mutigere schwammen, begleitet von den Zurufen einer Badewärterin, ein Stück weit hinaus. Direkt am Strand half eine Badefrau drei jungen Frauen, dickleibige Schwimmpanzer aus Kork umzuschnüren. Sie reichten ihnen weit über den Bauch hinab und nahmen ihnen all ihre Grazie. Kichernd und jammernd machten sie sich über die Ungetüme lustig.

Amüsiert schaute Lilly ihnen zu.

»Sind Sie Lilly?«

Eine Dame mit grauem Spitzenschleier trat auf sie zu. Sie trug ein blasiert blickendes Hündchen mit schwarz-weißem Fell auf dem Arm. Lilly erkannte in ihr die Russin wieder, die ihr vor ein paar Tagen beim Doberaner Antiquar begegnet war. Lilly nickte, woraufhin die Russin laut auflachte und ihren Schleier zurückschlug. Sie mochte Anfang dreißig sein und war außergewöhnlich schön: hohe schwarze Augenbrauen über tiefblauen, dicht bewimperten Augen, einer schmalen Nase und vollen blassen Lippen. Nur an den Rändern ihres gerüschten Stehkragens meinte Lilly schuppig gerötete Haut zu erkennen.

»Schauen Sie immer so entsetzt, Lilly? Das wäre schade.« Sie reichte ihr die Hand. »Ich bin Irina Rachmanowa, mein Vater ist Dolmetscher in Sankt Petersburg, meine Mutter Deutsche, und wie es scheint, haben wir einen gemeinsamen Bekannten.« Sie lächelte und zog wieder ihren Schleier vors Gesicht. »Xaver, ich meine, Herr von Maichenbach, empfahl Sie mir. Ich habe mich nämlich endlich dazu durchgerungen zu kuren. Und dabei möchte ich mich entspannen. Ich brauche also jemanden, der sich um Kaito kümmert. Meine Domestiken bleiben hier, sie sind ausgelastet. Wie wäre es, hätten Sie Lust? Ich würde Sie gut bezahlen.«

»Ja, natürlich«, erwiderte Lilly überrascht, »sehr gerne, wenn Ihr kleiner Hund gerne läuft ...«

»Sie meinen, er sieht unsportlich aus? Er ist ein Japan-Chin. Nur der japanische Adel besaß früher diese seltene Rasse. Entsprechend eigen und anspruchsvoll ist er auch. Er hasst Nässe und Schmutz, als seien seine Vorfahren nicht Hunde gewesen, sondern Katzen. Er amüsiert mich. Aus Spaß habe ich ihm sogar ein spezielles Wägelchen anfertigen lassen, damit er sich seine Pfötchen nicht allzu schmutzig macht. Das könnten Sie jederzeit mitnehmen, wenn Sie ihn ausführen.« Wieder klang sie belustigt.

Das wird schwierig werden, dachte Lilly und streckte ihre Hand nach ihm aus. Der Japan-Chin bedachte sie mit kühlem Blick. Er blinzelte noch nicht einmal. Und so zog sie ihre Hand zurück. Aufgebracht bellte Schmidtchen zu ihr hoch.

»Still, Schmidtchen, du bleibst mein Erster, mein Bester.« Sie bückte sich zu ihm und streichelte ihm den Kopf. Er bellte noch einmal, als wollte er sagen: Das will ich auch meinen.

»Also gut, wenn Schmidtchen mit ihm auskommt, könnte ich beide zur selben Zeit ausführen, morgens um acht, mittags um halb zwölf, nachmittags gegen fünf. Sie würden Kaito sauber und gebürstet zurückbekommen.«

»Wunderbar, ganz ausgezeichnet.«

Lautes Kreischen unterbrach ihr Gespräch. Eine der jungen Frauen mit dem dicken Schwimmpanzer war vom Badesteg gerutscht und ins Wasser gefallen. Sie prustete, schlug mit den Armen, so dass das Wasser bis zu ihrer Freundin aufspritzte, die noch zögernd auf der Badeleiter stand. Schmidtchen bellte begeistert, und bevor Lilly ihn an die Leine nehmen konnte, rannte er über den Strand auf den Badesteg zu und sprang hinterher. Noch mehr Gelächter, noch mehr Geschrei. Nur ein paar ältere Damen protestierten leise – und in ihre Stimmen mischte sich das Bellen eines anderen Hundes. Lilly ließ ihre Blicke schweifen. Und dann entdeckte sie sie: Aus einem der abseits des Badehauses plazierten Strandkörbe erhob sich Isa von Rastrow, den schwarzen Pinscher an der kurzen Leine. Ihr wurde eiskalt, als sich ihre Blicke begegneten. Sie merkte nicht, dass Irina Rachmanowa sie beobachtete.

»Kennen Sie Madame von Rastrow, Lilly?«

»Nur flüchtig ...« Sie wich ihrem Blick aus und errötete.

Die Russin lächelte. »Aber ihren Sohn kennen Sie näher?«

Lilly schlug die Augen nieder.

»Ah, ich verstehe, *c'est l'Amour*, nicht?«

»Wie können Sie das behaupten?«

»Weil ich es Ihnen ansehe. Wissen Sie nicht, dass wir Russen besonders feinfühlig sind, was große Gefühle angeht? Nun? Habe ich recht?« Bevor Lilly etwas sagen konnte, legte die Rachmanowa ihre Hand auf Lillys Unterarm. »*Taissez-vous*, Mademoiselle. Sagen Sie nichts. Ich möchte Sie nicht in Verlegenheit bringen. Gestern Abend habe ich Xaver zu einem Souper begleitet. Herr von Rastrow war ebenfalls mit seiner Mutter anwesend. Er ist attraktiv, interessant – und gottlob anders als seine Mutter. Ich hätte mich gern mit ihm unterhalten. Er erwähnte nämlich, dass er vor kurzem aus Afrika zurückgekehrt sei. Xaver war ebenfalls neugierig, doch meine schwedischen Begleiter, die uns gegenübersaßen, lenkten uns mit ihren Geschichten über Pferdezucht ab. Frau von Rastrow, scheint mir, vertritt recht rigide Ansichten. Sie gehört zu jenen, die den Wert goldener Gitterstäbe höher schätzen als das Leben.« Sie hob kurz ihren Schleier und blickte Lilly in die Augen. »Finden Sie nicht auch, dass enge Gedanken an diesem schönen Ort keinen Platz haben? Ich will ganz offen zu Ihnen sein: Xaver erzählte mir alles über Sie, Lilly. Und ich muss sagen, Sie gefallen mir in Ihrer Leidenschaft sowohl für das eine als auch das andere. Für den Tod wie für die Liebe. Sie sind mutig und sinnlich, zweifelnd und verletzlich zugleich. Das ist wunderbar menschlich. Ich fände es reizvoll, Sie zu ermutigen, ein bisschen revolutionär zu sein. Tun Sie das, wofür Ihr Herz schlägt. Bei uns gibt es ein Sprichwort: ›Liebe ist wie ein Glas, das zerbricht, wenn man es zu unsicher oder zu fest anfasst.‹«

Hatte nicht längst eine andere das Glas zerbrochen? Eine Frau, die fähig war zu lügen? Hatte Isa von Rastrow Clemens die schreckliche Begebenheit mit den Hunden verfälschend dargestellt? Ging er ihr deshalb aus dem Weg? Fand er es also richtig, dass seine Mutter sie vor den Augen seines Dieners bestraft und erniedrigt hatte?

»Lilly? Wo sind Sie mit Ihren Gedanken? Haben Sie Angst, ich könnte mit anderen über Sie sprechen?«

Da sie nicht die Wahrheit sagen wollte, nickte Lilly nur.

Irina Rachmanowa legte ihren Zeigefinger auf ihre Lippen. »Keine Sorge, ich werde schweigen wie ein Grab. Kommen Sie, lenken Sie sich ab. Ich werde Sie noch ein paar anderer Damen vorstellen, die vielleicht ebenfalls Interesse daran haben könnten, dass man ihnen ab und zu ihre Hunde abnimmt.«

»Das ist sehr nett, Madame, aber mein Hund überzeugt gerade mit schlechtem Benehmen. Wie wollen Sie mich da als kompetenten Dog Walker vorstellen?«

»Ganz einfach: Diejenigen, die Hunde lieben, werden Ihnen verzeihen, und auf die anderen können Sie verzichten.«

Lilly gefiel diese Frau. Sie war herzlich, unkonventionell und vor allem einfühlsam. Sie würde ihr bestimmt über ihre Sorgen hinweghelfen. Aus den Augenwinkeln nahm Lilly wahr, wie Isa von Rastrow an einen anderen Strandkorb herantrat und gleich darauf Arm in Arm mit einer Frau in hellgrauem Kostüm und mit Straußenfedern geschmücktem Hut Richtung Kurplatz strebte. Erleichtert atmete Lilly auf und rief nach Schmidtchen. Dieser paddelte in weitem Bogen um die badenden Mädchen und Frauen herum, die ihn ausgelassen mit Wasser bespritzten. Lilly wartete, bis er aus dem Wasser kam, sich schüttelte und hechelnd vor ihre Füße legte.

»Brav, mein Lieber«, lobte sie ihn, klopfte ihm zärtlich auf den Rücken und nahm ihn an die Leine.

»Sehen Sie, nun, da er sein Bad hat genießen dürfen, gehorcht er Ihnen aufs Wort. Xaver hat ihn wohl doch gut erzogen – erst das Vergnügen, dann die Pflicht.«

Sie lachten und wandten sich zwei älteren Damen zu, die ihnen während ihres Gespräches hin und wieder aufmerksame Blicke zugeworfen hatten. Nun standen sie ganz in der Nähe und fächelten sich mit Werbeprospekten der bevorstehenden Doberaner Renntage Luft zu. Um ihre Handgelenke lagen Schlaufen dünn geflochtener Lederleinen. Zunächst waren ihre Hunde nicht zu sehen, und so ging Lilly um die Damen herum. Und tatsächlich: Im Schatten ihrer Herrinnen dösten zwei kleine Hunde, flach auf dem Bauch, alle viere von sich gestreckt, ein Malteser und, leise prustend auf der Seite liegend, ein Mops. Beide blickten Lilly schläfrig an.

Irina Rachmanowa stellte den beiden Damen Lilly vor und erläuterte ihren Vorschlag.
»Was für eine glänzende Idee!« Die Damen waren begeistert. »An den Festtagen«, meinten sie, »soll es ja noch heißer werden. Wir wären erleichtert, wenn wir wüssten, dass jemand mit unseren Tierchen im kühlen Wald spazieren geht.«
Und für den Mops und den Malteser könnte es belebend sein, mit anderen Hunden herumzutollen, dachte Lilly bei sich. Zu ihrer Überraschung konnte Irina Rachmanowa noch zwei weitere Hundebesitzerinnen überreden, ihr Angebot anzunehmen. Rasch begannen sie, Lilly die Charaktereigenschaften ihrer Vierbeiner zu beschreiben. Und in der nächsten Viertelstunde diskutierten sie leidenschaftlich darüber, welcher ihrer Lieblinge mit wem harmonieren könne und welcher nicht.
Lilly war erleichtert, dass sie bis auf einen freundlichen Dalmatiner keine größeren Hunde wie Deutsche Doggen oder Weimaraner ausführen musste. Neben dem Mops und dem Malteser kamen noch ein Pekinese und ein lustiger langhaariger Papillon hinzu, der einer älteren Düsseldorferin gehörte. Er habe Vorfahren, die schon im Schoß von Madame de Pompadour geruht hätten, verriet sie, und er sei sehr anspruchsvoll.
»Ich werde mein Bestes tun, dass es Ihren Lieblingen mit mir gefällt«, versprach Lilly. »Und wenn nötig, erlauben Sie mir, sie ein wenig zu erziehen.«
»Nur zu, aber nur eines nicht: Schläge!«
»Das ist selbstverständlich, schließlich liebe ich Tiere!«
»Dann kommen Sie auch zu den Renntagen, Lilly?«
»Natürlich, spätestens beim Bauernrennen und dem großen Fest auf dem Kamp bin ich dabei.«
»Reiten Sie denn selbst?«
»Ja, ich habe schon früh reiten gelernt, auf einem Rittergut ganz in der Nähe ... Ich hätte schon Lust, an einem Rennen teilzunehmen. Aber wie Sie wissen, ist das allein den Herren vorbehalten. Mein Cousin wird allerdings beim Bauernrennen dabei sein.« Am

liebsten hätte Lilly schadenfroh ausgeplaudert, dass er ein einfacher Pferdeknecht war, der darunter litt, auf einem sattellosen Ackergaul reiten zu müssen, statt als sportlich gekleideter Jockey hoch zu Ross auf einem edlen Vollblüter zu sitzen.
»Dann werden Sie ihm wohl die Daumen drücken und keine Zeit haben, unsere Hunde auszuführen, oder?«
»Ich glaube, er braucht meinen Applaus nicht«, erwiderte sie. »Er ist ein guter Reiter und wird auch ohne mich siegen.«
Die Damen fragten nicht weiter nach, nickten stattdessen erfreut.
»Also, Lilly, morgen früh um acht!«
Lilly dankte noch einmal und verabschiedete sich von allen. Sicher wartete von Maichenbach schon am Kurhaus auf sie und war verärgert, dass sie Schmidtchen noch immer nicht zurückgebracht hatte. Und dabei war sie ihm ein zweites Mal zu Dank verpflichtet. Wer sonst hätte sie Irina Rachmanowa empfohlen?

Zu Lillys Erstaunen hatten einige der Damen vergessen, ihren Bediensteten und Familienmitgliedern über ihr Kommen Bescheid zu geben. So waren einige der Hündchen bereits unterwegs, als Lilly am nächsten Morgen vorsprach, andere kehrten gerade vom ersten Spaziergang zurück. An diesem Tag waren einige ihrer Besuche vergeblich. Mal beschied man ihr, es später noch einmal zu versuchen, weil die Damen im Moment nicht zu sprechen seien. Mal bat Lilly die Bediensteten, Rücksprache zu halten oder sich ihre Besuchszeiten einzuprägen. Ihr war klar, dass es Zeit brauchte, bis sich alles eingespielt haben würde. Bei all dem Durcheinander gelang es ihr aber, außer Schmidtchen vier weitere Hunde auszuführen: den Mops, den Pekinesen, den Dalmatiner und den Japan-Chin.
Zunächst fand sie es spannend, die Charaktere der Hunde zu studieren. Der Pekinese war eifersüchtig auf Schmidtchens bevorzugte Stellung, der Malteser war unkompliziert, der Mops fröhlich und verwöhnt, der Dalmatiner ruhig und gelehrig, so dass Lilly ihn, der besonders gerne weit lief, ab und zu von der Leine

ließ. Er gehorchte aufs Wort und kehrte stets freudig zu ihr zurück. Ein Privileg, das ihm Schmidtchen deutlich neidete. Er war es auch, der gerne bellte, im Gegensatz zum Mops und Dalmatiner, die sich ruhig verhielten.
Besonders amüsierte sie sich über den Japan-Chin, der um Pfützen und Unrat besonders verächtlich herumschritt. Er war beleidigt, wenn sie ihn, mit matschigen Pfoten und Sand im Fell, irgendwo an einem Zaun oder Torpfosten anband, um einem anderen Hund eine Klette aus dem Fell, ein Steinchen aus der Pfote zu entfernen oder schlicht Wasser zu geben. Stumm und ohne mit dem Schwanz zu wedeln, forderte er ihr die Beachtung seiner Würde ab. Er konnte den Mops nicht leiden, dieser ihn ebenfalls nicht, so dass Lilly darauf achtete, beide so weit wie möglich getrennt voneinander zu halten. Schmidtchen aber forderte ihr bei allem, was sie tat, zusätzliche Streicheleinheiten ab. Es war, als wollte er ihr immer wieder bewusst machen, dass er der Primus war. Und so sprach sie am häufigsten mit ihm. Allein das hob seine Stimmung. Alles in allem war es anstrengend, doch es machte Lilly Spaß. Das Zutrauen der Hunde, ihre individuellen Eigenarten, das Lachen in ihren Augen und ihr Spiel erheiterten Lilly mehr, als sie zunächst angenommen hatte. Am meisten freute sie sich, dass die Hunde sie akzeptierten, sich von ihr das Fell seidig bürsten, sogar die Pfoten putzen ließen, kurz bevor sie sie zurückgab. Hannes Rat war goldrichtig gewesen, denn selbst die Bediensteten, die die Hunde in Empfang nahmen, dankten Lilly für die sorgfältige Pflege.

Kurz vor halb sieben Uhr des übernächsten Tages kamen Lilly überraschend Clemens von Rastrow und Joachim von Stratten mit drei weiteren jungen Herren von der Orangerie her entgegen. Lilly stockte fast der Atem. Ja, sie liebte ihn: jede Bewegung seines schlanken Körpers, sein schönes, ausdrucksstarkes Gesicht unter dem hellen Panamahut, seinen aufmerksamen, prüfenden Blick. Ob er die anderen dazu überredet hatte, sie hier abzupassen?

Schon trat er einen Schritt vor, doch Joachim kam ihm zuvor und nahm sie als Erster in die Arme.

»Lilly Alena! Endlich! Man sagt, nach deinen Runden könnte man bereits die Uhr stellen!«

Sie lächelte. »Da siehst du, wie ernst es mir ist mit meiner neuen Arbeit.«

Die anderen Herren nickten wohlwollend.

»Lilly, wie schön, dich zu sehen.« Clemens trat auf sie zu. »Bevor ich dich begrüße, möchte ich mich für das Verhalten meiner Mutter in aller Form entschuldigen.« Sein Blick war ernst und tiefgründig, so, wie er ihr vertraut war. Dann nahm er sie in die Arme. Sie hatte das Gefühl, als verschmölze sie im selben Atemzug mit ihm. Benommen vor Glück schloss sie die Augen. Wenn doch die Welt um sie beide herum nichts als Einbildung sei und verschwände, sobald sie die Augen öffnete. Wehmütig spürte sie, wie seine Arme sie wieder freigaben.

»Lilly« – Joachim nahm mit belegter Stimme das Gespräch wieder auf –, »darf ich dir die Herren Bastorf, Sickling und Schönbohm vorstellen? Wenn du Zeit hast, kannst du uns bei den Renntagen die Daumen drücken. Du kommst doch zum Fest, oder?«

Sie reichte den jungen Herren die Hand. »Aber ja, ich freue mich darauf.«

»Dass die ›Strandperle‹ ohne Sie auskommen muss, Lilly, ist wirklich bedauerlich.«

»Sehr schade, wirklich.«

»Niemand hat diesen Jacobi umstimmen können.«

Überrascht horchte Lilly auf, doch bevor sie fragen konnte, wer wohl Jacobi hätte überreden können, sie wieder einzustellen, fing sie Clemens' Blick auf. Er gefiel ihr nicht, etwas Kühles, Abwehrendes verbarg sich in ihm. Instinktiv wandte Lilly sich Joachim zu. »Du wolltest mich sprechen? Ich fürchte nur, dies ist wohl kaum der richtige Moment.«

Sie kannte ihn zu lange, um nicht zu wissen, dass ihm etwas auf der Seele lag.

»Ich möchte dich hier in aller Öffentlichkeit um den ersten Tanz auf dem Fest bitten, Lilly«, beeilte er sich zu sagen. Es klang wie ein Vorwand für etwas anderes, Wichtigeres.

»Gerne, ich nehme an«, erwiderte sie freundlich. Schweigend suchte sie Clemens' Blick.

»Ich werde ebenfalls kommen«, sagte er ruhig. Doch da begann Schmidtchen wütend zu bellen und an der Leine zu zerren. Clemens schaute über Lillys Schulter hinweg zur Seebrücke. Es war, als fiele ein Schatten auf sein Gesicht. Angespannt wandte sich Lilly um. Es war Isa von Rastrow, die im Laufschritt herbeieilte und laut »Jasper! Jasper!« rief.

»Jasper!«, rief jetzt auch Clemens und lief dem schwarzen Pinscher entgegen. Dieser aber flitzte geschickt an ihm vorbei, sprang um Lilly und Schmidtchen herum, bleckte die Zähne und knurrte wütend. Schmidtchen biss zu, der Pinscher heulte auf, drehte sich im Kreis und schnappte außer sich vor Schmerz nach ihm. Schmidtchen rannte um Lilly herum, die Leine wickelte sich um ihre Beine. Vor Angst entglitt ihr der Eimer mit den Muscheln. Der Pinscher tobte vor Wut und schnappte wütend nach Clemens, als dieser, um Lilly zu schützen, zwischen sie und die Hunde trat.

Noch bevor Clemens einschreiten konnte, biss Jasper zu und rannte sogleich Richtung Wald. Lilly schrie auf. Ihr Kleid war hinten zerrissen, ihre linke Wade blutete. Der Schmerz raubte ihr den Atem. Kaum noch nahm sie wahr, wie ihr Joachim Schmidtchens Leine aus der Hand nahm und die jungen Herren dem Pinscher nacheilten. Clemens und Joachim stützten sie und geleiteten sie zu einer nahen Parkbank. Lilly hörte Isa von Rastrow um Atem ringen.

»Was machst du nur wieder hier, Mädchen? Du hast die Begabung, stets zur falschen Zeit am falschen Ort zu sein. Kannst du dich nicht endlich einmal beschränken? Weißt du nicht, wer du bist? Hüte Gänse und stolziere nicht mit Hunden herum, die noch schlechter erzogen sind als du!« Ihre Stimme bebte vor Ärger.

»Mutter! Du vergisst dich! Bitte verlasse uns auf der Stelle. Dein Auftritt ist unmöglich.«
»Du begleitest mich, Clemens. Sofort.«
Es blieb still. Lilly wagte nicht aufzuschauen. Dann hörte sie, wie Clemens und Joachim miteinander flüsterten. Erst bemüht ruhig, dann immer eindringlicher.
»Du wirst mich jetzt bitte zum Waldhaus begleiten, Clemens.« Isa von Rastrow betonte jedes Wort.
»Nein, du erlaubst, dass Joachim dir heute diesen Gefallen tut, Mutter. Du verstehst, dass ich meine Pflicht tue, wenn ich hierbleibe. Joachim, wärst du bitte so freundlich?«
»Selbstverständlich, ich bringe sogar Herrn von Maichenbach diesen artigen Terrier zurück«, sagte dieser übertrieben laut. »Tu du nur, was notwendig ist, Clemens.« Er nickte Lilly zu und bot seiner Tante den Arm. Diese zögerte. Clemens machte eine auffordernde Handbewegung. »Du wirst doch genug Feingefühl haben, Mutter, dem Kurpublikum keine weitere Szene zu bieten?«
»Ich möchte dich heute Abend allein sprechen, Clemens.«
Eine Stimme wie aus Stahl.
Lilly zitterte vor Schmerz.
Sie warteten, bis Isa von Rastrow mit Joachim hinter dem Logierhaus »Neuer Flügel« verschwunden waren.
»Danke, dass du bei mir bleibst, Clemens.«
»Das ist doch selbstverständlich.« Er kniete vor ihr nieder. »Verzeih, Lilly. Du kennst meine Mutter kaum, hast sie selten gesehen. Sie ist stolz und leider oft viel zu hart. In letzter Zeit ist es noch schlimmer geworden. Ich weiß, es ist dir kein Trost, aber sie hat zu viele Probleme. Vergiss ihre bösen Worte, wenn du kannst, ja?«
Sie antwortete nicht.
»Bitte, Lilly.«
»Sie ist unmenschlich, Clemens.«
»Kümmere dich nicht darum. Sie ist meine Mutter, nicht deine. Du musst nicht mit ihr leben.«

»Sie beleidigt mich vor anderen Leuten.«
»Das hat sie auch mit mir schon getan, Lilly, wie du weißt. Sie ist halt so. Jetzt komm, ich will rasch nachsehen, was der Biss angerichtet hat.« Vorsichtig betastete er ihr Bein. »Sehnen und Muskeln sind unverletzt, das ist schon einmal beruhigend. Jasper hat also nicht so fest zugebissen. Auch wenn ich mir sicher bin, dass er nicht tollwütig ist, ist ein Hundebiss nicht ungefährlich. Er kann zu Entzündungen und Gelenksteife führen. Deshalb muss die Wunde sofort behandelt werden. Leider habe ich meine Tasche gerade heute nicht dabei. Nur das hier.« Er zog ein sauberes Taschentuch hervor und band es behutsam um ihre Wunde. Lilly schaute auf seine sensiblen, kraftvollen Hände. »Du bist Mediziner geworden, Clemens?«
»Ja, aber ich praktiziere im Moment nicht.«
»Warum nicht?«
»Weil ich erst vor wenigen Tagen aus Afrika heimgekehrt, aber mit meiner Seele noch gar nicht richtig in meiner Heimat angekommen bin.« Er machte eine bedeutungsvolle Pause. »Komm, Lilly, ich bringe dich jetzt zum Badearzt. Es ist wichtig, dass die Wunde sofort versorgt wird, am besten mit Blutegeln, die mögliche Gifte aus der Wunde ziehen.«
»Ich möchte zurück zum Kamp, zu Dr. Fabian.«
»Gut, aber wir sollten uns beeilen, Lilly.« Er erhob sich, weil die anderen drei Herren zurückkamen. Einer von ihnen sagte: »Wir haben im Wald nach eurem Pinscher gesucht, Clemens. Leider haben wir seine Spur verloren. Es sieht so aus, als genösse er seine Freiheit.«
»Vielleicht hat er auch nur einfach Angst vor Strafe«, warf Lilly ein. »Wenn deine Mutter ihn mit der gleichen Härte behandelt wie mich, könnte ich ihn beinah verstehen.«
Clemens runzelte die Stirn. »Sie ist streng mit ihm, aber normalerweise gehorcht er ihr aufs Wort.«
»Dann hätte sie ihn zurückpfeifen können.«
»Was willst du damit sagen?«

»Vielleicht hat sie ihm befohlen, mich anzugreifen.«

»O nein, Lilly, was denkst du nur von ihr? Sie ist zwar schwierig, aber bösartig ist sie nicht, nein, das würde sie nie tun. Aber ich werde sie nachher zur Rede stellen. Das verspreche ich dir. So, jetzt sollten wir uns beeilen.« Entschlossen fasste er sie unter die Arme und zog sie zu sich hoch. Es war ein beglückendes Gefühl, von ihm gehalten zu werden, aber Lilly nahm auch wahr, dass in diesem Moment in seiner Kraft eine gewisse Beherrschung lag. Ob er verstimmt war wegen ihrer Kritik an seiner Mutter? Oder ob er seine tiefsten Gefühle vor ihr verbarg? Verlegen musterte sie ihn von der Seite. Er bemerkte ihren Blick und erwiderte ihn.

Die anderen Herren verabschiedeten sich und versprachen, weiterhin nach dem Pinscher Ausschau zu halten. Nun, da sie wieder allein waren, fasste sich Lilly ein Herz.

»Könntest du mir einen Gefallen tun, Clemens?«

»Gerne, sag, was soll ich tun?«

»Die Muscheln, könntest du sie für mich wieder einsammeln?«

Ihre Blicke versanken eine Spur zu lange ineinander.

»Natürlich, das bin ich dir schuldig.« Ohne auf die anderen Kurgäste zu achten, begann Clemens die Muscheln aufzuheben und in Lillys Eimer zu legen.

»Brauchst du wirklich all diese Muscheln, Lilly?«

»Ja, ich liebe jede auf ihre Art. Es macht Spaß, sie zu Mosaiken zusammenzulegen.«

»Ja, ich weiß, Seeleute kaufen mit Muscheln besetzte Schachteln und Pillendöschen in fremden Häfen und bringen sie ihren Ehefrauen als exotische Geschenke mit«, erklärte er schnell und half Lilly auf. »Hast du heute eine besonders schöne gefunden?«

»Nein, aber das ist auch nicht schlimm. Eigentlich ist es die Suche am Strand selbst, die das größte Vergnügen macht.«

»Die Suche an sich reizt dich?«

»Ja, was stört dich daran, Clemens?«

»Zu suchen hat immer etwas Abenteuerliches an sich, findest du nicht?«

»Das macht den Reiz aus, ja.«
Er schwieg, doch Lilly hatte den Eindruck, als hätte er ihr am liebsten widersprochen.
Sie hatten den Kutschenplatz erreicht. Betont forsch winkte Clemens eine Kutsche heran, half Lilly hinein und schwang sich neben sie. Sie war überascht. »Du musst nicht mitkommen. Wartet nicht deine Mutter auf dich?«
»Ich begleite dich jetzt als Arzt, Lilly. Dich könnte der Schock einholen. Ich hätte kein gutes Gefühl, dich allein zu wissen, wenn dir übel würde. Oder ist dir meine Nähe unangenehm?« Da war es wieder wie früher, dieses seltsame Glitzern in seinen Augen.
»Nein, natürlich nicht.«
»Du darfst auch in meine Hand beißen, wenn der Schmerz zu groß wird.«
»Das wäre dann der Beweis, dass Jasper Tollwut hätte«, gab sie zurück.
»Richtig. Endlich stimmen wir einmal überein.« Er blinzelte ihr zu und beugte sich zum Kutscher vor. »Im Galopp nach Doberan! Zu Dr. Fabian!«
In schnellem Tempo ging es die vielbefahrene Lindenallee entlang. Zahlreiche Droschken und Fuhrwerke kamen ihnen entgegen. Lilly wunderte sich über die Unmengen an Schrank- und Coupékoffern, Falten- und Reisetaschen, Hutschachteln und Kosmetikköfferchen. Was für eine Arbeit die Domestiken allein mit dem Auspacken und dem Sortieren in die Schränke haben würden. Und das alles nur wegen … Sie wandte sich Clemens zu.
»Bleibst du bis zu den Renntagen?«
»Ja, vielleicht sogar bis Mitte September, wenn nichts dazwischenkommt.«
»Du hast gesagt, du seist gerade aus Afrika zurückgekommen. Kannst du etwas mehr darüber erzählen? Ich könnte mich dann leichter von diesem Schock erholen, und es würde mich von den Schmerzen ablenken.«
»Ah, ja, natürlich gerne.« Er streckte die Beine aus und ent-

spannte sich sichtlich. »Ich bin erst letzte Woche aus der Kolonie Deutsch-Südwestafrika zurückgekehrt. Hast du schon einmal von Adolf Lüderitz gehört?«

»Nein, ist es ein Freund von dir?«

»Freund wäre zu viel gesagt, aber ein guter Bekannter. Er ist der Sohn eines Bremer Tabakwarenhändlers, hatte bereits im Ausland Erfahrungen gesammelt und dann für einige Zeit das väterliche Geschäft weitergeführt. Er hätte dabei alt werden können, wenn er nicht wagemutiger als andere gewesen wäre. Er hatte nämlich schon lange ein Ziel: Er wollte in Afrika eigenes Land erwerben, deutsche Siedler anwerben und nach Bodenschätzen suchen. Es ist ihm geglückt, von den Einheimischen ein Gebiet zu erwerben, das anderthalbmal so groß ist wie das Deutsche Reich. Diese Kolonie heißt heute Deutsch-Südwestafrika und soll, glaubt Lüderitz immer noch, reiche Gold- und Diamantminen haben.« Er machte eine Pause, musterte Lillys Gesicht. »Hältst du die Schmerzen noch aus?«

»Ja, erzähl nur weiter.«

»Gut, wenn du meinst. Vor zwei Jahren lud mich ein Freund ein, mir die Kolonie anzusehen. Er ist Ingenieur und sollte prüfen, inwieweit es möglich oder erforderlich ist, Eisenbahnstrecken zu bauen. Also, wir schafften es, rechtzeitig zur Feier am siebten August letzten Jahres einzutreffen. An dem Tag wurde Lüderitz' damaliger Besitz offiziell unter den Schutz des Deutschen Reiches gestellt. Stell dir vor, in Hafennähe standen erst drei Blockhäuser, die auf Lüderitz' Wunsch hin den Grundstock für die zukünftige Hafenstadt bilden sollten. Kapitän zur See Herbig brachte seine Korvette *SMS Elisabeth* in der Bucht vor Anker, andere deutsche Kriegsschiffe folgten ihm. Flaggen wurden gehisst, Vertreter der Firma Lüderitz, der Ältestenrat der Nama – man nennt sie auch Hottentotten – und ihr Häuptling trafen ein. Alle in festlichster Aufmachung. Eine Militärkapelle spielte Märsche. Es war schon ein seltsames Erlebnis. Irgendwie etwas bizarr.«

»Du bliebst länger, weil es so aufregend für dich war?«

»Nun, zu sehen, wie rasch Kasernen und deutsche Siedlungen mit Brunnen und Grünanlagen, Straßen und Wirtschaftsgebäuden angelegt wurden, war schon bemerkenswert. Typisch deutsch eben. Für Schutz ist ständig gesorgt, denn die Feindschaft zwischen Namas und Hereros ist gefährlich für jeden, der sich dort aufhält. Will man auf Entdeckungsreise gehen, muss man seine Tour melden und sollte sicherheitshalber eine Schutztruppe mitnehmen. Dann wird man von Reiterpatrouillen auf Kamelen begleitet. Wenn es nicht deutsche Soldaten sind, so sind es von Deutschen ausgebildete Einheimische, die einen verlässlichen Eindruck machen. Häufig sind es Hereros. Viele von ihnen dienen den Siedlern auch im Haushalt oder in der Wirtschaft.«
»Und wie schaut das Land dort aus? Ist alles Wüste?«
»Nein, aber die Landschaft ist dürftig, öde, mit wenig Pflanzenbewuchs. Es gibt viele Sanddünen. Das karge Land mit Ochsengespannen zu durchwandern ist sehr mühselig. Solange ich dort war, fand übrigens Lüderitz keinen einzigen Diamanten. Es werden Straußenfedern und Elfenbein exportiert, auf alles andere setzt er nur Hoffnungen. Oft habe ich ihn nicht gesehen, weil ich die meiste Zeit als Arzt in der Mission verbrachte.«
»Du bist also gar nicht viel gereist?«
»Doch, hin und wieder, wenn meine Zeit es mir erlaubte.« Er machte eine Pause. »Ich habe viel erlebt und noch mehr Übles gesehen, Lilly. Von einem anderen Missionar hörte ich zum Beispiel, dass die Sklavenfrau als ›Summe menschlicher Degradierung, als niederste Kreatur auf Gottes Erde‹ anzusehen sei. Kinder werden verpfändet, müssen Frondienst leisten, nur um die Schulden ihrer Eltern abzubezahlen. Oftmals tun sie das ihr Leben lang. Es ist entsetzlich. Über Schlimmeres möchte ich gar nichts erzählen. Ich muss dir ganz offen sagen: Ich bin als ein anderer zurückgekehrt.«
»Dir gefällt es nicht mehr bei uns?«
»Nein, so meine ich das nicht. Es ist nur so, dass das, was ich erlebt habe, meine Einstellungen zu unserer europäischen, speziell unserer deutschen Kultur verändert hat. Ich könnte es dir

erklären, nur heute nicht. Dies ist nicht der richtige Augenblick.«
Er beugte sich zu ihrer Wade vor, schob den Kleidersaum ein Stückchen beiseite und betrachtete seinen Notverband. »Es blutet kaum noch«, stellte er erleichtert fest und lehnte sich wieder zurück. »Schmerzt es noch stark?«
Sie schüttelte den Kopf. »Erzähl bitte mehr, wie ist es denn, allgemein gesprochen, so in Afrika?«
»Sehr widersprüchlich. Stell dir die europäischen Herrscher mit einem Messer in den Händen vor, wie sie einen riesigen Kuchen voll bester Ingredienzen unter sich aufteilen. Stell dir stolze Araber vor, die Sklaven auf Märkten wie Schlachtvieh anbieten und aufkaufen. Einer von ihnen, Tippu Tip, der im Osten Afrikas agiert, ist noch heute der bedeutendste Sklavenhändler des Kontinents. Stell dir Kolonnen aus Hunderten aneinandergeketteter Eingeborener vor, die tage-, ja monatelang durch dürres Gebiet getrieben werden, bis sie die Häfen erreicht haben. Ich habe gesehen, wie europäische Schiffe, beladen mit Alkohol und Ramsch, anlegten, um die Sklaven aufzukaufen. Ich hatte es nicht geglaubt, aber es gibt sie auch heute noch, die Sklaverei, obwohl sie längst verboten ist. Diese armen Menschen werden verschifft, um auf Zuckerrohrplantagen zu schuften, bis sie elend sterben. Man sagt auch: ›Kein Fass Zucker, an dem nicht Blut klebt.‹«
Lilly sah ihn von der Seite her misstrauisch an. »Willst du mir damit sagen, dass du jetzt keinen Zucker mehr isst?«
Er begegnete ihrem Blick, lächelte. »Richtig.«
»Das glaube ich dir nicht. Man kann doch nicht freiwillig auf ein Dessert verzichten!«
»Freiwillig nicht, aber wenn man gute Gründe hat, dann schon, Lilly.«
»Das musst du mir erklären! Du würdest auch ein Dessert von mir zurückweisen?«
»Ja, sofort.« Wieder dieser halb belustigte, halb herausfordernde Blick.
»Ich verwende keinen Plantagenzucker, wie du weißt.«

»Ob Plantagenzucker oder Rübenzucker, das ist mir gleich. Es geht mir um das Prinzip der Süße.«
»Das musst du mir erklären, Clemens!«
»Nicht heute, nicht jetzt. Hab noch etwas Geduld.«
»Ich verstehe dich nicht. Kannst du mir nicht einen einzigen Grund nennen?«
»Nein. Ich verstehe dich auch nicht. Wie kann dir das wichtiger sein als deine Wunde?«
»Es ist eben so.«
»Bist du etwa eigensinnig?«
»Eigensinnig und hartnäckig.«
Sie hatten den Kamp in Doberan erreicht. Die Kutsche bog rasch in die Severinstraße ein. Nur noch wenige Meter bis zum Haus des Arztes ... wenige Sekunden, in denen Lilly das Gefühl hatte, sie dürfe jetzt nicht aussteigen. Abrupt wandte sie sich ihm zu, während die Kutsche ausrollte.
»Clemens, ich hoffe sehr, dass wir eines Tages die Zeit haben, um noch einmal darüber zu sprechen, warum du dich verändert hast. Aber mich interessiert im Moment noch etwas anderes.«
»Frag ruhig.«
»Warum hast du dich damals geweigert, mit mir und Joachim ewige Freundschaft zu schließen?«
»Dass du dich noch daran erinnerst. Wir sind längst erwachsen. Hat dieser Schwur etwa noch immer eine Bedeutung für dich?«
Wieder verunsicherte er sie mit seinem rätselhaften und zugleich wachen Blick.
»Ja, natürlich. Warum sollte denn eine Freundschaft über alle Unterschiede des Standes hinaus nicht ein Leben lang halten dürfen? Vor allem, wenn sie ehrlich empfunden wird?«
»Wenn sie ehrlich empfunden wird? Ja, warum nicht?« Doch seine Stimme hatte einen seltsam kühlen Klang bekommen.

Nachdem er sie zu Dr. Fabian begleitet und sich verabschiedet hatte, setzte der Arzt auf ihre Wunde Blutegel an, und Lilly sann

über das Erlebte nach. Sie war glücklich, dass sie Clemens augenscheinlich nicht gleichgültig war. Er hatte ihr gegen den Willen seiner Mutter geholfen, war bei ihr geblieben und hatte ihr von sich erzählt. Das Schönste aber war, dass er ihr bewusst ein Rätsel aufgegeben hatte, als hätte er die Absicht gehabt, sie auch zukünftig enger an sich zu binden. Allein das zu wissen war wunderbar und aufregend.
Isa von Rastrows herzlose Art hingegen und ihre Feindseligkeit hatten etwas Bedrohliches an sich. Nie würde sie zulassen, dass irgendetwas ihre Vorstellung von standesgemäßer Wirklichkeit erschüttern könnte, weder ein Wort noch eine Tat, noch ein Gefühl. Sie ließ nur ihre eigene Sicht der Welt gelten.
Wenn sie ihr doch nur gleichgültig sein könnte.
Das wäre einfach, wäre Clemens nicht ihr Sohn.
Und dieser war und blieb Lilly ein Rätsel.

Sobald sie zu Hause war, atmete sie auf. Sie war allein. Victor arbeitete noch auf dem von Strattenschen Rittergut, ihr Onkel musste irgendwo unterwegs sein. Und ihre Mutter hatte ihr einen Zettel auf dem Bett hinterlassen: »Bin mit Imme und ihrer Schwester nach Rostock gefahren. Komme übermorgen wieder.«
So konnte Lilly alles, was nötig war, in Ruhe angehen. Auf den Rat von Dr. Fabian hin setzte sie kurz vor dem Schlafengehen heißes Wasser auf, dünstete eine Handvoll Salbeiblätter, nahm den Verband ab und legte sie auf die Wunde. Schließlich musste sie alles tun, um am nächsten Morgen pünktlich um acht Uhr die Hunde ausführen zu können.
Und dann fiel ihr ein, dass ihr Kleid zerrissen war. Sie verspürte allerdings keinerlei Lust, es auszubessern. Es war, als klebte nicht nur ihr Blut an ihm, sondern mit dem Speichel des Pinschers auch Isa von Rastrows Boshaftigkeit. Sie musste sich etwas anderes einfallen lassen. Und so kam Lilly auf die Idee, in den Truhen ihrer verstorbenen Tante Bettine nach einem passenden Sommerkleid zu suchen. Was hätte sie sonst auch tun können?

Sie probierte eines ihrer Kleider aus den sechziger Jahren an. Es war wie ein Relikt aus der Zeit großen Babantschen Wohlstandes, für Lilly jedoch kaum mehr als ein nützliches Behelfskleid aus modisch vergangener Zeit. Und obwohl sie erschöpft war, begann sie es umzuändern: Sie entfernte die aus Stahlbändern bestehende Krinoline, öffnete Taillennähte, setzte eine kleinere Tournure ein, schnitt die übermäßig drapierte Schleppe ab, löste den spitzenbesetzten Stehkragen heraus. Sie bemühte sich, keine Fehler zu machen. Am Schluss aber musste sie einsehen, auch wenn sie Strohhüte zu nähen gelernt hatte, so war sie doch von der Schneiderkunst weit entfernt. Jede Frau würde über sie lachen. Sie würde mit altmodischen Pagodenärmeln, zu hoch angesetzter Taille und längst aus der Mode gekommener Tunika und allzu wuchtigem Rock ausgehen müssen. Ihre ganze Silhouette war falsch. Doch nun war es zu spät. Warum nur hatte sie sich nicht gleich am ersten Arbeitstag ein neues Kleid gekauft? Warum war sie nur so nachlässig?

Das Schlimmste aber war: Dieses Kleid würde jede Hundenase beleidigen und auf Abstand halten. Welcher Hund liebte schon den Geruch von Mottenkugeln und ausgelaugter Lavendelseife? Womöglich würde dieses Kleid sie ihre zweite Chance auf einen besseren Verdienst kosten. Wäre es nicht besser, einfach hierzubleiben, Molke auszufahren oder endgültig Badefrau wie Hanne und Margit zu werden?

Erst als Lilly todmüde und mit einer frischen Lage Salbeiblätter auf der Wunde im Bett lag, überlegte sie, ob Clemens wirklich auf Zucker verzichtete. Hatte er seine Abneigung ernst gemeint? Hatte er sie provozieren wollen? Oder war alles nur Spiel?

Noch verhüllte leichter Morgendunst die Welt, die aus kaum mehr als vorbeiratternden Kutschen und Lerchengesang zu bestehen schien. Es war noch sehr früh, als Lilly, die Hand auf der Messingklinke der Babantschen Eingangstür, an sich herabschaute. Der Saum ihres Kleides stieß leicht neben ihren Stiefeletten auf, die Tunika mit weißem Volant über dem gebauschten Rock gab ihr den Anschein, als sei sie rund wie ein Fass. Wie gut, dass ihr Onkel noch seinen üblichen nächtlichen Rausch ausschlief. Auch wenn ihm alles Weibliche gleichgültig geworden war, er hätte sie für die Karikatur seiner verstorbenen Frau gehalten und womöglich wieder geschlagen. Lilly war noch müde, und ihre Wunde schmerzte stärker als am Tag zuvor. Es würde schwer werden, die sieben Hunde auszuführen. Sie konnte nur hoffen, dass die Wunde nicht wieder zu bluten begann. Wie so oft, wenn sie zu müde zum Laufen war, wollte sie auch an diesem Morgen einen der Fuhrwerksleute bitten, sie mitzunehmen. Sie hörte Hufschläge von der Straße her. Kurz darauf erschien Joachim auf seinem Mecklenburger Vollblut Turmalik.

»Was machst du hier?«

Eine Frage, von beiden gleichzeitig ausgesprochen.

»Wie geht es deinem Bein, Lilly? Du wirst doch wohl heute keine Hunde ausführen wollen, oder?«

»Aber natürlich, die Wunde ist gut versorgt.«

»In diesem Kleid? Du schaust aus, als wolltest du bei einer älteren Dame zu einem Vorstellungsgespräch, als Gesellschafterin, Privatköchin oder Vorleserin. Warum ziehst du so etwas Scheußliches an, Lilly?«

»Ich kann mir kein neues Kleid leisten, Joachim.«

»Aber du kannst nähen.«

»Ja ...«

»Ah, ich verstehe. Du hast Angst.«

»Angst? Wovor sollte ich Angst haben, Joachim?«

»Meine Tante hat dich gestern beleidigt, und du möchtest alles tun, um nicht auszusehen wie eine ...«

»Wie eine Dirne, ja, da hast du wohl recht.«

Er fasste sie an den Schultern, drehte sie einmal um ihre Achse.

»Lilly, das geht nicht. Du schaust furchtbar aus. In diesem Kleid machst du dich zum Gespött. Willst du, dass deine Kundinnen dir ihre Hunde entziehen, weil du einer Vogelscheuche ähnelst?

Lass mich dir einen Vorschlag machen. Ich leihe dir Geld für ein neues Kleid, einverstanden?«

»Nein, ja ... Ach, Joachim, du bist viel zu nett zu mir.«

»Wieso? Darf ich dir nicht helfen?«

»Du bringst mich in Verlegenheit, Joachim. Ich hab es nicht so gern, wenn du meinst, mich unterstützen zu müssen, nur weil dein Vater und mein Onkel damals im Streit über Geld auseinandergingen.«

»Die Vergangenheit holt uns immer wieder ein, Lilly. Daran ist nichts zu ändern. Also, bitte überlege es dir. Ich lege Wert darauf, mit einem Mädchen befreundet zu sein, das gut aussieht. Allen hysterischen Müttern zum Trotz.« Er grinste. »Hast du eigentlich meine Karte bekommen?«

»Ja, die letzte. Die erste habe ich nicht erhalten. Wann hast du sie mir denn geschrieben?«

»Am Tag deiner Kündigung, kurz vor meiner Abreise nach Berlin. Ich warf sie in euren Briefkasten.«

»Vielleicht hat Victor sie gefunden, aber das hätte ich bestimmt gemerkt. Vielleicht war es auch mein Onkel, er trinkt und vergisst alles gleich wieder. Aber bitte sag nichts, Joachim. Es ist auch so schon schlimm genug mit den beiden.«

»Na warte nur, Victor Emanuel Babant!« Joachim ballte die Fäuste. »Ich werde dich mir vorknöpfen, darauf kannst du wetten. Das wäre ja unverschämt!«

»Nicht, lass es.«

»Das werde ich tun! Aber sicher! Mit Rücksicht auf dich nicht heute. Gut. Du hast deine Gründe.«

»Allerdings, ich habe vor beiden Angst. Mein Onkel hat mich sogar neulich geschlagen, und es fehlte nicht viel, und er hätte sich auch an meiner Mutter vergriffen. An einer todkranken Frau, stell dir das einmal vor.«

»Sollte er oder Victor dir nochmals etwas zuleide tun, Lilly, dann sag es mir. Sofort. Auch wenn unsere Familie aus alter Zeit in eurer Schuld steht, werde ich dich zu verteidigen wissen.«

»Danke, Joachim. Aber nun erklär mir bitte, was du mir auf deiner Karte geschrieben hast.«
»Du hattest meinem früheren Französischlehrer einen Streich gespielt. Als ich es erfuhr, habe ich darüber sehr gelacht und wollte dir nur sagen, dass du dir keine Sorgen über die Folgen machen solltest. Nun ist mir leider meine Mutter zuvorgekommen. Sie hat deinen Chef benachrichtigt. Das kann ich leider nicht ändern. Aber ich konnte sie wenigstens dazu überreden, mir einen Gefallen zu tun. Sie musste die beiden Jacobi-Brüder kommen lassen. Dann habe ich in Mutters Namen darum gebeten, über diesen Vorfall mit dir zu schweigen. Du weißt doch, ich fühle mich dir verpflichtet, egal, was auch geschieht.«
»Das ist lieb von dir. Aber Clemens' Mutter hat alles durchkreuzt. In aller Öffentlichkeit hat sie mich als Giftmischerin beleidigt.«
»Ja, das weiß ich. Clemens hat es mir erzählt. Trotzdem möchte ich, dass du weißt, was ich für dich getan habe. Schließlich verpflichtet nicht nur ein Schwur zur Hilfe, sondern auch ...« Er unterbrach sich, weil Lilly verlegen wurde. »Bitte, Joachim, nicht ...«
»Warum? Du weißt, was ich für dich empfinde. Du bist wunderschön und das argloseste, freundlichste Wesen, das ich kenne. Selbst diese komische Kostümierung ändert nichts daran.« Er lächelte, wurde dann aber ernst. »Du führst also jetzt Hunde aus. Woher kennst du diesen Maichenbach eigentlich?«
»Das erzähle ich dir ein anderes Mal, Joachim, vielleicht. Hier können wir nicht länger plaudern, als seien wir in eurem Obstgarten, so wie früher. Aber woher kennst du ihn?«
»Die Welt ist klein, Lilly, die geselligen Runden tun ihr Übriges«, erwiderte er knapp. »Hat dich Clemens gestern nach Hause gebracht?«
Bist du misstrauisch oder eifersüchtig, Joachim?, fragte sie ihn in Gedanken. »Nein, er begleitete mich nur zu Dr. Fabian, das ist

alles. Ich war sehr erleichtert, dass du dich gestern in dieser furchtbaren Situation deiner Tante angenommen hast. Sie hat sich wirklich unmöglich benommen.«
»Ja, es tut mir sehr leid, Lilly. Aber du hattest Glück, dass Clemens dabei war. Er war es, der mich darum bat. Und ihr beide hattet endlich Gelegenheit, nach all den Jahren wieder miteinander zu sprechen, nicht?«
»Ja, er ... er half mir sehr. Ich wusste nicht, dass er Arzt geworden ist.«
»Da hattest du Glück, nicht?«
»Er war, wie du sagst, gerade im richtigen Augenblick zur Stelle.«
»Im richtigen Augenblick, sagst du«, wiederholte Joachim und durchbohrte sie mit seinen Blicken.

Am nächsten Morgen tauchte Joachim zu Lillys Überraschung zur selben Zeit bei ihr auf. Dieses Mal ritt er einen Schimmel und führte Turmalik, seinen Rappen, am Zügel mit sich. Er sprang aus dem Sattel und reichte ihr einen Umschlag.
»Für ein neues Kleid, Lilly. Bitte nimm mein Angebot an. Du weißt doch, du hast mir den ersten Tanz versprochen.«
»Ich darf nicht nein sagen, oder?« Sie versuchte zu lächeln.
»Allerdings, du würdest mich tief verletzen.«
Zögernd nahm sie den Umschlag entgegen und küsste Joachim auf die Wange. »Danke, mein guter alter Freund.«
Bevor Joachim noch etwas sagen konnte, hörten sie im Haus Geräusche. »Victor steht auf. Ich sollte mich jetzt auf den Weg machen. Ich möchte nicht, dass er mich schon am frühen Morgen so sieht«, sagte sie hastig.
»Du solltest keine Angst vor ihm haben, Lilly. Warte, einen Augenblick noch. Ich möchte, dass du weißt, ich bin nicht nur deinetwegen gekommen.«
»Aus welchem Grund denn noch?«
»Ich wollte nach Victor sehen. Es ist heute das zweite Mal, dass er

seinen Dienst nicht pünktlich antritt. Ich möchte nicht, dass er sich seine eigenen Regeln schafft, so wie dein Onkel neulich, der mir meine Bitte ausgeschlagen hat, einen Schaden im Wohntrakt meines Großvaters auszubessern.«

»Das ist ja unerhört von ihm! Wieso denn das?«

»Er hat seinen Stolz, scheint mir, und will noch immer seine Nase hoch tragen.«

»Das tut mir leid, Joachim. Was ist denn passiert?«

»Großvater wird immer verwirrter. In der Nacht, um die es geht, nahm er seine Gewehre auseinander und warf die einzelnen Teile in einem Anfall von Raserei in den brennenden Kamin. Ein Beutel Schießpulver war auch dabei, und so hatten wir spät in der Nacht eine kleine Explosion. Wände und Decke wurden beschädigt, die alten Stuckornamente brachen entzwei. Meine Mutter hat jetzt Angst, dass noch Schlimmeres passieren könnte.« Er trat an eines der Fenster und spähte ins Haus. »Schläft dein Onkel noch?«

»Bestimmt. Er hat sich gestern wieder mit Victor gestritten. Du weißt, Victor will unbedingt Jockey werden, und mein Onkel hat ihm mal wieder vorgeworfen, mit der Babantschen Handwerkertradition gebrochen zu haben. Er hält ihn nämlich für größenwahnsinnig.«

»Und deshalb trinkt er so viel?«

»Ja, es ist geradezu beschämend.« Sie schwieg.

»Aber Victor sollte wissen, wie wichtig es für ihn ist, die Arbeit ernst zu nehmen. Seine Träume sind seine Träume. Erst einmal muss er das tun, wofür er bezahlt wird.«

»Du sprichst wie dein Vater. Er wäre sicher stolz auf dich. Besser als du hätte auch er euer Gut nicht leiten können.« Sie brach ab, weil die Hintertür zum Hof aufschlug. Kurz darauf hörten sie Hühner gackern und Puten kollern.

»Ich gebe mein Bestes. Aber perfekt war mein Vater nicht. Erinnere dich an das, was ich dir gestern sagte: In Wahrheit stehen wir in eurer Schuld. Da hilft kein Vergessen.«

Victor kam mit federndem Schritt um die Hausecke. »Da haben Sie recht, Herr von Stratten.«

Die Blicke der Männer kreuzten sich, und Lilly kam es vor, als wenn Victor in diesem Moment am liebsten einen Säbel gezückt hätte, um endlich zu zeigen, wer er war: der Nachfahre eines strebsamen Bürgergeschlechts, das auf die Versprechungen eines spekuliersüchtigen Landadeligen hereingefallen war.

»Und du, Victor, solltest deine Pflicht nicht vergessen. Dein Dienst beginnt um sechs, nicht um acht Uhr«, erwiderte Joachim hart.

»Meinem Vater geht es oft nicht gut, Herr von Stratten. Und da meine Cousine kaum noch Zeit hat, sich um familiäre und häusliche Angelegenheiten zu kümmern, muss ich das tun.«

»Du bist infam, Victor!«, rief Lilly. »Ich tue, was ich kann. Oft bin ich so müde, dass ich noch bei der Hausarbeit einschlafen könnte. Und wen weckst du nachts, wenn er ... wenn er in seiner ›Jauche‹ liegt?«

»Du hättest es leichter haben können, Cousine. Hättest du deine Arbeit in der ›Strandperle‹ behalten, hättest du dir bald eine schöne Wohnung in Heiligendamm nehmen können. Zusammen mit deiner Mutter. Herr von Stratten, ich darf sagen, ich schäme mich für das, was Lilly Ihrem Professor angetan hat. Sie hat uns damit in große Verlegenheit gebracht.«

»Woher weißt du das?«, fragte Joachim scharf.

»Ihre Mutter warf neulich eine Bürste nach mir. Sie war sehr ungehalten. Da habe ich mir die Freiheit genommen, sie zu fragen, welchen Grund sie dafür hatte. Hätte ich das nicht tun sollen? Ich habe mich dann in aller Form bei ihr für Lillys Unverschämtheit entschuldigt.«

Lilly suchte Joachims Blick, doch er wich ihr aus. Seine Mutter hatte das Versprechen, das sie ihm gegeben hatte, gebrochen. Er tat ihr leid, und so wandte sie sich wütend und erregt an Victor.

»Mein lieber Cousin, du hast also die Wahrheit über meinen Streich gekannt, mir gegenüber aber so getan, als wüsstest du

nichts. Weißt du, dass ich dich für einen Speichellecker halte, Victor Emanuel Babant?«
»Und du, bist du etwas Besseres, Lilly Alena Babant?« Er kniff seine Augen zusammen und starrte sie an.
»Lilly ist tüchtig, sie nimmt nur die Chance wahr, die ihr das Schicksal geboten hat. Und das ist nichts Unanständiges«, erwiderte Joachim, der seine Fassung wiedergefunden hatte.
»Natürlich nicht, mit allem, was eine zarte Hand braucht, kennt Lilly sich ja aus: Stroh, Katzen, Hunde, Puddinge ... Vater jedenfalls ist sehr zufrieden mit dem, was sie tut. Er sah dich neulich am Damm, Lilly, in deinem blauen Kleid. Er war von jemandem zum Ausbessern einer beschädigten Deckenstuckatur gerufen worden, und dabei entdeckte er dich am Strand.«
Joachim und Lilly wechselten einen Blick. Alfons Babant half lieber einem Fremden als einem von Stratten. Deutlicher hätte er seine Ablehnung kaum zeigen können. Merkte Victor nicht, dass er einen taktischen Fehler gemacht hatte? Rasch sagte Lilly: »Ich tue nichts Unanständiges, und ich werde angemessen bezahlt.«
Victor grinste. »Na, das ist doch die Hauptsache.«
»Victor, es reicht.«
»Sie wissen doch, Herr von Stratten: Wir sind auf Lillys Verdienst angewiesen.«
»Ich verstehe, dir reicht dein Lohn bei uns nicht.«
Victor hob abwehrend die Hände. »Keineswegs, Herr von Stratten, ich bin zufrieden.«
Du lügst, du lügst und setzt dabei die Miene eines Unschuldigen auf, dachte Lilly aufgebracht.
»Du aber, Lilly, du verdienst bestimmt sehr gut«, nahm Victor den Faden mit milder Stimme wieder auf. »Warum trägst du dann das Kleid meiner Mutter?«
Sie schnappte nach Luft. Was sollte sie darauf sagen? Glücklicherweise kam ihr Joachim zu Hilfe. »Ich denke, das ist Lillys Angelegenheit, Victor. Wir sollten das Gespräch hier beenden. Die

Pferde warten. Ich kenne deinen Ehrgeiz, doch vor der Kür kommt die Pflicht. Jetzt geh an die Arbeit.«

Victor zeigte auf Turmalik. »Soll ich mit ihm heute Morgen zur Weide am Teich reiten? Gestern waren dort die Einjährigen ausgebrochen.«

»Nein, das übernimmt Gustav. Nimm du deinen eigenen Gaul. Turmalik hat heute etwas anderes vor.«

Zwei Amseln flatterten aus der nahen Hainbuchenhecke auf. Turmalik schnaubte erschrocken, und Lilly klopfte ihm beruhigend den Hals.

Joachim verschränkte seine Finger, um Lilly in den Sattel zu helfen. »Na komm, Lilly, steig auf.«

»Ich soll Turmalik reiten?«

»Natürlich, warum nicht? Er kennt dich doch! Also los, Lilly! Lass ihn galoppieren! Wie willst du sonst diesen scheußlichen Modergeruch loswerden? Behalt Turmalik ruhig so lange, bis deine Wunde verheilt ist.« Joachim gab Turmalik einen Klaps auf die Hinterhand. Der Rappe schnaubte und schüttelte seine Mähne. Lilly tätschelte seinen Hals, dann gab sie ihm leichten Schenkeldruck. Als sie sich ein letztes Mal umdrehte, fing sie einen Blick von Victor auf, der sie frösteln ließ. Sie durfte ihm nicht trauen. Er würde alles tun, um Erfolg zu haben.

Als Letztes hörte sie, wie Joachim ihn anbrüllte, was ihm einfiele, seine Karte gestohlen zu haben.

Sie drehte sich um, sah, dass Victor seine Hand hob und schwor, unschuldig zu sein.

Legte er nicht Wert auf ein gutes Verhältnis zu seinem Dienstherrn?

Musste er deshalb lügen?

Oder hatte ihr Onkel die Karte gefunden und im Alkoholrausch verbrannt?

Was ging es sie noch an. Sie musste fort von hier, und so trieb sie Turmalik an.

In der Lindenallee spornte sie ihn zum Galopp an.
Ich will nicht mehr nachdenken.
Ich will mich heute Morgen frei fühlen.
Joachim, du hättest mir kein schöneres Geschenk machen können.

Um die Mittagszeit schlug das Wetter um. Die Luft wurde schwül, der Wind legte sich. Und am späten Nachmittag, als Lillys Wade vom vielen Spazierengehen schmerzte, zogen von Osten her Gewitterwolken auf. Angesichts des drohenden Unwetters bat Lilly darum, die letzte, frühabendliche Runde ausfallen lassen zu dürfen. Die Damen war damit einverstanden. Lilly musste nur noch Schmidtchen zur Villa »Seestern« zurückbringen.
Sie klingelte.
Niemand öffnete.
Sie klingelte ein zweites Mal, wartete. Nichts geschah. Schmidtchen bellte, als wollte er nach seinem Herrchen rufen. Auffordernd blickte er zu Lilly hoch. Doch da Lilly nicht wusste, was sie tun sollte, zerrte er sie kurzerhand von der Eingangstür fort und zog sie um die Hausecke herum. Verwundert ließ sie es geschehen. Tatsächlich stand an der seewärtigen Front der Villa eine Terrassentür offen. Da niemand zu sehen war, traten sie ein, schlichen durch den Salon auf die Diele zu, liefen die Treppe hinauf und klopften an der Tür von von Maichenbachs Ferienappartement.
Es blieb still.
»Was machen wir denn nun, Schmidtchen?«
Wieder bellte er auffordernd und sprang an der Tür hoch.
»Soll ich es mal versuchen?«, fragte Lilly Schmidtchen, der noch aufgeregter bellte. Sie legte die Hand auf die Klinke. Die Tür ließ sich öffnen. Lilly bückte sich zu Schmidtchen, nahm ihn von der Leine, und er rannte in die Wohnung. Angespannt folgte sie ihm. Die Flügeltür zum Salon stand offen. Auf einem Canapée lag ausgestreckt ein junger schwarzhaariger Mann mit Backenbart. Er

trug Lackstiefel, eine grau-schwarz gestreifte Hose und ein blütenweißes Hemd mit offen stehendem Kragen und gerüschten Ärmeln. Vor ihm, auf einem gepolsterten Hocker, saß ein barfüßiges, rotblondes Mädchen in einer weich fließenden, hellen Chiffontunika. Ungezwungen lächelte sie Lilly zu. Schmidtchen sprang an ihren nackten Beinen hoch, und von Maichenbach, der hinter ihr in einem mit lindgrünem Chintz bezogenen Polstersessel gesessen hatte, erhob sich. Er war hochrot im Gesicht und roch nach Wein.

»Schmidt! Aus! Lilly, Sie kommen gerade recht. Bitte, setzen Sie sich zu uns.«

»Danke, nein, ich sehe, ich störe.«

»Nein, im Gegenteil. Hören Sie, Lilly, ich habe heute etwas zu feiern und erwarte noch einige Gäste. Gerade vorhin sprachen wir von Ihnen. Hätten Sie etwas dagegen, wenn ich Ihnen einen Vorschlag mache?«

Das Mädchen stand auf und hob mit einer beiläufigen Bewegung ihrer Hand ihr leichtes Kleid an, so dass es aufschwang und unter ihrem fast durchsichtigen Unterkleid die Rundung ihrer Oberschenkel sichtbar wurde. Lilly fühlte sich unbehaglich, schaute ihr nichtsdestotrotz nach, als sie auf die breite Fensterbank zuging und dort mit angezogenen Beinen Platz nahm. Der junge Mann setzte sein Weinglas an die Lippen. Lilly sah, wie sich seine Zungenspitze dem langsam heranfließenden Wein entgegenstreckte. Dabei hielt er seinen Blick unverwandt auf sie gerichtet.

»Wussten Sie«, unterbrach von Maichenbach ihre Beobachtung, »dass Ihr früherer Küchenchef, dieser Maître Jacobi, während der letzten Woche einen badischen Koch als Ihren Nachfolger zerschlissen hat? Jetzt arbeitet ein junger Petersburger für ihn. Ich sage Ihnen etwas, Lilly, dieser Jacobi mag den Russen, wir Gäste aber vermissen Ihre Süßspeisen. Vielleicht ließe sich etwas am Rad Ihres Lebens drehen. Was meinen Sie, hätten Sie Lust, ein wenig dazu beizutragen?«

Der junge Mann und das Mädchen warfen einander vieldeutige

Blicke zu. Lilly war empört. Wie stellte sich das von Maichenbach vor? Merkte er nicht, wie zweideutig seine Frage in ihren Ohren klingen musste, angesichts eines halbnackten Mädchens und eines zwielichtigen Bohemiens? Er war ihr Lebensretter, und bis zu diesem Augenblick hatte sie ihn für rechtschaffen gehalten. Wollte er ihr Leben jetzt mit unmoralischen Angeboten verderben?
»Sie wollen, dass ich mich auf Ihre ... Spielchen einlasse?«
Er runzelte die Stirn. »Spielchen? Ich verstehe Sie nicht, Lilly. Ich dachte, Sie täten alles, um wieder kochen zu können.«
Sie holte aus und versetzte ihm eine Ohrfeige.
»Lilly! Was ist los mit Ihnen?« Verblüfft rieb er sich die Wange.
»Sie sind unverschämt!«, rief sie und rannte, so schnell sie konnte, aus seinem Ferienappartement.
»Lilly! Du liebe Güte, was denken Sie nur von mir?«

Über dem Meer zuckten Blitze. Donner grollte, als Lilly aus der Villa »Seestern« stürmte. Am oberen Fenster der Villa »Schwan«, wo Clemens mit seiner Mutter logierte, schaute eine junge Frau zu ihr herunter, das Gesicht hinter einem Fächer verborgen. Als ihre Blicke sich begegneten, wich sie zur Seite. Wer war sie? Helen?
Dann würde sie den Verstand verlieren ...
Oder eine andere Geliebte? Nur eine Freundin seiner Mutter? Eine Verwandte?
Wie gelähmt blieb Lilly auf der Straße stehen.
Nun trat Clemens an das Fenster. Er sah blass aus, grüßte sie mit angespannter Miene. Sie wagte kaum, ihm zuzunicken, und beobachtete angespannt, wie Isa von Rastrow an ihn herantrat und auf ihn einsprach. Er hob abwehrend die Hände, als wollte er sich Raum nehmen für eine Erklärung. Isa von Rastrow aber versteifte sich, erwiderte etwas, woraufhin Clemens sich leicht vorbeugte, als hätte sie ihm eine schwere Last auf die Schultern geladen.
Jetzt warf sie Lilly einen eisigen Blick zu. Und Lilly hatte das Gefühl, als schnitte ihr jemand die Luft ab.

Wenn beide annahmen, sie sei als Geliebte aus von Maichenbachs Appartement gekommen, hätte Isa von Rastrow gesiegt.
Und genau so sah es aus.
Lilly war sich sicher: Sie hatte Clemens verloren.

Donner grollte, als sie auf Turmalik durch die Lindenallee nach Doberan galoppierte. Blitze zerschnitten die violettschwärzlichen Wolkengebilde. Rasch setzte heftiger Regen ein. Turmalik legte die Ohren an und wieherte nervös. Stürmische Böen rissen Zweige und Blätter aus den Baumkronen. Sie prasselten auf Lilly nieder, zerschrammten ihr Gesicht und Hände. Nasse Bahnen ihres Kleides schlugen gegen die Flanken des galoppierenden Rappen. Ihr Haar wurde aufgewirbelt, ihr Gesicht glühte.
Warum war sie so leichtsinnig gewesen, in von Maichenbachs Appartement zu gehen, obwohl sie gewusst hatte, dass es von der benachbarten Villa »Schwan« einzusehen war?
Während die Hufe des Pferdes auf das nasse Pflaster schlugen, hatte Lilly das Gefühl, sie hörte Herzmuscheln zerbrechen, wieder und wieder. Nie würde sie Clemens vergessen können.
Warum nur hatten sie nicht früher zueinanderfinden können?
Ohne seine Mutter, ohne Einschränkungen?

Turmalik bäumte sich auf und jagte im Galopp zwischen den Alleebäumen hindurch auf ein Stoppelfeld zu. Lilly schrie, doch ihn zog es weiter in Richtung Kammerhof, dorthin, wo die Salzwiesen lagen. Genaueres konnte Lilly nicht sehen, der Regen brannte in ihren Augen. Turmalik schnaubte freudig, kurz darauf hörte sie ein anderes Pferd wiehern. Lilly wischte sich übers Gesicht, blinzelte. Dort, wenige Meter vor ihr, schälte sich eine Stallung aus dem grauen Regenschleier. Es roch nach Schafen, feuchtem Reet, frischem Stroh. Büschel voller Strandnelken und -astern blühten an den Längsseiten des Stalls. Ihre Köpfe nickten im Takt der Regentropfen. Es war ein beruhigender Anblick. Erstaunt schaute Lilly sich um, als jemand ihren Namen rief.

Es war Joachim.
Er stand vor dem Dunkel der breiten Stalltür und schaute sie überrascht, aber voller Freude an. »Lilly, mein Gott, dass du kommst.« Er breitete die Arme aus, erleichtert sprang sie aus dem Sattel. Nur noch schemenhaft nahm sie wahr, wie die Pferde einander schnobernd begrüßten. Aufschluchzend fiel sie Joachim um den Hals. Es tat so gut, seine Wärme zu spüren, seinen mitfühlenden Trost. Niemand war ihr so vertraut, niemand hätte sie in ihrem Schmerz besser auffangen können als er.
Kaum merklich zog er sie in die Scheune. Noch immer weinte sie, und so standen sie eine Weile eng aneinandergeschmiegt da. Er brummte Beruhigendes. Schließlich nahm er sie auf seine Arme und hob sie über ein hüfthohes Holzgitter hinweg auf einen Stapel frisches Heu.
»Ich liebe dich, Lilly. Mein Gott, dass ich dich endlich in den Armen halten darf.« Er legte sich neben sie, küsste ihr Stirn, Schläfen, Hals. Sie wehrte sich nicht, seufzte nur und hielt die Augen geschlossen. Allein den Druck seiner kräftigen Hände zu spüren, die ihre Taille umschlossen, tröstete sie.
Doch dann küsste er ihre regenkalten Lippen, wieder und wieder, zärtlich, besänftigend, leidenschaftlich. Mein Gott, ist es schön, dachte Lilly beglückt, halte mich, Joachim! Halte mich.
Sie entpannte sich und nahm hin, dass er ihr Mieder öffnete, ihren Busen streichelte, sie immer stärker erregte. Ein Bild des gestrigen Tages trat vor ihr inneres Auge. Clemens, der an der Bank vor ihr niederkniete, sie anschaute: besorgt, mitfühlend – konzentriert und rätselhaft. Selbst jetzt war es ihr, als sei sie noch immer von seiner faszinierenden Ausstrahlung wie verzaubert ... Ja, sie wusste, was sie wollte ... in seine verborgene Seelentiefe abtauchen, ihn reizen, damit er sich ihr öffnete – und mit ihm verschmelzen. Leidenschaftlich, grenzenlos.
Sie war so benommen von der Sehnsucht nach ihm, dass sie sich an Joachim schmiegte, es hinnahm, dass seine Hände an ihren Schenkeln bis zu ihrer Scham hochwanderten. Keines klaren

Gedankens mehr fähig, ließ sie es zu, dass er sie liebkoste, wie sie es noch nie erlebt hatte.

»Nicht weinen, nicht weinen«, flüsterte er ihr ins Ohr. Kaum begriff sie, was ihr geschah. Alles, was sie fühlte, war die Süße ihrer Leidenschaft, die Hitze von Joachims Berührungen. Erst als sie sein schweres Gewicht auf sich spürte und ihr ein trockner Halm in den Nacken stach, kam sie zu sich.

»Joachim, hör auf!« Sie stemmte ihre Arme gegen seine Schultern. Er hatte ihre Beine gespreizt, berührte ihren Schoß. Sie spürte etwas Warmes, Hartes an ihrem Oberschenkel. Joachim küsste sie heftig, flüsterte heiser: »Du gehörst zu mir, Lilly, meine Lilly.«

»Nein! Nein! Ich will das nicht!« Mit einem energischen Hüftschwung rollte sie sich von ihm weg. Hastig schob sie ihr Kleid über ihre Beine. Joachim atmete schwer. Das Gewitter war nun ganz in der Nähe. Die Schafe hatten sich zusammengedrängt, blökten beunruhigt.

Lilly fuhr sich über ihre schmerzende Stirn, ihr Blut pulsierte. Was hatte sie nur getan? Mein Gott, Clemens, nie darfst du das erfahren.

»Du weist mich zurück? Lilly?«

Vor Scham wagte sie kaum, Joachim in die Augen zu sehen. Er war ihr bester Freund, und sie hob ihren Kopf. Nie hatte sie ihn so erschüttert, so voll verzweifelter Sehnsucht gesehen.

Er tat ihr leid, aber sie war unfähig, etwas zu sagen. Stumm sah sie zu, wie Joachim Hemd und Hose zurechtrückte. Dann rutschte er den Heuhaufen hinunter und blieb dort, den Kopf in die Hände gestützt, sitzen. »Du liebst Clemens, stimmt's?«

Sie antwortete nicht, rutschte ihm stattdessen nach. Joachim ließ seinen Kopf tiefer sinken, seine Schultern zuckten. Sanft legte Lilly ihre Arme um ihn, pustete ihm in den Nacken. »Weine nicht, Joachim, ich hab dich doch gern, und das wird immer so sein.«

Er schluchzte, bebte, als zerrisse ihn der Schmerz. Plötzlich drehte

er ihr seinen Kopf zu. »Ich will dich nie verlieren, Lilly, hörst du? Nie!«
Es gab ihr einen Stich ins Herz.
Zu Hause in Doberan wartete eine Nachricht auf sie.

»Verehrte Lilly,
ich habe Ihnen das Leben nicht gerettet, damit Sie meinem eigenen mit Vorurteilen begegnen. Um Ihnen die Peinlichkeit eines Wiedersehens zu ersparen, möchte ich Sie der Aufgabe entheben, Schmidtchen weiter auszuführen.
Ich wünsche Ihnen alles Gute.
Franz Xaver von Maichenbach
PS: Sollten Sie Ihre Meinung über mich hingegen geändert haben, steht Ihnen Schmidtchen zu den vereinbarten Zeiten wieder zur Verfügung.«

Er hatte sie entlassen! Bestenfalls stellte er ihr seinen Hund, nicht aber mehr seine weitere Hilfe »zur Verfügung«.
Aufgewühlt öffnete Lilly das Dachfenster ihrer Kammer, in der die stickige Luft kaum zu ertragen war. Feuchtschwere Abendluft strömte herein, und erst nach einer Weile kam Lilly zur Ruhe. Sie setzte sich auf das leere Bett ihrer Mutter, die erst am nächsten Tag aus Rostock zurückkehren würde, und starrte vor sich hin.
Lilly, mahnte ihre innere Stimme sie, du hast wieder zwei große Fehler gemacht. Du hast dich aus Mitleid von deinem besten Freund verführen lassen und ihm erlaubt, dich zu berühren, und du hast ihn geküsst, als seist du seine Frau ... oder ... eine Dirne! Und du hast deinen Lebensretter beleidigt, nur weil du ihm unterstellst, er hätte unmoralische Absichten. Was gehen dich seine Gäste, seine intimen Vorlieben an? Ausgerechnet du hast dich als Moralapostel aufgespielt! Es ist nur konsequent, dass er dich entlassen hat.
Nie darf Mutter davon erfahren. Niemals. Sie hat wohl doch recht: Ich bin ein dummes Strohhutmädchen.

Lilly lauschte in sich hinein.
Wirklich, Lilly? Siehst du dich immer noch als Kind deiner armen, glücklosen Eltern?
Lilly, du bist nicht ehrlich zu dir.
Du weißt, du hast Talent, und du liebst deinen Beruf. Aber du schlägst die erstbeste Möglichkeit aus, die man dir bietet, um möglicherweise wieder kochen zu können. Du hättest von Maichenbach Gelegenheit geben sollen, dir zu erklären, was er meinte. Wolltest du nicht um das kämpfen, was dir wichtig ist?
Dir fehlt der Mut, das ist die Wahrheit.
In diesem Moment merkte sie, wie sehr sie schon jetzt Schmidtchen vermisste. Ihn im Arm zu halten und in seine lustigen Augen zu schauen hätte sie getröstet. Was konnte sie nur tun, um ihren Fehler wiedergutzumachen? Es würde besser sein, erst eine Nacht zu schlafen und am nächsten Morgen zu entscheiden, ob sie zur Villa »Seestern« gehen würde oder nicht.
Grübelnd lag sie auf ihrem Bett, unfähig einzuschlafen. Es bedrückte sie, dass sie wieder einmal ihrer Mutter etwas verheimlichen musste. Und je länger sie wach lag, desto stärker bereute sie, was sie Joachim in ihrer verzweifelten Sehnsucht erlaubt hatte.
Sie stand wieder auf, um eines ihrer neu begonnenen Muschelmosaike zu betrachten. Ihre Fingerspitzen strichen vorsichtig über die Riffelungen der Muschelschalen. Unter der Stacheligen Herzmuschel, die sie neulich an der Steilküste gefunden hatte, hatte sich der Leim gelöst. Lilly nahm sie heraus.
Ich hatte gedacht, du wärest ein gutes Omen. Nun muss ich annehmen, du wolltest mich warnen. Ich habe Clemens verloren, und ich muss damit leben, schon wieder Fehler gemacht zu haben.
»Lilly!« Victors Stimme.
Sie barg die Muschel in ihrer Hand und eilte zum Treppenabsatz hinaus. Ihr Cousin stand unten in der Diele, eine Hand an der geöffneten Haustür. »Dr. Fabian will dich sehen, komm herunter, schnell!«
Jetzt fiel es ihr ein. Sie hatte vergessen, ihn heute wegen ihrer

Bisswunde aufzusuchen. Bevor sie etwas sagen konnte, hörte sie Dr. Fabian laut rufen: »Wenn du nichts dagegen hast, komme ich zu dir hoch!«
Victor trat beiseite und ließ den Arzt ins Haus. »Hat sie was Ernstes?«
Der Arzt schüttelte den Kopf. »Ihr braucht euch keine Sorgen zu machen. Lilly ist eine echte Babant. Die ficht so leicht nichts an, oder?« Er klopfte Victor ein wenig spöttisch auf die Schulter. »Nun mach mal nicht so ein Gesicht. Wenn du vom Pferd stürzt, soll ich doch auch kommen, oder?« Er legte die Hand aufs Geländer und stieg bedächtig die Treppe empor.
»Was hat sie denn, Doktor?«
»Einen harmlosen Hundebiss! Sag Alfons, er könne stolz darauf sein, dass Lilly trotzdem ihrer Arbeit nachgeht!«
Verstimmt schaute Victor dem Arzt nach.
Lilly begrüßte Dr. Fabian und schloss rasch die Kammertür hinter ihnen. »Ich hatte es niemandem erzählt, ich hatte Angst, sie würden mich auslachen.«
»Das werden sie jetzt bestimmt nicht mehr tun. Ich komme, wenn du willst, jeden Abend um diese Zeit. Sonst vergisst du es noch.«
»Das Gewitter kam dazwischen, es tut mir leid.«
Er winkte ab und wies sie an, sich hinzulegen. »Was macht denn dein Bein? Schmerzt es noch?«
»Mal pocht es stark, mal ist es ein reißender Schmerz.«
»Na, du läufst ja auch viel, nicht?« Er wickelte den Verband ab und betrachtete die Wunde.
»So, wie es im Moment aussieht, ist keine Entzündung in Sicht.« Dann zog er eine Dose mit Heilsalbe hervor und versorgte die verletzte Stelle. Er schob die Dose zurück in seine Tasche, faltete die Hände und betrachtete Lilly nachdenklich.
»Da hat wohl jemand große Angst um dich – oder ein schlechtes Gewissen. Jedenfalls brauchst du dir um mein Honorar keine Sorgen zu machen. Selbst wenn ich bei dir Privatbesuche mache.«

Lillys Herz klopfte so laut, dass sie glaubte, er könnte es hören. Hatte Clemens Dr. Fabian durch einen Boten gebeten, nach ihr zu sehen? Sie rief sich seinen schockierten Gesichtsausdruck am Fenster der Villa »Schwan« in Erinnerung. Das war doch unvorstellbar! Lilly, das bildest du dir nur ein!
»Na ja, wie dem auch sei«, fuhr Dr. Fabian fort. »Es geht mich ja nichts an. Wenn die Wunde sich in den nächsten drei Tagen nicht entzündet, hast du's überstanden, Lilly. Bereite dir, wenn es irgendwie geht, Umschläge mit Spitzwegerichblättern oder essigsaurer Tonerde zu, das wird helfen. Morgen komme ich wieder. Du brauchst dir keine Sorgen zu machen. Wenn du nur hier unterschreibst, dass ich heute nach dir geschaut habe? Herr von Rastrow nimmt die Sache ernst, scheint mir.«
Er hatte an sie gedacht! Er sorgte sich um sie! Sie war so erleichtert, dass sie vergaß, Dr. Fabian zu fragen, wann Clemens ihm diesen Auftrag gegeben hatte: vor oder nach der heutigen Begegnung vor den Villen »Seestern« und »Schwan«.

Kapitel 3

Auch wenn Lilly bereute, Joachims Zärtlichkeiten zugelassen zu haben, überwog zunächst ihre Freude über Clemens' Fürsorge. Jeden Tag, den Lilly in Heiligendamm verbrachte, hoffte und fürchtete sie zugleich, ihn zu sehen. Hatte sie ihn nun verloren oder nicht?
Die innere Anspannung war schwer auszuhalten, und so bat sie Margit, mit ihr, so oft es ging, in den Wäldern Heidel- und Brombeeren zu sammeln. Zu Hause verarbeitete sie zusätzlich Stachel- und Himbeeren und schwarze Johannisbeeren, kreierte verschiedene Konfitüresorten und füllte mit ihnen, je nach Appetit, jeden Morgen frische Eierpfannkuchen. Sie nahm die Omeletts als Proviant nach Heiligendamm mit, verschlang sie gierig, so dass sie schon bald die Nähte ihres neuen Kleides erweitern musste.
Der Juli neigte sich seinem Ende zu. Bis zum Beginn der Doberaner Renntage war es nicht mehr lang hin.
Eine ganze Woche hatte Lilly sich nicht getraut, Schmidtchen abzuholen. Am achten Tag wanderte sie mit den Hunden zum Conventer See hinaus, da sah sie von Maichenbach fern am Strand, von Böderende kommend. Sie überlegte nicht lange, nahm den Mops auf den Arm, leinte Dalmatiner, Malteser und Papillon ab und bog mit ihnen in einen schmalen Weg ein, den windgekrümmte Schwarzerlen und Grauweiden säumten. So schnell sie konnte, rannte sie quer über die Wiesen. Die Hunde bellten begeistert, flatterten doch überall verschreckt Kraniche und Enten, Schwäne und Kiebitze auf. Erst als Lilly mit ihnen den Großen Wohld mit seinen lichtdurchfluteten Buchen erreicht hatte, atmete sie auf. Sie setzte den Mops auf den weichen Waldboden und schaute zu, wie er fröhlich wie ein Kreisel um ihre Beine herumsauste. An einem alten Baum sank sie nieder, streckte den

Hunden ihre Hände entgegen und ließ sie von ihnen beschnuppern. Die kleineren wälzten sich auf dem Boden, hechelten, ein Lachen in den Augen. Liebevoll streichelte Lilly sie, freute sich, dass alle bei ihr in der Nähe blieben, gab jedem ein freundliches Wort. In diesen Minuten hätte sie vor Rührung weinen können. Und sie vermisste Schmidtchen.

Nachdem Lilly am frühen Abend ein weiteres Mal von Dr. Fabian behandelt worden war, beschloss sie, Margit zu besuchen.
Es war ein schöner warmer Sommerabend. In den Gärten und Parks blühten Rosen und Hortensien, auch im Schoppschen Garten empfing sie Blütenpracht: Sternblumen und Margeriten, Färberkamille und Kartäusernelken, Johanniskraut und Sonnenblumen. Ihr Duft mischte sich mit dem reifer Sauerkirschen. Wespen und Amseln taten sich an ihnen gütlich.
Je weiter Lilly auf das Haus zuschritt, desto stärker wehte ihr der Geruch von Seifenlauge entgegen. Sie verzichtete darauf, die Türglocke zu ziehen, und ging um das Haus herum. Tatsächlich quoll aus der offenstehenden Hintertür, die zur Waschküche führte, heißer Dampf.
»Margit?«
Sie hörte sie husten und trat näher. Schweißüberströmt und mit hochrotem Kopf stand Margit an einem gemauerten Wäschezuber, unter dem das Feuer prasselte.
»Lilly, wie schön, dass du kommst! Kannst du mir helfen? Ich halt es nämlich nicht mehr aus. Wir Badefrauen müssen jetzt auch noch bei der Wäsche helfen. Ich frage mich wirklich, warum man nicht mehr Frauen einstellt? Wir könnten viel mehr helfende Hände gebrauchen: beim Putzen der Badekabinen und der Wannen, beim An- und Auskleiden, bei der Säuberung der Badeutensilien und dem Zubereiten der Kräutermischungen. Jetzt hat man uns auch noch diese Arbeit aufs Auge gedrückt. Kannst du mich mal ablösen? Ich brauche dringend frische Luft.«
Auffordernd hielt sie Lilly den hölzernen Stampfer hin, mit dem

sie die Kochwäsche bearbeitete. »Die Wäsche braucht nicht mehr lange, und wenn du magst, kannst du das eine oder andere Stück auf dem Waschbrett bearbeiten.«
Lilly krempelte ihre Ärmel hoch. »Natürlich, geh nur. Aber bleib in der Nähe, ich möchte gerne ein bisschen mit dir plaudern.«
Ächzend ging Margit an die frische Luft. »Mit anderen Worten, du möchtest etwas wissen, hab ich recht?«
Lilly stieß mit dem Stampfer in das brodelnde Seifenwasser und mühte sich, die schweren Stoffmassen hin- und herzubewegen. Sofort traten ihr Schweißperlen auf die Stirn. »Habt ihr zufällig einmal etwas über diesen von Maichenbach gehört?«
Die Frage war heraus. Ihre Schläfen pochten. Angespannt wartete sie auf Margits Antwort.
»Du möchtest wissen, ob dein Lebensretter wirklich so harmlos ist, wie du glaubst?«
Wie schön, dachte Lilly erleichtert, Margit hat mich gleich verstanden. »Ja!«, rief sie ihr über die Schulter zu und fischte mit einer hölzernen Wäschezange ein Badetuch heraus. Sie ließ es kurz über einer Wanne abtropfen, klatschte es auf das Waschbrett und begann, es zu schrubben.
»Du wirst es dir bestimmt schon gedacht haben, Lilly: Für die meisten unverheirateten Damen ist dieser Maichenbach eine interessante Partie. Neulich hörte ich ein Gespräch zwischen einer Düsseldorfer Industriellengattin und Frau Pauli-Hösch, der Gattin eines Berliner Maschinenbaufabrikanten, mit an. Dabei ging es um ihn.«
»Wussten sie, dass er Pfälzer und ein reiner Genussmensch ist?«
»Ja, das hat die Düsseldorferin erzählt. Sie scheint seine Familie zu kennen, Frau Pauli-Hösch hingegen war nicht begeistert. Sie hat vier Töchter und ist sehr daran interessiert, wenigstens die älteste noch in diesem Sommer unter die Haube zu bekommen.«
»Da ist von Maichenbach sicher der Richtige!«
»Diesen Eindruck hatte ich nicht. Frau Pauli-Hösch war eher

misstrauisch, ich glaube, sie mag ihn nicht. Sie wollte nur wissen, wer er ist.«

»Und? Wer ist er denn nun?«

»Bist du ungeduldig, Lilly!« Margit lachte. »Man könnte ja wirklich glauben, du seist in ihn verliebt! Also, er ist der jüngste Sohn einer Landauer Unternehmerfamilie, die nicht nur Weinberge, ein Sandsteinwerk, eine Seifenfabrik, sondern sogar eine Privatbank besitzt. Die Düsseldorferin erwähnte, dass sie die von Maichenbachs daher kennt, weil ihr Mann ein Konto bei deren Bank hat. Frau Pauli-Hösch fasste natürlich gleich nach. Also, von Maichenbach hat sich vor kurzem mit seinem Vater überworfen und sich sein Erbe auszahlen lassen.«

»Warum?« Lilly keuchte vor Anstrengung, während Margit wieder hereinkam und im großen Zuber die Wäsche zu stampfen begann.

»Angeblich zürnt er seinem Vater, weil dieser den Sandstein für den Bau großer Militäranlagen liefert. Von Maichenbach hasst wohl alles, was mit Militär zu tun hat. Auch hier ärgern sich einige Generäle und Offiziere darüber, dass er ihnen nicht den gewünschten Respekt zollt. Sie unterstellen ihm, ein Müßiggänger zu sein, der das väterliche Erbe für Gaumenfreuden und schöne Frauen ausgibt. Und genau das denkt auch Frau Pauli-Hösch von ihm. Ich hörte, wie sie sagte, sie käme aus einer Offiziersfamilie, und deshalb käme nur ein Offizier als Schwiegersohn in Frage. Ihren Töchtern zuliebe aber habe sie sich über von Maichenbach erkundigen wollen. Anscheinend sind alle vier in ihn verliebt.«

»Glaubst du, von Maichenbach hat schon ein bestimmtes Mädchen im Sinn?« Lilly reckte sich und drückte ihr schmerzendes Kreuz durch.

»Nein, das hätte ich bestimmt gehört. Die Frauen schwärmen alle für ihn und können sich gar nicht vorstellen, wie anspruchsvoll er vielleicht ist.«

»Ja, ich denke, er gehört zu den Männern, die junge Frauen brau-

chen, um ihrem Leben einen Unterhaltungswert auf hohem Niveau zu geben«, pflichtete Lilly ihr mit leichter Ironie bei. »So wie mich als Süßspeisenköchin. Ich erinnere mich, wie fasziniert er davon war, als er hörte, wer ich bin.« Lilly verstummte.
Margit warf Lilly einen aufmunternden Blick zu. »Vielleicht solltest du ihm ein wenig schmeicheln. Ist er eitel?«
Ärgerlich beugte sich Lilly tiefer über die Wanne und schrubbte mit einer Bürste über einen besonders hartnäckigen Fleck. »Er war, ich meine, er ist hilfsbereit und höflich. Als er mich gerettet hat, sagte er, er litte unter Langeweile. Daher habe ich ihm seine Neugier geglaubt. Nur dass er zum weißen Leinenanzug einen schwarzen Borsalino trug, fand ich etwas auffallend.«
»Allerdings, sei also auf der Hut, meine Liebe!« Margit lachte.
Lilly wischte sich den Schweiß von der Stirn. »Ich passe schon auf mich auf. Weißt du, Margit, unser Gespräch neulich ist mir nicht aus dem Kopf gegangen. Deine Mutter hat recht. Ich hätte besser vorher über die Folgen meines Streiches nachdenken sollen. Heute könnte ich mich ohrfeigen für das, was ich getan habe.«
»Lass uns in den Garten gehen, komm, Lilly«, sagte Margit. »Die Wäsche kocht auch ohne uns.«
Sie ging in den Nebenraum, wo Regale voller Vorräte lagerten, und kam mit einer Flasche Mirabellenschnaps zurück. Sie setzten sich unter einen Zwetschgenbaum und lauschten dem Summen der Wespen über ihnen, die die ersten süßen Früchte genossen.
»Hast du dich einmal gefragt, Lilly«, begann Margit nach einer Weile, »wozu dein Streich wohl gut sein sollte? Er hat dir zwar alles verdorben, aber vielleicht will dir dein Schicksal sagen: Lilly Alena Babant, kehre zu deinen Wurzeln zurück?«
»Meinst du mein Talent zu kochen?«
»Ja, vielleicht hat Mutter recht. Du solltest mit deiner Kochkunst weiterziehen oder dir einen reichen Mann suchen. Ich weiß es nicht. Lilly, du warst immer die Klügere von uns beiden.«
»Was sind schon meine Wurzeln, Margit? Meine Heimat? Die ist hier. Meine Familie? Das ist nur meine Mutter, und die ist tod-

krank. Mein Beruf? Der eine ist mir abhandengekommen, der andere hieße, wieder Strohhüte zu nähen. Mein Stand? Aus dem gibt es kein Entkommen.« Wie düster das alles klingt, dachte Lilly und wagte nicht, ihre Freundin anzusehen.

»Was du dir für Gedanken machst! Auf eine Frage so viele Antworten. Lilly, du bist so anders als ich. Du denkst so viel, und du findest manchmal Worte, die ich noch nicht einmal lesen könnte. Ich rate dir, warte einfach ab. Denk an das, was meine Mutter immer sagt: Die Babantschen leben in einem Haus über einer Quelle. Und wer dort haust, den treibt die Unruhe durch die Welt. Wer weiß, vielleicht färbt das jetzt auch auf dich ab.«

»Ach, ihr Schoppschen mit eurem Aberglauben ...«

»Na gut, lassen wir das. Weißt du, was ich merkwürdig finde? Victor macht mir schöne Augen.«

»O nein, Margit, das glaube ich nicht. Ich gebe dir einen guten Rat: Trau ihm nicht, er hat ganz eigene Pläne – und die gehen ihm über alles.«

»Ich weiß, ich weiß.« Margit seufzte. »Vielleicht erprobt er nur bei mir, wie überzeugend seine neue Freundlichkeit ist.«

»Da könntest du recht haben.«

Sie füllten ihre Gläser neu auf. Und da eine dicke Dampfwolke aus der Waschküche waberte, rutschten sie ein Stück weit um den Zwetschgenbaum herum, den Blick über den Vorgarten auf die Straße gerichtet.

»Hast du eigentlich Erfahrung mit Männern, Lilly?«

»Nein.«

»Das war aber ein schnelles Nein.« Margit lachte. »Bist du dir sicher?«

»Ja, natürlich. Ich muss sagen, ich habe noch nie genau über Liebe nachgedacht. Ich weiß nicht einmal, wie sie sich wirklich anfühlt. Weißt du es denn, Margit?«

»Nein. Ich fürchte, ich werde meiner Mutter gehorchen, Lilly. Du hast also noch nie einen Mann geküsst?«

»Du meinst, auf den Mund geküsst?«

Die beiden sahen sich erstaunt an.

»Ja, woran denkst du denn, Lilly?«

»An nichts, entschuldige, ich fürchte, dein Mirabellenschnaps steigt mir zu Kopf.«

Margit lachte. »Lilly, ich glaube dir nicht. So, wie du gerade guckst, könnte man meinen, du hast einen bestimmten Mann im Sinn.« Sie zwickte sie in die Nasenspitze. »Stimmt's?«

Widerwillig errötete Lilly.

»Oh, na gut. Sag nichts. Du brauchst nicht darüber zu sprechen. Jeder hat so seine Geheimnisse, nicht? Ich vielleicht ja auch … Vermisst du nicht deine Arbeit?«

»Ja, natürlich. Was denkst du denn?« Meine Arbeit und dieses herrliche Gefühl, träumen zu können, dachte sie versonnen.

»Du darfst aber keine Flausen mehr haben, Lilly. Das steht fest.«

»Du sprichst wie deine Mutter! Glaubt ihr wirklich beide, ich sei dumm?«

»Oh, dumm nicht, aber leichtsinnig wie …«

»Wie wer?«

Margit errötete. »Wie …«

»Margit! Was meinst du?«

»Herrgott noch mal, Lilly! Du kennst doch die Gerüchte. Seit dem Absturz deines Onkels sagen alle, er sei leichtsinnig, und das läge …«

»… den Babants im Blut? Das meinst du? Margit, ich hoffe sehr, dass nicht auch du zu ihnen gehörst. Mein Onkel ist ein Widerling, das gebe ich zu. Jeden Tag habe ich Angst vor ihm. Aber damals war er einfach nur mutiger und ehrgeiziger als die anderen. Da kann man wohl kaum von Leichtsinn sprechen.«

»Doch«, entgegnete Margit schnippisch, »natürlich kann man das. Er hätte diese Spekuliererei einfach besser einschätzen müssen.«

»Dann haben Tausende im Reich den gleichen Fehler gemacht. Margit, sei mir nicht böse, aber ich glaube, ihr könnt da nicht mitreden. Ihr seid einfache Badefrauen …« Sie verstummte

abrupt, weil Margit blass geworden war und sie wie versteinert anschaute.
»Entschuldige ...«
Margit nickte schwach. Dann sagte sie leise, aber bestimmt: »Meine liebe Lilly, eine einfache Badefrau, das könntest du vielleicht auch eines Tages sein, wenn du Pech hast. Egal, was du noch tun wirst, du bist und bleibst meine beste Freundin. Aber nun, da du vom Gipfel gestürzt bist und sogar schon ins Wasser gehen wolltest, tu mir bitte den Gefallen und schau nicht auf uns herab. Wir machen unsere Arbeit so gut wie möglich. Und wie anstrengend körperliche Arbeit ist, hast du ja gerade selbst gemerkt.«
Da hörten sie von der Straße her Victor laut und falsch singen: »Ah, zwei Mädchen, die sich lieben, sind des Mannes Vergnügen!«
Margit sprang erleichtert auf. »Du solltest dich schämen, Victor Emanuel Babant!«
Er lachte ebenfalls und öffnete die angelehnte Gartentür. »Ist es erlaubt, bei euch Rast zu machen, schöne Jungfern?« Er lüftete seinen Strohhut, machte eine übertriebene Verbeugung vor Margit und blinzelte Lilly belustigt zu.
Lilly zog den Stoff ihres Kleides glatt. Sie fühlte sich unwohl, gerade so, als hätte Victor sie und Joachim damals heimlich im Schafstall beobachtet.
»Auf ein Schnäpschen, Herr Babant?« Margit tänzelte mit ihrem leeren Glas in der Hand vor ihm hin und her. Victor strahlte, griff nach ihr, doch sie entzog sich ihm kichernd.
»Margit«, rief Lilly ihr zu, »denk an deine Wäsche! Sie kocht zwar von allein, aber Beine hat sie nicht, um sich zum Bleichen auf die Wiese zu legen!«
»Auf die Wiese, auf die Wiese, mit der Liese, mit der Liese«, sang Victor nun noch eine Spur lauter. Geschickt fasste er nach Margits Handgelenk und drehte sie zu sich herum. »Du bist ein hübscher Karpfen, meine Liebe, dick und rund – und schwer an die Angel zu bekommen.«

»Du hast mich doch schon!« Sie lachte und wand sich aus seinem Griff. Sie lief Richtung Waschküche, Victor eilte ihr nach, hielt sie am Schürzenband fest und fiel vor ihr auf die Knie. »Meine liebe Waschzuberin, ich biete Euch mein Leben an. Prüft meine Liebe, mein Herz. Steckt meine Hände ins heißeste Seifenwasser, um Eure Tücher zu wringen, scheuert sie auf meinen Rippen, bis sie sauber sind, presst meine Lungen aus, bis mein sonniger Atem Euer Tuch gebleicht hat.«

Lilly begann widerwillig zu lachen. Margit aber lief rasch in die Waschküche, tauchte ihre Hände in den Seifenschaum und eilte zurück. Kichernd verrieb sie den Schaum in Victors Haar, nahm sein Gesicht zwischen die nassen Hände – und drückte ihm, zu Lillys Entsetzen, einen Kuss auf den Mund. Lilly musste sofort daran denken, dass Joachim Rücksicht auf sie genommen hatte. Eine zaudernde, gar abwehrende Margit aber würde einen Mann wie Victor nur noch mehr reizen. Er würde ihr schneller die Röcke hochschlagen und sich an ihr vergnügen, als sie Zeit hätte, ihre Zöpfe aufzustecken.

»Ihr beide seid ja völlig übergeschnappt!« Lilly zerrte Victor hoch. »Ihr solltet ins kalte Wasser springen, bevor euer Blut noch hochkocht! Und du, Margit, solltest ein bisschen vorsichtiger sein!« Sie gab ihrer Freundin einen warnenden Wink. »Jetzt komm, Cousin! Dein Vater würde seine Freude haben, wenn er dich hier als Balzhahn sähe!«

Victor stand auf und wischte mit dem Unterärmel den Schaum aus seinem Gesicht. »Du bist mir gerade die Richtige, die Moral predigt. Du kennst dich wahrscheinlich mit der Liebe besser aus als ich. Auf ein andermal, Margit. Ich vergess dich schon nicht. Und auf dem Bauernfest bist du meine erste Tänzerin! Vergiss das nicht!«

Margit errötete erfreut.

»Du kannst ihm nicht trauen«, flüsterte Lilly ihr noch einmal warnend ins Ohr. »Du kannst ihm nicht trauen.«

Die Nachricht, Großherzog Friedrich Franz III. plane eine Eisenbahnverbindung zwischen Doberan und Heiligendamm, sorgte in den nächsten Tagen unter den Doberaner Kutschern und Fuhrunternehmern für Unruhe. Sie fürchteten um ihre Existenz.
»Anfang der Siebziger wollte man uns mit einer Pferdeeisenbahn und vor vier Jahren mit der Bolleschen Dampfkalesche Konkurrenz machen – und jetzt lässt dieser Stettiner Eisenbahn-Bauunternehmer Lenz nicht locker. Er wird seine Schmalspurstrecken noch bis in den kleinsten pommerschen und preußischen Winkel hinein bauen! Vor sechs Jahren hat er seinen ersten Antrag beim Großherzog gestellt, doch dieser hat ihn abgeschmettert. Richtig. Woher soll denn auch das Geld kommen? Man kann dem Lenz doch nicht glauben, wenn er sagt, er würde die Kosten für den Bau allein tragen! Und außerdem: Lohnt sich der Aufwand überhaupt? Und wer denkt dabei an uns? An die Gäste? Sie sind an unsere bequemen Droschken gewöhnt, nicht an Ruß und Rauch!«
Lilly konnte sie gut verstehen, gab aber insgeheim dem Großherzog recht, dass es längst Zeit sei, auf dieser vielbefahrenen Strecke für mehr Bequemlichkeit und Zeitgewinn zu sorgen.
Es war zwar schön, auf einem Pferd wie Turmalik auf der Lindenallee unterwegs zu sein, aber weitaus verlockender, täglich nach festem Fahrplan, sorglos und vor Unwetter geschützt auf Schienen dahingleiten zu können. Längst hatte Lilly keine Lust mehr, zu Fuß zu gehen oder jemanden zu bitten, sie mitzunehmen. Andererseits war sie nicht sicher, ob die Bahn überhaupt mit Wagen der dritten Klasse ausgestattet sein und ob sie eine Fahrt würde bezahlen können. War es nicht viel wahrscheinlicher, dass nur Erste-Klasse-Passagiere transportiert werden sollten? Niemand wusste etwas Genaues, und so machte sich jeder seine eigenen Gedanken über die Folgen eines solchen technischen Fortschrittes für das alte Seebad.
Wo immer Lilly in diesen Tagen auf Kutscher traf, wurde sie sofort in lebhafte Diskussionen verwickelt. Alle fragten sich, wo

wohl die Bahn gebaut werden sollte und ob die Lindenallee womöglich würde weichen müssen.

Am stärksten bewegte die Männer jedoch die Frage, wie sie ihre Familien ernähren sollten, wenn sie ihre Arbeit verlören.

Ihre Sorgen berührten Lilly, erinnerten sie sie doch an ihren Vater, der selbst einmal zu jenen gehört hatte, die noch immer Jahr für Jahr zu Tausenden vom Land in die Städte, nach Hamburg und Berlin, zogen oder gar nach Amerika auswanderten. Und so hörte Lilly den Männern zu. Wie viele andere auch verbitterte es sie, dass die ehemals stolzen Ostseehäfen in Rostock und Wismar kaum noch Arbeit boten, da Hamburg, Bremen und Stettin ihre Häfen ausgebaut und modernisiert hatten und dank weitaus günstigerer Anbindungen an das Hinterland längst den Fernhandel bestimmten.

Auch waren seit der Wirtschaftskrise Anfang der siebziger Jahre zahlreiche alteingesessene Reedereien in Konkurs gegangen, die am Bau technisch überholter Segelschiffe festgehalten hatten. Bis auf den vorausschauenden Großreeder Heinrich Podeus in Wismar, der Holzwerke, eine Waggonfabrik und Eisengießereien errichtet hatte, um Schiffe aus Eisen schmieden zu können, boten die Häfen wenig Aussicht auf Arbeit. Vielleicht, überlegten die Männer, wäre es besser, neue Arbeit in einer der zahlreichen Ziegelbrennereien oder Baufirmen zu suchen? Der Bedarf an neuem Wohnraum war groß, seit jede Kommune eigene Vorstädte für einfache Arbeiter und Handwerker bauen ließ: billige Miethäuser ohne ästhetischen Anspruch und ohne Komfort. Und in den Großstädten hielt weiterhin die Umwandlung schöner, möglichst wassernaher Grünflächen in architektonisch stilvolle Villenviertel an.

Oder gab es noch freie Stellen in der Papierindustrie wie bei »Schöller & Bausch« in Neu Kaliß oder im Brauereiwesen wie bei »Mahn & Ohlerich« in Rostock, der größten Brauerei des Landes? Ein paar ältere Fuhrunternehmer glaubten fest daran, auch weiterhin hier in ihrer alten Heimat von guten Aufträgen leben zu können. Andere meinten, eine moderne, attraktive Eisenbahn

würde neue, bürgerliche Kreise anziehen, so dass sie durch die Vermietung von Logierzimmern am zukünftigen Aufschwung würden teilhaben können. Einige hofften, durch verwandtschaftliche Beziehungen Arbeit in einer der zahlreichen Zuckerrübenfabriken finden zu können, zu denen auch Molkereien, Butter- und Stärkefabriken gehörten. Schließlich hatte fast jeder einen Onkel, Schwager oder Cousin als Landwirt in der Familie.
Die Jüngeren hingegen lockte die Vorstellung, eines Tages die Uniform eines Eisenbahnschaffners zu tragen. Mit der Autorität, die sie verlieh, würden ihnen nicht nur die hübschesten Mädchen nachlaufen, sondern der Arbeitsplatz wäre ihnen lebenslang sicher – selbst wenn die Bahn privat geführt würde, denn hier verkehrte sie quasi auf vergoldeten Schienen: zwischen der beschaulichen Sommerresidenz Mecklenburger Herzöge und der von Legende und Aristokratie zugleich geadelten Ostseeküste …
Vielleicht würde sogar eines Tages die Deutsche Reichsbahn die Strecke übernehmen, und dann würden sie eine noch schmuckere Uniform tragen können, Beamte des Deutschen Reiches sein, mit Zulagen und fester Pension, eigenem Häuschen und gut ausgebildeten Söhnen, die eines Tages als gepflegte Staatsdiener in einem Reichsbahnbüro säßen, um neue Streckennetze auszutüfteln, Fahrpläne zu erstellen oder die technische Wartung zu überwachen. Was für verlockende Aussichten!
Die Meinungen über die Zukunft gingen auseinander. Nur in einem waren sich alle, auch Lilly, einig: Jahrzehntelang waren Heiligendamm und Doberan gute Arbeitgeber gewesen. Wer sie verlor, war arm dran und musste nach neuen Möglichkeiten Ausschau halten. Auch wenn Lilly selbst davon betroffen war, lenkten die Gespräche sie von ihrer inneren Anspannung ab. Seit dem unheilvollen Gewittertag vor fast einer Woche war sie Joachim nicht mehr begegnet. Darüber war sie froh. Aber jeden Tag damit rechnen zu müssen, dass von Maichenbach oder Isa von Rastrow ihren Weg kreuzen konnten, zerrte an ihren Nerven.
Nur er, Clemens, hätte sie überraschen dürfen.

Und mit jedem Tag, an dem sie ihn nicht sah, bildete sie sich immer mehr ein, er sei ihretwegen längst abgereist.

Wenige Tage später hatte Lilly gerade den Japan-Chin in seinem Wägelchen, Mops und Malteser vom Logierhaus »Burg Hohenzollern« abgeholt, als sie plötzlich in der Nähe Helen Marchants Stimme hörte. Lilly drehte sich um. Ihre Freundin befand sich in Begleitung dreier Mädchen in weißen Leinenkleidern und weißen, mit Margeriten geschmückten Seidenhüten. Jetzt, da Lilly Helen in voller Gestalt vor sich sah, war sie überrascht, wie schlank diese seit ihrer letzten Begegnung vor über zwei Jahren geworden war. Ihre Taille wirkte geradezu zerbrechlich, so dass Lilly sie am liebsten mit beiden Händen gestützt hätte.
»Lilly!« Helen entschuldigte sich leise bei ihren Begleiterinnen und kam zu ihr. Herzlich umarmten sie sich.
»Seit wann bist du hier, Helen?«
»Ich kam vor zwei Wochen ...«
»Warum hast du mich nicht gleich besucht? Ich sah dich neulich mit Joachims Mutter in der Kutsche, ihre ... ihre Schwester war auch dabei und ...«
»Clemens, ja«, unterbrach Helen sie rasch. »Es war reiner Zufall. Frau von Rastrow hatte mich gebeten, ihr und ihrer Schwester eine Kollektion Schmuckstücke vorzustellen. Danach wollte ich hier in der ›Strandperle‹ mit meinen Eltern zu Mittag essen. Auch die beiden Damen hatten sich mit ihren Söhnen hier verabredet. Ursprünglich wollten Joachim und Clemens zum Damm reiten, doch der Pferdeknecht verletzte sich in der Eile an einem Eisendorn, deshalb stand nur ein Pferd für den Ausritt bereit. Joachim war sehr ärgerlich, so dass Frau von Rastrow die Gelegenheit nutzte, Clemens zu überreden, mit uns in der Kutsche vorauszufahren. Er ist, musst du wissen, seiner Mutter sehr eng verbunden.«
Du lügst, Helen. Irgendetwas stimmt nicht mit dem, was du mir erzählst. Ich habe ihn anders erlebt.

»So war es also Schicksal, dass Clemens uns begleitet hat und nicht Joachim.«
»... und ich euch zusammen gesehen habe.«
Helen schwieg verdutzt und musterte Lilly.
Schau nur in mich hinein, Helen, siehst du, wie sehr ich ihn liebe?
»Ja, vieles ist Schicksal, Lilly«, entgegnete Helen gedehnt. »Genauso wie der Auftrag, den Frau von Rastrow meinem Vater vor zwei Monaten erteilt hat. Er solle für sie ein Diadem kreieren. Sie möchte es auf einem der großen Bälle in Doberan tragen. Leider ist es wie verhext mit diesem Diadem. Ihr passt die Form nicht, so oft mein Vater sie auch adjustiert. Und die Anordnung der Juwelen entspricht nie ihren sehr präzisen Vorstellungen, ganz gleich, was Vater auch tut. Dabei ist sie sehr nett, sehr geduldig. Mein Vater gibt sich alle Mühe und fleht mich an, ihm zu helfen, indem ich besonders freundlich zu ihr bin.« Sie beugte sich zu Lillys Ohr vor. »Darüber will ich ja gar nicht sprechen, Lilly, nur dieses eine: Ich weiß alles, meine Mutter hat es mir erzählt. Es tut mir leid um dich.«
»Ich komme schon zurecht, Helen. Und du, wen begleitest du heute?«
»Großnichten des Herzogs. Ich habe die Ehre, ihnen ein wenig Gesellschaft zu leisten, während ihre Verwandten hier kuren. Wir verstehen uns so gut wie alte Freundinnen. Untereinander können wir die Etikette vergessen, das erleichtert vieles.«
»Oh, wie schön für dich. So hast du deinen Abschluss als Geprüfte Gesellschafterin in dem Pensionat erreicht?«
»Allerdings, die Jahre waren nicht umsonst.«
Einen kurzen Moment glaubte Lilly, ein belustigtes Aufflackern in Helens Augen zu sehen.
Da trat die älteste der drei großherzoglichen Nichten zu ihnen.
»Helen, willst du uns deine Freundin nicht vorstellen?«
»Natürlich, dies ist Lilly, meine alte Freundin aus Kindertagen. Bis vor kurzem hat sie als Süßspeisenköchin in der ›Strandperle‹

gearbeitet. Sie ist sehr talentiert, hat aber durch ein Missgeschick ihre Stellung verloren. Jetzt führt sie, um ihre kranke Mutter zu unterstützen, Hunde der Kurgäste aus.«
Die Mädchen musterten sie neugierig. Und so fuhr Helen rasch fort: »Lilly, man sagt, du hättest dich vergebens als Privatköchin beworben?«
»Nein, das ist nicht wahr.«
»Oh, entschuldige, ich dachte ... Das muss an den Gerüchten liegen, die mal hier, mal dort zu hören sind. Verzeih mir, Lilly.« Sie lächelte.
Lilly aber fühlte sich plötzlich unwohl. Irgendwie wirkte Helens Lächeln zu glatt. War es ihre Absicht, sie mit einer falschen Information vor den Großnichten zu demütigen? Sie suchte nach Spuren der Überlegenheit in Helens Gesicht, fand aber nur die altvertraute Freundlichkeit.
»Du hast einen niedlichen Mops bei dir, Lilly.« Sie beugte sich über den Hund und tätschelte ihn, was dieser zu Lillys Ärger mit wohligem Schnaufen genoss.
»Sehen wir uns auf dem Fest, Helen? Ich könnte dich abholen, so wie früher.«
Helen zögerte. »Ich schicke dir eine Nachricht, einverstanden? Entschuldige, wir müssen uns beeilen. Man erwartet uns.« Sie küsste Lilly auf beide Wangen und eilte mit den Mädchen davon.
Der Pekinese schaute ihnen trübe nach, der Mops aber zerrte an der Leine, wohl weil er darauf beharrte, weiter mit Streicheleinheiten verwöhnt zu werden. Widerwillig folgte Lilly ihm bis auf den Kurplatz, und da stockte ihr der Atem.
Von einer Parkbank erhob sich Isa von Rastrow. Helen knickste eilig, woraufhin diese ihr freundlich zunickte und, auf ihren Stock gestützt, nun selbst vor den adligen Mädchen das Knie beugte. In dem Moment eilte Clemens von der Allee her auf sie zu, Zeitungen unter seinem Arm. Wieder trug er einen Panamahut, und in seinem Gang lag eine kraftvolle Spannung. Lilly wurde schwin-

delig. Wie im Traum nahm sie wahr, wie Helen sich noch einmal zu ihr umdrehte, ihr zuwinkte.
Benommen hob Lilly ihre Hand. Sie fühlte sich schwer an, als trüge sie einen mittelalterlichen Kettenhandschuh.
Auf ein andermal, Helen, auf ein andermal.
Es ist alles nur Einbildung, Lilly, alles nur Einbildung.
Clemens, der ihren entsetzten Blick auffing.
Clemens, der seinen Hut mit einer verhaltenen Geste hob.
Hatte er sie gegrüßt? Vor den Augen seiner Mutter – und in Helens Beisein?
Es war Traum und Alptraum zugleich. Stärker als je sehnte sie sich nach seiner Nähe, seiner Stimme, und litt unter der Vorstellung, ihre beste Freundin könnte sein Herz längst gewonnen haben.
Warum nur hatte sie nicht daran gedacht, Helen zu fragen, ob sie es neulich gewesen war, die neben ihm am Fenster der Villa »Schwan« gestanden hatte?

Das Erlebte ließ Lilly den ganzen Tag über nicht los. Sogar als sie für die letzte Runde den Dalmatiner abholte, war sie noch durcheinander.
Sie mied den Strand, als könne er ihr weitere unliebsame Ereignisse bescheren, und lief stattdessen mit den Hunden über die Bollhagener Straße Richtung Waldrestaurant, Schießhalle und Kegelbahn. Tief in Gedanken versunken, nahm sie nur beiläufig wahr, dass die kleinen Hunde nach einer Weile immer unruhiger wurden. Der Pekinese kläffte und zog selbstbewusst an der Leine, als gelte es, einen Gegner zu bekämpfen. Sogar der stillere Mops bellte, nur der Japan-Chin bedeutete ihr, stehen zu bleiben, damit er mit Noblesse den Rückzug in sein Wägelchen antreten konnte. Lilly tat ihm den Gefallen, verstand aber immer noch nicht, die Zeichen der Hunde zu deuten. Und so erschrak sie heftig, als plötzlich hinter einer der mit Malven bewachsenen Pergolen Xaver von Maichenbach hervortrat. Er trug einen breitkrempigen Strohhut und einen hellbei-

gen Anzug mit weißem Halstuch. An einem Zaunpfosten in der Nähe war eine schwarz-weiß gefleckte Dogge angebunden und knurrte drohend. Lilly hatte Mühe, ihre drei aufgeregt kläffenden Hunde ruhig zu halten.

»Gehört der Hund etwa Ihnen, Herr von Maichenbach? Haben Sie Ihre Liebe zu Doggen entdeckt?«

»Nein, Lilly, sie gehört einem Gast. Würden Sie mir zutrauen, dass ich sie gegen Schmidtchen eintauschen könnte? Sie haben wirklich keine gute Meinung von mir.«

Lilly, sei nett zu ihm, ermahnte sie sich. Gib ihm eine Chance.

»Verzeihung. Wo ist denn Schmidtchen?«

»Zu Hause, bei meinem Diener.«

»Sie haben ihn einfach zurückgelassen, wo er doch so gerne …«

»Dieses Opfer muss er bringen, Lilly, wie sollte ich sonst darauf hoffen dürfen, dass Sie mir zuhören? Hätte ich ihn mitgenommen, hätten Sie sich wohl eher ihm als mir zugewendet, stimmt's?«

»Ja, da könnten Sie recht haben. Ich vermisse ihn sehr.«

»Das habe ich mir gedacht. Darf ich Ihnen zwei Ihrer Schützlinge abnehmen? Sie scheinen ja heute zwei besonders angriffslustige Kerlchen dabeizuhaben.«

Tatsächlich sah es so aus, als wären Mops und Pekinese am liebsten auf die Dogge zugesprungen. Rasch nahm von Maichenbach Lilly die beiden Leinen aus der Hand und lief mit großen Schritten voraus. Lilly schob das Wägelchen mit dem Japan-Chin in weitem Bogen um die Dogge herum und hastete hinterher. Der Dalmatiner folgte ihnen gelassen.

Erst als sich die Hunde beruhigt hatten, nahm von Maichenbach den Faden wieder auf. »Wissen Sie, Lilly, als Sie mir diese Ohrfeige gaben, war ich erst völlig konsterniert über Ihr Benehmen. Ehrlich gesagt, hätte ich Ihnen eine solche Reaktion nicht zugetraut. Dann habe ich nachgedacht und kam zu dem Schluss, dass Sie viel Phantasie haben müssen. Gut, das sehe ich Ihnen nach. Ihre Vorstellungen aber schossen übers Ziel hinaus, und das ist

weniger gut. Sie wollten die vermeintlich unmoralischen Spielchen nicht mitmachen. Auch das ist verständlich. Wahrscheinlich hätte ich an Ihrer Stelle genauso gehandelt. Sind wir uns einig?«
»Wenn Sie es so sehen, ja.«
»Wunderbar, wir kommen uns wieder näher. Ich muss sagen, ich war anfangs wirklich sehr verärgert. Dann aber habe ich beobachtet, wie Schmidtchen jeden Morgen auf Sie wartete. Weder ich noch mein Diener haben ihn freudig erlebt, wenn wir ihn an die Leine nahmen. Das ist für einen Hund, der von morgendlichem Blasendruck und ständiger Lauflust geplagt wird, etwas merkwürdig, nicht?«
Sie lachten.
»Und jetzt seien Sie freundlich zu mir, ja? Ich möchte nämlich etwas von Ihnen wissen.«
»Sie meinen, ob ich es mir überlegt habe, Ihr Angebot zum Kochen anzunehmen?«
»Dass Sie das noch wissen, ehrt mich, Lilly, aber es tut mir leid, ich habe kein konkretes Angebot. Nur eine Idee, aber darüber müssen wir ein anderes Mal sprechen. Nicht jetzt. Heute möchte ich nur wissen, ob jener Stuckateur, der neulich in meinem Appartement ein Deckenornament ausbesserte und sich trotz seines betrunkenen Zustandes aufrecht auf der Leiter hielt, Ihr Onkel ist?«
Lilly erinnerte sich an das, was Victor ihr erzählt hatte. Ihr Onkel hatte einen Auftrag von Joachim ausgeschlagen, dafür aber am Heiligendamm gearbeitet ... »Es könnte sein, vielleicht«, wich sie vorsichtig aus.
»Erzählen Sie mir mehr, Lilly, bitte.«
»Sie möchten mehr über meinen Onkel erfahren?«
»Wenn es Ihnen nichts ausmacht, bitte. Ich weiß so wenig über Sie, Lilly. Ich verspreche Ihnen, als Gegenzug etwas über mich zu erzählen. Vielleicht kann ich Ihnen sogar helfen, Ihren Onkel zu verstehen.«
»Das glaube ich kaum«, erwiderte sie, doch im gleichen Moment

bereute sie, so vorschnell geantwortet zu haben. Jetzt lag es an ihr, die gereichte Hand zur Verständigung nicht zurückzustoßen. Trotzdem fühlte sie sich nicht wohl dabei, über ihren Onkel zu sprechen. Viel lieber hätte sie von Maichenbach gefragt, ob er ihr helfen könnte, Clemens' rätselhaftes Verhalten zu klären. Doch sie musste jetzt ihre Abwehr überwinden, weil sie ihm etwas schuldig war. Während sie durch den Buchenwald zurück Richtung Meer gingen, versuchte Lilly, sich auf das Wesentliche zu besinnen.

»Also, mein Onkel ist heute so labil, wie er einmal ehrgeizig war. Er war früher ein sehr erfolgreicher Stuckateur. Bis Mitte der siebziger Jahre wurde er mit Aufträgen für viele dieser schönen Sommervillen überhäuft. Noch heute meint er, er hätte mit seinen Gewinnen den Heiligen Damm mit einer Schicht Silber verschönern können. Das ist natürlich übertrieben, aber er war sehr wohlhabend. Dann änderte sich alles.«

»Wieso?«

Lilly bückte sich, gab dem Japan-Chin, der aus seinem Wägelchen gesprungen war, einen kleinen Klaps und setzte ihn wieder hinein. »Er wurde Opfer der deutschen Wirtschaft, sagt er immer.« Lilly suchte von Maichenbachs Blick.

»Ah, ich verstehe. Erst der Sieg von '71, dann der Wirtschaftsaufschwung, die überhöhten Spekulationen mit den Aktien, '73 dann der Börsencrash, die Depression ...«

»Ja, mein Onkel bekam ab Mitte der siebziger Jahre immer weniger Aufträge, obwohl weiterhin Häuser gebaut wurden. Viele Bauherren haben auf ihre Kosten geachtet und lieber die günstigeren Produkte bestellt, die aus der Massenproduktion stammen. Mein Onkel konnte da nicht mithalten.«

»Verbesserte technische Erfindungen, stärkere Konkurrenz, sinkende Preise: Ja, genauso ist es. Das ging und geht vielen Deutschen so.«

»Er verlor all seine investierten Gewinne an der Börse, Herr von Maichenbach, und damit begann sein Absturz.«

»Und Ihre Tante konnte ihn nicht unterstützen?«

»Meine Tante ist kurz nach der Geburt meines Cousins gestorben. Das war im Juli 1866. Er war das einzige überlebende Kind von insgesamt vier Kindern. Drei starben vor ihm – allesamt Mädchen. Über seine Geburt war meine Tante so glücklich, dass sie viel zu rasch das Wochenbett verließ. Sie brach beim Holzholen im Schuppen zusammen und verblutete auf dem Weg in das Krankenhaus in Rostock. Meinen Onkel hat es schwer erschüttert, dass selbst sein Geld ihr nicht mehr hatte helfen können. Ihm blieb nur die Hoffnung, dass Victor das Geschäft fortführen würde, das mein Großvater als einfacher Malermeister in den zwanziger Jahren gegründet hatte.« Sie verstummte.

»Das klingt, als ob das nicht gelungen sei.«

»Allerdings, mein Cousin interessiert sich nicht für Farben, Gips und Ästhetik. Er liebt nur eines: Pferde, Pferde, Pferde. Und er hofft, dass sein Name ihm Glück bringt.«

»Hat Ihrem Onkel der Krieg so viel Vergnügen gemacht, dass er dem eigenen Sohn einen solchen Namen gab?«

»Mein Onkel war begeistert, als die Preußen '66 bei Königgrätz Österreich besiegten, was lag also näher, als dem einzigen männlichen Erben den Namen Victor zu geben. Damals lebte er im Glauben an ein großes vereintes deutsches Reich, an Fortschritt und Wachstum – und dann kam es zu diesem fürchterlichen Zusammenbruch der Börsen.«

Von Maichenbach nickte grimmig. »Das alles ist ein Werk gieriger, verantwortungsloser Spekulanten. Darf ich Ihnen die Zusammenhänge genau erklären?«

Lilly dachte an das Gespräch mit dem Antiquar, mit dem sie über dasselbe Thema gesprochen hatte. Sie verspürte keine große Lust, noch einmal über Politik nachzudenken. Von Maichenbach aber war von einer glühenden Leidenschaft gepackt. Auch das musste sie nun aushalten. Du musst dafür, dass du ihn verletzt hast, Buße tun, Lilly.

»Nach dem Sieg über Frankreich«, begann von Maichenbach

forsch, »brach ein wahres Gründungsfieber aus. Über achthundert Unternehmen drängten an die Börse. Finanzierungsbanken hatten Hochkonjunktur, und die Menschen wurden von irrwitzigen Gewinnprognosen geblendet. In manchen Fällen waren die Aktienemissionen mehr als dreihundertfach überzeichnet. Den meisten Unternehmern aber fehlte die nötige Erfahrung dafür, wie man einen Betrieb aufbaut und leitet. Sie scheiterten schnell und rissen bald alle mit in den Strudel. Irrungen und Wirrungen, wohin man sah. Im Mai '73 bankrottierte zuerst die Wiener Börse ...«

»Und ein Jahr später stand hier in Schwerin die Mecklenburgische Hypotheken- und Wechselbank kurz vor dem Bankrott. Das weiß ich von meinem Onkel.« Lilly versank einen Moment lang in den Anblick der Ostsee. »Das hatte schlimme Folgen für viele ...«

»Das kann ich mir vorstellen. Die Mecklenburgische erholte sich aber rasch. Das hat sie sicher auch ihrem Gründer Georg von Siemens zu verdanken. Mein Vater kennt ihn sogar persönlich.«

»Ich weiß nicht viel über das Wirtschaftswesen, Herr von Maichenbach. Ich kenne nur ein paar persönliche Schicksale.«

»Wissen Sie, Lilly, ich fürchte, Gewinne sind wohl nur denen sicher, die sich fürs Militär engagieren. Sie müssen wissen, ich komme aus einer Garnisonsstadt – Landau. Sie ist Bezirkshauptstadt in der bayerischen Rheinpfalz. Bis zum Wiener Kongress waren wir französisch, ab 1816 kamen wir zu Bayern, doch erst nach dem Krieg 70/71 hörte Landau auf, Grenzstadt zu sein. Die Festung wurde geschleift, jüdische Bürger gleichgestellt, die Straßenzüge neu angelegt. Viele wurden reich, und alles hätte friedlich bleiben können. Aber wissen Sie, was dann geschah? Man beschloss, wieder in große Militäreinrichtungen zu investieren! Feldartillerie- und Infanterieregimenter forderten Gebäude! Und mein Vater, mein eigener Vater, lieferte ihnen die Steine dazu! Geld, das mich anwidert. Verzeihen Sie, Lilly, ich habe Sie gelangweilt.«

»Nein, keineswegs.« Sie betrachtete ihn von der Seite und empfand in diesem Moment Sympathie für ihn.
»Doch, Sie interessieren sich nicht für Politik oder für meine Herkunft. Ich frage mich, warum ich Ihnen das alles erzähle.«
»Ich glaube, Sie wissen das sehr wohl, Herr von Maichenbach.«
»Dann sagen Sie es mir, bitte.«
»Sie möchten, dass ich Ihnen vertraue, nicht?«
»Ja, das ist mir wichtig. Vielleicht ergibt sich ja schon bald für Sie eine Gelegenheit zu kochen. Wenn man Sie dann bittet, Ihr geschütztes Kochrefugium zu verlassen, um Sie näher kennenzulernen, wäre es gut, wenn Sie über mich und die Welt ein wenig Bescheid wüssten. Hätten Sie Lust dazu?«
»Wenn ich auf Ihre Ritterlichkeit vertrauen kann?«
»Zweifeln Sie immer noch an mir, Lilly?«
»Nein, verzeihen Sie, ich bin nur etwas verwirrt.«
Sie hatten den Damm erreicht. Der Wind hatte aufgefrischt. Es roch nach Tang und dem Salz des Meeres. In der Ferne stampfte ein Turbinendampfer gen Osten, zog Schlieren dunklen Rauches vor den vom Abendrot eingefärbten Himmel. Lilly wandte ihren Blick vom Meer ab, ließ ihn über die Villa »Bischofsstab« westwärts über das gesamte Heiligendammer Ensemble bis hin zum Türmchen des »Alexandrinen-Cottages« gleiten – und zurück. Bei der Villa »Schwan« schloss Lilly die Augen. Sie stellte sich vor, wie es wäre, wenn das abendliche Glutrot die steinerne Fassade schmölze und ihr den Mann freigäbe, der hinter ihr verborgen war – wenn er denn jetzt dort wäre ... Sie kämpfte mit den Tränen. Ein Hund nach dem anderen setzte sich neben sie. Der Dalmatiner schnupperte an ihrer Hand, der Mops streckte sich über ihren Stiefelspitzen aus.
»Woran denken Sie, Lilly?«
Ich habe ihn wohl verloren, für immer verloren.
»Lilly?« Von Maichenbach berührte zart ihre Schulter. »Lilly, Sie weinen ja.«
Sie nahm das Taschentuch entgegen, das er ihr anbot.

»Ich würde Sie gern noch einmal in die Arme nehmen, Lilly. Das geht hier aber, wo uns viele Leute sehen, leider nicht. Aber bitte sagen Sie mir: Was bedrückt Sie so sehr, dass Sie weinen müssen?« Er nahm ihr die Hundeleinen aus der Hand. Lilly hielt sein Taschentuch vors Gesicht und schluchzte.
Er betrachtete sie ernst und angestrengt. Erst nach einer Weile sagte er leise: »Sie sind verliebt, nicht wahr?«
Sie nickte stumm.
»Ich bin ein Dummkopf«, fuhr er noch leiser fort. »Wir Männer sind manchmal schwer von Begriff. Ich rette Ihr Leben, ohne zu ahnen, dass es nicht der Verlust Ihrer Arbeit allein war, der Sie verzweifeln ließ. Nein, in Wahrheit litten Sie, wahrscheinlich schon seit langem, unter einem viel stärkeren Schmerz.«
Lilly wandte dem Westwind ihren Rücken zu und weinte in das Taschentuch. Von Maichenbach stellte sich hinter sie, um sie vor allzu neugierigen Spaziergängern zu schützen. Lillys Schultern zuckten, ihre unterdrückten Schluchzer beunruhigten die Hunde. Der Mops setzte sich auf, legte seinen Kopf schief und blickte sie unverwandt an. Der Dalmatiner rückte noch näher und rieb seinen Kopf an ihrer Hüfte. Der Pekinese stellte sich auf die Hinterbeine, stemmte seine weichen Pfoten gegen ihr Knie und blickte mitfühlend zu ihr hoch.
»Es tut so weh, so furchtbar weh«, wisperte sie.
»Ich weiß«, erwiderte er sehr leise. »Ich weiß, Lilly.«
»Ich habe Angst, ihn zu verlieren.«
Sie spürte, wie von Maichenbach mit den Fingerknöcheln sanft an ihrer Wirbelsäule auf und ab rieb. »Ich verstehe Sie, aber glauben Sie mir: Ein Mann, der Ihre Liebe zurückweist oder nicht erwidert, ist es nicht wert, von Ihnen geliebt zu werden. Es sei denn ...«
»Es sei denn, was?«
»Ach, nichts, es ist nichts.«
Sie drehte sich abrupt zu ihm um.
»Was meinen Sie? Liebt Clemens eine andere?«

»Clemens? Sie lieben Rastrow? Diesen ... diesen Afrika-Arzt? Das soll der Mann Ihres Herzens sein?« Er lachte bitter auf. »Ach, Lilly, dieser Mann ist unerreichbar. Glauben Sie mir. Dieser Rastrow hat seine Prinzipien und zeigt seine wahren Absichten nicht. Er ist ein Einzelgänger, ein auf sich selbst bezogener Mann, der es versteht, seine Gefühle zu tarnen. Ich glaube denen nicht, die meinen, er sei ein Muttersohn. Ich misstraue dieser Fassade. Um bei Ihrer Liebe zum Meer zu bleiben: Rastrow ist wie eine Auster, die geschlossen bleibt, auch wenn man sie ins kochende Wasser wirft.«
Das ist nicht wahr! Ich habe Clemens ganz anders erlebt. Ich liebe ihn und werde ihn immer lieben, ganz gleich, was noch geschieht. In ihr tobten widerstreitende Gefühle: Liebe, Empörung, Schmerz, Sehnsucht. Sie trocknete ihre Tränen und nahm von Maichenbach die Leinen aus der Hand. »Sie haben meine Seelenwunde nicht geheilt, sondern in Salz gepökelt, Herr von Maichenbach.«
»Das war meine Absicht. Ich möchte Sie nämlich vor weiterer Schwärmerei bewahren. Hoffen Sie nicht auf ihn. Das ist mein guter Rat.«
»Sie könnten sich irren, Herr von Maichenbach.«
»Das glaube ich nicht.«
»Doch, Sie haben mir mein Leben gerettet, das heißt aber noch lange nicht, dass Sie meine Gefühle besser verstehen als ich oder gar über mich bestimmen können.«
»Lilly, wir streiten uns schon wieder.«
»Vielleicht wollen Sie ja etwas verbergen. Könnte es sein, dass Sie ein wenig eifersüchtig sind?«
»I wo! Nein, keineswegs. Ich möchte nur nicht, dass Sie ein zweites Mal Ihr Leben wegwerfen wollen. Dann könnte es nämlich sein, dass ich nicht zur Stelle bin, um Sie aus dem Meer zu fischen.«
»Habe ich Ihnen nicht schon einmal gesagt, dass ich tue, was ich für richtig halte?«
»Sie haben Ihr Herz verloren und wollen es zurückbekommen.«

Sie ignorierte seinen belustigten Unterton. »Nein, so ist es nicht.«
»Wie ist es denn dann?«
»Es mag sein, dass ich mein Herz verloren habe, aber ...«
»Aber?«
»Es ist noch gar nicht angekommen ... Verstehen Sie?«
»Darüber muss ich in Ruhe nachdenken«, erwiderte er und reichte ihr die Hand zum Abschied. »Versprechen Sie mir, morgen früh um acht Schmidtchen abzuholen? Er, das weiß ich ganz sicher, hat sein kleines Hundeherz in der Tat an Sie verloren – und Sie, Mademoiselle Babant, haben es in den Händen! Brechen Sie es ihm kein zweites Mal. Über alles Weitere sprechen wir ein andermal!«
Was sollte sie nur von ihm denken? Erst rettete er beherzt ihr Leben, und jetzt versuchte er, ihr ihre Gefühle für Clemens auszureden. Er stärkte sie einerseits und verunsicherte sie andererseits. Aus welchem Grund? Was hatte er vor?

Vier Tage vor Beginn der Doberaner Renntage hockte Hedwig auf einem Schemel zwischen den Brombeerbüschen, um die überreifen Früchte zu ernten. Sie hatte gerade einen Eimer, den sie an einer Schnur um ihren Leib gebunden hatte, gefüllt und stand langsam auf. Ihre Beine waren ein wenig steif geworden. Da hörte sie ein ungewohntes Pfeifen in ihrem linken Ohr. Sie wankte, taumelte zurück und trat mit einem Fuß so unglücklich in ein Wühlmausloch, dass sie stürzte, ihren Unterarm verdrehte und ihr Handgelenk anbrach. Alfons tobte über so viel Ungeschicklichkeit und weigerte sich, den Arzt zu holen. Hedwig schleppte sich mit zusammengebissenen Zähnen hoch in die Dachkammer, kühlte das rasch anschwellende Gelenk, während Alfons ihr hinterherschrie: »Was gebrochen ist, wächst auch wieder zusammen. Und was der Arzt tut, kann ich auch. Ich hab noch genug Gips.«
Am Abend fand Lilly ihre Mutter vor Schmerz wimmernd und wachsbleich im Bett vor.

»Ich hole sofort Dr. Fabian!«, rief sie und rannte polternd die Treppe in die Diele hinab. Da stürzte ihr Onkel wutentbrannt, nach Alkohol riechend, aus der Küche auf sie zu.
»Du wirst hierbleiben, Nichte!«
»Mutter braucht Hilfe!«
»Nur eine Blöde wie sie fällt vom Hocker und bricht sich ein Knöchelchen!«
»Du hättest sie niemals arbeiten lassen dürfen!«, schrie Lilly. »Nimm endlich eine Aushilfe, wenn ich am Damm bin!«
Er packte sie hart an der Schulter. »Arbeite du einfach schneller, Nichte! Beine auf, Beine zu, dann hast du genug Zeit für den Garten!«
Lilly spuckte ihm ins Gesicht.
»Verflucht, das wirst du bereuen!« Er schlug zu. Lilly taumelte rückwärts gegen die Dielentruhe.
»Hör auf! Mutter!«
Er schlug sie ein zweites Mal.
»Mutter braucht Hilfe!«
»Sie nicht! Und du« – er stieß sie mit einem Fausthieb zu Boden – »du auch nicht! Luder seid ihr! Beide nichts wert! Nichts wert! Verfluchte Brut!« Er stellte sich breitbeinig über sie, schwankte und hieb auf sie ein. Lilly wimmerte vor Schmerz und versuchte, ihren Kopf mit den Armen zu schützen.
»Vater! Bist du wahnsinnig?«
Hinter ihrem Onkel erschien Victor, packte seinen Vater hart an den Schultern, riss ihn herum. »Hör auf! Lass Lilly in Ruhe! Willst du ihre Schönheit kaputt machen?«
Alfons stemmte sich in die Höhe. Seine Augen waren blutunterlaufen, in seinen Mundwinkeln hingen Speichelflocken. Lilly ließ ihre Arme sinken. Sie rang nach Luft, ihre Hände zitterten, Blut rann ihr aus der Nase. »Du bist ein Teufel, Babant«, flüsterte sie.
»Halt dein Maul, Nichte!«, schrie er sie ein letztes Mal an. »Mach was anderes damit, aber hier halt es zu, verdammt noch mal!«

Hinter ihm stand Victor und grinste.

Alfons stakste zur Haustür, drehte den Schlüssel im Schloss um und steckte ihn in die Tasche. »Geh ins Bett, Nichte, und hüte die Flöhe. Und du, Sohn, hältst heute Nacht Wache.«

Oben auf der Treppe stand Hedwig, leichenblass im Gesicht. »Sperr uns ruhig ein, Alfons Babant. Meinen alten Knochen ist das gleichgültig, sie werden auch ohne Arzt heilen. Aber du wirst nie wieder mein Kind schlagen. Nie wieder!«

»Das alte Luder droht mir.« Er lachte herb. »Womit denn? Na?«

»Was immer du uns antust, Alfons, es wird auffallen. Lilly ist bekannt, sie ist beliebt. Sie bräuchte nur ein einziges Wort über dich zu sagen, ihre blauen Flecken zu zeigen – und du würdest im Gefängnis landen.«

»Ich? Du bist wohl verrückt! Ich bin der Hausherr, mir glaubt die Welt! Nicht euch! Manche Liebhaber greifen eben etwas kräftiger zu, das werde ich sagen! Verstanden? Jetzt geht mir aus den Augen.«

»Am besten, du nimmst deine essigsaure Tonerde gleich mit«, raunte Victor Lilly zu und grinste noch breiter.

Als Lilly am nächsten Abend nach Hause kam, hockte ihre Mutter auf der Bank vor dem Haus. Sie beugte sich schief über eine Schüssel in ihrem Schoß. Mit ihrer linken Daumenspitze drückte sie dicke Erbsenschoten an ihrem eingegipsten Unterarm auf, der vom Saft der Schoten bereits grünlich verschmutzt war. Immer wieder presste sie die Lippen zusammen, um Schmerz und Hustenreiz zu unterdrücken.

»Mutter, du darfst doch nicht arbeiten!«

»Ach, Lilly, wer soll es denn sonst tun? Mit der Linken Schoten zu rupfen und am Gips aufzubrechen geht immer noch. Die Erbsen sind ja reif. Was machen deine Schmerzen?«

»Ich will nicht mehr daran denken, Mutter, und die blauen Flecke sieht ja keiner. Jetzt komm, geh nach oben. Ich kümmere

mich schon um die Erbsen. Außerdem habe ich Hunger.« Lilly nahm ihrer Mutter eine geschlossene Schote aus der Hand, knackte sie zwischen Daumen und Zeigefinger auf und pflückte mit den Lippen eine Erbse nach der anderen ab.
»Hm, wunderbar, so süß, als seien sie in Zuckerwasser getränkt«, murmelte sie. Ärgerlich warf sie die leere Hülse in den Abfalleimer. »Dein Bruder trinkt zu viel. Dass er mich schlägt, ist schon schlimm. Aber du solltest dich dagegen wehren, für ihn zu arbeiten. Ich bin gesund, ich schaffe das.«
»Es ist schon gut so, Lilly«, beschwichtigte Hedwig sie müde. »Ich mag auch nicht den ganzen Tag allein da oben liegen. Und schau, so schlecht hat mir Alfons gar nicht geholfen. Es wird schon wieder heilen. Du musst nur den Brombeersaft auspressen und die Erbsen einkochen. Und die letzten schwarzen Johannisbeeren müssen auch noch gepflückt werden. Du weißt ja, ich brauche ihren Saft. Im Winter wird es mit dem Husten immer besonders schlimm.«
»Mutter, du belügst dich selbst, du hustest zu jeder Jahreszeit. So, und jetzt werde ich zu Dr. Fabian gehen, auch wenn Onkel Alfons mich wieder schlagen sollte.«
»Lass nur, Lilly. Ich hab vorhin von Victor gehört, dass Immes Schwiegermutter heute vom Schlag getroffen und Dr. Fabian schon zweimal zu ihr gerufen wurde. Selbst wenn es Alfons zuließe, unser Doktor würde gar keine Zeit für mich haben. Bei dir war es etwas anderes. Da bezahlte ja die Rastrowsche seine Besuche.«
»Mutter, gib es doch zu, du hast Angst vor deinem Bruder.«
»O nein! Was kann er mir schon anhaben? Nein, Lilly, ich habe keine Angst. Und es stimmt ja, so ein angeknackster Knochen, der heilt von ganz allein.«
»Und dann? Was passiert dann? Er wird wieder zuschlagen. Jederzeit. Mutter, warum wehren wir uns nur nicht gegen ihn? Warum gehen wir nicht einfach fort?«
»Ich bin zu schwach geworden, mein Kind. Ich werde hier bald

sterben. Wozu soll ich noch woanders hingehen? Nein, Lilly, das hat keinen Zweck mehr. Du, ja, du solltest dieses Haus verlassen, wenn ich tot bin.« Matt ließ Hedwig ihre Hand neben der halbvollen Schüssel mit Erbsen in ihren Schoß sinken und schaute Lilly müde an. »Alfons rechnet mit jedem Groschen, auch mit deinen. Er will eben sparen. Das ist alles.«
»Das glaube ich nicht. Bitte sag mir: Warum will er, dass du leidest? Was hat er gegen dich?«
»Ach, Lilly, es ist doch eigentlich ganz einfach, oder? Er verkraftet seinen Absturz nicht. Vielleicht schämt er sich sogar heimlich vor unserem verstorbenen Vater. Er legte den Grundstein fürs Geschäft, Alfons baute es nur weiter aus. Aber ihm ging alles verloren. Was kann er schon dafür, wenn die Welt sich auf einmal andersherum dreht? Und jetzt lässt er seine Wut darüber an uns aus. Vielleicht wäre alles anders geworden, wäre Bettine ihm nicht so früh weggestorben.« Plötzlich krümmte sie sich und musste so heftig husten, dass ihr die Schüssel, noch bevor Lilly sie auffangen konnte, zu Boden fiel. Die Erbsen kullerten unter die Bank, um ihre Füße.
»Mein Gott«, stöhnte Hedwig gequält auf. »Die ganze Arbeit … Lilly, alles … alles umsonst …« Sie begann nach Luft zu schnappen, riss die Augen weit auf. »Lilly … bring mich nach oben.«
Doch da hatte Lilly sie auch schon untergefasst und half ihr ins Haus. Stufe um Stufe kämpfte sich Hedwig die Treppe hinauf. Ihr Hustenanfall ließ nach, ihr Atem aber ging pfeifend.
In ihrer Kammer angekommen, legte Lilly Kissen und Laken ihres Strohbettes zurecht, kleidete ihre Mutter um und half ihr, sich hinzulegen. Sie deckte sie zu, holte aus der Küche warmes Wasser und wusch sie. Dann flößte sie ihr etwas Eibischsirup und schmerzlinderndes Laudanum ein. Noch einmal ging sie in die Küche hinunter, zerhackte Portulakblätter, die sie in den letzten Tagen gesammelt hatte, und mischte Salz und Essig darunter.
Sie war in Gedanken und erschrak heftig, als ihr Onkel an sie herantrat. Er grinste hämisch, schien aber nüchtern zu sein.

»Na, Nichte, wer hat denn das da draußen wieder getan?«
Er legte ihr eine überreife Erbse auf den Handrücken und drückte zu. Der Saft tropfte in die Portulakmasse. Lillys Hals schnürte sich zu. Sie war unfähig, etwas zu erwidern. Nur jetzt nicht zuschlagen, nicht jetzt, später ...
Er lachte spöttisch auf und griff nach der Zeitung, die auf einer Kommode lag. Er schlug sie auf, suchte und klopfte schließlich mit der Hand auf einen Artikel. »Hier! Da, lies und tue Buße! Nun kannst du sehen, was für einen dummen Fehler du gemacht hast! Wie ich es dir gesagt habe, jetzt ist es amtlich: Am vierten August hat der noble Baron von Kahlden tatsächlich Heiligendamm aufgekauft! Erst steht er einer Aktiengesellschaft als Direktor vor, dann wartet er ab, bis die Aktien fallen und es sich lohnt, sie vollends aufzukaufen, das Amt niederzulegen und alleiniger Besitzer zu werden. Einer der ganz Schlauen, die wissen, wie man sein Glück macht! Nur du weißt es nicht!« Er rutschte auf die Küchenbank. »Gib mir einen Schnaps, Nichte!«
Er widerte sie an. Doch er war nüchtern, bei Verstand. Sollte sie nicht die Gelegenheit nutzen, ihn endlich einmal zur Rede zu stellen? Dabei fiel ihr ein, dass sie etwas über ihn wusste, womit sie ihn in die Enge würde treiben können. Ich muss es versuchen, ich muss endlich einmal versuchen, mich zu wehren.
Sie schüttelte den Kopf.
»Nein, erst will ich mit dir reden, bevor du dir wieder deinen Verstand wegsäufst!«
»Was fällt dir ein!« Er stemmte sich hoch, hochrot vor Ärger.
Lilly lief zum Fenster über der Spüle und riss es sperrangelweit auf. »Du wirst mich jetzt nicht schlagen, Alfons Babant. Dieses Mal werde ich so laut schreien, dass es alle hören!«
Er schnaubte. »Jaja, nur zu, sollen es alle nur hören, womit ich dir gleich deinen Kopf waschen werde.«
»Du redest ja recht flüssig, Onkel. Und du liest sogar. Da sollten wir doch die Gelegenheit nutzen, nicht?« Sie öffnete das zweite Fenster, das zur Straße hinausführte.

Wütend trat er auf sie zu. Lilly riss all ihren Mut zusammen, holte Luft und begann so laut zu schreien, dass ein paar Nachbarn neugierig am Gartenzaun stehen blieben.
»Siehst du?«, triumphierte sie und winkte ihnen zu.
Zerknirscht sank Alfons auf die Bank zurück. »Also, was willst du?«
»Hör zu. Ich scheue keine Arbeit. Von mir aus kannst du mir auch gleich zusehen, wie ich draußen jede Erbse einzeln aufsammele. Das ist mir egal. Du verweigerst Mutter Hilfe, du schlägst mich. Du lässt deine Wut an uns aus. Und jetzt hältst du mir diesen Artikel vor, klagst mich an und jammerst gleichzeitig über dein Schicksal?«
Sie maßen sich mit Blicken. Bevor Alfons etwas sagen konnte, fuhr Lilly erregt fort: »Es ist ungerecht, dass ich meine Arbeit verlor. Das ist richtig. Aber ich bemühe mich darum, Geld zu verdienen. Du aber tust nichts außer saufen! Andere Männer machen sich Gedanken, wenn sie ihre Arbeit verlieren. Du kennst die Sorgen der Kutscher. Sie saufen nicht! Du bist es, Onkel, der endlich wieder arbeiten sollte. Wenn ein Mann seine alte Arbeit verliert, sucht er sich eine neue. Hast du vergessen, dass es mit der Wirtschaft immer noch aufwärts geht?«
»Daran verdienen nur die, die eh schon reich sind. Das ist die Wahrheit.«
»Das mag sein, aber es gibt genug Möglichkeiten für die einfachen Leute. Und die Unternehmer sind es, die immer wieder Arbeit schaffen. Nicht alle sind windige Geister, nicht alle sind Spekulanten. Hast du nicht gesagt, von Kahlden würde investieren? Er wird neue Villen bauen, könnte also Leuten wie dir neue Arbeit geben.« Lilly steigerte sich immer mehr in ihre Empörung hinein. »Nimmst du denn gar nichts mehr um dich herum wahr? Bist du in deinem Denken im Jahr dreiundsiebzig stehengeblieben? Warum hast du Joachim neulich einen Auftrag ausgeschlagen? Warum im betrunkenen Zustand in Heiligendamm gearbeitet? Weil es um deine alten Stuckornamente ging? Nur deshalb?«

Er fiel auf ihre List herein.
»Bei den Strattens habe ich damals auch eigene Stuckaturen angebracht!«
Sie lachte. »Genau darum geht es ja, Onkel! Warum also verzichtest du auf Geld, wenn man es dir anbietet?«
Er bebte, schob sein Kinn vor, Schweiß trat ihm auf die Stirn. »Weil sie Betrüger sind! Betrüger!«
Sie trat vor ihm hin und sah ihm fest in die Augen. »Natürlich sind Spekulanten schuld an deinem Bankrott, Alfons Babant. Es ist schon schlimm genug, aber erstens ging es anderen genauso, und zweitens musst du weitermachen mit deinem Leben! Die Kutscher haben jetzt auch Angst, aber sie halten Ausschau nach anderen Möglichkeiten. Ich versuche auch mein Bestes, um Geld zu verdienen und nicht aufzugeben. Du aber beleidigst uns Frauen, du schlägst uns. Und bei deinem einzigen Auftrag in all den Jahren steigst du betrunken auf eine Leiter und fällst noch nicht einmal herunter. Soll ich etwa auf so eine Leistung von dir stolz sein? Nein, Alfons Babant, ich schäme mich für dich.«
Sie schob ihm die Zeitung zu. »Lies sie genau durch, verstehst du? Und nicht wie einer, der auf einem Auge blind ist!«
Und noch bevor er etwas entgegnen konnte, rannte sie zur Dachkammer hinauf. Sie setzte sich an das Bett ihrer Mutter und versuchte, sich zu beruhigen. Sie hatte es geschafft, ihrem Onkel die Wahrheit ins Gesicht zu sagen. Sie fühlte sich erleichtert, wenn auch ein wenig aufgerieben. Immerhin war es ihr geglückt, ihm zu sagen, dass sie etwas über ihn wusste, was er sicher lieber für sich behalten hätte. Vielleicht konnte sie ihn dadurch zukünftig auf Distanz halten.
Sie deckte die Füße ihrer Mutter auf und verteilte den Pflanzenbrei auf ihren Fußsohlen. »Das wird helfen, dein Fieber zu senken.«
»Danke, mein Kind, du bist so gut.« Hedwig strengte sich an und hob ihren Kopf. »Du ... du musst mir versprechen, auf deinen Ruf zu achten. Bleib rein wie die Lilie. Nein, nicht wie die

Lilie. Wie die Gänseblümchen. Wir sind doch nur Gänseblümchen, oder?« Sie verzog ihr Gesicht. Wieder wurde sie von einem Hustenanfall geschüttelt.
Lilly massierte ihrer Mutter die Schultern, bis der Hustenanfall abflaute. Wie gern hätte sie mit ihr über das gesprochen, was sie bewegte. Würden sie dafür noch jemals Zeit haben? Vielleicht saß der Tod bereits auf der anderen Bettseite und schaute ihnen höhnisch grinsend zu.
»Lilly?«
»Ja?«
»Du bist die Einzige, die mir geblieben ist. Die da unten zählen nicht.« Sie hüstelte wieder. »Sieh zu, dass du Arbeit findest. Richtige Arbeit, meine ich. Hunde kannst du nur in der Saison ausführen. Nur bis September. Du musst« – sie begann zu keuchen – »Geld sparen, zieh aus, wenn ich ...«
»Du wirst wieder gesund, Mutter. Morgen werde ich Joachim bitten, eine bessere Medizin für dich aus Rostock mitzubringen. Nun schlaf.«
Warum belüge ich dich, Mutter? Und was verspreche ich dir da nur? Seit Tagen habe ich Angst davor, Joachim wiederzubegegnen, und doch setze ich in der Not wieder einmal auf seine Hilfe. Dabei habe ich ihm noch nicht einmal das Geld zurückgeben können, das er mir lieh, damit ich mir ein neues Kleid kaufen konnte ...

Kapitel 4

Endlich war es so weit. Am 13. August sollten die alljährlichen Doberaner Renntage beginnen. Seit Wochen schon bereitete sich die Stadt auf das mehrtägige Fest vor. Es sei ein Sport der »Kumpel und Könige« hieß es, und so fieberte Groß und Klein, Bauer und Adliger dem mit Spannung erwarteten Alexandrinen-Rennen entgegen. Großherzogin Alexandrine, Tochter des preußischen Königs Friedrich Wilhelm III. und der Königin Luise, hatte bereits im Jahr ihrer Eheschließung 1822 den Sieger des ersten Doberaner Galopprennens mit einem silbernen Prunkbecher geehrt. Dadurch und weil sie die Zucht der Vollblüter in Mecklenburg förderte, genoss das nun umbenannte »Friedrich-Franz-Rennen« um die »Goldene Peitsche« noch immer landesweites, ja sogar internationales Ansehen.
Auch in diesem Jahr reisten viele Gäste von nah und fern an. Nicht nur Adlige, die aus den engen verwandtschaftlichen Beziehungen des Mecklenburger Herzogshauses mit dem preußischen Königshaus und der russischen Zarenfamilie stammten, sondern ebenso viele bürgerliche Liebhaber des Galopprennens. Natürlich profitierte der gesamte Kurbetrieb in Doberan und Heiligendamm von dem sportlichen Ereignis, zumal viele Gäste – vom Vergnügen am Pferdesport abgesehen – sich auf Anraten ihrer Ärzte das gönnen wollten, was die Heiligendammer Reklame landesweit versprach: eine Thalassotherapie, die den Stoffwechsel anregte, das Nervensystem stärkte, Neurosen, Neuralgien und Katarrhe der Atmungsorgane heilte.
Für die Kutscher und Fuhrunternehmer war dies ihre beste Zeit. Zusätzlich zu den zahlreichen neuen Gästen hatten viele von ihnen seit Jahren treue Stammkunden, die nach den Renntagen sogar von ihnen persönlich heimgefahren werden wollten: nach

Königsberg, Berlin, Hamburg, Leipzig, an den Rhein oder auf ihre abgelegenen Güter irgendwo in der preußischen Provinz.

Seit Tagen wehten rund um die Doberaner Rennstrecke viele Fahnen: die blau-silber-rot gestreifte für Doberan, die schwarz-weiß-rote für das Kaiserreich. Die Wälle aus Tuja- und Ligusterhecken waren geschnitten, die Wassergräben von Bewuchs befreit, der Wall mit Felsenmauer war auf seine Standfestigkeit überprüft, die Rennstrecken von Unkraut befreit und geharkt, die große hölzerne Tribüne ausgebessert und gefegt, Buden für Andenken, Bier- und Champagnerausschank und Imbissstände aller Art waren aufgestellt.

Hier würden die Herrenreiter ihre Vollblüter, die Bauern ihre eigenen Halb- und Warmblüter ins Ziel jagen.

»Nicht allein auf die Güte der Rosse, sondern auf die Haltung des Reiters kommt es an.« Das war Victors Überzeugung. Er glaubte fest daran, in diesem Jahr auf seinem Halbblut »Hinnek« den Sieg zu erringen. Seit zwei Jahren trainierte er mit ihm, wusch ihm mit klarem Wasser das schweißnasse Fell ab, zog es mit einem Schweißmesser ab, fütterte ihn mit frischem Hafer, Möhren, duftigem Heu und sparte seit langem für dieses Rennen.

Eines Abends, Lilly hatte gerade Wäsche gewaschen, setzte warmer Sommerregen ein. Lilly nahm den Korb mit der Wäsche unter den Arm und trug ihn zur Scheune hinüber, wo seit Generationen Leinen aufgespannt waren. Zu ihrer Überraschung traf sie dort Victor an. Er beugte sich über eine Holzkiste und zog gerade den letzten Nagel heraus.

»Jetzt ist es endlich angekommen, das, wofür ich so lange für Hinnek gespart habe.« Er legte den Nagel zur Seite, griff in die Kiste, hob Holzwolle und Späne heraus und zog dann ein Päckchen nach dem anderen hervor. »Hier, neue Wurzelbürsten, eine Hufsalbe mit Lorbeerblätteröl, ein Kanister Hufteer aus echtem Buchenholz, dazu zwei weiche Pinsel – und das Neueste: eine Seife aus Teebaumöl, die gegen Juckreiz und Fliegen hilft und das

Fell glänzen lässt! Was glaubst du, wie das Hinnek gefallen wird!«
»Lorbeeröl?«
»Kräftigt das Horn und fördert die Durchblutung. Du siehst, ich habe selbst als Pferdepfleger noch dazugelernt.«
»Dann weißt du aber auch, dass du Hinnek reinen Knoblauch ins Futter mischen könntest, damit die Fliegen fernbleiben, nicht?«
Er lachte nicht. »Ein richtiger Jockey reitet nicht auf einem nach Knoblauch stinkenden Pferd.«
»Ein richtiger Jockey reitet auch nicht auf einem Ackergaul, sondern auf einem reinrassigen Vollblut.«
»Ich werde mich bald nach einem solchen umsehen.«
»Nach einem Vollblut ohne Knoblauchgeruch?«
Er ignorierte ihren ironischen Ton. »Ja, und nach zuchterfahrenen Besitzern.«
»Du willst einfach zu den Grafen Plessen auf Ivenack, Hahn-Basedow, Bassewitz-Prebberede oder zu Baron von Biel gehen und dich vorstellen?«
»Ah, so genau kennst du ihre Namen? Bist du ihnen denn schon nähergekommen?«
»Traust du mir das zu, Victor?«
»Ich weiß manchmal nicht, was ich dir alles zutrauen kann, Cousine. Wie gesagt, ich verfolge ein Ziel. Du hast deines ja wohl schon erreicht ...«
»Victor!«
Ohne auf ihre Empörung zu achten, fuhr er fort: »Ich werde Herrn von Stratten bitten, mir dabei zu helfen. Wenn es mit den gräflichen Familien nicht klappt, wende ich mich an die von Oertzen und von Maltzahn.«
»Was erwartest du denn von ihnen?«
»Dass sie mich reiten lassen, mir zuschauen. Ich möchte zeigen, dass ich das Talent zum Jockey habe. Ich könnte ihre Vollblüter trainieren und vielleicht sogar eines Tages selbst die Rennen bestreiten.«

»Du träumst, Cousin.«
»Komm in ein paar Tagen mit und schau zu, wenn ich ins Rennen gehe.«
»Gerade dann werde ich kaum freie Zeit haben. Stell dir vor, ich kann gar nicht so viele Hunde ausführen, wie mir angetragen werden.«
»Wer's glaubt. Du redest dich nur raus, weil du mich und Vater nicht magst. Einen Sieg würdest du mir doch nie gönnen, stimmt's?«
»Siege nur, Victor, siege. Das bist du deinem Namen schuldig.«

Es war kaum mehr als ein Wortgeplänkel, das Lilly rasch wieder vergaß.
Für sie war, wie für die meisten einfachen Leute, das »Fest der Landleute auf dem Kamp« in Doberan Höhepunkt der mehrtägigen Renntage. Es bildete den Abschluss der Galopprennen und bot allen, Einheimischen wie Kurgästen, Hocharistokratie wie Bauern, angereisten Händlern, Musikern und »hübschen Seelen« – diesen »schönen Wucherinnen mit ihrem Pfunde«, wie man seit alters sagte –, freies Vergnügen und Gelegenheit zu ausgelassenem Tanz auf dem Kamp. Noch allerdings war es nicht so weit.
Lilly setzte jeden Abend nach getaner Hausarbeit und der Pflege ihrer Mutter Muschelmosaike zusammen, rahmte sie mit Holzleisten oder schmückte mit ihnen die Deckel einfacher Schachteln. Sie hatte vor, sie über Annegritt, eine Doberaner Ansichtskartenverkäuferin, anzubieten.

Ein heißer, strahlender Augusttag lockte Hunderte begeisterter Menschen zur Doberaner Rennbahn. Noch war der erste Startschuss nicht gefallen, und doch war die Spannung kaum auszuhalten, denn man erwartete die Ankunft des deutschen Reichskanzlers Otto von Bismarck. Auch wenn er mit allen Ehren empfangen werde, sei dies kein offizieller, sondern ein privater Besuch, hatte es in den Zeitungsmeldungen geheißen. Jeder sei also gehalten, auf den Wunsch des Reichskanzlers nach Ruhe und Privatsphäre Rücksicht zu nehmen und ihn nicht mit Begrüßungen oder gar Bittstellerei zu belästigen.

Seit Stunden säumten unzählige Schaulustige, Kurgäste und Renntagsbesucher die Lindenallee und schwenkten Fähnchen. Lilly stand inmitten der Menschenmenge auf der Höhe der Rennbahn an der seewärts gelegenen Seite der Allee. Hin und wieder war sie in den lichtgesprenkelten Schatten der hohen Buchen am Rande des Großen Wohlds zurückgetreten, um den vier Hunden ein wenig Auslauf zu bieten. Jetzt aber, da es auf die angekündigte Zeit zuging, harrte auch sie am Straßenrand aus.

Ihr gegenüber, ein Stück weiter landeinwärts, lag die große Rennbahn, und von dort trug der heiße Augustwind die schmetternden Klänge von Marschmusik herüber. Von Doberan her waren endlich die lang erwarteten Fanfarenstöße zu hören. Kurz darauf kamen Reiter, die Landesfahnen in den Händen, näher. Hinter ihnen erschien in flottem Trab ein Trupp Schweriner Kürassiere. Ihm folgte ein vierspänniger, von Schimmeln gezogener offener Wagen, in dem Bismarck – in Zivil und heiterer Festtagslaune – mit seiner Frau Johanna saß. Berittene Schutzleute begleiteten ihn.

Der stimmgewaltige Jubel, der nun ausbrach, die hundertfachen Hurra-Rufe und Fanfarenstöße übertönten den Gesang eines Chores, der schon seit Stunden auf einem von Birkenlaub geschmückten Podest auf seinen Einsatz wartete. Sehr langsam rollte der offene Wagen näher. Freundlich und entspannt grüßte der Reichskanzler nach beiden Seiten. Auch Lilly jubelte ihm zu. Sie war beeindruckt, wie groß er in Wirklichkeit war, wie hell seine blauen Augen waren und welche kraftvolle Präsenz er trotz seines fortgeschrittenen Alters ausstrahlte. Er war im März siebzig Jahre alt geworden, und Lilly erinnerte sich, gelesen zu haben, mit welch einem Pomp ihn die Berliner hatten hochleben lassen. Sie stimmte in die Hurra-Rufe ein und hatte Mühe, ihre Hunde ruhig zu halten, die aufgeregt an den Leinen zogen und bellten. Plötzlich stockte Lilly der Atem. Vom Boden des offenen Bismarckschen Wagens erhob sich ein großer Dobermann – und wandte ihr seinen Kopf zu. Lillys Hände waren schweißnass. Alle vier Hunde – auch der sonst ruhige Mops – kläfften nun noch aufgebrachter. Da trat ein, wovor Lilly schon immer Angst gehabt hatte: Eine Leine – Schmidtchens Leine – entglitt ihr. Wild bellend rannte Schmidtchen auf Bismarcks Wagen zu. Lilly rief, pfiff nach ihm, doch der Terrier hörte nicht auf sie. Stattdessen sprang er in die Höhe, rannte neben der Kutsche her, sprang ein weiteres Mal hoch, so dass es aussah, als wolle er das Gefährt erstürmen, das im Schritttempo auf sie zurollte. Lilly hatte Mühe, ihre anderen Hunde festzuhalten, die mit aller Kraft an ihren Leinen zogen, um Schmidtchen zu Hilfe zu kommen.

Da fing Lilly des Reichskanzlers überraschten Blick auf, sah, wie ein amüsiertes Lächeln über sein Gesicht huschte.

Doch sein Dobermann behielt Schmidtchen im Blick und begann mit tiefer, drohender Stimme zu bellen. Schmidtchen stoppte erschrocken mitten im Lauf, zog seinen Schwanz ein und raste zu Lilly zurück. Im Nu drängte er sich mit den anderen Hunden um ihre Beine, so dass Lilly schon fürchtete, das Gleichgewicht zu verlieren. Als sie sah, dass Bismarck ihr lachend zunickte, errötete sie. Noch immer aber spürte sie den scharfen Blick des Dobermannes auf sich, und als der Dalmatiner knurrte und die Zähne fletschte, sah sie, wie Bismarck seine Hand an das Halsband seines Hundes legte und nur ein einziges Wort sagte: »Tiras! Aus!«

Der Dobermann gehorchte. Wie ein in Eisen gegossener Wächter hielt er starr neben seinem Herrn aus.

Noch ein letztes Mal nickte Bismarck Lilly freundlich zu, dann war sein Wagen vorübergerollt. Lilly war so aufgeregt, dass sie kaum fähig war, auf die Leute zu reagieren, die nun auf sie einredeten und sie dazu beglückwünschten, des Reichskanzlers Aufmerksamkeit gewonnen zu haben. Kutsche an Kutsche rauschte vorbei, kaum noch einer der Schaulustigen in Lillys Nähe hatte

jedoch einen Blick übrig für das blitzende Geschirr und den Kopfschmuck der Pferde, für die Gesichter einheimischer und auswärtiger Prominenz, die herrlichen Roben und extravaganten Damenhüte, die Orden und Zierbänder der schwarz glänzende Zylinder tragenden Herren. Angehörige verschiedenster Adelshäuser, Rittergüter, des Bürgertums, berühmte Künstler und Gelehrte fuhren kaum beachtet an ihnen vorbei.
Lilly war es, die im Mittelpunkt stand.
»Das hat den Alten bestimmt amüsiert!«
»Genau, sein Dobermann hat das Wort ergriffen wie sein Herr im Reichstag – und alles kuscht!«
Die Leute lachten.
»Tiras heißt er. Behalt das, Mädchen! Wer weiß, vielleicht büxt er dem Alten ja auch mal aus!«
»Mädchen, wie heißt du denn?«
»Bist 'ne hübsche Seele, der Kanzler wird sich noch in dich verguckt haben!«
»Richtig, wie der alte Goethe in die junge Ulrike von Lewetzow!«
»Unfug! Er soll seiner Johanna tief ergeben sein. Was für eine Liebe! Man sagt, sie würde für ihn durchs Feuer gehen.«
»Ach, lasst mich, schwatzt nicht so viel Unsinn!«, wehrte Lilly die Stimmen ab. Sie war froh, dass des Reichskanzlers Lieblingshund wahrhaft preußische Disziplin bewiesen hatte. Ob es an von Maichenbachs pfälzischer Gelassenheit lag, dass Schmidtchen gerne über die Stränge schlug? Sie bückte sich zu ihm hinunter.
»Du bist ein schlimmes Kerlchen. Weißt du denn nicht, mit wem du dich da gerade fast angelegt hättest?«
Er blickte schuldbewusst und wedelte schwach, um Nachsicht bittend, mit dem Schwanz. Sein Anblick rührte sie. »Für sein Herrchen, Schmidt, hätte ich heute kochen können. Jetzt haben wir beide einen Fehler gemacht, stimmt's?«
Dankbar, nicht weiter ausgescholten zu werden, leckte der Terrier Lillys Hand. Die anderen Hunde winselten unruhig, denn jetzt

setzte erneut laute Militärmusik ein. Erleichtert nahm Lilly wahr, dass sich die Leute um sie herum von ihr abwandten. Einige klatschten begeistert im Rhythmus der Musik, andere winkten mit Taschentüchern, wobei sie auf ihren Fußspitzen wippten. Auf der Tribüne der Rennbahn, wo ebenfalls seit langem Gäste auf das Eintreffen des Reichskanzlers gewartet hatten, brach Jubel aus. Fahnen wurden geschwenkt.
Plötzlich wurde Lilly bewusst, dass sie heute früh in der vagen Hoffnung hierhergekommen war, in einer der Ehrenkutschen den einen Mann zu sehen, den sie liebte, und nicht jenen, den das deutsche Volk liebte. Obwohl sie sich wochenlang darüber den Kopf zerbrochen hatte, welche raffinierten Süßspeisen sie für Bismarck, den großen Gourmet und Gourmand, am heutigen Tage hätte kochen können. Es hätte der Höhepunkt ihrer Arbeit in der »Strandperle« sein können, und sein Lob hätte sie für alle Zeit vor Maître Jacobi geschützt. Wie tief war sie nur gesunken, dass sie stattdessen hier in der Augusthitze am Straßenrand stand und nach einem Mann Ausschau hielt, der unerreichbarer war als der zweithöchste Mann des Deutschen Reiches.
Lilly fühlte sich plötzlich matt und sehnte sich nach der Ruhe und der Kühle des Waldes. Sie zog die Hundeleinen straff und dirigierte die Hunde zwischen den jubelnden Menschen hindurch in den Buchenwald.
Dankbar, endlich dem Lärm und der Hitze entkommen zu sein, sprangen die Hunde immer wieder an ihr hoch. Sie bog in einen der Waldwege ein und lief eine Weile in der Weite des Buchenwaldes umher, bis sie merkte, dass sie unwillkürlich einen Weg eingeschlagen hatte, der direkt zum Meer führte.
Ja, sie hatte Lust, Muscheln zu suchen, dem Wellenschlag zu lauschen und mit dem Meer allein zu sein.
Sie würde am Strand Richtung Böderende gehen, gen Osten, dorthin, wo sie ihrem Lebensretter ihre Geschichte erzählt und das erste Mal nach ihrem Selbstmordversuch wieder gespürt hatte, wie sehr sie Meer und Heimat schätzte.

Sie hatte bis zum frühen Abend Zeit. Erst dann sollte sie die Hunde ihren Herrinnen zurückbringen, die jetzt von der Tribüne aus das erste Galopprennen dieses Jahres verfolgten.

Der Ballon schwebte auf Heiligendamm zu. Lilly hatte ihn vom Waldrand her zunächst nur schemenhaft, wie eine fauchende Wolke, wahrgenommen. Sie trat wieder in die heiße Helligkeit des Tages. Die Sonne glitzerte auf dem Meer, überall war es ruhig, Heiligendamm wirkte wie ausgestorben. Nur dieser große Ballon, den ein schwacher Westwind auf die Perlenkette der weißen Villen zutrieb, wirkte lebendig.
Lilly löste die Hunde von den Leinen. Sie rannten sofort über den Damm zum Strand, stürzten ins Wasser, tranken durstig, jagten weiter. Hin und wieder schaute Lilly zum Ballon hoch, der sachte im Wind schaukelte. Er war nicht der erste, den sie hier sah. Schon oft hatten hier Ballonfahrer ihre Probeflüge gemacht, und jeder Einheimische kannte die Geschichte von Wilhelmine Reichardt, die 1811 in Doberan als erste »luftschiffende« Frau gestartet war. Sie war bei Windstille mit ihrem Heißluftballon im Englischen Garten in Doberan gestartet und nach einer Viertelmeile im Erbsenfeld des Pächters Seer gelandet. Der hatte natürlich tüchtig gejammert, woraufhin ihm Großherzog Friedrich Franz I. die »Micheelpacht« erlassen hatte, die Pacht, die seit alters am Michaelistag – dem 29. September – vom Adel eingefordert wurde ...
Dass sie sich noch an diese alte Geschichte erinnerte ...
Lilly lächelte vor sich hin. Sie wandte ihren Blick vom Ballon ab und schaute übers Meer. Ja, sie liebte es, fühlte sich ihm eng verbunden. Nie würde sie es genießen können, über ihm zu schweben. Allein die Vorstellung ließ sie schwindelig werden, und so beschleunigte sie ihre Schritte, um den Hunden zu folgen, die Richtung Börderende rannten.
Lachmöwen jagten im Niedrigflug über die schaukelnden Wellen. Hin und wieder stießen sie zu, hoben sich mit zappelnder Fisch-

beute im Schnabel und kraftvollem Flügelschlag wieder empor und ließen sich auf einen der großen Steine am Strand nieder. Nur ihr Kreischen, das kämpferisch und herausfordernd zugleich klang, zerriss immer wieder den sanften Klangteppich aus wisperndem Strandhafer, glucksenden Wellen und rauschendem Wind.

Als Lilly das Dorf auf gut dreihundert Schritte erreicht hatte, blieb sie stehen und schaute sich um. Am Strand hingen an Staken geflickte Fischernetze, ruhten Fischerboote. Dahinter lagen die alten reetgedeckten Fischerhäuser, umgeben von Gärten, in denen Weißkohl und Kürbisse, Zwiebeln und Brechbohnen, Rote Beete und Sellerie, Möhren und Kartoffeln wuchsen. Außer für die Kartoffeln war jetzt Erntezeit, und die Frauen würden tagelang damit beschäftigt sein, Möhren und Rote Beete in mit Sand gefüllte Wannen einzugraben, um sie frisch zu halten. Sie würden die Zwiebeln bündeln, Kürbisse und Sellerie süßsauer einlegen, die Bohnen einkochen, den Weißkohl fein hobeln und mit Salz, Kümmel oder Wacholder in Holzbottichen wochenlang gären lassen – und in wenigen Wochen würden sie die beliebten Kartoffeln sammeln und einkellern.

Niemand war zu sehen. Die Arbeit ruhte. Sicherlich waren alle Dörfler auf dem Fest. Ungestört konnten nun Wespen und Bienen, Raupen und Schnecken die reifen Gartenfrüchte genießen.

Da sah Lilly zwischen Obstbäumen und Fischerhäusern eine schmale Rauchsäule aufsteigen. Also musste es doch einer der Alten vorgezogen haben hierzubleiben, um in Ruhe Fische zu räuchern: Dorsche, Flundern, Aale und Lachse aus der Ostsee, Barsche, Zander, Karpfen und Hechte aus dem Bodden, den Gewässern nahe der Küste.

Lilly schnupperte. Wonach roch es stärker? Nach Birke und Erle? Oder nach Buche und Eiche? Das eine gab dem Fisch die Farbe, das andere den Geschmack. Jeder der Alten hatte sein eigenes Geheimnis, um seinen Lieblingsfisch zu veredeln. Doch der Fischräucherer blieb unsichtbar.

Da trat plötzlich aus dem Schatten des Hauses, in dem der alte Schleusenwärter Hinrich Harms seinen Lebensabend verbrachte, eine Frau mit weißem Kopftuch in den Garten heraus. Es musste Gritt sein, seine Schwiegertochter. Sie blieb nach jedem Schritt stehen, drückte ihr Kreuz durch, stemmte die Arme in die Seite und hob den Kopf hoch, als atmete sie schwer. Ob sie wieder schwanger war? Gritt hatte bereits acht Kinder geboren, das letzte an einem Septembermorgen, allein, ohne eine helfende Hand. Sie war beim Kartoffelsammeln gewesen, als plötzlich starke Wehen eintraten. Unfähig aufzustehen, war ihr nichts anderes übriggeblieben, als sich zwischen die Kartoffelreihen zu hocken. Sie hatte ihre Schürze abgebunden und mit der sauberen Innenseite nach oben auf den taufeuchten Sand gelegt und das Kind aus sich herausgepresst. Es war ein gesunder Junge, der Gritt alle Ehre gemacht hatte. Sie war stolz, nach drei Jungen und vier Mädchen noch einmal einen Jungen geboren zu haben, und hatte verkündet, dieses sei ihr letztes Kind, ihr liebstes.

Wie es ihr wohl jetzt ging? Ob sie sich auf das neue Kind freute? Acht Schwangerschaften in vierzehn Jahren, dabei die harte körperliche Arbeit auf dem Feld, im Garten, an Herd und Wäschezuber. Wie sie es wohl in dieser Hitze aushielt? Lilly bekam Mitleid mit ihr, der Landfrau.

Wie gut sie es doch hatte. Was waren schon ihre Sorgen gegen ein Schicksal, für das eine Frau Gesundheit und Lebensglück opfern musste. Gritt hatte keine unverheiratete Schwägerin, die für sie einkaufte und ihr zur Hand ging, keine Mutter, die ihr bei der Aufsicht und Anleitung der Mädchen half. Nur einen Mann, der Fischer war und sie oft allein ließ. Noch unterstützten sie die ältesten Kinder, Verwandte und Nachbarn bei der Arbeit. Doch wie lange würde ihre Kraft reichen, um für jedes ihrer Kinder da zu sein? Wie lange noch würde sie selbst Kraft zum Leben haben?

Lilly winkte Gritt zu. Diese hob ihren Arm, wischte über ihre Stirn und starrte zu ihr herüber. Erst als Gritt sie erkannt hatte,

grüßte sie zurück. Lilly lächelte ihr zu, obwohl sie wusste, dass Gritt es nicht sehen konnte. An einem anderen Tag wäre sie zu ihr gegangen, um sich mit ihr zu unterhalten. Doch heute wollte sie für sich sein.
Lilly ließ ihren Blick über die Reetdächer gleiten. Schwalbenschwärme zogen zwitschernd über sie hinweg. Aus einem der Storchennester am Ende eines Dachfirstes erhob sich ein Altvogel und entschwand Richtung Conventer See. In ihrer Nähe balgten sich drei ihrer Hunde um angespültes Wurzelholz und vertrocknete Blasentangbüschel. Schmidtchen rannte den Kieselstrand hinauf, knickte Strandhafer und Margeriten um und begann unter einem Sanddornstrauch zu graben. Der Mops, des Blasentangs überdrüssig, folgte ihm neugierig, woraufhin beide, ihre Kehrseite dem Meer zugewandt, immer hektischer Sandfontänen um sich verspritzten.
Lilly wandte sich dem Meer zu.
Es war so nah und doch unendlich weit.
Es war widersprüchlich und rätselhaft.
An manchen Tagen von schwärzlicher Düsternis, an anderen ein wogendes seidiges Blau voller Lichterfunken. Von unvorstellbarer Masse, von unvorstellbarer Kraft, doch beseelt von der Lust, mit dem Schwerelosen – Licht und Luft – zu spielen …
Die Sonne stand hoch. Es war heiß, der Westwind eine schmeichelnde Umarmung.
Das Meer lockte.
Und Lilly wusste, heute würde sie sich von ihm verführen lassen. Es würde sie von Verletzungen und Demütigungen reinwaschen, sie wieder zu sich selbst zurückführen.
Niemand würde sie stören. Sie war frei.
Lilly fiel ein, was der berühmte Badearzt Professor Samuel Vogel, dem die Idee für das Seebad am Heiligendamm zu verdanken war, seinem Landesherrn Herzog Friedrich Franz I. vor beinah einhundert Jahren empfohlen hatte: nämlich ohne Leibwäsche und ohne Badehemd zu baden.

Nackt.
Und genau das würde sie jetzt auch tun.
Sie legte ihr blaues Kattunkleid ab, löste die Schnüre ihres Korsetts, zog Unterkleid, Leibchen und Hose aus, knöpfte ihre Stiefeletten auf und genoss den warmen Wind auf ihrer Haut. Sie beschwerte ihre Kleider mit ein paar großen Kieseln, damit sie nicht davongeweht wurden, und balancierte vorsichtig über die Steine. Schon kroch der Schaum der ersten heranrollenden Welle über ihre Füße.
Lilly tauchte ihre Hände ins Wasser, benetzte ihre Schläfen, ihre Arme, ihre Brust. Die kühlen Tropfen erregten sie. Langsam schritt sie immer tiefer ins Meer. Es war kälter, als sie gedacht hatte. Im ersten Moment zuckte sie zusammen, doch die prickelnde Frische reizte sie. Unter ihren Fußsohlen spürte sie die festen, sandigen Wellen des Meeresbodens. Sie massierten sie mit jedem Schritt bis zu ihrem Nacken hinauf. Schon züngelten Wellen um ihre Scham.
Lilly ging in die Knie, bis das Wasser gegen ihre Brüste schwappte, tauchte bis zum Kinn unter und schoss aufjauchzend wieder in die Höhe, wo die Sonne ihre Haut wärmte und ihre hart gewordenen Brustwarzen entspannte. Was für ein herrliches Gefühl! Es war einfach wunderbar. Wieder und wieder tauchte sie in das Wasser ein, genoss es, wie es sich um ihren nackten Körper schmiegte, um sie herumwogte. Sie warf sich einer kleinen Welle in die Arme, ließ sich rücklings in die nächste fallen, wand sich hin und her, als wollte sie das Meer reizen, sie mit nassen Bändern zu umweben.
Prickelnd kühl war ihr Bad und zugleich von einer Ausgelassenheit, die sie anspornte zu tauchen und auf dem mit Lichtflecken gemaserten Meeresboden Muscheln zu sammeln. Hatte Lilly genug in ihren Händen, stürmte sie, Wasserfontänen aufspritzend, an den Strand und legte sie neben ihre Kleider. Sie fand einige hübsche Pfeffer-, Tell- und Venusmuscheln, mehrere dickbauchige Herzmuscheln sowie Wellhornschnecken und große

Kammmuscheln. Doch eine besonders schöne war seltsamerweise nicht darunter. Stattdessen sah Lilly, immer wenn sie Luft holte, den Ballon am Himmel schweben. Als sie endlich aus dem Meer stieg und die Sonne die Wassertropfen auf ihrem Körper glitzern ließ, schaukelte der Ballon auf der Höhe der Burg »Bischofsstab«.
War ihr Bad so kurz gewesen?
Es konnte ihr gleichgültig sein.
Sie war ein bisschen erschöpft, aber glücklich. Jetzt, nach der erfrischenden Kälte des Bades, war es einfach nur herrlich, vom heißen Sommerwind umhüllt zu werden. Wie kitzelnde Perlen rollten die Wassertropfen der Ostsee an ihrem nackten Körper hinab. Lilly breitete ihre Kleider aus und legte sich hin. Sie war völlig entspannt, geborgen in der Wärme des Lichts.
Sie blinzelte nach den Hunden und war beruhigt, da diese im Schatten der Sanddornbüsche vor sich hin dösten.
Sie schloss die Augen, fühlte sich frei und leicht, und noch immer schien es ihr, als sei sie auf unsichtbare Weise mit den Bewegungen des Meeres verbunden. Der Wind trocknete ihre Haut und ihr Haar.
Je wärmer ihre Haut wurde, desto weicher und sinnlicher fühlte sie sich.
Sie wollte nicht denken.
Nicht an ihn.
Nicht daran, dass sie traurig werden könnte.
Nein, sie wollte diese ungewöhnliche Stunde genießen.
Irgendwann setzte sie sich auf, schaute aufs Meer, in den Himmel und versank minutenlang in der blauen Unendlichkeit.
War sie nicht wirklich frei?
Losgelöst von aller Erfüllung?
Was ihr blieb, war die stumme Sehnsucht, diese bittersüße Schwere.
Ihr Blick fiel auf die Muscheln, die sie vom Meeresgrund aufgesammelt hatte. Ohne zu wissen, warum, begann sie, drei hellrosa

Tellmuscheln aneinanderzulegen. Dann setzte sie zwei große Kammmuscheln daneben, fügte eine Fünferreihe Wellhornschnecken hinzu, reihte drei Pfeffermuscheln daran und begann wieder von vorn. Zwischen jede Art aber setzte sie als besonderen Akzent eine dicke Herzmuschel. Alle übrig gebliebenen Muscheln reihte sie lose, von Kieselsteinen unterbrochen, aneinander – und wurde gewahr, dass sie in einem geschlossenen Kreis aus weißen, hellrosa, blassgelben, hellbraun und schwarz gemaserten Muschelschalen saß. Den Früchten des Meeres …
Ein schönes, beruhigendes Gefühl.
Ein Schutzkreis, in dem sie endlich träumen konnte.
Und sie träumte davon, dass Clemens sie aus dem Bann ihrer inneren Bilder erlöste …

Das schöne Erlebnis ließ Lilly nicht los. Und so beschloss sie, das Bad im Meer am nächsten Tag zu wiederholen.
Wieder war es heiß, stickig beinahe, und der Wind blies kräftiger als am Tag zuvor aus südwestlicher Richtung. Mit ihm schwebte ein weiteres Mal der große Ballon am Himmel. Lilly beachtete ihn nicht, wanderte mit den Hunden zunächst zum Fischerdorf, um Gritt zu besuchen. Doch weder sie noch der Alte waren zu sehen. Stattdessen hockte ein kleines Mädchen auf der Türschwelle des Fischerhauses. Sie trug ein geflicktes Schürzenkleid und hatte ihren rechten Fuß angewinkelt auf ihr linkes Knie gelegt.
»Bist du Gerti?«, fragte Lilly.
Das Mädchen schüttelte empört den Kopf.
»Das ist meine kleinere Schwester, ich bin Elsbeth. Alle nennen mich Betti. Und wer bist du?«
»Lilly. Ich würde gerne deine Mutter besuchen. Ist sie zu Hause?«
»Nein, aber sie kommt bestimmt gleich. Sie ist zu einer Freundin gefahren, die ganz viele Pilze gesammelt hat. Mutter hilft ihr, sie zu putzen und einzulegen. Dafür bekommen wir auch ein Glas davon.«
»Und du hattest keine Lust mitzuhelfen?«

»Schon, aber ich sollte hierbleiben, um zwei Blech Apfelkuchen ins Rohr zu schieben. Außerdem warte ich auf Hannes. Der sollte längst hier sein.«
»Wo ist er denn?«
Elsbeth zuckte mit den Schultern. »Ich weiß es nicht. Er ist wie ein Zirkusfloh, sagt Mutter immer. Mal hier, mal dort, und nie sieht man ihn.« Sie spuckte auf ihre Fußsohle und rieb mit dem Zeigefinger über den Ballen ihres großen Zehs. »Ich habe mir einen Splitter geholt, auf dem Dachboden«, sagte sie stolz. »Und ich weiß schon, wie man ihn ganz allein herausbekommt.«
»Das kannst du schon? Wie denn?«
»Ganz einfach: Ich nehme Mutters dünnste Nähnadel, halte sie ins Feuer, wische die Kohle ab und pikse die Haut über dem Splitter auf. Dann ein bisschen hin und her stochern, und raus ist er!«
Lilly lachte. »Du bist ja tüchtig, Betti.«
»Ja, das sagt Mutter auch immer.«
»Das ist schön. Grüße sie von mir, ja? Ich komme in den nächsten Tagen vielleicht wieder, wenn ich Zeit habe.«
Das Kind nickte und schlug mit seiner Hand zwei Fliegen tot, die sich auf sein Bein gesetzt hatten.
»Siehst du, was ich alles kann?«
Lilly lächelte ihr zu. »Wie alt bist du denn, Betti?«
»Im Oktober werde ich sechs.«
»Da ist wohl Hannes bestimmt oft neidisch auf das, was du jetzt schon kannst, oder?«
»Ist er auch! Ist er auch!« Elsbeth stand auf und humpelte über den Hof zum Lehmbackofen, aus dem es süß nach frischem Apfelkuchen duftete.

Das Bad zu wiederholen war richtig gewesen. Doch als Lilly dieses Mal aus dem Wasser stieg, hatte sie nur wenig Zeit, um sich auszuruhen, denn plötzlich stoben die Hunde unter den Sanddornbüschen hervor und verschwanden aufgeregt bellend jenseits des Dammes.

Lilly rieb sich flüchtig mit ihrem Leibchen trocken, schlüpfte in Unterhemd und Kattunkleid, wickelte ihre Unterhose im Leibchen ein und hastete den Damm hinauf. Kurz hinter einer Erlenbuschreihe erschien zunächst Schmidtchen. Er stockte im Lauf, drehte sich im Kreis, unschlüssig, ob er weiterlaufen oder warten sollte. Einen Moment später kamen die anderen Hunde aus dem Schatten der Erlen heraus. Kläffend und schwanzwedelnd sprangen sie um Hannes Harms, Elsbeths zehnjährigen Bruder, herum. Lilly kannte ihn, denn er half ab und zu im Marstall in Heiligendamm aus.

»Lilly! Ich hab dich gesehen! Hier, Mutter hat gesagt, das soll ich dir bringen! Sie meinte, wenn du rauskommst, wirst du Hunger haben. Das stimmt doch, oder?« Er grinste und hielt ihr zwei Stück Apfelkuchen und eine Rosinenschnecke entgegen. Begeistert sprangen die Hunde an ihm hoch.

»Das ist aber sehr nett von euch«, sagte Lilly erleichtert, denn sie war wirklich hungrig.

»Meine Mutter ist auch die Liebste«, meinte Hannes mit leichtem Spott in der Stimme. Noch immer machte er keine Anstalten, Lilly den Kuchen zu geben.

Plötzlich kam Wind auf. Hannes streckte seinen Arm aus und zeigte aufgeregt auf den Ballon, der in leichter Schräglage landeinwärts auf die Baumkronen zutrieb. »Gleich stürzt er ab!«, schrie er und rannte über den Damm. »Wir müssen hin! Das will ich sehen! Komm mit, Lilly!«

»Würdest du mir bitte die Kuchen geben, Hannes! Ich hab Hunger.«

»Hol sie dir! Schnell!«

Sie schaute auf ihre Hunde, die dem Kuchen nachlechzten.

»Hannes, so gehorch mir doch!«

»Von wegen! Ich lass dich abbeißen, wenn du willst. Aber du musst mit mir dahin gehen, wo er abgestürzt ist.«

»Ich hab doch gar keine Zeit.«

»Doch, heute wird immer noch gefeiert, viel doller als gestern.«

Lilly schwieg.

»Los, Lilly! Gönn doch den Hunden auch mal ein Vergnügen, so richtig nach Hundeart. Immer müssen sie artig bei dir herumtrippeln. Das ist doch langweilig für sie.«

Eigentlich hat Hannes recht, dachte sie. Ich bin es so leid, dieses Promenieren auf immer gleichen Wegen.

»Ich nehm dir auch die Hunde ab«, meinte er launig und schwenkte den Kuchen vor ihrer Nase. »Es sei denn, ich soll dich unterwegs füttern.« Er lachte, drehte sich um und lief voraus. Lilly blieb nichts anderes übrig, als ihm und den kläffenden Hunden nachzueilen.

»Hannes! Himmel, nicht so schnell. Warte doch auf mich!«

Er sprang belustigt in die Luft, rannte weiter, lachte ihr über die Schulter zu. Es half nichts, sie musste nachgeben. »Kuchen gegen Hunde!«, rief sie ihm nach. »Einverstanden!« Abrupt blieb er stehen, und sie holte ihn ein. »Was für ein Tausch.« Sie knuffte ihm in die Seite und biss herzhaft in den Apfelkuchen. »Meine Güte, schmeckt das herrlich.« Sie brach die Rosinenschnecke in kleine Stücke und verteilte sie an die Hunde, deren Augen aufleuchteten.

»Und ich?«, fragte Hannes neckisch.

»Du darfst zwei Hunde an die Leine nehmen, am besten den Pekinesen und den Japan-Chin. Ich nehme den Dalmatiner, den Mops und den Terrier. Aber gut festhalten!«

»Wenn's weiter nichts ist. Und wenn diese Kleinen nicht mehr laufen können, stecke ich sie mir in die Hosentasche!«

»Untersteh dich, Hannes!«

Er lachte und rannte mit den Hunden voraus.

Der Korb lag, zur Hälfte von der Seide seines Ballons bedeckt, auf einer Wiese in der Nähe des Conventer Sees. Niemand war zu sehen. Doch irgendwo musste der Ballonfahrer sein. Hatte er sich beim Absturz verletzt? Lag er womöglich ohnmächtig im Sumpf? Angespannt folgten Lilly und Hannes am Rand des Moorstreifens dem feuchten Pfad, vorbei an Schilf und windgebeugten Weiden, und hielten Ausschau. Es war still. Die Luft flimmerte über dem See. Jenseits des Sees stieg ein Schwarm weißsilbrig gefiederter Kraniche auf, formierte sich pfeilförmig und flog Richtung Meer. Ihre Schatten zerschnitten den glatten Wasserspiegel.

Hin und wieder blieben der Japan-Chin und der Pekinese erschöpft hechelnd stehen. Bald schnaufte auch der Mops und legte sich mit vorwurfsvoller Miene in den kühlen Matsch. Lilly beschloss, die Hunde im Schatten einer Weide anzubinden. Ihr graute schon jetzt vor der Mühe, die sie später haben würde, ihr Fell zu säubern. Doch da begann Schmidtchen zu bellen. Sie sah sich um und entdeckte ein Stück weit entfernt anscheinend achtlos fortgeworfene Kleidungsstücke. Neugierig trat sie näher. Es war eine lederne Kappe und eine ebensolche Jacke. Hannes aber rannte aufgeregt auf den See zu.

»Hier ist er! Hier!«

Noch bevor Lilly ihm folgen konnte, kam er ihr bereits wieder entgegen. »Er braucht Hilfe! Ich sag den Bauern Bescheid!« Und schon war er weg.

Vorsichtig ging sie an den Weiden entlang – und dann sah sie den Fremden: Ihr den Rücken zuwendend, balancierte ein hochgewachsener Mann in lederner Hose und hochgekrempelten Hemdsärmeln auf einem Baumstamm, der vom Sumpf aus ein gutes Stück weit in den See hinausragte. Der Fremde sank behutsam in die Hocke, streckte sich nach vorn, hangelte nach etwas Weißem, das im Wasser schwamm. Er rückte, geschickt das Gleichgewicht wahrend, auf dem Stamm weiter Richtung See vor. Seine Bewegungen waren sicher und geschmeidig. Der Stoff seines Hemdes spannte über seinem breiten Rücken ... es sah sehr attraktiv aus ... Ob der Fremde ahnte, welch anziehendes Bild er bot? Wer mochte er sein?

Da erhob er sich wieder, tat ein paar Schritte seitwärts, schaute suchend um sich. Und jetzt erkannte Lilly ihn – es war Clemens.

Ihr schwindelte vor Aufregung, als sie seinem überraschten Blick begegnete.

Ihr war, als bliebe die Zeit stehen.

Wie würde er reagieren? Freundlich? Abweisend?

Würde er nach ihrer verhängnisvollen Begegnung überhaupt mit ihr sprechen wollen? Und wenn ja, würde sie mit ihm über das reden können, was sie belastete?

Die Hitze, die Stille um sie herum schienen sich zu ballen – deutlich wurde Lilly bewusst, dass sie beide nach langer Zeit wirklich miteinander allein waren. Und das ausgerechnet hier in der Abgeschiedenheit des alten Moores, dem einmal vor Hunderten von Jahren die Doberaner Zisterziensermönche diesen See abgetrotzt hatten.

Bitte, wende dich nicht von mir ab, rief Lilly Clemens im Stillen zu. Doch er lächelte und balancierte über den Stamm zurück. Behende sprang er in Ufernähe ins Wasser und watete auf sie zu. Er war nass bis zu seinen Oberschenkeln hinauf und hatte nichts mehr von dieser beherrschten, ernsten Aura, die ihn sonst umfing. Im Gegenteil, so zupackend, so sinnlich hatte Lilly ihn noch nie gesehen. Sie hoffte, er würde ihr ihre Sehnsucht nicht allzu sehr anmerken. Scheu begegnete sie seinem Blick.

»Lilly, was für eine Überraschung. Wie schön, dich zu sehen, aber ich fürchte, dies ist kein guter Zeitpunkt.« In seinen Augen blitzte es. »Wenn du hierbleiben möchtest, muss ich dich bitten, dich umzudrehen.«

»Wieso das? Was hast du vor?« Sie konnte kaum atmen, so schnell schlug ihr Herz.

Ohne zu antworten, nahm er sie an den Schultern und ließ seine kraftvollen Hände scheinbar beiläufig auf ihr ruhen. Lilly schloss die Augen, so intensiv waren die geradezu magischen Ströme, die von seinen Händen ausgingen. Ihre Haut kribbelte, pure Lust flutete in ihren Bauch ... Lilly hörte Clemens atmen, dann spürte sie, wie er sie fester umfasste und sie entschlossen vom See wegdrehte. »So ist es gut. Bleib bitte so stehen.«

War da ein Lachen in seiner Stimme?
Lilly schlug die Augen auf. Vor ihr flatterte ein Zaunkönig aus einer windschiefen Weide auf einen Weißdornbusch zu – und hinter ihr raschelte Stoff ... Um Himmels willen, zog Clemens sich etwa aus? »Clemens! Was tust du?«
»Nicht bewegen!«
»Ich möchte gerne wissen, was du vorhast!«
»Traust du mir nicht, Lilly?«
»Im Moment ganz und gar nicht!«
Das Rascheln hielt an, einen Moment später warf er sein nasses Hemd ins Gras.
»Du ziehst dich vor mir aus. Das ist unerhört, Clemens!«
»Das stimmt nicht! Ich ziehe mich hinter dir aus, Lilly! Und das dürfte wohl bei alten Freunden durchaus erlaubt sein!«
Wieder dieses Lachen in der Stimme. Er verspottete sie doch wohl nicht? So hatte sie ihn noch nie erlebt. Was war nur los mit ihm?
»Trotzdem«, erwiderte sie mehr oder weniger hilflos, »es ist unschicklich!«
Er lachte auf. »Du siehst mich doch gar nicht, Lilly. Kann es sein, dass du eine etwas zu lebhafte Phantasie hast?«
»Clemens, wir sind keine Kinder mehr. Und wenn du das vorhast, was ich annehme, dann ...«
Er prustete los. »Dann? Was ist dann, Lilly? Gib zu: Das hier hättest du mir nie zugetraut. Du bist einfach überrascht, weil du dir ein Bild von mir gemacht hast. Wie schön, dass ich dir zeigen kann, dass es falsch ist und du dich in mir geirrt hast.«
Also hatte von Maichenbach doch recht gehabt. Niemand, hatte er gesagt, solle sich von Clemens' distanzierter Art täuschen lassen. Und sie hatte es immer geahnt. Hinter dieser Distanziertheit verbarg Clemens eine Sinnlichkeit, die sie sehr erregte ...
Wie aber sollte das hier weitergehen?
Lilly hörte, wie er keuchend seine nassen Lederstiefel von der feuchten, ledernen Hose zerrte. Dann klickte leise Metall, als

würde eine Gürtelschnalle gelöst. Zog er sich etwa wirklich nackt aus? Das war kaum zu glauben, gegen jeden Anstand. Sie atmete heftig ... und doch ... mein Gott, und wenn ich mich blitzschnell, mit geschlossenen Augen, zu ihm umwenden würde, ihn ... küsste, wo immer auch küsste?

Sie musste sich beherrschen und durfte ihren Verstand nicht verlieren. Sie drehte ihren Kopf zur Seite, doch Clemens streckte seine Hand nach ihr aus und berührte sie an der Schläfe. »Nein, Lilly, du musst dich in Geduld üben. So wie ich.«

»Wie meinst du das?«

»Im See geschieht gerade ein Unglück, und ich bin nicht schnell genug.«

»Du bringst mich in Verlegenheit, Clemens. Wenn uns hier jemand sieht! Das wäre schlimmer als das, was da im See passiert, was immer es auch ist.«

»Da irrst du gewaltig. Im Übrigen interessiert es mich nicht, was die Leute denken«, gab er forsch zurück. »Was kümmern mich unsinnige Konventionen und alte Zöpfe, wenn man, wie ich, aus Afrika zurückgekehrt ist!« Knöpfe knirschten durch nasses Leder. Vergeblich kämpfte Lilly gegen die Vorstellung, wie er jetzt seine Hose aufknüpfte, das Leder über seine nackten Oberschenkel schob ...

»In Afrika stellen sich mutige Männer einer unerforschten Welt! Und hier? Hier tummeln sich eingebildete Emporkömmlinge, gewissenlose Spekulanten, eitle Gardeleutnants – und verwöhnte Erben. Keine kernigen Männer, Lilly! Da ist es doch wohl angebracht, mit ein bisschen Mut zur eigenen Freiheit gegenzuhalten, findest du nicht?«

»So spöttisch habe ich dich noch nie erlebt. Du erwartest doch wohl nicht, dass ich dir glaube?«

»Wieso nicht?« Es klang, als zerrte er die Lederhose über seine Füße. »Herrje, Lilly! Verstehst du mich nicht? Mich widert einfach der Luxus hier an. Und deshalb sage ich dir jetzt etwas ganz Wichtiges.«

»Da bin ich aber sehr gespannt.«
»Also gut. Ich bin erleichtert, dass du nicht mehr Teil dieser Luxus-Welt bist und für die verwöhnten Gourmets keine Puddinge mehr kochst. Das zu wissen beruhigt mich, ehrlich gesagt, ungemein.« Lachte er in sich hinein, oder keuchte er wegen der Anstrengung des hastigen Ausziehens? Wütend machte Lilly eine Bewegung.
»Clemens!«
»Halt! Nicht umdrehen. Nicht jetzt!«
»Doch!«
»Nein! So unschicklich solltest du nun auch wieder nicht sein, Lilly! Schließlich bin ich jetzt fast nackt.« Er schleuderte die schwere Hose zur Seite. Lilly wagte nicht, ihr nachzuschauen, geschweige denn, sich Clemens jetzt vorzustellen ...
»O Gott, wenn jetzt Hannes oder die Bauern kommen! Clemens, das gäbe einen schönen Skandal!«
»Tja, Lilly, jetzt ist es zu spät. Aber du wolltest ja hierbleiben.«
»Weil ich wissen will, was du hier tust. Ich bin nun einmal neugierig.«
»Du bist sehr widersprüchlich, meine Liebe. Einerseits legst du Wert auf Anstand, andererseits setzt du ihn aufs Spiel so wie jetzt.«
»Und wenn schon, vielleicht liegt mir ja auch etwas daran, frank und frei das tun zu können, was ich will.«
»Lilly!«
»Keine Hintergedanken! Ich bin geblieben, weil ich wissen wollte, warum du etwas unternimmst, ohne deine Mutter dabeizuhaben«, entfuhr es ihr eine Spur zu scharf.
»Oh, das also reizt dich? Du dachtest wohl, ich bin ihr Anhängsel? Wie du siehst, fliege ich ihr ab und zu davon. Und zurzeit nutze ich diesen ganzen Festtagstrubel, um endlich einmal meinem Hobby zu frönen.« Sie hörte ihn leise lachen, als hätte er ihre Ironie sehr wohl verstanden. »Jetzt werde ich ins Wasser gehen, um mein Flugobjekt in Sicherheit zu bringen. Ich hatte es gestern losfliegen lassen, konnte es aber nicht finden.«

»Deshalb bist du heute ein weiteres Mal mit dem Ballon gestartet?«

»Richtig! Wie gut du das erfasst hast! Jetzt könntest mir allerdings einen Gefallen tun, Lilly, wenn es deinem Freiheitsdrang nicht widerstrebt.«

Sie ärgerte sich. Machte es ihm Spaß, mit ihr zu spielen? »Aber ja doch, gerne. Was darf es denn sein? Soll ich Leuchtraketen abschießen, damit man dich findet und abholt?«

Er lachte. »Das würdest du für mich tun? Das ist nicht ungefährlich. Respekt. Nein, Lilly, du kannst diesem Jungen von vorhin entgegenlaufen und ihm sagen, er soll die Bauern mit dem Fuhrwerk zur Wiese führen und dort auf mich warten. Er soll seinen Lohn bekommen … Den Rest hier schaff ich schon allein.«

»So? Das würde ich gerne sehen, Clemens. Ich bleibe hier.«

Es blieb still. »Clemens?« Vorsichtig blinzelte sie über ihre Schulter Richtung See. Clemens schwamm bereits mit kraftvollen Zügen auf die Mitte des Sees zu. Lilly erinnerte sich daran, dass er schon in Kindertagen ein ausgezeichneter Schwimmer gewesen war. Jetzt hatte er sein Flugobjekt erreicht. Er griff danach und kehrte zurück. »Lilly, dreh dich wieder um! Ich bin gleich bei dir!«

Sie tat, was er verlangte, hörte, wie er kurz darauf etwas Schweres kraftvoll ans sumpfige Ufer zerrte. Sie hörte ihn keuchen. »Lilly, bleib so, bitte. Einen Moment noch.« Er zog sich wieder an. »So, jetzt kannst du gucken.« Sie drehte sich um. Vor ihr lag ein ungefähr anderthalb Meter langer zylinderförmiger Luftsack. Er war unbeschädigt und prall. Über eine Takelage war eine Gondel an seiner Unterseite befestigt. Clemens kniete nieder, um die körbchenförmige Gondel zu untersuchen.

»Dies ist mein Miniatur-Luftschiff, eine Art Nachbau eines französischen Modells, das vor einem Jahr bemannt flog.« Konzentriert untersuchte er die Gondel. »Die Luftschraube sitzt noch, aber der Siemens-Elektromotor und die Batterie sind unbrauchbar. Ich bin sehr erleichtert, dass Hülle und Luftsack des Schiffes die nasse Landung überstanden haben. Aber sobald es geht, werde ich einen neuen Versuch starten.«

»Damit verdienst du dein Geld?«

»Nein, diese Versuche kosten mein Geld. So ist es. Wollen wir uns setzen?« Er wies auf einen abgebrochenen Ast neben einer der alten Weiden, das Luftschiff neben sich. Ruhig betrachtete er den See, in dem Kolbenenten und ein Höckerschwanpaar mit seinen Jungen schwammen. Nach einer Weile landete ein Eisvogel auf einem dicht über dem Wasser hängenden Ast und spähte konzentriert ins Wasser. Plötzlich stürzte er wie ein bunter Pfeil nach unten, tauchte unter und schoss, einen kleinen Fisch im Schnabel, wieder heraus.

Jetzt, da Lilly näher, als sie es sich je in ihren Träumen erhofft hatte, neben Clemens saß, war sie einfach nur glücklich. Seine ruhige und charismatische Ausstrahlung reizte und beruhigte sie zugleich. Er wirkte frei und selbstbewusst. Verstohlen musterte sie ihn von der Seite. Sein feuchtes Haar fiel lockig über seine perfekt geformten Ohren. Er hatte eine schöne gerade Nase. Seine weichen Lippen lagen entspannt aufeinander. Es erregte sie, sich vorzustellen, wie seine vom Wasser noch kühle Haut langsam wärmer wurde, seinen frischen, männlichen Geruch verströmte ...

Laut sagte sie: »Deine Mutter finanziert also deine Abenteuer. Ich verstehe.«

»Ich bin kein Abenteurer, mich interessiert einfach die Luftschifferei. Ich bin Mitglied im Berliner Verein zur Förderung der Luftschifffahrt und arbeite seit einiger Zeit als freier Redakteur für deren Fachzeitschrift. In Südwestafrika lernte ich einen deutschen Ingenieur kennen, mit dem ich viele Male über die großen Sanddünen bei Swakopmund – einer wichtigen Hafenstadt – Flugversuche unternommen habe. Darüber werde ich demnächst einen Artikel schreiben. Meine Mutter weiß von alldem noch nichts. Sie hat genug eigene Sorgen.«

Am liebsten hätte Lilly nachgefragt, doch dies war nicht der richtige Moment, ihrer Neugier nachzugehen. »Du verheimlichst es ihr also.«
»Sie wird es heute zum ersten Mal erfahren.«
»Willst du sie überraschen oder provozieren?«
Er drehte sich zu ihr um und schaute ihr forschend in die Augen. »Und du, Lilly? Bist nicht du es, die überrascht und provoziert mit allem, was du tust?«
»Mit allem, was ich tue? Wen provoziere ich denn, Clemens? Dich?«
Ruhig hielt er ihrem wütenden Blick stand. »Nein, Lilly, ich sorge mich nur um dich.«
»Du meinst, du müsstest dich um meinen Ruf sorgen? Du vertraust mir also nicht, Clemens. Du sahest mich, als ich aus von Maichenbachs Sommervilla kam, und denkst ...«
»Sei bitte ehrlich, Lilly. Liebst du Hunde wirklich?«
Sie nickte.
»Du führst sie also gerne ... in aller Öffentlichkeit aus. Es stört dich nicht, was manch einer über dich denkt?«
»Nein, mir scheint, dir gefällt wieder einmal nicht, womit ich mein Geld verdiene.«
»Es steht mir nicht zu, dich zu verurteilen, Lilly.«
»Du hast es ja schon getan«, gab sie bitter zurück.
»Das wollte ich nicht.«
»Ich kann doch nichts dafür, dass man mir ...«
»Dass man dir kündigte? Beschönigst du da nicht ein wenig die Wahrheit?«
Sie errötete bis unter die Haarspitzen.
»Na also.«
»Ich muss ...«
»Du bist die einzige Stütze für deine Mutter, musst für sie sorgen, das verstehe ich ja. Aber gäbe es da nicht andere Möglichkeiten?«
»Natürlich, Strohhüte nähen, etwas anderes habe ich nicht gelernt, Herr Luftschifffahrtskapitän.«

»Herrje noch mal, Lilly, glaube mir doch, ich sorge mich nur um deinen Ruf. Das ist alles. Und um dir deine Befürchtung zu nehmen: Ich sah dich aus von Maichenbachs Villa kommen, habe mir aber nichts dabei gedacht. Und die Vorurteile meiner Mutter teile ich nicht. Aber lassen wir das. Ich wollte dir erklären, warum ich auf Süßes verzichte. Ich bin der Meinung, dass Desserts nicht gut für die Gesundheit sind und darüber hinaus die gesellschaftliche Moral verderben.«

»Verderben? Du meinst, Süßspeisen könnten Geist und Sinne verderben? Das ist doch nicht dein Ernst!«

»Doch, davon bin ich fest überzeugt.«

»Aber das ist doch verrückt!«

»Findest du? Vielleicht klingt es für dich ungewöhnlich, aber glaube mir, seit ich aus Afrika zurück bin, ist mir alles zuwider, was mit Aufwand und Raffinesse gekocht werden muss. Ich bevorzuge das Natürliche. Erinnerst du dich, dass ich dir erzählte, an jeder Tonne Rohrzucker klebe das Blut der Sklaven, die auf den Feldern arbeiten müssen? Abgesehen von dieser ethischen Problematik bedenke die gesundheitlichen Folgen des Zuckers, ganz gleich, ob Rohr- oder Rübenzucker: schlechte Zähne, Gelenkschmerzen, Diabetes, allgemeine Trägheit.«

»Ich bin dir also zu dick? Gefällt dir Helen besser?«

Er runzelte die Stirn, »Helen?«, und machte eine abwehrende Geste.

Ermutigt fuhr sie fort: »Und du hältst mich für träge? Wo ich doch täglich so viel laufe?«

»Verzeih, ich wollte dich nicht verletzen. Ich gehe vom Allgemeinen aus.«

»Eben, das ist ja der Fehler. Verstehe doch, Clemens, ich liebe meinen Beruf so wie du deine Luftschifferei. Und ich würde ...«

»... du würdest wieder kochen, böte sich dir eine Chance?«

Lilly zögerte. Sie dachte an das Versprechen, das sie von Maichenbach gegeben hatte. Wenn sie jetzt Clemens eine ehrliche Antwort gäbe, würde sie seine Vorbehalte gegen ihren Beruf und das damit verbundene Misstrauen nur noch verstärken. War es nicht besser, jetzt spielerisch mit ihm zu streiten, als zu riskieren, ihn zu verlieren?

»Ich weiß es nicht, Clemens«, gab sie tonlos zurück.

Er schwieg einen Moment. Dann sagte er leise: »Ich finde, diese Dessertkocherei passt einfach nicht zu dir.«

»Und du? Warum steigst du zum Himmel auf, wo du als Arzt auf der Erde doch viel Sinnvolleres tun könntest?«

»Oh, Lilly, musst du so ernst werden?«

»Ja, warum hilfst du nicht den Kranken und Armen? Hast du dich in Berlin nicht umgesehen?«

Er lächelte versonnen. »Natürlich, Lilly. Es wird auch noch der richtige Zeitpunkt kommen ... Ich nehme meinen Beruf sehr ernst.«

»Das glaube ich nicht!«

»Aber ja, ich hoffe, Dr. Fabian hat deine Bisswunde gut versorgt? Die Berichte, um die ich ihn bat, sagen, sie sei bestens verheilt, stimmt das?« Er lächelte ihr zu.

Lilly errötete. »Oh, Clemens, es tut mir leid. Ich vergaß, mich bei dir zu bedanken. Du hast ihn damals zu mir geschickt, nicht?«

»Selbstverständlich. Dachtest du, ich ließe dich im Stich? Komm, Lilly, jetzt bist du an der Reihe. Sag mir, wie ernst du es mit deiner Arbeit nimmst. Was ist denn nun das Wichtigste an einem Dessert, wie du es siehst?«

Sie überlegte nicht lange. »Man sagt, Süßes weckt unseren Appetit ...«

»Saures weckt Appetit, Lilly«, unterbrach er sie lächelnd. »Süßes tötet ihn ab.«

»Süßes macht glücklich«, beharrte Lilly.

»Glücklich ...«, wiederholte er, und es klang, als schmecke er dem Klang des Wortes nach. »Erklimme einen Gipfel, fliege über die Erde, singe oder ...« Er brach ab.

»Süßes beschließt ein gutes Essen«, fuhr Lilly rasch fort, »wie ein

harmonischer Schlussakkord eine Symphonie. Und wenn das Dessert ganz besonders gut ist ...«
»Ja?«
»Dann klingt es in der Seele weiter wie eine romantische Melodie.«
Er sann vor sich hin. »Und weiter? Hast du auch noch einen, sagen wir, weniger poetischen Grund?«
»Du glaubst mir nicht, Clemens. Also gut, in Kernen, Fruchtfleisch, Wurzeln oder Blüten sind Stoffe enthalten, die nicht nur gut schmecken, sondern in uns weiterwirken, uns beleben, unsere Laune verbessern, uns auf gute Gedanken bringen ...«
»Das ist es ja«, erwiderte er mit gesenkter Stimme.
Sie schauten einander tief in die Augen.
»Kein Mensch verzichtet freiwillig auf ein Dessert«, erwiderte Lilly leise.
»Willst du denn gar nicht wissen, was ich stattdessen esse?«
»Ich kann es mir denken!«
»So, was denn?«
»Rohe Zuckerrübenschnitze!«
Er lachte. »Roh und Schnitz stimmen, aber die Zuckerrübe ist falsch. Sie schmeckt doch süß. Dass du immer an das Süße denkst. Willst du nicht weiterraten, Lilly? Was, meinst du, passt noch zu mir?«
»Polareis!«
»Falsch! Weiter!«
»Harte, saure Stachelbeeren!«
»Falsch, aber schon besser! Weiter!«
Ein paar Regentropfen fielen durch die dünnen Äste der Weide. Überrascht blickten Lilly und Clemens zum Himmel hoch. Von ihnen unbemerkt, hatte sich von Westen her eine milchiggraue Regenfront herangeschoben.
»Schnell, noch ein Versuch, Lilly!«
»Ich hätte nie gedacht, dass du so hartnäckig bist!«
»Du kennst mich eben nicht!«

»Dann hast du damals unseren Freundschaftsschwur auch nur aus Eigensinn verweigert?« Sie bemerkte, wie er kurz innehielt, um nachzudenken, dann aber rief er unbekümmert: »Denkst du immer noch daran? Ich kann mich kaum noch daran erinnern. Los, Lilly, rate noch ein letztes Mal!«
Er log! Es war nicht zu fassen! Lilly war empört.
»Sauren Rhabarber mit Pfefferkörnern!«
»Fast richtig!«
Der Sommerregen nahm zu. Aus der Nähe waren Stimmen zu hören. Hannes musste endlich mit den Helfern zurückgekehrt sein. Clemens legte Lilly seine Lederjacke um die Schultern, beugte sich an ihr Ohr und flüsterte: »Ich wette, du kommst darauf. Ich bin sicher, begabte Alchemisten wie du haben ein feines Gefühl dafür, was miteinander harmoniert und was nicht. Sicher ist aber eines: Ich werde nie etwas anderes als Dessert essen. Nie! Darauf kannst du ...«
»... Gift nehmen?« Sie hob ihren Kopf. Ihre Gesichter näherten sich einander.
»Wenn du meinst ... und mir eine Fliedersuppe kochst ...« Er warf einen flüchtigen Blick auf ihre Lippen.
»Ich wette mit dir, dass du es dir eines Tages anders überlegen wirst, Clemens«, flüsterte sie. Sie spürte seinen Atem, glaubte, sein Herz schlagen zu hören.
»Du willst es mir beweisen?« Seine blauen Augen leuchteten auf.
»Wenn du dich traust ...«
Er strich zärtlich über ihre Wange. »Du meinst, dazu gehört Mut?«
Sie lächelte, sagte aber nichts, woraufhin Clemens seine Stimme noch weiter senkte und fragte: »Weißt du, dass ich noch etwas bei meiner Landung verloren habe?«
Sie schüttelte den Kopf.
»Ich hoffe, ich kann es nachher wiederfinden.« Er schaute auf ihre Lippen.

Lilly hatte das Gefühl, alles an ihr prickelte vor Lust. »Was ist es denn?«, hauchte sie.

»Mein ... mein Fernglas.« Er riss sie an sich. Im gleichen Moment prasselte der Regen auf sie nieder. Clemens küsste sie sanft, versöhnlich, erregend, so dass Lilly kaum glauben konnte, was ihr geschah. Er hatte sie also beobachtet, als sie nackt gebadet hatte! Allein diese Vorstellung war schwindelerregend. Und so schmiegte sie sich an ihn, versank mit ihm im Spiel ihrer Lippen. Kaum noch nahm sie wahr, wie plötzlich heftige Windböen Regenschauer über Land und Meer peitschten.

Nach einer Weile ließ Clemens sie los und stand auf. Behutsam zog er sie in die Höhe. Ein glückliches Leuchten ging von ihm aus, doch als er sprach, merkte Lilly, wie ernst es ihm war.

»Es geht weiter, Lilly, aber es wird nicht einfach sein.«

Noch bevor sie etwas erwidern konnte, hob er das Miniatur-Luftschiff vom Boden auf und eilte durch den Regen auf die Bauern zu, die mit einem von einem Ochsen gezogenen Fuhrwerk herbeigeeilt waren. Clemens lenkte sie auf den breiten Weg zurück, der zu der Wiese führte, wo Korb und Ballonseide lagen. Lilly aber rannte mit Hannes zu den Hunden und band sie los. Als sie durch den warmen Sommerregen an den Conventer Wiesen vorbei Richtung Heiligendamm lief, fiel ihr ein, dass sie unter ihrem Kleid fast nackt war.

Sie war überglücklich.

All ihre Befürchtungen schienen nichtig gewesen zu sein.

Er hatte sich vom allerersten Moment an gefreut, sie zu sehen. Also konnte seine Mutter keine allzu große Macht über ihn besitzen.

Er hatte mit ihr auf eine spielerische, zärtliche Art gestritten – also waren ihm die Gefühle, die er für sie hatte, ernst.

Das Wichtigste aber: Er hatte sie geküsst. Bestimmt hätte er das nicht getan, würde er Helen lieben. Warum aber war diese so oft an seiner Seite? Hatte er sie gemeint, als er gesagt hatte: »Es geht weiter, Lilly, aber es wird nicht einfach sein«?

»Es geht weiter« ... Was genau meinte er? Ihr Spiel? Ihre Freundschaft? Ihr Verliebtsein? Clemens hatte ihr nicht gesagt, dass er sie liebte. Doch da Lilly noch immer die Berührung seiner Lippen spürte, war es ihr gleichgültig. Hauptsache, sie konnte weiter hoffen.

Der Regen ließ so rasch nach, wie er begonnen hatte. Auf dem Gelände der Rennbahn war es ruhig. Hier und dort sammelten Hilfskräfte Abfälle und Fähnchen und Papier ein, harkten die Rennstrecke dort, wo die Hufe der Pferde Löcher in den Sand geschlagen hatten. Ein paar Handwerker reparierten eine eingestürzte Hürde aus weiß gestrichenen Holzbalken. Zwischen den Sitzreihen der Holztribüne fegte eine Frau, während ein kleines Mädchen pfeifend hinter ihr herhüpfte und mit einem Mopp über die Bänke wischte. Ein paar einfache Leute aus der Umgebung standen um den letzten noch geöffneten Bierausschank herum und schlossen Wetten darüber ab, wer wohl am morgigen Tag das lang erwartete Bauernrennen gewinnen würde. Lilly hielt nach Victor Ausschau. Er hätte dabei sein müssen, doch er war nicht zu sehen. Stattdessen kam Annegritt, die Doberaner Ansichtskartenverkäuferin, auf sie zu, der sie ihre Muschelmosaike zum Verkauf anvertraut hatte. Annegritt zog ihre Geldbörse hervor und zählte Groschen und Pfennige zusammen.
»Hier, Lilly, eine Mark fünfundvierzig. Das ist für dich. Ich habe alles verkauft, die Mädchen sind ganz begeistert von deinen Mosaiken. Hast du noch mehr?«
»Nein, es war doch nur eine Spielerei, ein Versuch.«
»Oh, mit Muscheln zu handeln ist ein gutes Geschäft, ich bin selbst überrascht. Arbeite nur weiter, Lilly, ich finde schon Käufer.«
Lillys Gedanken kehrten zu ihrem Badeerlebnis des Vortages zurück, zu der Stimmung, die sie im Kreis der Ostseemuscheln erlebt hatte. Nun, da Clemens sie geküsst hatte, war es ihr, als

hätte dieser magische Muschelring ihre Sehnsucht nicht nur beschützt, sondern zu Clemens weitergetragen und seine Seele berührt ... Die Idee, mit Muscheln Handel zu treiben, kam ihr jetzt wie Frevel vor. Freundlich sagte sie: »Nein, lassen wir es bei diesem einen Mal. Ich werde keine weiteren Mosaike anfertigen. Wenn du magst, kannst du ja andere Mädchen, die ein wenig Geld verdienen wollen, dazu ermuntern. Es ist ganz leicht.«
Annegritt war überrascht. »Schade, du hast einen guten Geschmack, Lilly, und Zeit zum Muschelsammeln. Ich hatte mich schon auf gute Gewinne gefreut. Wir waren ein prima Gespann. Weißt du eigentlich, dass der Reichskanzler gestern wissen wollte, wessen Schoßhündchen ihn attackiert hatte? Noch heute reden die Leute darüber, schließlich haben sich zwei seiner Adjutanten erst durchfragen müssen, um zu erfahren, wer du bist.« Sie grinste breit. »Sie sind auch in meine Nähe gekommen, und da habe ich mich keck ins Gespräch eingemischt und ...«
»Annegritt, was hast du getan?«
»Ich habe nur die Gelegenheit beim Schopf ergriffen und ihnen eines deiner Mosaike gezeigt. Sie waren ganz beeindruckt, und einer hat es mir sogar für seine Frau abgekauft. Dabei habe ich ihm zugeflüstert, dass du ja eigentlich mit Hunden gar nicht so viel im Sinn hättest ... Er war sehr überrascht.«
»Du hast ihm doch wohl nicht meine ganze Lebensgeschichte erzählt?«
»Nein, leider, ich hätte es gerne getan, aber es hieß ja, Bittstellerei habe der Reichskanzler ausdrücklich untersagt. Also habe ich geschwiegen. Aber angeguckt hab ich den Adjutanten, dass er denken musste, du hättest irgendein äußerst interessantes Geheimnis an dir.«
»Jetzt glauben sie bestimmt, ich sei auf Männerfang aus.«
»Ach, und wenn schon! Das denken sie doch über jede, die hübsch ist, oder? Nein, keine Sorge. Dieser Jacobi, dein früherer Küchenchef, stand ganz in der Nähe und starrte mich so feindselig an,

dass mir die Luft wegblieb. Dem Adjutanten fiel das auf, er bemerkte Jacobi – und ...«

»Und was geschah dann?«

»Er trat strahlend auf ihn zu – und ich war vergessen.«

An Jacobi zu denken verbat sich Lilly sofort. Es hätte all ihre süßen Gefühle zerstört. Sie verabschiedete sich von Annegritt – so schnell wie möglich wollte sie zu ihren Erinnerungen zurück, zu dem, was sie heute am See mit Clemens erlebt hatte.

Sie hatte gerade das Ende der Lindenallee vor Doberan erreicht, als ein aufgescheuchter Schwarm Flugenten plötzlich die Stille des frühen Abends durchbrach und Lilly aus ihrer verliebten Stimmung riss. Von den Feldern her war Hufgetrappel und das Schnauben herangaloppierender Pferde zu hören. Lilly wandte sich um. Eine Horde Reiter sprengte querfeldein auf sie zu. Es waren junge Adelige mit ihren Freunden, die das Ende des zweiten Galopprenntages feierten, indem sie Enten und junge Schwäne jagten ... Letztere galten noch immer als Delikatesse ...

»Da ist sie!«, hörte sie Victor schreien. Es klang, als hätte er neues Wild entdeckt. Lilly beschleunigte ihre Schritte und suchte, als die Reiter auf die Linden zupreschten, Schutz hinter einem der Bäume. Doch ehe sie sich versah, trieb Victor seine Sporen in die Flanken seines Mecklenburger Halbbluts, preschte quer über die Allee und setzte in einem weiten Sprung über eine Wildrosenhecke am Rande des Bollhägener Fließ. Die jungen Männer jagten ihm hinterher. Victor aber wendete seinen Hengst Hinnek und trieb ihn auf Lilly zu, eine Hand am Zügel, die andere hochgestreckt.

»Wette gewonnen! Weißt du, wer die Goldene Peitsche gewonnen hat?«

»Du wirst es mir sagen, nicht?«

»Graf Henckel Freiherr von Donnersmarck!«, rief er laut, woraufhin die anderen Reiter jubelnd grölten, ihren Pferden die Sporen gaben, sie zu einem Kreis antrieben und zurück über ein Stoppelfeld jagten. Victor ließ Hinnek hochsteigen, so dass Lilly voller Angst zurückwich. Kaum hatte dieser wieder die Erde mit seinen Vorderhufen berührt, fuhr Victor keuchend fort: »Morgen feiern sie mich, darauf kannst du mit mir wetten. Du drückst mir doch die Daumen, ja? Wenn ich morgen siege, hat mir einer der Donnersmarckschen Verwandten zugesagt, kann ich mal vorbeikommen und mir das Gestüt ansehen. Da wird's nicht so langweilig sein wie in Hohenfelde! Der von Stratten hat nämlich keinen Mut zur Pferdezucht!« Er griff in die Innentasche seiner Jacke und zog einen Umschlag heraus. »Hier, das soll ich dir geben. Eine hübsche Dame hat mich angesprochen, ich dachte schon, jetzt hätte ich's endgültig geschafft ...« Er lachte. »Nein, sie hörte nur meinen Namen, als ich mich mit den jungen Herrenreitern unterhielt. Ob ich wirklich Victor Babant, der Cousin von Lilly Alena sei, fragte sie mich und bat mich, dir diese Karte zu geben.«

Lilly riss den Umschlag sofort auf. Es waren nur wenige Zeilen in einer hastig geschriebenen, schleifenreichen Schrift.

Liebe Lilly,
ich bin in Eile. Ich reise kurzfristig ab.
Führen Sie bitte weiterhin Kaito aus, meine Bediensteten bleiben hier.
Könnten Sie bitte auch am Sonntag nach dem Bauernfest Kaito morgens wie üblich ausführen und anschließend zu mir auf Gut Barstett bei Rostock bringen? Ein Kutscher wird um elf Uhr vor dem Logierhaus auf Sie warten.
Unser gemeinsamer Freund Xaver möchte nämlich ein Versprechen einlösen, das er Ihnen gegeben hat: Sie dürfen wieder für anspruchsvolle Gäste Desserts kreieren! Und Sie werden Ihre Schürze zurückbekommen, er hatte sie wohl eigens für diesen Anlass bei sich aufbewahrt.
Ich bin sehr gespannt.
Irina Rachmanowa

Im ersten Moment freute sich Lilly wirklich. Wieder Süßspeisen anrichten zu können war eine sehr verlockende Aussicht. Sie erinnerte sich an ihren ersten längeren Spaziergang am Meer vor einigen Wochen. Damals hatten düstere Gedanken sie belastet. Sie hatte Angst gehabt, Clemens nie mehr wiederzusehen, darum getrauert, ihre Arbeit verloren und bereut, ihr geliebtes Kochbuch verkauft zu haben. Jetzt schien es, als sei das Glück gleich doppelt zu ihr zurückgekehrt. Doch dann dachte Lilly daran, wie Clemens wohl reagieren würde, wenn er von Irina Rachmanowas Einladung erführe. Ob er sie verstehen würde, wenn sie sie annahm?
Ein wenig sorgenvoll schaute sie Victor nach, der schweigend sein Pferd gewendet hatte und vornübergebeugt, die Knie hochgezogen, den anderen Reitern nachjagte.

»Wo warst du so lange, Lilly?«
Hedwig hockte auf einem Schemel im Hinterhof des Babantschen Hauses. Vor ihren Füßen stand ein Korb mit einer Handvoll reifer Mirabellen, ein Eimer daneben war fast bis zum Rand mit saftigen, entkernten Früchten gefüllt, um die einige Wespen kreisten. Ein Stück weit entfernt, am Rand der Wiese, die an den Hof grenzte, stand ein mit Heugarben beladenes Fuhrwerk. Mit einer Forke hob Alfons Heugarbe für Heugarbe ab und trug sie in die Scheune. Als er Lilly sah, hielt er inne, stieß die Forke vor sich in die Erde und nickte ihr grüßend zu.
»Lass sie, Hedwig«, sagte er unerwartet versöhnlich, »sie wird zu tun gehabt haben. Du solltest deiner Tochter nicht hinterherspionieren, sie ist kein dummes Mädchen, stimmt's?«
Überrascht blieb Lilly stehen. So freundlich hatte sie ihren Onkel noch nie erlebt. Bevor sie antworten konnte, fuhr er fort: »Ich meine, du kannst mir nachsehen, dass mich manchmal die Wut fortreißt. Ich werde dich nicht wieder schlagen, Nichte. Es ... es tut mir leid.«
Hedwig nickte grimmig und warf Lilly einen bedeutungsvollen Blick zu. Lilly verstand, dass ihre Mutter ihren Onkel zurechtge-

stutzt hatte. Sie sah zu, wie ihre Mutter mit der linken Hand in den fast leeren Korb griff, eine Mirabelle herausholte und diese mit den Fingerspitzen ihrer rechten, noch immer eingegipsten Hand festhielt. Dann nahm sie ein Küchenmesser, ritzte die Frucht mit der linken auf, entfernte geschickt den Kern und warf die halbierte Frucht in den Eimer. »Wir haben gehört, der Reichskanzler sei auf dich aufmerksam geworden«, sagte sie ruhig. »Stimmt das?«
Lilly bemerkte, wie ihr Onkel lauernd den Kopf vorschob. Sie nickte, sagte aber nichts. Das also hatte seinen Stimmungswechsel herbeigeführt, nicht allein die Schelte ihrer Mutter.
»Weiß er, wie du heißt?«, fragte er und zog die Augenbrauen hoch.
Diesen Gefallen werde ich dir nicht tun, dachte Lilly entschlossen. Ich habe noch die blauen Flecke deiner Schläge an meinem Körper, und du möchtest dich mit mir und unserem Namen vor dem Reichskanzler schmücken. Nein, Alfons Babant, so leicht kommst du mir nicht davon.
»Einer meiner Hunde ist auf seine Kutsche zugelaufen. Er wird sich über mich geärgert haben, das ist alles. Es ging alles so schnell. Könnt ihr euch nicht vorstellen, wie viele Wagen gestern unterwegs waren? Als sei der Kaiser höchstpersönlich gekommen! Hunderte von Menschen standen am Wegrand, da wird dem alten Kanzler wohl kaum das Gesicht eines Landmädchens aufgefallen sein. Er ist schließlich schon siebzig, und seine Frau saß neben ihm. Sie soll ihn fest im Griff haben. Da glaubt ihr doch wohl nicht, dass er sich in ihrer Gegenwart nach dem Namen einer jungen Frau wie mir erkundigt, die ihm auch noch Verdruss bereitet hat, oder?«
Hedwig beugte sich über die Mirabellen und verkniff sich ein Grinsen. Alfons aber errötete vor Ärger, doch er beherrschte sich und nahm die Forke wieder auf. »Na, es ist ja auch egal. Die einen erzählen das, die anderen jenes.« Er stieß in das Heu, hob eine Garbe herab und verschwand in der Scheune.

»Ich glaube dir nicht, Töchterchen«, wisperte Hedwig und hob die letzte Mirabelle aus dem Korb. »Annegritt war nämlich vorhin bei mir und hat mir alles genau erzählt. Jetzt komm, koch mir heute zur Freude etwas Schönes, ja? Etwas Süßes?« Sie hustete wieder, und als Lilly ihr unter die Arme griff, um ihr beim Aufstehen zu helfen, merkte sie, dass ihre Mutter völlig verschwitzt war.

»Du darfst dich nicht mehr anstrengen«, schimpfte sie. »Nimm dir doch endlich einmal eine Hilfe.«

Hedwig wies mit ihrem Kopf in Richtung Scheune. »Später, Lilly, jetzt noch nicht. Noch will er, dass du alles machst. Vielleicht ändert er ja morgen seine Meinung. Quälen wir ihn ein bisschen damit, dass des Reichskanzlers Augen auf dir geruht haben.«

Sie lachten leise, so dass es Alfons nicht hören konnte, und gingen mit Korb und Eimer in die Küche zurück. Lilly setzte als Erstes zwei große Töpfe mit frischem Wasser auf.

»Komm, setz dich, Mutter, ich möchte dir etwas erzählen«, sagte sie, schob Hedwig sanft auf die Küchenbank und legte ihr einen Schal um die Schultern.

»Ist es etwas Gutes?«, wollte Hedwig wissen und steckte sich eine halbierte Mirabelle in den Mund.

»Warte es ab.« Lilly nahm vier gekochte Kartoffeln, die noch vom Vortag übrig geblieben waren, drückte sie durch die Kartoffelpresse, rieb zwei rohe Kartoffeln und formte mit Eiern, Salz und Pfeffer einen Teig. Hin und wieder tat sie etwas Mehl hinzu, walkte ihn auf der Arbeitsfläche, nahm einen kleinen Teil davon ab und knetete ihn in ihrer Handfläche weiter. Dann legte sie eine entkernte Mirabelle hinein und schloss den Teig außen herum. Als sie den ersten Kloß fertig hatte, begann sie, ihrer Mutter alles zu erzählen.

»Du bist verliebt in Clemens von Rastrow?«, rief diese schließlich entrüstet aus. »Ich fasse es nicht! Lilly! Wie kannst du nur! Hast du deinen Verstand verloren? Ein reicher Bankierssohn, ein

Studierter obendrein und dazu noch Joachims Cousin! Höher hättest du wohl nicht greifen können, oder?« Sie warf Lilly wütende Blicke zu. »Du musst ihn vergessen, auf der Stelle. Willst du dich unglücklich machen? Selbst wenn er ein Bürgerlicher wäre, wäre solch eine Liebe ohne Zukunft. Denke daran, eine Mutter hängt enger an ihrem Sohn als an ihrer Tochter. Das ist so, und so wird es immer bleiben. Nicht alle Mütter brauchen und lieben ihre Tochter so wie ich dich. Das gebe ich zu, Lilly. Aber diese Frau von Rastrow soll keine glückliche Ehe führen, habe ich gehört. Wäre sie sonst allein hier in der Sommerfrische, nur mit ihrem Sohn? Lilly, da stimmt etwas nicht. Also lass die Finger von ihm. Sie, das siehst du ja wohl ein, wird ihn nie freigeben. Söhne denken manchmal, sie könnten tun, was sie wollen. Eine Mutter aber hat andere Druckmittel, um sie sich gefügig und abhängig von sich zu machen. Glaube mir bitte. Lilly?«

Lilly ließ schweigend einen Kloß nach dem anderen ins sprudelnde Wasser fallen. Dann zog sie den Topf von der Feuerstelle, ließ die Klöße ziehen und setzte eine gusseiserne Pfanne auf die offene Feuerstelle. Sie schnitt ein großes Stück Butter hinein, schaute zu, wie sie zerfloss und zu brutzeln begann. Behutsam streute Lilly Zucker und Paniermehl hinzu, setzte Knödel für Knödel in die Pfanne, würzte mit einer Prise Zimt nach, rollte die Knödel in der appetitlich duftenden Mischung hin und her. Hedwig unterdrückte ein Seufzen. Lilly aber sagte mit fester Stimme: »Ich liebe ihn. Und kochen werde ich auch ...«

Hedwig erhob sich und trat, die Decke gegen ihre Brust gedrückt, neben Lilly an den Herd. »Gut. Liebe ihn, träume von ihm. Aber alles nur in deinem Kopf, verstanden? In der Welt besinne dich auf das, was du kannst. Besinn dich auf dein Talent. Tu das, was du gelernt hast, nach besten Kräften. Sollen dich die feinen Leckermäuler ruhig anbeten, du aber bleibst rein, hörst du, Lilly?«

Lilly fischte mit einer Kelle die köstlich gebräunten, nach Zimt, Butter und Mirabellensaft duftenden Knödel aus der Pfanne und legte sie auf eine Porzellanplatte. Dann griff sie ein letztes Mal in den Eimer, hob zwei Handvoll entkernter Mirabellen heraus, schnitt sie ganz klein und karamellisierte sie.

»Warum sagst du nichts, Tochter?«, flüsterte Hedwig und schnupperte gierig. »Ah, wie das riecht! Mein Gott, du brichst mit deiner Kocherei ja jeden Widerstand.«

Lilly lächelte. »So soll es sein.«

»Du willst, dass es so ist?«

»Ja, was ist dagegen einzuwenden?«

»Du willst ihn dir also mit deinen Kochkünsten erobern? Einen Mann, der jede andere Frau von Stand heiraten könnte?«

»Clemens denkt nicht so ... Er ist ...«

»Du meinst, er sei anders als die anderen? Freier, ungebundener?« Hedwig hielt die Decke noch immer in ihrer linken Hand fest. Ein Teil davon war ihr bereits über die Schulter gerutscht. »Du bist dumm, Kind, sehr dumm. Es tut mir leid.« Sie ging auf ihren Platz zurück und kratzte mit ihrem Fingernagel stumm in den Riefen des alten Holztisches.

Da ging die Tür auf. Alfons trat in die Küche und schaute verwundert auf die Platte mit den frischen Mirabellenknödeln. »Ah, das tut einem Landmann gut.«

»Sie sind noch heiß«, erwiderte Lilly.

Er setzte sich Hedwig gegenüber auf einen Stuhl. »Gib mir einen Teller, Lilly, und eine Gabel. Bitte.«

Hedwig und Lilly wechselten einen Blick. Was mochte Alfons nur im Schilde führen?

Lilly tat, um was er sie gebeten hatte, und blieb neben ihm stehen. Stumm sahen die beiden Frauen zu, wie er einen Knödel mit der Gabel aufspießte und auf seinem Teller halbierte. Heißer, aromatischer Duft stieg ihm entgegen. Er nickte. »Da fehlt nur noch eines: mein Schnaps. Der gehört dazu.«

Sie reichte ihm die Flasche mit Mirabellengeist, die er stets in einem Wandschränkchen neben der Tür aufbewahrte. Schwungvoll goss er den selbstgebrannten Schnaps über die dampfende

Speise. »So kühlt's am besten ab.« Er lachte und biss, nachdem er lange genug daran gerochen hatte, in ein durchtränktes Stück, kaute zufrieden, schluckte und drehte sich dann zu Lilly um.
»Hedwig sagt, du hättest mein Kochbuch verloren?«
Sie errötete.
»Stimmt's also nicht? Hast du's diesem Jacobi geschenkt, der dich entlassen hat?«
Lilly brach der Schweiß aus vor Angst. Was nur sollte sie sagen?
Ihr Onkel verzog sein Gesicht zu einem breiten, gemeinen Grinsen. »Na, du hast es verlegt, beim Antiquar verlegt, gib es ruhig zu, Nichte. Alles spricht sich herum. Wir haben einen Namen, eine Ehre zu verlieren. Und wenn die Nichte des einstmals erfolgreichen Stuckateurs Alfons Babant dessen Kriegsbeute verkauft, ist das so, als wenn ein weiteres Mal eine französische Kugel sein Ohr streift.« Er setzte die Schnapsflasche an den Mund, nahm einen kräftigen Schluck und starrte sie unablässig an. »Na lass, Lilly. Ist auch egal. Ich hätte es gleich wegwerfen sollen. Es hat mir schon damals kein Glück gebracht.«
Er stach ein weiteres Stück vom Knödel ab und tunkte es in die Schnapspfütze auf seinem Teller. Als er es in seinen Mund schob und zu Lilly aufsah, hatte sie das Gefühl, als ob er ihr etwas verheimlichte.

Kapitel 5

Sie träumte von ihm, von seinem Kuss. Er musste da sein, ganz nah, denn sie spürte deutlich den Druck seiner Lippen um ihren Mund.
Ich ... bin ... angekommen ... bei ... dir ...
War es seine, war es ihre Stimme?
Oder die Mondgöttin über ihnen, die in rasendem Tempo ein Band aus Licht um sie kreiseln ließ?
Alles sprang beiseite, jagte davon, wurde hinweggefegt: Gesichter, Plätze, Gerüche, Lärm, Angst.
Clemens hielt sie fest.
Er sagte etwas, doch sie konnte ihn nicht verstehen. Das Rauschen dieses Wirbels um sie herum war ohrenbetäubend.
Sie wollte ihre Augen öffnen, um Clemens anzusehen, doch es blieb dunkel.
Da berührten seine Lippen sie erneut, und ihr war, als tauchte sie im Glitzern seines Blickes, der auf ihr ruhte, hinab.

Sie wachte auf. Sie hatte im Traum geweint. Sie hielt ihre Augen fest geschlossen. Jetzt, da sie wusste, dass Clemens etwas für sie empfand, glaubte sie, es reiche, ihn zu lieben, damit er wusste, dass er es wert war, geliebt zu werden. Sie war fest entschlossen, nichts von ihm zu fordern, nichts zu erwarten, nichts zu erhoffen. Sie wollte nur ihr reines Gefühl bewahren, für ihn da sein und auf ihn achtgeben.
Mit diesem Kuss war es ihr, als hätte sie den Sinn ihres Lebens gefunden.
Ihre Mutter redete im Schlaf, warf sich auf ihrem Lager unruhig hin und her. Das grelle Licht des Vollmondes spiegelte ihre Bewegungen in zuckenden, schwarzen Konturen gegen die Dach-

schräge. Lilly lauschte. Im Haus war es still, das Gemurmel ihrer Mutter nicht zu verstehen.
Wie spät mochte es sein? Gegen Mitternacht? Oder ging es bereits auf den Morgen zu? Lilly stand auf und spähte aus dem offenstehenden Fenster. Es roch nach tiefer Nacht, nach dieser unwirklichen Stille zwischen den Welten des Abschieds und Aufbruchs. In wenigen Stunden würde der letzte Festtag beginnen. Würde er überhaupt ein solcher für sie werden?
Wie würde Clemens ihr begegnen? So warmherzig und offen wie am See? Oder beherrscht und kühl? Würde er ihr im Beisein anderer überhaupt Aufmerksamkeit schenken? Lilly, du wirst lernen müssen, damit umzugehen, dass er dich immer wieder überraschen wird. Nichts ist vorhersehbar, schon gar nicht seine Art, seine wechselnden Stimmungen.
Langsam drehte sich Lilly im Mondlicht um ihre eigene Achse.
War er vielleicht doch hier?
Sie hatte im Traum seine Lippen gespürt.
Und wenn er sie jetzt sähe?
Was, wenn sie ihn hier überraschte, auf dem Dachboden, der vom Licht der Nacht erfüllt war?
Sie ließ ihr Nachthemd zu Boden fallen.
Sie badete im Mondlicht, ließ ihren Schatten über die kargen Wände gleiten, strich mit ihrer dunklen Nacktheit über sie hinweg – und ging hinaus, um aus den Nebenkammern Spiegel zu holen. Sie lehnte den blindfleckigen Kommodenspiegel aufrecht an die Wand, stellte einen alten Waschtischspiegel mit Sprung und zwei kleinere Rundspiegel auf die Regale darüber.
Lilly drehte, bückte, streckte sich.
Noch nie zuvor hatte sie ihren Körper so aufmerksam betrachtet. Er zerfiel in Teile, große, kleinere, und jedes forderte sie zur genaueren Betrachtung heraus.
Und wenn Clemens jetzt doch käme? Nur die Spiegel sehen könnte, aber nicht sie selbst?

Und wenn die Mondgöttin mit einem Schleier die Spiegel verhüllte?
Bis auf einen einzigen?
Wenn sie, Lilly, sich in ihrem Licht wand?
Die Mondgöttin Schleier und Spiegel wechselte?
Ihr Spiel mit ihnen triebe?

Die Luft war erfüllt von Musik und fröhlichen Stimmen. Obwohl es noch früh am Abend war, drängte sich bereits eine große Anzahl festlich gekleideter Besucher auf dem Doberaner Kamp, flanierte auf den Wegen oder wandelte jenseits des Parks vor Palais, Logierhaus und Salongebäude auf und ab, um das fröhliche Treiben von der östlichen Straßenseite aus zu betrachten. Breiter Lichterschein fiel durch die Fensterfronten der vornehmen Gebäude auf die Festwiese hinüber. Zwischen Bäumen und Laternenmasten waren Seile gespannt, an denen unzählige farbige Lampions leuchteten. Alt und Jung, Bauern und Adelige, Kaufleute und Dirnen, Wanderhändler und Staatsdiener schlenderten um girlandengeschmückte Buden, Karussells, Luftgondeln, Los-, Schieß- und Bierstände. In Buden und Zelten wurden kalte und warme Speisen angeboten. Um die beiden chinesischen Pavillons allerdings hatten sich bereits dichte Trauben gebildet. Aus dem Erdgeschoss des größeren, weißen Pavillons erklangen Walzermelodien, zu denen einige Paare im hell erleuchteten zweiten Geschoss – dem Belvedere – tanzten. Im kleineren roten Pavillon hingegen schenkten Bedienstete in langen weißen Schürzen erlesene Speisen und Getränke aus, als liefere sie noch immer der herzogliche Leibkoch Gaetano Medini wie zu Zeiten Friedrich Franz' I.
An nördlicher und südlicher Seite des Kamps tanzte das Landvolk auf hölzernen Podien zu der Musik zweier Militärkapellen aus Schwerin und Rostock. Die Bäuerinnen aus den westlich von Doberan liegenden Dörfern waren leicht zu erkennen, denn sie trugen bunt gestreifte, die Bäuerinnen aus den östlich gelegenen Dörfern dagegen schwarze Röcke und viel Schmuck.

Lilly genoss die ungezwungene, heitere Atmosphäre, die den Abschluss der Renntage krönen sollte. Den ganzen Tag über war sie angespannt gewesen, voll fiebriger Vorfreude auf diese Nacht. Sie dachte nicht mehr an das, was ihre Mutter ihr erst vor einer knappen Viertelstunde über den Ausgang des heutigen Bauernrennens erzählt hatte. Sie fragte sich nur eines: War Clemens bereits hier?
Aufmerksam ließ sie noch einmal ihre Blicke über die fröhlichen Menschen gleiten, doch Clemens war nirgends zu sehen.
Plötzlich verzerrte wüstes Gebrüll die heitere Atmosphäre. Vor einem Töpferstand schlugen zwei Männer aufeinander ein, wobei mehrere braune Biertöpfe scheppernd zu Boden fielen. Das Schimpfen des Töpfermeisters ging allerdings zunächst im allgemeinen Gelächter unter.
Lilly, die ihre Mutter am Arm führte, stellte sich auf die Zehenspitzen, um zu sehen, wer in dieser Stunde auf Streit aus sein mochte. »Es ist dein Bruder«, flüsterte sie ihr schockiert zu.
Hedwig schlug die Hand vor den Mund, um ihr Entsetzen zu verbergen. »Ich habe es geahnt.«
»Weil Victor das Bauernrennen nicht gewonnen hat?«
»Ja, ich bin nur froh, dass du heute erst so spät heimgekommen bist. Alfons hat den ganzen Nachmittag getobt. Victor sei ein Versager. Erst wolle er nicht das Geschäft fortführen, jetzt schaffe er es noch nicht einmal, einen Ackergaul ins Ziel zu bringen. Zweiter zu werden sei eine Schande für jemanden, der so hochfliegende Pläne habe wie der eigene Sohn, hat er geschrien. Er war voller Hohn, tat, als freue er sich darüber, dass jemand, der Sieger hieße, im Leben eine Niete sei. Ach, Lilly, ich bin froh, dass du sein Gebrüll nicht hast mitanhören müssen. Ist Victor auch dabei?«
»Ja, er hält ihn mit ein paar anderen fest und redet auf ihn ein.«
»Und wie reagiert Alfons darauf?«
»Er schlägt weiter um sich, da ... Warte, ich kann ihn nicht mehr sehen, weil noch mehr Leute hinzugekommen sind und ihn eingekreist haben.«

»Dann guck doch von der Bank aus«, riet ihr Hedwig. »Ich möchte wissen, was sich dort tut, damit ich mich darauf vorbereiten kann, was uns später zu Hause erwartet.«
Lilly bat die beiden älteren Damen, die auf der Bank saßen und ihnen zugehört hatten, enger zusammenzurücken, und stellte sich auf die Bank. Sie wartete, bis die Menge sich wieder zerstreut hatte. Dann sah sie, wie Victor, unterstützt von einigen jungen Männern, weiter auf seinen Vater einredete. Alfons' Opfer aber, ein gedrungener Bauer, spuckte aus und verschwand in der Menge, ohne dass Alfons noch einmal seine Faust gegen ihn hob. Daraufhin klopfte einer der jungen Männer Victor anerkennend auf die Schulter, ein anderer reichte ihm aufmunternd seinen Krug Bier. Victor aber zögerte, schaute auf und begegnete im gleichen Moment Lillys Blick. Da nahm er den Krug, reckte ihn in die Höhe und rief ihr durch den Lärm über alle Köpfe hinweg zu: »Ich geb nicht auf! Im nächsten Jahr bin ich Erster!«
Die Umstehenden nickten beifällig. Um ihn nicht zu verärgern, winkte Lilly zurück und nickte so freundlich wie möglich.
»Er will es weiter versuchen«, flüsterte sie ihrer Mutter zu.
»Er ist genauso stur wie sein Vater.«
Lilly aber stockte der Atem vor Angst, als sie mitansehen musste, wie ihr Onkel Victor den Krug aus der Hand riss und diesem das Bier ins Gesicht kippte. Sie schrie auf.
»Was ist geschehen?« Hedwig zupfte an ihrem Kleid. »Schlagen sie sich wieder?«
»Nein, ich ... hoffe nicht«, gab Lilly tonlos zurück und verfolgte, wie ihr Cousin kurz erstarrte, dann aber, als sein Begleiter ihn verteidigen und zuschlagen wollte, diesem in den Arm fiel und ihn in die Menge zog. Ihr Onkel aber folgte ihnen, doch innerhalb weniger Sekunden verlor Lilly die Männer aus den Augen. Sie sprang von der Bank.
»Sie machen mir Angst, Mutter. Es wird wohl so bald keinen Frieden geben.«
»Ja, es ist ein Drama. Sie verstanden sich nie gut, aber so schlimm

wie heute war es noch nie«, klagte Hedwig. »Ich muss sagen, mir wäre auch viel wohler gewesen, hätte Victor den ersten Preis gewonnen. Dann hätte ich das Fest wenigstens genießen können. Vielleicht ist es ja mein letztes.«

Lilly schloss sie kurz in die Arme. »Keine trüben Gedanken heute, versprochen?«

Hedwig lächelte gequält. »Hast du nicht etwas dabei, was sie wegzaubert?«

»Du hast nur mich, nur mich.« Lilly nahm ihr Gesicht in die Hände und küsste ihre Mutter auf die Nasenspitze. Hedwig wurde verlegen. »Wo nur Hanne und Margit bleiben?« Sie wischte sich über die Augen und trat erschrocken beiseite, als eine Horde kreischender Kinder mit quietschenden Ferkeln in den Armen an ihnen vorbeilief. Eine Bauchladenverkäuferin mit Blumensträußen und Mooskränzen sprang ebenfalls beiseite und schimpfte den Kindern hinterher.

»Hanne hatte mir versprochen, pünktlich zu sein«, fuhr Hedwig fort, »zumindest Margit sollte früher zu Hause sein, um sich in Ruhe hübsch machen zu können. Schau du in Richtung Klostergang, ich behalte den Kamp im Auge.«

Lilly wandte sich um und suchte die Gebäudezeile vom Alexandrinenplatz am südlichen Ende des Kamps bis zum Prinzpalais am nördlichen Ende ab. Da stockte ihr der Atem. Aus dem herzoglichen Palais, dessen Tür ein livrierter Diener offen hielt, trat Clemens auf die Straße hinaus.

Im hellen Licht der Laternen, im schimmernden Schwarz seines Fracks wirkte er auf eine faszinierende Art anziehend und distanziert zugleich. War das wirklich derselbe Mann, der sich gestern hinter ihrem Rücken ausgezogen hatte und nackt im See geschwommen war, um ein Miniatur-Luftschiff zu retten? Derselbe Mann, der sie geküsst hatte?

Es war kaum vorstellbar, und weil dieses Erlebnis in diesem Moment so prickelnd und wunderbar erschien, kam es Lilly vor, als flirrte ihr Blut wie trunken durch ihre Adern.

Jetzt hielt eine weitere Kutsche, und vier junge Damen stiegen aus. Sie lächelten Clemens zu, scherzten und plauderten mit ihm.

Lasst ihn in Ruhe! Seht ihr ihm nicht an, dass er eine andere – mich! – geküsst hat? Belästigt ihn nicht weiter ... So geht doch endlich!

Überaus nervös beobachtete Lilly, wie Clemens, zu den jungen Damen gewandt, eine Verbeugung andeutete, um dann vor das Palais zu treten und einem offenen Vierspänner entgegenzuschauen, der, von Süden kommend, mit Isa von Rastrow und Norma von Stratten heranrollte.

Clemens wartete, bis der Bedienstete den Wagenschlag geöffnet hatte. Dann bot er nacheinander beiden Frauen den Arm und wartete, bis seine Mutter ihre Schleppe gerafft, seine Tante ihren Fächer geöffnet hatte und sich Luft zufächelte. Da hob seine Mutter ihr Gesicht dicht an das seine und flüsterte ihm etwas zu, woraufhin Clemens sich bückte, um etwas aufzuheben. Neugierig trat Lilly unter dem Schatten der Bäume hervor. Clemens richtete sich auf und begegnete ihrem Blick. Lilly fühlte sich wie gelähmt, unfähig zu lächeln, starrte sie ihn an.

Isa von Rastrow folgte seinem Blick, erkannte Lilly, umklammerte Clemens' Arm und hob energisch ihre Schleppe. Hastig strebte Norma von Stratten an ihnen vorbei in das Palais. Isa von Rastrow ging einen Schritt vor, und Clemens machte eine kleine Drehbewegung nach links, um Lilly über die Schulter hinweg zu grüßen.

Du hast gewartet, bis sie es nicht bemerkt, dachte Lilly, zwischen freudiger Beglückung und Verdruss hin- und hergerissen.

»Lilly!« Die aufgewühlte Stimme ihrer Mutter.

Lilly fuhr erschrocken herum.

»Du wirst dir doch wohl nicht wünschen, dass er mit dir tanzt?«

»Ich ... Du hast ihn ... ?«

»Ja, ja, Herrgott noch mal! Natürlich ist er schön. Lilly, nimm dein Herz in die Hände und halt es fest. Schau lieber ein Stück

weiter nach links, da kommen endlich ... Nein, das ist nur Margit ... mit ...«
»... mit Helen! Ich glaube es nicht«, entfuhr es Lilly erschrocken. »Ich dachte, Helen ...«
Sie ist also heute nicht bei der adligen Gesellschaft geladen, das ist ein gutes Zeichen ... Hoffentlich hat sie mich nicht beobachtet ...
»Sei jetzt keine Spielverderberin, Lilly«, wisperte ihr Hedwig streng ins Ohr. »Oder willst du, dass sie dir die Gefühle ansieht, die du sowieso nicht haben solltest?«
»Eigentlich geht es sie nichts an, oder?«, gab Lilly noch leiser zurück.
»Das weiß man nie, Tochter. Komm zur Vernunft und vergiss ihn. Sonst beschwörst du noch viel mehr Unglück herauf.«
Lilly setzte eine freundliche Miene auf und ging ihren Freundinnen entgegen.
»Du hast nicht mit mir gerechnet, nicht, Lilly?« Helen klang ein wenig belustigt. »Dabei möchte ich nur, dass wir uns auf dem Fest vergnügen, so wie früher, und sei es nur für ein paar Stunden.«
Margit zwinkerte Lilly zu. »Ich habe Helen noch nicht einmal überreden müssen.«
»Oh, das ist schön«, erwiderte Lilly und musterte ihre Freundin, die wie beim letzten Mal eng geschnürt war und trotz der Sommerhitze einen mit Rüschen verzierten Kragen bis hoch zu ihrem fliehenden Kinn trug, was ihr ein sittsames, wenn auch einfältiges Aussehen verlieh.
»Ich lass euch Mädchen jetzt allein«, mischte sich Hedwig ein, »ich habe endlich Hanne entdeckt.«
»Wo?« Lilly und Margit fuhren herum.
»Dort steht sie, zwischen Karussell und Puppenspielerbude, steht und schwatzt. Es ist nicht zu glauben! Als wenn sie mich versetzen wollte.« Hedwig stürzte sich ins Festtagsgedränge. Einen kurzen Moment lang schauten ihr die Mädchen nach.

»Ich freue mich, Helen«, nahm Lilly den Faden wieder auf, »dass du gekommen bist. Ich fürchtete schon, du hättest uns über deine Arbeit als Gesellschafterin vergessen.«

»O nein, keineswegs. Doch sei bitte so gut, Lilly, lass uns heute nicht übers Geldverdienen sprechen, ja? Lass uns so tun, als sei die Zeit stehengeblieben und als könnten wir wieder so unbekümmert sein wie früher.« Lächelnd streckte sie ihr ihre Hände entgegen.

Eigentlich hat sie ja recht, dachte Lilly, warum sollen wir uns unsere alte Freundschaft durch die Gegenwart vergiften lassen? Herzlich zog sie Helen an sich. »Ja, warum nicht? Übrigens, meine Liebe, du ernährst dich nicht gerade von Lübecker Marzipan, oder?«

Sie lösten sich wieder voneinander, wobei Lilly merkte, dass Margit grinste.

»Ja, ich habe alle meine Doberaner Pfunde in Lübeck verloren«, erwiderte Helen heiter. »Und wisst ihr, wie?«

»Na, du wirst wohl täglich saure Heringe mit Zwiebelringen und Schwarzbrot gegessen haben«, meinte Margit.

»Nein, ich habe einfach nur den Rat unserer Hauswirtschaftslehrerin beherzigt: kein Fleisch, keine Saucen, viel Wasser, ein wenig Kochfisch und natürlich auch keine Torten.«

»Das reicht, um so schlank zu werden wie du?« Lilly runzelte die Stirn.

»Nicht ganz, ich singe sehr viel. Ich habe sogar eine eigene Musiklehrerin, die mit mir besondere Atemübungen macht. So stärke ich meine Lungen und bleibe gesund.« Sie holte Luft und sang eine der Melodien mit, die von der nahen Militärkapelle herüberklang.

»Sehr schön«, meinte Lilly, »da hast du dich aber sehr verändert, Helen. Früher, hast du uns erzählt, mochtest du vor der Klasse kaum eine Gedichtzeile aufsagen.«

»Mir hat nur der Mut gefehlt.«

»Und du warst die Pummeligste von uns dreien, nicht ich«,

beharrte Lilly. »In den Sommerferien hast du mir gezeigt, wie man Blätterteigpasteten herstellt und mit Morcheln, Huhn, Fasan und Krebsen füllen kann ...«

»Das habe ich mir von meiner Mutter abgeschaut, es schmeckte einfach gut.«

»Ja, das war herrlich«, stimmte Margit ein.

»Das überlasse ich jetzt anderen, die es besser können als ich damals. Guten Köchen eben, solchen wie dir, Lilly. Jetzt bist du tatsächlich die Rundlichere von uns. Ich hoffe für dich, dass du bald wieder eine gute Stelle findest. Oder läufst du lieber mit den Hunden, um schlank zu werden?«

»Willst du dich über mich lustig machen?«

»Nein, Lilly, entschuldige. Aber du kochst noch, oder? Sonst wärest du ja so schlank wie ich.«

»Ja, ab und zu, natürlich. Weißt du, ich höre erst auf zu genießen, wenn ich runder und süßer als eine Walnuss bin.«

Helen hob die Augenbrauen. »Süßer als eine Walnuss ... ah, da steckt wohl mehr dahinter, oder?«

Lilly lachte. »Ja, ein gutes Rezept!« Sie lachte noch mehr, was Helen noch irritierter schauen ließ.

»Mir gefällt Lillys Ansicht«, mischte sich Margit ein. »Ich finde es wirklich sehr schade, dass du deine Kochkunst aufgegeben hast, Helen.«

»Man lernt zu vergessen, wenn andere Dinge im Leben wichtiger werden, meint ihr nicht? Die Musik, die Singstunden füllen mich jetzt ganz aus.«

»Lasst uns einmal um den Kamp gehen«, schlug Lilly vor und hakte sich bei ihren Freundinnen unter.

»Ja, kommt!«, rief Margit begeistert. »Wir sollten uns wirklich beeilen, sonst verpassen wir noch diese herrliche Nacht!«

Als sie den Kamp zwischen all den vielen Besuchern zur Hälfte umrundet hatten, blieb Helen plötzlich stehen. »Wir sollten nicht hasten. Zu heftiges Atmen führt zu Schwindel.«

»Ich dachte, wir könnten mit dir um die Wette laufen«, meinte

Lilly belustigt. »Jetzt, da du weniger Pfunde mit dir herumtragen musst.«
»Mit einer Schnecke mach ich das, nicht mit euch.«
Sie lachten, gingen über die Severinstraße weiter um den Kamp herum, bis Lilly innehielt. »Wenn nur meine Füße nicht so weh tun würden«, murmelte sie und schaute an ihrem Kattunkleid herab.
»Wenn du dein hübsches Gesicht nicht verziehst, merkt das doch keiner«, meinte Helen und zupfte Lilly den vom Wind hochgeschlagenen Kragen zurecht. »Vergiss einfach deine Schmerzen. Denk nicht an deine Füße und tanz!«
»Und du?«, fragte Lilly überrascht. »Wie willst du tanzen, wenn du nicht einmal mit uns laufen willst?«
»Ich? Ich suche mir eben den passenden Tänzer aus«, gab Helen selbstbewusst zurück.
»Einer, der auf deine zarte Taille achtet?« Lilly umfasste sie und wiegte Helen hin und her.
»Nein, es muss einer sein, der selbst zart ist!«
»Gut, dann lasst uns nach schönen, zarten Tänzern Ausschau halten.«
»Davon sollte es hier wohl genug geben, oder?« Margit kicherte.
»Allerdings, die Jockeys ...« Lilly lachte auf.
»Jetzt bist du es, die mich verspottet«, meinte Helen verstimmt.
»Das war nicht meine Absicht, entschuldige.« Beherzt griff Lilly nach ihrer Hand. »Du hast recht, Helen, wir sollten wirklich tanzen, sonst fühle ich nur noch meine Füße – und du bleibst allein.«
Kaum hatten sie das in der Nähe des Alexandrinenplatzes gelegene Tanzpodium erreicht, da sah Lilly Victor auf sie zueilen. Er blinzelte ihr schelmisch zu, trat rasch neben Margit und legte seinen Arm um deren Taille. »Na, Margit, schon getanzt heute Nacht?«
Sie kicherte.
»Du hast doch wohl nicht mein Versprechen vergessen? Mein ers-

ter Tanz gehört dir.« Er packte sie um die Taille, hob sie hoch und trug sie zum Tanzboden, wo er sie sofort kraftvoll zwischen den Landleuten herumschwenkte. »Als Nächste seid ihr dran!«, rief er Lilly und Helen zu.

»Das meint er nicht ernst, oder?« Helen hakte sich bei Lilly unter und schaute sie von der Seite an. »Wollen wir nicht lieber zum Pavillon gehen, dort tanzt man Walzer ...«

»Ja, wir können später ja noch einmal hierher zurückkommen.«

»Wenn Margit abgelöst werden will«, fügte Helen spöttisch hinzu.

Sie schlenderten, angezogen von beschwingter Walzermusik, auf den Großen Pavillon zu. Durch seine hohen rechteckigen Fenster blitzte das Licht der Kerzen im vergoldeten Kronleuchter. Zwischen den Säulen, die ihn umgaben, sahen sie Tanzpaare dicht an dicht im ovalen Saal umeinander kreisen. Lilly erkannte von Maichenbach, der ihr grüßend zunickte, während er mit einer sehr jungen Dame mit weißblondem Haar tanzte. Lilly klopfte das Herz bis zum Hals. Ob er sie auffordern würde? Was, wenn Clemens sie zusammen tanzen sähe?

Vor der offenstehenden zweiflügeligen Fenstertür blieben die beiden Mädchen stehen, legten die Arme umeinander und wiegten sich summend im Walzertakt.

»So haben wir es früher oft gemacht, nicht, Lilly?«

»Ja, es ist schön, fast so wie früher.«

»Fast? Wie meinst du das?«

Ich werde dir nicht die Wahrheit sagen, liebe Helen, dachte Lilly, stattdessen legte sie den Kopf in den Nacken und schaute zum sternenübersäten Nachthimmel empor. »Weißt du, was ich mir wünsche?«

»Eine Sternschnuppe, damit deine Träume in Erfüllung gehen?« Wieder klang Helen eine Spur zu spöttisch. Lilly drückte sie an sich und lachte.

»Nein, ein Paar neue Stiefel oder eine eigene Kutsche. Dieses viele Laufen jeden Tag ruiniert meine Füße.«

»Und wenn ich dich trüge?«

Joachims Stimme.

Erschrocken sprangen Lilly und Helen auseinander.

»Joachim!« Ist Clemens auch hier? Lilly konnte die Frage gerade noch rechtzeitig für sich behalten.

»Komm, tanz mit mir, Lilly!«, forderte er sie auf. »Ich verspreche dir, deine Füße werden den Boden kaum berühren.«

»Viel Glück, Lilly«, flüsterte Helen ihr ins Ohr. »Ihr seid ein hübsches Paar ... Ich komme später noch einmal vorbei, ich fürchte, meine Eltern suchen schon nach mir.«

Lilly war nicht mehr in der Lage, über Helens raschen Abschied nachzudenken. Die Aufregung, das erste Mal in diesem eleganten Pavillon, inmitten der vornehmen Gesellschaft tanzen zu können, war zu groß. Es war Tradition, dass hier auf engstem Raum der Kern der traditionellen Gästeschar von Doberan und Heiligendamm ausgelassen, ja beinahe frivol tanzte. Lilly merkte bald, dass viele von ihnen bereits beschwipst und so manches Kleid, so mancher Frack derangiert waren. Es war, als hielten sich alle immer noch an die Anordnung des alten Friedrich Franz I.: Die Etikette sei auch während der Festtage aufzuheben ...

So will ich jetzt das tun, worauf ich Lust habe, sagte sich Lilly, überließ sich Joachims Führung, schloss die Augen und dachte an Clemens. Sie nahm kaum mehr wahr, wie Joachim von von Maichenbach abgelöst wurde, dieser von einem Reserveleutnant, jener wiederum von dem ostelbischen Junker von Bastorf, dem wieder Joachim folgte, bis der Rittergutsbesitzer von Sickling zum erneuten Wechsel aufforderte, und so ging es weiter und weiter ...

Lilly überließ sich Walzer für Walzer dem Schwung der Musik, der Süße der Melodien. Für sie war die Berührung der Hände ihrer Tänzer Clemens' Berührung, die Biegsamkeit ihrer Körper war Clemens' Biegsamkeit. Ihr war, als sei die ganze Luft erfüllt von Clemens' magischer Anziehungskraft, dem faszinierenden Rätsel seines Wesens. Sie fühlte ihn so nah bei sich, dass sie

Angst hatte, die Augen zu öffnen, um nicht enttäuscht zu werden.
Kaum noch spürte sie, dass ihr ein anderer Tänzer auf den Fuß trat, ein Ellbogen ihr in den Rücken stach, eine ihrer Schleifen abriss. Doch da ließ Joachim sie mitten im Tanz abrupt los. Benommen wirbelte Lilly weiter und fiel direkt in Victors Arme.
»Ich möchte mit dir tanzen, Cousinchen, mein Herr hat's mir erlaubt.«
»Joachim? Ich verstehe nicht ... Warum tanzt du nicht mehr weiter mit mir, Joachim?« Irritiert rief sie nach ihm.
»Geh nur mit ihm, er hat dich aufgefordert, es ist sein Recht, nicht?« Joachim wirkte auf einmal müde.
Victor lächelte entspannt. »Ich danke Ihnen, Herr von Stratten. Komm, Lilly. Sie spielen Polka – Margit pausiert, und ich muss mit dir sprechen.«
»Ich komme später nach«, versprach Joachim und wandte sich ab.
Victor zog sie mit sich, und wie im Rausch wollte Lilly alles um sich herum vergessen. Sie wollte weiter von Clemens träumen, egal, ob im eleganten Pavillon oder auf den schlichten Brettern fürs Landvolk. Victor wirbelte Lilly auf den Holzdielen herum – Polka, Walzer, Bauerntänze. Nie zuvor hatte sie so ausgelassen getanzt. Immer mehr Festgäste schauten ihnen zu und klatschten im Rhythmus der Musik. Einmal glaubte Lilly, unter ihnen Clemens zu erkennen, wie er ihre Drehungen mit unbeweglicher Miene, doch aufmerksamem Blick verfolgte. Da lenkte Lilly Victor dicht an den Rand des Tanzbodens und drehte sich lebhaft um die eigene Achse. Dabei bauschte ihr Kleid auf, und ein Luftzug fuhr über Clemens' Gesicht. Lilly kam es vor, als erstarre er kurz, dann aber schob er mit rascher Geste seinen Hut so weit zurück, dass eine Haarsträhne über seine Stirn fiel. Lilly nahm seine Bewegung wie im Traum wahr. Sie wirbelte ein weiteres Mal vor ihm herum, und der Saum ihres Kleides schwang weit in die Höhe.

Ein Windhauch plusterte Clemens' Haar hoch. Und Lilly sah, wie seine Augen aufleuchteten.

Von einem Moment auf den anderen setzte plötzlich ein gewaltiges Knallen und Prasseln ein und ließ die Tänzer innehalten. Sie mussten die Ankündigung vom Ende des Bauernfestes überhört haben. Vom Jungfernberg her stieg das traditionelle Feuerwerk in den Himmel. Fontänen glitzernder Feuerlichter zerrissen die bunte Laternenschummrigkeit. Applaus, Pfiffe und Jubelschreie erfüllten die Luft. Von irgendwoher erklang Händels Feuerwerksmusik. Blech- und Holzbläser, Trommler und Paukisten erfüllten die Nacht mit ihren jubilierenden Klängen. Immer mehr Menschen drängten auf dem Kamp zusammen.

»Lilly, du musst mir helfen.« Victor zog sie dicht an sich, um in ihr Ohr sprechen zu können. »Du hast so schön getanzt, Herr von Rastrow hat dir ganz fasziniert zugeschaut, hast du es gemerkt?«
»Nein, ich, ja, also ich weiß nicht ...« Sie war völlig durcheinander. Er hatte sie also doch gesehen! Aber warum hatte er sie nicht angesprochen?
»Sicher fragst du dich, warum ein solcher Mann dich nicht zum Tanz auffordert, nicht?« Victor führte etwas im Schilde, so einschmeichelnd hatte er noch nie geklungen.
»Was willst du von mir, Victor?«
»Ich will ehrlich sein, Lilly. Du könntest es leichter haben, ihn für dich zu gewinnen, wenn du mir eine Bitte erfüllst. Ich habe eingesehen, dass es keinen Zweck mehr hat, mit Vater friedlich zusammenzuleben. Ich habe gute Kontakte knüpfen können. Einige Junker haben mir bestätigt, dass ich Talent zum Jockey habe, mein guter Hinnek aber nicht reicht, um besser zu werden. Ich würde gern eines Tages die Stelle bei Herrn von Stratten aufgeben, um bei den Donnersmarcks oder von Maltzahns anzutreten.«

Lilly beobachtete das Feuerwerk. Ob Clemens jetzt auch in den Himmel schaute, sich ihre Blicke dort oben im Funkenreigen trafen?

»Was du vorhast, ist gut, Victor«, sagte sie laut. »Aber was habe ich damit zu tun?«

»Du und deine Mutter, ihr habt Angst vor meinem Vater – genauso wie ich jetzt«, fuhr er schnell fort. »Ich möchte dir einen Vorschlag machen: Ich werde euch vor ihm besser beschützen. Er ist, glaube ich, wirklich unzurechnungsfähig geworden. Dafür bitte ich dich, meinen Freunden, die dich heute näher kennengelernt haben, einen Gefallen zu tun.«

»Niemand hat mich kennengelernt.«

»Doch, erinnerst du dich nicht? Du hast mit ihnen getanzt, sehr eng sogar, mit Herrn von Bastorf, Herrn von Sickling, Herrn Recklin ... Jeder ist von dir fasziniert. Du hättest getanzt wie eine Libelle, ganz leicht, schillernd schön, aber ...« Er verstummte.

»Aber?«

»... du warst mit deinen Gedanken weit weg. Einer sagte, er hätte das Gefühl gehabt, dich wie eine Libelle nicht einfangen zu können, obwohl er dich in seinen Armen hielt.«

»Worauf willst du hinaus, Victor? Du erwartetst doch wohl nicht, dass ich mich einfangen lasse, wie du so schön sagst?«

»Nein, ich will, wie gesagt, ehrlich sein. Ich brauche deine Unterstützung. Wie du dir vorstellen kannst, ist die Zustimmung des Gutsherrn nötig, um auf seinem Gut arbeiten zu können. Die jungen Herren dürfen nichts ohne das Placet ihrer Väter entscheiden. Sie wären eher bereit, ein gutes Wort für mich einzulegen, könnte ich dich dazu überreden, für sie zu kochen ...«

Lilly lachte bitter auf. »Das glaube ich dir nicht.«

»Nun, natürlich bildet sich jeder von ihnen ein, dich erobern zu können ... Aber das ist ja nur ein Spiel, Lilly. Mehr nicht. Und bestimmt wäre Herr von Rastrow mit dabei, und dann könntest du ihn näher kennenlernen. Also, würdest du mir diesen Gefallen tun?«

Das Knallen und Tosen um sie herum war so laut geworden, dass Victor ihr seine letzten Worte ins Ohr hatte schreien müssen.

»Weiß Joachim davon?«

»Natürlich, es sind ja hauptsächlich seine Freunde.«
Dann wird er eifersüchtig sein, und Clemens wird es ebenfalls wissen. Hast du deshalb nicht mit mir getanzt, Clemens? Weil du das verabscheust, wozu ich gezwungen werden soll? Lilly war wütend. »Du willst mich also erpressen! Dass du so gemein sein kannst, Victor, übersteigt meine schlimmsten Befürchtungen.«
»Versteh doch, Lilly, in Wahrheit sind wir beide auf uns allein gestellt. Der Ehrgeiz allein wird uns nicht reichen, um das zu bekommen, was wir wollen, oder? Wir müssen uns schon gegenseitig helfen.«
»Ich fasse es nicht! Du schlägst mir hier, auf der früheren Viehweide, einen Kuhhandel vor! Was für ein Wahnsinn!« Lilly lachte bitter und wollte davonlaufen.
Sanft hielt er sie am Arm zurück. »Überleg es dir gut, Lilly Alena. Mein Vater hat heute den letzten Rest seines guten Rufes verspielt. Man demütigt seinen eigenen Sohn nicht in der Öffentlichkeit, nicht heute, nicht auf diesem Fest. Ich habe viele Freunde, jeder steht auf meiner Seite. Und ich sage dir: Er wird wieder schlagen, mich, dich, deine Mutter, wen auch immer. Ihm ist nicht mehr zu trauen. Hilfst du mir, helfe ich euch beiden. Ich fürchte nämlich, dass wir keine andere Wahl haben!«
»Du kannst mich nicht zwingen.«
»Nein, nur überzeugen. Denn wenn du deinen Beruf ernst nimmst, würdest du meinem Vorschlag zustimmen.«
»Was meinst du damit?«
»Ich habe gehört, dass unser Antiquar vor kurzem dein französisches Kochbuch verkaufen konnte.«
»An wen?« Ihr Herz klopfte schneller.
»Ich weiß es nicht, niemand wollte mir den Namen des Käufers verraten. Die jungen Herren aber haben angedeutet, sie wüssten, um wen es sich handele, und versprachen, es dir zurückzukaufen. Vorausgesetzt, du nähmst ihre Einladung an.«
»Einladung? Wohl eher eine freche Herausforderung!«
»Frech? Nein, es ist eine echte Chance.«

»Kannst du dir nicht vorstellen, was dabei für mich auf dem Spiel steht?«

»Ehrlich gesagt, nein. Ich finde, deinen Ruf gefährdest du viel eher, wenn du Hunde ausführst. Du setzt dich den Blicken von Männern aus, die dich für eine Dirne halten. Willst du das noch länger tun? Ist es nicht besser, du nimmst diese Chance an, mit der du dich wieder als Süßspeisenköchin beweisen kannst? Passt das nicht viel besser zu dir?«

»Auch wenn du recht hast, mir gefällt die Art nicht, wie du mit mir sprichst. Du bedrängst mich zu sehr. Kann ich dir wirklich trauen, Victor?«

Aus den Augenwinkeln nahm Lilly wahr, wie ein junger Botenjunge auf das Prinzenpalais zustürmte. In der Nähe wandelten drei Damen auf und ab, eine von ihnen musste Helen sein. Victor folgte Lillys Blick. Mit gedämpfter Stimme sagte er: »Sie hat mit niemandem getanzt. Kannst du mir sagen, warum?«

Weil sie sich für Clemens aufbewahrt!, rief ihr ihre innere Stimme zu. O Gott, was, wenn das wahr ist? Was soll ich nur tun?

Als hätte Victor ihre Gedanken gelesen, nickte er ihr bedeutungsvoll zu. Sie hatte verstanden. Und ohne ein weiteres Wort zu verlieren, ließ sie Victor allein und lief davon.

Verzweifelt flüchtete Lilly in den Klostergarten, um Ruhe zu finden. Vor Empörung wirbelten ihre Gedanken durcheinander: Victor setzte sie unter Druck, versprach ihr Schutz, lockte sie mit der Hoffnung, sie könne ihr Kochbuch zurückerhalten und Clemens näher kennenlernen. Aber konnte sie ihm wirklich glauben? War es nicht vielmehr so, dass Clemens an ihrer Liebe zweifeln würde, würde sie Victor den Gefallen tun, für die jungen Junker zu kochen? Schließlich war er der Meinung, süße Speisen verdürben die Moral ... So sträubte sich alles in ihr, dieses Risiko einzugehen. Bei allem Verständnis für Victors Ehrgeiz hatte sie dennoch das ungute Gefühl, in eine Falle gelockt zu werden.

Sie setzte sich auf eine Steinbank neben dem Portal des verschlos-

senen Münsters und versuchte zu beten. Doch immer wieder störten sie vorbeiziehende Festtagsbesucher. Schließlich brach sie zur Ruine der ehemals klösterlichen Wollspinnerei, der »Wolfsscheune«, auf, die nordöstlich des Münsters lag. Das Mondlicht flutete durch ihre leeren, zweigeschössigen Bogenfenster und heftete ihrem brüchigem Mauerwerk gespenstische Schattenkleider an. Lilly sank an der von der Sommerhitze noch warmen Backsteinmauer zu Boden und weinte.
In der Nähe schlenderten Liebespaare über die Wege, der Klosterbach murmelte, in einer der alten Buchen hockte ein Käuzchen und rief. Ab und zu tönten vom Kamp Böllerschüsse und Fanfarenklänge zu ihr herüber, doch nach und nach verebbte der Lärm. Bis auf das Rascheln von Mäusen und das Knirschen fremder Schritte im Sand war es ruhig. Stille trat ein.
Lilly hob ihren Kopf, lauschte. Das waren nicht die Schritte eines langsam tändelnden Liebespaares, nein, so ging nur ein Mann, der etwas suchte.
Sie suchte?
Sie stand auf und flüchtete an der Klostermauer entlang zur östlichen Klosterpforte.
»Lilly! Lilly, bitte warte!«
Sie schaute sich um. Es war Clemens. Erschrocken blieb sie stehen, ihr schwindelte fast, so heftig schlug ihr Herz.
Eilig kam er auf sie zu. »Ich möchte mich von dir verabschieden, Lilly. Und ich habe dir etwas zu sagen.«
»Du bist mir böse, weil ich so viel getanzt habe?«
Er zögerte. »Du bewegst dich sehr schön, Lilly«, sagte er langsam, »ich habe dir gern zugeschaut.« Seine Stimme war leise, konzentriert. »Ich verstehe, dass du viele Verehrer hast. Ich habe dich gesucht, weil ich dir etwas erklären möchte.«
»Ist es so ernst?«
»Ja, leider. Vor einer Stunde habe ich von meinem Vater eine Depesche erhalten. Er ist in großen Schwierigkeiten, das heißt, eigentlich steht die Existenz meiner Familie auf dem Spiel.«

»Das tut mir leid, Clemens, was ist denn geschehen?«
»Zu viel, als dass ich dich länger deinen Vermutungen überlassen möchte. Ich möchte, dass du die Hintergründe verstehst. Mein Vater bittet mich, sofort nach Berlin zu kommen.«
»Noch heute Nacht?«
»Ja, meine Mutter wird hierbleiben. Man glaubt es kaum, aber sie hat eine kleine Nervenkrise. Es könnte sein, dass ihr euch in den nächsten Tagen begegnet. Lass dich dann bitte nicht von ihrer abweisenden Art verunsichern. Sie ist sehr erschüttert von dem, was gerade in unserer Familie geschieht.«
»Eine so starke Frau wie sie?«
»Ja, so ist es.«
»Und sie gestattet es, dass du sie in dieser Situation allein lässt?«
»Ja, das hat seinen Grund.«
»Und du hast mich gesucht, um mir alles zu erklären.«
»Schonungslos, Lilly, ja. Ich will ganz offen sein. Wie uns jetzt bestätigt wurde, hat mein Vater im Laufe der letzten Jahre Geld und Vertrauen seiner Kollegen und Kunden missbraucht. Mehr noch, er hat ihre finanziellen Einlagen verspekuliert. Das Schlimmste aber ist: Er hat das Vermögen, das meine Mutter in die Ehe einbrachte, verspielt. Um Bankrott und gerichtliches Verfahren abzuwenden, fordert er jetzt von ihr, dass sie auf die Rückgabe ihres Vermögens verzichtet. Für ihn wäre es eine Schande, wenn auch dieses interne Desaster an die Öffentlichkeit käme. Vater will den Schein wahren, soweit es unter diesen Umständen möglich ist.«
»Und deine Mutter ist der gleichen Meinung?«
»Nein, sie hat schon seit langem seiner sorglosen Art misstraut und möchte jetzt eine Revanche. Sie bittet mich, ihre Ansprüche ihm gegenüber zu vertreten.«
»Und welche sind das?«
»Sie wäre bereit, auf die Rückzahlung ihrer Mitgift zu verzichten, wenn er mit sofortiger Wirkung einer Scheidung zustimmt.«

»Dass eine Frau ihren Mann zu einer Scheidung drängt, ist sehr ungewöhnlich. In unserer Zeit kann ein Mann seine Frau verstoßen, nicht aber eine Frau ihren Mann. Glaubst du, dein Vater wird einwilligen?«

»Ich fürchte, nein, denn mein Vater möchte sicher nicht die Frau verlieren, die ihm Zugang zum Adel ermöglicht hat. Er hat sie ja nicht nur aus Liebe geheiratet, sondern auch deshalb, weil er sich mit ihrem Namen, Stammbaum und Besitz an Grund und Boden schmücken wollte.«

»Und was hat deiner Mutter dann an ihm gefallen?«

»Er hat Charme, kann heiter und unbeschwert sein, aber eben auch forsch und rücksichtslos etwas durchsetzen, wenn es ihm wichtig erscheint. Außerdem war sie von seiner öffentlichen Stellung als Teilhaber einer Bank und dem bequemen Leben in einer Großstadt beeindruckt, das er ihr von Anbeginn an bieten konnte.«

»Dann gibt es also nur ein wirtschaftliches Problem zwischen deinen Eltern.«

»Nein, ich will dir die vollständige Wahrheit nicht vorenthalten, bitte dich aber um Stillschweigen.«

»Das versteht sich von selbst.«

»Vor einem halben Jahr hat meine Mutter ihn in flagantri mit einem unserer Küchenmädchen erwischt. Sie hat diesem natürlich auf der Stelle gekündigt, jedoch dann von meinem Vater erfahren, dass das Verhältnis schon länger bestünde und ein Kind unterwegs sei.«

»Das ist ja furchtbar.«

»Daraufhin beauftragte meine Mutter einen Detektiv, der herausfand, dass mein Vater bereits vor einem Jahr in Pankow ein Häuschen mit Garten für unser ehemaliges Küchenmädchen erworben hatte. Mutter fühlt sich nun von ihm doppelt hintergangen, hasst ihn geradezu. Wie es aussieht, nimmt mein Vater diese Liaison also ernst.«

»Ernster als seine Ehe, ernster als seinen Beruf?«

»Ich habe eher den Eindruck, er will alles so belassen, wie es ist. Er möchte nichts von dem verlieren, was er besitzt: weder Ehefrau noch Ansehen, noch Geliebte. Verstehst du, dass mich diese Ereignisse erschüttern und dass ich alle Kraft brauchen werde, um zwischen meinen Eltern zu vermitteln und unsere Familienehre zu retten?« Er näherte sich ihr, ergriff ihre Hände. »Ich gehe jetzt, Lilly. Was immer du auch tun wirst, es bleibt dir allein überlassen. Du hast alle Freiheiten.«

»Clemens, ich ... ich muss dir auch etwas sagen ...«

»Verzeih, Lilly, die Zeit drängt, ein andermal ...«

»Es ist wichtig, Clemens, und ich habe Angst, du könntest mir eines Tages nicht mehr glauben ...«

»Tu, was für dich richtig ist, Lilly. Ich ... vertraue darauf, dass du weißt, wofür du dich entscheidest.«

»Ich fürchte nur, dass, wenn ich mich für das eine entscheide, ich das andere verlieren könnte ...«

»Das kommt ganz darauf an ...« Er nahm ihre Hände und sagte leise: »Vielleicht magst du auch die Zeit nutzen, dir zu überlegen, welche Nachspeise ich liebe.« Er küsste sie zart auf den Mund. »Auf Wiedersehen, Lilly, ich komme zurück.« Dann drehte er sich um und eilte in der Dunkelheit des Klostergartens davon.

Kapitel 6

Wieder und wieder ließ Lilly vor ihrem geistigen Auge Revue passieren, was an diesem letzten Festtag geschehen war. Doch wohin sie ihre Gedanken auch lenkte, nichts schien mehr wie zuvor. Ihr Cousin, der noch, wie sein Vater, vor kurzem das Promenieren mit den Hunden als Geldquelle angesehen hatte, riet ihr nun davon ab. Stattdessen schürte er in ihr die Angst vor drohender Gewalt im eigenen Haus und lockte sie mit der Aussicht auf ihr geliebtes Kochbuch *Cuisine d'Amour* und neue Chancen als Süßspeisenköchin durch seine Kontakte zum Mecklenburger Landadel. Vorausgesetzt, sie ließe sich auf ein kulinarisches Abenteuer mit seinen Landjunkern ein …
Sie fühlte sich zwischen Beruf und Liebe, der Lust auf ein Risiko und der Angst vor Trennung und Verlust hin- und hergerissen. Und dabei rückte der Mann, den sie liebte, mal ferner, mal näher. Sie sah es ja ein: Er hatte zu große familiäre Sorgen, als dass er ihr die Sicherheit geben könnte, mehr für sie zu empfinden als die Lust, sie zu küssen. Aber sie war sich auch nicht ganz sicher, ob er mit ihr spielte, sie herausforderte, weil er sie attraktiv fand, oder ob er in seinem Herzen trotz allem noch Platz für tiefere Gefühle hatte.
Bis zum Morgengrauen kreisten ihre Gedanken um Wortfetzen und Ängste, die die Gespräche der Nacht hinterlassen hatten. Victor und Clemens hatten sie verunsichert, wenn auch jeder auf vollkommen andere Art und Weise. Und dann war da noch Helen, die vorgegeben hatte, sich zu freuen, mit ihr auf dem Bauernfest zu feiern – und die sie recht schnell allein gelassen hatte. Nie hatte sie sie tanzen sehen, nur spät in der Nacht dort wiederentdeckt, wo der Adel ein und aus ging …
Kurz bevor Lilly im Morgengrauen einschlief, hatte sie das Ge-

fühl, in einen Strudel geraten zu sein, der sie in lichtloser Meerestiefe festhielt.

»Lilly, wach endlich auf! Ein Kutscher ist hier und will dich abholen!«
Verschlafen blinzelte Lilly. »Was für ein Kutscher? Und wie spät ist es?«
»Zehn nach elf, Kind. Ich dachte, ich lasse dich ausschlafen. Was für ein Fehler. Was will denn dieser Mann von dir?«
»O Gott, ich habe vergessen, heute Morgen Kaito auszuführen! Und um elf sollte ich zum Gut Barstett fahren, um für Madame Rachmanowa und von Maichenbach zu kochen! Ich habe gar nicht mehr an ihre Einladung gedacht! Das wird sie mir nicht verzeihen. Der arme Kaito. Was mache ich jetzt nur?«
»Der Kutscher steht unten in der Diele und wartet auf dich. Dein Onkel schläft, Victor ist ausgeritten. Beeil dich, Tochter. Schnell, du kannst die Herrschaften nicht im Stich lassen. Sie werden dich doch wohl gut bezahlen, oder? Schließlich ist heute Sonntag ...«
Hedwig lächelte schief. »Zieh dich schnell an. Ich gehe wieder zu ihm nach unten, um ihn ein bisschen zu unterhalten. Du aber kommst gleich nach. Ich verlass mich auf dich!«
Knappe zehn Minuten später saß Lilly, gewaschen, aber ohne gefrühstückt zu haben, neben Kaito in der Kutsche. Der Japan-Chin blickte dumpf brütend vor sich hin. Als Lilly ihn streicheln wollte, knurrte er leise, und als sie besänftigend auf ihn einzusprechen begann, bedachte er sie mit einem geradezu bösen Blick.
Er straft dich ab, weil du ihn heute versetzt hast, dachte Lilly bei sich. Stattdessen wandte sie sich dem Blatt Papier zu, das ihr der Kutscher, reichlich verärgert, kurz vor der Abfahrt in die Hand gedrückt hatte. Es war der Entwurf einer Speisenfolge, die ihr Madame Rachmanowa in schlecht leserlicher Handschrift mit auf den Weg gegeben hatte: »Kartoffelsuppe mit Speckwürfelchen, gebackener Aal, Wachtelpastetchen, Kalbskoteletts mit glacierten Möhren und Schweinenacken mit Backpflaumen und

Äpfeln.« Es war ein üppiges Mahl für eine verwöhnte Herrenrunde, und Lilly fragte sich, ob wohl auch Madame Rachmanowa fähig war, für eine derartige Speisenfolge genügend Appetit aufzubringen. Während Lillys Magen vor Hunger knurrte, der Hund im Schlaf seine kleinen Lefzen hochzog und die Kutsche übers Land jagte, grübelte Lilly über den letzten Satz des Briefes nach: »Die Herren wünschen sich etwas Aufmunterndes zum Schluss. Sie verstehen?«

Das Gut lag südöstlich von Rostock, umgeben von Laubwäldern, Obstgärten und Zuckerrübenfeldern. In der Nähe glitzerte ein See. Nur flüchtig nahm Lilly wahr, dass im gutseigenen Park, zwischen Feldsteingrotte und Gartenpavillon, einige Herren Boule spielten. Auf der überdachten Terrasse unterhielten sich, Zigarre rauchend, ein paar andere Herren und sahen kurz auf, als Lillys Kutsche vor dem Portal ausrollte. Lilly spähte hinaus. Im Hof herrschte Aufregung. Bedienstete und Knechte beäugten, eifrig schwatzend, eine schwarzlackierte Droschke mit Reichsadler, die gerade vor der Remise aufgebockt wurde. Der Wagenmeister und zwei Knechte hockten vor dem gebrochenen Rad, das an der Gebäudewand lehnte. Lilly öffnete den Wagenschlag, nahm das Körbchen mit Kaito und stieg aus. Noch während sie überlegte, ob sie sich am Haupteingang melden oder gleich durch den Gesindeeingang in die Küche gehen sollte, rannte, hektisch mit den Armen wedelnd, ein Küchenmädchen auf sie zu: »Kommen Sie, rasch! Sie müssen für ihn kochen! Schnell!«
»Ich werde erwartet«, sagte Lilly steif und ärgerte sich im gleichen Moment. Hatte sie etwa geglaubt, von Maichenbach oder Madame Rachmanowa nähmen sie höchstpersönlich in Empfang? Das Küchenmädchen errötete und schaute sie verlegen an. »Sind Sie nicht die Süßspeisenköchin Babant?«
»Doch, die bin ich.« Lilly setzte den Hund auf die Erde, der sofort zum nächsten Baum lief. Das Küchenmädchen runzelte die Stirn. »Der darf aber nicht in die Küche.«

»Das weiß ich. Ist denn Madame Rachmanowa nicht hier?«
»Kenn ich nich', nur dass der Kanzler gekommen ist, das ist sicher. Jetzt kommen Sie, bitte. Es soll nämlich eine halbe Stunde früher gegessen werden. Und dieser Aushilfskoch schreit uns schon seit Stunden zusammen. Es ist furchtbar.« Das Mädchen wiegte ein wenig den Kopf hin und her. »Vielleicht können Sie ihn ja etwas beruhigen.«
»Können Sie jemanden bitten, sich um Kaito zu kümmern?«
»Ich sage gleich dem Hausmädchen Bescheid, wollen Sie bereits vorgehen? Dort links, neben den Fliederbüschen, führt der Weg zur Gutsküche. Ich komme gleich nach.«
Lilly folgte ihrer Beschreibung. Das Fenster der Küchentür war beschlagen. Die Tür schabte über die Steinfliesen, als Lilly sie aufschob. Hitzeschwaden, metallenes Klappern, dumpfe Schläge auf Holz und eine ihr nur allzu gut bekannte Stimme drangen an ihre Ohren: »Herrgott noch mal! Sie?« Es war Maître Jacobi. Lilly stockte der Atem vor Entsetzen. Das durfte nicht wahr sein! Sie war so froh gewesen, ihm all die Wochen über nicht begegnet zu sein – und jetzt sollte sie mit ihm wieder einen Raum teilen? Niemals! Abrupt drehte sie sich um und rannte davon. Doch sie hatte kaum den Hof erreicht, als ihr ein Mann im Frack entgegenkam und sie an den Schultern fasste. »Willkommen, Lilly, warum laufen Sie davon?«
»Verzeihung, aber da muss ein Missverständnis vorliegen. Ich bitte darum, Herrn von Maichenbach oder ...«
»Es ist alles in Ordnung, Lilly. Keine Sorge. Ersterer spielt gerade Boule, Madame Rachmanowa liegt mit Unwohlsein im Gästetrakt. Sie bittet mich, Sie zu grüßen. Sie mögen heute Ihr Bestes geben.«
»Nicht mit ...«
»Ich bin Caspar von Bastorf, Lilly«, fuhr er eine Spur strenger fort. »Maichenbach erzählte mir Ihre Geschichte, aber dummerweise erst nachdem ich extra für des Reichskanzlers Gaumenfreude den Spitzenkoch Jacobi aus der ›Strandperle‹ engagiert

hatte. Mein Koch ist, fürchte ich, gut für uns, nicht aber für einen Gourmet wie Bismarck. Nun, ich denke, es gibt für Sie heute kein Entrinnen. Es ist Zufall, vielleicht aber auch Ihr Glück. Wer weiß, vielleicht vertragen Sie sich ja wieder.«
»Nie!«
»Warten Sie's ab. Wissen Sie eigentlich, dass der Reichskanzler sich nach Ihnen erkundigt hat, nachdem Sie ihm am ersten Renntag angenehm aufgefallen waren?«
Lilly senkte verlegen den Blick. »Wohl eher unangenehm ...«
»Nein, nein. Nun wollen wir doch mal sehen, wer von Ihnen heute den Lorbeerkranz aus des Reichskanzlers Händen erringt.« Von Bastorf lachte und machte eine weite Handbewegung Richtung Küche. »Hier ist Ihre Chance!« Er nickte ihr aufmunternd zu und verschwand ebenso schnell, wie er aufgetaucht war.
Wie Lilly befürchtet hatte, machte Jacobi ihr das Leben schwer: Er redete ununterbrochen, brüllte Befehle, schimpfte, weil die Küchenmädchen nicht schnell genug arbeiteten, nicht sorgfältig genug Gemüse zerkleinerten, das Fleisch nicht richtig brieten, den Aal nicht sorgfältig genug buken, die Pasteten zu nachlässig anrichteten ... Kurzum: Lilly hatte den Eindruck, Maître Jacobi nutzte die Schwäche der anderen, um sie in ihrer Konzentration auf ihre Süßspeisen zu stören. Ständig beobachtete er sie, versuchte, die notwendigen Abläufe zu unterbinden, indem er ihren Weg kreuzte, ihre Zutaten oder Schüsseln verstellte, Arbeitsflächen belegte, ihr falsche Antworten gab, wenn sie nach Gerätschaften oder Zutaten fragte. Am liebsten wäre sie gegangen, nur der Gedanke an den Reichskanzler, der oben mit von Maichenbach, dem Gutsherrn und anderen Gästen im Speisesaal saß und auf seine – ihre! – Süßspeisen wartete, zwang sie durchzuhalten. Zum Glück stand ihr eines der Küchenmädchen zur Seite, das ihr an Jacobis durchdringenden Blicken vorbei alles brachte, was sie brauchte. Um Ruhe zu haben, lief Lilly unentwegt in den Garten hinaus, um auf einer Steinbank hinter den Fliederbüschen weiterzuarbeiten und hin und wieder ihre Tränen zu trocknen.

Und so schaffte sie es schließlich, halb in der Gutsherrenküche, halb im angrenzenden Gemüsegarten, ihre Süßspeisen zu vollenden. Verschwitzt, mit blankliegenden Nerven und zitternden Fingern schrieb sie zu guter Letzt auf einem Blatt Papier ihre Köstlichkeiten für die Gäste auf:

Etwas Aufmunterndes zum Schluss:
In Erinnerung an den Aal –
Männertreu-Gelee mit Madeira,
als Zubrot für die Wachteln –
Mandelmilchpudding mit Rosenblättern, Zimt und Ingwer,
als Umhüllung von Kalb und Schwein –
Bénédictine au chocolat, Schokolade, verfeinert mit Mokka und Likör.

BON APPETIT!
Lilly Alena Babant

Die gegarten, mit Eidotter verrührten Wurzeln der altbekannten Gartenpflanze Männertreu passten geschmacklich nicht nur zu Aal oder Krabben, sondern ebenso, mit Madeira zu Gelee verfeinert, als Abschluss zu einem ebensolchen Menü ... Was also Mandelmilch und Ingwer, Schokolade und Likör versprachen, würde das Gelee halten ...
Lilly ließ ihre Süßspeisen in den Keller des Gutshauses bringen. Sie selbst hatte keine Kraft mehr. Ihr war, als seien ihre Beine weich wie Eidotter. Fast zweieinhalb Stunden waren vergangen, und sie hatte noch immer nichts gegessen. Feindselig starrte Jacobi sie an, während der Küchenjunge seine Anrichteplatten in den Aufzug schob und die Klingel betätigte.
»Haben Sie auch nicht zu vieles miteinander verhext, Lilly Alena Babant?«
»Warten Sie's ab.«
»Soll ich das? Möchten Sie, dass ich hin und wieder im Keller

nachschaue, ob sich dort etwas tut? Oder wollen wir warten, bis die hohen Herren persönlich kommen und sich beschweren? Wenn es ihnen dann noch möglich ist ...«
»Warum sind Sie nur so gemein, Herr Jacobi?«
»Maître!«
»Sie mögen keine Frauen, nicht wahr?«
»Pah!«
»Sie sprechen uns unsere Würde ab. Wieso soll ich es Ihnen also nicht gleichtun, Herr Jacobi?«
»Oh, sie giftet wieder, die kleine süße Babant. Wie aufreizend weiblich!« Er kicherte und biss in eine reife Mirabelle.
Die Küchenmädchen, die mit Abwasch und Aufräumen beschäftigt waren, verstummten und bewegten sich ganz leise.
»Mein Bruder hatte da wohl einen besseren Geschmack als ich. Ist es das, was Sie mir sagen wollen, Lilly?« Er prustete und kaute mit vollen Backen.
Sie schwieg. Es hat keinen Zweck, mit ihm über jedweden Geschmack zu streiten, sagte sie sich und zog es vor, in den Garten hinauszugehen.
Aus den geöffneten Fenstern des Speiseflügels erklang fröhliches Gelächter. Deutlich hörte sie Bismarcks kraftvolle Stimme heraus. Wortreich begann er, eine Anekdote aus dem Gesellschaftsleben zu erzählen. Lilly verstand nur Bruchstücke, doch als er endete, brach erneut ausgelassenes Gelächter aus. Nach und nach traten immer längere Pausen ein, die darauf hindeuteten, dass ein neuer Gang aufgetischt wurde. Sie war so neugierig darauf, wie wohl ihre Süßspeisen angenommen werden würden, dass sie nicht merkte, wie Madame Rachmanowa über die Terrasse auf sie zukam. Ihre Wangen waren gerötet.
»Lilly, wo waren Sie heute früh? Kaito frisst nicht. Das muss daran liegen, dass Sie ihn vernachlässigt haben.«
»Es tut mir leid ...«
»Was ist mit Ihnen los? Xaver hat mir erzählt, er habe mit Ihnen auf dem Kamp getanzt, und Sie hätten kein einziges Wort mit

ihm gewechselt. Mit geschlossenen Augen seien Sie von Tänzer zu Tänzer gewechselt wie eine Puppe.«

Lilly nickte, dabei war es ihr, als schwebe die Russin auf und ab.

»Lilly, fehlt Ihnen etwas?«

Sie nickte noch heftiger, unfähig, ein Wort über die Lippen zu bringen. Clemens fehlt mir, und etwas zu essen, mein Gott ...

»Sie taumeln ja, Kindchen!« Die Rachmanowa fasste Lilly um die Taille und stützte sie. »Xaver!«, rief sie, so laut sie konnte, zur Terrasse hinauf, hinter der linker Hand der Speisesaal angrenzte. Von Maichenbach stürzte nach wenigen Minuten herbei. Er klopfte Lilly auf die Wangen. »Schauen Sie mich an, Lilly. Was ist mit Ihnen los?«

Ein vertrautes Augenpaar, ehrlich um ihr Wohl besorgt ... Lilly knickten die Beine weg. Im letzten Moment fing von Maichenbach sie auf und trug sie zur Feldsteingrotte, wo eine hölzerne Gartenliege stand. »Bleiben Sie hier, ich hole einen Arzt.«

Sie schüttelte stumm den Kopf, dabei verspürte sie heftige Schmerzen. Sie legte ihre Fingerspitzen an ihre Schläfen, stöhnte.

Aus dem Speisesaal dröhnte Bismarcks Stimme: »Famos! Großartig! Wo ist sie, diese Dessert-Fee? Bringt sie mir an den Tisch, sie ist außerordentlich gut. Was für ein Mädchen. Wo bleibt sie denn nur?«

»Herrje, er ist ungeduldig. Wir müssen etwas tun«, wisperte die Rachmanowa. Sie fühlte Lillys Puls und strich ihr zärtlich über die Stirn. »Lilly, Fürst Bismarck persönlich ruft nach Ihnen, und Sie wirken mehr tot als lebendig. Können Sie sich nicht ein letztes Mal zusammenreißen, bevor Sie zu kollabieren gelüsten?« Sie lief zum Springbrunnen, kehrte mit einer Handvoll Wasser zurück und spritzte es Lilly ins Gesicht. »Auf, Lilly! Oder hat dieser Jacobi Sie vergiftet?«

»Ich habe heute ... noch keinen Bissen ...«, stammelte Lilly.

Von Maichenbach atmete auf. »Na, wenn es nichts Schlimmeres ist.« Und ohne ein weiteres Wort nahm er sie hoch, trug sie durch den Garten und über die Terrasse direkt in den von Barstettschen Speisesaal und stellte Lilly neben Bismarcks Stuhl auf die Füße. Er blieb dicht hinter ihr stehen und umfasste ihre Taille. Jedesmal, wenn sie drohte umzufallen, stützte er sie mit festem Griff.

Bismarck betrachtete sie schmunzelnd. »Da füttern Sie, junge Dame, uns alte Herren, die wir hier auf gepolsterten Sesseln ruhen, mit allerlei Gewürzgestärktem, und fallen beinah selbst um.« Er brach in herzhaftes Lachen aus, in das auch die anderen Herren einstimmten. »Also, meinen Segen haben Sie. Sie sind begabt und außerordentlich phantasievoll – um nicht zu sagen: tüchtig, wenn es darum geht, ans Ziel zu gelangen, nicht?« Er nahm einen großen Schluck Wein, behielt sie aber, einen schelmischen Ausdruck in seinen Augen, im Blick.

Sollte sie ihm ihr Geheimnis der *Cuisine d'Amour* vor dieser neugierigen Herrenrunde gestehen? Erzählen, dass sie ihre Kunst einer deutschen Kriegsbeute verdankte? Niemals, wer wusste schon, in welch eine Richtung dieses Gespräch gehen würde, und sie fühlte sich doch so schwach ... Sie bemerkte, wie einer der Herren mit seinem Dessertlöffel ungeduldig gegen seine silberne Krawattennadel klopfte, ein anderer die Arme verschränkte und sie herausfordernd anschaute. Lilly riss sich zusammen und sagte hastig: »Es sind die Geheimnisse, die sich in Körnern, im Fruchtfleisch, in den Blüten oder Wurzeln verbergen, Durchlaucht. Sie wirken in uns weiter, wirken auf unser Gemüt ...«

»Sie meinen, hinter der konkreten Wirklichkeit der Dinge sieht der Meister, die Meisterin noch eine andere Wahrheit?«

»Ja, die Rezepte, die ich heute nach langer Zeit wieder einmal ausprobiert habe, sind für besondere Momente, für besondere Genießer gedacht ...«

»Es müssen Ihrer Meinung nach also besondere Menschen sein, die diese Speisen genießen können? In einer besonderen Atmosphäre?«, hakte Bismarck nach.

»Ja, sonst verlieren diese Desserts ihre Geheimnisse, ihre Erlesen-

heit. Sie sind wie die Liebe selbst.« Erschöpft brach Lilly ab, doch Bismarck wollte mehr wissen.
»Wie die Liebe? Wie meinen Sie das?«
»Wie die Liebe eben: anspruchsvoll, wählerisch, verzaubernd.«
»Oh, meinen Sie? Ist die Liebe nicht selbstlos, demütig und aufopfernd?«
Lilly merkte, wie ihr das Blut in den Kopf schoss.
»Na gut«, lenkte Bismarck versöhnlich ein, »sagen Sie mir nur eines: Kennen Sie womöglich Brillat-Savarins *Physiologie des Geschmacks*? Es wurde, wie ich weiß, erst vor wenigen Jahren ins Deutsche übersetzt.«
»Natürlich«, antwortete Lilly schnell. Jetzt, da es um ihr Wissen ging, fühlte sie sich auf einmal wieder wohler. »Das Buch zu lesen war das Erste, was mein Lehrherr von mir verlangte, bevor er mich das erste Dessert selbständig anrichten ließ.«
»Ihr Lehrherr? Sie meinen Maître Jacobi?«
»Nein, sein damaliger Süßspeisenkoch, Durchlaucht, Heinrich Wilhelm Horch.« Sie ließ ihre Blicke über die Kristallschalen gleiten, in denen nur noch wenige Überreste ihrer Süßspeisen zu erkennen waren. Da schlug Bismarck plötzlich mit der Faust auf die Tischplatte, so dass alle erschrocken zusammenzuckten, Gläser umfielen und Bestecke auf den Tellern klirrten.
»Dieses Kind hat Hunger! Sieht das denn keiner? Hab ich's nicht vor zwei Jahren gesagt? Nur die Hungrigen sind fleißig ...«
Einer der Anwesenden murmelte: »... und die werden uns fressen, Fürst ...«
»Meine Worte, in anderem Zusammenhang«, ergänzte Bismarck verärgert. »Heute aber will ich mir loben, dass es Hoffnung gibt. Habt Dank, schönes Kind. Nun bringt einen Stuhl. Barstett, rühr dich!«

Die Festtage waren vorüber. Zahlreiche Gäste rüsteten sich zum Aufbruch, und bald waren Doberaner Kutscher und Fuhrunternehmer mit ihnen auf den Straßen des Reiches unterwegs – Richtung

Heimat. Bis auf jene Sommerfrischler, die traditionell bis zum Ende der Saison im September kurten, wurde es ruhig im Seebad.
Vier Tage waren seit Lillys Begegnung mit Fürst Bismarck vergangen. Vier Tage, in denen Lillys Mutter ihren Erfolg und die damit gelungene Rache an Maître Jacobi genoss und auf ein besseres Leben für sie hoffte. Selbst Onkel und Cousin begegneten Lilly mit Respekt, und ganz Heiligendamm-Doberan bewunderte sie. Viele gingen davon aus, dass ihr der große Otto von Bismarck recht bald eine neue, ihrem Talent angemessene Stellung vermitteln würde. Jeder, mit dem Lilly sprach, bestärkte sie in diesem Glauben und festigte ihre eigene Hoffnung.
Vor allem Victor hoffte, dank der neu errungenen Reputation seiner Cousine noch leichter eine Stellung als Jockey auf einem der namhaften Mecklenburger Rittergüter zu finden. Täglich bedrängte er sie, endlich die Herausforderung anzunehmen, den Söhnen der Rittergutsbesitzer denselben köstlichen Genuss zu bereiten wie ihrer Vätergeneration ... Doch noch zögerte Lilly und kostete die Freude aus, die ihr so unverhofft beschieden war. Niemand hatte sie darauf vorbereitet, sie selbst sich am allerwenigsten ... und doch hatte sie gesiegt! Voller Genugtuung genoss sie ihren Triumph. Am liebsten hätte sie Clemens geschrieben, ihm von ihrem langersehnten Erfolg berichtet, sich gewünscht, sie könne ihn mit ihm teilen ...
Er hat genug eigene Sorgen, versuchte sie sich zu trösten. Ich muss mich gedulden, auch wenn es schwerfällt. Viel besser ist es, dass ich mir bewusst werde, dass der Ritterschlag des Fürsten mich vor zukünftigen Angriffen schützt. Wer sollte es jetzt noch wagen, mich zu missachten oder zu demütigen? Jeder, auch Isa von Rastrow, wird einsehen müssen, dass es mir ernst damit ist, als Köchin und nicht als Verführerin zu überzeugen. Ganz bestimmt werden der Fürst oder Ritter von Barstett sich für mich einsetzen. Das sollte ihnen leichtfallen, denn es gibt ein gutes Dutzend Zeugen, und meine Dessertfolge liegt ihnen sogar schriftlich vor.

Tatsächlich sprach sich Lillys Erfolg in Windeseile von Rittergut zu Rittergut, von Haus zu Haus herum. Doch noch führte sie Hunde aus, den Dalmatiner und Schmidtchen, dessen Herrchen mit Madame Rachmanowa – und Kaito – nach Kopenhagen aufgebrochen war, und einen weißen Pudel, dessen Besitzerin dreimal täglich im Meer badete, in der Hoffnung abzunehmen. Die anderen Hundebesitzerinnen waren kurz nach dem Bauernrennen abgereist. Der Abschied von den ihr lieb gewordenen Tieren war Lilly nicht leichtgefallen.

An einem windigen Freitag, dem 21. August, kurz vor Ende der Saison, kreuzte von Maichenbach ihren Weg auf der Höhe der Orangerie. »Ich habe auf Sie gewartet, Lilly«, begann er das Gespräch. »Darf ich Ihnen einen der Hunde abnehmen?«

»Wenn Sie wollen, gerne.« Sie reichte ihm die Leine des Dalmatiners, woraufhin Schmidtchen zu ihr hochsah und zufrieden mit dem Schwanz wedelte.

»Wohin wollen wir gehen?«

»Zum Spiegelsee, wenn es Ihnen recht ist«, gab Lilly heiter zurück und versuchte, ihre Ungeduld zu verbergen.

»Ein schöner Spazierweg durch den Wald, ja, das passt.«

Sie gingen eine Weile durch den rauschigen Buchenwald, bis von Maichenbach unvermittelt stehen blieb. »Ich werde nächste Woche abreisen, Lilly.«

»Und Madame Rachmanowa?«

»Sie bleibt noch ein paar Tage, wer weiß, vielleicht werden Sie ihren Rat noch brauchen.«

»Wie darf ich das verstehen?«

»Liebe Lilly, Ihnen ist doch wohl bewusst, dass alle Welt erfahren hat, dass Fürst Bismarck Ihre Süßspeisen in den höchsten Tönen gelobt hat, oder? Doch das ist nicht das Einzige, was die Leute zu hören bekommen. Ihre Desserts haben dem Fürsten – uns allen – nicht nur exzellent geschmeckt, sondern, wie er selbst sagte, unsere Nerven beruhigt, das Gemüt besänftigt, die Stimmung gehoben. So soll es ja auch sein, nicht wahr? Sogar noch zu später

Nacht meinte der Fürst, er fühle sich um Jahre verjüngt.« Von Maichenbach machte eine bedeutungsvolle Pause.
»Das freut mich, aber die Gänge zuvor waren ja auch reichlich gehaltvoll, nicht?«
»Das stimmt, ja. Trotzdem, wie Sie selbst schon einmal sagten, es ist der Schlussakkord, der in einem weiterklingt.« Er ging ein paar Schritte voraus, blieb erneut stehen, rang mit sich. »Hören Sie, Lilly« – er wandte sich zu ihr um –, »ich will offen zu Ihnen sein. Bei allem Genuss tat es Bismarck nur leid, Sie so geschwächt zu sehen. Er hat es sehr bedauert, Ihnen nicht helfen zu können, weil er fürchtete, Sie seien der täglichen Belastung einer solch anstrengenden Arbeit nicht gewachsen.«
Lilly spürte, wie ihr das Blut aus dem Gesicht wich.
»Übrigens«, fuhr von Maichenbach sanfter fort, »soll Maître Jacobi später am Abend, als es schon recht lustig zuging, genau diesen Mangel an Arbeitskraft bei Ihnen als Grund für die Kündigung angegeben haben. Denn Bismarck wollte natürlich wissen, warum er Sie nicht weiter beschäftigte, nun, da Baron von Kahlden Kapital in den Ausbau Heiligendamms investiere. Sie hätten die glänzende Perle im Seebad sein können, meinte er.«
Sie hatte das Gefühl, der Boden bräche unter ihren Füßen weg. Das darf nicht wahr sein, Jacobi lügt, er lügt, er will mich wirklich vernichten ... Schmidtchen sprang an ihr hoch, seine Pfoten tapsten tröstend gegen ihr Schienbein. Lilly kniete neben ihm nieder und schloss ihn in ihre Arme, während ihre Tränen auf sein Fell tropften.
»Lilly.« Von Maichenbach ging neben ihr in die Hocke und schaute ihr in die Augen. »Ich habe Ihr Leben gerettet, bitte vergessen Sie das nie. Sie sind enttäuscht, vielleicht sogar verletzt. Hören Sie mir gut zu: Versuchen Sie, Ihr Schicksal zu verstehen. Sie haben höchste Anerkennung erhalten, aber auch das mitfühlende Herz des zweithöchsten Mannes im Deutschen Reich berührt.« Er strich Lilly über die nassen Wangen und lächelte aufmunternd. »Damit kann sich nicht jedes hübsche Mädchen

schmücken, oder? Nutzen Sie die Chance, geben Sie nicht auf. Versprechen Sie mir, dass Sie dieses Mal kämpfen werden, bezaubernde Meerschaum-Venus.« Er nahm ihr Gesicht zwischen seine Hände und küsste sie auf den Mund. Dann zog er sie zu sich hoch und hielt sie fest an sich gepresst. »Ich mag Sie sehr, Lilly Alena, vielleicht nicht so, wie Sie es von einem Mann erwarten. Ich ... ich bin wohl eher der ätherische Genießer als der zupackende Löwe ...« Er ließ für einen kurzen Moment sacht seinen Kopf an ihrer Schulter ruhen, dann richtete er sich wieder auf. »Vertrauen Sie auf sich. Und halten Sie Ihr Herz ganz fest, wenn es um die wahre Liebe geht. Es sei denn, es geht um Schmidtchens Zuneigung für Sie. Seine Zuneigung ist im Gegensatz zur menschlichen unbestechlich und bedingungslos.« Er lächelte sie an. »Noch sechs Tage gehört Ihnen sein Hundeherz ... Sechs Tage ...«

»Er wird mir fehlen«, murmelte sie und bückte sich zu dem Hund hinab, der vor ihr saß und aufmerksam zu ihr hochschaute. Liebevoll streichelte sie ihm über den Kopf, woraufhin Schmidtchen leise winselte und sich auf den Boden legte, die Schnauze auf seiner linken Vorderpfote.

»Er ist traurig«, bemerkte von Maichenbach. »Merken Sie es nicht, Lilly? Wollen Sie sein treues Hundeherz brechen, indem sie weiterhin unglücklich sind? Der bevorstehende Abschied wird schon schwer genug für ihn sein. Seien Sie so gut und machen Sie es uns dreien nicht noch schwerer.«

Doch Lilly war wie am Boden zerstört. Ihr fehlte schlichtweg die Kraft, ihre Enttäuschung und ihren Schmerz zu verbergen. Sie hatte ihr Bestes gegeben und doch verloren. Alle ihre Hoffnungen, dank höchster Beziehungen weiterempfohlen zu werden, waren im Nu zerschlagen worden. Von Tag zu Tag wurde es demütigender für sie, den neugierigen Fragen der anderen ausweichen zu müssen. Und sie wagte es nicht, jemandem, auch nicht ihrer Mutter, die Wahrheit zu sagen. Victor hingegen wurde

ungeduldig. Er verstand nicht, warum sie noch immer zögerte, ihm zu helfen und für die Junker zu kochen. Mit jeder Stunde, in der Lilly schwieg, umklammerten sie die stummen Vorwürfe der anderen immer enger.
Du machst einen Fehler, länger zu warten, riet ihr ihre innere Stimme. Du solltest dich zusammenreißen und handeln. Nimm endlich Victors Aufforderung an. Ist es nicht gleichgültig, was die jungen Gutssöhne eventuell über dich denken könnten? Beweise allen, dass Bismarck sich in dir geirrt hat. Sein Urteil über dich und Maître Jacobis Lüge werden sich bald herumgesprochen haben. Komm dem Gerede der Leute zuvor, Lilly. Du bist nicht schwach, du hast Talent – und Ausdauer. Wenn du nicht bald etwas tust, wird etwas geschehen, für das du dich eines Tages schuldig fühlen könntest. Denk an Victors Warnung, sein Vater könne wieder zuschlagen ...
Drei Tage später sagte ihr von Maichenbach, seine Abreise verzögere sich um eine Woche, weil er hoffe, Irina Rachmanowa noch einmal zu sehen. Sie atmete auf und gestand sich ein, sich schon längst an Schmidtchen und an von Maichenbach gewöhnt zu haben, an das Gefühl, beschützt zu sein ...
Und so nahm sie die Verlängerung seines Urlaubs als eine Atempause an, die sie nutzen wollte, um ihre Sorgen beiseitezuschieben und ein wenig zur Ruhe zu kommen. Vielleicht würde sie in dieser Zeit auch wieder neuen Mut fassen.
Wie früher nahm Lilly ihre langen Strandspaziergänge wieder auf. Beschwingt von Schmidtchens Fröhlichkeit und dem Spiel von Wind und Wellen hing sie ihren Gedanken nach, sammelte Muscheln. Und ehe sie es sich versah, sann sie darüber nach, mit welch einem Dessert sie wohl eines Tages Clemens' Geschmack treffen könnte.
In ihrer Phantasie kombinierte sie die außergewöhnlichsten Zutaten, zerteilte, entsaftete, pürierte, zerrieb, erhitzte, siebte, würzte, buk sie, schmeckte wieder und wieder ab – und fegte mit einem Wimpernschlag alles beiseite. Nie schien das Ergebnis ihrer

Bemühungen zu Clemens, seinem rätselhaften Wesen und seinem Kuss zu passen.
Es war zum Verzweifeln.

Es war früher Abend, als Lilly mit ihrem Eimer voller Muscheln die Dachkammer betrat. Sie erschrak und stellte – ohne die Tür zu schließen – den Eimer auf der Türschwelle ab. Ihre Mutter hockte gekrümmt in ihrem Bett. Ihr Kinn gegen die Brust gedrückt, atmete sie schwer. Mühsam blickte sie zu Lilly auf.
»Ich kann nicht liegen ...« Sie rang nach Luft. Deutlich wie nie hörte Lilly die pfeifenden und rasselnden Geräusche in ihrer Lunge. Sofort setzte sich Lilly neben sie aufs Bett und befühlte ihre Stirn. Sie war heiß.
»Du hast Fieber, Mutter, ich hole den Arzt.«
»Nein«, stieß Hedwig hervor und presste ihre Fäuste gegen ihre Brust. »Es ... geht vorbei.«
»Schau mich an, Mutter.« Lilly nahm das Gesicht ihrer Mutter zwischen ihre Hände. Ihre Augen waren umschattet und lagen tief in ihren Höhlen. Welk wie abgestorbenes Laub fühlte sich ihre Haut an. Ich habe dich vernachlässigt, dachte Lilly entsetzt, mein Gott, es ist meine Schuld, wenn du jetzt stirbst.
»Nein, Kind, sorg dich nicht um mich«, wisperte Hedwig, als hätte sie Lillys Gedanken gelesen. »Es ist bald vorbei ... ich fühle es. Du ... musst ...« Sie brach ab, sank nach vorn und begann zu husten, bis sie Blut spuckte. Lilly wartete, bis der Anfall vorüber war, dann holte sie einen Lappen, wischte ihrer Mutter übers Gesicht.
»Ich hole Dr. Fabian, Mutter, und werde Victor bitten, solange auf dich aufzupassen.«
Sie hatte Glück. Tatsächlich erklärte sich Victor bereit, sich zu seiner Tante in die Dachkammer zu setzen, ihr sogar etwas Tee mit Laudanum einzuflößen. Als Lilly wenig später in Begleitung des Arztes zurückkehrte, stand ihr Onkel am Fenster.
»Geben Sie meiner Schwester nur die beste Medizin, Doktor.

Meine Nichte wird's bezahlen können. Schließlich wird sie bald nur noch für den Hochadel kochen.«

Dr. Fabian warf Lilly einen fragenden Blick zu.

»Bitte, Doktor, helfen Sie meiner Mutter«, erwiderte sie schwach.

»Ich brauch nix mehr«, nuschelte Hedwig hüstelnd.

»Du wirst dir doch wohl noch ein paar Jährchen genehmigen, Schwester. Oder willst du die Erfolge deiner Tochter nicht mehr miterleben? Vielleicht kocht sie bald im Adlon in Berlin, bei den Hohenzollern oder am Kaiserhof! Sie hat ein Kompliment vom Reichskanzler persönlich bekommen, Herr Doktor. Müsste sie da nicht vollkommen blöde sein, wenn sie nichts daraus macht? Wie? Lilly, was sagst du dazu?«

Hedwig starrte Lilly mit angstvoll geweiteten Augen an. »Hast du schon etwas in Aussicht, Kind?« Wieder krümmte sie sich wegen eines schweren Hustenanfalls.

»So seid doch endlich alle still!«, schalt der Arzt ärgerlich. »Lilly, willst du deiner Mutter nicht helfen, das Hemd auszuziehen?« Er legte sein Stethoskop beiseite. »Mir scheint, ihr denkt alle nur an Erfolg, nicht an Hedwigs Leiden.« Wortlos schaute er von einem zum anderen. »Was ist nur bei euch los, Alfons Babant? Wie gut, dass dein Vater dieses Elend unter eurem Dach nicht mehr miterleben muss. Du bist ein Säufer geworden, deine Schwester hat ein Lungengeschwür, dein Sohn wird dich irgendwann verlassen, und deine Nichte ...«

»Nein!«, schrie Lilly auf und schlug ihre Hände vor den Mund.

Der Arzt errötete, als merke er, einen Fehler begangen zu haben.

Alfons stürzte auf ihn zu, packte den Arzt am Revers.

»Was hat ... was hat sie getan?«

»Lilly?« Hedwig begann zu weinen.

»Nichts hat sie getan«, brummte der Arzt unwillig. »Mitgefühl hat sie beim alten Bismarck geweckt, nichts weiter.« Er setzte das Stethoskop auf Hedwigs mageren Rücken und lauschte.

»Wieso Mitgefühl? Hat sie über uns gejammert?« Alfons bebte vor Zorn.

»Nein, Alfons. Sie hat ihr Bestes gegeben, trotz des Elends hier bei dir. So, Hedwig Babant, und dir sage ich: Nimm so viel Laudanum, wie du willst, und versuche, im Sitzen zu schlafen.«
Hedwig hielt den Kopf schief und blinzelte zu Lilly auf. »Siehst du?« Erschöpft sank sie in die Kissen zurück. »Geht jetzt, alle.«

Jeder spürte es: In Alfons gärte die Wut über die Kritik des Arztes an seinen häuslichen Verhältnissen. Er trank mehr als zuvor, wütete, tobte, aber wagte weder, Lilly zu einer Erklärung zu zwingen, noch, sie zu schlagen.
Lilly schwieg, ging ihm aus dem Weg, hatte aber das Gefühl, bald unter der Anspannung zu zerbrechen. Das Einzige, was ihr wirklich Angst machte, war der Zustand ihrer Mutter.
Umso erleichterter war sie, als ihr von Maichenbach wenige Tage später erzählte, dass Irina Rachmanowa per Segelschiff aus Kopenhagen zurückgekehrt sei. Ihr zu Ehren wolle er nun eine Jacht mieten, um für einen kleinen Kreis Freunde ein Abschiedsessen zu geben. Sein größter Wunsch sei es, dass sie, Lilly, gegen eine großzügige Bezahlung die Desserts kreiere. Sie war zwar nicht in der Stimmung, hatte sogar Angst vor dem bevorstehenden Abschied, doch sie war froh, vom häuslichen Elend abgelenkt zu werden.
Auch Hedwig war glücklich. Lilly aber bat sie, niemandem von diesem Auftrag zu erzählen.
Sie war sich sicher, Victor würde ihr nie verzeihen, wenn er erführe, dass sie von Maichenbachs Aufforderung schneller angenommen hatte als seine. Aus Angst und schlechtem Gewissen gab sie daher seinem Drängen nach, am 5. September für die Junker auf Gut Bening die Desserts zuzubereiten.
»Dein Bismarcksches Lob bringt dir sogar doppelten Lohn ein, Lilly«, hatte er sie gelockt. »Das musst du ausnutzen. Wovon wollt ihr sonst bis zur nächsten Saison leben?«
Sie konnte ihm nicht widersprechen, er hatte ja recht. Verliebt und zugleich voller Sorgen, musste sie den Gedanken verdrängt

haben, dass ein halbes Jahr ohne Einkünfte vor ihr lag. Sie erinnerte sich an ihr letztes Gespräch mit Clemens, in dem er ihr alle Freiheiten zugestanden hatte. Wenn ich jetzt allerdings tue, was mir beruflich angeboten wird, werde ich bestimmt mit seiner Kritik, vielleicht sogar seinem Misstrauen rechnen müssen, dachte sie. Schlimmer noch, seine Mutter wird die Gerüchte nutzen, um ihn davon zu überzeugen, dass mir Bismarcks Lob zu Kopf gestiegen sei. Sie wird mich für ein eitles Luder halten, das vorgibt, naiv zu sein, und ihm einreden, ich hätte mich unter dem Vorwand, um Unterhalt und Kochbuch zu kämpfen, vom jungen Landadel verführen lassen. Und ich werde Clemens verlieren, selbst wenn ich bis dahin seine Lieblingsnachspeise herausgefunden hätte.
Aber habe ich eine andere Wahl?
»Also, Lilly, bist du bereit?«
»Ich werde bereit sein müssen«, erwiderte sie matt, »sonst kommen wir beide wohl nie weiter.«
»Bravo, endlich siehst du es ein. Gut, Lilly. Du hast lange gebraucht, dich zu entscheiden. Dir fehlt es doch wohl nicht an Kraft, wie man munkelt?«
»Nein! Nein, Victor!« Am liebsten hätte sie ihm ins Gesicht geschrien, dass es ihr überhaupt nichts ausmache, für ein Dutzend Landjunker Desserts zu kochen, selbst wenn ihr von Maichenbach zwei Tage vorher die Jacht vom Maschinenraum bis zum Mastkorb mit Gästen vollgeladen hätte.
Ich muss es wagen, ich muss!
Sie gab sich kämpferisch, doch ihr war dabei furchtbar elend zumute.

Kapitel 7

Eine sternenklare Nacht, eine ruhige See und endlos strömender Champagner – es hätte eine Nacht zum Verlieben sein können. Von Maichenbach und seine Gäste tanzten auf dem Deck, genossen die Köstlichkeiten der Küche und bestellten noch bis weit nach Mitternacht Lillys Süßspeisen nach: Sorbet aus Aprikosen, Sanddorn- und Zitronensaft, mit Minze verfeinert; Vanillepudding mit einer Soße aus Schokolade, Datteln, Mandeln und Zimt; Creme mit Karamell und Orangenblüten, Anislikör oder Früchten; Granatapfelmus mit Akazienhonig, Pfirsichen, Limetten, Zimt und Ingwerpulver ... und wieder und wieder den »Doberaner Schwan«, den beliebten Windbeutel, gefüllt mit Vanilleeis und Sauerkirschen auf Himbeermark ... Das war ihr Geschenk an von Maichenbach und Irina Rachmanowa – sie aber bekam von ihnen, kurz nachdem das abschließende Feuerwerk erloschen war, ein Körbchen geschenkt.

»Liebe Lilly«, ergriff von Maichenbach das Wort, »wir – Irina und ich – möchten Ihnen im Namen von Kaito und Schmidtchen danken. Die beiden haben Ihre Liebe, Ihre Fürsorge gespürt, und Sie haben dafür ihr Herz gewonnen. Wir würden uns freuen, Sie in der kommenden Saison wiederzusehen, gesund und munter.«

»Und damit jemand bei Ihnen ist, der gut auf Sie aufpasst, möchten wir Ihnen einen Gefährten zur Seite stellen«, fuhr Irina Rachmanowa lächelnd fort. »Schauen Sie, ist er nicht süß?«

Sie deckte das Tuch ab, unter dem ein Zwergspitz-Welpe mit dichtem weißen Fell zum Vorschein kam. Er setzte sich auf, legte ein Vorderpfötchen erwartungsfroh auf den Rand des Korbes und schaute mit einem geradezu charmanten Lächeln zu ihnen hoch. Lilly war hingerissen. Sie hob ihn sofort aus dem Korb und drückte ihn an sich. Er hatte noch kleine Knickeöhrchen und leckte ihr begeistert übers Kinn.

»Ich glaube«, meinte von Maichenbach gerührt, »er ist der Richtige für Sie. Er ist wachsam, fröhlich und friedlich und wird Sie durch Hagel, Sturm und Regen begleiten. Es ist ein wirklich unproblematisches Hündchen für ein unproblematisches Frauchen wie Sie, Lilly. Er wird Sie lieben.«

Lilly war sehr glücklich. Es stimmte, sie sehnte sich nach einer Seele, die ihr lieb und fröhlich zugewandt war.

Irina nickte ihr zu. »Erinnern Sie sich noch an mein Sprichwort, Lilly?«

»Ja, ›Liebe ist wie ein Glas, das zerbricht, wenn man es zu unsicher oder zu fest anfasst‹.«

»Das gilt auch für die Liebe zu Hunden!«

Sie lachten und nahmen ausgesprochen heiter voneinander Abschied. Nur Schmidtchen war nirgends zu sehen. Er hatte sich irgendwo an Deck traurig zurückgezogen.

Lilly war froh, Vasko, wie sie den Welpen taufte, an ihrer Seite zu wissen. Sie kaufte eine Reisetasche, in der sie den Welpen mitnehmen konnte, Halsband und Leine aus weichem, geflochtenem Kalbsleder, Bürsten, Kämme, Napf – und bunte Bälle zum Spielen. Es tat ihr gut, unmittelbar für jemanden sorgen zu können, der ihr zeigte, dass es ihm dabei gutging. Sie nahm ihn mit auf die Reise und konzentrierte sich auf das, was von ihr erwartet wurde: so gut zu kochen, als säße jedes Mal Reichskanzler Otto von Bismarck mit an der Tafel.

Sehr schnell musste sie allerdings einsehen, dass Victor ihr nicht die ganze Wahrheit gesagt hatte. Nicht für ein Dutzend Landjunker sollte sie am 5. September kochen, sondern im Laufe der nächsten zwei Wochen für jeden von ihnen auf seinem Gut, mit unterschiedlichen Gästen. Da ihr aber Bismarcks Lob vorauseilte und ihr überall eine sehr gute Entlohnung geboten wurde, war sie bereit, die Herausforderung anzunehmen. Begleitet von Victor, zog sie von Ost nach West, von Nord nach Süd, von Küche zu Küche. Bald kam sie sich vor, als schwirre sie wie eine Libelle von Ort zu Ort, schillernd, mit dem Glanz ihrer Flügel brillierend. Auf über einem Dutzend eichener, von Generation zu Generation weitervererbter Esstische, auf Rittergütern, deren Wappen noch von kreuzritterlichen Vorfahren entworfen worden waren, präsentierte sie ihre Desserts. Danach war es stets das gleiche Spiel: Man rief sie aus der Küche hinauf in den Speisesaal. Dort warteten die jungen Herren auf sie, beschwingt vom guten Essen und noch besseren Rhein- oder Ungarweinen, und versuchten, sie zum Bleiben zu überreden.

Mal lud man sie zum Plaudern ein, dann wieder zum Tanz, zu Ausritten, Maskenfesten, Picknicks, sportiven Wetten, zum Tontaubenschießen oder einer geschichtlichen Erkundung des eigenen Rittergutes ... Solange ihr niemand zu nah kam, beteiligte sie sich an dem geselligen Treiben. Spürte sie aber die Gefahr, von einem der Junker in eine Wette oder ein Pfänderspiel hineingezogen zu werden, lehnte sie brüsk ab. Sie schloss sich in dem Gästezimmer ein, das man ihr anbot, oder kehrte, so oft es ging, nach Doberan zurück.

War Joachim unter den Gästen, hatte Lilly den Eindruck, er beobachte sie eifersüchtig. Victor hingegen, fiel ihr auf, nagte immer häufiger an Fingernägeln oder Unterlippe. Und wenn sie die jungen Männer nach dem Verbleib ihres Kochbuchs fragte, orakelten diese belustigt, es flöge wohl wie die Liebe von Mensch zu Mensch, von Koch zu Koch. Dann wandten sich beide, Joachim und Victor, jedesmal abrupt ab. Der eine hob Jagdgewehre aus der Vitrine und untersuchte sie, der andere schaute aus dem Fenster auf den Park hinaus, oder sie beugten sich scheinheilig über Schmuckkästen, Schalen oder Schreibtischutensilien für Herren, die – der neuesten Mode entsprechend – aus pflaumengroßen Bernsteinen gefertigt worden waren.

Niemand schien etwas über den Verbleib ihres Kochbuches zu wissen. Lilly misstraute ihnen, allen voran Victor. Ihr wurde immer deutlicher, dass er sie in eine Falle gelockt hatte. Warum aber gaben ihr Victor und Joachim keine Antwort darauf, wo ihr Buch *Cuisine d'Amour* wirklich war? Sie verstand ihre Verstocktheit nicht, fand keine Erklärung. Je länger aber ihre Reise dauerte, umso klarer wurde ihr nur eines: Auch wenn das Lob, das man ihren Kreationen zollte, ehrlich war, musste sie die Gerüchte fürchten, die diese delikate Reise nach sich ziehen würde.

Jedesmal, wenn sie zwischendurch in Doberan war, hoffte sie, eine Nachricht von Clemens vorzufinden, hoffte sogar darauf, ihm zufällig auf dem Kamp zu begegnen. Er fehlte ihr, und sie war voller Ungeduld. Sie wollte ihm so schnell wie möglich die Wahrheit über diese Reise berichten, bevor ihm die Gerüchte zu Ohren kämen. Doch jedes Mal wurde ihre Hoffnung enttäuscht. Er war nicht da.

In den ersten Tagen wagte sie nicht, Joachim zu fragen, ob Clemens noch in Berlin sei. Sie kannte ihn zu gut, um nicht zu wissen, dass es ihn verletzten würde. Sie wusste ja, welche Gefühle er für sie hegte. Es tat ihr leid zu sehen, wie er sich darum bemühte, ein Gefühlschaos aus Liebe, Eifersucht und verzweifelter Wut in sich zu verkapseln, seit Clemens in Heiligendamm aufgetaucht war. Doch am Ende der ersten Woche hielt sie es nicht mehr aus. Als sie seine Antwort hörte, bereute sie auf der Stelle, ihn gefragt zu haben. »Warum läufst du ihm nach?« Er war wütend, verletzt, und sie schämte sich, wider besseres Wissen gehandelt zu haben. Wortlos ließ sie ihn stehen.

Am Abend nach dem Essen erlebte sie ihn ganz anders als sonst. Er reizte seine Freunde mit zynischen Bemerkungen, bis einer von ihnen ihn, halb im Scherz, halb im Ernst, zu einem Duell herausforderte. Joachim tat, als sei er begeistert, beweisen zu können, dass er im Recht und zugleich der bessere Fechter sei. Er kam Lilly reichlich überdreht vor, und sein Auftritt war ihr peinlich. Sie flüchtete zu Vasko, nahm ihn mit in den Gutspark, wo sie ihn behutsam an die Leine gewöhnte und mit ihm spielte.

Am nächsten Morgen reiste Joachim ab und kehrte zu keinem der Essen, zu denen er regelmäßig eingeladen war, zurück. Für Lilly war das kein gutes Omen, und so sehnte sie das Ende der Dessertreise herbei. Bis dahin, hoffte sie, würde auch Clemens wieder aus Berlin zurück sein.

Am Ende der zweiten Woche war es allerdings Victor, der die Beherrschung verlor, kaum dass sie in der Kutsche nach Doberan Platz genommen hatten. Er schrie Lilly an: »Wärst du nicht so eine prüde Nuss, hätte ich endlich zu Hause ausziehen können!« Lilly legte schützend ihre Hände um den Welpen, der zu zittern begann. »Sei still, Victor. Du hast mein Vertrauen missbraucht, meine Arbeit ausgenutzt – und verloren. Es ist nur gerecht, wenn dir niemand eine Stellung angeboten hat. Das ist die Strafe dafür, dass du mich deinen Junkern als Bettjungfer anbieten wolltest.«
»Das ist nicht wahr. Du hättest nur ein bisschen zugänglicher sein können.«
»Was hätte ich deiner Meinung nach denn tun sollen, Victor Babant?«
»Kennst du dich noch immer nicht aus? Dir laufen die feinen Herren nach. Willst du mir weismachen, sie wüssten nicht, was du ihnen bieten kannst?«
Sie ohrfeigte ihn, links, rechts. Victor kniff die Augen zusammen, schob das Kinn vor und ballte die Fäuste.
Der Welpe winselte, leckte ihr über die Hand. Lilly drückte ihn an sich. Leise sagte sie: »Schämst du dich nicht, Victor?«
Da schlug er ihr seine Faust so hart auf die Knie, dass ihr der Schmerz den Atem raubte.
»Damit du dich schon jetzt an Vaters Liebkosungen gewöhnst«, zischte er ihr ins Ohr.

Lilly hatte genügend Geld verdient, um Joachim das Geld zurückzahlen zu können, das er ihr vor Wochen für ein neues Kleid geliehen hatte. Ihre Mutter freute sich über den kleinen Vasko und ihren Erfolg. Am Abend nach ihrer Rückkehr bat sie Lilly zu sich ans Bett.

»Ich bin stolz auf dich, Kind. Trotze allen, die es nicht gut mit dir meinen. Kümmere dich nicht um das Gerede, sondern überzeuge mit dem, was du kannst. Denn du hast keine andere Wahl.« Sie hustete, tunkte einen Teelöffel in das Honigglas, das Lilly ihr entgegenhielt, lutschte eine Weile. Vasko versuchte derweil, auf ihr Bett zu springen. Jedesmal zerrte er die Bettdecke ein Stück weiter zu Boden und jaulte kläglich, weil es ihm nicht gelang hochzuklettern. Schließlich hob Lilly ihn hoch und setzte ihn ans Fußende, von wo er sich sofort daranmachte, über Hedwigs magere Beine bis zu ihrem Bauch hinaufzutapsen. Hedwig bedeutete ihm, sich hinzulegen, und kraulte ihm den Kopf. Bäuchlings, die Hinterpfötchen ausgestreckt, hechelte er sie mit seinem freundlichen Lächeln an. Hedwig betrachtete ihn eine Weile liebevoll. Schließlich seufzte sie schwer.

»Manch eines dieser Schoßhündchen hat ein besseres Leben als wir Frauen. Ich weiß, dass du alles tust, um diesem Schicksal zu entgehen. Du musst stark bleiben, Lilly. Wehre dich gegen Alfons und Victor. Vor allem pass auf, damit dich nicht doch eines Tages ein Mann benutzt, als seiest du ein Putztuch.« Sie rang nach Luft. »Ah, diese feuchtkalte Luft ist Gift für meine Lungen.«

»Lass uns schlafen gehen, Mutter. Du bist viel zu erschöpft, um mir das zu erzählen, was dir auf der Seele liegt.«

»Nein, nein, ich möchte dir etwas erzählen, was ich dir immer verheimlicht habe. Nur damit du weißt, wovor ich dich einmal bewahrt habe. Es soll dir eine Warnung sein.« Sie strich über Lillys Hand. »Du erinnerst dich, dass uns die Arbeit in der Strohhutfabrik zugeteilt wurde und wir manchmal wochenlang nichts zu tun hatten. Eines Tages verlor Paul seine Stellung als Straßenarbeiter. Ich hatte Angst, wir könnten die nächste Zeit nicht überleben, und ging zu unserem Prokuristen. Ich bat ihn, mir einen Rat zu geben, wo wir in den freien Monaten arbeiten könnten. Er hörte mir aufmerksam zu, dann fragte er, wie alt du seiest.

Ich sagte, du wärest grad fünfzehn geworden. Er tat, als ginge ihm dein Schicksal nahe. Ich dachte, er überlegte sich etwas Besonderes. Am nächsten Morgen rief er mich zu sich. Er könne dir eine Stelle in einem Privathaushalt vermitteln. Es handele sich um eine wohlsituierte Unternehmerfamilie. Du bekämst auch den ›Hausschlüssel‹, versprach er mir. Es klang verlockend. Ich dachte mir nichts dabei. Am Abend plauderte ich mit unserer Nachbarin. Du erinnerst dich an sie? Sie hieß Gundula Mertz und war als Küchenhilfe in einem Wirtshaus beschäftigt. Sie hat mich ausgelacht. Ob ich denn gar nichts verstünde! Den ›Hausschlüssel zu bekommen‹ bedeutet für die Mädchen, sie sollen sich das Geld, das ihnen zum Lohn noch fehlt, durch Prostitution dazuverdienen.«

»Du hast es nicht gewusst?«

»Nein, ich wollte mit diesem Großstadtleben nichts zu tun haben. Du und Paul, ihr wart mein Lebensmittelpunkt. Zunächst habe ich mich gefreut, dass Paul Arbeit beim Bau an der Hochbahn fand. Doch das Geld reichte nicht. Da wurde mir klar, dass es keine Hoffnung mehr für mich, für uns beide gab. Und als Paul dann im April vor sieben Jahren von einem Stahlträger erschlagen wurde, ist etwas in mir zerbrochen. Ich war wie taub gegen die Welt, habe dich an die Hand genommen und bin mit dir zur Strohhutfabrik gegangen. Was hätte ich auch sonst tun sollen? Jeden Tag aber sehnte ich mich hierher zurück und dachte immer öfter an meine Jugendjahre ...« Sie streichelte dem schläfrigen Vasko über das weiße Fell. »Weißt du, ich war einmal recht hübsch, Lilly, fast so hübsch wie du.« Sie lächelte. »Und ich hatte Verehrer, das haben wir beide gemeinsam.«

»Warum bist du dann von hier fortgegangen, Mutter?«

»Ich hatte keine andere Wahl.«

»Das verstehe ich nicht.«

»Es ist unwichtig, Lilly, ist schon so lange her ...« Hedwig schloss die Augen. »Jetzt geh, Kind, lass mich schlafen.«

»Verheimlichst du mir noch etwas?«

»Ich habe dir alles … gesagt. Nimm das Hündchen zu dir, es schläft.«
Behutsam schob Lilly ihre Hände unter Vasko und hob ihn hoch.
»Warum hast du mir das alles erzählt, Mutter?«
»Verstehst du nicht? Vergiss die Liebe, Kind, lebe nur für dein Talent, das du geschenkt bekommen hast. Das allein wird dir Glück bringen. Vertraue darauf.«
Lilly presste den Hund an sich und schlich aufgewühlt aus dem Haus. Es war windig und kühl. Sie setzte sich auf die Bank und legte schützend ihre Hände um Vasko, der auf ihrem Schoß schlief. Sie fröstelte, schaute den Regenwolken nach, die jenseits der hin und her wogenden Eichenkronen vorbeizogen. Es roch nach überreifen Kürbissen, frischem Dung, nach süßfauligen Quitten, Birnen und Äpfeln, nach voll erblühten Rosen und Dahlien. Eicheln fielen klackend auf Dächer und Straßenpflaster. Hinter ihr im Obstgarten trippelte ein Igel umher. Lilly hörte sein Schmatzen mal leiser, mal lauter.
Sie wartete, bis ihr innerer Aufruhr abgeklungen war.
Ganz gleich, was ihre Mutter erlebt hatte, gleich auch, was ihr noch bevorstehen würde, sie war sich sicher: Kein Lob, kein Geld der Welt würde ihr jemals ihre Liebe zu Clemens ersetzen. Nie.
Du irrst dich, Mutter.

Noch immer hielt Lilly am Heiligendamm vergebens nach Clemens Ausschau. Dafür aber holte sie Bismarcks Urteil in den ersten beiden Tagen nach ihrer Reise ein.
Solange sie in der »Strandperle« gearbeitet hatte, kannte niemand ihr Gesicht. Jetzt aber sprachen sie täglich Kurgäste an, beglückwünschten sie und bedauerten zugleich, dass ihr kein Küchenchef mehr die anstrengende Arbeit einer Köchin zutraue. Wohin Lilly auch mit ihren Hunden ging, es schien ihr, als könne sie das Erlebnis auf dem Barstettschen Gut nicht mehr abschütteln. Selbst die Hunde konnten sie nicht ablenken. Dies waren neben Vasko noch immer der weiße Pudel, ein ebenfalls junger Beagle

und ein älterer Scotchterrier, der keine Lust zum Laufen hatte und froh über jedes Gespräch war, das Lilly zum Stehenbleiben zwang.

Ging es um ihre vermeintliche Schwäche, so fragte Lilly sich oft, ob dieser eine Abend mit Bismarck stärker wog als vierzehn Kochtage bei anstrengenden Landjunkern. Hatte sie nicht ihr Können und ihre Ausdauer in den beiden letzten Wochen ausreichend bewiesen? Je länger sie darüber nachdachte, desto klarer wurde ihr, dass sie von Anfang an einen Fehler gemacht hatte. Sie, und niemand anders, war am unglückseligen Verlauf der Dinge schuld. Hätte sie nur rechtzeitig an Irina Rachmanowas Auftrag gedacht und auch den Mut gefunden, Bismarck von ihrem Streich zu erzählen. Ihn, den eloquenten Unterhalter und Gourmet, hätte es sicher amüsiert zu hören, wie ein tüchtiges Mecklenburger Landmädchen einem aufdringlichen »Professor« ausgerechnet mit einem raffinierten kulinarischen Wagnis zu Leibe gerückt war. Bestimmt hätte er Jacobi zu sich gerufen und ihm mit donnernder Stimme Dummheit vorgeworfen, eine Süßspeisenköchin wie sie zu entlassen. Er hätte ihn vor ihren Ohren zurechtgestutzt – und sie hätte ihre alte Stellung wieder.

Und dann trat ein, was Lilly befürchtet hatte: Von einem Tag zum anderen änderte sich die Stimmung in Heiligendamm. Kurgäste, mit denen sie zuvor noch geplaudert hatte, ignorierten sie. Andere, in der Mehrzahl elegante Damen, traten scheinbar freundlich auf sie zu.

»Wir haben gehört, Sie hätten eine erfolgreiche Kochreise absolviert, Lilly. Jetzt brauchen Sie sich sicher keine Sorgen mehr zu machen, oder? So gut, wie Sie bei den jungen Herren angekommen sind, dürfte es ihnen jetzt leichtfallen, auch ohne Bismarcks Vermittlung eine neue Stellung zu finden. Man schwärmt ja geradezu von Ihnen.«

»Nur zu, Lilly. Beweisen Sie Ihrem Lehrmeister, um wie viel lohnender es ist, als Privatköchin zu arbeiten! Zeigen Sie ihm ruhig Ihre Krallen, Lilly!«

»Hören Sie, Lilly, auch unser Reichskanzler Fürst von Bismarck-Schönhausen war ursprünglich nur ein einfacher Gutsherr aus der Mark Brandenburg. Da wiegt doch wohl das Lob des hiesigen Landadels gleich viel wie seines, oder? Nur Mut, schönes Kind, ergreifen Sie die Hände der hiesigen Herren, die sich Ihnen entgegenstrecken ...«

»Als wenn wir es nicht schon immer gewusst hätten: Eine hübsche Perle darf sich nicht verstecken. Sie müssen auch einmal großen Erfolg haben dürfen. Wenn das nicht so wäre, stünde die Welt ja kopf!«

Die Verleumdungen hatten ihren Anfang genommen. Lilly war entsetzt.

Als sie gegen die Mittagszeit des nächsten Tages Isa von Rastrow vor dem Kurhaus sitzen sah – eingehüllt in eine Decke, mit einem Lorgnon die Umgebung inspizierend –, wurde Lilly schlagartig klar, dass sie für diesen Stimmungsumschwung verantwortlich war. Mit jeder Stunde, die anbrach, nahm ihre Angst zu, Clemens zu begegnen.

Wie schon so oft versuchte sie, ihre Mutter zu schonen, indem sie ihr ihre Sorgen verschwieg. Stattdessen machte sie sich noch am selben Abend auf den Weg zu Margit und Hanne. Hanne aber erwartete Besuch und war noch mit dem Putzen des Küchenfensters beschäftigt.

»Ist Margit nicht zu Hause?«

»Ja, Lilly, weißt du es nicht? Victor hat sie abgeholt, er hat sie zu einem Scheunenfest in Hohenfelde eingeladen. Weißt du denn nichts davon?«

»Bei den von Strattens?«

»Ich fürchte, ja. Ach, Lilly, es tut mir so leid.« Hanne musterte Lilly mitfühlend.

»Da hab ich wohl Hausverbot.« Wie erbärmlich das klingt, dachte Lilly. Aber Joachim hätte mich bestimmt eingeladen, hätte seine Mutter es ihm erlaubt.

»Hör zu, armes Kind«, fuhr Hanne ernst fort. »Seit gestern reden die Frauen bei uns im Bad nur noch von deiner sogenannten Kulinarien-Tour. Sie machen sich über dich lustig. Es tut mir leid, aber ich möchte dir die Wahrheit sagen. Früher, als du in der ›Strandperle‹ kochtest, sah dich niemand, aber die Gäste lobten deine Speisen, Damen wie Herren. Jetzt sehen dich alle, aber nun hast du nur die Herren auf deiner Seite ... und die Damen gegen dich. Ich höre täglich so viel Klatsch, dass ich manchmal dazwischenfahren könnte vor Wut.«
»Was sagen sie denn über mich, Hanne?«
»Ach, all das, was du dir selbst ausdenken kannst. Einige neiden dir, Bismarcks Zuneigung gewonnen zu haben, weil sie selbst oft monatelang darauf warten müssen, ihm vorgestellt zu werden. Andere glauben den Schwärmereien der jungen Landedelleute und malen sich aus, wie du ihre eigenen Söhne und Ehemänner ins Heu ziehst. Täglich kurt zum Beispiel diese Isa von Rastrow wegen ihrer angegriffenen Nerven bei uns. Sie ist die Schlimmste. Trotz kalter Duschen, die ihr der Arzt zur Abhärtung verordnet hat, lässt sie nicht locker und führt umso hitziger das Wort gegen dich. Sie sagt, dir liefen die Männer wie die Hunde nach. Du hättest wohl einen besonderen Duft unterm Rock.«
»Das ist ja unverschämt!«
»Na, das ist milde ausgedrückt, Lilly. Ich war kurz davor, ihr den Kopf ins Moorbad zu drücken. Eine furchtbare hartherzige Person. Grad heute hörte ich sie sagen, sie dränge ihren Sohn nicht zu einem Beruf. Er könne darauf vertrauen, alleiniger Erbe ihres gesamten Vermögens zu sein.«
Lilly verschlug es die Sprache. Hatte Clemens ihr nicht erzählt, seine Mutter verzichte bei einer möglichen Scheidung auf die Rückzahlung ihrer Mitgift? Woher sollte sie also das Geld haben, Clemens ein Leben als Privatier zu bieten? War ihr zuzutrauen, dass sie mit der Tradition brach und ihr ererbtes Gut und ihre Ländereien bei Rostock verkaufte, nur um ihn an sich zu binden?
»Sie prahlt damit, bald mit ihm in eine Villa am Wannsee zu

ziehen«, setzte Hanne arglos hinzu und wedelte zwei Wespen fort, die auf der Fensterbank um eine Schale mit aufgeplatzten Pflaumen summten. »Soll ich dir etwas sagen, Lilly? Wenn ich später bei Margits Familie lebe und die Kinder hüte, ist das etwas anderes. Aber eine Mutter, die mit ihrem Sohn ... Also, ich finde, das ist gegen die Natur!«
Sie hatte ihn verloren.
Lilly spürte, wie ihr die Tränen in die Augen stiegen. Ihr fehlten die Worte. Sie umarmte Hanne, küsste sie auf die Wangen und lief mit Vasko im Arm davon. Sie war so durcheinander, dass sie nicht einmal mehr daran dachte, Grüße an Margit zu bestellen.
Sie lief am Buchenberg entlang, bog in die Klosterstraße ein und nahm Licht hinter den hohen Fenstern der hochgotischen Kirche des ehemaligen Zisterzienserklosters wahr. Sie hastete über die ausgetretenen Steinschwellen und trat aufatmend ein. Der Geruch von frischem Mörtel und Tabakqualm schlug ihr entgegen. Undeutlich, mal leiser, mal lauter, hörte sie in der Weite des Kirchenraumes dunkle Stimmen. Ob Küster oder Pastor einem Besucher die seltenen mittelalterlichen Kostbarkeiten erklärte, die über Jahrhunderte hinweg kein Krieg, kein Bildersturm hatte zerstören können? Lilly strich Vasko beruhigend über den Kopf, bedeutete ihm, leise zu sein. Der Welpe stemmte sich hoch, legte die Pfoten auf ihre Schulter, schnupperte und wandte neugierig seinen Kopf hin und her, blieb aber still.
Lilly lauschte angestrengt, ließ ihre Blicke über Planen und Gerüste schweifen, zwischen denen das Chorgestühl der Mönche, die Begräbniskapellen der mecklenburgischen Herzöge, Grabtumben, Sakramentsturm, Wappenschilde, Taufstein, Christus-Altar und die berühmte Pribislav-Kapelle versteckt waren.
»Eine gewaltige Aufgabe, die Sie da angenommen haben, Herr Möckel.«
Lilly zuckte zusammen. Der Hall verzerrte eine Stimme, die ihr nur allzu gut vertraut war. Sie begann vor Anspannung zu zittern und huschte, weil sie es vor Neugier nicht mehr aushielt, auf

Zehenspitzen von Pfeiler zu Pfeiler, das westliche Langhaus entlang. Vor der ostwärts ausgerichteten Marienseite des doppelseitigen Kreuzaltars, der einmal den Mönchschor im Osten vom Laienchor im Westen getrennt hatte, hielt sie inne. Vorsichtig lugte sie an der Seite des Altars vorbei, in Richtung Westen. Tatsächlich entdeckte sie unterhalb des Westfensters Clemens im Gespräch mit dem berühmten Architekten Gotthilf Ludwig Möckel. Soeben klopfte Letzterer seine Pfeife an einer Schubkarre mit Bauschutt aus.

»Schon vor Jahren habe ich dem Großherzog erklärt, wie weit der Verfall des Münsters bereits vorangeschritten sei. Es liegt jetzt an ihm, mir die Zeit zu geben, es als bedeutsames Symbol christlichen Glaubens im ursprünglichen nachgotischen Stil wiederherzustellen. Es ist mir eine Herzensangelegenheit, und wenn ich dafür bis an mein Lebensende arbeiten muss. Hier in Doberan, nahe dieses Münsters, auf immer sein Haupt niederzulegen, ist für einen Sakralbauarchitekten wie mich nicht der schlechteste Ruheplatz, finden Sie nicht auch?«

Clemens lächelte zustimmend. »Das ist wohl wahr. Was sagen Sie zu Ihren Kritikern, die Ihre Entwürfe gesehen haben? Manche meinen, der Dachreiter wäre zu groß, die Überdachung des Kapellenkranzes entspräche nicht der mittelalterlichen Ästhetik, und der zweistöckige Anbau am Südquerhaus verändere die Geschlossenheit der Außenwand.«

Möckel schlug gegen die Backsteinwand. »Jaja, ich kenne diese Meinungen. Mir aber geht es um das fluidale Element, den Eindruck des Münsters als Gesamtkunstwerk im neugotischen Sinn. Wir greifen die Elemente des Mittelalters auf und verfeinern sie. Sollen alle nur warten, sich in Geduld fassen. Sollte es möglich sein, ein Haus hier in Doberan zu bauen, werde ich meine eigenen Entwürfe für alle sichtbar und unverfälscht in die Tat umsetzen. Wer weiß, vielleicht wird es eines Tages, in hundert Jahren, noch ein musealer Tempel werden, in dem junge Architekturstudenten meine Lehre studieren.«

»Ich habe gehört, die Torkapelle soll im nächsten Jahr abgerissen werden? Vielleicht wäre das der richtige Standort ...«
»... mit direktem Blick auf meine große Baustelle, das Münster. Ja, das ist, im Vertrauen gesagt, mein größter Wunsch. Diese Pendelei zwischen Dresden und Doberan nimmt mich und meine Familie schon arg mit. Meine Kinder sind mein größtes Glück. Ich vermisse sie sehr. Wissen Sie, was mir vorschwebt? Ein fast wandbreites, bunt verglastes Fenster, darin die Bildnisse meiner Kinder und darüber der Spruch: ›Der Kinder Schar – des Hauses Segen‹. Wie gefällt Ihnen das, Herr von Rastrow? Haben Sie eine eigene Familie?«
»Nein, ich denke, alles hat seine Zeit.«
»Aber nicht wenn man die richtige Frau gefunden hat.« Nachdenklich sog der Architekt an seiner Pfeife.
Clemens räusperte sich und ging auf die westlich gelegene Christusseite des Kreuzaltars zu, auf dessen östlicher Marienseite Lilly stand und lauschte. Seine Schritte knirschten auf dem verschmutzten Steinboden. Ihr klopfte das Herz bis zum Hals, und sie hielt die Luft an. Nur der Reliquienschrein und der »Gute Baum der Maria« auf ihrer und das Triumphkreuz und der Altarschrein auf seiner Seite trennten sie noch voneinander. Da begann Vasko, der Lillys Anspannung spürte, warnend zu bellen. Im Nu umrundete Clemens den Altar.
»Lilly! Was machst du hier?«
Der Vorwurf in seinem Ton schüchterte sie ein. Sie drehte sich auf dem Absatz um, um davonzulaufen. Vasko begann heftig zu zappeln, entglitt ihrem Griff und sprang zu Boden. Bellend und schnüffelnd wuselte er um Clemens' Beine herum.
Vergeblich versuchte Lilly einen klaren Gedanken zu fassen. Und so erschrak sie selbst, als sie sich fragen hörte: »Und du? Warum bist du nicht in Wannsee, bei deiner Mutter?«
»Ich hänge nicht an ihrem Rockzipfel, Lilly«, gab Clemens eine Spur zu heftig zurück. »Ist das etwa noch immer das Bild, das du von mir hast?«

Sie schämte sich und schwieg. Aus den Augenwinkeln nahm sie wahr, wie Möckel mit langen Schritten zum Ausgang eilte.
Sie waren allein.
»Du hast mich etwas gefragt, Lilly«, nahm Clemens etwas milder den Faden wieder auf. »Höre bitte zu: Meine Eltern lassen sich jetzt scheiden. Ich habe die Ansprüche meiner Mutter durchsetzen können. Mein Vater sieht zwar seine moralische Schuld nicht ein, aber er fühlt sich durchaus schuldig, ihr Vermögen verspielt zu haben. Es ist nicht einfach für uns. Sein Konkurs und die Scheidung sind Gesellschaftsthema Nummer eins in Berlin. Er kann aber nachvollziehen, dass meine Mutter nicht mehr mit ihm zusammenleben will. Verstehst du, was ich sagen will?«
»Ich … ich bin mir nicht sicher.«
»Ich kann mir im Moment keine zusätzliche Auseinandersetzung mit meiner Mutter leisten, die ihr unerbittliches Urteil über dich gefällt hat.«
»Ah, ich verstehe.«
»Wirklich, Lilly? Sie leidet unter dem Zusammenbruch unserer Familie, ihrer gesellschaftlichen Position, und benötigt deshalb all meine Unterstützung. Sie möchte vor allem so rasch wie möglich eine Villa am Wannsee beziehen, die ihr zu einem günstigen Mietpreis angeboten wurde.«
Überrascht schaute Lilly auf. »Sie kauft sie nicht selbst?« Dann bückte sie sich, um Vasko zwischen den Reihen der Chorgestühle besser verfolgen zu können. Warum sind wir vom Thema abgekommen? Ich möchte mit dir über mich sprechen, rief Lilly Clemens in Gedanken zu. Dabei stieß sie mit ihrem Kopf gegen eine der schön geschnitzten Gestühlwangen.
»Wer sagt denn, dass meine Mutter so viel Geld besitzt, eine teure Villa in Wannsee zu kaufen?«, rief ihr Clemens entrüstet über die Reihen hinweg zu.
»Gerüchte!«
Er blieb abrupt stehen. »Gerüchte. Ja, da wären wir beim Thema. Also, Lilly, wie ist es nun bei dir? Sei ehrlich!«

»Wenn du es nicht selbst fühlst, muss ich dann noch etwas sagen?«

»Ich möchte dir glauben.« Er blieb stehen, schaute zu ihr herüber.

»Ich verführe keine Männer! Und sie laufen mir auch nicht wie Hunde hinterher, wie deine Mutter es behauptet.«

Lilly bückte sich vor Clemens zu Vasko hinab. Clemens trat einen Schritt beiseite, der Hund hüpfte ihm nach, und noch bevor sie zupacken konnte, flitzte Vasko ihnen davon, jagte kreuz und quer durch das große Kirchenschiff. Sie liefen ihm hinterher und versuchten, ihn einzukreisen, aufeinander zuzujagen. Hoffentlich entwischt er mir nicht über die Wendeltreppe hoch zum Glockenturm, sorgte sich Lilly. Bei meiner Höhenangst käme ich über die unterste Stufe nicht hinaus ... Sie entdeckte ihn in der Nähe einer mittelalterlichen Grabplatte rechts des Haupteingangs und lief ihm nach. Noch bevor sie ihn eingeholt hatte, drehte er sich einmal verspielt um sich selbst und rannte dann auf Clemens zu, der vor der Grabtumba der Königin Margarete von Dänemark stand.

Sie hörte ihn flüstern und wartete darauf, dass Clemens Vasko packen würde. Dann hörte sie Vasko bellen.

»Verflixt, er ist mir wieder entwischt!«, rief Clemens laut.

»Wo ist er jetzt?«

»Ich weiß es nicht.« Clemens bog um das Oktogon, die Begräbniskapelle einiger mecklenburgischer Herzöge.

»Wie ärgerlich«, erwiderte Lilly und ging auf ihn zu.

»Allerdings. Wäre dieses Gotteshaus im Moment keine Baustelle, würde ich mich dafür schämen, hier einen Hund einfangen zu müssen.«

»So ein Unsinn, er ist liebenswert und ein Teil der Schöpfung.«

»Es muss Grenzen geben, Lilly, findest du nicht?« Es klang in ihren Ohren vieldeutig. Vorsichtig fragte sie: »Warum bist du eigentlich hier im Münster und nicht auf Joachims Scheunenfest, Clemens?«

»Ich war dort!«
»Und warum bist du nicht geblieben?«
»Mir gefiel nicht, wie dort über dich und deine Dessertreise gesprochen wurde.«
»Hat Joachim dir denn nicht die Wahrheit über mich gesagt?«
»Doch, das hat er. Du seist, soweit er es beurteilen könne, Annäherungsversuchen gegenüber standhaft geblieben. Er sei jedoch nicht immer dabei gewesen, würde aber für deinen guten Ruf seine Hand ins Feuer halten.«
Er ist mir und Joachim gegenüber misstrauisch. O Gott, ist das furchtbar. Was mache ich jetzt nur? Hilfesuchend schaute sie sich um.
»Ich weiß«, flüsterte sie tonlos. »Glaubst du ihm, Clemens? Bitte, sag mir, ob du mir vertraust ...«
Vasko flitzte wieder an ihnen vorbei, doch sie rührten sich nicht, schauten einander nur an.
»Joachim mag dich schon seit unserer Kindheit. Er ist mein bester Freund. Jetzt, Lilly, weiß ich nicht, ob er dich der Wahrheit wegen vor dem Gerede der Leute schützt oder ...«
»Oder?«
»Oder aus Liebe.«
Sie fühlte die Kälte der Steinfliesen in sich aufsteigen. »Mir allein vertraust du also nicht, Clemens. Ich verstehe.« Sie drehte sich auf dem Absatz um, lief zwischen den Pfeilern hindurch auf das Chorgestühl der Mönche zu, wo Vasko mal hier, mal dort auftauchte. Clemens folgte ihr mit raschen Schritten.
Sie stieg auf das Gestühl und stemmte ihre Hände in die Seite. Da rief er leise: »Lilly!«
Sie ging zu ihm und musste lachen. Vasko erleichterte sich an seinem Hosensaum.
»Mein Hund rächt sich für sein Frauchen an dir! Ist er nicht klug?«
Clemens schaute sie verärgert an. »Nimm ihn bitte weg. Ich bin heute nicht in der Stimmung, mich auch noch von einem Hund

beschmutzen zu lassen. Es riecht scheußlich, und ich habe, ehrlich gesagt, genug von Sudeleien in jeglicher Form.« Er strebte zum Ausgang.
»Du unterstellst mir ... Sudeleien?« Ihr blieb die Luft weg.
»Es sind die Gerüchte, die sudelig klingen, das ist alles. Stimmt es, dass du für die Gäste auf dem Barstettschen Gut, einschließlich Fürst Bismarck, aphrodisiakische Desserts gekocht hast?«
Sie errötete. »Ja, Madame Rachmanowa bat darum.«
»Ah, ich verstehe. Was hat sie dir denn genau gesagt?«
»Die Herren, schrieb sie mir, würden zum Schluss etwas Aufmunterndes erwarten. Das ist doch wohl deutlich genug. Oder hat sie etwa erwartet, die Süßspeisenköchin solle sich selbst in Eischaum präsentieren?«
»Vorstellen kannst du es dir also.«
»Clemens!«
Er zögerte. »Madame Rachmanowa wäre begeistert von dir.«
»Wie meinst du das?«
»Du weißt es also nicht.«
»Würdest du mich bitte aufklären, Clemens? Wer ist sie?«
»Sie kommt aus St. Petersburg, ist halb Russin, halb Deutsche. Sie sucht nach Kontakten auf höchster Ebene, um in Berlin ein, sagen wir, ein Etablissement zu gründen, das auch ausgefallenen Ansprüchen entgegenkommt.«
Fand von Maichenbach nicht Gefallen an erotisch-ätherischen Genüssen? Am Spiel beim Zuschauen? Sie wollte tolerant sein, schließlich hatten ihre Vorurteile sie schon einmal in Verlegenheit gebracht. Lilly bemühte sich, Clemens' prüfendem Blick standzuhalten.
»Lassen wir das.« Er presste seine Lippen aufeinander und ging ein paar Schritte auf und ab. »Ach, Lilly, alles, was ich befürchtete, wurde von dir selbst übertroffen. Ich darf doch davon ausgehen, dass unsere Freunde den Genüssen, die du Bismarck bereitet hast, nicht nachstehen wollten, oder? Ich kenne sie einfach zu gut. Von deinen Desserts angeregt, bist du sicher für sie die kara-

mellisierte Kirsche auf dem Sahnehäubchen gewesen, um die es sich zu wetten lohnt. Warum musstest du nur nach diesem französischen Kochbuch vorgehen?«
»Du kennst es?«
Flüchtig warf er einen Blick zum Deckengewölbe. »Ich habe gehört, es sei voller Liebesrezepte ...«
»Victor hat mir erzählt, einer deiner Freunde würde es besitzen. Glaubst du nicht, dass es mir derjenige zurückgegeben hätte, in dessen Magen ich als karamellisierte Kirsche gelangt wäre? Niemand, Clemens, niemand hat mich berührt!«
Er wartete einen Moment, dann sagte er leise: »Auch wenn ich dir das glaube, so weiß ich mit Bestimmtheit, dass sie dich in ihrer Phantasie ...«
»Clemens! Was soll das? Was geht mich das an?«
»Es ist dir also gleichgültig?«
Sie zögerte. »Nein, also, ich meine ...«
»Also doch!«
»Ich meine, es liegt in der Natur guten Essens, dass es die Phantasie beflügelt, oder?«
»Haben wir nicht schon einmal darüber gestritten?«
»Clemens«, begann Lilly behutsam, »glaubst du wirklich, ich verkoche für jeden Mann einen Teil meines Herzens?«
»Liebe geht durch den Magen, sagt man nicht so?« Seine Augen blitzten auf.
»Du bist bestimmt die einzige Ausnahme.«
»Ich stelle auch besondere Ansprüche.« Er klang sehr ernst.
»Ansprüche, die du freundlicherweise mit Vorurteilen und Lügen pfefferst«, gab sie aufgewühlt zurück.
»Lilly, ich bin nicht hierher zurückgekommen, um ein weiteres Mal mit dir zu streiten. Wir hatten etwas anderes vereinbart.«
»Du wolltest mir die Chance geben, dich von meinen Speisen zu überzeugen«, unterbrach sie ihn hastig.
»Du bist mir zuvorgekommen, Lilly. Jetzt darfst du dich mit dem Lob anderer schmücken. Ich gebe zu, es kam zu viel dazwischen.

Doch jetzt bin ich, ehrlich gesagt, nicht mehr sicher, ob und wann es jemals noch dazu kommen wird. Ich bin Realist.« Er legte seine schönen Hände aneinander, führte die Fingerspitzen an sein Kinn, überlegte. »Verzeih, aber ich fürchte, du siehst die Wirklichkeit nicht so, wie sie ist. Du träumst, Lilly.« Er hatte mit sanfter Stimme gesprochen, doch seine Worte verletzten sie. Er wandte sich zum Gehen. »Du hast natürlich keine Muße gehabt, darüber nachzudenken, was meine Lieblingsspeise ist?«
Seine Frage glich einem Pfeil, der sie traf. Hatte sie nicht nächtelang darüber nachgedacht?
»Es ist ein kompliziertes Rätsel, Clemens«, erwiderte sie matt.
Du lügst, Lilly, sag ihm, dass das nicht stimmt. Sag ihm, du hättest schon eine Idee, sag ihm, er soll dir Zeit geben, dich nicht gehen lassen ...
»Ich bin dir also zu kompliziert?« Seine Augen wurden eishell.
Warum quälst du mich, Clemens? Warum musst du misstrauisch und eifersüchtig sein? Warum? Ich liebe dich doch, und ich will dich nicht verlieren!
Ihre Finger krallten sich in das Fell des Welpen, als sei er derjenige, den sie festhalten wollte. »Ich habe von deinem Dessert gesprochen, Clemens. Das ist mir zu kompliziert. Ich gebe das Rätsel an dich zurück.« Zögernd trat sie, Vasko noch immer im Arm, durch das Chorgestühl auf Clemens zu. Kämpfe um mich, bitte, lass mich nicht fallen.
Er wich zurück. »Ich bin es dir also nicht wert.«
»Nein, nein! Clemens, bitte!«
»Ich habe verstanden.« Er schob die Kirchentür auf, ließ ihr den Vortritt und folgte ihr in die kühle Septembernacht hinaus. »Belassen wir es dabei. Gute Nacht.«

Lilly war am Boden zerstört.
Isa von Rastrow hatte gesiegt.

Kapitel 8

Das Fest war vorüber, das Feuerwerk verbrannt, die Saison des Jahres 1885 beendet.
Am letzten Septembertag nahm Lilly die Einladung Professor Momms nach Berlin an. Er hatte sie nicht vergessen, auf der Promenade auf sie gewartet und ihr den tropfenförmigen Kettenanhänger aus Jaspis überreicht, den er ihr im Juli versprochen hatte. Lilly versuchte zu ignorieren, dass Clemens ganz in der Nähe mit Joachim, seiner Mutter, dem schwarzen Pinscher und seiner Tante spazieren ging, um – wie viele andere Kurgäste auch – für dieses Jahr von Heiligendamm Abschied zu nehmen. Es schmerzte sie sehr, Clemens zu sehen. Jetzt, da sie litt, liebte sie ihn leidenschaftlicher als je zuvor.
Doch sie erwiderte weder seinen noch Joachims Gruß. Stattdessen wandte sie sich zu Professor Momm um, als sie merkte, dass Clemens sie beobachtete.
Es hatte keinen Sinn mehr, auf ihn zu hoffen. Ihr war gleichgültig, was er und die anderen darüber denken mochten, dass ihr Professor Momm – offensichtlich selbst gerührt – in aller Öffentlichkeit eine Schmuckschatulle überreichte. Sie plauderte anscheinend sorglos mit ihm und nahm sogar dankbar sein Angebot an, ihre Mutter einem Lungenspezialisten an der Berliner Charité vorzustellen. Hatte sie durch ihre Dessertreise nicht genug Geld verdient? Einmal noch wollte sie ihrer Mutter beweisen, wie viel sie ihr wert war. Die Frage, wie sie bis zur nächsten Saison würden überleben können, verdrängte Lilly an diesem Vormittag.
Alles andere war gleichgültig. Fast alles.
Sie nahm von den ihr anvertrauten Hunden Abschied, freute sich, dass deren Besitzerinnen ihr versprachen, im nächsten Jahr wieder auf sie zukommen zu wollen. Sie dachte an Schmidtchen. Er

fehlte ihr ebenso wie der Trost und die Gespräche mit von Maichenbach.
Ihr graute vor den langen Wintermonaten, und sie hätte alles darum gegeben, stünde der nächste Sommer schon vor der Tür.
Allein Vasko wärmte sie.

»Gibt es etwas Traurigeres als einen verlassenen Kurort, Mutter? Einen einsamen Strand? Komm, lass es uns noch einmal versuchen.« Nach einigem Zureden konnte Lilly ihre Mutter davon überzeugen, dass es Sinn hatte, nach Berlin zu fahren. Schließlich sei sie ja noch nie bei einem Lungenspezialisten gewesen. Und eine Chance wie diese käme sicher so bald nicht wieder. Im Stillen aber waren sich beide Frauen darüber einig, wie gut es ihnen tun würde, für ein paar Tage der bedrückenden Enge des Babantschen Hauses zu entfliehen.

Sie fanden in einer einfachen Pension in Wilmersdorf Unterkunft – nordöstlich in Berlin-Mitte lag die berühmte Charité, südwestlich Zehlendorf mit dem Wannsee. Der Besuch in der Charité am Tag darauf ernüchterte sie allerdings rasch.
»Das Lungenvolumen in Ihrem linken Lungenflügel ist sehr gering«, stellte der Internist fest. »Ich bin mir sicher, dass das auf eine wachsende Geschwulst hindeutet. Ich fürchte, ich kann Ihnen nicht helfen. Nicht zum jetzigen Zeitpunkt. Vielleicht wird es in zehn oder zwanzig Jahren möglich sein, Kranke wie Sie zu operieren. Vorausgesetzt, jemand erfände eine Maschine, die die Druckdifferenz zwischen Brusthöhle und Außenluft ausgleicht. Jetzt aber ist die Chirurgie machtlos. Es tut mir leid, gute Frau.«
Sie hatten es geahnt und trugen sein Urteil mit Fassung. Sie waren fast schon erleichtert, weder eine komplizierte Operation noch eine aufwendige Behandlung auf sich nehmen zu müssen. Es war die Gegenwart, die ihnen mit einem Mal kostbarer wurde. Und so wünschte sich Hedwig, ein letztes Mal am Grab ihres

Lebensgefährten Paul Pächt zu beten und die Stätten aufzusuchen, wo sie gelebt und gearbeitet hatte.
»Weißt du noch, Lilly, wie uns abends unsere Fingerspitzen brannten, als wenn wir den ganzen Tag über Feuerquallen umgeschichtet hätten? Und wie wir im Sommer in der stickigen Luft leiden mussten? Wir konnten kaum atmen, und der Staub kratzte im Hals, es war entsetzlich«, erinnerte sie sich.
»Ja, in der Hitze war es besonders schlimm. Damals bist du krank geworden. Du hast dich oft übergeben, bekamst dieses Stechen in der Brust, die Lungenentzündung. Und bei alldem reichte das Geld nie aus. Erinnerst du dich an den furchtbaren Winter kurz nach Vaters Tod? An die Kanten verschimmelten Brotes, die wir aus der Abfallkiste der Armenhausküche gesammelt haben? An die schwarz angefaulten Weißkohlblätter, die wir Weihnachten im verdreckten Stroh eines leeren Kaninchenstalls gefunden haben? An die Krähen und Spatzen, die in unserem Kochtopf gelandet sind? An das Stroh, das wir aus der Fabrik schmuggelten, zu Pulver zerrieben, mit Backmehl mischten, um Brot daraus zu backen?«
»Ja, das Stroh. Wir haben Tee aus Strohpulver gekocht, ich erinnere mich. Er soll gegen Gicht helfen, doch wir haben ihn aus Hunger getrunken. Wie gut, dass das alles vorbei ist, Lilly.« Hedwig dachte nach. »Weißt du, was ich gerne sehen möchte?«
»Nein, was denn?«
»Ich würde gerne einmal die Villa sehen, in die diese schreckliche Rastrowsche ziehen wird.«
»Du willst nach Wannsee?«
»Warum nicht? Sind wir keine Menschen? Dürfen dort nur die mit den goldenen Schuhen hin? Sei so gut und frag bitte diesen Professor Momm, ob er uns dabei helfen kann, ja? Erfüll mir diesen einen Wunsch, Lilly, ein letztes Mal. Wir Frauen sind nun einmal neugierig. Zu Hause sterbe ich vielleicht eines Tages doch noch schneller an Langeweile als an dieser Geschwulst. Lilly?«
»Gut, ich versuche, mit Professor Momm zu sprechen.«

Dieser war begeistert. Er erzählte Lilly, am Morgen von Isa von Rastrows Scheidung und dem Bankrott ihres Gatten aus dem *Berliner Tageblatt* erfahren zu haben. »Wissen Sie, Lilly, ich muss Ihnen etwas sagen: Manchmal halte ich lieber einen Stein in der Hand als einen Menschen im Arm. Nur wenige sind mir so sympathisch wie Sie. Sie haben etwas Liebes an sich, etwas Ehrliches und Herzliches. Nicht jeder will das erkennen oder gar wahrhaben. Jetzt, da die Saison zu Ende ist, kann ich es Ihnen ja erzählen: Oft habe ich auf den Teegesellschaften Frau von Rastrow über Sie sprechen hören. Es war, offen gesagt, nicht zu ertragen – nicht, wenn man Sie kennt, Lilly. Sie hat Sie in den Schmutz gezerrt, durch stinkende Gülle geschleift, Ihnen die Haut in Streifen gerissen und das Feuer unter Ihren Scheiterhaufen gelegt. Mit Verlaub, ich hätte dieser Frau manchmal am liebsten Gift in ihren Earl Grey geschüttet. Nie zuvor habe ich eine so hartherzige und egoistische Person kennengelernt. Selbst ihrem Sohn, der ein netter Kerl zu sein scheint, fuhr sie in aller Öffentlichkeit über den Mund. Vor allem, wenn er Sie zu verteidigen suchte. Einem erwachsenen Mann! Ich fürchte, es erfüllt Frau von Rastrow mit einem krankhaften Stolz, diesen jungen Mann geboren zu haben. Sie besitzt ihn, wie eine Auster ihre Perle umschließt und nie freiwillig hergibt. Also, liebe Lilly, ich verspreche Ihnen, mich umzuhören, damit wir ihr ein wenig nachspionieren können. Vielleicht finde ich sogar noch eine alte Hexe in Berlin, die vor ihrer noblen Eingangstür einen Schadenszauber ausspricht, bevor sie einzieht.«

»Professor Momm, sagten Sie nicht, Sie misstrauten Legenden und Aberglauben?«

Er kicherte. »Wenn das Faktische nicht mehr hilft, muss die Einbildung herhalten.«

Sie war ihm dankbar für seine Anteilnahme. Auch freute sie sich darüber, dass Clemens sie vor den Angriffen seiner Mutter in Schutz genommen hatte. Aber es half ihr nicht. Wie sollte es sie trösten, wenn sie wusste, dass Clemens in Wahrheit ein Gefangener seiner Mutter war?

Sie waren in Begleitung Professor Momms die kurvenreiche Chaussee am Havelufer entlanggefahren und hatten nach umständlichem Suchen schließlich die Villa inmitten eines waldähnlichen Grundstücks direkt am Wannsee gefunden. Niemand war zu sehen. Kein gusseiserner Zaun, kein verschlossenes Tor versperrte ihnen den Zugang. Der Auffahrtsweg war von Fahrspuren zerwühlt und matschig. Bretter vernagelten die noch glaslosen Fensterhöhlen, Keller- und Seiteneingänge. Das Dach war nur bis zur Hälfte eingedeckt, an zwei Stellen ruhten Stapel hellroter Dachziegel auf den Latten. Nur vom Ufer aus, umsäumt von riesigen Fliederbüschen und gekrümmten Weiden, ragte ein aus frisch gesägten Brettern errichteter Bootssteg in den See. Es roch nach Baumharz, Mörtel, Lack und Teer. Nirgends war ein Bauarbeiter zu sehen.

Professor Momm überlegte nicht lange. Er nahm die Schubkarre, die auf einem Schutthaufen lag, schob sie unter eines der offenen Fensterhöhlen, stellte einen Eimer hinein und erklomm auf diese Weise das Fensterbrett. »Prachträume!«, rief er Hedwig und Lilly zu. »Für eine große Familie, einen Künstler – oder jemanden, der die Absicht hat, einen goldenen Käfig zu bauen!« Vorsichtig kletterte er wieder auf den Boden zurück. »Schauen wir uns einmal die Seeseite an!«

Sie umrundeten die Villa – und zuckten erschrocken zusammen. Nur wenige Schritte von der Terrasse entfernt stand, unter dem Schatten einer mittelgroßen Rotbuche, ein Zwinger, in dem Jasper, Isa von Rastrows schwarzer Pinscher, schläfrig den Kopf hob. Mit einem Ruck spang er auf und begann, die Vorderpfoten ins Gitter gekrallt, wütend zu kläffen.

Im ersten Moment tat er Lilly leid. Warum hatte Isa von Rastrow ihren Hund hier allein zurückgelassen? Sie spürte, wie Vasko sie an seiner Leine auf den Zwinger zuzerrte. Widerwillig gab sie

nach, den aufgebrachten Pinscher fest im Auge. Jetzt bellte Vasko ebenfalls mutig, wobei er – geradezu provozierend – immer wieder hochsprang. Bestimmt hatte Jasper sie wiedererkannt. Und ihre Angst wurde immer größer, er könne wie von Zauberhand durch eines der Gitterlöcher seinem Gefängnis entfliehen und Vasko angreifen. Kurzentschlossen nahm Lilly ihren Zwergspitz auf den Arm.
»Ich bin mir sicher, dass diese Frau von Rastrow das Anwesen nicht erworben hat«, murmelte Professor Momm irritiert. »Aber der Eigentümer ist ein guter Freund der Familie, ihr noch aus guten alten Tagen zugetan. Sonst hätte er ihr wohl kaum die Erlaubnis gegeben, einen Zwinger für ihren Hund aufstellen zu lassen. Trotzdem, ich denke, wir sollten jetzt gehen. Womöglich kommt sie bald zurück. Und dann, liebe Lilly, könnte es Ihnen schlimmer ergehen, als wenn ein Stapel frischer Dachziegel von oben auf Sie herabstürzte.«
»Ja, gehen wir!«, stimmte ihm Lilly voller Unbehagen zu.

Sie sollten Berlin in guter Erinnerung behalten, hatte Professor Momm ihnen auf der Rückfahrt geraten und vorgeschlagen, im Großen Tiergarten Zerstreuung zu suchen.
Dort angekommen, waren Lilly und Hedwig überrascht über die vielen Menschen, die die Wege und Plätze, Wiesen und Biergärten bevölkerten. Leutselig lud der alte Gelehrte sie zu Berliner Weiße und Würstchen am Stand ein. Vasko war begeistert vom Duft, der ihn umgab, und bettelte um Wursthappen, die ihm großzügig zugestanden wurden.
Wohin sie auch gingen, überall umfing sie Musik: Kapellen spielten Märsche und Walzer, Stehgeiger Liebeslieder und Leierkastenmänner Gassenhauer und Volkslieder. Ihre Klänge brachten die Luft zum Schwingen. Lilly zwang sich, nicht an das Bauernfest auf dem Kamp zu denken. Mit aller Kraft kämpfte sie gegen die Magie der Musik an, die sie umgab. Zur Ablenkung kaufte sie hin und wieder Lotterielose, auch Professor Momm fand Gefallen

daran. Außer kleineren Gewinnen, wie einer Häkelnadel mit Holzgriff, einem Blechsoldaten und einem bestickten Leinenherz mit Zuckerperlen, zog Lilly nur Nieten. Träge ließen sie sich im Strom der Menschen treiben und nahmen kaum wahr, dass sich diese immer schneller auf ein düsteres Rauschen zubewegten, das in der Ferne zu hören war.

An einer Weggabelung, wo ein Feuerspucker seine Künste vorführte, stand ein Clown in weißem Kostüm und spielte Ziehharmonika. Neben ihm vollführte ein schwarzhaariges Mädchen im Tutu graziös allerlei Verrenkungen, während es den Vorbeigehenden einen roten Eimer mit Losen anbot.

»Ach, ich sollte wohl auch noch einmal mein Glück versuchen«, seufzte Hedwig hüstelnd und bat Lilly, ihr ein Los zu kaufen.

Aufmunternd nickte ihr Professor Momm zu. »Das wird aber auch Zeit, Frau Babant. Wer nicht wagt, bleibt auf seinen Träumen sitzen.«

Sie lächelte ihm zu. »Ich hab ja keine mehr, aber ...« Sie hatte das Los aufgerollt und errötete. »›Erster Preis! Gewonnen!‹, steht hier. Ich ... ich habe gewonnen!«

Der Clown unterbrach sein Spiel, legte die Ziehharmonika ärgerlich beiseite. »Det glob ick nich. Det kannich sein.«

»Aber ja doch!«, protestierte Hedwig energisch. »Ge-won-nen!«

»Was hast du denn gewonnen?«, hakte Lilly neugierig nach und beugte sich über das Los. Da sprang das Mädchen hinzu, riss ihr das Los aus der Hand und hielt es hoch in die Luft.

»Ich weiß es! Ich weiß es!« Und ohne dass sie jemand aufhalten konnte, rannte sie quer durch die Menschenmenge auf eine Wiese zu, von der das immer lauter werdende Rauschen zu ihnen hinüberscholl.

Auf dem Weg durch die dichte Menschenmenge stützte Lilly ihre Mutter, die vor Aufregung wieder zu husten begonnen hatte. Und dann sahen sie, wie sich vor ihnen hoch über den Baumwipfeln ein birnenförmiger Heißluftballon aufreckte, höher und

höher, und schließlich, in der Luft schwebend, innehielt. Kaum hatten sie den freien Platz erreicht, von dem er aufgestiegen war, sahen sie auch den Ballonkorb. Seile, die mit Eisenkrampen in der Erde eingeschlagen waren, hielten ihn fest. Außen herum eilten Männer in Drillichanzügen geschäftig hin und her, andere, in modischer Sportkleidung, beugten sich über Karten und Instrumente, diskutierten. Herren im Frack wandelten umher. Ein größeres Grüppchen von ihnen machte sich daran, auf ein mit Blattgrün und Blumenkränzen geschmücktes Holzpodium zuzustreben. Einer von ihnen, ein älterer Mann mit graumeliertem Bart, blieb, auf den Fußballen wippend, am Rande des Podiums stehen und blinzelte nervös zum Ballonkorb hinüber. Dabei rollte er sichtlich aufgeregt ein Blatt Papier zusammen und wieder auf. Neben ihm stand ein Mann, an dessen schwarzer Anzugjacke zwei künstliche Flügel befestigt waren. Er schwang eine Fahne mit dem Berliner Wappen und schrie mit überlauter Stimme:
»Das größte Vergnügen in Berlin! Die Stunde der Zukunft! Der Stern der Lüfte geht über uns auf!«
Ihren Arm vorgereckt, kletterte nun das schwarzhaarige Mädchen zu ihm hoch. »Ich hab das Los! Ich hab die Frau, die gewonnen hat!«
Die Menschen wandten sich zu ihr um.
Das Mädchen zeigte auf Hedwig. Lilly hatte das Gefühl, als bliebe ihr das Herz stehen. »Mutter, ich glaube, du hast eine Fahrt mit dem Ballon gewonnen!«
»Das darf doch nicht wahr sein! Ich?« Hedwig hüstelte und wischte sich die Tränen aus den Augen. »Lilly, das ist doch verrückt. Das würde ich mit meiner kranken Lunge nicht eine Minute lang überleben! Da siehst du es, noch nicht einmal kurz vorm Sterben hab ich Glück.«
Der Mann mit den künstlichen Flügeln stieg vom Podium und kam auf sie zu.
»Gute Frau, meinen Glückwunsch! Allerherzlichst!« Er drückte Hedwig stirnrunzelnd die Hand, rannte zurück und flüsterte dem

Herrn mit der Papierrolle etwas zu. Ein Trompeter blies eine Fanfare, und kurz darauf brandete Applaus auf. Nur undeutlich nahm Lilly aus den Augenwinkeln wahr, wie ein junger Mann in Lederjacke aus den von Arbeitern und Technikern umringten Ballonkorb stieg. Es war Clemens! Er fing ihren Blick auf und erstarrte. Langsam ließ er das Seil, das er in den Händen hielt, in den Korb zurückgleiten, ohne sie aus den Augen zu lassen.
Leise rauschten die Worte des Redners an Lillys Ohr vorbei ...
»Erst vier Jahre ist es her, dass der ›Verein zur Förderung der Luftschifffahrt‹ gegründet wurde: mit allerhöchster Zustimmung unseres alten Kaisers, Generalfeldmarschall Graf von Moltke und Kriegsminister von Kameke!«
Jubel brandete auf.
»Nun blicken wir auf vier Jahre bester technischer Entwicklungen und wissenschaftlicher Forschung zurück ... «
Applaus und Jubel. Lilly aber verlor Clemens aus den Augen ...
»Für die einen ist die Luftschifffahrt pures Vergnügen, für die anderen aber von höchster militärstrategischer Bedeutung ...«
Aus der Menge hörte man Pfiffe, Buhrufe, aber auch lautes »Bravo! Bravo!«-Gebrüll.
Nun erklomm Clemens das Podium. Lilly zitterte vor Aufregung. Sie beobachtete, wie er seine Hand beschwichtigend auf den Arm des Redners legte, ihm etwas zuflüsterte, woraufhin dieser, hochrot im Gesicht, einen Schritt beiseite trat.
»Heute ist ein besonderer Tag«, übernahm Clemens das Wort.
Lilly durchströmte ein wohliges Gefühl bei dem ruhigen, wohltönenden Klang seiner Stimme.
»Ein Tag, an dem wir ein Zeichen über Berlin setzen wollen. Ein Zeichen für den Frieden.«
Applaus.
Angespannt hörte Lilly Clemens zu.
»Es war unsere Idee, eine Ballonfahrt über Berlin als Hauptgewinn zu verlosen. Heute Morgen riefen wir alle Losverkäufer zu uns, mischten die Lose und warteten bis vor wenigen Minuten auf

den Gewinner. Soeben wurde der Hauptgewinn gezogen. Wir alle freuen uns sehr, und ich bitte nun die Gewinnerin dieser Friedensfahrt zu mir.«

Lilly spürte die feuchtkalte Hand ihrer Mutter, die sich um die ihre schloss. »Lilly, du musst für mich fliegen. Du weißt, ich kann nicht.«

»Und du weißt, dass ich es auch nicht kann«, wehrte Lilly verzweifelt ab.

Hedwig presste die Lippen aufeinander.

Der Mann mit den künstlichen Flügeln eilte auf sie zu und packte beide Frauen am Arm, woraufhin sich ihnen alle zuwandten. »Herrje noch mal, gute Frauen: Wer von Ihnen beiden will denn nun fliegen? Ganz Berlin beneidet Sie, das große Los gezogen zu haben, und Sie zögern noch! Bedenken Sie doch: Vor Ihnen sind schon ganz andere Frauen alleine Ballon gefahren!«

»Er hat recht, Lilly, so eine schöne Gelegenheit …«, keuchte Hedwig und krümmte sich hustend.

»Ich will nicht! Ich … ich kann das nicht! Professor Momm? Fliegen Sie!«

Dieser aber schüttelte den Kopf und wies zum Podium. Noch immer schaute Clemens neugierig zu ihnen herüber.

Da schälte sich eine Dame in grauweißem Kostüm aus der ersten Reihe und trat auf das Podium zu. Sie flüsterte Clemens etwas zu, und als sie sich umdrehte, erkannte Lilly in ihr seine Mutter. Lilly schrie leise auf und schlug ihre Hand vor den Mund. »Lass uns gehen. Auf der Stelle! Verschenk das Los, Mutter, gib es dem Mädchen. Nur fort von hier.«

Hedwig folgte ihrem Blick und wurde blass. »O nein, nein, Lilly. Du hast recht, lass uns …«

Der Mann mit den künstlichen Flügel schüttelte ärgerlich den Kopf. »Ein Kind? Nein, das geht überhaupt nicht. Hören Sie, meine Damen, überlegen Sie es sich genau. Sie haben ein rechtmäßiges Gewinnlos gezogen. Und dieser Herr dort wirbt höchstpersönlich für die Zukunft der deutschen Luftschifffahrt. Sie wollen ihm doch wohl keinen Korb geben, oder? Haben Sie seinen neuesten Artikel im *Tageblatt* nicht gelesen?« Er neigte ihr seinen Kopf zu. »Über seinen Vater, einen leichtsinnigen Bankrotteur, lacht halb Berlin. Er aber hat Mumm, das muss man ihm lassen. Er stemmt sich selbst aus dem Morast empor, den ihm sein Vater hinterlassen hat. Und das zu Ehren der deutschen Luftschifffahrt. Schneidig, schneidig!«

Da sah Lilly, wie die Herren im Frack sich von ihren Holzstühlen erhoben, Clemens umringten und leise auf ihn einsprachen. Plötzlich aber trat dieser entschlossen aus ihrem Kreis und dicht an den Rand des Podiums heran. Seine Mutter, die direkt unter ihm stand, zuckte erschrocken zurück. Ruhig und selbstbewusst ließ Clemens seine Blicke über die Menschen schweifen. Dann richtete er seinen Blick auf Hedwig und Lilly.

»Der Ballon wartet«, begann er. »Er wird mit dem Wind fliegen, mit unseren Hoffnungen und unseren Träumen. Es liegt an uns, mit ihm ein besonderes Zeichen zu setzen. Man kann, wie mein Vorredner andeutete, ein sanft dahingleitendes Luftfahrtzeug nutzen, um im Kriegsfall gegnerische Stellungen auszuspähen, Post oder Menschen aus belagerten Städten oder Festungen zu befreien. Das ist das eine.« Er machte eine Pause. »Ich dagegen habe einen anderen Traum: Ich möchte Ballone und Luftschiffe über eine friedliche Welt schweben sehen.«

Viele Menschen klatschten begeistert Beifall.

Ein wenig lauter fuhr Clemens fort: »Ich verspreche Ihnen: Wer immer heute in diesen Ballonkorb steigen wird, wird begeistert sein. Aus der Vogelperspektive zu sehen, wie unsere junge Reichshauptstadt inmitten von Seen, Flüssen und Grün wächst, ist eindrucksvoll. Das aber ist nicht alles. Glauben Sie mir, nur vom Himmel aus sehen wir, wie schön unsere Erde wirklich ist und dass es sie zu bewahren gilt!«

Wieder jubelten ihm die Menschen zu.

»Und ich bitte Sie alle, die Zeuge dieses Fluges sein werden, für die Kinderhospize unserer Stadt Berlin zu spenden!«

Clemens wandte sich dem Mann mit den künstlichen Flügeln zu. »Wir wissen nun, die Gewinnerin dieses Fluges steht fest. Können Sie uns allen bitte mehr über sie verraten?«
»Es sind zwei, zwei hübsche Damen: Mutter und Tochter. Eine Ehre für die Berliner Luftschifffahrt – wenn sie denn unter sich auslosen könnten, wer in die Gondel steigt!«
Gelächter.
Lilly fing Clemens' Blick auf. Ihr wurde heiß und kalt zugleich.
Isa von Rastrow rief: »Ihnen fehlt der Mut, meine Herren, das sehen Sie doch! Ich plädiere für eine neue Verlosung für alle!«
Applaus und wildes Gejohle.
»Nein!«, rief Clemens jetzt über alle Stimmen hinweg. »Das Los hat entschieden. Ich stelle der Gewinnerin frei, mit wem sie diesen Flug bestreiten möchte: mit einem unserer Ingenieure oder mit mir.« Er machte eine Pause.
»Nein! Das ist doch Unsinn!«, rief Isa von Rastrow.
Ohne auf sie zu achten, fragte Clemens den Mann mit den künstlichen Flügeln: »Gibt es einen Grund für das Zögern der Damen?«
»Die eine ist wohl krank ...«
Es wurde still.
»Und die andere Dame?«
»Hat Höhenangst!«
Die Menschen lachten auf.
»Was für eine Herausforderung!«, erwiderte Clemens und schaute Lilly ernst an. »Da könnte man geradezu meinen, hier spiele das Schicksal eine besondere Rolle, nicht? Könnte man annehmen, hier müsse jemand mehr als seinen Mut beweisen?«
Da niemand außer Lilly verstand, was er meinte, wurde es mucksmäuschenstill. Die Menschen ahnten, dass hier etwas Besonderes vor sich ging.
Ach, Clemens, dachte Lilly und kämpfte mit den Tränen. Du verlangst von mir einen Beweis. Du glaubst mir also noch immer nicht. Und jetzt ... jetzt meinst du, dass ich nur dann

die Kraft habe, meine Höhenangst zu besiegen und zu dir zu kommen, wenn ich wirklich, wirklich kein schlechtes Gewissen habe. Kannst du dir vorstellen, was du da von mir verlangst? Ich habe entsetzliche Angst vor der Höhe. Mir wird schon schlecht, wenn ich zum Ballon hochschaue ... Und was geschieht, wenn ich nein sage? Dann ... würde ich dich auf immer und ewig verlieren.

Das schwarzhaarige Mädchen schaute belustigt zwischen Lilly und Clemens hin und her, wippte mit ihrem Tutu. Dann nahm sie, kaum dass Lilly es merkte, Vaskos Leine und zog ihn Richtung Gondel.

»Ich ... kann nicht«, wisperte Lilly, unfähig, ihre Augen von Clemens zu wenden. Sie sah das Leuchten in seinen Augen, aber auch seine Unsicherheit.

»Er mag Sie«, wisperte ihr das Mädchen kichernd zu.

Sie hatten das Podium erreicht. Isa von Rastrow zischte Lilly etwas zu, das sie glücklicherweise nicht verstand, denn nun schmetterten Trompetenfanfaren über die Wiese. Der Heißluftballon schaukelte leicht im Wind. Die Menschen johlten und schrien, klatschten und pfiffen.

»Auf die Zukunft!«
»Ein junges Paar über der Reichshauptstadt!«
»Es fehlt nur noch der Kaiser!«
»Deutschland muss fliegen!«
»Ein dreifaches Hoch auf die Jugend!«
»Dem Himmel entgegen!«

Lilly merkte gar nicht mehr, dass ihr das Mädchen Vasko abgenommen hatte. Verzweifelt hielt sie nach einer Lücke in der Menge Ausschau, durch die sie hätte flüchten können. Sie begann zu laufen. Die Menschen aber rückten enger zusammen. Das Klatschen und Singen erstarb. Verzweifelt schaute Lilly zu Clemens auf. »Versteh doch, ich kann nicht.«

Es wurde mucksmäuschenstill. Da stieg er vom Podest herunter und trat auf sie zu.
»Lilly?«
»Ja?« Ihr war, als hätte sie sich noch nie so schwach gefühlt wie in diesem Moment.
»Ich brauche dich.«
»Ich werde sterben.«
»Ich bin bei dir.«
»Ich werde mich übergeben.«
»Ich werde dir die Nase putzen.«
»Ich werde über Bord fallen.«
»Ich binde dich fest.«
»Ich werde ohnmächtig werden.«
»Ich habe Riechsalz dabei.«
Sie sahen einander tief in die Augen. Da war es wieder, dieses Blitzen in seinen Augen, amüsiert, herausfordernd. Es jagte wie Feuer durch ihre Adern. In diesem Moment rannte Vasko auf Lilly zu, sprang an ihr hoch, hüpfte und drehte sich kläffend vor ihr. Lilly zitterte am ganzen Leib und nahm ihn auf den Arm. Da ging Clemens vor ihr auf die Knie.
»Ein Nein? Ist das wirklich dein letztes Wort, Lilly?«
»O Gott, Clemens! Und wenn ich doch sterbe?«
»Dann fliegen wir weiter bis zu den Sternen!« Erleichtert nahm er sie auf seine Arme und trug sie zum Ballon. Begeisterter Applaus brandete auf. Selbst die befrackten Mitglieder des »Vereins zur Förderung der Luftschifffahrt« und ihre Techniker pfiffen und klatschten.
Nur Isa von Rastrow missgönnte ihnen ihr Glück. Ohne dass Lilly und Clemens es merkten, stach sie die Spitze ihres Schirmes wütend in den Ballonkorb und verließ den Platz.

Jetzt, da Clemens Lilly glaubte, war sie überglücklich. Sie nahm kaum noch wahr, was um sie herum geschah.
Mehrere Stimmen riefen: »Glück ab!«, Clemens regulierte noch

einmal den fauchenden Brenner, und dann schwebte der Ballon schaukelnd, aber zügig in die Höhe. Wie erwartet, wurde ihr sofort schwindelig, Panik stieg in ihr auf. Während Clemens sie festhielt, presste sie Vasko an sich, trotzdem wurde ihr übel vor Angst. Clemens reduzierte sofort die Brennerflamme, der Ballon sank wieder ein Stück abwärts und verharrte in einer ruhigen Luftströmung. Clemens nahm Lilly erneut in die Arme und besänftigte sie. Erst als sie wieder tiefer durchatmen konnte, befeuerte er langsam den Ballon wieder.

»Wir haben Glück, Lilly, dieser Westwind ist stabil, wir können auf dieser Höhe lange Zeit ruhig dahingleiten. Ist es nicht herrlich? Die Sonne scheint, der Himmel ist klar, die Fernsicht phantastisch. Und der Brenner wärmt uns!« Er lachte und zog sie noch etwas enger an sich. Sie nickte nur, unfähig, etwas zu erwidern. Noch immer hatte sie Angst vor der Höhe, und so konzentrierte sie sich auf Clemens, genoss seine Umarmung, seine kraftvolle Spannung. Sie spürte sein Herz schlagen, atmete seinen Duft ein. Nur in seinen Armen fühlte sie sich sicher und war glücklich.

Clemens sprach nicht mehr, sondern ließ ihr Zeit, sich an die Höhe, das Gleiten des Ballons zu gewöhnen, streichelte ihr über den Rücken, wenn sie hin und wieder kleine Schreie ausstieß. Es tat ihr gut, zu spüren, wie ihre Panik sich löste, ihre Angst langsam nachließ. Irgendwann merkte sie, dass sie sich über die Weite des Raumes und diese grenzenlose Freiheit zu freuen begann. Sie waren frei – und sie waren allein!

Irgendwann wagte Lilly, über den Rand des Ballonkorbes zu schauen: hinab auf Grünflächen und Boulevards, Kreuzungen und Häuserfluchten, auf die verschlungenen Läufe von Spree und Havel. Dann nahm sie all ihren Mut zusammen und blickte senkrecht nach unten, um zu prüfen, ob sie wohl die bedeutendsten Sehenswürdigkeiten der Stadt würde finden können, bevor ihr schwarz vor Augen werden würde. Und da waren sie: Großer Stern mit Siegessäule, Schloss Bellevue, Reichstag, Siegesallee, Pariser Platz mit Brandenburger Tor, vor ihnen Weißensee, linker

Hand Prenzlauer Berg, weiter nördlich Pankow, wo sie einmal gelebt hatte … Hin und wieder tauchte im Grün der Stadt der Konvoi der Kutschen auf, die sie begleiteten: Vereinsmitglieder, Freunde, Gäste, die gespannt waren, wohin der Westwind sie treiben würde. Lilly hob den Kopf und lauschte in sich hinein. Nein, ihr war nicht mehr übel, auch zitterten ihre Beine nicht mehr. Sie jubelte, denn sie hatte ihre Angst überwunden.
Doch da merkte sie, wie Vasko in ihrem Arm zappelte. Er hechelte. Ihm war es in ihrem Arm und bei der Hitze des Brenners zu warm geworden. Kurzerhand setzte sie ihn auf den Boden des Korbes und schob ihn von sich weg auf ein zusammengefaltetes Tuch in einer Ecke. Verständnislos schaute er sie an.
»Heute musst du einmal tun, was ich will«, flüsterte sie ihm zu. »Im Münster hast du mit uns deinen Schabernack getrieben. Jetzt musst du gehorchen, Vasko. Dafür bekommst du nachher ein Würstchen extra.« Er spitzte sein eines Öhrchen, jenes ohne Knick, und legte den Kopf schief. Sie wiederholte den Satz, woraufhin er in dieser Position erwartungsfroh sitzen blieb. »Warte noch ein Weilchen, warte, Vasko.« Sie bedeutete ihm noch einmal mit ausgestrecktem Zeigefinger zu gehorchen. Er leckte über seine Schnauze, kratzte sich unvermittelt hinter dem Ohr und legte sich schließlich schicksalsergeben hin.
Clemens zog Lilly lächelnd wieder zu sich hoch.
»Er liebt dich, nicht wahr?«
Sie schmiegte sich an ihn und lächelte.
Er schwieg einen kurzen Moment, dann fragte er: »Gefällt es dir, Lilly?«
»Ja, es ist wunderschön.«
Sie schaute zu ihm auf, betrachtete ihn voller Liebe und wurde sich bewusst, wie sehr seine Ausstrahlung sie wieder einmal in ihren Bann zog. Es war, als ginge ein besonderes, erotisches Leuchten von ihm aus … Und gleichzeitig verströmte Clemens eine unerschütterliche Ruhe. Sie gestand sich ein, dass er sie wahnsinnig machte. Viel zu lange hatte sie sich nach ihm gesehnt,

danach, die Leidenschaft auszukosten, die seine faszinierende Beherrschtheit versprach ...

Nicht einen einzigen Herzschlag lang konnte sie ihre Hände von ihm lösen. Ganz so, als müsse sie sich immer wieder vergewissern, dass ihre innere Stimme recht hatte, die ihr zuflüsterte: Ich ... bin ... angekommen ... bei ... dir.

»Ich liebe dich, Lilly«, hörte sie Clemens in ihr Haar murmeln.

Sie schlug die Augen auf. »Der Freundschaftsschwur damals ...«

Er lächelte. »Ausgeschlagen, aus gutem Grund.« Er küsste sie auf die Stirn.

»Warum, Clemens, warum?« Sie wusste die Antwort, sehnte sich aber danach, die Antwort zu hören ...

»Ich wollte keine Freundschaft auf Ewigkeit schwören ...«

»Sondern?«

»Ich wollte schon damals nur eines ...« Seine Lippen berührten ihren Mund sanft wie Libellenflügel.

»Ja?«, wisperte sie, trunken vor Glück.

»Dich eines Tages lieben zu dürfen.«

Sie schauten einander tief in die Augen, spiegelten füreinander die Gefühle, die sie verbanden.

»Ich habe seit dem Tag damals immer an dich gedacht.« Sie küsste ihm Wort für Wort auf die Lippen.

Er zog sie noch fester an sich, während der Ballon ruhig über die Stadt ostwärts schwebte.

»Von irgendwo da unten in einer Hinterhofkammer und unter dem Dach einer Strohhutfabrik«, fuhr sie zärtlich fort, »habe ich tausend Mal Gebete zum Himmel hochgeschickt. Ich wollte dich wiedersehen, dich fragen, dich verstehen ...«

»Gott hat wohl deine Stimme gehört«, murmelte er beglückt. »Jetzt sind wir hier, zusammen hoch am Himmel – und du kannst mir alle Fragen der Welt stellen.«

»Dass wir uns lieben, ist Schicksal, gegen jede Konvention, glaubst du ...«

»Denk nicht daran, schau mich an.« Er küsste sie, öffnete ihre

Lippen, als seien sie ein Blütenkelch. Lilly atmete heftig. Rede weiter, küss mich, weiter ... mehr ...
»Es ist Leidenschaft, wir wussten es schon, als wir jung waren. Jetzt möchte ich dich für immer bei mir haben, dich endlich lieben dürfen.« Er küsste sie mit offenen Augen, sinnlich, aufreizend. Ihr Herz jagte.
»Sei meine Frau, bitte.« Er zog sie auf den Boden des Ballonkorbes, löste die Bänder ihres Dekolletés, während seine Lippen sie um ihren Verstand brachten.
»Wir stürzen ab«, stöhnte sie unter seinen Liebkosungen.
»Keine Angst, dies ist erst der Anfang«, flüsterte er ihr ins Ohr.
»Unser erstes gemeinsames Horsd'œuvre am Himmel ...«
Leidenschaftlich erwiderte sie seinen Kuss. »Und der Hauptgang?«
»Später, wo immer du willst ...«
»Und das Dessert?«
»Muss, wie du mir beigebracht hast, wieder Appetit aufs Horsd'œuvre machen, nicht?« Seine Hand glitt ihren Schenkel hinauf.
»Oh, Clemens, quäl mich nicht. Welches ist es denn? Sag es. Bitte.«
Er spielte mit ihrer Zungenspitze, während er ihre Scham liebkoste, bis sie aufstöhnte. Dann küsste er vor ihren Augen seine Fingerkuppen, die feucht von ihrer Lust waren.
»Finde es heraus. Es ist nicht nur süß, es ist sehr weiblich, sehr ...«
Sie errötete. »Saftig?«
Seine Augen blitzten voller Vernügen.
»Ja, rat weiter!«
»Ist es ein Obst?«
»Ja!«
»Kirschen?«
»Nein.«
»Pfirsiche?«

»Nein, weiter!«
»Ich hab's: Granatäpfel!«
»Du denkst an biblische Sinneslust? Wie in König Salomons Hohelied? Nicht schlecht, aber leider, nein!«
»Feigen?« Sie wagte kaum, das Wort auszusprechen.
Er schmunzelte und schüttelte schweigend den Kopf.
»O Gott, ich weiß es nicht! Hilf mir, Clemens, bitte.«
»An dem Tag, an dem du es herausgefunden hast, werden wir ...«
Sie ließ ihn nicht ausreden. »Ich finde es! Ich werde es herausfinden. Oh, Clemens, ich liebe dich so sehr!«

Ruhig schwebte der Ballon über Berlin. Sein Schatten streifte buntgefärbte Wälder, Dörfer, Viehweiden und spiegelte sich in stillen Seen. Und noch immer folgte ihnen der Konvoi aus Kutschen, die ihren Flug begleiteten.

Gut zwei Stunden später setzte Clemens zur Landung in der Märkischen Schweiz an, auf einer von Erlen und Hainbuchen eingegrenzten Wiese nahe Garzau, gut vierzig Kilometer von Berlin entfernt. Die Landung ging vorbildlich vonstatten, und während sie von den Vereinsmitgliedern und Technikern in Empfang genommen wurden, bemerkte Lilly, dass sich weder ihre Mutter noch Professor Momm ihnen angeschlossen hatten. Man erzählte ihr, man habe zwar vor der Abfahrt nach ihnen Ausschau gehalten, sie jedoch nicht finden können.
Und so bestand Lilly darauf, so schnell wie möglich zum Tiergarten zurückzufahren. Während sich Techniker und einige Hilfskräfte um den Ballon und seine Verladung kümmerten, kehrte sie mit Clemens und den meisten anderen per Kutsche nach Berlin zurück.
Es war kühl geworden, als sie im Tiergarten eintrafen. Doch noch immer schlenderten die Menschen über die Wege, tanzten und schunkelten in bunt beleuchteten Lokalen, palaverten an Bier-

ständen, schäkerten miteinander. Doch kaum hatten sie sie entdeckt, da setzte auch schon die Musikkapelle ein, und alle applaudierten und pfiffen vor Begeisterung. Lilly hielt sich die Ohren zu. Sie hatte sich an das Fauchen des Brenners gewöhnt, an das Säuseln des Windes, das Rattern der Kutsche, an die von nichts anderem gestörte Zweisamkeit mit Clemens. Jetzt in diesen großstädtischen Lärm abtauchen zu müssen war daher geradezu schmerzhaft. Und als sie in die erhitzten Gesichter um sich herum schaute, bildete sie sich auch noch ein, ihr Ballonkorb sei aus Glas gewesen, und alle hätten ihnen zugesehen.
Innerhalb weniger Sekunden waren sie von Menschen umringt. Zerstreut nahm Lilly Glückwünsche zu ihrem Flug entgegen, beantwortete die umständlichen Fragen eines älteren Zeitungsreporters, lächelte über Neckereien, ignorierte derbe Bemerkungen einiger Angetrunkener. Clemens hingegen wurde rasch von Fachinteressierten und Ingenieuren umringt, die mit ihm den Zustand der technischen Ausrüstung sowie das Flugverhalten des Ballons erörtern wollten. Angestrengt hielt Lilly nach ihrer Mutter und Vasko Ausschau. Doch keiner von beiden war in dem Trubel um sie herum zu sehen. Sie versuchte Clemens ein Zeichen zu geben, dass sie sich auf die Suche nach ihnen machen wollte. Er winkte ihr zu, aber sie war sich nicht sicher, ob er sie verstanden hatte.
Man bat sie, für die Kinderhospize zu spenden, wozu Clemens die Berliner aufgefordert hatte. Verlegen musste sie zugeben, kein Geld bei sich zu haben. Sie hatte ihrer Mutter vor dem Flug ihre Tasche anvertraut. Es ärgerte sie, wusste sie doch, welches Leid, welche Krankheiten Armut verursachte. Von den missbrauchten, ausgebeuteten Kindern ganz zu schweigen, die nur selten von einer mitleidigen Seele aufgegriffen und in ein Hospiz gebracht wurden. Auch ich hätte in dieser Stadt elend krepieren können. Ich hatte Glück, heute ganz besonders – und jetzt kann ich nicht einmal jene unterstützen, die es wirklich bitter nötig haben.
Je mehr sie sich ärgerte, desto schneller umrundete sie die große

Wiese. Vergebens. Ihr Ärger über sich selbst schlug nun in Angst um. War es doch falsch gewesen, mit Clemens zu fliegen? War ihrer Mutter etwas geschehen? Hatte sie womöglich die Aufregung nicht verkraftet? Und wo war Vasko? Sollte sie zu Clemens zurückgehen, ihn um Hilfe bitten?
Plötzlich hörte sie Hundegebell. Sie rief nach Vasko und schlug einen unter Ahornbäumen führenden Weg ein, auf dem Reiter ihr entgegenkamen. Windhunde liefen neben ihnen her. Lilly fragte sie, ob sie einen weißen Zwergspitz gesehen hätten, doch sie verneinten. Noch immer war das Gebell zu hören, Vasko musste also ganz in der Nähe sein. Lilly rief seinen Namen, rannte zwischen den Bäumen hindurch, schlug sich durchs Gebüsch, querte einen Weg, der zu einem See führte. An seinem Ufer stand eine Bank, auf der eine Frau in einem grau-weiß karierten Wollcape saß und auf das Wasser schaute.
Es war still, das Gebell verstummt.
Angespannt ließ Lilly ihre Blicke über das Wasser gleiten, auf dessen spiegelnde Oberfläche Laubbäume ihre Schatten warfen. An einigen Stellen segelten rote und gelbe Blätter herab. Sie kniff ihre Augen zusammen. Irgendetwas bewegte sich in der Mitte des Sees. Sie trat näher und erkannte zwei unterschiedlich große konzentrische Kreise, die sich aufeinander zubewegten. Es waren zwei Hunde, ein weißer und ein schwarzer.
Vasko und Jasper!, schoss es ihr durch den Kopf.
Jasper, der Vasko jagt.
Vasko, der um sein Leben kämpft.
Jasper, der ihn töten wird.
Ihr Herz raste. Sie blickte zu der Frau im Cape, die starr dem Schauspiel zusah. Da hörte sie hinter sich Stimmen und wandte sich um. Es war der Clown mit dem Mädchen im Tutu. Lilly winkte ihnen zu. »Vasko soll ertränkt werden!«
Das Mädchen presste vor Entsetzen ihre Hände auf die Brust, »Vasko! Vasko!« schreiend.
»Diese Frau dort hetzt ihren Pinscher hinter ihm her!«, fuhr Lilly

atemlos fort und begann hektisch, Stiefeletten, Strümpfe und Jacke auszuziehen. »Lauf bitte zu dem Mann zurück, mit dem ich geflogen bin, ja? Sag ihm, er muss sofort kommen!«
Das Mädchen nickte, Isa von Rastrow aber sprang auf.
»Unterstehen Sie sich, Sie sind ja verrückt! Sie lügen! Die Hunde spielen nur. Sie aber sollten endlich meinen Sohn in Frieden lassen!«
»Vasko wäre nie allein ins Wasser gegangen«, rief Lilly außer sich. »Er ist noch viel zu jung. Sie haben ihn eingefangen, um ihn zu töten, um mich zu verletzen! Und damit Sie es endlich begreifen: Ich liebe Clemens! Egal, auf welche teuflischen Ideen Sie noch kommen werden, Sie werden nichts, gar nichts daran ändern können! Selbst wenn Sie mir jetzt Steine nachwerfen!« Wütend sammelte Lilly ein Stück Holz auf, um Jasper zu vertreiben, und stürzte sich ins kalte Wasser.
Ungläubig starrten ihr der Clown und das Mädchen nach. Isa von Rastrow aber drückte ihren Rücken durch, stützte sich auf den Griff ihres Regenschirms und eilte am Ufer entlang auf eine Brücke zu, die auf die gegenüberliegende Seite des Sees führte.
Lilly fror, ihr war, als pressten sich ihre Lungenflügel zusammen. Sie reckte ihr Kinn hoch, rief heiser nach Vasko, der stumm und hilflos im Kreis paddelte. Als er ihrer endlich gewahr wurde, war er kaum noch fähig, seinen Kopf über Wasser zu halten. Jasper dagegen schwamm weiter zügig auf ihn zu. Schon hatte er ihn erreicht und schnappte nach ihm. Vasko fiepte verzweifelt, tauchte unter, kam wieder hoch. Lilly schrie, schlug das Holzstück auf das Wasser, bis Jasper hektisch wendete und auf Isa von Rastrow zuschwamm, die am anderen Ufer stand und verärgert ihren Regenschirm in die Luft stieß, als sei er ein Fechtdegen. Aufatmend ließ Lilly das Holz los und packte den völlig entkräfteten Zwergspitz.
»Du hast es geschafft, komm, es ist gut, mein Kleiner, komm«, beruhigte sie ihn mit steifen Lippen, während sie seinen Kopf stützte. Erst jetzt wurde ihr bewusst, dass sie Grund hatte, sich

um sich selbst zu sorgen. Ihr war klamm vor Kälte, klamm vor Erschöpfung. Und ihr Kleid war wie eine Panzerung, die sie nach unten zog. Sie musste es schaffen! Sie schluckte Wasser, spuckte, atmete Wasser ein, rang um Luft, geriet in Panik. Ihre Lungen schmerzten, ihr Herz flirrte, ihre Beine waren bleischwer. Ich kann nicht mehr! Ich kann nicht!

»Lilly! Sie schaffen es!«, rief ihr da der Clown vom Ufer zu. »Sehen Sie, ich komm Ihnen entgegen!«

Tatsächlich schritt er in seinen weißen Hosen bis zu den Hüften ins Wasser hinein. »Weiter geht's nicht! Ich kann nicht schwimmen! Sie aber schaffen es! Lilly! Kommen Sie! Kommen Sie mir entgegen!«

Lilly zappelte mit den Beinen, prüfte vergeblich, ob sie bereits Grund erreicht hatte, riss sich zusammen, schwamm trotz stechender Schmerzen weiter und erreichte mit letzter Kraft die ausgestreckten Hände des Clowns.

»Kindchen, Sie leben!«, schluchzte dieser ergriffen. »Sie leben, und das Hündchen auch.« Er nahm ihr Vasko ab, der schlaff wie ein nasses Tuch in seinen Händen hing, und zog Lilly ans Ufer. Noch im Matsch kniend, rief Lilly Isa von Rastrow zu: »Das werde ich Ihnen nie verzeihen! Nie! Hören Sie? Niemals!«

Clemens war außer sich vor Empörung. Er explodierte geradezu vor Wut, so dass Lilly ihn nicht wiedererkannte. Er war nur wenige Minuten später im Beisein anderer herbeigeeilt und hatte seine Mutter zur Rede gestellt. Lilly zitterte, weinte, hin- und hergerissen zwischen Erleichterung und Wut. Vasko lag auf ihrem Schoß, zitterte, leckte ihr aber immer wieder über die Hand. Bald darauf kam eine Kutsche, die hilfsbereite Vereinsmitglieder herbeigerufen hatten, und Lilly wurde hineingehoben. Der Kutscher reichte ihr eine Decke, beäugte sie aber misstrauisch. *Wieder eine Gefallene, die ins Wasser geht.* Sie ahnte, was er dachte, doch es kümmerte sie nicht.

»Was machen wir jetzt?«

Clemens legte ihr die Decke um die Schultern. »Ich bringe dich in ein Hotel in der Nähe des Kurfürstendamms. Dann sehen wir weiter. Das Essen mit dem Verein heute Abend allerdings, das werde ich wohl kaum absagen können. Es tut mir leid, Lilly.«
»Das macht nichts.« Sie lehnte sich an ihn und schloss die Augen. »Weißt du, wo meine Mutter ist?«
»Nein, aber kurz nachdem du gegangen warst, tauchte Professor Momm auf. Er erzählte, deine Mutter habe ihre alte Nachbarin wiedergetroffen und sei von ihr in ein Lokal eingeladen worden. Sie freute sich sehr und bat ihn, es dir nach der Landung sofort auszurichten. Er schämte sich zuzugeben, dass ihm der Mumm gefehlt habe, sich durch die Menschenmenge zu dir durchzudrängeln.«
Erleichtert atmete Lilly auf. »O ja, dann ist es gut. Kümmerst du dich um sie?«
»Natürlich, ich denke, sie wird wohl vom Lokal aus der Landung zugesehen haben und dort auf dich warten. Mach dir keine Gedanken. Wenn ich sie gefunden habe, werde ich dafür sorgen, dass sie zu dir ins Hotel umzieht. Einverstanden?«
»Danke. Clemens?«
»Ja?«
»Bitte gib dem Mädchen und dem Clown Geld, aber nicht zu wenig.«
Er legte seinen Arm um sie.
»Ich weiß nicht, wie ich das entschuldigen kann, was meine Mutter dir angetan hat.«
»Lass, lass nur.«
»Es wird schwieriger werden, als ich dachte.«
»Hm«, brummte Lilly und schlief erschöpft ein.

Seit Stunden lehnte Lilly schlaflos auf dem Canapé, das Plumeau lose über der Rückenlehne. In einer Ecke lag Vasko, ab und zu zuckten seine Vorderpfoten. Lilly spreizte ihre Schenkel ein wenig, legte ihren Kopf in den Nacken, rieb ihn am Federkissen.

Sie fieberte. Schweiß perlte über ihre heiße Haut und verklebte ihr Haar. Ihr Hals war rauh und schmerzte. Seit Stunden dachte sie an Clemens – und bereute, wegen ihm wieder einmal mit ihrer Mutter gestritten zu haben. Sie war laut geworden, um ihre Liebe zu ihm zu verteidigen. Es war vergebens gewesen. Noch einmal klangen ihr ihre Stimmen im Ohr.

»Er ist ihr Kind, Lilly. Er wird ihren Charakter geerbt haben. War er nicht wütend?«

»Er hat sie zurechtgewiesen und mich verteidigt.«

»Er ist herrschsüchtig wie sie.«

»Nein, du kennst ihn nicht.«

»O doch, sie sind alle gleich, diese ›Vons‹: erst anspruchsvoll, dann feige. Lass ihn in Ruh, träume nicht mehr. Sieh die Wirklichkeit, wie sie ist. Seine Mutter wird ihn nie freigeben.«

»Meine Wirklichkeit ist das, was ich fühle!«

»Du kannst mit deinen Gefühlen die Welt nicht verändern.«

»Die Welt nicht, aber mein Leben.«

»Du denkst nur an dich, Lilly!«

»Weil ich nur bei ihm glücklich sein kann.«

»Kannst du nichts anderes, als ihn anzubeten und zu verklären? Hast du keinen Funken Verstand mehr?«

»Wieso verstehst du mich nicht?«

»Weil ich es nicht will!«

»Was?«

»Ich will nicht, dass du blind ins Unglück stürzt. Und ich will nicht einsam sterben.«

»Du denkst nur an deinen Tod und erpresst mich mit deiner Krankheit. Du bist wie ... wie ...«

»Ich bin wie die Rastrow? Bist du wahnsinnig, Lilly Alena?«

»Gib es doch zu: Du gönnst mir meine Zukunft nicht!«

»Du wirst keine haben!«

»Ich liebe ihn!«

»Dieser Satz wird dir das Kreuz brechen.«

Sie hatten einander schonungslos verletzt.

Jetzt, da Lilly nicht schlafen konnte, ihre Mutter sich aber unruhig und Unverständliches stammelnd im Bett hin und her wälzte, wäre sie am liebsten zu ihr unter die Decke geschlüpft, um sie um Verzeihung zu bitten. Es war zu spät. Das, was sie einander gesagt hatten, würde keine von ihnen je wieder vergessen.

Lilly stand auf. Ihre Schläfen pochten, ihr Körper glühte. Sie wickelte sich in eine Seidendecke und bückte sich nach der Abendzeitung, die ihr Clemens gekauft hatte. Sie breitete sie auf dem Teppich aus, kniete nieder und überflog die Seiten. Unter der Rubrik »Lokales« hielt sie plötzlich inne.

Der Wohltaten zu wenig

Unserer Reichshauptstadt, vor allem aber dem angesehenen »Verein zur Förderung der Luftschifffahrt« zu Ehren stieg heute der afrikaerfahrene Mediziner Dr. C. v. R. in einem Heißluftballon im Großen Tiergarten auf. Ist diese Tat auch lobenswert angesichts des Spendenaufrufs für bedürftige Berliner Kinder, so wirft sie doch die Frage auf, ob es nicht besser gewesen wäre, hätte Dr. v. R. seinen Vorredner nicht des Podiums verwiesen. Dieser, Teilhaber eines Gusseisenwerkes in Berlin, hob die Bedeutung der Luftschifffahrt für Deutschlands Verteidigung im Kriegsfall hervor. Wir bedauern, seine Rede nicht in voller Gänze gehört zu haben, und hoffen, diese in Bälde zu anderer Gelegenheit ausführlich präsentiert zu bekommen.

Eine Nachbemerkung zum Schluss: Mit unserem Berliner Bären wollen wir der Welt unsere Kraft und Überlegenheit beweisen – nicht mit einem ehemaligen Strohhutmädchen, dem allem Anschein nach nicht allein der Zufall das Gewinnlos zuspielte.

Man unterstellte ihr, eine Hure zu sein. Man unterstellte Clemens, ihr das Los zugeschoben und den Vorredner vertrieben zu haben. Das war gemein. Bösartig. Dazu kriegshetzerisch und verlogen.
Vor lauter Aufregung sah Lilly dunkle Flecken vor ihren Augen tanzen. Isa von Rastrow würde jubilieren, wenn sie diese Zeilen läse. Steckte sie womöglich dahinter? Oder war das nur eine gehässige, ultrarechtskonservative Stichelei?

Kapitel 9

Der Streit hatte Hedwig weiter geschwächt. In den frühen Morgenstunden rang sie nach Luft und stöhnte. Bei jedem Atemzug rasselte ihre Lunge. Es dauerte eine Weile, bis Lilly, im Fieber delirierend, wach wurde. Dann aber brach unvermittelt und schmerzlich die Erinnerung an den letzten Abend wieder über sie herein. Sie und Clemens waren öffentlich gedemütigt worden – und sie trug die Schuld daran, dass sie ihre Liebe zu ihm ohne Rücksicht auf ihre Mutter verteidigt hatte.
Sie schlug ihr Plumeau zurück. Ihr Nachthemd klebte nass an ihrem Rücken, sie fröstelte. Auf unsicheren Beinen tapste sie zu Hedwig hinüber und blieb vor ihrem Bett stehen.
»Es tut mir leid, Mutter, verzeih mir bitte.«
Hedwigs Augen weiteten sich. Sie atmete schwer, schwieg. Es war eine stumme Anklage, ein Anblick, den Lilly nicht ertragen konnte. Sie kroch auf ihr Bett und nahm sie in die Arme. »Es tut mir so leid!« Sie begann zu weinen, hilflos gegen den Schmerz, der in ihr aufbrach wie eine Kapsel voller Dornen. »Alles ist falsch«, stammelte sie, »alles ist ungerecht ... Und ich ... bringe niemandem Glück.«
Hedwig krümmte sich, hustete. »Du ... fieberst«, wisperte sie.
»Meine Strafe ... ich ... ich ...«
»Schschsch, still!«
»Doch! Ich, nur ich bin an allem schuld!« Sie stockte und merkte, wie sich die Hand ihrer Mutter in ihren Rücken krallte. »Hilf ...«, keuchte diese, »... hilf dir ... selbst.« Bei dem letzten Wort berührte sie mit ihrer Stirn Lillys Schulter.
Schlagartig hörte Lilly auf zu weinen. »Verzeih mir, ich bin dumm, ich benehme mich wie ein Kind.« Sie wischte sich mit dem Ärmel übers Gesicht.

Hedwig nickte.

»Das Fieber«, fuhr Lilly fort, »wird schon vorbeigehen, aber du ... du brauchst einen Arzt. Ich lasse Clemens benachrichtigen ...«

»Nein! Nie!«

Wie am Abend zuvor verspürte Lilly einen scharfen Stich in der Brust. Sie bleibt dabei, dachte sie, sie lehnt den Mann ab, den ich liebe. Und ich? Ich schäme mich vor ihm, ja, ich habe Angst davor, ihm in die Augen zu schauen. Nicht nur, weil meine Mutter wegen ihm noch mehr leidet, sondern weil er den Zeitungsartikel gelesen haben wird und ahnt, welche Konsequenzen eine öffentliche, perfide Diffamierung nach sich ziehen wird. Erst der Skandal wegen seines Vaters, jetzt die Demütigung durch mich. Sein eigener Stand wird ihn belächeln, verhöhnen – und ihm wird in dieser Nacht bewusst geworden sein, dass ich die falsche Frau für ihn bin. Seine Mutter wird darauf beharren, dass, selbst wenn Jasper Vasko getötet hätte, das nichts sei im Vergleich zu diesem zweiten Skandal in ihrer Familie. Und was, wenn ihr in diesem Punkt sogar der geschiedene Ehemann zustimmt? Dann wäre Clemens völlig allein. Er wird dem Druck, der auf ihm lastet, nicht standhalten können. Er wird ihm nachgeben müssen, um Schlimmeres zu vermeiden.

Sicher ist nur eines: Für die Berliner bin ich das ehemalige Strohhutmädchen, das den »Hausschlüssel« seines Arbeitgebers gut genutzt hat. Und für besser Informierte bleibe ich das Mädchen aus Doberan-Heiligendamm, dem alle Mittel recht sind, Männer in ihr zuckriges Spinnennetz zu locken.

Ich kann keine Minute länger hierbleiben. Ich muss ans Meer, ich muss wieder frei atmen können.

»Glaubst du, wir könnten es schaffen, nach Hause zu fahren?«

Hedwigs Gesicht hellte sich auf, doch sie schüttelte den Kopf. »Fieber, du hast ...«

»Ich werde Chinin nehmen, mach dir keine Sorgen um mich. Aber du?«

Hedwig wisperte: »Gib mir Laudanum, dann geht es. Ich ...«
»Ja?«
»Ich habe schon längst von hier Abschied genommen.«
Lilly küsste sie auf die Stirn. »Danke.« Sie verließ ihr Bett, verdrängte jeden Gedanken an ihre Schwäche. Vasko rannte erwartungsfroh zu ihr und leckte ihre Füße. »Geh, Kleiner, heute früh wirst du ohne dein Frauchen ausgehen, ja? Sei brav.« Er setzte sich und blickte sie unverwandt an.
Er will nicht, er hat Angst. Aufseufzend kleidete Lilly sich an, läutete nach dem Hoteldiener, trug ihm auf, sofort ein Fläschchen Laudanum, Chininpulver, Cola-Tabletten, Zitronensäure und Menthol-Dragées zu besorgen. »Wir reisen ab. Lassen Sie bitte die Rechnung ausstellen und reservieren Sie für den nächsten Zug nach Rostock für uns ein Schlafabteil.«
Ungläubig schaute der Angestellte sie an. »Verzeihen Sie, sind Sie sicher, reisen zu können? Dürfte ein Arztbesuch nicht ratsamer sein? Ein Bad um diese Jahreszeit im Großen Tiergarten, das ist nur gut, um eine Lungenentzündung zu bekommen.«
Hatte die Morgenzeitung schon über sie berichtet? Jagte die Presse sie also bereits? Lauerten womöglich Reporter vor dem Hotel? Sie würde Vasko jetzt nicht ausführen können ... Armer Vasko ...
»Tun Sie, was ich Ihnen sage«, gab sie nervös zurück. »Und beeilen Sie sich. Bitte.«
Obwohl Lilly und Hedwig keinen Appetit hatten, zwangen sie sich zu einem Frühstück mit starkem Kaffee, Ei mit Speck, Honig und Obstkompott. Sie versorgten sich mit den Mitteln aus der Apotheke, vertrösteten den Zwergspitz, der immer unruhiger wurde. Während Hedwig auf dem Canapé lag und auf den Wagen wartete, der sie zum Bahnhof bringen würde, setzte sich Lilly an den Schreibtisch und griff zur Feder.

Lieber Clemens,
Du bist mir so nah und zugleich sehr fern. Du warst die eine, ich die andere Hälfte einer Walnuss.
Der gestrige Abend aber hat alles geändert.
Ich las diesen Zeitungsartikel, und es kommt mir vor, als sei er die Nusszange, die uns jetzt zermalmt. Die Welt ist gegen uns, und ich fürchte, wir können gegen ihre Gesetze nicht glücklich werden.
Ich gebe Dich frei und hoffe inniglich, dass Du keine weiteren Angriffe bezüglich Deiner Reputation erdulden musst.
Die Erinnerung an unsere wunderschöne Ballonfahrt schließe ich für immer in mir ein: als einzigartigen himmlischen Traum ...
Bitte verzeih mir.
Vergiss mich.
Lilly

Ein Hotelangestellter meldete, der Wagen stünde vor dem Eingangsportal für sie bereit. Er stützte Hedwig, während Lilly mit Vasko an der Leine und ihrem Brief in den Empfangsraum vorauseilte. Neugierig sah ihr der Rezeptionist, ein älterer Mann mit dürrem Spitzbart und blitzendem Monokel, entgegen. Sie schwitzte, fürchtete, er könne bemerken, wie sie fieberte. Sie trat auf ihn zu.
»Würden Sie bitte Herrn von Rastrow diesen Brief geben?« Sie schob ihm das Kuvert über den Tresen zu.
»Gehen Sie davon aus, dass er schon heute früh kommen könnte?«
Lilly ärgerte sich über seinen süffisanten Ton. Entrüstet sah sie zu, wie er seine weißbehandschuhten Finger nach dem Kuvert ausstreckte. Dann fasste er es an einer Ecke und begann, es hin und her zu schwenken. Allein der Luftzug auf ihrem fieberfeuchten Gesicht provozierte sie.
»Da wir jetzt abreisen, ist es wohl gleichgültig, wann Herr von Rastrow bei Ihnen erscheinen wird, oder?«
Er starrte sie an.

Erregt fuhr Lilly fort: »Außerdem möchte ich die Rechnung für diese eine Nacht begleichen.«
»Sie sind schlecht informiert, Fräulein«, erwiderte er hochmütig. »Dieser Herr hat Ihren Aufenthalt in unserem Hause bereits für vier Tage im Voraus bezahlt.« Er machte eine bedeutungsvolle Pause. »Das ist durchaus unüblich.«
In ihren Ohren rauschte es, Schweiß rann ihr über das Gesicht. Sie stützte sich mit einer Hand am Tresen ab. Ruhig hob der Rezeptionist ihren Brief in die Höhe und plazierte ihn bedeutungsvoll auf einen Stapel druckfrischer Morgenzeitungen. Er zog seine rechte Augenbraue hoch, beugte sich blasiert zu ihr vor.
»Ich gebe Ihnen einen guten Rat: Bleiben Sie. Nutzen Sie Ihr Glück.«
Ihre Befürchtungen hatten sich bewahrheitet. Ganz Berlin hielt sie für ein Flittchen. Ihr war übel vor Scham, und sie konnte keinen anderen Gedanken mehr fassen. Willig ließ sie sich von Vasko zum Ausgang zerren. Ihre Hand hinterließ auf dem Tresen einen schweißnassen Abdruck. Es war vorbei.

Obwohl sie dem Kutscher ein höheres Trinkgeld versprochen hatte, damit sie rechtzeitig den Bahnhof erreichen würden, trieb er seine beiden Pferde nur mäßig an. Immer wieder warf er einen Blick in seinen Rückspiegel, um sie anzusehen. Lilly schämte sich, presste Vasko an sich, während Hedwig, in eine pelzgefütterte Decke gehüllt, vor sich hindöste. Sie bogen von der Budapester Straße in die Hofjägerallee ein und fuhren dem Großen Stern mit der Siegessäule entgegen. Der Himmel war klar, und die Victoria-Statue glänzte im Morgenlicht: die Siegerin, die jubelnd ihren Lorbeerkranz in die Höhe reckte ...
Nur sie, Lilly, hatte verloren.
Sie schloss die Augen.
Was, wenn er ... jetzt käme?
In einem Zweispänner über die Mitte der Straße auf sie zupreschte, ihre Kutsche zum Halten zwänge?

Sie hörte ihn sprechen.
»Lilly, ich rief in deinem Hotel an. Man sagte mir, du wolltest abreisen. Bitte bleib. Wir müssen miteinander reden. Ich weiß, dass dieser Schreiberling dich verletzt hat. Ich versichere dir, der Artikel ändert nichts an meinen Gefühlen für dich. Außerdem werden ihn nur wenige Berliner lesen, die Auflage ist geringer, als du denkst. Bitte, komm, steig aus.« Er würde den Wagenschlag öffnen, nach ihrer Hand greifen, merken, dass sie Fieber hätte ...
Sie fühlte seine Hände, den leichten Druck, mit dem er sie an sich zog. Es war, als höbe sie eine Welle empor. Lilly weinte.
Langsam rollte ihre Kutsche unter dem Brandenburger Tor hindurch.

Die ganze Fahrt über war sie in immer gleichen Gedanken gefangen. Es ist vorbei. Aber wir lieben uns doch. Es ist vorbei. In Doberan angekommen, wäre sie am liebsten sofort nach Heiligendamm weitergefahren, um am Strand entlangzuwandern, nur das Rauschen von Wind und Wellen im Ohr. Sie fühlte sich wie zerschlagen. Wenn nur das monotone Stampfen der Lokomotive aufhörte. Gegen Mittag kam der Zug unter Zischen und schrillem Pfeifen zum Stillstand. Hedwig schreckte hoch. »Sind wir da?«
»Ja, wie geht es dir? Du hast fast die ganze Fahrt über geschlafen.«
»Ich hab's überlebt, aber laufen werd ich nicht mehr können.«
»Ich kann es auch nicht mehr, mir ist nicht wohl.«
»Du musst sofort ins Bett, Lilly, bei deinem Fieber.« Sie tastete nach ihrer Hand. »Es ist schlimmer geworden. Ach, wären wir doch nie nach Berlin gefahren.«
»Für dich war es nicht umsonst.«
»Du hast recht, für mich nicht. Es war noch einmal schön, mit Gundula zu plaudern. Ja, es tat gut. Aber soll ich das unserem Kutscher erzählen? Er wird« – sie hustete – »sehr neugierig auf uns sein.«

»Ich weiß. Was soll ich nur sagen?«
»Überleg es dir – jetzt.«
»Und wenn sie schon alles wissen?«
»Lüge einfach, Lilly, lüge.«
»Ich habe Angst. Vielleicht lauern im Bahnhofsgebäude Reporter auf mich. Bestimmt wollen sie wissen, wie ich von dem luderigen Geld lebe ...«
»Hör auf, Kind. Das Fieber verwirrt deinen Kopf. Reiß dich zusammen. Besinne dich. Oder denkst du etwa noch immer an ihn?«
Er ist ein Teil von mir, begreif das doch endlich. Doch statt laut zu antworten, half Lilly ihrer Mutter auf. Sie mussten sich beeilen und den anderen Fahrgästen zuvorkommen. Denn schon suchte eine Gruppe erholungsbedürftiger Hessen aufgeregt ihr Kleingepäck zusammen. Im Laufe der Fahrt hatte Lilly alle Krankengeschichten mitanhören müssen. Längst war sie der Schilderungen physischer Gebrechen überdrüssig. Sie dachte an Margit und Hanne. Ob sie wohl heute Dienst hatten? Wie konnten sie nur täglich die Arbeit mit übernervösen, selbstmitleidigen, anspruchsvollen Patienten aushalten?
Da zogen die Eisenbahnschaffner die schweren Türen auf, und Lilly entdeckte auf dem dicht bevölkerten Bahnhofsvorplatz Helfer des Stahlbades, die mit Rollstühlen und Tragen vor den Türen des zweiten Personenwagens warteten. Sie beobachtete, wie sie mit Hilfe einiger Rote-Kreuz-Schwestern nach und nach die ersten Kranken hinaushievten. Sie taten ihr leid, und sie mochte sich kaum vorstellen, welch schwere Arbeit nun auf Hanne und Margit zukam. Lilly wollte rasch fort von hier und war froh, dass sie nicht darauf warten mussten, bis der Gepäckwagen geleert wurde, da sie nur ihre alte Reisetasche mitgenommen hatten. Mühsam drängten sie sich durch die Menschenmenge und stiegen in die nächstbeste Kutsche. Gustav, der Kutscher, nickte ihnen launig zu.
»Na, ihr beiden, hat euch die Berliner Luft gutgetan?«

Wie doppeldeutig das in ihren Ohren klang. Schlimmer aber war die Frage: Woher konnte er wissen, woher sie kamen? Lilly klopfte das Herz bis zum Hals. »Wie kommst du auf Berlin?«

»Jeder hat's gesehen – und ihr habt's vergessen!« Er lachte. »Ihr seid doch mit dem alten Professor von hier abgereist! Seid ihr tüddelig geworden?«

Erleichtert wechselten Lilly und Hedwig einen Blick. Niemand schien also etwas von ihrem Erlebnis zu wissen. Und niemand würde je erfahren, welche Lügen ein böswilliger konservativer Schreiberling in Berlin einmal geschrieben hatte. Mutig geworden, begann Lilly über die Schönheit Berlins zu plaudern, über Wannsee und Tiergarten, den Großen Stern mit der imponierenden Victoria ...

»Und beim Paul wart ihr nicht?«, unterbrach Gustav sie entrüstet.

»Natürlich, er liegt auf dem Friedhof am Prenzlauer Berg.« Lilly drückte die Hand ihrer Mutter, die stumm vor sich hinstarrte.

»Aha«, sinnierte er, »ich sehe ihn noch genau vor mir, gut zwanzig Jahre ist es her. Schlank war er, aber eine halbe Sau konnte er auf seinen Schultern tragen, wenn's darauf ankam. Hoch hinaus wollte er und noch höher, träumte immer seine Luftschlösser. Quirlig war er, mal hier, mal dort.«

»Er war fleißig«, unterbrach ihn Hedwig mit tonloser Stimme. »Hat in Berlin kein Vieh geschleppt, aber Stahl und Zement angepackt ...«

»Jaja, fortschrittlich wollte er schon immer sein. Jetzt habt ihr ihn in der Erde der Reichshauptstadt begraben. Hedwig, was meinst du nun? Ist er jetzt da oben im Himmel stolz darauf? Hedwig?«

Sie war, aschfahl im Gesicht, in sich zusammengesunken. Lilly legte den Arm um sie, froh, bereits den Ziegenmarkt erreicht zu haben.

Noch auf der Marktstraße scholl ihnen der Lärm vom Babantschen Haus her entgegen: Töpfe und Kannen flogen aus dem

Küchenfenster, Glas zersplitterte, Metall schepperte auf Stein, etwas Schweres schlug dumpf gegen Holz. Der Kutscher hielt in sicherer Entfernung an.
Alfons tobte wieder einmal.
Entsetzt schauten Lilly und Hedwig auf das, was da vor ihnen geschah. Nachbarn liefen herbei, riefen ihnen zu, sie sollten am besten gleich wieder umkehren. Da stürzte Alfons aus der Tür. Schwankend blieb er stehen, seine rechte Hand blutete, das Gesicht war schweißüberströmt. Wie gelähmt blieben Lilly und ihre Mutter sitzen. Als er sie sah, zog er die Schultern hoch, beugte sich vor, um dann ruckartig zurückzuschnellen. Er holte tief Luft und brüllte:
»Meine Miete! Du bist mir meine Miete schuldig, Luder!«
O Gott, er hatte ja recht. Jeden Ersten eines Monats musste sie ihm das Geld auf den Küchentisch zählen. Sie hatten ihn an den ersten beiden Oktobertagen nicht gesehen und über all der Aufregung vergessen, ihm das Geld zurückzulassen, und waren überstürzt abgereist. Lilly fröstelte vor Angst. Da eilte Imme, ihre alte Nachbarin, auf sie zu.
»Lilly, Hedwig, es tut uns allen ja so leid euretwegen. Alfons hat aus Wut nichts Warmes gegessen, während ihr fort wart. Wir wollten ihm helfen, aber er hat jede von uns abgewiesen. Als wollte er sich an uns dafür rächen, dass ihr fortgefahren seid.«
»Oder sich selbst dafür strafen, dass er euch gehen ließ«, warf eine andere Nachbarin ein.
»Nee, dich wollte er treffen, Lilly«, flüsterte ihr eine andere zu.
»Er hat immer wieder gesagt: Sie muss hier sein. Sie. Weil sie das Geld bringt. Er wurde von Tag zu Tag wütender. Lilly, du armes Kind.«
»Es waren doch nur vier Tage«, erwiderte Lilly.
»Meine Miete!«, brüllte Alfons von der Tür her und schlug mit der Faust gegen den Türrahmen. »Ich will mein Geld!«
»Er ist krank«, flüsterte Hedwig. »Er ist wirklich krank.«

Lilly griff in ihre Börse und zählte das nötige Geld zusammen. Alle Augen ruhten auf ihr, besorgt, angespannt. Ermutigt durch die Nähe der Nachbarn, stieg sie aus der Kutsche. Ihr war glutheiß, ihre Beine zitterten, doch sie ging auf ihren Onkel zu und sagte so laut, wie sie konnte:
»Du, Alfons Babant, hast mich geschlagen. Hast meine Mutter und mich gedemütigt. Ich, Onkel, ich könnte Geld von dir verlangen, allein für die Schmerzen, die du uns in diesem Sommer zugefügt hast.«
Er schob wütend seine Unterlippe vor, malmte mit den Kiefern, sagte aber nichts.
»Du hast uns versprochen, nicht mehr gewalttätig zu sein.«
Er grunzte, steckte seine blutende rechte Hand unter die linke Achsel und starrte vor sich hin.
»Bevor ich dir dein Geld gebe, verlange ich von dir, dass du hier vor allen Nachbarn dein Versprechen wiederholst. Sonst fahre ich auf der Stelle zurück nach Berlin.«
»Ich koch hier nicht.«
Einige der Umstehenden kicherten.
»Nimm dir Victor!« Sie wandte sich zum Gehen.
Wütend sah er auf. »Bist du toll? Ein Mann wie er!«
»In deinen Augen ein Versager, gib es zu.«
»Hüte deine Zunge, Lilly Alena. Ich will ihn nicht umsonst gezeugt haben. Er wird schon sein Ziel erreichen. Er ist ein Babant.«
Es war, als atmete sie heiße, brennende Luft ein. »Du brauchst meine Miete.«
Er schlug die Augen nieder, stampfte mit einem Fuß auf. Schwieg.
Lilly drehte sich zu den atemlos lauschenden Nachbarn um. »Ihr hört es: Er wird uns weiter schlagen!«
Sie ging zum Kutscher zurück. »Fahr uns zurück nach Berlin, Gustav. Ich werde im Reichstag auf Fürst Bismarck warten. Er wird mir zuhören, wenn ich ihm endlich die Wahrheit erzähle

und mich gegen all die Lügen verteidige, die ich ertragen muss. Dir, Gustav, gebe ich alles, was von meinem letzten Verdienst übrig geblieben ist.«
Niemand bewegte sich. Es war still.
Sie legte ihre Hand an seinen Kutschbock. »Fahr uns zurück.«
Um die Ecke des Hauses herum erschien nun Victor, wo er wohl die ganze Zeit über unbemerkt gestanden und heimlich gelauscht hatte. Er trat auf Lilly zu und reichte ihr die Hand.
»Ich bin froh, dass du wieder hier bist, Cousine. Wir beide, Vater und ich, müssen dir Abbitte leisten.«
Lügner, Schleimer, vor allen Leuten spielst du den Guten, dachte sie empört. Sie löste ihre Hand aus seinem Griff. Er unterdrückte ein Grinsen und wandte sich Alfons zu.
»Geh in deine Kammer und gib Ruhe für heute, Vater.«
»Sein Versprechen«, beharrte Lilly, »er wollte ...«
Die Nachbarn flüsterten miteinander.
Lilly schaute unverwandt ihren Onkel an. Dieser streckte ihr seine Hand entgegen, grunzte: »Versprochen« und wiederholte zischelnd den Wert jeder Münze, jedes Scheines, der seine offene Handfläche füllte. Dann wich er schweigend in die Diele zurück.
Victor hob Hedwig aus der Kutsche und trug sie in die Dachkammer hoch.
Lilly bat Immes Enkelin, Dr. Fabian für ihre Mutter zu holen. Nachbarinnen halfen ihr, Töpfe und Scherben im Garten einzusammeln. Andere brachten ihr frisches Gemüse, Fleisch und Kartoffeln, denn Lilly hätte keine Zeit mehr zum Einholen gehabt: Küche, Schlafräume und Wohnkammer waren von verkrusteten Bechern und Besteck, Wurstpellen, Brotkanten, besudelten Kleidern, Unrat und Erdkrumen übersät.
Als alle Nachbarn gegangen waren, bemerkte sie, wie Victor in den Hof zurückging, Hinnek aus dem Stall führte und dessen langen Schweif zu bürsten begann. Er würde ihr also keine Hilfe sein.
Enttäuscht setzte sie Wasser auf und begann mit dem Hausputz.

Schon nach kurzer Zeit war sie völlig erschöpft, aber sie konnte doch nicht aufgeben. Und so wusch sie weiter Geschirr, schrubbte Tische, wischte Böden, weichte Wäsche ein – und konnte nichts dagegen tun, dass Fieber und Halsschmerzen zurückkehrten. Und als Dr. Fabian schließlich eintraf, konnte sie sich kaum noch auf den Beinen halten.

»Du gehörst ins Bett, Lilly«, schalt er sie milde und stellte Fläschchen und Pillendosen auf den Tisch. »Diese Medizin wird euch beiden helfen. Da mich heute Mittag eine Depesche darüber informierte, dass ihr kommen würdet, habe ich alles vorbereiten können: Chinin, Fliederblütentee und Pfefferminzpillen für dich, Chinarindenwein für deine Mutter, damit sie mehr Appetit bekommt. Ansonsten gilt für dich: viel Schwitzen und Bettruhe.«

»Er hat Ihnen geschrieben?« Ihr Hals schmerzte jetzt so stark, dass sie kaum noch sprechen konnte.

Dr. Fabian lächelte. »Keine Sorge, Lilly, niemand wird etwas von mir erfahren. Achte jetzt nur auf dich und deine Mutter, nimm die Mittel, gurgele mehrmals täglich mit unserem eisenhaltigen Quellwasser, das du vorher mit einem Löffel Meersalz vermischst. Ich weiß, es wird nicht einfach sein, Hedwig braucht in nächster Zeit viel Zuwendung und Pflege. Nimm dir eine Hilfe, die euch beiden zur Hand geht. Ich denke, das weißt du selbst. Achte darauf, dass sie genug, vor allem Kräftigendes zu essen bekommt. Das ist alles, was im Moment wichtig für sie ist.«

Lilly dankte ihm, ging in die Küche zurück und bereitete wie üblich das Abendessen. Ihr Kopf glühte, nur der Gedanke an Clemens' Fürsorge tröstete sie. Er hatte also ihre Verzweiflung verstanden, ohne darüber gekränkt zu sein, dass sie ihn freigegeben hatte.

In ihren Gedanken war sie bei ihm, und so kam es ihr in dieser Stunde vor, als seien ihre Hände eigenständige Gehilfen, die – völlig losgelöst von ihren Anweisungen – allein die gewohnte Arbeit taten. Hatte nicht hier, an diesem alten Herd, alles angefangen? Ihre Lust zu kochen, um die Sehnsucht nach Clemens in Süßem zu verkapseln … Je länger sie fiebernd am Ofen stand, umhüllt von duftendem Speck, Kartoffelsuppe und Kochwürsten, desto mehr kam es ihr vor, als höbe sie sich langsam, Stückchen für Stückchen, vom Fliesenboden ab und schwebe einem Himmel voller Geschmacksgelüste entgegen.

Sie nahm kaum noch wahr, wie Victor und ihr Onkel schweigend am Tisch Platz nahmen. Sie deckte auf, füllte vier Teller und ließ die Männer allein.

Taumelnd vor Schwäche stieg sie, die beiden Teller in Händen, die Treppe hoch, setzte sich zu Hedwig, fütterte sie, flößte ihr ein letztes Mal Laudanum-Tropfen ein, hockte sich im Schneidersitz auf ihr Bett, löffelte ihre Suppe, stellte den Teller auf den Boden, schlüpfte unter die Decke, umarmte Clemens in Gedanken und schlief sofort, satt und todmüde, ein.

Vasko sah ihr traurig zu. Sie hatte vergessen, ihn zu sich zu nehmen. Jetzt vermisste er ihre Wärme, ihre Matratze. So tröstete er sich mit einem Wurstzipfel von ihrem Teller, legte seinen Kopf auf eine Vorderpfote und schloss die Augen.

Im Haus wurde es still.

Das Fieber hielt auch noch die nächsten Tage an, eine Bronchitis stellte sich ein, doch Alfons wehrte Lillys Wunsch, ihre Nachbarinnen um Hilfe zu bitten, ab. Sie sei jung, sie solle jedem beweisen, wie tüchtig die Babants in Wahrheit seien. Als sie Dr. Fabian davon erzählte, war dieser entsetzt. Er suchte Alfons auf und versuchte, ihn zu überzeugen, doch dieser meinte nur: »Mir kommt niemand über die Schwelle. Ein Bismarck soll nicht glauben, meine Nichte sei ein Schwächling.«

Um des lieben Friedens willen bot der Arzt Lilly an, ihr bei seinen täglichen Visiten heimlich Lebensmittel mitzubringen und ihren Brief an Professor Momm zur Post zu bringen. Schließlich hatte sie sich von ihm weder verabschieden noch ihm für die Zeit danken können, die er ihnen in Berlin gewidmet hatte.

Die Tage vergingen im alltäglichen Einerlei, belastet durch ihre Krankheit und ihre Sehnsucht nach Clemens. Warum schrieb er ihr nicht? Wollte er nicht wissen, wie es ihr ging?
Am vierten Tag brachte Dr. Fabian Lakritzpastillen und eine besondere Kräutermischung aus der Apotheke mit. Dann legte er Lilly ein Päckchen auf die Bettdecke und strich ihr freundlich über die Wange. »Das, Mädchen, wird dich bestimmt wieder gesund machen«, meinte er, nickte Hedwig aufmunternd zu und eilte davon.
Aufgeregt zerriss Lilly das Packpapier, das keinen Absender, nur den Berliner Poststempel trug. Hatte ihr etwa Professor Momm einen weiteren kostbaren Stein geschickt?
Das Packpapier enthüllte eine längliche Schachtel. Lilly schlug den Deckel auf. Sofort erkannte sie Clemens' Handschrift auf dem Briefchen, das an der Unterseite des Deckels unter zwei Klammern befestigt war. Clemens! Vor Seligkeit wurde ihr fast schwindelig. Hastig setzte sie sich auf und betrachtete zunächst die große, fast strohgelbe, mit winkeligen rötlichen Linien gezeichnete Muschel, die auf dunkelrotem Samt lag. Vorsichtig klappte Lilly ihre Schalen auseinander. Innen waren sie gelblich weiß, schimmerten jedoch, je nachdem, wie das Licht sie streifte, regenbogenfarben. Zwischen ihnen aber ruhte eine kleinere Muschel, deren Form Lilly nur allzu vertraut war: eine Kammmuschel. Diese aber war leuchtend rot und ... wunderschön. Lilly strich zart über die Schale, lächelte. Es war seltsam, aber ihr kam es vor, als umspülten sie Wellen und zögen mit jedem Schlag ihr Fieber mit sich fort, als sei es nichts als heißer Sand ...
Ungeduldig faltete sie das Briefchen auf und las:

Liebe Lilly,
Du bist abgereist, hast mir einen Brief hinterlassen, der mich sehr bestürzt hat. Du gibst mich frei? Ist das Dein Ernst, Lilly? Ist unsere Ballonfahrt so spurlos an Deinem Herzen vorbeigegangen? Ich darf doch annehmen, dass das nicht der Fall ist, oder? Du schreibst, es läge an diesem verleumderischen Artikel. Gut, ich

akzeptiere es, denke aber, niemand kennt Deinen Namen, niemand hier in Berlin weiß, wer Du in Wirklichkeit bist. Oder hast Du diesem Schnösel Deinen Namen genannt? Die Morgenzeitung veröffentlichte eine Karikatur von uns, unserer Ballonfahrt. Man erkennt unsere Gesichter, aber das werden die Berliner bald vergessen haben.

Die wahrhaft schlimmeren Konsequenzen lasten auf mir. Es ist wirklich sehr schwierig für mich, im Moment die Wogen zu glätten, die alles zusammenstürzen lassen. Du kannst Dir vorstellen, welche Wellen diese kleine Notiz bei denen schlägt, die mich und meine Familie kennen. Meine Mutter hat einen Anwalt beauftragt, die Zeitung wegen übler Nachrede zu verklagen. Mein Vater unterstützt ihre Bemühungen, obwohl er seit Tagen wegen der anstehenden Scheidung kaum noch mit ihr gesprochen hat. Und sie wirft ihm vor, mir als Vater schon immer ein schlechtes Beispiel gewesen zu sein. Streit, nur Streit.

Darüber hinaus ist unser Verein in einen Wirbel überhitzter ideologischer Diskussionen geraten: Wem soll die deutsche Luftschifffahrt dienen? Dem Militär oder dem zivilen Verkehr? Ach, Lilly, ich schreibe zu viel. Es tut mir leid.

Aber Du siehst: Du fehlst mir.

Ich vermisse Dich.

Jeder Tag ohne Dich ist sinnlos wie Töne ohne Melodie.

Ich wäre sehr glücklich, wenn Du dieses kleine Geschenk von mir annähmst. Es bedeutet mir viel.

Die große Muschel heißt Chromomytilus meridionalis, sie ist, wenn Du so willst, das südafrikanische Gegenstück zur Miesmuschel, wie Du sie kennst. In ihr liegt eine seltene Chlamys sentis aus Brasilien, die mir ein Missionar schenkte. Sie war mein Glücksbringer in Südwestafrika. Jetzt gehört sie Dir.

Sobald es mir möglich ist, werde ich zu Dir kommen. Bitte versuche mich zu verstehen. Hab Geduld – vor allem aber bleib zuversichtlich.

In Liebe, Clemens.

PS: Ich schreibe an Dr. Fabian, der mir ein vertrauenswürdiger Kollege geworden ist, um Dir unnötigen Ärger mit Deinen Verwandten zu ersparen. Lass Dir und Deiner Mutter von ihm helfen, sorge Dich nicht um die Kosten.

Lilly war überglücklich. Sie schloss ihre fiebrige Hand um die rosenrote Kammmuschel, öffnete sie wieder und küsste sie.
»Bezirzt er dich schon mit Schmuck?«, hörte sie ihre Mutter misstrauisch fragen.
Lilly schüttelte den Kopf.
»Willst du mir keine Antwort geben?«
Wieder verneinte sie stumm. Dieses Glück in ihrer Hand, dieses Glück ...
»Dann lies mir bitte vor, was er schreibt.«
Nichts war so schön, wie in diesem Moment mit ihrer Stimme seine Worte wiederzugeben. Danach war es einen Moment lang still, dann hörte sie ihre Mutter flüstern: »Er meint es vielleicht doch ernst.«
»Ist das nicht wunderbar?«
»Wenn das so ist, mein Kind, wird dir noch mehr Leid bevorstehen. Irgendwann wird auch er einsehen, dass er dich nie wird heiraten können. Dann leidet ihr beide. Und du wirst immer dein eigenes Geld verdienen müssen, dein Leben lang. Du kannst nicht auf seine Hilfe hoffen. Nie, weder jetzt noch später. Denk daran, die nächste Miete ist in weniger als drei Wochen fällig. Ein langer Winter ohne Einkünfte steht bevor. Was willst du tun?«
Du schaffst es immer, mich zu verbittern, dachte Lilly. Warum?
Sie drehte sich zur Wand, die Kammmuschel an ihren Lippen.
Wann kommst du, Clemens? Wann?

Kapitel 10

Seit ihrer Rückkehr aus Berlin war eine Woche vergangen. Lilly hatte sich erholt, grämte sich aber über ihre Geldnot. Eines Morgens, sie hatte gerade abgeernteten Gemüsebeete umgegraben und war nun dabei, Sanddornbeeren zu Marmelade zu verkochen, stürzte Margit atemlos zu ihr in die Küche.

»Lilly, du musst mir helfen! Mutter ist krank! Wir schaffen die Arbeit nicht allein.«

»Ich soll bei euch im Stahlbad arbeiten? Das kann ich nicht«, wehrte sie sofort erschrocken ab.

»Was ich kann, wirst du auch können. Es muss sein.«

»Und die anderen Frauen? Du bist doch nicht allein, Margit.«

»Hör zu: Wir, also Mutter, ich und drei andere Frauen von uns, waren zur Taufe von Gritt Harms' neuntem Kind eingeladen. Es ist übrigens ein süßes Mädchen, Auguste heißt sie. Ach, was rede ich. Also, an dem Tag ging es mir nicht so gut, du weißt schon. Nun, irgendetwas stimmte mit dem Essen nicht. Jedenfalls sind nun fast alle krank, nur ich nicht, weil ich keinen Appetit hatte. Dafür hab ich jetzt ein Problem: Mit Martha, Isa und Lore allein ist die Arbeit nicht zu schaffen. Wir haben Rheumakranke, von denen sich einige kaum noch richtig bewegen können. Dazu Patienten mit Nervenschwäche, Hautkrankheiten und sonstigen Malaisen.«

Lillys Gedanken kehrten zu den Schilderungen zurück, die sie auf der Fahrt im Zug unfreiwillig hatte mitanhören müssen.

»Fast vierzig Kurgäste, stell dir das vor, Lilly. Wir haben schon zwei andere Frauen überreden können, die immer mal wieder bei uns aushelfen, aber das reicht nicht.« Margit stöhnte, tunkte ihren Finger in die noch heiße Marmelade und zuckte zurück. »Bitte, lass alles liegen und komm mit.«

Sollte sie es wagen? War sie einer solch schweren Arbeit gewachsen? »Was muss ich denn tun?«

»Alles: den Damen beim Aus- und Ankleiden helfen, sie ins Moorbad führen, Meerwasser für die Badewannen anwärmen, abends die Böden feudeln. Ach, es gibt Arbeit ohne Ende. Aber du bist nicht allein, wir helfen dir dabei. Wenn du einverstanden bist, sage ich in der Badeintendantur Bescheid. Im Notfall, soll ich dir von Mutter ausrichten, will sie selbst dich für deinen Einsatz bezahlen. Sie kann es sich leisten und – der Badearzt vertraut ihr.« Der Stolz in Margits Stimme war nicht zu überhören.

»Gut, Margit, ich will es versuchen. Ich komme, sobald ich die Marmelade ...«

»Nein, Lilly, es eilt, verstehst du nicht? Koch heute Abend weiter. Komm mit! Jetzt!«

Notgedrungen ließ Lilly alles stehen und liegen, sagte ihrer Mutter Bescheid und lief mit Margit die Marktstraße entlang in südlicher Richtung, dem Eickhäge entgegen. Unmittelbar am Waldrand, inmitten gepflegter Gärten, lag das Stahlbad. Wie die Gebäude am Kamp imponierte ihr auch dieses in den zwanziger Jahren von Severin errichtete, längliche Gebäude durch seine klassizistische Harmonie. Nicht weit vom ihm entfernt, bei der Mühlenschleuse, sprudelte die wertvolle eisenhaltige Quelle, die 1821 der Doberaner Kaufmann Mühlenbruch entdeckt hatte, nachdem ihm ockerfarbene Flecken auf den Wiesen aufgefallen waren.

Jetzt, da Lilly vor der eleganten Anlage stand, wurde ihr mulmig zumute. »Ich kann das nicht, Margit, es tut mir leid. Was, wenn die Gäste mir Fragen stellen? Was soll ich ihnen sagen? Wie soll ich sie anfassen? Ich glaube, ihr werdet mehr Moorleichen bekommen, als euch lieb ist. Nein, nein, lassen wir es bleiben.«

Margit stemmte die Hände in die Taille. »Du bist meine Freundin, Lilly Alena. Du kannst mich doch nicht im Stich lassen. Oder möchtest du, dass ich mich bei Victor über dich beschwere?«

»Was?! Was sagst du da?«
»Verzeih, Lilly, das war nur ein Scherz. Bitte ... ich ...«
»Du liebst ihn also«, sagte Lilly aufgebracht. »Du und er, damals in eurem Obstgarten, so ist das also. Ich glaube es nicht. Margit, das ist Verrat, Erpressung!«
»O Gott, nein! Lilly, er ... er stellt mir nach. Ja, aber ...«
»Aber was? Margit, sag die Wahrheit, oder ich kehre auf der Stelle um.«
»Ach, Lilly, weißt du denn nicht, wie schön es ist, umworben zu werden? Versteh doch, ich hab nur ihn. Er ist mein einziger Verehrer. Das ist alles.«
»Wirklich?«
»Ja, ich schwöre es dir.«
»Du liebst ihn also nicht?«
»Nein. Glaubst du, meine Mutter ließe es zu, dass ich einen Mann heirate, dem selbst du nicht traust?«
»Und du wirst ihm auch nicht erzählen, dass du mich überreden musstest?«
»Bin ich deine Freundin oder nicht?«
Lilly atmete auf und umarmte sie erleichtert. »Danke, Margit, du bist die Beste.«

Sie betraten die elegante Säulenhalle, von der rechter Hand ein Gang zu den Badekabinetten führte, linker Hand die Wohnung des Bademeisters sowie mehrere Logierzimmer lagen. Ein goldgerahmtes Schild wies auf den Speisesaal, in dem soeben lebhaft plaudernde Serviermädchen die Tische für die Mittagstafel eindeckten. Lilly schaute sich um. Zahlreiche Kurgäste ruhten auf Sesseln und Bänken unterhalb der hohen Fenster, lasen Zeitungen oder unterhielten sich leise. Zwei ältere Damen standen vor einem großen Plakat, das deutlich sichtbar dem Eingang gegenüber an der Wand hing.
Margit fasste Lilly unter den Arm. »Wir müssen dringend all diese Gäste auf die Badekabinen verteilen, sonst bekommt unser

Bademeister noch einen Nervenkrampf. Jeder Gast, der nicht speist, schläft, promeniert oder unter unseren Händen liegt, ist für ihn eine Gefahr.«

»Wieso?«

»Weil er weiß, wie schnell sich die Gäste vernachlässigt fühlen. Er ist dann derjenige, bei dem sie sich beschweren. Jetzt komm, Lilly, du musst das Wichtigste zuerst lernen, sonst kann ich dich ihm nicht vorstellen.« Sie traten an das Plakat heran, erwiderten freundlich die neugierigen Blicke der Damen.

»Wir werden uns gleich mit frischer Verstärkung um Sie kümmern«, sagte Margit und wandte sich dann wieder Lilly zu. »Das hier ist das Wichtigste: die Baderegeln von Dr. Vogel. Du weißt ja, auf ihn geht alles zurück. Sein vollständiger Titel war ...« Sie tippte auf das Plakat, las vor: »›Großherzoglicher Leibmedicus und Geheimer Medicinalrat Professor Dr. Samuel Gottlieb Vogel‹, das klingt gut, nicht? Wichtiger aber sind seine Baderegeln. Lern sie am besten auswendig. Über ihn und seine Anweisungen nicht Bescheid zu wissen, das kann sich keine Badefrau leisten. Er hat die Regeln für die Anwendung der Meereskuren geschrieben, doch sie gelten auch allgemein: vierzehn Bäder ergeben eine kleine Kur, einundzwanzig Bäder eine mittlere, aber erst achtundzwanzig Bäder eine volle Kur. Die Temperatur warmer See- und Moorbäder sollte gleichbleibend fünfunddreißig Grad Celsius haben. Ermahne unsere Gäste immer wieder, weder mit vollem Magen noch bei ›heftiger Gemütsbewegung‹ ins Wasser zu steigen. Und halte jene von kalten Bädern ab, die zu Blutstürzen neigen oder Blutspucker sind.«

»Das ist verständlich«, meinte Lilly.

»Weiter, schnell, Lilly, merke dir: Das Seewasser am Heiligen Damm heilt von außen, unsere Mineralquellen von innen. Das Meersalz regt unseren Körper zu Reaktionen gegen die Kälte an. Dadurch werden Nerven und Eingeweide gestärkt, Rheuma, Gicht und Ausschläge bekämpft. Und die Seele gesundet dabei von ganz allein.« Margit zeigte auf die siebzehnte Regel. »Lies mal, Lilly.«

»›Ein sicheres Zeichen, dass das Bad wohl bekommt, ist, wenn man nach dem Bade bald wieder warm wird, den Kopf und die Brust ganz frey, und sich überhaupt leichter, munter und erquickt fühlt.‹« Lilly dachte an ihre eigenen Erfahrungen. »Das stimmt.«

Margit stupste ihr in die Seite. »Na, siehst du, du bist auf dem besten Wege, mir eine gute Hilfe zu werden. Komm mit, ich stelle dich unserem Bademeister und den anderen Frauen vor. Dann erkläre ich dir in unserer Kräuterkammer, worauf du sonst noch achten musst.«

Da der Bademeister nicht aufzufinden war, führte Margit Lilly den rechts vom Eingang liegenden Bereich entlang, der die Badekabinette beherbergte. In einem Raum, in dem sie Gerätschaften und Heilmittel aufbewahrten, wies sie Lilly einen Hocker zu.

»Hör zu, wir müssen gleich anfangen. Achte täglich darauf, dass die Baderäume immer perfekt ausgerichtet und sauber sind: auf den Canapés müssen Decken und Ruhekissen liegen, auf den Wandtischen polierte Tabletts mit Kannen voll Wasser und Gläsern stehen. Überprüfe jeden Tag, ob die Klingelschnüre eventuell verschmutzt sind, dann musst du sie auswaschen.«

Lilly seufzte. »Du liebe Güte, ihr führt ja geradezu Salons.«

»Die Damen sind es gewohnt. Weiter, merke dir noch etwas: Versichere dich, ob jemand auf Anraten eines Arztes zu uns kommt. Es hilft, spätere Komplikationen zu vermeiden. Im Zweifelsfalle empfehle den Kurgästen, unseren Badearzt aufzusuchen, wenn sie es nicht schon selbst vorher getan haben. Achte darauf, dass niemand ins Bad steigt, der Entzündungen, Kopfschmerzen oder Schwindel hat. Auch sollten allzu alte Menschen und jene, die unter tagelanger Verstopfung leiden, auf Bäder verzichten. Und denk immer daran: Es ist ganz wichtig, dass sich die Frauen vor und nach dem Bad leicht bewegen. Auch sollten sie in der Wanne ab und zu untertauchen, Arme und Beine schwingen. Rate ihnen, regelmäßig, am besten zur gleichen Stunde am Vormittag zu kuren. Das gilt für das Bad im Meer, aber auch für unsere Eisen-

bäder. Erst ins Wasser, dann gut abtrocknen, ein wenig spazieren gehen, und dann gut frühstücken! Wenn du das alles behältst, machst du's ganz so, wie es unser Vogel empfohlen hat.« Sie grinste und zeigte auf die Regale, in denen Glasbehälter mit Kräutermischungen, Säcke mit Heilerde und dergleichen mehr standen. »Nach seinen Anweisungen fügen wir auch oft den warmen Bädern Laugensalz, Stahlvitriol, China- oder Weidenrinde oder nur duftende Kräuter zu. Je nach Krankheitsbild. Ich zeige dir später, wie es geht. Wichtig ist nur, dass wir jeden Gast nach seinem persönlichen Empfinden, seinen ganz spezifischen Beschwerden behandeln. Jede Anwendung soll streng individualistisch sein, sagte Vogel. Und so machen wir es bis heute. Befolge einfach das, was unser Badearzt dir aufträgt.«
»Und womit fange ich an?«
»Am besten hilfst du bei den Moorbädern. Sie wirken sehr gut, wie du ja weißt, gegen Rheuma, Frauenleiden, Gelenkschmerzen. Du kannst bei den ersten Patienten heute Vormittag Schultern und Unterschenkel in warmem Moorbrei verpacken und drei Damen mit Tang einreiben. Aber zuerst zeige ich dir, in welchem Maß Wasser und Molke für die Trinkkur vermischt werden. Wir müssen nämlich zweiundzwanzig Gläser austeilen. «
»Das ist alles?«
»Du wirst schon sehen, es ist anstrengend, aber immer noch besser, als lebende Schnecken abzukochen, wie man es früher für diätetische Kuren tat, oder?«

Am Abend half Lilly Margit und den anderen Frauen noch beim Säubern der Badekabinen. Sie schrubbte Fliesen, Böden und Wannen, legte frische Tücher aus, säuberte Spachtel und Kannen, bürstete die Polster der Ruheliegen ab, wusch verunreinigte Quasten der Klingelzüge aus, füllte Vorräte an Salben, Ölen und Kräutern auf.
Später, auf dem Nachhauseweg, dankte Lilly, erschöpft und mit schweren Beinen, im Stillen Xaver von Maichenbach. Welches

Glück sie doch gehabt hatte, dass er sie im Sommer bat, Schmidtchen auszuführen. Wie heiter, wie leicht war die Zeit mit den Hunden gewesen – trotz der Probleme, unter denen sie damals zu leiden hatte. Diese Arbeit im Badehaus dagegen würde sie kaum länger als ein, zwei Tage durchhalten.

Doch als Hanne am übernächsten Tag vorzeitig das Bett verließ, auf dem von nassem Laub bedeckten Kopfsteinpflaster vor ihrem Haus stürzte und sich den Oberschenkel brach, musste Lilly vormittags ohne Margit auskommen. Sie vermisste ihren Rat, ihre Erläuterungen und war auf die hastig erteilten Anweisungen der anderen Badefrauen angewiesen, die darauf bedacht waren, die täglichen Abläufe so reibungslos wie möglich einzuhalten.
Vergebens wartete Lilly jeden Tag auf eine Nachricht von Clemens. Nur Joachim schickte ihr einen Brief.

> *Liebe Lilly,*
> *mein Geburtstag steht bevor, wie Du weißt. Mir ist jedoch nicht danach, ihn zu feiern: Du fehlst mir. Wo ist die Zeit geblieben, als wir noch unbeschwert miteinander umgehen konnten? Dieser Sommer, scheint mir, hat vieles verändert. Trotzdem möchte ich Dir sagen, dass nichts auf der Welt meine Gefühle für Dich ändern wird.*
> *Ich hoffe, Dir geht es gut. Schreib mir, bitte, wenn Du magst – auch wenn uns nur weniger als eine Stunde Fußmarsch trennen. Arbeit habe ich nämlich im Moment genug, zumal unser alter Herr immer verwirrter wird. So muss ich alles tun, um Mutter zu entlasten. Sie ist mehr denn je mit dem Gut überfordert, Vater fehlt ihr sehr, auch wenn sie es nicht zugeben mag.*
> *In alter Freundschaft*
> *Joachim*

Sie antwortete ihm nicht. Sie hatte Angst davor, er könne sich ihr nähern, gar merken, wie tief ihre Gefühle für Clemens wirklich

waren. Natürlich mochte sie ihn und hätte ihn um nichts auf der Welt verlieren mögen. Doch die Liebe zu Clemens hatte sie verändert. Um sich abzulenken, nahm sie ihre Arbeit immer ernster. Eines Tages beschwerte sich Hedwig bei ihr.
»Wenn du sprichst, klingst du genauso energisch wie Hanne. Und über das Stahlbad sprichst du, dass man meinen könnte, Baron von Kahlden hätte es ebenfalls aufgekauft und zahlte dir höchstpersönlich einen Extralohn für deine Lobeshymnen.«
Lilly schwieg. Sie konnte und wollte ihrer Mutter nicht die Wahrheit sagen. Hinter ihrem Arbeitseifer verbarg sich doch nur ihre Enttäuschung darüber, dass Clemens noch nicht wieder geschrieben hatte. Und je weiter die Tage auf den November zugingen, desto stärker zweifelte sie daran, die rosenrote *Chlamys sentis* könne auch ihr Glück bringen.
Aus Ungeduld schickte sie Joachim ein Kärtchen: Ob er wisse, wer von seinen Freunden ihr Kochbuch besäße? Noch am gleichen Abend traf seine Antwort ein.

Liebe Lilly,
jetzt wundere ich mich aber: Deine Cuisine d'Amour *sollte längst wieder bei Dir sein.*
Wie ich von Clemens hörte, warst Du bei ihm in Berlin. Ich bin darüber, ehrlich gesagt, sehr überrascht.
Doch um auf Deine Frage einzugehen: Ich war es, der damals Dein Kochbuch zurückkaufte, weil ich ja wusste, wie viel es Dir bedeutet. Ich zeigte es Clemens, der es aus Neugier eine Weile an sich nahm. Am Tag unseres Scheunenfestes brachte er es mir zurück. Abends kam es zu heftigen Diskussionen über Dich. Ich reichte das Buch herum, um zu zeigen, wie harmlos alles sei, was darin beschrieben wird. Doch es half nichts gegen die Vorurteile, die über Dich kursierten. Woran ich mich noch genau erinnere, ist, dass Clemens und Helen besonders eifrig in Deinem Buch blätterten. Wenn er es Dir nicht zurückgegeben hat, dann könnte es Helen mitgenommen haben, ohne mich zu fragen.

*Es tut mir leid, aber da sie Deine Freundin ist, wird sie es Dir
bestimmt zurückgeben.*
*In alter Freundschaft
Dein
Joachim*

Lilly war bestürzt. Joachim schien zwar eifersüchtig auf Clemens zu sein, hatte sich aber ein weiteres Mal als verlässlicher Freund erwiesen. Er hatte sie im Sommer am Kamp vor dem Geschäft des Antiquars gesehen, die richtigen Rückschlüsse gezogen und ihr zuliebe das Buch zurückgekauft. Guter, treuer Joachim. Aber warum sollte ausgerechnet Helen, die auf ihre Figur achtete, Interesse für ihr Kochbuch haben? Wollte sie sich von ihm inspirieren lassen, um Clemens zu verführen? Kannte sie ihn nicht gut genug, oder hatte er ihr nicht verraten, dass ihn süße Desserts nicht interessierten? Was mochte sie nur wirklich für ihn empfinden?
Die schmerzlichste Frage aber war: Warum hatte ihr Clemens in Berlin verschwiegen, das Kochbuch von Joachim entliehen zu haben?
Jede Frage tat ihr weh. Um wenigstens eine Antwort zu erhalten, machte sich Lilly eines Sonntagnachmittags auf den Weg zu Helen. Doch kaum hatte ihr das Marchantsche Hausmädchen die Tür geöffnet, eilte auch schon Helens Mutter herbei. »Lilly, ich würde dich gerne hereinbitten, es tut mir sehr leid, aber wir packen gerade.«
»Helen reist ab?«
»Sie ist schon seit über drei Wochen in Schwerin bei ihrer Patentante.«
Lilly erinnerte sich. Alma Friederike Kirschner – Witwe Kirschner, wie man sie nannte – wurde seit Jahrzehnten als selbständige Geschäftsfrau beneidet und bewundert. Sie war eine zierliche schwarzhaarige Frau, stets lächelnd, doch mit forschen blauen Augen, denen nichts entging: ein loses Fädchen am Mantelsaum, Staubflöckchen auf wildledernen Handschuhen oder falsch ge-

setzte Nähte. Eine Dame, ein feines Persönchen, das mit Mut, Charme und preußischem Ordnungssinn Geschäft und Angestellte führte. Auf diese Weise war es ihr nach dem frühen Tod ihres Mannes gelungen, dessen kleine Weißwarenstickerei so erfolgreich fortzuführen, dass sie an ihrem fünfzigsten Geburtstag das Richtfest für ein eigenes Geschäftshaus im Herzen Schwerins feiern konnte.

»Sie muss hochbetagt sein, nicht?«

»Fast zweiundachtzig Jahre, und bis zum Sommer las sie noch alles, was ihr ins Haus flatterte: Kalender- und Literaturblätter, vor allem aber die *Gartenlaube*, die ihr das Idyll ersetzte, das ihr selbst versagt blieb – ein schönes, heiteres Familienleben.«

Klang da Ironie mit? Lilly war sich nicht sicher, Helens Mutter betrachtete sie eine Spur zu aufmerksam, zu prüfend. Dann aber fuhr sie ruhig fort: »In den letzten Wochen hat sich allerdings ihr Augenlicht dramatisch verschlechtert. Ein Auge ist bereits erblindet, mit dem anderen kann sie nur noch schlecht lesen. Um sie zu pflegen, ist nun Helen, die sie ja sehr liebt, bei ihr. Ich bin darüber sehr froh, auch wenn es mir lieber gewesen wäre, sie wäre gesund. Ihr zuliebe hat Helen ein Angebot als Gesellschafterin in herzoglichen Kreisen ausgeschlagen.«

»Oh, das tut mir leid.«

»Es ist schon richtig so, denke ich. Helens Ansehen gewinnt durch ihre Fürsorge für ihre berühmte Patentante, man wird sie in der Gesellschaft noch mehr schätzen. Zumindest kann sie ihre Kontakte weiter pflegen, bis ein günstigerer Zeitpunkt gekommen ist.«

War das ein Hieb gegen sie? Lilly fühlte sich langsam unwohl, beinahe wie früher, wenn sie in diesem Hause verkehrte, das so anders war als ihre eigene Familie: erfolgreiche Geschäftsleute, standesbewusste Lehrer – Menschen, die ihr Tagewerk nach Ziffernblatt, Regeln, Zahlen und Zensuren ausrichteten, strebsam, fleißig, asketisch. Wie erbärmlich musste sie sich dagegen durchs Leben schlagen … Doch warum gab ihr Helen ihr Buch nicht

zurück? Ein Buch, das in die Marchantsche Welt so wenig hineinpasste wie ein Rosenstock in einen Nadelwald.
»Soll ich Helen etwas von dir ausrichten, Lilly?«
»Ich hätte gern gewusst, ob sie mein Buch ...«
»Du meinst dieses Kochbuch? Ja, ich erinnere mich, dass die Kinder einmal bei mir saßen und mit großem Eifer die Kosten jedes einzelnen Gerichtes ausrechneten.«
Die Kinder? Lilly hatte Mühe, ihr Entsetzen zu verbergen. Meinte sie etwa Clemens und Helen? Waren sie einander so vertraut? Das durfte nicht wahr sein!
»Vielleicht hat es Helen aus Mitleid zu ihrer Patentante mitgenommen. Du weißt ja, kochen kann sie – wenn sie denn will.«
Helens Mutter betrachtete Lilly stolz.
Helen, du heimtückische Person, dachte Lilly empört, mir gegenüber spielst du die Freundin und hintergehst mich in Wahrheit mit meinem Buch und dem Mann, den ich liebe! Wenn ich doch endlich Clemens sprechen könnte.
»Erinnern Sie sie bitte daran, dass dieses Buch jetzt Herrn von Stratten gehört, Frau Marchant«, erwiderte Lilly mit rauher Stimme, »er vermisst es bereits.«
»Herr von Stratten? Hat er dich zu uns geschickt?«
Wenn ich jetzt ja sage, wird sie glauben, er wolle von mir mit diesen Rezepten verwöhnt werden ... O Gott, was sage ich nur?
»Er hat es gekauft, weil ihn das Nachwort interessiert«, log sie ausweichend. »In den Zeilen stehen merkwürdige Zeichen, ich meine ...«
»Ich fürchte, ich habe keine Zeit mehr für Rätselhaftes«, unterbrach sie Helens Mutter eisig. »Helen wird uns zum ersten Advent besuchen. Am besten, du geduldest dich solange. Und mit Frau von Stratten werde ich persönlich sprechen.«
Was für ein peinliches Gespräch, was für eine demütigende Situation. Hörte das nie mehr auf?

An einem nebligen Novembernachmittag erlitt eine ältere Dame während eines Moorbades einen Schwächeanfall. Lilly kam gerade rechtzeitig, um Hilfe zu holen und ihr mit einer weiteren Badefrau aus der Wanne zu helfen, als sie in die Eingangshalle gerufen wurde. Kaum hatte sie ihre Hände gewaschen und die Halle betreten, kam ihr auch schon Clemens entgegen. Er sah blasser aus als sonst, auch eilte er leicht vorgebeugt auf sie zu, doch er strahlte. »Lilly, was tust du hier? Du musst sofort mit mir kommen. Du wirst gebraucht.«
Besorgt hielt sie seine Hand. »Geht es dir gut, Clemens? Ich habe dich vermisst, und warum hast du mir nicht geschrieben?«
»Ich bin wohl überanstrengt, habe zu wenig Muße. Lass uns schnell hinausgehen, ich muss dir etwas Wichtiges erzählen.« Er führte sie in die nasskalte Novemberluft hinaus. »Lilly, ganz kurz: Ich habe in Berlin einen Vortrag über meine Zeit in Südwestafrika gehalten. Bismarck hörte davon. Ich habe ihn wenig später auf einer großen Gesellschaft getroffen, auf der er mir zu verstehen gab, dass er sich durch meine Rede in seinen Einschätzungen bestätigt sah, die er vor der großen Kongokonferenz im letzten Winter dargelegt hatte. Nun, wir haben über dieses und jenes geplaudert, kamen auf den letzten Sommer in Heiligendamm zu sprechen. Dabei fiel ihm plötzlich ein, dass ihn dieses tapfere Mädchen, das den ersten Preis für die Ballonfahrt im Tiergarten gewonnen hat, an eine Doberaner Süßspeisenköchin erinnert habe, die ihm schon an den Renntagen angenehm aufgefallen sei. Ich habe natürlich die Gelegenheit beim Schopfe ergriffen, ihm von dir und deiner Not erzählt. Er hat sehr bedauert, dich beim Essen auf dem Barstettschen Gut falsch eingeschätzt zu haben. Jetzt sähe er dich mit anderen Augen. Wer ohne etwas gegessen zu haben solch famose Süßspeisen unter schwierigen Bedingungen, zumal in einer fremden Küche, herbeizaubern könne, habe zwar einen leeren Magen, aber Nerven aus Stahl. Wenn es nach ihm ginge, wolle er seinen Fehler wiedergutmachen. Dann erzählte er mir, dass er im Dezember hier in den Wäldern um Doberan eine Jagd plane und anschließend in der

›Strandperle‹ ein Essen geben wolle. Vor Aufregung bin ich ihm ins Wort gefallen, er hat mich auch sogleich verstanden, war sehr amüsiert, sehr verständnisvoll. Mit einem Wort …«
»Ja?« Sie zitterte vor Aufregung.
»Du darfst wieder in der ›Strandperle‹ kochen – sofort!«
»Das glaube ich nicht.«
»Doch, meine Liebe! Du siehst, deine Mutprobe im Großen Tiergarten hat auch positive Resonanz gefunden. Und sollte ich nicht mit allen mir zur Verfügung stehenden diplomatischen Mitteln der Frau helfen, die ich liebe?«
Sie stellte sich auf die Zehenspitzen und küsste ihn. »Danke, Clemens, ich bin sehr glücklich. Aber was ist mit Jacobi, ist er einverstanden?«
»Das weiß ich nicht. Ich fürchte, ihr werdet weiter miteinander auskommen müssen. Ihn an die frische Luft zu setzen, dazu reicht mein Einfluss nicht.«
Es war ein Wermutstropfen, doch für Lilly überwog das Glück der guten Nachricht.
»Am besten, du kündigst gleich heute«, mahnte Clemens sie. »Wie ich heute Morgen von Barlewitzen, eurem Chef, hörte, ist nämlich der junge Petersburger Süßspeisenkoch am Wochenende tot in der Wohnung eines berühmten Theaterschauspielers aufgefunden worden. Seitdem soll Jacobi ein wenig bedrückt sein, sagt man.«
»Vielleicht habe ich es dann etwas leichter«, erwiderte Lilly hoffnungsfroh.
»Lass dir einfach nichts mehr gefallen. Du weißt doch, wie stark du bist.«
»Und du? Hast du wirklich nichts dagegen, wenn ich wieder koche?«
»Es fällt mir nicht leicht. Aber du hast mir im Tiergarten etwas bewiesen, nicht?«
Sie nickte und strahlte ihn an.
»Ich kann dir also weiterhin vertrauen.«

»Ja, Clemens. Im Übrigen ist das, was ich tue, nur ein Handwerk, nichts als ein Handwerk.«
»Wirklich? Jetzt hast du mich aber sehr enttäuscht. Und wo bleiben deine Träume? In rotem Weinschaum und Geleesternen mit Anis?«
»Du hast dazugelernt, Clemens, wie wunderbar!«
»Ich träume auch manchmal von dir und stelle mir vor, wie du mir auf Erdbeerscheibchen, Ananassternchen oder Minzblättchen entgegenkommst ...«
»Du hast dich verraten, dich und deine Lieblingsspeise!«
»O nein, so leicht würde ich es dir in diesem Fall nicht machen. Rate nur weiter.« Er lächelte sie verliebt an.
Plötzlich stellte sich Lilly vor, dass er vielleicht auch einmal Helen bei der Lektüre ihres Buches so liebevoll angesehen hatte. »Clemens, eines muss ich noch wissen: Wenn dich meine Kochkunst nicht interessiert, warum hast du dir dann mein Buch von Joachim ausgeliehen?«
Jetzt grinste er schalkhaft, seine Augen blitzten. »Aus purer wissenschaftlicher Neugier, meine Liebe.«
»Zu der du meine beste Freundin Helen brauchtest, um sie anzufeuern?«
Er drückte sie fest an sich, hob ihr Kinn.
»Nicht nur sie, vor allem ihre Mutter, Lilly!« Er grinste noch breiter.
»Sie wünscht sich dich als Schwiegersohn, so ist das also.«
»Wer weiß, was die beiden so denken.« Er schaukelte sie neckisch hin und her.
»Wie soll ich dir nur vertrauen?« Sie wand sich in seinem Arm, schürzte dabei ihre Lippen.
»Spürst du es nicht?« Er drückte sie noch fester an sich.
»Du liebst eine andere, gib es zu!«, klagte sie verspielt.
»Du süßes, kleines eifersüchtiges Frauchen ...«
Er zog sie hinter eine hohe Buche und küsste sie leidenschaftlich, bis ihr heißer Atem sie in der kalten Luft umhüllte.

»Und?«, flüsterte er, »bist du jetzt auf meinen Geschmack gekommen? Auf meine Süßspeise?«
Sie umspielte mit ihrer Zungenspitze seine Lippen. »Ich werde dich mit Süße umweben, umschlingen, warte nur ab.«
In der Nähe harkte ein Gärtner Laub zusammen. Lilly blickte auf. Hie und da rieselten zwischen aufwallenden Nebelschwaden Kastanien- und Buchenblätter auf die frostige Erde. Plötzlich merkte sie, dass sie kalte Füße bekommen hatte. Hoffentlich werde ich nicht wieder krank, dachte sie, und hoffentlich mache ich in Zukunft keine weiteren Fehler. Sie schloss die Augen und lehnte ihren Kopf an Clemens' Schulter. »Halte mich fest, Clemens. Bitte halte mich fest.«
»Ich liebe dich, Lilly.«

Sie durfte wieder kochen! Und Clemens würde sich eine Woche lang bei Joachim in Hohenfelde aufhalten – und in dieser Zeit sein Versprechen einlösen, mit ihr allein zu sein. Lilly verdrängte den Gedanken daran, wie schwierig es für ihn werden würde, sich aus dem verwandtschaftlichen Kreis zurückzuziehen, ohne Missmut hervorzurufen. Sie ahnte, dass sie beide Probleme bekämen, sollten Joachim und seine Mutter zu früh erfahren, wie ernst ihnen ihre Liebe wirklich war. Um weitere Aufregungen zu vermeiden, beschloss Lilly, auch Margit nichts von ihren Gefühlen für Clemens zu erzählen. Sie wollte ihre Liebe schützen, so lange es möglich war, und im Moment nach all den schwierigen Jahren nur ihr Glück genießen.
Noch am gleichen Nachmittag setzte sie sich mit Margit zusammen, um zu beraten, wen man der Badeintendantur erneut als Ersatz vorschlagen könnte. Margit war zwar traurig, auf sie verzichten zu müssen, freute sich andererseits aber mit ihr.
Onkel und Cousin begriffen sofort, was diese Neuigkeit für sie bedeutete: Die Miete blieb gesichert, und sie hatten keinerlei Anlass mehr, Lilly weiter anzufeinden. Vor allem Victor war klar, dass er zukünftig allein für sich würde kämpfen müssen.

Hedwig hingegen weinte vor Freude, küsste und umarmte Lilly und brauchte eine Weile, um wieder zur Ruhe zu kommen. Dann aber, beflügelt von der frohen Botschaft, bestand sie darauf, allein aufzustehen. Sie zog zwei gesteppte Morgenmäntel über, schlüpfte in Wollstrümpfe und Filzschuhe und ging in die Küche zu den Männern hinunter, um ihnen zu zeigen, wie stolz sie auf Lilly war, wie glücklich. »Jetzt will ich doch noch ein bisschen länger am Leben bleiben«, sagte sie triumphierend und forderte Alfons sogar auf, er solle ihr ein Gläschen von seinem Mirabellenschnaps einschenken.

Es war ein einzigartiger Abend. Alle vier Babants saßen an einem Tisch zusammen, aßen gemeinsam Abendbrot und stritten – nicht.

Die Welt ist wieder in Ordnung, dachte Lilly entspannt, und dieses Mal wird sie es auch bleiben. Niemand wird mein Glück zerstören.

Niemand.

Clemens' Muschel *Chlamys sentis* ist unser beider Glücksbringer.

Sie wird unsere Liebe beschützen.

Nur ich darf keinen Fehler mehr machen.

Am nächsten Morgen begrüßte sie der Chef der »Strandperle«, Barlewitzen, höchstpersönlich. Er bat sie, ihm nachzusehen, dass er damals Maître Jacobi vorbehaltlos geglaubt hatte. Er beglückwünschte sie zu der Anerkennung durch den Reichskanzler, erhöhte ihr niedriges Gehalt um ein Drittel und bot ihr seine Hilfe an, sollte sich Maître Jacobi ihr gegenüber unwürdige Übergriffe jeglicher Art leisten.

In der Küche unterbrach dieser, wie Lilly erwartet hatte, nicht seine Arbeit. Er nickte ihr nur verlegen zu, nahm dem überraschten Küchenjungen einen Schöpflöffel aus der Hand, fischte Teigtäschchen aus einem Kochtopf und warf sie scheltend wieder zurück, als der Küchenjunge ihm bedeutete, dass das Wasser noch keine Blasen werfe.

Lilly musste sich ein Lachen verkneifen, begrüßte ihre Kollegen, die ihr mit Blicken zu verstehen gaben, wie sehr sie sich freuten, sie wieder in ihrem Kreis zu haben. Später, als Lilly mit ihnen einen Moment allein war, umringten sie sie neugierig, und Lilly erzählte ihnen die Wahrheit über ihren Streich, ihre Begegnung mit Otto Fürst von Bismarck, ihre Süßspeisenreise. Daraufhin erfuhr sie von einem Küchenmädchen, dessen Schwester im Sommer auf dem von Strattenschen Rittergut als Erntehelferin gearbeitet hatte, dass Jacobi *le professeur* während der Doberaner Renntage noch einmal seine ehemalige Geliebte – Isa von Stratten – aufgesucht und wenige Tage später, nach einem großen Streit, fluchtartig den Gutshof verlassen habe.

Er hat es also noch einmal bei ihr versucht, dachte Lilly bei sich. Vielleicht wohnte deshalb Isa von Rastrow in Heiligendamm, weil sie wusste, dass ihre Schwester mit seinem erneuten Besuch rechnete, ihn vielleicht sogar herbeisehnte. Und dann hat sie ihrer Schwester den Kopf zurechtgerückt ... Wie sehr muss sie deren labile, liebessüchtige Art verachten. Ob sie wohl in mir das gleiche Temperament vermutet und mich deshalb hasst? Es sollte mich nicht mehr interessieren. Der Sommer ist vorbei – und Clemens wartet auf mich.

Zunächst freute sich Lilly, dass das Wetter umschlug. Die Temperatur stieg an, verscheuchte Nachtfröste und feuchtkalte Luft. Doch dann setzte Wind ein, Regenschauer kamen hinzu, schüttelten Laub, Eicheln und letzte Kastanien von den Bäumen herab, fegten die Linden zwischen Heiligendamm und Doberan kahl, verstreuten ihre Blätter weit über Felder und Wiesen. Innerhalb weniger Tage nahm der Sturm zu, riss Reetdächer auf und Baugerüste ein, zerbrach Windmühlenflügel, stürzte in der Nähe Wismars eine Schmalspureisenbahn vom Gleis. In dieser Zeit, einen Tag nach Joachims Geburtstag, dem 22. November 1885, erhielt Lilly morgens von Clemens die Nachricht, er würde um drei Uhr

unter den Franzosenbuchen in Heiligendamm auf sie warten: ein günstiger Zeitpunkt, denn montagnachmittags hatte sie frei.
Lilly war aufgeregt, hin- und hergerissen zwischen Vorfreude und Angst, wegen des Sturms könne ihm oder ihnen gemeinsam ein Unglück passieren. Bis zum Schluss fiel es ihr schwer, sich auf ihre Arbeit zu konzentrieren und nicht an Clemens zu denken. Und so atmete sie erleichtert auf, als sie endlich ihre Schürze ablegen und die Dienstbotentür der »Strandperle« öffnen konnte.
Im Nu drückten sie orkanartige Sturmböen zurück. Lilly wartete einen Moment, nutzte eine Winddrehung aus und zog die Tür hinter sich zu. Es war seltsam, aber obwohl sie gerade eben noch direkt zu Clemens laufen wollte, duckte sie sich unter ihre Kapuze und stolperte, von den Böen hin- und hergeschoben, Richtung Meer. Magisch zog sie das Donnern seiner Wellen an. Es klang, als atme die Ostsee betäubend laut aus und fordere sie, Lilly, auf, in ihren Rachen zu schauen ...
Lilly trat näher auf den Heiligen Damm zu.
War die See am Morgen noch unruhig gewesen, so toste sie jetzt und hetzte hohe Wellen gegen den Damm. Gischt hüllte Lilly ein, verklebte ihre Wimpern, benetzte ihr Gesicht. Lilly beobachtete, wie Kiesel für Kiesel sich löste, den Wellen nachrollte, die den Sand fortschwemmten, der ihnen bis eben noch Halt gegeben hatte. Wütend hoben und senkten sich die Wellen, als brächen auf dem Meeresgrund unentwegt Krater auf. Am Landungssteg brach ein Fahnenmast um, schlug klatschend in die Wogen, trieb auf das Herrenbad zu und stieß gegen den Badesteg. Entsetzt verfolgte Lilly, wie kraftvolle Wellen den Steg Schlag auf Schlag einknickten. Das Holz knarzte, barst, brach schließlich zusammen. Das Wasser schäumte auf. Das Heulen des Windes schmerzte in Lillys Ohren, sein Druck raubte ihr den Atem, und sie fragte sich, ob es wieder eine Sturmflut wie 1872 geben würde, bei der Badeanlagen und Waschhaus zerstört, die Promenade überflutet und Bäume umgeknickt worden waren.

Angstvoll kehrte sie dem Meer den Rücken zu, um am Logierhaus »Neuer Flügel« vorbei direkt zum Ende der Lindenallee zu eilen, wo Clemens unter den Franzosenbuchen auf sie wartete. Doch dann entdeckte sie Maître Jacobi und schlug hastig den Weg zwischen Sommervillen und Kolonnaden ein. Auf der Höhe der »Villa Bischofsstab« angekommen, folgte sie der Wegbiegung Richtung »Villa Sporn«. Schon von weitem hörte sie das Klappern loser Fensterläden. Kaum hatte sie die Villa erreicht, brach einer von ihnen ab. Splitter stoben durch die Luft, der Wind fegte sie empor und trieb sie auf Lilly zu. Ein Stück Holz traf sie an der linken Brust, einem anderen konnte sie gerade noch rechtzeitig ausweichen. Erschrocken über den plötzlichen Schmerz, hastete sie südwärts weiter durch den Buchenwald. Um sie herum knackte und ächzte das Holz, heulte der Wind.

Niemand war zu sehen. Lilly stellte sich unter die Buchen, öffnete die obersten Knöpfe ihres Mantels, legte ihre Hand auf ihren schmerzenden Busen, hoffte und wartete. Der Schmerz klang ab, doch Clemens kam nicht.

»*Ici les Belles ont du plaisir. Douanes impériales 1813*« – um sich abzulenken, dachte sie über diesen Gruß nach, den Anfang des Jahrhunderts Napoleons Zollbeamte in die Borke geritzt hatten. Hier hatten sie die schönen Mädchen der Umgebung getroffen, an verlockenden Frühlingsabenden oder in lauen Sommernächten. Lilly seufzte. Warum musste ausgerechnet sie an einem solch kalten und stürmischen Novembernachmittag hier auf ihre Liebe warten?

Sie fror, ihre Sohlen waren aufgeweicht, und ihr Wollmantel lag feucht und schwer um ihre Schultern. Ob Clemens etwas zugestoßen war? Sie lehnte sich gegen den Baum und betete. Nichts geschah, niemand kam, nur eine Kutsche ruckelte von Westen heran. Wenige Meter vor ihr blieb sie im Schlamm stecken, die Regenfluten umspülten ihre Vorderräder, so dass diese weiter einsackten. Der Kutscher brüllte und schwenkte die Peitsche, die Pferde mühten sich wieder und wieder. Vergebens. Lilly rannte hinzu und bedeutete ihm, er solle schieben, sie wolle die Pferde lenken. Schimpfend sprang der Kutscher vom Bock, sammelte Zweige und Steine ein und schob sie vor die Räder. Lilly feuerte die Pferde an, der Kutscher schob – und der Wagen kam wieder frei. Ob er sie nach Doberan mitnehmen könne? Lilly zögerte zunächst. Hatte Clemens wirklich ihre Verabredung vergessen? Oder hatte ihn jemand daran gehindert, sich allein zu ihr auf den Weg zu machen?

Es half alles nichts, der Kutscher drängte, und so stieg sie zitternd vor Kälte ein. Sobald aber die Kutsche anrollte, begann sie nervös vom linken zum rechten Fenster und zurück zu rutschen, um nach Clemens Ausschau zu halten. Vielleicht würde er ihr doch noch entgegenkommen?

Doch die Lindenallee lag wie ausgestorben vor ihnen.

Enttäuscht, wie Lilly war, bildete sie sich ein, seine Liebesschwüre lösten sich auf wie vor langer Zeit die der untreuen Napoleonischen Soldaten ...

Plötzlich hörte sie den Kutscher fluchen. Sie riss das Fenster auf und streckte ihren Kopf hinaus. Im gleichen Moment neigte sich die Kutsche nach rechts, ruckelte weiter, bis sie halbwegs gesichert auf der festen Grassode zwischen den Linden zum Stehen kam. Noch immer peitschte regennass der Wind, bog der Sturm Baumkronen und Gebüsch. Wieder fluchte der Kutscher. Lilly hielt es vor Anspannung nicht mehr aus, sprang aus dem Wagen und prallte zurück, weil sie beinahe Clemens' herangaloppierendem Hengst vor die Hufe gestolpert wäre.

»Lilly!« Clemens zog die Zügel an und warf einen Blick über seine Schulter zurück. »Es tut mir leid, ich konnte nicht früher aufbrechen. Wir hatten Streit – und jetzt will er zu dir.«

Lilly schreckte zusammen. Sie legte ihre Hand über ihre Stirn, Regen troff ihr über das Gesicht. Tatsächlich näherte sich ihnen von Doberan kommend rasch ein weiterer Reiter.

»Was ist geschehen, Clemens? Sag mir, was ...?«

Er sprang aus dem Sattel, triefend nass, eine Schramme auf der

linken Wange. »Meine Mutter hat ihrer Schwester den Artikel zugeschickt, und Joachim hat ihn gelesen ...!«
Lilly wurde fahl. »Dann hat er ihn auch verstanden. Er ... er kennt mich.«
»Das ist es ja. Beide Frauen sind völlig hysterisch geworden, doch nicht nur wegen dir ...«
Joachim preschte auf Turmalik auf sie zu, Clemens ging ihm ein paar Schritte entgegen. »Also gut!«, schrie er, »hier ist sie! Bringen wir es hinter uns!«
Joachim starrte Lilly an. Er trug trotz der Kälte nur eine Weste, um die er einen Ledergürtel gebunden hatte. Wortlos, ohne sie aus den Augen zu lassen, sprang er aus dem Sattel und ballte die Fäuste. Lilly fühlte Angst in sich aufsteigen, Regen trieb ihr in die Augen, sie blinzelte. Neben ihr zog die Kutsche langsam wieder an und ruckelte gen Doberan.
Sie waren allein.
Die Pferde trotteten auf einen Baum zu, schmiegten sich schnaubend aneinander.
»Los, bringen wir's hinter uns!«, stieß Joachim hervor und rempelte Clemens mit der Schulter an. Dieser packte ihn an den Schultern, schüttelte ihn derb.
»Das ist verrückt, das hat doch keinen Zweck.«
»Das will ich selbst von ihr hören!«, gab Joachim wütend zurück und warf Lilly einen einschüchternden Blick zu.
»Clemens, Joachim! Nein!«, rief sie.
Doch im gleichen Moment schlug Joachim Clemens in den Magen, woraufhin dieser sich krümmte, rasch wieder hochschnellte und Joachim einen heftigen Schlag gegen die Brust versetzte. Dieser taumelte rückwärts und trat mit dem Fuß nach ihm.
»Das wirst du bereuen!«, keuchte Clemens, wischte sich den Regen vom Gesicht und stürzte sich auf ihn.
Fassungslos schaute Lilly zu, wie die beiden Männer in Matsch und Regen miteinander rangen. »Du hast mich nur eingeladen,

weil du mir den Artikel unter die Nase reiben wolltest!«, brüllte Clemens wütend.

»Idiot! Wie konntest du Lilly nur auf derart dreiste Weise an dich reißen? Irgendjemand muss dir doch die Leviten lesen!« Joachim wälzte sich unter Clemens' festem Griff zur Seite, zog sein Knie an und wollte es gegen dessen Bauch stoßen, doch Clemens drückte es mit voller Kraft nieder. »Du bist ein Kindskopf, ein Jüngelchen! Ich stehe für Lilly ein, und ich bin Mann genug, um sie zu verteidigen!«

»Man sollte dir deinen Stolz brechen, Rastrow!« Joachim fuhr hoch und packte ihn am Revers. Wütend starrten sie einander an.

Lilly hielt es nicht mehr aus.

»Hört endlich auf!«

Doch da holte Joachim aus und verpasste Clemens eine so heftige Ohrfeige, dass Clemens sofort zurückschlug und beide Männer innerhalb weniger Sekunden unbarmherzig aufeinander einprügelten. Plötzlich sah Lilly, wie sich auf Joachims Brust ein Blutfleck ausbreitete. Sie schrie auf, Clemens ließ von ihm ab und schaute fassungslos auf ihn hinunter. Lilly warf sich über ihn.

»Warum musstest du es nur so weit treiben? Joachim!!«

Er keuchte, blinzelte. »Liebst du ihn?«

Lilly legte ihre Hand auf sein Herz und weinte. »Ja, ja, es tut mir so leid, Achim, mein Achim ...«

Clemens hockte sich, ebenfalls tief erschüttert, neben sie. »Ich verstehe nicht, der Stoß ... Joachim ... Verzeih.«

»Warum?«, stöhnte Joachim. »Wa-rum liebst ...?« Er schloss die Augen.

Lilly schluchzte auf, ihr Kopf sank auf seine Knie. Dann hörte sie Clemens' Stimme. »Lilly?«

Sie hob ihren Kopf. Seine Hand wies auf Joachims blutdurchtränkte Weste. Sie war aufgeknöpft und lag lose auf Joachims Brust. »Schau, Lilly.« Clemens schlug die blutige Weste auf.

Es war nicht zu fassen! Auf Joachims Brust lag eine aufgeplatzte

Schweinsblase, ein Band war an ihrem Zipfel befestigt und in einer Schlaufe um Joachims Nacken geschlungen. Lilly atmete auf. »Joachim, du hättest beinah alles zerstört.«
»Es musste sein, verstehst du? Es musste sein!«
»Aber nicht, indem du mit meiner Angst spielst! Was hast du dir nur dabei gedacht? Du kannst doch Liebe nicht erpressen und unsere Freundschaft aufs Spiel setzen.«
Er öffnete den Mund, schluckte Regen. »Verdammt, verdammt noch mal. Es ... es tut mir leid, Lilly.«
Clemens reichte ihm versöhnlich die Hand. »Du Schlitzohr! Steh jetzt auf und nimm Lilly beim Wort.«
Joachim ließ sich von ihm aufhelfen, mit bleichem Gesicht blickte er von einem zum anderen. »Aber denkt daran: Ihr werdet mich noch brauchen.«
»Und du ... mich«, erwiderte Clemens ernst. Mit einem bitteren Gesichtsausdruck wandte sich Joachim ab, bestieg Turmalik und schlug ihm seine Hacken in die Flanken. Turmalik wieherte nervös und stob mit ihm im Regen davon.
Clemens hob Lilly in den Sattel, schwang sich hinter sie. Fröstelnd lehnte sie sich gegen ihn. »Joachim wird dich noch brauchen? Wie meinst du das?«
»Ich habe in Berlin jemanden kennengelernt, der mir erzählte, ein Verwandter von ihm sei in Amerika einem Mann namens Armin von Stratten begegnet, und zwar in Boston. Wenn es also mein Onkel ist, dann hat ihn der Zusammenbruch der Börse dorthin getrieben.«
»Das hast du Joachim erzählt?«
»Ja, ich erfuhr es selbst erst vor ein paar Tagen. Meine Tante war völlig aufgelöst, als sie es hörte. Am liebsten wäre sie ihm auf der Stelle nachgereist, um ihn zurückzuholen. Meine Mutter hielt sie vehement davon ab. Sie riet ihr, sie solle ihn vergessen.«
»Und? Will sie es?«
»Nein, im Gegenteil. Sie und Joachim bedrängen mich, meinen Bekannten zu bitten, mehr über meinen Onkel in Erfahrung zu

bringen. Sie möchten ihm so schnell wie möglich schreiben. Allerdings sehe ich meinen Bekannten sehr unregelmäßig. Es wird also nicht einfach sein, den Kontakt herzustellen.«
»Und vor diesem Hintergrund prügelt sich Joachim mit dir?« Lilly rieb ihre eiskalten Hände aneinander. »Ich verstehe ihn nicht.«
Clemens trieb sein Pferd an. »Ich hatte auch nicht gedacht, dass seine Eifersucht größer sein würde als seine Vernunft.«
Wenige Minuten später setzte er Lilly vor dem Babantschen Haus ab. »Wann sehen wir uns wieder, Lilly?«
»Wir haben viel zu tun: Jagdessen, Jubiläen und Familienfeste. Mein nächster freier Nachmittag ist ...«
»... in einer Woche, ich weiß.« Er reichte ihr die Hand. »Wir finden schon noch einen Weg. Hab Geduld. Ich melde mich bei dir.«

Am späten Nachmittag des nächsten Tages herrschte in der Küche der »Strandperle« allergrößte Konzentration. Ein bekannter Zuckerrübenfabrikant aus Satow wollte mit einem speziellen Wunsch einen besonderen Abend im Kreise seiner Freunde feiern. Am Morgen hatte er seinen Oberförster zwei junge Schwäne schießen und in der Küche abgeben lassen. Er wünsche sie sich, ließ er ausrichten, aufs Feinste angerichtet. Seit Stunden lagen sie nun in einer speziellen Buttermilch-Kräuter-Marinade. Jetzt bereitete das Küchenpersonal unter Maître Jacobis Leitung ihre Füllung zu: Rebhühner, gefüllt mit Wachteln, die wiederum eine Mischung aus Steinpilzen mit schwarzen Trüffeln in sich bargen.
Lilly hatte Zimtwalnusswaffeln zu rotem Johannisbeergelee mit Vanillesauce zubereitet, gerade Schokoladenkuvertüre im Wasserbad aufgesetzt und begann nun, Eischaum für eine *mousse au chocolat* zu schlagen, als plötzlich ein enervierter Oberkellner die Küchentür aufriss, Isa von Rastrow in Pelzhut und Mantel ihn zur Seite stieß und auf Lilly zustürzte. Sie packte Lilly am Arm, so dass dieser der Schneebesen aus der Hand glitt und zu Boden fiel.

»Sie Teufelin! Ich will nicht wissen, was Sie angestellt haben, um wieder hier kochen zu können. Aber eines merken Sie sich: Mein Sohn ist zu fein, zu gut für eine Hure wie Sie. Ich warne Sie, lassen Sie endlich Ihre Finger von ihm, oder Sie werden für die Folgen büßen!« Sie spreizte ihre Hand, mit der sie Lilly gepackt hatte, zu einer Geste des Abscheus.

Geschockt wich Lilly zurück, stolperte über den Schneebesen und verbrannte sich beim Abstützen am Herd die Hand. Sie schrie auf.

»Schreien Sie nur. Das passt besser zu Ihnen als dieses falsche Zuckerpüppchengesicht.« Isa von Rastrow lächelte kalt und eilte hinaus.

Weinend vor Schmerz sackte Lilly neben dem Herd zu Boden. Sekundenlang waren alle wie erstarrt. Nur der Oberkellner blies die Wangen auf, schüttelte fassungslos den Kopf und schloss leise die Tür. Lilly wimmerte, schluchzte, ihre Arme um die Knie geschlungen. Endlich kam eines der Küchenmädchen wieder zu sich, füllte eine Schüssel mit kaltem Wasser und hockte sich neben sie, um ihre Hand zu kühlen. Jacobi trat hinzu, beugte sich zu ihr vor. »Da hast du wohl eine Feindin fürs Leben.«

Lilly hielt die Augen geschlossen. Ein höhnischer, ein spöttischer Jacobi wäre zu ertragen gewesen, nicht aber ein Jacobi, der sie bemitleidete. Es tat doppelt weh.

»Weiterkochen musst du aber«, fuhr er ungewohnt milde fort, »sonst müssen wir – um Frau von Rastrows Worte zu benutzen – alle für die Folgen büßen.«

Später wusste Lilly nicht mehr, wie sie es geschafft hatte, den Tag durchzuhalten. Als sie am späten Abend völlig erschöpft die »Strandperle« verließ, wartete Clemens in der Nähe des Kurhauses auf sie. Er trat aus dem dämmerigen Licht der Laternen auf sie zu. Lag es an den flackernden Schatten um ihn herum oder an ihren überreizten Nerven? Lilly hätte es nicht zu sagen gewusst, aber sie erschrak über sein bleiches Gesicht, seinen eigenartig schleppenden Schritt. Stumm eilte sie ihm entgegen, ließ sich von ihm in die Arme nehmen. Überglücklich lehnte sie ihren Kopf an seine Schulter, schloss die Augen. Sie fühlte sich geborgen, beschützt. Doch da nahm er ihre Hände, und der Schmerz holte sie wieder ein. Rasch erzählte sie ihm, was vorgefallen war.

Verbittert schaute er sie an. »Es tut mir furchtbar leid, Lilly. Ich hätte mir so etwas nicht vorstellen können. Ich fürchte, sie fühlt sich von allen Seiten bedroht. Meine Tante schickte ihr eine Depesche, in der sie ihr verriet, dass wir uns heimlich träfen. Daraufhin kam meine Mutter heute Morgen mit dem Frühzug. Sie ist außer sich, zwingt mich, dich aufzugeben – und erpresst mich mit dem Verkauf unseres Gutes. Sie weiß, dass ich an ihm hänge.«

»Ich dachte, sie wolle es verkaufen, um dir ein sorgenfreies Leben bieten zu können?«

»Das hat sie vor. Aber ich sagte ihr, ich sei nicht an ihrer Villa in Wannsee interessiert. Doch sie lässt nicht locker, will das Gut trotzdem verkaufen und mir mein Erbe vorzeitig auszahlen. Sie will auf die Villa verzichten, damit ich ein freies Leben führen kann – natürlich ohne dich. Das Schlimme ist, dass mein Vater sie dabei unterstützt. Denn ihm liegt daran, dass ich in Berlin bleibe und frei von beruflichen Verpflichtungen meine wissenschaftlichen Ambitionen verfolge. Er wünscht sich wohl, ich würde eines Tages selbst ein Luftschiff bauen, mit seinem Namen krönen und berühmt werden. Auf diese Weise würde ich seine Schande, die er über unsere Familie gebracht hat, auslöschen. Mutter stimmt ihm in dieser Hinsicht sogar zu. Ich ... ich bin völlig verzweifelt.« Er fasste Lilly am Arm, in seinen Augen standen Tränen. »Verzeih mir, Lilly. Ich werde weiter um dich kämpfen, es ist nur so schwer ...« Er tat einen Schritt nach vorn, schloss die Augen.

»Ist dir nicht gut, Clemens?« Sie nahm sein Gesicht zwischen ihre Hände und betrachtete ihn. »Du siehst ...«

Er machte eine fahrige Bewegung mit der Hand. »Ach, es ist

nichts. Ich habe mir wohl in Afrika eine dieser tropischen Krankheiten eingefangen. Ich sollte mich in nächster Zeit in der Charité untersuchen lassen.«

»Ja, tu das bitte so rasch wie möglich.« Sie betrachtete ihn voller Sorge, voller Liebe. Er lächelte und zog sie sanft an sich.

O Gott, bleib bei mir, bleib gesund. Ich kann nicht ohne dich leben. Sie schmiegte sich an ihn und drängte ihre Tränen zurück.

»Clemens?«

»Ja, mein Liebes?«

»Ich halte dich. Bitte bleib stark, kämpf um dein Gut. Vertrau mir, ganz gleich, was auch noch geschehen wird: Ich werde immer für dich da sein.«

Er zitterte, küsste sie verzweifelt. »Danke, ich liebe dich. Aber willst du wirklich diese Belastung auf dich nehmen?«

Sie sah den Schmerz und die Unsicherheit in seinen Augen. »Ja, Clemens, ja.«

Nie zuvor hatte sie ihn so intensiv geliebt wie in diesem Moment.

Wenige Tage später, am Abend vor Clemens' Abreise, speiste Otto Fürst von Bismarck in geselliger Runde in der »Strandperle«. Für ihn hatte Lilly ein besonderes Dessert entworfen: vier große, mit Blattgold überzogene Marzipankronen, eingereiht in achtzehn Rundtürmchen aus Blätterteig, die mit verschiedenen Cremes gefüllt waren, die nach Karamell, Birnen, Aprikosen und Apfel schmeckten, nach Mokka und Haselnüssen, Himbeeren und Veilchen, Maraschino oder Vanille und dergleichen Aromen mehr. In der Mitte war ein Kranz aus kristallenen Kammmuschelschalen, die nach den Farben des Regenbogens mit Sorbets gefüllt waren: Flieder, Heidelbeer, Stachelbeer, Ananas, Aprikosen und Kirschen. Von Violett über Blau, Grün, Gelb, Orange, Rot ...

Kritisch meinte Jacobi: »Weißt du auch, was du tust, Lilly Alena? Oder reizt dich dieses Spiel mit dem Risiko?«

»Der Fürst wird es sofort verstehen, Maître«, gab sie ruhig zurück. »Schließlich hat er vor vierzehn Jahren vier Königreiche und achtzehn Fürstentümer vereint – jetzt darf er sie alle verspeisen!«
Wie sie gehofft hatte, war Bismarck begeistert. Er signierte ihr eine Speisekarte der »Strandperle« mit einem launigen Spruch und den besten Wünschen für ihr persönliches Glück. Lilly bat Barlewitzen und Jacobi um Erlaubnis, diese wertvolle Anerkennung im Restaurant an gut sichtbarer Stelle in einem verglasten Rahmen ausstellen zu dürfen. Es würde nicht nur ihrem persönlichen Ruf, sondern dem Ansehen der Küche dienen. Barlewitzen hatte nichts dagegen, nur Jacobi wandte ein, er fühle sich durch eine solche Hervorhebung der Leistungen seiner Süßspeisenköchin übergangen. Um den Frieden mit seinem Küchenchef zu wahren, lenkte Barlewitzen ein und riet Lilly, auf ihn Rücksicht zu nehmen. Sie wisse ja, wie empfindlich und schwierig er sei. Sie gab nach und nahm ihr Geschenk enttäuscht mit nach Hause. Dort hängte sie es in der Diele auf, als könne es sie von der Wand aus vor unerwarteten Angriffen ihres Onkels beschützen.
Jeden Abend hoffte sie, als Trost wenigstens eine Nachricht von Clemens vorzufinden, doch das war nicht der Fall. Vergeblich wartete sie in den Tagen nach seiner Abreise auf eine Zeile von ihm aus Berlin. Hatte er sich in der Charité untersuchen lassen? Litt er an einer unheilbaren Tropenkrankheit? Oder hatte ihn der Druck seiner Eltern zusammenbrechen lassen?
Ihre Sorgen um ihn zehrten sie so sehr auf, dass sie, als es auf den ersten Advent zuging, keine Kraft mehr hatte, Helen zu besuchen, um ihr Kochbuch zurückzuerbitten, so wie es deren Mutter ihr geraten hatte. Stattdessen erhielt sie wenige Tage später von Helen ein Grußkärtchen aus Schwerin, in dem diese ihr mitteilte, sie werde ihr das Buch im neuen Jahr persönlich vorbeibringen. Leider sei sie an Grippe erkrankt und müsse Pflegepersonal und Haushaltshilfen vom Bett aus die notwendigen Anweisungen erteilen. Helen schien ihre Aufgaben und Fürsorge für ihre Tante sehr ernst zu nehmen.

Am dritten Advent, nach dem Gottesdienst in der Dorfkirche in Rethwisch, begegnete Lilly zufälligerweise Joachim. Während die anderen Kirchgänger um sie herum zum Ausgang strebten, sprach er sie an.
»Auf die Schnelle, Lilly, und weil ich denke, es interessiert dich.«
»Ist etwas mit Clemens geschehen?«
»Oh, ich glaube nicht. Er war am ersten Adventswochenende mit seiner Mutter noch einmal bei uns. Wir hatten sie zu einem vorweihnachtlichen Essen eingeladen. Auch Helen und ihre Eltern waren dabei.«
Lilly hatte das Gefühl, der Boden bräche unter ihr weg. Er sprach schnell weiter, doch sie hörte seine Worte kaum. »Er hat mit ihr, also mit Helen, ganz hübsch geplaudert und gescherzt. Ich fand das reichlich dumm, weil ich ja weiß, dass du ... Also, ich streute ihr, ohne dass es jemand bemerkte, eine Prise Chili über die Nachspeise. Sie nieste, prustete recht niedlich. Clemens war äußerst amüsiert. Jetzt bin ich gespannt, ob sie ihm wohl eines Tages seine beiden Taschentücher zurückgibt – oder sie unter ihr Mieder steckt.«
Es war furchtbar. Entsetzlich. »Das ist nicht wahr! Du lügst, Joachim von Stratten!«, schrie sie ihm ins Gesicht. »Du lügst wie schon so viele vor dir!«
Daraufhin hatte er sie wortlos stehenlassen.
Später bereute sie, vor den Leuten ihre Fassung verloren zu haben, die nun einen weiteren Anlass hatten, über sie und ihre Beziehungen zu den von Strattens und von Rastrows zu spekulieren. Aber sie wollte Joachim nicht glauben. Clemens liebte sie! Er würde nie mit Helen flirten. Nie eine Beziehung zu ihrer Familie eingehen.
Warum aber schrieb er ihr nicht?
Lilly fühlte sich ohnmächtig, verzweifelt, wälzte ihre Gedanken hin und her.
Und wenn sie allein zu ihm nach Berlin fahren würde?

Aber sie kannte ja seine Adresse nicht. Auf seinem Päckchen fehlte der Absender, und sie erinnerte sich nicht mehr an den Namen der Straße in Zehlendorf, wo die Villa seiner Eltern stand.
Und wenn sie ihm nachforschte?
Im Verein für Luftschifffahrt nach ihm fragte?
Professor Momm um Hilfe bat?
War sie verrückt?
Oder machte sie einen Fehler, wenn sie nichts unternahm? Clemens sich selbst und seiner selbstsüchtigen Familie überließ?
Was sollte sie nur tun?
Je länger Lilly grübelte, desto deutlicher wurde ihr, wie gleichgültig ihr auf einmal ihr Kochbuch geworden war. Sollte Helen mit ihm machen, was sie wollte.
Sie wollte nur eines: Clemens sehen und mit ihm sprechen.
Sie rang tage- und nächtelang um eine Lösung, fand sie nicht und resignierte schließlich. Es blieb ihr wohl nichts anderes übrig, als weiterhin ihre Arbeit zu tun und darauf zu achten, dass Immes Enkelin, der sie die Pflege ihrer Mutter und die Haushaltsführung übertragen hatte, alles richtig machte. Freude fand sie nur, wenn sie Vasko ausführte, mit ihm spielte und ihm die wichtigsten Hunde-Benimmregeln beibrachte.
Aber sie fragte sich, wie lange sie noch Kraft haben würde, geduldig zu sein.

Das Jahr 1885 endete mit einem großen Festbankett. Danach schloss die »Strandperle« wochentags, öffnete ihre Küche nur noch an den Wochenenden. So sollte es bis zum ersten Mai bleiben, denn es hatte sich herumgesprochen, dass der bekannte Eisenbahnunternehmer Friedrich Lenz im neuen Jahr endlich die Zustimmung des Großherzogs für den Bau einer Schmalspurbahn zwischen Doberan und Heiligendamm bekommen würde.
»Wenn die zwischen Strand und Kamp hin- und herpendelt«, war die allgemeine Meinung, »dann geht es mit dem Fremdenverkehr aufwärts!«

Noch aber hatte Lilly weniger Arbeit und musste mit jedem Groschen rechnen. Tag für Tag, Woche für Woche zog ohne eine Nachricht von Clemens vorüber. Auch der Kontakt zu Joachim war abgebrochen. Dagegen schrieb ihr Helen hin und wieder aus Schwerin, schilderte ihr interessante oder kuriose Besucher, die ihrer berühmten Patentante Gesellschaft leisteten. Oft gab Helen Anekdoten oder lustige Gespräche wörtlich wieder, so dass Lilly sie um ihr geselliges Leben und ihre tägliche Abwechslung zu beneiden begann. Ihr Kochbuch allerdings erwähnte Helen nicht, stattdessen lud sie Lilly ein, sie zu besuchen, und zeichnete ihr eine präzise Reiseroute und Schwerins Straßenplan auf. Doch Lilly fehlte die Lust. Sie fühlte sich matt, verloren, vergessen.

Trost fand sie nur bei Clemens' Muschel, für die sie aus einem roten Seidenfaden ein Netz gehäkelt hatte. Sie trug sie auf ihrer Brust und küsste sie des Nachts voller Sehnsucht nach Clemens. Ihr vertraute sie ihre Träume an, und nur sie hörte ihr Flüstern, ihre geträumten Liebkosungen, ihre Seufzer, ihr Stöhnen ...

Ende Februar erkrankte ihre Mutter ein weiteres Mal an einer Bronchitis, und Lilly schrieb Helen, sie habe Angst vor einer möglichen Lungenentzündung. Helen schickte ihr sofort einen Beutel mit getrockneten Eukalyptusblättern, die von der kürzlich überstandenen Erkältung ihrer Patentante übrig geblieben waren. Sie riet Lilly, ihre Mutter den Dampf inhalieren zu lassen und Breiumschläge aus Echtem Leinsamenmehl oder in Alkohol eingelegten und filtrierten roten Pfefferschoten auszuprobieren. Nebenbei erwähnte sie, dass sich manch eine Krankheit heilen ließe, wenn man nur daran glaube. Auch Clemens sei in der Zwischenzeit wieder genesen. Lilly war erschüttert: Clemens war lange krank gewesen. Woher wusste Helen das? Hielt sie Kontakt zu ihm? Schrieb er Helen? War seine Liebe zu ihr erloschen? Hatte Joachim also doch nicht gelogen? Hatte Clemens mit Helen geflirtet? Aber er liebte doch *sie!*

Joachim, bester, guter Freund: Du hast also doch nicht gelogen, aber warum ist alles so schwierig?

Lilly fand keine Kraft mehr, auch nur eine einzige Zeile an Helen zu schreiben. Selbst als Helen ihr Mitte März das Kochbuch zurückschickte, antwortete sie nicht. Nun, da es durch Helens Hände gegangen war, hatte es für sie seine ursprüngliche Reinheit verloren. Sie legte es zurück in die alte Truhe, als könne es dort den Atem all jener ausdünsten, die über sie gelacht, gespottet, sie verleumdet hatten. Lilly misstraute Helen, misstraute sogar Clemens.

Kaum dass es jemandem auffiel, ließ die Verbitterung Lilly im Laufe dieser kalten Wintertage verstummen. Nur selten sprach sie noch mit Vasko, der, wie von Maichenbach vorausgesagt hatte, bei Wind und Wetter ausgeführt werden wollte. Lilly sah ihm seine verständnislose Verunsicherung an, wenn sie ihm schweigend das Fell bürstete, die Pfoten säuberte, ihn auf ihren Schoß setzte und wortlos streichelte. Und wenn er sie besonders traurig ansah, begann sie zu weinen. Hedwig aber mahnte sie ein ums andere Mal: »Die Mutter hat gesiegt, Lilly. So sieh es endlich ein.«

Wenn nur die Muschel nicht wäre, die sie an das erinnerte, was ihr Clemens einmal geschrieben hatte: Ein Glücksbringer sei sie für ihn gewesen, ein Glücksbringer ...

Hedwig überstand ihre Bronchitis, erholte sich sogar dank der guten Pflege – und Alfons' großzügiger Beheizung der alten Öfen.

Doch dann traf Anfang Mai ein Brief von Clemens ein.

Liebe Lilly,
Du wirst Dich um mich sorgen. Ich weiß es, und ich bitte Dich tausendmal um Verzeihung. Seit wir uns das letzte Mal sahen, geschahen so viele Dinge, dass ich wahrhaftig froh bin, wenn ich Dich im Sommer wiedersehen kann.
Bitte lass Dir kurz erklären: Ende November erreichte mich die

Nachricht, dass mein Freund, mit dem ich vor zwei Jahren nach Südwestafrika aufbrach, im letzten Herbst mit Adolf Lüderitz zu einer erneuten Expedition aufgebrochen und noch immer nicht zurückgekehrt sei. Bis vor knapp einem Jahr gehörte Lüderitz das riesige Gebiet. Nur aus Kapitalmangel musste er es Anfang April des letzten Jahres an die Deutsche Kolonialgesellschaft verkaufen, die nach Bismarcks Meinungsumschwung von ihm und seinem Bankier Bleichröder gegründet worden war. Lüderitz aber hing wohl weiter seinem Traum von Gold- und Diamantenfunden nach – wie auch mein Freund. Beide faszinierte die Vorstellung, sie könnten endlich eine Quelle finden, die sie über Nacht zu reichen Männern machen würde. Sie brachen also mit Ochsengespannen, Trägern und bewaffnetem Begleitschutz ins Landesinnere auf, den Oranje-Fluss entlang. Das war, wie gesagt, im letzten Herbst.

Als mich die Nachricht des Missionars, der in der Lüderitz-Bucht lebt, erreichte, wollte ich sofort meinen Reisekoffer packen, war jedoch noch immer von einer akuten Schwäche behindert, von der ich mich erst Ende Januar erholte. Dann fuhr ich nach Hamburg, wo mich ein Korvettenkapitän mitnahm, der Handelsvertreter und freiwillige deutsche Soldaten von Armee und Marine nach Südwestafrika transportieren sollte. Er erzählte mir, dass die Unruhen zwischen Hereros und Namas – den sogenannten »Hottentotten« – zunähmen und unsere Schutztruppen daher aufgestockt werden müssten.

Um es Dir zu erklären: In Wahrheit geht es um eine alte Feindschaft zwischen beiden Stämmen. Hendrik Witbooi, der Häuptling der Namas, ist ein intelligenter Mann, spricht sogar mehrere europäische Sprachen. Aber er hat eine Mission: Er will, auch mit Gewalt, alle Nama-Stämme unter sich vereinen, um aus alten Rachegelüsten den Guerillakrieg gegen die Hereros weiter voranzutreiben. Er ist geradezu davon besessen, sie auszurotten. Die Hereros wiederum sind von uns Deutschen enttäuscht, weil wir ihnen nicht genügend Schutz bieten können. Bis jetzt haben wir immer noch zu wenige Truppen, die diesen fürchterlichen Krieg zwischen

den Stämmen befrieden könnten. Schon jetzt überfallen und plündern Stämme der Namas das Land – auf Geheiß ihres Häuptlings.
Bismarck hatte recht, doch nun ist es zu spät.
Kurzum: Zusammen mit dem Missionar und zahlreichen Begleitern und bewaffneten Kamelreitern reisten wir Lüderitz nach. Doch wir fanden keine Spuren mehr von ihnen. Er, mein Freund und all die anderen, die mit ihnen aufgebrochen waren, bleiben verschollen.
Ich mag mir nicht vorstellen, ob sie in den Fluten des Oranje oder durch Speerstöße der Namas umgekommen sind.
Ich bin in großer Trauer zurückgekehrt.
Mir wird das Schreiben schwer, Lilly. Abschied von einem Freund zu nehmen, der als Toter irgendwo in der Fremde verschollen ist, ist bitter.
Mir selbst geht es, den Umständen entsprechend, gut – vor allem aber freue ich mich auf unser Wiedersehen. Wie ich hörte, musst Du bald nicht mehr zu Fuß nach Heiligendamm und zurück laufen. Das ist sehr erfreulich. Ich hoffe, Du kannst Deiner Arbeit ohne Störungen nachgehen. Spätestens zur Einweihung der neuen Bäderbahn werde ich kommen, dann kannst Du mir alles erzählen, was Du erlebt hast. Zuvor bin ich leider gezwungen, unsere Familienvilla restaurieren zu lassen. Meine Mutter hat sich entschieden, nicht in die Villa am Wannsee einzuziehen, sondern den ersten Stock unseres alten Hauses weiter zu bewohnen und mit einer separaten Wohnung auszustatten. Das Dachgeschoss soll vermietet, das Erdgeschoss hingegen für meine Wohnzwecke aufwendig restauriert werden. Sie will abwarten, bis sich ein vertrauenswürdiger Käufer für unser Gut gefunden hat, der den höchsten Preis zahlen kann – für mein »goldenes Gängelband« ... So hätte ich eine feste Stadtwohnung – und genügend Geld, um zu reisen, zu forschen und berühmt zu werden.
Ich sehe keine andere Möglichkeit, als so rasch wie möglich eine Arbeit zu finden, um finanziell unabhängig zu sein. Dafür werde

ich wohl meinen Traum vom Fliegen aufgeben müssen – und damit meinen Vater enttäuschen.
Ich schreibe Dir in Kürze.
In Liebe
Clemens

Es gab weiterhin Hindernisse – aber das Wichtigste war: Es gab Hoffnung!

Kapitel 11

Die Ereignisse überschlugen sich und sprachen sich schnell herum: Am 3. April 1886 reichte Friedrich Lenz, der erfolgreiche Eisenbahnunternehmer, seinen Antrag auf Erteilung einer Konzession für den Bau einer Schmalspurbahn beim Großherzoglichen Innenministerium in Schwerin ein. Am 6. Mai fand – unter lebhafter Beteiligung zahlreicher Bürger – die amtliche Begehung und Besichtigung der geplanten, parallel zur Lindenallee verlaufenden Eisenbahnstrecke statt. Noch am selben Tag erhielt Lenz die Genehmigung für die 6,61 Kilometer lange Strecke – und neunzehn Tage später strömten die Menschen zusammen, um Zeuge des ersten Spatenstiches zu werden.
Kaum ein Heiligendammer, kaum ein Doberaner, der sich nicht vom Eisenbahn-Fieber anstecken ließ. Lenz übernahm einen Großteil der Kosten: für Grunderwerb, Erd- und Böschungsarbeiten, den Bau von gepflasterten Wegen, das Setzen von Bordsteinen, den Überbau der Weichen, für Wasserstationen, Lokomotiv- und Wagenschuppen auf dem Doberaner Bahnhof, für Haltestellen vom Stahlbad über Alexandrinen- und Goethestraße zur Rennbahn bis hin zur hübschen, holzverzierten Wartehalle in Heiligendamm, unweit der Franzosenbuchen.
Vor allem aber drängte Lenz auf Eile.

Ein langer, düsterer Winter war vorbei.
Victor fieberte den Renntagen entgegen.
Alfons meldete sich, mitgerissen von der allgemeinen Aufbruchsstimmung und zur Überraschung aller, zum Bahnstreckenbau.
Hedwig hingegen war überzeugt davon, dass dies ihr letzter Sommer sein würde. Sie sprach kaum noch, lebte in ihrer Gedankenwelt und schlief wenig. Unruhig schlurfte sie durchs Haus, ihr

Stock klopfte über Dielen und Fliesen. Manchmal hockte sie stundenlang vornübergebeugt und mit rasselndem Atem neben dem Ofen in der Küche und schob den Stock wie ein Pendel vor sich hin und her. Die Männer sprachen kaum noch mit ihr. Sie war ihnen lästig geworden.

In der »Strandperle« setzte der Saisonbetrieb aufgrund der allgemeinen Neugier einen Monat früher, am 1. Juni 1886, ein. Da nämlich die neuen Werbeprospekte rechtzeitig in alle Himmelsrichtungen verschickt worden waren, trafen bereits Ende Mai die ersten Gäste ein. Lilly hatte alle Hände voll mit Speiseplanung, Lebensmittelbestellungen und Vorratshaltung zu tun. Sie hatte seit Anfang Mai nichts mehr von Clemens gehört, schwankte zwischen Hoffen und Bangen, zwischen fiebriger Erwartung und hoffnungslosem Trübsinn. Manchmal war sie geradezu erleichtert, wenn Maître Jacobi sie wie früher quälte. Sich über ihn zu ärgern war leichter zu ertragen als die Ungewissheit.

Obwohl die letzten fünfhundert Meter Bahnstrecke in Heiligendamm noch fehlten, wurde die »Doberan-Heiligendammer Eisenbahn« am 1. Juli 1886 von Friedrich Lenz abgenommen – nach nur sechs Wochen Bauzeit. Lilly erkannte ihren Onkel kaum wieder, denn in all der Zeit hatte er nur selten getrunken. Nun barst er fast vor Stolz, seine Kraft, seinen Schweiß für den Bau einer Eisenbahnstrecke geopfert zu haben, die schon jetzt berühmt war und von der man noch in hundert Jahren sprechen würde. Und als er sechs Tage später, am 7. Juli, von einem Schweriner Zeitungsfotografen aufgefordert wurde, sich mit den anderen Arbeitern neben der fabrikneuen Lokomotive von Lenz & Co. aus Stettin aufzustellen, rief er Lilly zu:

»Pass auf! Du wirst noch stolz auf deinen Onkel sein! Solltest du je genug Geld für eine Tour haben, wirst du bei jedem Meter an ihn denken!«

Das Geld, immer wieder das Geld. Während die Menschen jubelten und die Musikkapelle zu spielen begann, ging Lilly schüchtern, aber neugierig an dem kleinen Zug entlang. Er bestand neben der Lokomotive aus zwei Personenwagen zweiter und dritter Klasse. In jedem hatten je sechsunddreißig Fahrgäste Sitz-, weitere zehn Leute Stehplätze. Ein Waggon zweiter Klasse mit einem Salonabteil schloss sich ebenso an wie ein Gepäckwagen, der bald den Postverkehr übernehmen sollte. Lilly spähte durch die Fenster: In der dritten Klasse standen harte polierte Holzsitze, in der zweiten solche mit rotem, weichem Plüsch. Wie schön wäre es, jeden Morgen auf einer Bank Platz zu nehmen, die weicher als das eigene Bett war. Für sie wäre eine solche Fahrt viel zu teuer, sie würde sie sich wohl nur selten leisten können. Immerhin kostete sie fünfzig Pfennige, eine einfache Fahrt dritter Klasse bereits dreißig Pfennige, Retourbillets achtzig beziehungsweise fünfzig Pfennige: Preise für jene, die schon immer mehr als ein Paar Schuhe pro Jahr besessen hatten.

Einen Tag nach der planmäßigen Aufnahme des Fahrbetriebes am 9. Juli 1886 betrat ein junger Kellner aufgeregt die Küche und reichte Maître Jacobi ein offenes Kuvert. »Vom Chef persönlich und an Fräulein Lilly weiterzureichen.« Er lächelte ihr scheu zu und wartete. Jacobi zog zwei Briefe heraus, betrachtete das Siegel des ersten und las den zweiten. Er begann zu schwitzen, suchte Lillys Blick, zerrte an seinem Halstuch, ruckte mit dem Kopf. Sie ging zu ihm und nahm ihm die Briefe aus der Hand.

Verehrter Baron von Kahlden,
sehr geehrter Herr Barlewitzen,
ich beabsichtige, meine diesjährige Sommerfrische bei Ihnen am Heiligendamm zu verbringen. Ein Gast Ihres Hauses, Monsieur Xaver von Maichenbach aus Landau, empfahl mir die Köstlichkeiten Ihrer Küche. Präzise ausgedrückt: das Talent Ihrer Süßspeisenköchin Mademoiselle Babant. Wie Monsieur von Maichenbach über Freunde erfuhr, arbeitet Mademoiselle wieder bei Ihnen. Er ist darüber sehr erleichtert. Ich schließe mich seiner großen Freude an.
Nun mein Anliegen: Ich möchte am 24. Juli spezielle deutsche und

französische Gäste hohen Ranges zu einem Essen in Ihrem Hause einladen. Mein Ziel ist es, auf eine besondere Art wieder zu einer Annäherung beider Nationen beizutragen: Meine Gäste sollen über ihren Gaumengenuss an die größte Liebe ihres Lebens erinnert werden. Herr von Maichenbach versicherte mir, dass Ihre Süßspeisenköchin Mademoiselle Babant dazu die besten Voraussetzungen mitbrächte, über ihre Desserts den Gedankenfluss in Gang zu setzen. Ich vertraue ihm – und nicht zuletzt dem Geschmack Ihres hochverehrten Reichskanzlers Otto Fürst von Bismarck, dessen Wertschätzung Mademoiselle errungen hat.
Unterbreiten Sie ihr bitte mein Vorhaben – und lassen Sie mich schnellstmöglich wissen, ob Mademoiselle bereit wäre, ihre Phantasie zu außergewöhnlichen Süßspeisen zu beflügeln.
Marquis de Montremare
Châlons-sur-Marne

Es war von Maichenbachs Handschrift, sie erkannte sie sofort wieder. Auch wenn der Stil des Marquis ihr fremd war und sein Anliegen sie verwirrte, so vertraute sie von Maichenbachs Hand, die diese Zeilen für sie geschrieben hatten. Ob er ihr selbst ein persönliches Wort hinzugefügt hatte? Sie drehte das Blatt um.

Liebes Fräulein Babant, glücklicherweise spricht sich Ihr Name auch auf Französisch aus – wenn Sie wollten, könnte Ihnen Paris mit seinen vielen deutschen, russischen und italienischen Zuwanderern zu Füßen liegen.
Ich freue mich mit Schmidtchen auf ein Wiedersehen.
Ihr Xaver von Maichenbach

»Ich freue mich auch«, hörte sich Lilly murmeln und schaute auf. Noch immer wartete der junge Kellner neben der Tür. »Was darf ich Herrn Barlewitzen sagen?«, fragte er vorsichtig.
Lilly guckte zu Maître Jacobi, der aufgewühlt gegen eine Reihe von Tellern mit Kalbsragoutpasteten schnipste.

»Hoher Besuch, höchster französischer Anspruch: Werden Sie das schaffen, Lilly Alena? Dieses Mal geht es um Politik.«
»Um Liebe«, wandte sie ein.
Er kniff die Augen zusammen. »Täuschen Sie sich nicht. Ich muss genau überlegen ...«
»Verzeihung, Maître, aber Herr Barlewitzen wartet ...«
»Worauf eigentlich?«
»Auf Vorschläge und ...«
»Und was?«
»Auf Fräulein Babants Antwort.«
»Nur auf *ihre* Antwort?« Jacobi zeigte fragend auf Lilly. Der Kellner nickte, woraufhin Jacobi sich mit gesenktem Kopf zu ihr umwandte und sie anstarrte, als wolle er sie mit imaginären Hörnern aufspießen. Lilly hielt seinen Blick nicht aus und verließ wortlos die Küche.
Sie suchte den Schatten der Eichen hinter der »Strandperle« auf, um in Ruhe nachzudenken. Am Logierhaus »Neuer Flügel« vorbei schaute sie auf die Ostsee hinaus, der die Sonne auf und nieder hüpfende silbrige Wimpel schenkte. Der warme Juliwind strich ihr über das erhitzte Gesicht und trug ihr das Lachen, die Rufe der Kinder und das heitere Plaudern der Sommergäste zu, die über Kurplatz und Promenade spazierten. Ich sollte mir bewusst werden, was dieses Angebot für mich bedeutet, ermahnte sie sich: Süßspeisen zu kreieren, die dem erneuten Aufblühen vergangener Liebe dienen sollen, eingebunden in den Gedanken der Völkerverständigung – was für eine ungewöhnliche Herausforderung.
Ehrfürchtig hielt sie einen Moment inne, um ihre Blicke über die Sommerfrischler gleiten zu lassen, die, heiter und gelassen, unter Sonnenschirmen umherspazierten, gepflegte Hündchen ausführten, Kinderwagen schoben, tändelten. Zwischen ihnen balancierten ein paar Jungen auf modischen Einrädern, stürzten ab, erregten die Gemüter der Älteren, die erschrocken zur Seite wichen, stiegen wieder auf und radelten mit schwingenden Armen weiter.

Lilly musterte die Kleider der Damen: rosé-, mit Rüschen verzierte, und apricotfarbene, gestreifte aus Taft, blassgelbe und blau-weiß-rosa karierte aus Seide, weiße aus Leinen. Sie stellte fest, dass die Tournüre zurückkehrt war, ihre Garnituren aber – Schleifen, Bänder, Blüten und Zierspitzen – sparsamer angesetzt waren. Sie schmückten auch nicht mehr, wie in den Jahren zuvor, üppig die Röcke, sondern nun eher die Oberteile. Ob die Pariserinnen andere Schnitte, andere Farben bevorzugten? Vielleicht waren sie sogar fortschrittlicher und hatten sich getraut, diese unbequeme Tournüre abzuschaffen, und trugen in diesem Sommer glatt herabfallende, schleppenlose Glockenröcke? Und wer mochten die Herren sein, die diesen Sommerfrischlerinnen die teuren Kleider aufknöpften? Neue Liebhaber? Die endlich gefundene große Liebe? Oder die vertrauten Ehemänner, denen die Kur zu neuem Schwung verhalf? Angestrengt hielt Lilly unter den Herren in hellen Sommeranzügen, altmodischen braunen oder grauen Gehröcken, herausgeputzten Uniformen und schwarzen Anzügen nach einem vertrauten Gesicht Ausschau. Vergebens. Aufseufzend sann sie ihren Träumen nach.
Wie schön es wohl wäre, mit Clemens die Modehäuser an den Champs-Élysées zu besuchen, Champagner zu trinken, während uns die Direktricen Kleiderträume aus Seide, Tüll, Samt und Chiffon vorführen ließen. Um uns herum würde es rascheln, knistern, die aufgestickten Perlen würden im Licht der Kristalllüster funkeln und uns wie Sternenglanz umgeben. Vor wandhohen Spiegeln würde ich meine eigene Verwandlung bestaunen, mich vor Clemens drehen, in seinen Augen sehen, wie sehr er mich bewundert, begehrt und sich vorstellt, wie er mir später diese herrlichen Maskeraden abstreifen wird. Ich würde frei sein, frei, mir selbst die verführerischste Robe auswählen zu können, mit meinem eigenen Geld ...
Vom Kurhaus her unterbrach der alltägliche Tusch der Musikkapelle ihren Tagtraum. Kurz darauf setzte ein lustiger Marsch ein. Du musst endlich deine Entscheidung fällen, Lilly. Traust du es

dir zu, die Herausforderung des Marquis de Montremare aus Châlons-sur-Marne anzunehmen?

Ihre Gedanken glitten zu einem Gespräch zurück, in dem Clemens ihr erläutert hatte, dass Bismarck vor der berühmten Kongokonferenz in Berlin im Winter 1884/85 stets gegen eine Kolonialisierung Afrikas gewesen war. Damals war er der Auffassung gewesen, es sei wichtiger, den Frieden innerhalb Europas zu wahren, als überseeische Besitzungen anzustreben, deren Verwaltung und militärischer Schutz nur die Staatskasse belasteten. Die Welt solle sich nicht vor Deutschland fürchten. Ja, das hatte er gesagt, bevor seine Angst vor einem Wahlerfolg der Sozialdemokraten sowie der innenpolitische Druck der Kolonialbefürworter zu groß wurde. Lilly überlegte.

Warum sollte ich, auch wenn ich nur ein einfaches Mädchen aus Doberan bin, nicht auch meinen kleinen Teil zum Frieden beitragen? Habe ich nicht selbst Gewalt erlebt?

Dieser Herausforderung eines Franzosen zu begegnen, könnte für mich die Krönung meiner Laufbahn werden.

Ich hätte endlich die Freiheit, Clemens für mich zu gewinnen.

Ich wäre gegen alle Angriffe gefeit.

Ich würde Angebote berühmter Restaurants in Berlin, Baden-Baden, in St. Petersburg und Paris bekommen und könnte nach der Höhe des Gehaltes entscheiden, wo ich frei und ungezwungen mit Clemens leben würde. Wenn er denn endlich käme.

Sie hielt inne. Verstieg sie sich in etwas? Überhöhte sie die Bedeutung dieses Essens? Lag es daran, weil von Maichenbach persönlich sie ermutigt hatte? Er hatte ihr schon einmal einen guten Rat gegeben: Kämpfen Sie, geben Sie nicht auf.

Jacobis Blick drängt sich vor ihr inneres Auge. Er gab ihr kein gutes Gefühl, aber hatte sie eine Wahl? Waren nicht all ihre Überlegungen überflüssig?

Sie war nichts als die Süßspeisenköchin der »Strandperle«, nicht mehr und nicht weniger. Wenn nicht sie, so würde jemand anders ihre Arbeit übernehmen – allen Komplimenten zum Trotz. Lilly

gab sich einen Ruck. Mit einem letzten wehmütigen Blick über das Meer kehrte sie in die Küche zurück.
Noch am gleichen Tag bereitete sie eine Liste von Vorschlägen vor und gab sie Maître Jacobi. Er nahm sie spät in der Nacht mit nach Hause, um, wie er sagte, fern von störenden Küchendämpfen seine eigenen Menüfolgen auszuarbeiten und sie mit Lillys Desserts abzustimmen. Zwei Tage später zeigte er sie Lilly, und gemeinsam gingen sie zu Barlewitzen, der beeindruckt war und noch in ihrem Beisein seinem Sekretär die Antwort an den Marquis Montremare in Châlons-sur-Marne diktierte.

Als Lilly eine Woche später für eine kurze Pause zur Seebrücke aufbrechen wollte, schoss plötzlich ein kleiner Hund hinter dem großen Gedenkstein hervor. Es war – Schmidtchen! Er hielt ein Päckchen in seiner Schnauze und wedelte im vollen Lauf so heftig mit dem Schwanz, dass es schon beinahe komisch aussah. Lilly lachte, breitete ihre Arme aus und ging in die Hocke. Er ließ sofort das Päckchen fallen, bellte begeistert und ließ sich von ihr hochheben. Er leckte ihr über Hals und Gesicht, wand sich überglücklich auf ihrem Arm und sprang vor lauter Aufregung wieder zu Boden, um zu von Maichenbach zurückzurennen, der grinsend und in Begleitung eines älteren Herrn in dunkelgrauem Kaschmiranzug mit schwarzen Samtaufschlägen um die Ecke kam. Kläffend sprang Schmidtchen um beide Männer herum, sauste wieder ein Stück weit in Lillys Richtung zurück, schnappte das Päckchen, drehte sich im Kreis und brachte es ihr. Sie bückte sich. Es war ein in Papier eingewickeltes, flaches Lederportemonnaie. Liebevoll tätschelte sie Schmidtchen, dann erhob sie sich.
»Lilly, wie schön, Sie wiederzusehen!« Von Maichenbach lachte, wandte sich dem Herrn an seiner Seite zu und sagte: »Kommen Sie, Marquis, das ist sie: unsere Fee, die uns verzaubern wird.«
»Ah, Mademoiselle Babant, ich freue mich, Sie kennenzulernen.« Der Marquis reichte ihr die Hand. Lilly musterte ihn neugierig. Er war mittelgroß und schlank, sein graumeliertes Haar dicht,

Schnauzer und Augenbrauen waren schwarz. Der Blick aus seinen tiefliegenden Augen erinnerte sie einen kurzen Moment lang an Clemens: forsch und durchdringend. Er weiß, was er will, dachte sie, und er wird mich auf die Probe stellen wollen. Seinen Brief zu lesen ist etwas anderes, als ihm leibhaftig gegenüberzustehen.
»Mademoiselle, Sie sind sehr schön – und sehr jung, nicht wahr, Xaver?«
Er sprach perfekt Deutsch.
»Sie trauen mir die Arbeit nicht zu, Marquis?«
»Im Gegenteil, Mademoiselle. Ich bin fest davon überzeugt, dass nur die Jugend mit ihrer Fähigkeit zu träumen in der Lage ist, in uns Älteren Kämmerchen aufzuschließen, in denen wir vor langer Zeit das Schönste und Kostbarste verschlossen und aufbewahrt haben: unsere Erinnerungen an die Liebe und an den Traum vom Paradies.«
Er sprach so poetisch wie ein Mann, der nie die Härte des Lebens gespürt hatte. Lilly wusste nicht, was sie sagen sollte. Sie fühlte sich mit einem Mal über alle Maßen überschätzt und schlug verunsichert die Augen nieder. Worauf hatte sie sich nur eingelassen? Sie würde scheitern, ja, sie würde scheitern, mochten ihre Rezepte auch noch so exquisit sein. Diesem gebildeten Mann war sie nicht gewachsen, sie würde ihn enttäuschen.
Von Maichenbach streichelte mitfühlend ihren Oberarm. »Kommen Sie, Lilly, Sie sind ja richtig erschrocken. Mein guter Freund ist nicht nur ein typischer Franzose, philosophiert und weiß zu genießen, er hat in Genf und an der Sorbonne studiert, spricht italienisch ebenso gut wie deutsch und ist ein europäisch empfindender, polyglotter Aufklärer. Lassen Sie sich nicht einschüchtern. Wie wir hörten, haben Sie die Herausforderung angenommen. Verraten Sie uns nichts. Sie sind die Meisterin – wir nichts als arme Geschöpfe, die ausgehungert sind nach dem Nichtalltäglichen. Sie werden uns, ganz gleich, was Sie uns präsentieren, ein großes Vergnügen bereiten. Da bin ich mir ganz sicher.«
Lilly lächelte ihn dankbar an.

»Richtig, Mademoiselle«, fügte der Marquis hinzu, »Sie sollten sich nicht einschüchtern lassen. Bleiben Sie, wie Sie sind. Nur zweierlei dürfte ich mir vielleicht von Ihnen erbitten.« Er senkte seine Stimme und fixierte sie mit einem konzentrierten Blick. »Bringen Sie mir bitte dieses Kochbuch, von dem Xaver sprach, einmal mit, ja? Und ...«
»Ja?«
»Kochen Sie, Mademoiselle, mit heiterem Herzen. Ein gebrochenes Herz verdirbt jedes Gericht.«
Was soll ich darauf sagen, fragte sich Lilly. Orakelt er, oder ist das nur ein weiteres Zeichen seines hohen Anspruchs? Schmidtchen sprang bellend an ihr hoch.
»Er möchte von Ihnen ausgeführt werden«, meinte von Maichenbach amüsiert. »Und? Hätten Sie noch Lust?«
Sie bückte sich zu dem Terrier hinab und streichelte ihm über den Kopf. Seine Augen leuchteten, begeistert drehte er sich im Kreis und bellte auffordernd.
»Ja, so ist das mit der Liebe«, nahm der Marquis sinnend wieder den Faden auf. »Ein verlorenes Herz, ein zerbrochenes, ein Herz, das keinen Widerhall erfährt ... Ich bitte Sie, Mademoiselle, kreieren Sie etwas, das die Liebe wieder zu ihrem Ursprung zurückführt, zu ihren paradiesischen Wurzeln: der Hoffnung, der Sehnsucht, dem Frieden.«
»Von französischem Pathos zur mecklenburgischen Bodenständigkeit«, unterbach ihn von Maichenbach temperamentvoll. »Liebe Lilly, das Päckchen, das Ihnen Schmidtchen brachte, ist ein Geschenk von uns beiden – von Schmidtchen und mir.«
»Von Schmidtchen?«
»Ja, als nachträgliches Dankeschön für die vielen Stunden, die Sie mit ihm hier spazieren gegangen sind.«
Neugierig öffnete Lilly das Portemonnaie ... und traute ihren Augen nicht.
»Liebe Lilly, das Essen soll am 24. Juli stattfinden. Ab da, dachte ich mir, beginnt die Rechnung: Bis Ende September sind es unge-

fähr insgesamt achthundertachtundzwanzig Kilometer zu laufen oder mit der Kutsche zu fahren. Ob Sie nun arbeiten müssen oder am Meer spazieren gehen wollen: Schmidtchen und ich, also, wir hoffen, Ihnen eine Freude ...«

Sie konnte sich nicht zurückhalten und umarmte von Maichenbach überglücklich. Sie durfte neunundsechzig Retourbillets mit der neuen Eisenbahn ihr Eigen nennen – und zwar zweiter Klasse auf rotem Plüsch! Sie schloss kurz die Augen. Es war ein Traum.

Es ist ein Traum ... ein Traumbild: Vom Logierhaus »Neuer Flügel« her schaute ihr Clemens zu, erstarrt, fassungslos. Sie merkte, wie ihre Arme von von Maichenbachs Schultern rutschten. Dieser bemerkte ihre Veränderung und drehte sich um. Auch der Marquis folgte ihrem Blick. »Denken Sie an meinen Rat«, murmelte er. »Ein gebrochenes Herz kocht nicht gut ...«

Lilly rang nach Luft. Dann riss sie sich zusammen und lief quer über den Kurplatz auf Clemens zu. Wenige Meter vor ihm zögerte sie. Ein halbes Jahr lang hatte sie sich auf dieses Wiedersehen gefreut, jetzt hatte sie Angst, ihn zu umarmen.

Er lehnte auf einem Stock und hob eigenartig verbogen seinen rechten Arm. »Ich freue mich, dich zu sehen, Lilly. Wie es scheint, spinnt die neue Saison alte Fäden weiter.«

»Du meinst Herrn von Maichenbach? Ach, Clemens, er schenkte mir ...«

»Er schenkte dir? Schenkte? Warum? Wofür?«

»O nein, nein, Clemens!« Sie rang die Hände, kämpfte mit den Tränen. »Es ist doch nur, weil ... die neue Bahn ... Er wollte sich erkenntlich zeigen ...«

O Gott, alles, was sie sagte, musste er falsch auslegen. Warum fiel ihr nichts Besseres ein?

»Erkenntlich«, wiederholte Clemens dumpf. »Es sieht so aus, als wäre ich zu spät gekommen, nicht?«

Sie zitterte, schluckte. Es kam ihr vor, als risse plötzlich ein Strudel ihren Verstand fort. Da bemerkte sie, wie er über ihre Schulter

schaute. Und plötzlich hörte sie Schmidtchen keuchen. Sie wandte sich um. Von Maichenbach eilte, ohne den Marquis, auf sie zu.
Lilly flogen Erinnerungsfetzen zu ... Ich halte nicht viel von diesem Rastrow, hatte er gesagt, ja, er war eifersüchtig ... Sie hatte ihm gesagt, dass sie ihn liebte ... Und jetzt musste er gesehen haben, dass Clemens sie nicht umarmt hatte. Er wollte ihr zu Hilfe kommen ... Was für ein Desaster ... Wohin sollte das nur führen?
»Herr von Rastrow, ich grüße Sie!« Von Maichenbach streckte Clemens die Hand entgegen, bedachte Lilly aber mit einem warnenden Blick, der ihr zu verstehen gab, dass sie schweigen sollte. Dies war eine Angelegenheit unter Männern.
Clemens erwiderte seinen Gruß. »Der Herr aus der Pfalz, nicht wahr?«
»Allerdings.« Von Maichenbachs Stimme klang, als klirrte Eis. »Wie geht es Ihnen?«
»Gut, ich komme gerade aus Südwestafrika«, erwiderte Clemens tonlos, als wolle er von Anfang an das Gespräch von Lilly ablenken.
»Wie interessant.«
»Ich sollte jetzt besser gehen«, murmelte sie. »Ich ...«
»Wenn Ihnen der Maître Vorwürfe macht, sagen Sie es mir, Lilly«, unterbrach sie von Maichenbach mit schneidender Stimme. »Sagen Sie ihm, wir hätten unser bevorstehendes Essen besprochen. Bitte, bleiben Sie noch einen Moment. Ich möchte Sie, Herr Rastrow, nämlich etwas fragen.«
»Über Lüderitz?«
Wieder hatte Lilly den Eindruck, als wollte Clemens ablenken. Von Maichenbach zögerte, dann sagte er: »Ja, was ist das für ein Mann? Wie Sie wissen, führt mein Vater ein privates Geldinstitut. In letzter Zeit erhalten wir zahlreiche Anfragen in Bezug auf Kreditvergaben. Lohnt es sich, auf Investitionen in Südwestafrika zu setzen?«
»Um Ihre erste Frage zu beantworten: Lüderitz ist verschollen.«

Von Maichenbach pfiff durch die Zähne. »Ah, ein Abenteurer also«, sagte er und fixierte Clemens mit provozierendem Blick.
»Ein Pionier«, gab Clemens selbstbewusst zurück. »Er war nur ein mutiger Bremer Tabakwarenhändler, der Tabakanbau in Südamerika studierte, in Bremen das väterliche Geschäft übernahm und nach neuen Betätigungsfeldern suchte, als der Staat das Tabakmonopol durchsetzen wollte. Er wollte in Afrika Land für deutsche Siedler erwerben und neue Rohstoffe finden. Er suchte nach neuen wirtschaftlichen Herausforderungen. Mit anderen Worten: Er hatte eine Vision.«
»Soso, und nun gehört ihm diese ominöse Walfischbucht, nicht?«
»Sie sind falsch informiert, Herr Maichenbach. Sie gehört den Briten. Lüderitz hat vor drei Jahren die Bucht von Angra Pequeña samt Umgebung ...«
Von Maichenbach machte eine ungeduldige Handbewegung. »Unsinn. Dieser Lüderitz hat einen Jüngling namens Vogelsang beauftragt, die Hottentotten mit ein bisschen englischem Geld und ein paar hundert englischer Gewehre über den Tisch zu ziehen, nicht?«
»Vogelsang hat damals versäumt, die richtige Maßeinheit festzulegen, deutsche Meile oder die kürzere englische. Das Gebiet, das die Namas glaubten verkauft zu haben, war infolgedessen viermal zu groß. Es ist anderthalbmal größer als das Deutsche Reich.«
»Und sie konnten den Vertrag nicht mehr rückgängig machen. Ein Verbrechen, finden Sie nicht, Herr Rastrow?«
»Allerdings, ich stimme Ihnen zu.«
Eine Pause entstand.
»Dieser Lüderitz ist verschollen, sagten Sie?«
»Ja, seit Oktober letzten Jahres. Ich selbst habe noch im Frühjahr nach ihm gesucht.«
»Sie selbst?«
»Wundert Sie das?«

Für Lilly war die Spannung dieses Wortduells kaum noch zu ertragen. Schon suchte sie nach Worten, um dem Ganzen endlich Einhalt zu gebieten, als von Maichenbach plötzlich Clemens an den Schultern packte und ihn schüttelte. »Verdammt noch mal. Verstehen Sie denn nicht? Sie geben sich mit Halunken und Abenteurern ab – und bezirzen Lilly! Lassen Sie Ihre Hände von ihr, Rastrow! Ich habe schon jetzt das Gefühl, dass Sie ihr das Herz gebrochen haben.«

Clemens ließ seinen Stock fallen, packte von Maichenbach an beiden Handgelenken und stieß ihn vehement zurück. »Das, Maichenbach, sehe ich ganz anders. Lassen Sie Lilly in Ruhe. Ich liebe sie.«

Stumm vor Entsetzen blickte Lilly von einem zum anderen. »Nicht, so hört doch auf«, stieß sie hervor. Da beugte sich von Maichenbach zu Clemens vor. »Wie ich erfuhr, war Ihr Herr Vater an einer Berliner Privatbank beteiligt.«

»Das ist richtig.« Clemens hob seinen Stock auf. Eine leichte Röte war über sein bleiches Gesicht gezogen. Beinah tat er Lilly leid.

Die beiden Männer maßen sich mit Blicken.

»Unsere Bank«, nahm von Maichenbach stolz den Faden wieder auf, »besteht seit 1788, mein Vater führt sie in der dritten Generation. Sie sollten gut überlegen, was Sie tun, Rastrow, Sie ... Sie Luftschiffer!« Er zerrte das widerstrebende Schmidtchen an der Leine herum und lief mit weit ausholenden Schritten zum Marquis zurück. Beklommen suchte Lilly Clemens' Blick.

»Du vertraust mir doch noch, Clemens?«

Er zog fröstelnd die Schultern hoch und rieb seinen linken Oberarm. »Er ist eifersüchtig, Lilly. Das sagt doch alles, oder?«

Sie schüttelte den Kopf.

»Liebst du ihn?«

»Nein.« Am liebsten hätte sie ihn gefragt, ob er Helen liebte, doch sie verstummte unter seinem forschenden Blick.

»Ich sollte gehen, Lilly.«

»Warte, Clemens.«

»Worauf noch?«

»Bitte, sei nicht so grausam. Du hast keinen Grund, mir zu misstrauen. Sag mir nur eines: Bist du krank?«

Er streckte sein linkes Bein vor und verlagerte sein Gewicht. »Es ist nichts, hin und wieder ein Kribbeln, eine Muskelschwäche, die schon im Winter auftrat. Damit sie endgültig ausheilt, werde ich in diesem Sommer wieder viel schwimmen – das ist auch der Rat eines guten Kollegen.«

»Und dabei begleitet dich deine Mutter, so wie du sie im letzten Jahr begleitet hast?« Sie klang unbeabsichtigt ironisch, und Lilly bereute ihre Frage sogleich.

»Mir ist es nicht recht, wie du dir vorstellen kannst«, erwiderte er kühl. »Aber sie hat Angst, ich könne stürzen.« Für einen kurzen Moment schloss er die Augen, als schwindelte ihn. Dann packte er energisch seinen Gehstock. »Sorge dich nicht. Es wird besser werden. Sobald ich wieder gesund bin, werde ich eine Stellung in der Kinderstation des Krankenhauses Moabit antreten.«

»Du willst für die Armen arbeiten?«

»Überrascht es dich?«

Verlegen senkte sie den Blick. »Nein, verzeih, aber was sagt deine Mutter zu deinen Plänen?«

»Ich werde es ihr erst sagen, wenn es so weit ist.«

»Und was wird aus deinen Luftschiff-Experimenten?«

»Ich muss sie vorläufig aufgeben, sie sind zu kostspielig geworden. Aber ich werde weiterhin Artikel für die Zeitschrift des Vereins schreiben und die technische Entwicklung verfolgen.« Er betrachtete sie kritisch. »Ich hörte, du bereitest ein großes Essen vor.«

»Ja, ein Marquis aus Châlons-sur-Marne lässt bei uns ein besonderes Essen ausrichten ...«

Er unterbrach sie sofort. »Ein Franzose! Perfekt. Niemand könnte deine französischen Gerichte besser goutieren als er, oder?«

Ihr stockte der Atem, so kalt wurde ihr bei dem Klang seiner

Stimme. Er ist misstrauisch, er bleibt misstrauisch, dachte sie verbittert und wandte sich wortlos von ihm ab. Ohne ihm die Hand zum Abschied gereicht zu haben, lief sie zur »Strandperle« zurück. Sie fühlte nur eines: Angst um ihre Liebe.

Sie träumte wirr: von Honigtropfen auf knisterndem Blätterteig, von aufplatzenden Granatäpfeln, deren Kerne über frostige Erdschollen polterten, von glucksenden Vanilleströmen, die blaue Ufer einrissen und glasierte Rosenblätter fortschwemmten. Dann sah sie plötzlich ihre Hände über zischelnden Flammen, groß und rot und durchsichtig. Da barst das Holz unter ihren Füßen. Der Boden brach dröhnend ein, eine fremde Kraft riss sie mit einem irrsinnigen Pfeifen empor, wirbelte sie in die Höhe, wo eisige Kälte ihre Kleider erstarren ließ. Klirrend fielen sie, in einzelne Kristalle verwandelt, langsam von ihr ab. Sie war nackt, sie fror und fürchtete, die Stille um sie herum könne sie taub werden lassen. Doch dann hörte sie die Stimme des Marquis: *Kreieren Sie etwas, das die Liebe wieder zu ihrem Ursprung zurückführt. Zu ihren paradiesischen Wurzeln der Hoffnung, der Sehnsucht, dem Frieden ...* Warmer Wind riss sie mit, umkreiste sie, rauschte wie ein Blätterwald. Sie flog über Felder voll blühender Obstbäume, nackt, mit gelöstem Haar. Unter ihr falteten sich tausendfach Obstblüten auf. Ihre weißen Blütenblättchen wisperten, streiften ihre Haut. Es war herrlich zu fliegen, durch den Wind zu tauchen, in ihm Purzelbäume zu schlagen. Doch da wurden die Blättchen größer und größer und begannen wie Mäulchen nach ihr zu schnappten. *Ein gebrochenes Herz kocht nicht gut ...* Wieder die Stimme des Marquis. Marquis Marquis ...

Schweißgebadet erwachte sie am nächsten Morgen. Irgendetwas war im Traum mit ihr geschehen. Sie setzte sich auf, noch halb betäubt von den Bildern und den Stimmen. Sie versuchte, ihre Gedanken zu ordnen. Sie erinnerte sich, weinend eingeschlafen zu sein. Maichenbach war eifersüchtig gewesen, hatte Clemens ein-

zuschüchtern versucht, und Clemens war verärgert und misstrauisch geblieben. Verzweifelt hatte sie auf dem Nachhauseweg überlegt, wie sie ihn wieder für sich würde gewinnen können. Die Süßspeise, seine Süßspeise ... dieses Rätsel, das er ihr aufgegeben hatte. Wenn sie es doch nur lösen könnte ... Dann, ja dann, würde sie ... Der Traum! Dieser Traum hatte ihr eine Antwort geben wollen. Lilly schaute zu ihrer schlafenden Mutter hinüber. Es war noch früh, und im Licht der aufgehenden Sonne wirkte sie entspannt und friedlich. Hatte der Marquis nicht von der paradiesischen Unschuld der Liebe gesprochen? Die Obstbäume ... der unverfälschte, reine Geschmack ihrer Früchte.
Ja, das war es! Das war sein Geheimnis!
Aufgeregt sprang Lilly aus dem Bett und hob Vasko aus seinem Körbchen. Ja, jetzt wusste sie, dass ihr der Traum das Geheimnis um Clemens' bevorzugte Nachspeise offenbart hatte. Es gab nur ein paradiesisches Symbol für die Liebe und ihre Reinheit. Nur eine Frucht, die Clemens' puristischem Anspruch genügen würde und mit der sie ihn zurückgewinnen könnte: den Apfel!
Warum war sie nicht schon viel früher darauf gekommen?
Alles hätte anders verlaufen können, wäre sie etwas klüger gewesen.
Jetzt aber war es egal. Sie würde handeln.
Sie würde ihre Dessertvorschläge ändern.
Sie würde etwas Neues kreieren und als i-Tüpfelchen hinzufügen.
Sie würde Maître Jacobi bis zum Schluss nichts erzählen.
Sie würde alle überraschen.
Und erst bei Erfolg würde sie Clemens ... verführen ... überzeugen.

Beschwingt von ihrem Plan, fuhr Lilly noch am gleichen Tag nach Rethwisch bei Börderende. Dort suchte sie den Pfarrer auf, der mit viel Liebe seit Jahrzehnten einen Obstgarten führte. Nachdem sie ihm erklärt hatte, um was es ihr ging, lachte er und

meinte, der richtige Apfel für sie sei wohl die Rote Sternrenette, der »Herzapfel«, für dessen würzige Reife sie sich aber noch ein gutes Vierteljahr würde gedulden müssen. Wenn es so weit sei, dürfe sie gern wieder zu ihm kommen ...
Dann gab er ihr den Rat, einen alten Freund und pensionierten Amtskollegen aufzusuchen, der nur wenige Kilometer weiter entfernt lebe. Dieser habe vor acht Jahren nach dem Tod seines Schwagers dessen Gutshof geerbt, diesen restauriert und mit großem Einsatz den verwilderten Obstgarten aufgeforstet. Inzwischen habe er sich zu einem leidenschaftlichen Gärtner entwickelt und neben wertvollen alten Sorten auch eine erst seit 1850 durch französische Baumschulen verbreitete Apfelsorte angepflanzt: den Klarapfel, fein säuerlich und nur wenige Tage haltbar. Die ersten Früchte dieses Baumes seien sicher schon jetzt, Mitte Juli, zu ernten ...
Lilly dankte ihm für seine Hilfe und machte sich voller Elan auf den Weg.
Mit dem ersten Apfel der Saison würde sie nicht nur Marquis de Montremares humanistischen und romantischen Ansprüchen genügen, sondern – die Liebe ihres Lebens zurückgewinnen!

Sie holte das Buch *Cuisine d'Amour* aus der alten Truhe und legte es auf den Küchentisch. Sie kannte all seine Rezepte auswendig, das Buch aber in diesen Stunden bei sich zu haben war, als ob ein guter Freund ihr aufmunternd zuschaute. Rasch vergaß Lilly alles um sich herum, all ihre Sorgen und Ängste, und konzentrierte sich zu Hause am alten Ofen auf ihre Idee: geschälte und fein geschnittene Apfelscheiben, gedünstet in Limettensaft, Zimt, Nelken, Vanillemark und Calvados. Eigelb, geschlagen mit Gelée Royale, verrührt mit einer Mischung aus Mascarpone, in Kristallschalen geschichtet, mit Minzblättchen und gerösteten Mandel- und Sesamkörnchen dekoriert: ein Fest für die Liebe, die Sinnlichkeit ...
Sie probierte es stundenlang aus.

Im Haus war es still.
Nur die Aromen, so schien es, beherrschten friedfertig alle Sinne.
Was aber in den Köpfen von Alfons und Victor vor sich ging, wagte Lilly sich nicht vorzustellen.
Ihre Mutter aß die Kostproben der »Pommes de paradis« mit seligem Gesichtsausdruck, still und in sich gekehrt.

Endlich war es so weit: Die »Strandperle« wurde geschlossen. Bereits am Abend vor dem großen Festtag hatten die Vorbereitungen begonnen, waren Geschirr, Silberbestecke und Gläser poliert worden, frische Damasttischtücher aus der Wäscherei eingetroffen, hatten Putzfrauen noch bis spät in die Nacht Böden gewachst, Fenster geputzt, Staub gewischt. Die »Strandperle« war bereit.
Während in der Küche seit Stunden gekocht wurde, rückten Angestellte die kleineren Tische beiseite, um Raum für einen runden Tisch zu schaffen, der dank einer breiten Mittelplatte zu einem Oval vergrößert wurde. Sorgfältig deckten sie ihn mit Meißener Porzellan, Kristallgläsern und Silberbesteck ein, schmückten Wände und Konsolen mit Fähnchen und Lampions: blau-weiß-rot die französischen, schwarz-weiß-rot die reichsfarbenen.
Lilly hatte nur wenige Stunden geschlafen. Sie war aufgeregt wie nie zuvor in ihrem Leben. Würde ihr Plan gelingen? Was, wenn Maître Jacobi trotz des üblichen Durcheinanders in der Küche mitbekäme, dass sie eine zusätzliche Süßspeise kreierte? Konnte es ihm nicht eigentlich gleichgültig sein? Ihre »Pommes de paradis« – ihre Paradiesäpfel – sollten doch nichts anderes als ihr ureigenster Überraschungsgruß sein ...
Schon jetzt war sie verschwitzt und erschöpft. Sie ärgerte sich, dass sie die Arbeit eines der Küchenmädchen hatte übernehmen müssen, nachdem dieses vor Überanstrengung bereits kurz nach Mittag mit einem Kreislaufkollaps zusammengebrochen war. So hatte sie weniger Zeit gehabt, ihre Nachspeisen anzurichten, doch

sie hatte Glück gehabt: Der Maître hatte sie für den Rest des Tages in Ruhe gelassen. Jetzt war sie froh, dass alle Desserts seit über drei Stunden im kühlen Keller ruhten, einschließlich ihres Apfeltraums, den sie – nach der Anzahl der Gäste – auf vierzehn kristallenen Kammmuschelschalen auf einem unteren Regal vor Jacobi versteckt hatte. Das Einzige, was sie noch würde tun müssen, war, Mandelstückchen und Sesam für die Dekoration zu rösten.
Wie immer lief die Arbeit in der Küche auf Hochtouren, und sie half mit, so weit es notwendig war. Wieder einmal bewunderte sie Jacobis Gespür für exzellente Menüfolgen: Consommé mit Hechtknödeln, wahlweise ein Ragout von Seekrebsen oder von geräucherter Ochsenzunge mit Perlzwiebeln, als Hauptspeisen wahlweise Hecht in Blätterteig oder Kalbslenden mit Schnepfen-Püree – und als Mecklenburger Gruß eine Platte mit kleinen Stückchen von geräuchertem Aal, Zander, Flunder und Lachs, dazu warmer Speckkartoffelsalat oder kleine geröstete Reibekuchen aus Kartoffeln.
Und nach der Käseplatte sollte sie, Lilly, ihre Desserts höchstpersönlich kredenzen.
Sie sah zur Uhr.
Die Gäste speisten längst.
Nur noch eine Stunde.
Da stürzte von Barlewitzen in die Küche. »Lilly! Die Herren sprechen über Sie. Der Marquis möchte, bevor Sie die Desserts auftischen, Ihr Kochbuch sehen. Sie haben es doch dabei?«
Sie hatte es am Morgen zu Hause in der Küche liegen lassen, erst ihr Onkel hatte es ihr am späten Nachmittag vorbeigebracht, als sie die ersten Speisen in den Keller getragen hatte. Sie nickte fahrig, lief in den Nebenraum, wo Arbeitsgeräte und persönliche Utensilien aufbewahrt wurden, und holte ihr Buch aus ihrem Korb.
Es war eigenartig, aber als sie es Barlewitzen in die Hände gab, hatte sie das Gefühl, als geschähe gerade etwas Bedeutsames.
Barlewitzen eilte in den Speisesaal.

Lilly hatte die Küche noch nicht wieder betreten, als von dort ein Rumpeln wie von einem umstürzenden Stuhl zu hören war. Kurz darauf schlug die Küchentür auf. Der Marquis erschien, sichtlich erregt.

Alle hielten in ihrer Arbeit inne und schauten ihn erschrocken an.

»Mademoiselle!«, rief er ihr über alle Köpfe hinweg zu, »von wem haben Sie dieses Buch?«

»Von meinem Onkel Alfons Babant, Marquis, er ...«

»Er war im Krieg, ich verstehe.« Er ließ seine Arme sinken und sagte langsam: »Es gehört mir.«

In der Küche wurde es totenstill.

»Verzeihen Sie, Marquis«, sagte Lilly, »mein Onkel sprach oft davon, dass er sich an nichts mehr erinnern könne. Er wisse nicht mehr, wo und unter welchen Umständen er es gefunden habe. Für ihn war es nichts als eine Kriegsbeute.«

Der Marquis winkte sie zu sich. »Kommen Sie, Mademoiselle. Ich fürchte, ich muss Ihnen etwas sagen. Allein.«

Sie ging zu ihm, und sie traten in den Flur hinaus. Der Marquis zog die Küchentür zu. »Sicher wissen Sie, dass dieses Buch wertvoll ist, nicht wahr? Ihr Onkel, Mademoiselle, erbeutete es nicht im Kanonendonner, nicht im Sperrfeuer. Nein, die Wahrheit ist: Ich schenkte es einem deutschen Major der Reserve, der gegen seinen Willen dienen musste. Ich traf auf ihn, als ich bei einem guten Freund auf dessen Schloss nördlich von Paris eingeladen war. Es war an einem späten Herbstnachmittag, die Blätter fielen, es war warm. Und dieser deutsche Major wanderte durch unseren Park und bewunderte die griechischen Figuren und Wasserspiele. Ein seltsamer Mann, dachte ich, das soll ein Deutscher sein? Ein Feind? Ich sprach ihn an, und er erschrak fürchterlich. Ich muss sagen, wir kamen rasch ins Gespräch. Er sprach gut französisch, ich sprach gut deutsch, weil ich die deutsche Literatur liebe. Wie gesagt, wir waren uns, ungeachtet unserer Nationalität, auf Anhieb sympathisch. Ich lud ihn auf ein Glas Wein ein und stellte ihm meinen

Freund vor. Wir speisten zusammen, redeten über Musik und Bücher, über Lebensgewohnheiten von Deutschen und Franzosen. Schließlich erzählte er uns, er müsse zu seiner Einheit zurückkehren, ob er wolle oder nicht. Doch eines würde er uns verraten: Ein Angriff stünde kurz bevor. Er rettete somit mir und meinem Freund das Leben. Aus Dankbarkeit schenkte ich ihm etwas, das, wie ich annahm, in den Augen der anderen Militärs unauffällig war: dieses Kochbuch. Es hat seine besondere Bewandnis mit ihm, aber das kann ich Ihnen später noch erklären.«

»Wie hieß dieser Major der Reserve?«, wisperte Lilly aufgeregt.

»Das ist ja das Problem. Nach all dem, was ich von Xaver über Sie, Mademoiselle, erfuhr, fürchtete ich, Sie vor den Ohren des Küchenpersonals zu kompromittieren, wenn ich Ihnen den Namen öffentlich verraten würde.«

»Wir sind allein, Marquis. Bitte, wer ist es?«

»Er hieß Armin von Stratten.«

Ihr wurde schwarz vor Augen. Sie taumelte, so dass der Marquis sie auffangen musste.

»Was ... was bedeutet das alles?«, wisperte sie fassungslos.

»Das wüsste ich auch gern«, sagte er angespannt. »Ihr Onkel soll ein schwieriger Mensch sein, hörte ich. Ich bin mir nicht sicher, ob er nicht doch darüber triumphiert, ein französisches Kulturgut erobert zu haben. Auf welche Weise auch immer.«

Sie wankte zurück in die Küche. Wie kam ihr Onkel zu einem Buch, das Joachims Vater gehört hatte? Armin von Stratten ... er hatte ihrem Onkel den Rat gegeben, überschüssige Gewinne in Aktien zu investieren, und war geflüchtet, nachdem die Börse zusammengebrochen war. Ihr Onkel machte ihn für seinen eigenen Untergang verantwortlich und hasste ihn seither. Wie also kam das Buch in seine Hände? Sie war sich sicher, dass es ihn nie interessiert hatte. Nie. Hatte er es Armin von Stratten gestohlen? Aber warum? Hatte er gewusst, dass ihm dieses Buch etwas bedeutete?

Benommen ging sie in den Keller, um die Dessertschalen zu holen. Ihre Hände zitterten, und so war sie dankbar, dass ihr Maître Jacobi und ein junger Kellner zur Hilfe kamen und mit ihr gemeinsam die süßen Speisen servierten. Kaum nahm sie den Glanz der Lichter, die heitere Stimmung, die erhitzten Gesichter, die begehrlichen und amüsierten Blicke der deutschen und französischen Herren wahr. Sie war wie in Trance. Wie in Trance ... als liefe sie durch dichten Nebel.
Plötzlich erneut lautes Poltern, laute Stimmen, Türen, die aufschlugen. Barlewitzen, der brüllend in die Küche stürmte und mit ausgestrecktem Arm auf sie zeigte: »Raus!«
»Was?!« Lilly zitterte am ganzen Körper und merkte, wie ihr das Blut aus dem Gesicht wich. Alle starrten sie an.
Barlewitzen kam auf sie zu und packte sie an ihrem Haar. »Bist du wahnsinnig, kleine Babant? Was hast du getan? Der Marquis speit Gift und Galle.«
O Gott, nein! Hatte der Fluch sie eingeholt? Ein gebrochenes Herz verdirbt jedes Gericht, hatte er ihr gesagt ... War sie nicht von Clemens' letzter Begegnung erschüttert gewesen? Hatte sie nicht Angst gehabt, ihn zu verlieren? Hatte ihre Angst ausgerechnet demjenigen das Gericht verdorben, der auf ihre Fähigkeit zu lieben gesetzt hatte?
Sie begegnete Barlewitzens wütendem Blick. »Woran denkst du? An den Marquis? Ah, ich sehe es dir an: Du bereust deine Tat. Erst plauderst du heimlich mit ihm, und dann bringst du ihn um.«
Barlewitzen musste vor Wut wahnsinnig geworden sein.
»Nein, nein!«, schrie Lilly verzweifelt.
»Aber ja! Der Marquis spricht sogar von einer politischen Intrige. Schlimmer könnte es gar nicht mehr werden. Es ist ein Eklat! Eine Katastrophe!«
»Ich habe nichts getan! So glauben Sie mir doch!«
»Sie hat gearbeitet wie immer, Herr Barlewitzen«, unterbrach Maître Jacobi ruhig. »Lilly war aufgeregt wie wir alle, aber was ist denn geschehen?«

»Das Dessert des Marquis schmeckt gallebitter! Ob Zufall oder Absicht, ob Fremd- oder Eigenverschulden, das ist egal. Entscheidend ist nur: Niemand außer der Süßspeisenköchin meines Hauses trägt dafür die volle Verantwortung!«

Jacobi schürzte die Lippen und schwieg.

»Erst die Giftmischerei bei Professor Jacobi, jetzt der Marquis!« Barlewitzen konnte sich nicht mehr beherrschen.

»Ein Missverständnis, Herr Barlewitzen«, flehte ihn Lilly an, »bitte, kommen Sie zu sich. Lassen Sie mich erklären ...«

»Nichts, ich will nichts hören!«

Hinter ihm entdeckte Lilly von Maichenbach, der ihr Zeichen gab, doch es war zu spät. Barlewitzen schlug die Faust gegen den Türrahmen. »Raus! Endgültig und für alle Zeit, Lilly Alena Babant.«

Es war eindeutig. Niemand, auch nicht von Maichenbach, konnte ihr helfen. Barlewitzen würde in der Öffentlichkeit die Verantwortung für das tragen, was an diesem Abend in seinem Restaurant geschehen war. Und sie war schuld.

Lilly ging.

Von Maichenbach lief hinter ihr her.

»Lilly, was ist geschehen? Sein Dessert schmeckte tatsächlich bitter. Wie konnte es dazu kommen?«

Weinend erwiderte sie: »Ich war es nicht, glauben Sie mir doch bitte. Es tut mir so leid, ich ... ich habe mein Bestes gegeben.«

Sie sank an seine Brust. Er streichelte ihr über den Kopf.

»Arme Lilly, Ihre Speisen waren großartig. Mein Freund, der Marquis de Montremare, trug mir noch einmal auf, Ihnen zu sagen, dass er außergewöhnlich beeindruckt von Ihrem Talent ist. Er schwärmte, alle schwärmten. Alles war perfekt – und dieser Apfeltraum, ah, Lilly, woher haben Sie nur die Idee? Einfach unübertrefflich! Sie ist besser als alle Rezepte in diesem fluchbeladenen Kochbuch. Lilly, liebe arme Lilly, der Marquis weiß, dass Sie unschuldig sind. Sorgen Sie sich nicht. Aber wie konnte das nur geschehen?«

»Ich weiß es nicht.«

»Haben Sie die Speisen immer im Auge behalten?«
»Sie kühlten im Keller aus, so wie immer.«
»Wer wusste davon?«
»Alle.«
»Alle«, wiederholte von Maichenbach und reichte ihr ein Taschentuch. »Kein Fremder?«
Ihr Onkel hatte ihr das Buch gebracht, er hatte gewusst, dass sie dabei war, ihre Desserts in den Keller zu bringen ... Welchen Grund sollte er haben, etwas in eine der noch in der Küche befindlichen Schalen zu mischen? Schnell und heimtückisch, kaltblütig und böse? Er hätte ihre Mietzahlungen riskiert. Nein, das war nicht plausibel.
So blieb nur einer. Jener, der ihr schon Bismarcks Auszeichnung geneidet hatte.
»Der Maître, nur er kann es gewesen sein«, erwiderte sie schwach. »Aber das würde mir niemand glauben – und ich könnte es nicht beweisen.«
»Mein Freund wartet auf mich, Lilly. Wir werden sofort abreisen. Aber eines ist sicher: Wir werden diesen Vorfall an die Presse bringen, und ich werde gemeinsam mit Marquis de Montremare in Berlin die höchsten Kreise informieren. Vielleicht schaffen wir es sogar, eine Untersuchungskommission einzusetzen. Hier« – er zog ein Stück Papier aus der Innentasche seiner Jacke –, »schreiben Sie dem Reichskanzler, nur eine einzige Zeile, damit wir etwas Echtes in der Hand haben. Er kennt Sie ja.«
Lilly wischte sich über das Gesicht. »Ich kann das nicht, was soll ich nur schreiben?«
»Nur die Wahrheit, mit Ihrer Stimme.« Von Maichenbach nickte ihr aufmunternd zu und reichte ihr einen Bleistiftstummel. »Schnell, auch wenn es nicht des Kaisers Tinte ist.«
Sie nahm das Papier, von Maichenbach drehte sich um und beugte sich ein wenig nach vorn, so dass sie auf seinem Rücken schreiben konnte.

Verehrter Fürst,
man hat mir ein zweites Mal übel mitgespielt. Ich darf nicht mehr kochen. Aber ich bin unschuldig! Ich wollte nichts anderes tun, als Ihren Gedanken an ein friedliches Miteinander der Nationen zu befördern – mit meinem kleinen Talent.
Ihre verzweifelte
Lilly Alena Babant

Von Maichenbach drehte sich wieder um, überflog die Zeilen und lächelte. »Es wird schon wieder gut, Lilly.« Er nahm sie in die Arme. »Lassen Sie ein wenig Zeit vergehen. Ich verspreche Ihnen, ich werde alles tun, um Ihnen zu helfen.« Er küsste sie auf die Stirn, drückte sie noch einmal an sich. »Zu den Renntagen komme ich wieder. Schreiben Sie mir ins Adlon in Berlin, wenn Sie Not haben oder Geld benötigen. Jetzt muss ich gehen.«
»Grüßen Sie bitte Marquis de Montremare, sagen Sie ihm, ich danke für seine freundlichen Komplimente und – ich bitte ihn tausendmal um Verzeihung.«
»Das brauchen Sie doch nicht. Sie haben nichts Böses getan, Lilly. Und ich versichere Ihnen: Er hat den genussreichsten, himmlischsten Abend hier im Deutschen Reich verbracht – durch Ihre Hilfe.« Er reichte ihr die Hand. »Auf Wiedersehen, Lilly.«
Doch sie war untröstlich.
Das hätte ihr nicht passieren dürfen.

Alfons sah ihr das Unglück schon durch das Dielenfenster an, riss die Haustür auf und schüttelte sie. »Was hast du getan? Was ist passiert?«
Ihr Hals schmerzte vom Weinen, ihre Augen brannten. Sie stolperte an ihm vorbei die Treppe hinauf. Er folgte ihr.
»Du sagst mir auf der Stelle, was geschehen ist!« Er packte sie am Arm, doch sie brach vor Erschöpfung vor ihm zusammen, so dass er zurückwich.

Sie hörte ihre Mutter zur Tür schlurfen, raffte sich auf und flüchtete zu ihr in die Dachkammer.
»O Gott, Kind«, rief Hedwig, als sie Lilly ins Gesicht schaute. »Es ist vorbei, nicht?«
Lilly nickte und warf sich laut aufschluchzend auf ihr Bett. Hedwig setzte sich neben sie, schwieg. Als Lilly sich ein wenig beruhigt hatte, setzte sie sich auf und erzählte.
»Es ist ein Fluch«, stöhnte Hedwig und sank auf das Bett. Mit schreckgeweiteten Augen starrte Lilly sie an.
»Ich hole dir heißen Tee«, sagte Lilly unvermittelt und stand auf. Als sie die Tür öffnete, wich sie erschrocken zurück. Vor ihr stand Alfons, er musste gelauscht haben. Jetzt wusste er alles, und sie hatte Angst. Er hob die Fäuste.
»Verfluchte Brut!«, keuchte er hasserfüllt. »Ich hab's immer gewusst! Im Hinterhof hätte der Pächt euch verrecken lassen sollen …!«
»Alfons!« Hedwig hastete, auf ihren Stock gestützt, auf ihn zu und hob ihren Arm. »Nicht, lass Lilly in Ruhe! Versündige dich nicht!«
Doch da schlug er Lilly zu Boden, so dass sie mit dem Kopf gegen den Treppenpfosten prallte. Ihr Schmerz war so groß, dass sie glaubte, ihr Schläfenbein sei gebrochen. Sie hörte ihr Blut rauschen, vernahm halbtaub Gebrüll, Schreie, dumpfes Poltern. Ihr kam es vor, als dröhnte durch den Holzpfosten hindurch pure Gewalt direkt in ihr verletztes Ohr. Schwere Stiefelschritte stampften an ihr vorbei. Lilly versuchte sich aufzusetzen, doch die Kopfschmerzen waren schier unerträglich. Blut rann ihr von der Stirn über die Wange, übers Kinn, tropfte auf ihren Schoß. Sie drehte sich auf die Knie, stützte sich auf einer Hand ab und schaute die Treppe hinunter.
Den Kopf auf der untersten Stufe, den Oberkörper unnatürlich zur Seite gedreht, lag ihre Mutter am Ende der Treppe. Lilly schrie auf, rutschte vor, drehte sich auf die Seite und zog sich unter Auferbietung aller Kräfte am Geländer hoch. Zittrig stieg

sie Stufe für Stufe zu ihr hinab. Alfons stand neben der Treppe, unbeweglich, bleich.
Lilly kniete auf der Stufe über ihrer Mutter nieder, streichelte ihre Wangen, fühlte ihren Puls. Sie lebte noch.
»Mörder!«, flüsterte Lilly und spuckte das Blut aus, das sich in ihrem Mund gesammelt hatte. Sie wischte sich über die Lippen und suchte seinen Blick. »Mörder!«, wiederholte sie leise. »Trag sie hoch!«
»Sie ist von allein gefallen«, rief er unvermittelt und wedelte hilflos mit den Armen. »Ganz von allein!«
»Hol den Arzt, du Teufel«, sprach Lilly weiter, wie von der Kraft des Wahnsinns gepackt.
Alfons sank auf die Knie. Er schrie und weinte. »Ich hab es nicht gewollt. Ich hab es nicht gewollt.«

Niemand sagte Dr. Fabian die Wahrheit. Hedwig Babant, das wussten alle Leute, war seit Jahren todkrank, und es war nur eine Frage der Zeit gewesen, wann ihr körperlicher Verfall zu einem Sturz führen würde. Selbst wenn jemand Alfons verdächtigte, so würde sie, Hedwig, weiter behaupten, sie hätte sich »vertreten«, und sich noch rechtzeitig am Geländer aufzufangen, das sei ihr aus Schwäche unmöglich gewesen.
Lilly schwieg. Nicht nur, weil Hedwig sie darum bat, sondern auch, weil ihr die Kraft fehlte, polizeiliche Untersuchungen und das allgemeine Gerede durchzustehen. Die Wahrheit war: Sie schämte sich nicht nur für ihre Verwandten, sondern vor allem für sich. Denn längst hatte sich am folgenden Tag in aller Geschwindigkeit herumgesprochen, was in der »Strandperle« geschehen war. Der Anlass wurde als bedeutend und staatsgewichtig eingestuft. Und Lilly war klar, dass sie Clemens ein für alle Mal verloren hatte.
Hedwig war bei Bewusstsein, als um die Mittagszeit der erste anonyme Brief eintraf, in dem Lilly als »Giftmischerin und Luder« bezeichnet wurde. Am Abend traf eine Drohung ein: »Gift-

finger weg von deutschen Edelleuten«. Überstürzt warf Lilly beide Briefe ins Feuer. Am späten Abend besuchte Dr. Fabian Hedwig und bedeutete Lilly, dass ihre Mutter vielleicht die Nacht nicht überleben würde.

»Es kann sein, dass sie innerlich verblutet, dann können wir nichts tun. Bleib bei ihr, wenn du kannst. Du tust mir leid, Kind.« Er strich ihr mitfühlend über die Wange. »Du hast Glück gehabt bei deinem Sturz, Lilly. Ich fürchte zwar, dass dein Jochbein einen leichten Riss bekommen hat, doch dieser wird von allein heilen. Halt dich nur ruhig und pass auf dich auf. Wo ist eigentlich Victor? Kann er dir nicht helfen?«

»Nein, mein Onkel sagt, er habe vor vier Tagen seinen Dienst auf eigene Kosten unterbrochen.«

Dr. Fabian hob erstaunt die Augenbrauen. »Warum?«

»Herr von Stratten hat ihm erlaubt, zwei Wochen lang auf dem von Ivenackschen Gestüt als Hilfsjockey zu arbeiten.«

»Er unterstützt seinen Ehrgeiz? Das ist großzügig von dem jungen Stratten. Ist ein feiner Kerl«, meinte der Arzt nachdenklich. Lilly wich seinem Blick aus, beugte sich über ihre Mutter und richtete ihr die Kissen. Dann setzte sie Vasko an das Fußende des Bettes, wo er sich sogleich still in der Mulde zwischen ihren Füßen zusammenrollte. Hohläugig, schwach atmend blinzelte Hedwig ihm zu.

»Ruf mich, sollte es zu Ende gehen«, flüsterte der Arzt Lilly zu, »egal, wann.« Dann drückte er ihre Hände und ging.

»Lilly?« Es war kaum mehr als ein Hauch. Unsicher suchte Hedwig ihren Blick.

»Mutter, was möchtest du? Hast du Schmerzen? Soll ich dir Tee bringen? Ich habe noch ...«

»Setz ... dich.«

Lilly kniete vor ihrem Bett nieder, schloss ihre Hände um die ihrer Mutter und wartete.

»Ich muss ... dir ...« Hedwig stockte, Tränen begannen über ihre Wangen zu rinnen. »Lilly ...«

»Ja?«

»Ich ... ich liebte ihn, Armin.«

»Joachims Vater? Das ... das glaube ich nicht.«

»Und dann wurde ich schwanger. Mit dir.«

»Nein!« Lilly schrie leise auf. »Nein, das ist nicht wahr!«

»Doch, Lilly, hör zu. Armin konnte mich nicht ...« Sie hustete.

»Er konnte dich nicht heiraten«, vollendete Lilly tonlos ihren Satz.

»Ja, Paul aber konnte es und wollte es anfangs sogar. Nur sein Glaube hielt ihn dann ab. Er ahnte aber nichts. Und so floh ich mit ihm nach Berlin. Ich wollte nicht ...«

Lilly wartete atemlos. »Was?«

»Niemand sollte dich hier ›Bastard‹ schimpfen.« Wieder hustete Hedwig, woraufhin Vasko vorsichtig zu ihr kroch. Er schnüffelte an ihr, leckte ihre Hand.

Lilly fasste es nicht: Sie, ausgerechnet sie, sollte Armin von Strattens uneheliche Tochter sein? Halbschwester von Joachim? Stieftochter von Norma? Sie konnte es noch immer nicht glauben.

»Ich verstehe das nicht.«

Ein kleines Lächeln huschte über Hedwigs Gesicht. »Du? Du liebst doch auch, oder nicht? Verstehst du jetzt, warum ich immer gegen diese Liebe mit Clemens war? Wir, Lilly, verlieren immer.« Sie schloss die Augen.

»Und das Kochbuch?«, wagte Lilly nach einer Weile zu fragen.

Ohne die Augen wieder zu öffnen, sagte Hedwig leise: »Armin schenkte es Alfons, als Bettine mit Victor schwanger war. Er sollte es ihr geben.«

»Wieso?«

»Ich gestand Armin vor unserer Abreise zwei Jahre zuvor, möglicherweise schwanger zu sein. Ich war mir aber nicht sicher, Paul hätte ja auch der Vater sein können ...«

»Mutter!«

»Es ist so, Lilly. Ich liebte Armin, Paul liebte mich. Ich wusste, ich musste irgendwann aufhören zu träumen. Ich durfte mich

Paul nicht verweigern, wenn ich von hier wegkommen wollte. Ich mochte ihn, er ... er war immer so zuversichtlich, gab mir Hoffnung. Armin dagegen ... Sein Vater suchte ihm Norma zur Frau aus. Armin kämpfte anfangs noch dagegen an und behauptete, lieber Junggeselle bleiben zu wollen. Aber der Alte ... Nein, es ging nicht. Das Gut brauchte Geld – und einen Erben. Mit uns war es aussichtslos.«
»Und als Bettine schwanger war, plagte ihn sein schlechtes Gewissen dir gegenüber?«
»Ja, so war es wohl, Lilly. Deshalb verschenkte er das Buch der Liebe. Bettine erzählte mir stolz, der Herr Rittergutsbesitzer von Stratten hätte es ihr geschenkt, weil er mit der Arbeit seines Stuckateurs Babant so zufrieden wäre. Wenn sie gewusst hätte ...«
»Hast du ihm jemals später gesagt, dass ich seine Tochter bin?«
»Nein, es hätte nur Probleme gegeben. Ich wollte uns alle schonen.«
»Weiß es sonst jemand? Alfons oder Norma von Stratten?«
»Wissen? Nein, vielleicht hätten sie es damals ahnen können. Vielleicht aber auch nicht. Ich hatte mehrere Verehrer, schon damals wurde viel geredet.«
Lilly war tief erschüttert. Sie senkte ihren Kopf, zog Vasko zu sich auf den Schoß und weinte.
»Schweig, Lilly, schweig.«
Hedwig schlief ein.

Kapitel 12

In dieser Nacht fand Lilly keine Ruhe. Sie war ein Kuckuckskind – und ihr Halbbruder, Joachim von Stratten, liebte sie ... als Frau. Sie hatten sich geküsst, umarmt, einander ihre tiefe Zuneigung beteuert. Es war entsetzlich, geradezu schaurig. Nie wäre es so weit gekommen, hätte ihre Mutter ihr schon viel früher die Wahrheit gesagt. Wie sollte sie nur Joachim entgegentreten? Sie hatten einander ewige Freundschaft geschworen, dazu gehörte Ehrlichkeit. Doch wie konnte sie ihm jemals wieder in die Augen sehen, wie diese innere Spannung aushalten? Es erschien ihr unmöglich, noch unvorstellbarer war es aber, sich auszumalen, was geschähe, wenn sie die Wahrheit ausspräche. Niemand würde ihr glauben, und Isa von Rastrow würde ihr unterstellen, einen weiteren, noch dreisteren Versuch zu unternehmen, um Einlass in ihre Familien zu erzwingen.
Nein, je länger Lilly darüber nachdachte, desto sicherer wurde sie sich, dass ihre Mutter recht hatte: Sie musste schweigen.
Doch je ruhiger ihre Gedanken wurden, desto stärker sehnte sie sich danach, mit dem Mann zu sprechen, der ihr leiblicher Vater war. Würde sie ihn überhaupt jemals wiedersehen? Sie erinnerte sich an ihre Kindheit, an die wenigen Male in den Sommermonaten, da sie ihn hoch zu Pferde würdevoll über seine Ländereien hatte reiten sehen. Nur selten war sie ihm auf dem Gutshof begegnet, wenn er den Knechten und Mägden einen Scherz zurief oder an lauen Sommernachmittagen mit Norma ins Stadttheater nach Rostock aufbrach und eigenhändig den Vierspänner lenkte. Es hatte, erinnerte sie sich vage, hin und wieder Auseinandersetzungen mit anderen Rittergutsbesitzern gegeben, doch sie hatte nie erfahren, warum. Sie war Kind gewesen und erinnerte sich nur daran, dass Joachim immer dann wütend Pfeile zu schnitzen be-

gann, wenn ihn der Ärger seines Vaters über engstirnige »Feudalköpfe«, wie er sie nannte, aufregte. Ja, Lilly glaubte, sich vage daran zu erinnern, dass er einmal stolz gesagt hatte, sein Vater sei ein liberaler »Achtundvierziger« gewesen, der an der Märzrevolution in Berlin gegen den König teilgenommen hatte. Hier, auf dem Lande, war das, wie jeder wusste, keine Auszeichnung, sondern ein Stigma.

Lilly fand keinen Schlaf. Je länger sie nach Bildern ihres leiblichen Vaters suchte, desto stärker vermisste sie ihn. Er hätte hier sein müssen, bei ihr und am Bett der Frau, die er einmal geliebt hatte. Er hätte hier sein müssen, um sie zu trösten und ihr zu raten, was zu tun wäre.

Es war ein furchtbares Gefühl, dass er nichts von ihr wusste und nicht ahnen konnte, dass sie seit Jahren unter seinem größten Gläubiger, ihrem Onkel, zu leiden hatte, der ihm auch noch die Schuld am Zusammenbruch der eigenen Existenz gab.

Der Morgen brach an. Lilly war eingeschlafen und schreckte durch das Läuten der Klingel hoch. Ein Blick auf ihre Mutter bewies ihr, dass diese die Nacht überstanden hatte. Erleichtert sprang Lilly auf und lief die Treppe zur Haustür hinunter.

Es war Margit.

»Lilly, du musst sofort mitkommen, wenn du ... wenn du ihn allein sprechen willst.«

»Wen meinst du?«, fragte Lilly und dachte, noch halb benommen von der Nacht, an ihren leiblichen Vater.

»Clemens von Rastrow natürlich! Er kam heute früh als einer der Ersten zu uns ins Moorbad. Er tut mir furchtbar leid. Er sieht so leidend aus und kann kaum noch sicher gehen. Was ist nur mit ihm los, Lilly? Ich fürchte, wenn du jetzt nicht mit ihm sprichst, bricht er noch zusammen. Hat es wieder etwas mit dir zu tun? Die Spatzen pfeifen es schon von allen Dächern: Die ›Strandperle‹ sei geschlossen – und du sollst die Schuld daran haben?«

Lilly hatte das Gefühl, ihre Beine knickten ein. »Nein! Nein, es

ist alles Lüge!« Ihre Gedanken überschlugen sich. »Margit, Mutter ist gestürzt, jemand muss bei ihr bleiben, kannst du für eine Stunde ... ?«
»Nein, das geht doch nicht.«
»Deine Arbeit, natürlich, ach, ich bin ganz durcheinander. Warte, Margit.« Sie lief über die Diele in die Schlafkammer ihres Onkels und weckte ihn. »Du feuerst jetzt sofort den Ofen an. Setz Teewasser auf und geh zu Mutter ans Bett. Wenn sie Schmerzen hat, holst du Dr. Fabian!«
Er stöhnte, röchelte. »Wie? Was?«
»Pass auf Mutter auf!« Sie schlug seine Decken zurück und riss das Fenster auf. »Steh jetzt auf – und beeil dich!«

Die Aussicht darauf, Clemens sprechen zu können, beflügelte sie. Auf dem Weg zum Stahlbad erzählte Lilly Margit die Wahrheit. Sie waren völlig außer Atem, als sie den das Stahlbad umgebenden Park erreicht hatten, und Lilly fieberte dem Wiedersehen mit Clemens entgegen. Margit glaubte ihr – also würde er ihr auch glauben ... Sie liefen auf den Haupteingang zu. Zufällig warf Lilly einen Blick über die schönen Gartenanlagen – und schreckte zusammen. Im gleichen Moment wurde ihr klar, dass sie sich belogen hatte: Neben einem blühenden Weißdornbusch saß Joachim mit übereinandergeschlagenen Beinen auf einer Parkbank und beobachtete lächelnd, wie Helen einen Rosenzweig voller gelber Blüten von einem Rankelgitter zu Clemens herabzog, der, abgemagert und auf einen Stock gestützt, neben ihr stand.
Ich habe ihn verloren. Endgültig verloren.
Margit stieß Lilly mit dem Ellbogen in die Seite und schaute sie ernst an. »Wenn du ihn liebst, geh zu ihm!« Dann lief sie die Treppen zum Stahlbad hoch.
Ich habe keinen Mut mehr, dachte Lilly erschüttert. Dort sitzt mein Halbbruder, glücklich darüber, dass Clemens zu Helen gefunden hat – und ich für ihn frei bin. Sie drehte sich um, um

fortzulaufen, doch da hatte Joachim sie auch schon entdeckt. Er stand auf und eilte strahlend auf sie zu. »Lilly!«
Ihr wurde beinah übel. Mein Gott, Joachim, wenn du wüsstest, wer ich wirklich bin. Bitte, berühr mich nicht, bitte ... Da wandte sich Clemens zu ihr um, und ihre Blicke trafen sich. Er sah bleich aus, hatte Schatten unter seinen Augen. Doch er fixierte sie wie schon so oft zuvor: forschend und unergründlich rätselhaft.
»Lilly!« Schwungvoll nahm Joachim sie in die Arme, doch sie wehrte ihn ab, und so schaute er sie verwundert an. »Was ist los? Du musst dir keine Sorgen mehr machen. Wir wissen alle Bescheid, ein Eklat, ein entsetzlicher sogar. Aber ich möchte dir helfen. Komm, Lilly, setz dich zu uns.« Er ging zur Bank zurück.
»Nein, lass nur. Ich möchte euch nicht stören.«
Noch immer hielt Clemens' Blick sie fest. Da kam Helen lächelnd auf sie zu, streckte ihr die Hände entgegen.
»Liebe, arme Lilly. Dieses Kochbuch hat dir nie Glück gebracht, nicht?« Sie küsste Lilly flüchtig auf beide Wangen, dann nickte sie Clemens zu. »Wir wollen Clemens heute Morgen Gesellschaft leisten, es geht ihm nicht gut. Setz dich ruhig zu uns, Lilly.« Sie brach eine Rose ab, reichte sie Clemens und führte ihn zur Bank. Starr schaute Lilly ihn an. Der Aufruhr in ihr raubte ihr jeden klaren Gedanken.
Sie durfte ihn nicht verlieren. Sie musste ihn zurückgewinnen. Noch bevor sie wusste, was sie tat, hörte sie ihre verzweifelte Stimme. »Ich habe deine Süßspeise herausgefunden, Clemens.«
»Bist du dir sicher?« Er schluckte angestrengt.
»Ja, ganz sicher.«
»Und ... was ist es?«
»Nicht hier, nicht jetzt«, flüsterte sie tonlos.
»Es ist nicht süß?«
»Doch, süß und ...«
Clemens winkte ab, heiser und stockend sprach er weiter: »Du

wirst, wirst dich getäuscht haben. Du weißt, ich mag … mag – keine Zuckersüße.«
»Es ist die natürlichste Süße der Welt.«
»Honig – völlig falsch, Lilly.«
»Nein! Können wir nicht kurz allein miteinander sprechen, Clemens?«
»Tut mir leid, Lilly, aber ich … ich bekomme gleich … eine weitere Behandlung.«
Es hätte doch keine Minute gebraucht, um dir zu sagen, was für ein wunderbares Apfeltraum-Dessert ich für dich erfunden habe, dachte Lilly erschüttert. Du wehrst mich ab, du verweigerst dich mir.
»Du sollst, wie ich hörte, dich gestern selbst übertroffen haben, Lilly«, mischte sich Joachim freundlich ein. »Wir, also Clemens und ich, waren zur selben Stunde zu einem Gesellschaftsabend im Kurhaus eingeladen. Der plötzliche Abbruch dieses, sagen wir, diplomatischen Essens, blieb nicht unbemerkt, die Herren kamen nämlich im Anschluss daran zu uns und erzählten alles. Heiligendamm weiß also Bescheid.« Er lächelte. »Keiner glaubt an deine Schuld. Und wie es ausschaut, soll Barlewitzen gestern Nacht, nachdem alle gegangen waren, endgültig die Nerven verloren haben. Man hörte ihn noch um Mitternacht herumbrüllen. Was wirklich geschehen ist, wissen wir nicht. Vielleicht hat er ja auch den Maître vor die Tür gesetzt. Aber weißt du, was ich denke?«
Lilly schüttelte den Kopf.
»Du solltest etwas anderes, etwas Besseres machen.«
»Und – was schlägst du vor?«, fragte sie ironisch.
»Komm mit mir nach Amerika, ich möchte auswandern.«
Lilly fühlte, wie ihr Puls schneller schlug. »Du möchtest zu deinem Vater?«
»Ja, wie es ausschaut, wird er keine große Lust haben zurückzukehren. Wir haben erfahren, dass er in Boston ein erfolgreicher Geschäftsmann geworden ist. Er ist also dort zufriedener, als er

hier je hätte werden können. Warum sollten wir beide es nicht auch dort drüben versuchen, Lilly?«
Ich will nichts versuchen, Joachim, rief sie ihm in Gedanken zu. Ich will zu meinem Vater. Ich will ihn richtig kennenlernen und ihn bitten zurückzukommen. Sie bemühte sich, ihrer Aufregung Herr zu werden, und fragte so ruhig wie möglich: »Du willst mich dazu überreden, meine Heimat aufzugeben?«
»Gibt es denn außer deiner Mutter irgendjemanden, der dich hier hält?« Joachim hatte sehr leise gesprochen.
Lilly suchte Clemens' Blick. Doch bevor dieser etwas sagen konnte, ergriff Helen das Wort. »Du, Lilly, nimmst deine Verpflichtungen ernster als Joachim, nicht? Deine Mutter soll gestürzt sein, sagen die Leute. Wie könntest du sie da im Stich lassen?«
Wurden sie beobachtet? Warum sprach sich alles so schnell herum? War sie nicht selbst schuld daran? Hatte sie nicht immer wieder durch ihr Verhalten für Aufsehen gesorgt?
Aufgewühlt ging Lilly vor ihnen auf und ab. Da trat Helen auf sie zu, hakte sich bei ihr unter und lenkte sie den Weg ein Stück weit an rosablühenden Hortensienbüschen und einer Rabatte mit Kartäusernelken, Sternblumen und Margeriten entlang. »Ich muss dir etwas gestehen, Lilly«, begann sie. »Ich werde bei Clemens bleiben. Er ist sehr krank, wie du ja selbst siehst. Er leidet unter Schwindel, Übelkeit, manchmal fällt ihm sogar das Sprechen schwer. Sein linkes Bein gehorcht ihm kaum noch. Überhaupt seine Muskeln! Es wird immer schlimmer. Eine Besserung seines Zustandes scheint ausgeschlossen. Er ahnt es selbst. Ich werde ihm zur Seite stehen und dafür sorgen, dass er die beste Pflege bekommt.«
Lilly hatte das Gefühl, neben sich zu stehen. »Wie ... kommst du dazu? Was soll das alles?«
Helen drückte sich ein wenig fester an sie. »Ich will ehrlich sein, Lilly. Ich habe Clemens schon immer geliebt. Schon als kleines Mädchen, auch wenn ich nicht die Schönste war. Aber ich träumte

davon, dass er eines Tages meine Gefühle erwidern würde. Jetzt habe ich geerbt, meine Patentante in Schwerin wird mir frühzeitig ein großes Vermögen auszahlen. Ich bin also in der Lage, Clemens ein sorgenfreies, angenehmes Leben zu bieten. Ohne weitere Verpflichtungen. Du magst seiner Mutter unsympathisch sein, mir ist sie jedoch dankbar. Sie vertraut mir. Sie kennt mich, schätzt meine Bescheidenheit und meine Fähigkeit, mich für jemanden aufzuopfern. Sie wird Clemens zuliebe das Rittergut behalten und dort mit uns leben. Sie ist erleichtert zu wissen, dass Clemens nie mehr arbeiten, nie mehr reisen, nie mehr Angst haben muss – selbst wenn er eines Tages im Rollstuhl sitzt.«
Clemens im Rollstuhl? Helen als aufopfernde Pflegerin an seiner Seite? Er wäre doppelt gefangen! Doppelt aus dem Leben gerissen. Lilly hielt es nicht mehr aus. Sie schüttelte Helen an den Schultern.
»Du lügst! Du hast mich immer belogen! Du bist ein hinterhältiges, gemeines Biest!« Sie rannte den Weg zurück.
Joachim sprang auf und lief ihr entgegen. »Reg dich nicht auf, Lilly. In Amerika wird alles besser. Bitte, komm mit mir!«
Ohne auf ihn zu reagieren, blieb Lilly vor Clemens stehen. »Stimmt das, was Helen mir gerade gesagt hat?«
»Mir geht es nicht gut, Lilly. Wir sollten ein andermal ...« Er holte ein Taschentuch hervor, putzte sich die Nase.
»Es wird kein andermal geben!«, brüllte Joachim. »Seid ihr beide blind? Helen liebt dich! Helen passt zu dir! Was willst du nur mit einem Mädchen, das niemanden außer mich jemals glücklich gemacht hat? Begreift ihr das nicht?«
Helen, die seine Worte gehört und zurückgekehrt war, sagte ruhig: »Du hast völlig recht.«
»Nein! Du bist wahnsinnig, Joachim!«, schrie Lilly ihm ins Gesicht. »Geh nach Amerika. Hole deinen Vater nach Hause. Du wirst ihn brauchen. Und noch etwas, Joachim von Stratten, merke es dir für alle Zeit: Ich bin nicht die Frau, die dich liebt!«
Verständnislos schaute er sie an.

»Nicht die – Frau! Versteh doch, Joachim!« Aus den Augenwinkeln sah sie, wie Patienten vor das Portal traten und ihnen neugierig zuschauten. Ein letztes Mal riss sie sich zusammen, trat vor Clemens und flüsterte eindringlich: »Nichts, Clemens, soll vergeblich gewesen sein. Nichts.«

Er würgte leicht, zog ein Taschentuch hervor und presste es gegen seinen Mund. Um Verzeihung bittend, schaute er sie stumm an.

»O Gott, Clemens, wenn ich dir doch nur helfen könnte!« Sie wollte vor ihm in die Knie gehen, doch Joachim packte sie wütend am Arm. »Lilly!«

Sie schüttelte ihn ab. »Lass mich. Siehst du nicht, wie schlecht es Clemens geht?«

»Das wissen wir schon seit langem. Das liegt an der Nahrung aus Konservenbüchsen, von der er sich in Afrika, wie die Kolonialsoldaten auch, ernähren musste. Diese sollen ähnliche Symptome haben. Man spricht bereits von Bleivergiftungen.«

Clemens rieb sich über die Stirn, als fühle er leichten Schwindel.

»Mache dir bitte keine unnötigen Gedanken, Lilly«, fuhr Joachim fort. »Clemens ist Arzt. Er weiß, was notwendig ist. Aber du, Lilly, du musst mit mir nach Boston fahren. Hier haben wir keine Zukunft mehr. Und begreife endlich: Ein Mädchen wie du – ob sie nun Strohhüte flicht oder Desserts kocht – kann keinen Adligen heiraten. Nicht hier, aber in Amerika. Ich verspreche dir hier vor allen anderen: Ich werde für dich sorgen, und mein Vater wird uns weiterhelfen. Er hat Kontakte, er ...«

Lilly hielt sich die Ohren zu. »Nein! Nein!«

Clemens schwankte zur Bank zurück. Er zitterte, rieb seinen linken Arm. Lilly hastete auf ihn zu, doch Joachim hielt sie zurück. »Helen ist für ihn da. Geh jetzt, Lilly.«

Da hob Clemens den Kopf. »Bleib.« Er rang um Worte, und jeder merkte, wie schwer es ihm fiel. »Lasst mich mit ihr allein.«

Ärgerlich verzog Joachim das Gesicht, doch Helen lächelte Clemens zu. »Aber ja, natürlich, sprecht ruhig miteinander, aber schone dich. Und vergiss nicht: In einer Viertelstunde steht deine

Massage an. Ich hole dich rechtzeitig wieder ab.« Sie hakte sich bei Joachim unter und schlug mit ihm den Weg zur Stahlquelle ein.

»Ich verstehe das alles nicht«, flüsterte Lilly erregt. »Clemens, was ist nur geschehen? Du liebst sie?!«

»Nein.« Er tupfte sich mit dem Taschentuch über Wangen und Mund. Sie nahm seine Hände, beugte sich über sie und küsste sie. »Ich liebe dich.« Sie fühlte seinen Atem dicht über ihrem Haar, das Zittern seines Körpers.

»Ich bin aber kein gesunder Mann mehr, Lilly.« Er zitterte noch stärker.

Sie schaute ihm tief in die Augen, strich ihm über Wange und Mund. »Ich werde dir helfen, gesund zu werden. Ich kann nicht ohne dich leben, Clemens.«

»Du wirst ...«

»Nein, Clemens, ich werde mich nicht daran gewöhnen müssen.« Sie nestelte unter ihrem Stehkragen das Seidenband mit ihrer *Chlamys sentis* hervor und drückte sie ihm in die Hand. »Dein Glücksbringer, erinnerst du dich?«

Er schüttelte den Kopf. »Nimm ... ihn zurück, Lilly. Ich brauche ihn nicht mehr. Es ist alles ... geordnet.«

»Dein Abschied aus dem Leben ist geordnet«, erwiderte sie mit wachsender Empörung. »Hast du vergessen, wie begeistert du mit mir über Berlin geflogen bist? Hast du all deine Träume aufgegeben?«

»Ja.«

»Nein, Clemens. Das glaube ich nicht.«

»Muss sein«, flüsterte er kraftlos.

»Wegen dieses Bleis in den Dosen?« Lilly versuchte, so ruhig wie möglich zu bleiben.

Er schwieg.

»Clemens?«

»Wir kennen die Krankheiten noch nicht, die wir uns in Afrika holen können.«

»Wärest du nur nicht ein zweites Mal gefahren.«
»Es ging um meinen Freund.«
»Aber ich! Ich liebe dich.«
Sie schauten einander in die Augen. Und Lilly erkannte die Trauer in seiner Seele.
»Nimm sie zurück.« Er öffnete seine Hand. »Bitte.«
Lilly ergriff die Muschel, hielt sie an seine Lippen, damit er sie küsste, dann brach sie ihre Schalen entzwei. »Diese ist für dich, und die andere behalte ich – bis sie uns wieder zusammenführen.«
In seinen Augen schimmerten Tränen. Langsam ließ er die Schale in seine Jackentasche gleiten. »Verrat mir ... mein Dessert, Lilly. Bitte.«
Sie beugte sich zu seinem Ohr vor und flüsterte: »›Pommes de paradis.‹« Sie küsste seine Ohrmuschel, sein Ohrläppchen und fügte noch leiser hinzu: »Eines Tages wirst du es Löffelchen für Löffelchen genießen.«
Er atmete schwer. »Danke. Ja, es ist der Apfel. Aber er kommt zu spät.«
Helen und Joachim näherten sich. Verzweifelt umarmte Lilly Clemens ein letztes Mal, dann lief sie, ohne ein weiteres Wort, zum Ausgang.
Ich will es nicht wahrhaben. Ich will glauben, ihn heilen zu können. Ich kann nicht ohne ihn leben – aber ist jetzt nicht alles verloren?

Als Lilly völlig aufgelöst zu Hause eintraf, wartete ein Bote mit der dringenden Nachricht auf sie, sie solle sich um Punkt zehn Uhr in der »Strandperle« einfinden, um zwei extra aus Berlin angereisten Untersuchungskommissaren die Abläufe des gestrigen Abends zu schildern. Der guten Ordnung halber werde auch örtliche Polizei anwesend sein, hieß es, doch in Lillys Ohren klang das wie eine Drohung. Sie fühlte sich elend, und es fiel ihr schwer, sich zu beeilen. Aber blieb ihr etwas anderes übrig?
Rasch sah sie nach ihrer Mutter, die bleich und reglos, aber bei

Bewusstsein war. Sie streichelte ihre Hände, erklärte ihr, dass sie kurz nach Heiligendamm fahren müsse. Dann ermahnte sie ihren Onkel, weiter an ihrem Bett auszuharren, bis sie zurückkäme. Lilly beschloss, Vasko mitzunehmen, und lief mit ihm zu ihrer Nachbarin Imme. Ob sie Mutter und Onkel mit einem Mittagessen versorgen und vorsichtshalber nach ihr schauen könne? Imme versprach es ihr, und Lilly war erleichtert. Denn auch wenn es Strafe genug für ihren Onkel war, am Bett ihrer todgeweihten Mutter auszuharren, so sollte er doch spüren, dass er von allen im Auge behalten wurde.

Dann hastete Lilly zur Haltestelle der Schmalspurbahn in der Alexandrinenstraße, um den nächsten Zug nach Heiligendamm zu nehmen.

Nie waren ihr zweiundzwanzig Minuten so lang erschienen. Jede der rhythmischen, stampfenden Bewegungen der Lokomotive führte an Plätzen vorbei, die ihre Erinnerungen weckten: Dort in den Salzwiesen hatte Joachim, ihr Halbbruder, sie geküsst, sie begehrt. Sie aber hatte an Clemens gedacht, nur an ihn. Wurde dadurch ihre Schuld geringer? Ihre Scham weniger? Lilly fand keine Antwort und starrte weiter hinaus auf die Linden, zwischen denen sich beide Männer vor gut einem Dreivierteljahr im Herbststurm wegen ihr geprügelt hatten.

Welche Angst sie um sie gehabt hatte. Und welchen Mut, dem vermeintlich sterbenden Freund ihre Liebe zu einem anderen Mann zu gestehen … Lilly schaute hinaus. Der Zug hielt an der Rennbahn. Dort, am Wegrand zum Buchenwald, war sie zum ersten Mal dem Reichskanzler begegnet. Von dort aus war sie mit den Hunden durch den Großen Wohld zum Meer gewandert und hatte nackt gebadet – während Clemens sie vom Ballon aus beobachtet hatte.

Nein, es konnte nicht alles vorbei sein.

Niemals.

Clemens durfte nicht dahinsiechen. Das konnte nicht sein Schicksal sein. Aber wie sollte sie ihm helfen? Wie?

Aufgewühlt, von ihren Erinnerungen belastet, stieg sie in Heiligendamm aus, wo Arbeiter noch damit beschäftigt waren, letzte Hand an das mit Schnitzereien versehene Stationsgebäude zu legen. Gerade noch rechtzeitig erreichte Lilly die »Strandperle« – und erschrak: Vor dem Flur, der zur Küche führte, drängten sich die anderen Küchenkräfte wie eine Herde Schafe. Die beiden Polizisten, die nervös auf und ab gegangen waren, blieben abrupt stehen, während die beiden Untersuchungskommissare aus Berlin ihr mit ernster Miene entgegensahen.

»Herr Barlewitzen ist heute Nacht freiwillig aus dem Leben geschieden«, eröffnete der Ältere von ihnen ohne Einleitung das Gespräch. »Er hat, das sollten Sie wissen, aus Verzweiflung gehandelt. Er könne mit der öffentlichen Schande, die über sein Restaurant gekommen sei, nicht mehr weiterleben.«

Lilly hielt sich an einer Stuhllehne fest. Ihr wurde heiß vor Angst. »Ich habe nichts getan.«

Der jüngere Kommissar nickte ihr zu und zog einen Umschlag aus seiner Tasche. »Hier, sehen Sie, Fräulein Babant« – er faltete ein Blatt Papier auseinander und legte es auf den Tisch –, »Herr von Maichenbach handelte geistesgegenwärtig und nahm noch am selben Abend eine Probe Ihres Desserts mit. Es war wohl eine neue Erfindung?«

»Ich nenne es ›Pommes de paradis‹, Paradiesäpfel, es sollte eigentlich …« Sei still, Lilly, du redest dich ja um Kopf und Kragen. Und wenn schon! Ich kann nicht mehr. Ich kann einfach nicht mehr, ich muss reden, die ganze Wahrheit aussprechen – sonst ersticke ich an der Angst, die ich um Clemens habe.

»Was sollte es eigentlich?«

Sie holte tief Luft. »Das Dessert fiel mir ein, weil ich jemanden, der mir sehr nahesteht, davon überzeugen wollte, wie verführerisch eine Süßspeise aus reinen, unverfälschten Äpfeln sein kann.«

»So rein wie der Apfel, den Eva Adam gab?« Der jüngere Untersuchungskommissar lächelte verhalten. »Ist Ihnen bewusst, dass

Sie sich damit selbst beschuldigen könnten? Wie wir wissen, brachte Evas Geschenk Adam nur die Vertreibung aus dem Paradies ein.«

»Marquis Montremare bestärkte mich in dem Glauben an die Reinheit der Liebe, an ihren paradiesischen Ursprung.«

Alle schwiegen. Da trat der ältere Kommissar auf Lilly zu. »Sie sind eine Romantikerin. Eine Träumerin.« Er machte eine Pause. »Das hier« – er klopfte mit der Hand auf das Blatt Papier – »ist die wissenschaftliche Bestätigung dafür, dass jemand Ihren Apfeltraum mit Chinin zerstört hat. In Berlin schlägt dieses scheinbar kleinliche Missgeschick hohe Wellen. Können Sie sich vorstellen, dass es Leute gibt, die meinen, die politische Glaubwürdigkeit unseres Reiches stünde auf dem Spiel?« Er musterte Lilly eindringlich.

Sie wusste alles, sie kannte nun alle Zusammenhänge, dank von Maichenbachs ausführlichen Erläuterungen im letzten Sommer. Was sollte sie nur tun? Sie war verloren, alles war verloren.

»Wo ... ist ... Maître Jacobi?«

Er machte eine weit ausladende Handbewegung. »Weg! Fort! Niemand weiß, warum er heute als Einziger nicht gekommen ist.« Er legte das Papier zusammen und fasste Lilly fest ins Auge. »Sie können gehen, Fräulein Babant. Sie sind unschuldig.«

Sie hätte vor Erleichterung davonfliegen können. Glücklich schloss sie Vasko in die Arme, der, an einen Pfosten gebunden, vor der »Strandperle« auf sie gewartet hatte. Das Leuchten in seinen Augen tat ihr gut, und so setzte sie ihn wieder auf den Boden und löste ihn von der Leine. Er schien ihre Freude zu teilen, sauste bellend um sie herum, forderte sie zum Spielen auf. Sie warf ein Stöckchen Richtung Promenade, und er rannte begeistert hinterher.

Lilly sah ihm einen Moment nach.

Sie war frei!

Sie war unschuldig!

Sie hatte endlich einmal Glück gehabt.
Bald würden es alle wissen: Maître Jacobi, der Chefkoch der »Strandperle«, hatte sie immer schon beneidet. Und ausgerechnet ihre letzte Kreation hatte ihn jegliche Vorsicht vergessen lassen. Er hatte sie vergiftet, um sie, Lilly, für alle Zeiten aus seinem Reich zu verbannen, das nur ihm höchste Ehre einbringen sollte. Wie gut nur, dass er ohne ihr Kochbuch geflüchtet war.
Was aber sollte jetzt aus ihr werden?
Die »Strandperle« war ohne Leitung.
Sie selbst war ohne Arbeit.
Die Sommerfrischler aber, die auf Qualität und Tradition setzten, würden die »Strandperle« mit ihrer vorzüglichen Küche vermissen.
Langsam ging Lilly zwischen den eleganten Kurgästen auf die Promenade zu. Es war ein schöner, sonniger Julitag. Große Seemöwen segelten, von einem leichten Wind getragen, über die Seebrücke. Weich, geradezu schmeichelnd, schimmerte das Blau der Ostsee im hellen Mittagslicht, schwanenweiß die herrlichen Bauten. Viele Damen trugen mit Blumen oder Schleiern verzierte Florentiner Hüte und weiße oder elfenbeinfarbene Kleider aus leichtem Tuch, die, wenn sie sie rafften, ihre mit Rüschen und Spitzen verzierten Jupons sichtbar werden ließen. Waren die Damen älter, trugen ihre Begleiter ihre Sonnenschirme, waren sie jünger, schwang manch eine von ihnen den Stock des Schirmes über die Schulter und ließ ihn versonnen kreisen ...
Vom Herrenbad, gut fünfhundert Schritte östlich vom Logierhaus entfernt, waren lautes Platschen und ausgelassenes Lärmen zu hören. Scherzend und lachend näherte sich eine Gruppe Herren, gefolgt von Dienern, die Taschen und Badebälle trugen. Von einer Bank in der Nähe standen Damen auf und gingen ihnen entgegen. Wie einfach doch das Leben sein konnte, dachte Lilly und bemerkte erst jetzt, dass rechter Hand des Herrenbades ein dunkel gekleideter Mann den Heiligen Damm entlangging, sich bückte und, die Hand am beinahe kahlen Kopf, ruckartig wieder

hochfuhr. Gleich darauf lief Vasko, einen Hut neben sich herzerrend, auf sie zu.
»Vasko! Aus!«, rief Lilly. Vasko stoppte mitten im Lauf und begann geradezu keck, den Hut zu zerbeißen. Lilly rannte zu ihm, hob Vasko hoch und untersuchte den Hut. Es war ein schlichter Herrenhut aus Stroh, von einem schwarzen Seidenstreifen umbunden. An seiner Krempe war er nun eingerissen, und Vaskos Pfötchen hatten ihn in der Mitte eingedrückt.
»Lilly Alena Babant, schon im letzten Jahr fielen Sie mir durch Ihre Laisser-faire-Haltung Schmidtchen gegenüber auf.«
Sie schaute auf.
Seinen bloßen Kopf massierend, blickte Professor Momm auf sie herab. Er lächelte. »Offen gesagt, habe ich Sie schon vermisst.«

Sie schlenderten oberhalb der Steilküste westwärts, am Rand des lichten Gespensterwaldes entlang. Professor Momm trug seinen Strohhut, als wäre nie etwas geschehen. Lilly führte Vasko an der Leine, ihre linke Hand umschloss die Schale der *Chlamys sentis,* ihre besondere Kammmuschel, ihr Traum, der sich mit dem Anblick der friedlichen Ostsee zu vereinigen schien. Schweigend gingen sie hoch über dem Meer an schlanken, bizarr verrenkten Buchen, Eschen, Eichen und Hainbuchen entlang. Lichte Schatten und flirrende Sonnenflecken schmückten den schmalen Weg. Rauschend und raschelnd, wispernd und knisternd fuhr der salzige Sommerwind durch verwachsenes Geäst, umschmeichelte knorrige Stämme, strich sensengleich über das Gras. Es war wunderschön, geradezu märchenhaft.
Immer wieder schaute Lilly fasziniert zwischen den Bäumen hindurch auf das Meer.
Unterhalb der Steilküste boten sich breite Strandabschnitte und kleine Sandbuchten, hin und wieder unterbrochen von Erd- und Geröllabschnitten, die von Sturmfluten herausgebrochen worden waren. Zwischen Sand und Kieseln lagen Findlinge und zertrümmertes Holz, wuchsen trotzig Gräser. Unendlich weit dehnte sich

das glitzernde Blau der Ostsee, als wolle sie sich an diesem Julitag in einer geradezu ätherischen Schönheit zeigen. Dunst verwischte die Linie zwischen Himmel und Meer, und verspielte, heiter hüpfende Wellen tanzten schaumgekrönt an den Strand.

Hier, an diesem magischen Ort, hoffte Lilly eine Antwort auf das zu finden, was sie bewegte. Innerhalb weniger Stunden war zu viel Aufregendes geschehen: Sie hatte ihre Ehre wiedergewonnen, wusste aber nicht, ob sie trotzdem alles – Arbeit und Liebe – verloren hatte oder noch hoffen durfte. Sie sorgte sich um ihre Mutter, der sie nur zu gerne endlich die Angst um ihre Zukunft genommen hätte, und um den Mann, den sie liebte. Und sie fragte sich, ob sie mit der Last ihres Geheimnisses würde leben können.

Sie musste zur Ruhe kommen, ihre Gefühle und Gedanken ordnen. Es war ein eigentümlich schwebendes, verunsicherndes Lebensgefühl. Dieser Spaziergang an der Seite Professor Momms schien ihr wie ein Geschenk. Dieser unkonventionelle Eigenbrötler war ihr in dieser Stunde der passende Begleiter. Nur ein älterer Mann wie er, der die Natur liebte und ein Gespür für das Gute im Menschen besaß, konnte ihr in dieser Stunde einen Hauch von Geborgenheit und Leichtigkeit schenken. Sie wandte sich ihm zu.

»Wussten Sie, dass wir sagen, hier mähe der Wind das Gras?«

»Nein, Lilly, aber bestimmt können Sie mir den Sinn dieses Spruches erklären?«

»Egal, wie lange und wie stark der Wind weht, das Gras scheint immer gleich hoch zu bleiben.«

»Ja, der Wind, er rüttelt an den Kronen, verbiegt die Äste und drechselt die Stämme«, fügte er hinzu. »Ich ging einmal mit einem Einheimischen an einem späten Septemberabend bei Nebel durch diesen Wald. Es war wirklich sehr gespenstisch. Die vielen krummen Baumgestalten – also, man hätte meinen können, sie lebten und wanderten umher. Dieser Mensch erzählte mir dann, hier irrten des Öfteren vor Mitternacht die Seelen unglücklicher, mit Schuld beladener Verstorbener umher. Stimmt das?«

»Ich weiß es nicht. Ehrlich gesagt, Professor Momm, glaube ich ebenso wenig an Gespenster wie Sie an die Legende um den Heiligen Damm.« Sie lächelte ihm verschmitzt zu.
»Schön, dass Sie sich noch an unser erstes Gespräch erinnern. Allerdings kommt es mir so vor, als bedrücke Sie heute etwas. Lenken Sie also bitte nicht ab, sagen Sie mir einfach, was es ist.«
»Sie haben recht, vielleicht ist es wirklich besser, wenn Sie alles erfahren.« Sie erzählte ausführlich und wahrheitsgetreu. Als sie geendet hatte, strebte Professor Momm einer Bank zu, von der man einen freien Blick aufs Meer hatte. »Kommen Sie, Lilly, setzen wir uns. Sie ruhen sich aus, und ich muss nachdenken.«
Sie nahm neben ihm Platz, hob Vasko auf ihren Schoß. Er setzte sich auf die Hinterbeine, hielt die Nase in den Wind. Seemöwen zogen über das Wasser, kreischten. Ein Kranichpaar stieg majestätisch, mit breitem Flügelschlag, unterhalb ihres Küstenabschnittes auf. In der Nähe flatterte ein Buntspecht auf einen Eichenstamm zu, hüpfte ein Stück weit den Stamm aufwärts und begann zu hämmern. Vasko spitzte die Ohren und wurde unruhig. Lilly kraulte ihm besänftigend das Fell.
»Wussten Sie, dass Kraniche Boten des Glücks sind?«, unterbrach Professor unvermittelt ihr Schweigen.
»Sie meinen, sie seien ein gutes Omen für uns?«
»Für Sie, Lilly, vielleicht.«
»Seien Sie so gut, Professor, quälen Sie mich nicht mit Hoffnungen, die unerfüllt bleiben.«
Er räusperte sich. »Ob unerfüllt oder nicht, das wird die Zukunft zeigen. Hören Sie, Lilly, es könnte sein, dass ich mich irre. Aber mir ist etwas eingefallen. Ich möchte Ihnen helfen, und wenn das zutrifft, was ich befürchte, müssen wir schnell handeln. Sie erzählten mir, dass der Mann Ihres Herzens an Übelkeit, Schwindel, Taubheit, ja beginnender Muskellähmung leidet und diese Beschwerden schubhaft auftreten. Als Sie ihm vor dem bedeutenden Essen mit dem Marquis das erste Mal am Heiligendamm wieder-

begegneten, schien Herr von Rastrow noch gesünder als gestern, nicht?«

»Ja, er konnte, wenn auch mit Stock, allein gehen und sprach flüssig, im Gegensatz zu gestern.«

»Es ist so: In einem Zeitungsartikel, der vor gut anderthalb Jahren erschien, berichtete ein Reporter über die gleichen Symptome und erwähnte, dass der Krankheitsverlauf mit zunehmender Muskelatrophie in Schüben verliefe.«

Vor anderthalb Jahren war Clemens noch in Südwestafrika gewesen, er konnte den Artikel also nicht gelesen haben. Aufgeregt drehte sie sich zu ihm um. »Und? Was ist die Ursache? Liegt es an den Konservenbüchsen, die mit Blei verschlossen werden?«

»Langsam, ich muss vorsichtig sein. Sie sagten, Herr von Rastrow hätte nichts darauf erwidert, als die Rede auf eine Bleivergiftung kam, nicht wahr?«

»Ja, das stimmt.«

»Als Arzt kennt er die spezifischen Anzeichen einer Bleivergiftung: Darmkoliken, graugelbe Hautfärbung und blauschwarzer Saum am Zahnfleisch. Das scheint bei ihm nicht der Fall zu sein. Herr von Rastrow weiß es also, aber er wird sich den Kopf zerbrechen, weil er die wahre Ursache nicht erahnt.«

»Spannen Sie mich bitte nicht länger auf die Folter, Professor Momm: Was ist es? Eine Tropenkrankheit?«

Er atmete tief. »Nein, es ist ein Gift.«

Lilly sprang auf, so dass Vasko erschrocken ein Stück weit fortrannte. »Ein Gift? Um Himmels willen, wer sollte Clemens …?« Sie starrte Professor Momm an.

»Beruhigen Sie sich. Es ist nur eine Vermutung. Es gibt ein Öl, das aus dem Schiefer, der in der Schwäbischen Alb abgebaut wird, gewonnen wird. Man nennt es Ölschiefer und verwendet es für technische Zwecke. Vermischen aber arme Leute es in Zeiten großen Hungers mit Speiseöl, dann treten all diese Beschwerden, die Sie mir schilderten, nach ungefähr ein bis drei Wochen auf: Übelkeit und Erbrechen, Kribbelgefühl, Schwindel, Stottern, dann

Muskelschmerzen in den Beinen, Händen, vermehrte Speichel- und Nasenschleimsekretion, später bei größeren Dosen Lähmungen. Ein Armenarzt, der in Ulm Medizin studierte und in den Armenvierteln arbeitete, hatte solche Fälle beobachtet, die ihm vereinzelt aus der Heimat bekannt waren. Ölschiefer abzubauen war schon immer eine erbärmliche Arbeit, man wusste, wie giftig sein Hauptbestandteil, das sogenannte Trikresylphosphat, ist. Es ist farblos, neutral, geruch- und geschmackslos. Es ist ein Teufelszeug, das, sagen wir es einmal ganz offen, schließlich ja auch uraltem, verfestigtem Faulschlammgestein entstammt.«
Lilly war wachsbleich geworden, ihre Fingerspitzen eiskalt. »Ölschiefer?«
Er nickte. »Vermutlich. Wenn man es weiß, ist es nicht schwer, in einer Großstadt wie Berlin an ein technisches Öl wie dieses zu kommen.«
»In Berlin? Sie meinen ...?« Ihre Gedanken überschlugen sich. Im Oktober waren sie mit dem Ballon über Berlin geflogen, in der Zeit danach war es Clemens schlechter gegangen, besonders im November, als er nach Joachims Auskunft ein weiteres Mal in Doberan gewesen war, allerdings ohne sie aufzusuchen. Erst Ende Januar hatte sich sein Zustand gebessert, woraufhin er nach Afrika aufgebrochen war – und seit Anfang der neuen Saison hatte ihn erneut ein viel schlimmerer Schub erfasst. Die neue Saison in Heiligendamm, ihr Wiedersehen ... Wollte jemand Clemens schaden, damit er nicht mehr in der Lage sein würde, sie zu treffen? Wer war es? Helen? Unmöglich, sie liebte es doch, Clemens zu umsorgen, und hätte sich selbst um die wichtigste Rolle ihres Lebens gebracht. Wer aber sonst? Seine eifersüchtige, egoistische und herrschsüchtige Mutter? Dann wäre sie wahnsinnig. Doch war sie nicht der einzige Mensch, der in diesem Wahn, zu besitzen, einen Sinn erkennen konnte?
Lilly wurde übel. Niemand wird mir glauben, und schon gar nicht Clemens selbst. Verzweifelt suchte sie Professor Momms Blick. Dieser erhob sich seufzend und legte seine Hand auf ihre

Schulter. »Ich ahne, was Sie denken, Lilly. Ich ahne es. Seien Sie vorsichtig.«

Lilly nickte flüchtig. Sie hatte Vasko lauernd vor einem Wacholderbusch entdeckt, lief auf ihn zu, bückte sich und sah einen jungen Marder, der sofort zurückwich. Sie griff nach der Leine und zog Vasko mit gutem Zureden von ihm fort. Dabei fiel ihr etwas ein.

»Professor, Sie sagten vorhin, wir müssten schnell handeln. Wie meinten Sie das?«

»Sie müssten es schaffen, Herrn von Rastrow von meinem Verdacht zu überzeugen. Dann wird er das Gegengift nehmen – und sich zuvor den Magen ausspülen lassen! Im Übrigen werden ihm die Moorbäder guttun, trotzdem. Eile ist geboten.«

Am nächsten Morgen wartete Lilly noch vor Öffnung des Stahlbades auf Clemens. Als er am Arm von Helen, auf seinen Stock gestützt, erschien, bat Lilly ein weiteres Mal darum, mit ihm allein sprechen zu können. Sie war aufgeregt, hatte kaum geschlafen und hätte aus Angst vor dem, was ihr bevorstand, am liebsten ihre alte Freundin gebeten, bei ihr zu bleiben.

Es wurde ein Alptraum.

Kaum hatte sie ihm von ihrem Gespräch mit Professor Momm berichtet und ihren Verdacht angedeutet, brach Clemens auf der Stelle mit ihr. »Das geht entschieden zu weit. Ich möchte, dass wir uns so bald nicht wiedersehen!« Das waren seine einzigen Worte. Alles andere vergaß Lilly sofort, ganz so, als sei sie von einem Erdrutsch begraben worden. »Ich möchte, dass wir uns so bald nicht wiedersehen!« Der Satz hämmerte unablässig in ihrem Kopf, zerriss eine Saite in ihrer Seele.

Kapitel 13

Drei Tage lang verließ Lilly das Haus nicht mehr. Sie war verzweifelt, ratlos. Da Victor noch immer nicht zurückgekehrt war, nutzte sie die Zeit, um sich um ihre Mutter zu kümmern und liegengebliebene Hausarbeiten zu erledigen. Sie musste etwas tun, um sich von ihrem Schmerz abzulenken.

Noch immer war Hedwigs Zustand unverändert. Ans Bett gefesselt und die meiste Zeit vor sich hindämmernd, musste sie gewaschen und gefüttert werden. Stets war jemand bei ihr, wenn nicht Lilly, so Imme, deren Enkelin oder Hanne, die nach dem ausgeheilten Knochenbruch längst wieder im Stahlbad arbeitete. Oft harrte Alfons bei ihr aus, obwohl ihm der Anblick ihres verkrümmten und ausgemergelten Körpers sichtlich zusetzte. Er war grau geworden, seine Brust eingefallen, seine Schultern waren nach vorn gesackt. Du bist ein alter Mann geworden, dachte Lilly, seitdem du am Bett deiner Schwester wachen musst, aber das ist gut so. Es ist deine Strafe, in ihrer Nähe über dein Leben nachzudenken und zu bereuen, was du ihr und mir angetan hast. Es reicht aber nicht, sie löffelweise mit Grießbrei und Hühnersuppe zu füttern, ihr Laudanum auf die Zunge zu träufeln, damit sie leichter atmen kann und weniger Schmerzen hat. Nein, Alfons Babant, ich hoffe, du bittest Mutter, solange es noch möglich ist, um Vergebung.

Sie gestand sich ein, dass sein Leiden sie von ihrem eigenen ablenkte. Von Stunde zu Stunde belastete es sie mehr, was Professor Momm gesagt hatte. Eile sei geboten, hatte er gemahnt. Eile … Clemens sollte sofort geholfen werden. Aber er hatte ihr nicht geglaubt! Unablässig rumorten diese Gedanken in ihrem Kopf, und in der Nacht zum vierten Tag hatte Lilly das Gefühl, den Verstand zu verlieren, wenn sie nicht endlich etwas tun würde. Früh-

morgens brach sie zum Stahlbad auf, um ihn noch vor seinen Behandlungen im Moorbad zu sprechen.
Er war noch nicht da.
Sie wartete.
Von sieben bis acht Uhr, von acht bis halb neun.
Doch er kam nicht.
»Wir haben ihn seit drei Tagen nicht mehr gesehen«, berichtete ihr Margit, die verspätet mit einer Kanne Fichtennadelöl aus der Doberaner Apotheke eintraf. »Unser Badearzt ist verärgert. Abrupt und auf eigene Faust eine solch wirksame Behandlung abzubrechen grenze an Leichtsinn. Ich weiß nicht, wo Herr von Rastrow ist, Lilly. Es tut mir leid um dich.«

Noch am selben Tag erhielt Lilly eine Nachricht aus Baron von Kahldens Büro. Man habe einen Chefkoch für die »Strandperle« gefunden, der Maître Jacobis Nachfolge antreten würde: Benedict Kammgarden aus Warnemünde. Obwohl noch Verhandlungen mit eventuell geeigneten Geschäftsführern liefen, müsse der Betrieb schnellstmöglich, das hieße, am kommenden Samstag, wieder aufgenommen werden. Ihr Einverständnis vorausgesetzt, möge sie sich wieder an ihrem alten Arbeitsplatz einfinden. Um rasche Antwort werde gebeten.
Lilly war unfähig, sich zu freuen.
Sie konnte unmöglich wieder eine Küche betreten.
Ein gebrochenes Herz kocht nicht gut. Marquis Montremares Worte.
Er hatte recht.
Ohne zu wissen, wie es Clemens geht, kann ich nicht eine einzige, nicht die schlichteste Süßspeise der Welt kochen.
Ich muss das Angebot ablehnen.

Noch in derselben Stunde war ihr klar, dass es nur einen gab, der ihr würde helfen können: Joachim. Ich werde ihn an unser altes Versprechen erinnern, zu jeder Zeit füreinander da zu sein – und zwar ohne Bedingungen, ohne Einschränkungen. Und ich kann nur darauf hoffen, dass er vernünftig genug ist, mich nicht mit seiner Liebe zu erpressen.

Trotz ihrer Zweifel schlug Lilly noch in derselben Stunde den Weg Richtung Hohenfelde ein. Kastanien voller stacheliger Früchte säumten die Wegränder, an denen Kamille, Rittersporn und Eibisch wuchsen. Fast unsichtbar, hoch am Himmel, sangen Lerchen. In den nahen Hainen krächzten Eichelhäher, und hin und wieder war der Schrei eines Mäusebussards zu hören, der über Wiesen und Felder kreiste. Der Weg führte über sanfte Hügel, vorbei an Kartoffel- und Getreidefeldern, an Weiden mit Rindern und Pferden, kleinen Buchen- und Eichenhainen, unter denen die Tiere an einem heißen Tag wie diesem Schatten suchten. Zwischen den Reihen der jungen Kartoffelpflanzen waren Frauen mit weißen Kopftüchern und Kittelschürzen zu sehen, die trotz der sengenden Hitze Unkraut hackten.

Nach einer guten Dreiviertelstunde hügelaufwärts erreichte Lilly die ersten reetgedeckten Bauernkaten. Es war still und heiß. Scharen zwitschernder Schwalben schossen zwischen den Dächern hin und her. Ein alter Hund streunte hinkend herum, bedachte Lilly mit trägem Blick. Doch noch bevor sie die jahrhundertealte Friedenseiche in der Mitte des Dorfplatzes erreicht hatte, hörte sie etwas Ungewöhnliches, das wie ein seltsames Lallen klang. Sie trat näher und sah einen hageren, krummen Greis in offenem samtbraunen Gehrock, lose baumelnden Goldknöpfen und besudelter Weste, der auf sie zuwankte. Er wackelte mit dem Kopf, zuckte mit den Schultern und schwang seinen Spazierstock vor sich hin und her. Sie erkannte ihn sofort, obwohl sie ihn seit Jahren nicht mehr gesehen hatte: Es war der alte von Stratten, Joachims Großvater – und der ihre. Was suchte er hier – und was sollte sie tun?

Der Greis lachte, zeigte seinen zahnlosen Mund. »Ein schöns Weibchen gebt mir her, will auch nichts nimmer mehr!«, gackerte er und presste den faustgroßen Silberknauf gegen seinen Unter-

leib. Unvermittelt verzog er das Gesicht, schwang wütend herum.
»Das Feuer ist aus! Aus ist es, ihr Halunken! Aus! Du da, komm her!« Er winkte Lilly mit dem Spazierstock zu.
Unsicher blieb sie stehen.
Er drohte ihr wütend.
»Ich bringe Sie nach Hause, Herr von Stratten«, rief sie ihm zu.
Er grinste schief. »Ins Bettchen, mein Liebchen, da geht's immer hin, in der Lieb und im Tod.«
Lilly hielt es nicht mehr aus. Sie musste ihn auf der Stelle zum Gutshof zurückbringen. Beherzt ging sie auf ihn zu. »Kommen Sie, Herr von Stratten, Sie werden bestimmt schon vermisst.«
Er hob die Augenbrauen, schürzte die Lippen. »Was kostet die hübsche Seele, ha?« Lilly packte ihn am Arm, er wand sich.
»Dat Geld is heidi! Dat Geld is heidi! Wo blievt min Sohn, sech mi!«
Mühsam zog Lilly ihn über den staubigen Dorfplatz, während er immer weiter vor sich hinbrabbelte. Um ihn bei Laune zu halten, lachte sie ab und zu, murmelte etwas Zustimmendes, redete ihm zu. Als das von Pappeln und Spalierobstfeldern umgebene Rittergut mit seinem offenstehenden gusseisernen Tor in Sichtweite kam, war sie erleichtert, wenn auch ein wenig erschöpft. Kurz vor dem Tor tat der Alte, als ritte er auf seinem Spazierstock, dann hob er sein Bein über diesen und schlug Lilly unvermittelt gegen die Waden.
»Hopp, hopp, hopp, Deern! Wat schnackst denn noch?«
Lilly sprang vor Schreck beiseite, während er zum alten Walnussbaum trippelte, in dem sie und Joachim früher im Herbst herumgeklettert waren und Nüsse geknackt hatten. Sie schaute sich um. Niemand war zu sehen. Im offenen Pferdestall, vor dem eine Karre mit Mist stand, hörte sie jemanden pfeifen, und im rückwärtig gelegenen Garten klopften Hausmädchen Teppiche. Ein Zeichen dafür, dass Norma von Stratten nicht zu Hause war, denn das hätte sie, die am liebsten zurückgezogen in ihrem Wohntrakt lebte, gestört.

Alles schien wie früher, trotzdem war es ein merkwürdiges Gefühl, wieder hier zu sein. Sie hatte das Gut seit Beginn ihrer Arbeit in der »Strandperle« vor fünf Jahren nicht mehr besucht. Jetzt war sie zweiundzwanzig Jahre alt und sah sich, wohin sie auch blickte, als junges, sehr junges Mädchen mit Joachim herumtoben: pummelig, barfüßig, mit zerkratzten Beinen und flusig hochgesteckten Zöpfen. Sie blinzelte zum Bach hinüber, an dessen Ufern Sumpfdotterblumen und Vergissmeinnicht wuchsen. In seinem flachen Sandbett hatten sie gebadet, Steindämme gebaut und Frösche gefangen. Wie vertraut ihr sein Gurgeln war! Wie verzaubernd auch das wispernde Rascheln der Pappeln, zwischen denen sie einen Sommer lang in einer selbstgebauten Hängeschaukel geträumt und Geschichten ersonnen hatten, einen Eimer dicker, fast schwarzer Süßkirschen auf dem Bauch und um die Wette Kerne spuckend.

Lilly schaute kurz zum Himmel hoch, der sich wolkenlos über dieses schöne alte Rittergut spannte, dann stieg sie, so wie sie es früher getan hatte, auf die hüfthohe Felssteinmauer und warf neugierig einen Blick auf Herrenhaus und Wirtschaftsgebäude. Die Farbe der Fensterrahmen blätterte ab, die Scheiben waren blind geworden, der Mörtel war an vielen Stellen des Mauerwerkes herausgebrochen. Auch die Moosstellen auf den Dächern deuteten darauf hin, dass dringend investiert werden musste, um dieses schöne alte Rittergut mit seinem mächtigen eichenen Fachwerk und den glasierten Backsteinziegeln noch weitere zweihundert Jahre gegen Wind und Wetter zu rüsten.

Lilly ließ ihre Blicke über die weiten Felder und den kleinen See schweifen, in dem sie früher mit Joachim, gelegentlich auch gemeinsam mit Clemens, gebadet und geangelt hatte. Ein längst vergessenes Bild tauchte vor ihr auf: Sie lag rücklings im Ruderboot, der Rücken nass vom eingesickerten Wasser, und schaute den Wolken nach. Joachim ruderte, während sie ihm die Wolken deutete. »Da! Ein Fisch, jetzt teilt er sich. Ein weit aufgerissenes Maul. Und jetzt kommt ein Raubtier angesprungen. Schade, es

zieht seine Pfoten ein. Joachim, schau, ein Kopf mit Hörnern!«
Da beugte er sich, verschwitzt wie er war, über sie und lachte.
»Du spinnst, Lilly!«, rief er und bespritzte sie mit Wasser. Sie
schrie, fuhr hoch und begann mit ihm zu raufen, bis sie beide in
den See stürzten. Vom überhängenden Ast einer Weide guckte
ihnen Clemens zu, sog an seiner ersten selbstgebastelten Pfeife.
Lange, sehr lange war das her.
Pferdegetrappel riss Lilly aus ihren Gedanken. Sie wandte sich
um: Joachim näherte sich auf Turmalik, neben ihm ritt – sie
traute ihren Augen nicht und sprang erschrocken von der Mauer:
Es war sein Vater, ihr Vater: Armin von Stratten, hochgewachsen,
in hellbraunem Reitanzug mit grünen Samtblenden an Kragen,
Taschen und Aufschlägen. Sein Sakko war offen und gab den
Blick auf eine gleichfarbige Weste frei.
Ein gutaussehender Mann, ein selbstbewusster Mecklenburger
Gutsherr – und doch anders. Freier, weltläufiger.
Sie verspürte Stolz auf ihn und hatte Mühe, ihre Freude zu verbergen. Sollte Joachim ihn also doch gebeten haben heimzukehren?
Noch bevor sie weiter darüber nachdenken konnte, lenkte Joachim Turmalik dicht neben sie. Er strahlte über das ganze
Gesicht. »Lilly! Wie schön, dass du endlich wieder den Weg hierhergefunden hast. Wolltest du zu mir?«
»Ja, ich bringe dir, ich meine, Ihnen ... Verzeihung, Herr von
Stratten, Ihr Herr Vater ist ein wenig verwirrt. Ich traf ihn im
Dorf und brachte ihn hierher.«
Armin von Stratten wollte etwas sagen, doch Joachim kam ihm
zuvor. »Er wollte uns begleiten, ärgerte sich aber darüber, nicht
mehr reiten zu können.«
»Das stimmt«, fügte Armin von Stratten hinzu und streckte
Lilly lächelnd seine Hand entgegen. »Lilly! Wie hast du dich
verändert! Joachim hat mir viel über dich erzählt. Ich freue
mich, dich zu sehen. Wie geht es dir? Wie geht es ... deiner
Mutter?«
Er ist wirklich besorgt, dachte sie gerührt und merkte, wie sie

errötete. Er verhielt sich so anders als Joachims Mutter und als seine Tante ... Er verachtete sie nicht, stieß sie nicht zurück. Und so suchte sie nicht nach den richtigen Worten, sondern folgte allein ihrem Gefühl: Dies war der Moment, das zu sagen, was geradezu lebenswichtig war – für sie und Hedwig.

»Meine Mutter, Herr von Stratten, liegt im Sterben. Würde es Ihnen etwas ausmachen, wenn ich Sie bäte, sie ein letztes Mal zu besuchen? Ich glaube, sie wäre sehr glücklich.«

Er erbleichte, und seine Brust hob und senkte sich vor Erregung. Er biss sich auf die Unterlippe, streifte aufgewühlt seinen linken ledernen Reithandschuh ab. Er hat verstanden, was ich ihm habe sagen wollen, dachte Lilly. Er weiß jetzt, dass Mutter mir alles erzählt hat, und wenn er klug ist, ahnt er auch, wer ich bin.

Sie bedeutete Joachim, der verwundert zwischen ihr und ihrem Vater hin und her schaute, zu schweigen. Wartete.

»Ich verstehe«, erwiderte Armin von Stratten schließlich. »Lass uns gleich aufbrechen, Lilly. Du, Joachim, kümmerst dich bitte um unseren Senior. Er macht sonst nur Unsinn!« Er wies mit einer leichten Bewegung seines Kopfes zum Walnussbaum, an dessen Stamm der Alte gerade urinierte.

»Fix di fix! Nix is nix!«, gackerte er und wackelte mit den Hüften.

»Joachim, bitte überlass Turmalik eine kurze Weile Lilly, ja?«

»Was bedeutet das, Vater?«

»Ich erkläre dir alles später. Warte nicht auf mich. Es kann länger dauern. Sag deiner Mutter, sie solle sich auf ein außerordentlich wichtiges Gespräch vorbereiten. Richte ihr aus, noch hätte ich mein Zuhause in Boston. Wenn sie mir heute Abend eine Szene macht, reise ich auf der Stelle für immer zurück. Und du« – er zögerte, streifte Lilly flüchtig – »du kommst mit.«

»Ich verstehe nicht, was du vorhast.«

»Das macht nichts, jedenfalls nicht im Moment. Bist du einverstanden, Lilly?«

»Ja, natürlich. Gerne.«

Joachim sprang aus dem Sattel. »Schon gut, Vater. Lilly, willst du mir nicht erklären, was los ist?«

Sie lächelte ihn an. »Später, Joachim, später.«

Er half ihr in den Sattel. Armin von Stratten nickte ihr zu, da fiel Lilly wieder ein, warum sie Joachim eigentlich hatte aufsuchen wollen. »Weißt du, wo Clemens ist?«

»Hast du ihn immer noch nicht aufgegeben?«, fragte Joachim verärgert.

»Nein!« Sie trieb Turmalik dicht an ihn heran und beugte sich zu Joachim hinab. »Joachim, hilf mir. Wo ist er?«

»Von mir erfährst du es nicht.«

»Ist ... ist Helen bei ihm? Joachim, bitte! Sag etwas.«

»Nein, ich sage nichts.« Abrupt wandte er sich von ihr ab.

Da ritt Armin von Stratten auf sie zu, in den Augen ein schmerzliches Lächeln. »Willst du deiner Schwester nicht helfen, Joachim?«

Dieser riss die Augen auf, stolperte rückwärts und rief: »Du lügst, Vater! Du lügst! Ihr beide! Das ist verrückt! Ich liebe sie!«

Armin von Stratten sprang aus dem Sattel und packte ihn hart an den Schultern. »Schluss damit! Lilly ist deine Schwester. Ich verbiete dir solche Flausen. Es ist Sünde. Du musst das jetzt verstehen.« Dann ging er auf Lilly zu. »Es ist wahr, nicht?«

Sie nickte und rutschte aus dem Sattel, den Tränen nahe.

»Komm!« Er zog sie in seine Arme, während Joachim fassungslos in den Sand niederkniete und weinte.

Nach einer Weile löste Lilly sich aus der Umarmung ihres Vaters, bat ihn mit einem Blick um Verständnis und ging auf Joachim zu. Sie hockte sich neben ihn und legte ihre Arme um seine bebenden Schultern.

»Ich fasse es nicht, Lilly, ich begreife das nicht«, stammelte er immer wieder.

Sie strich ihm das verschwitzte Haar aus der Stirn. »Du wirst es überwinden. Wir beide werden es schaffen. Jetzt sind wir einander viel näher als früher. Ich liebe dich, Joachim, ich liebe dich als meinen allerliebsten, allerbesten Bruder.«

Er wischte sich mit dem Ärmel über das nasse Gesicht und versuchte zu lächeln. »Deinen allerliebsten, allerbesten? Du hast ja nur einen.«

»Ja, dich! Ich bin so glücklich, Joachim.« Sie zog ihn fest an sich.

»Verzeih mir.«

Ihr Mund näherte sich seinem Ohr. »Was?«

Er senkte seinen Kopf, winzige Schweißperlen glänzten an seinen Schläfen, in seinem Nacken. »Das in der Scheune damals, du weißt schon.«

Sie streichelte über seinen Rücken und wisperte: »Lass es uns vergessen, wir wussten es damals nicht besser.«

Er richtete sich auf. »Aber ich, ich habe die Wahrheit verdrängt.«

»Wie meinst du das?«

»Du warst bei mir, deine Gedanken waren jedoch bei ihm. Stimmt das?«

»Ja, es ist wahr.«

Sie schauten einander in die Augen. Nie würde sie diesen Schmerz, diese Erschütterung vergessen.

Erst als sie sah, wie Turmalik vorsichtig auf sie zukam, löste sich ihrer beider Anspannung. Der Hengst schnaubte leise und schnoberte an Joachims Rücken. Lilly streckte über Joachims Schulter ihre Hand nach ihm aus und streichelte seine Nüstern.

Joachim seufzte, räusperte sich. »Also gut. Komm, Lilly.« Er half ihr beim Aufstehen, klopfte Turmalik auf den Hals und nahm ihn lose am Zügel. »Nach eurem Zerwürfnis bat Clemens mich, ihn zu Professor Momm in die ›Burg Hohenzollern‹ zu begleiten. Er wollte sich bei diesem Gesteinsforscher genau erkundigen. Ich war Zeuge ihres Gespräches und fürchte, dieser alte

Professor könnte wirklich das Richtige vermuten. Ich habe Clemens noch am selben Tag zum Stadtkrankenhaus nach Rostock begleitet, wo er sich Antidota spritzen ließ. Er ist immer noch dort, verbat mir allerdings, mit irgendjemandem darüber zu sprechen.«
»Weiß Helen etwas davon?«
Er klopfte sich den Sand von den Knien. »Nein, ich habe den Eindruck, dass Clemens völlig verbittert ist und niemanden mehr sehen möchte. Er muss erst einmal verarbeiten, was ihm da widerfahren ist. Nicht nur er, auch wir. Die eigene Mutter! Meine Tante! Was für ein Wahnsinn.«
»Wo ist sie eigentlich?«
»Sie ist noch völlig ahnungslos. Sie ist auf ihrem Gut, das sie ja für Clemens und Helen herrichten will. Sie wird wohl mit ihrem Gutsverwalter die Restaurierung der Wohnräume besprechen, in dem Vertrauen darauf, dass Helen hier auf Clemens aufpasst.«
Lilly verdrehte die Augen.
»Übrigens sollte ich Isa zuerst heiraten«, mischte sich Armin von Stratten ein. »Mein Vater hielt sie damals für die bessere Partie: selbstbeherrscht, von klarem Verstand und als ältere Schwester mit größerer Mitgift gesegnet. Deine Mutter, Joachim, gefiel mir aber besser. Sie war hübsch und in ihrer scheuen Art geheimnisvoll. Erst später merkte ich, dass sie sich von ihren wechselnden Befindlichkeiten und Launen lenken lässt und es vorzieht, im Privaten zu leben als in der großen Gesellschaft so wie Isa. Trotzdem denke ich, die richtige Wahl getroffen zu haben. Du hast also mit deiner Mutter mehr Glück als Clemens, Joachim.« Er zwinkerte ihm zu und drückte ihn und Lilly herzlich an sich. »Jetzt möchte ich aber Hedwig wiedersehen, meine erste, meine große Liebe.«
Lilly stieg in den Sattel. »Ich muss aber mit Clemens sprechen, Joachim. Bitte sag es ihm, ja?«
»Ich werde es versuchen.«

Sie winkten einander ein letztes Mal zu, dann ritt Lilly, erleichtert und angespannt zugleich, neben ihrem Vater her.

»Es fällt mir schwer zu verstehen, warum du Mutter damals nicht geheiratet hast, auch wenn sie arm war und du dich deiner Familie verpflichtet fühltest«, begann sie das Gespräch. »Ich möchte dir keinen Vorwurf machen. Warum aber bist du Anfang der Siebziger fortgegangen?«

Er zögerte nicht mit seiner Antwort. »Es war der Schock, Lilly. Als die Börsenkurse einbrachen, machte mir mein Vater eine Szene. Er warf mir vor, ich hätte unseren Besitz und die Ehre unseres Namens leichtfertig in den Wind geschrieben. Ich hatte an der Börse spekuliert und konnte seit einiger Zeit mehrere Rechnungen nicht mehr begleichen. Die größte Summe schuldete ich deinem Onkel. Er hatte noch Monate zuvor unsere Wohntrakte neu stuckatiert, sehr schön übrigens. Er war begabt und arbeitete sehr sorgfältig. Entsprechend groß war meine Scham, ihn nicht bezahlen zu können. Und dann gab es noch einen Grund.«

»Hat es etwas mit der Politik zu tun?«

Er warf ihr einen überraschten Blick zu. »Ja, du kennst dich ein wenig aus?«

»Nein, mir fiel nur ein, dass Joachim einmal sagte, du seiest ein Achtundvierziger.«

»Ach so, ja, diese Geschichte. Sagen wir es so: Ich war Mitglied der liberalen Landespartei, die in den Jahren nach der Reichsgründung hier in Mecklenburg große Bedeutung erlangt hatte. Ein Freund von mir, der Abgeordneter im Reichstag war, vertrat uns und machte Druck. Er gehörte mit mir und einigen anderen einer eher neukonservativen Gruppe innerhalb der Ritterschaft an. Wir wollten die alte feudale Landesordnung reformieren, das Grundgesetz von 1849 wiedereinführen, für das wir gekämpft hatten, und setzten uns für eine konstitutionelle Monarchie ein. Immer wieder zwangen wir den Reichstag, unsere Anliegen auf die Tagesordnung zu setzen. Doch stets scheiterten wir am Widerstand im Bundesrat und innerhalb der eigenen Kreise. Ich fühlte mich, offen gesagt, bei meinen eigenen Leuten nicht mehr recht wohl. Außerdem hatte ich den Verdacht, dass Norma ein heimliches Liebesverhältnis mit Joachims ehemaligem Lehrer, diesem Professor Jacobi, angefangen hatte. Sie war süchtig nach Romantik, nach Schwärmerei. Was konnte ich ihr schon anderes bieten als Sorgen um Geld und den Erhalt des Gutes? Also ging ich. Es war dumm von mir, aber damals glaubte ich, noch einmal ganz neu anfangen zu können, ohne Verantwortung für andere tragen zu müssen. Wie dem auch sei: Später in Boston erfuhr ich, dass die Liberalen 1878 im Reichstag ihre Mehrheit verloren. Bismarck söhnte sich mit den Konservativen aus, was bedeutete, dass von da an Veränderungen von oben, so wie die Liberalen es wollten, erfolglos sein würden. Die meisten meiner Gesinnungsfreunde, die wie ich die achtundvierziger Revolution gutgeheißen hatten, zogen sich ins Private zurück. Ich verfolgte genau die weiteren Entwicklungen in der Heimat, bewunderte den großen Einsatz jener früheren Freunde, die sich fortan hauptsächlich für die wirtschaftspolitischen Belange unserer Region einsetzten, wie Friedrich Witte, der mit seiner Rostocker Chemiefabrik Weltruhm erlangte, Wismars Bürgermeister Anton Haupt, Wismars Großreeder Heinrich Podeus und viele andere Unternehmer, die die Industrie aufbauten und Arbeitsplätze schufen: Maschinenbau, Werften, Eisengießereien – ein beachtlicher Erfolg, und auf dem Lande Großbetriebe. Ich weiß, das ist nur die eine Seite. Ich bin mir der Armut der einfachen Leute und der Landflucht sehr wohl bewusst. Der frühere Hofbaumeister Georg Demmler, ein Freimaurer, dem wir unser schönes Schwerin zu verdanken haben, setzt sich ja seit den Siebzigern vehement für sozialdemokratische Belange ein. Liest du seine *Mecklenburgische Volks-Zeitung?*«

»Victor hat sie abbestellt, aber Onkel Alfons teilt sie sich mit Nachbarn. Ich habe, ehrlich gesagt, nur selten Zeit, sie zu lesen.«

Sie gestand sich ein, dass sie ihm gerne zuhörte, ganz gleich, was er ihr noch erzählen würde. Es war, als füllte sich in ihr eine Leere, die ihr bis zu diesem Tag nur vage bewusst gewesen war. Schweigend ließen sie ihre Pferde ruhig nebeneinander hergehen. Dann fiel ihr Blick auf einen Hügel, der inmitten eines großen Weizenfeldes lag. Wie früher empfand Lilly auch jetzt, dass etwas Magisches von ihm ausging. Ihr Vater bemerkte ihre Nachdenklichkeit.

»Diese Hügel rauben den Bauern Platz und müssen umständlich umpflügt werden. Hast du dich auch schon gefragt, warum die Bauern sie nicht abtragen?«

»Ja, aber vielleicht spüren selbst sie, dass etwas Besonderes von ihnen ausgeht.«

»Ja, das ist richtig, Lilly. Wusstest du, dass hier vor langer Zeit Slawen lebten? Sie glaubten an Naturgeister, schwarze und weiße Götter und Dämonen. Sie beteten sie auf Anhöhen an, in Tempeln und heiligen Hainen. Zu Beginn ihrer Zeit begruben sie ihre Toten in Urnen unter Eichen, später bestatteten sie sie mit all ihren Waffen, Schmuck und Geräten aus Bronze und Gold in steinernen Gewölben und deckten diese mit Erde zu. Wie dieser Hügel dort, um den der Weizen wächst.«

»Die Slawenzeit ist lange vorbei ...«

»Ja, aber die Gene unserer heidnischen Vorfahren, wie die der slawischen Obodriten, wirken in uns weiter.«

»Bist du dir da so sicher?«

»Ja, früher, als ich hier noch lebte, habe ich mich oft gefragt, ob meine Seele wohl schon einmal auf der Erde gewirkt hat. Vielleicht im Körper eines slawischen Fürsten, der Bernstein und Pelze gegen Waren, Stoffe und Gewürze aus Fernost tauschte. Oder im Körper eines Zauberers. Vielleicht sogar im Körper einer Frau. Oder eines Priesters, der einen Gefangenen über einem Kessel tötete und aus seinem herausströmenden Blut Zeichen herauslesen konnte. Vielleicht musste ich in diesem Leben auf meine große Liebe verzichten, weil ich damals etwas tat, was nicht gut war. Was hältst du davon, Lilly?«

»Ich weiß es nicht, ich habe noch nie darüber nachgedacht.«

Er schaute sinnend über die Zuckerrübenfelder. »Es ist auch besser so. Aber das Träumen scheinst du ja von mir geerbt zu haben, hörte ich.«

Sie lächelte, schwieg. Sie wollte ihm weiter zuhören, nicht von sich und ihren unangenehmen Erinnerungen erzählen. Noch nicht. Langsam ritten sie an den langen Reihen glänzender, dunkelgrüner Blätter vorbei.

»Lassen wir das Spekulative«, ergriff er wieder das Wort. »Kommen wir auf die Gegenwart zu sprechen, die Zukunft. Ich würde gerne noch einmal mein Leben neu beginnen. Hier beginnen, Lilly. Früher bauten die Slawen auf dieser Erde Gerste und Hafer, Weizen und Flachs an. Jetzt schau dir dort das Zuckerrübenfeld an. Die Zuckerrübe repräsentiert die Neuzeit, den Fortschritt. Wusstest du, dass wir sie Napoleon verdanken? Hätte er damals nicht die Kontinentalsperre über Europa verhängt, würden wir wohl noch heute Zucker in Gold aufwiegen. Gut, dass Deutschland seit Anfang unseres Jahrhunderts vom Rohrzucker unabhängig ist, dank Napoleon und dieses Chemikers Markgraf, der schon Mitte des letzten Jahrhunderts entdeckte, dass die Rübe Zucker enthält.«

»Mir war schon immer klar, dass der Zucker nicht in Hütchenform aus der Erde wächst.« Sie blinzelte ihm zu, woraufhin er auflachte.

»Lilly, du gefällst mir. Aber lass mich dir noch etwas erklären. Du verwandelst mit dem Zucker Speisen, das ist das eine. Das andere ist, dass mit dem Anbau der Rübe eine neue landwirtschaftliche Kultur entsteht. Die gesamte Landwirtschaft wird durch sie revolutioniert«, fuhr er leidenschaftlich fort. »Joachim erzählte mir heute früh bei unserem Ausritt, dass sich immer mehr Bauern und Gutsbesitzer zusammenschließen und dass Zuckerrübenfabriken wie Pilze aus dem Boden schießen. Jeder könne Aktien kaufen. Der moderne Anbau der Zuckerrüben scheint mir also sehr aussichtsreich. Joachim erklärte mir alle Einzelheiten: Gewinnsteigerungen, Profite, Sortenzucht, Düngung und Ackerpflege. Dazu braucht man Landarbeiter. Das kostet Geld, aber wir wollen es gerne investieren, auch um die Menschen vom Auswandern abzuhalten. So einfach, wie es scheint, ist es nämlich nicht, in einem fremden Land neue Wurzeln zu schlagen. Es gehören nicht nur Mut, gute Ideen und Einsatz dazu, sondern viel Glück.«

Er machte eine Pause. »Entschuldige, Lilly, ich bin erst seit gestern wieder hier und überwältigt von all dem, was ich gehört habe. Ich habe kaum eine Stunde geschlafen, denn wir haben die ganze Nacht geredet. Norma schläft noch, und ich bin wie berauscht. Joachim erzählt mir, dass du mit großem Erfolg Süßspeisen in der ›Strandperle‹ kochst? Sogar Bismarck soll von dir begeistert sein? Und trotzdem hat man dir ein zweites Mal gekündigt?«

Sie fand den richtigen Zeitpunkt gekommen, ihm alles zu erzählen, und schloss ihren Bericht mit den Worten: »Jetzt, da sich alles aufgeklärt hat, könnte ich sofort wieder zu arbeiten anfangen.«

»Das freut mich«, erwiderte er knapp und musterte sie kritisch von der Seite. »Aber du bist dir nicht sicher?«

Ein gebrochenes Herz verdirbt jedes Gericht ... Sie biss sich auf die Lippen, kämpfte gegen die Tränen.

Armin von Stratten schwieg, als überlege er, was er sagen solle. Schließlich räusperte er sich. »Schau, Lilly!« Er wies auf die Rübenfelder. »Dort soll es Wesen geben, die die Süße der Rüben genauso begehren wie wir. Sie nennen sich Aaskäfer, Moosknopf- und Schildkäfer, Runkelfliegen und Engerlinge.«

»Wie ekelig! Willst du mir die Lust auf das Kochen nehmen?«

»Um all das Ungeziefer zu vergessen, könntest du dich ja in Zukunft besonders anstrengen, Lilly.«

Sie schwieg.

»Oder willst du nicht mehr?«
»Ich weiß nicht, ob ich es jemals wieder kann.«
»Weil du Clemens liebst?«
Sie nickte. »Ich liebe ihn mehr als du damals meine Mutter.«
»Woher willst du das wissen?«
»Weil ich um ihn kämpfen werde.«
»Ich verstehe.« Er zügelte seinen Hengst und reichte ihr seine Hand. Schnaubend harrten die Pferde nebeneinander aus.
»Ich verspreche dir eines: Sollte ich sicher sein, dass Clemens dich so liebt wie du ihn, werde ich euch unterstützen – gegen alle Widerstände.«
»Danke, aber das ist nicht nötig.«
»Wieso?«
»Weil ich keine Angst vor anderen habe, sondern davor, dass Clemens resigniert haben könnte.«
»Dann stünde es aber nicht in unserer Macht, das zu ändern. Er muss um dich kämpfen, Lilly, nicht du um ihn – auch wenn es mit seiner Gesundheit nicht zum Besten steht.«
»Er soll spüren, wie sehr ich ihn liebe.«
»Wenn er das nicht längst begriffen hat, ist er dumm. Wenn er klug ist, wird er wissen, dass er derjenige ist, der handeln muss, und zwar entschieden und ohne auf jemanden Rücksicht zu nehmen.«
»Das würde ich mir auch wünschen.«
»Du traust es ihm nicht zu?«
»Er ist tief verletzt, Vater, ich muss ihm helfen.«
»Ich gebe dir einen guten Rat, Lilly: Lass ihm noch Zeit, hab Geduld. Er wird wohl nicht den gleichen Fehler machen wie ich.«
»Bist du dir sicher?«
»Ehrlich gesagt, nein, Lilly.«
»Das ist kein Trost.«
»Ich weiß, aber soll ich ihn im Rollstuhl zu dir fahren? Wäre dir das lieber?«

»Jetzt bist du sarkastisch.«
»Entschuldige, Lilly. Du weißt doch, wie ich es meine. Er selbst muss den Weg zu dir finden – egal, wie.«
»Du forderst von ihm nur das, was du selbst nicht gekonnt hast«, erwiderte sie heftig.
»Richtig, genau deshalb würde ich mir von meinem Neffen wünschen, dass er besser ist als sein Onkel.« Er galoppierte ein Stück weit voraus, hielt wieder inne und wartete auf Lilly. »Wir sind gleich da. Nur noch eines: Mir tut es leid, dass ihr es so schwer hattet. Ich mag mir das Elend, in dem du und Hedwig in Berlin leben musstet, kaum vorstellen.«
»Ich werde es nie vergessen.«
»Erzähl mir davon, bitte.«
»Manchmal, wenn wir sehr unter Hunger litten, schmuggelten wir Stroh aus der Fabrik, zerrieben es zu Pulver und buken Brot daraus. Und dann die Arbeit in der Strohfabrik. Du trägst gerade einen Strohhut, Vater. Stell dir vor, ich hätte ihn genäht. Dafür hätte ich Halm für Halm in bis zu dreizehn Streifen schneiden, miteinander verflechten und mit feinsten Nadelstichen meterlang vernähen müssen. Aus einem Bund Stroh innerhalb eines halben Tages drei bis vier Hüte nähen und dafür nur fünfunddreißig Pfennig zu erhalten ist kein Vergnügen. Oft mussten wir im Akkord arbeiten, Stunde um Stunde, Tag für Tag. Sag mir: Gibt es etwas Hirnverdörrenderes für eine Vierzehnjährige? Jahr für Jahr? Und dabei schlugen mir die Lehrmeisterinnen auch noch oft auf die Finger, weil ihre Nerven ständig überreizt waren.« Sie schaute kurz zum Wegrand, an dem die Feldblumen blühten. »Wenn du gleich bei Mutter bist, versuch sie dir dabei vorzustellen. Du hast sie einmal geliebt, und sie hat ihr Leben darüber verloren.«
»Ja, das sehe ich jetzt ein. Verzeih mir, Lilly. Ich steh tief in eurer Schuld.«

Schon von weitem war das Bimmeln der »Doberan-Heiligendammer Eisenbahn« und das Schnaufen und Stampfen ihrer Lokomotive zu hören. Als Lilly und Armin von Stratten den Alexandrinenplatz erreichten, zuckelte sie, beladen mit Besuchern des Stahlbades, langsam durch die lange Alexandrinenstraße. An ihrer nächsten Haltestelle wartete schon eine weitere große Traube Urlauber. Für Lilly sah es so aus, als sei der Plan des Großherzogs, dank technischen Fortschritts Urlauber anzulocken, schon jetzt, nach knapp einem Monat, aufgegangen. Und sie fragte sich, ob der »Molli«, wie manche ihn bereits nannten, nicht bald schon weitere Personenwagen für die von nah und fern anreisenden Gäste benötigen würde. Sie folgte ihrem Vater, der beschlossen hatte, am Kamp entlangzureiten, bis sich der Rauch, der die Dächer der Stadthäuser einhüllte, wieder verzogen hatte.

Aus dem großen Pavillon ertönte Musik, und im Park hatte sich eine große Anzahl Sommergäste versammelt, die mit lauten Rufen zwei junge Männer anfeuerten, die – der eine auf Stelzen, der andere auf einem Einrad – darum wetteiferten, wer als Erster den Kamp umrundet haben würde.

»Ich erinnere mich an eine Wette vor langer Zeit«, sagte Armin von Stratten, »da forderte Graf Bassewitz einen guten Freund heraus: Er würde es schaffen, schneller von Heiligendamm zum Kamp zu reiten, als dieser hier vier vertrocknete Semmeln essen könnte.«

»Und? Wer wurde Sieger?«

»Der Graf! Siebeneinhalb Minuten Ritt! Die neue Bahn braucht dreimal so lange! Beeilen wir uns!« Er spornte seinen Hengst an. Lilly folgte ihm.

Nachbarinnen kamen ihnen entgegen. Lilly sprang aus dem Sattel und stürzte auf sie zu. »Ist etwas geschehen?«

Während die Frauen ehrfurchtsvoll Armin von Stratten grüßten, sagte eine von ihnen: »Sie lebt, keine Sorge. Alfons holte uns,

gleich nachdem du gegangen warst. Er war völlig überfordert. Hedwig war unruhig wie nie, wollte unbedingt gebadet und frisch gekleidet werden. Wir mussten in Bettines Truhen nach etwas Passendem suchen. Und dann ...«
»Was ist denn nun?«, rief Lilly aufgewühlt.
»Geh in den Garten, wir mussten ...«
Noch bevor sie weitersprechen konnte, eilten Lilly und ihr Vater um das Haus und über den Hinterhof in den Garten hinaus. Und dann sahen sie sie und blieben verblüfft stehen: Zwischen den faserigen Stämmen zweier alter Fliederbüsche, umhüllt vom Duft der blühenden Dolden, stand Alfons' Bett, und auf seinem fast faltenlosen, rot-weiß karierten Plumeau ruhte Hedwig. Ihr dünnes ergrautes Haar war gewaschen und mit Bernsteinkämmen aufgesteckt, ihr federleichter, magerer Körper in ein Kleid aus schwarzem Taft gehüllt. Ein schwarzer Spitzenkragen schloss das lose, von Fischbein gestützte Oberteil ab, das Blenden und Stickereien zierte.
»Hedwig!«
Langsam wandte sie ihren Blick von den Bienen auf den Blüten ab. Sie hob ihren Kopf, ihre Augen weiteten sich vor Glück. Sie schob die einfache graue Wolldecke, die ihren Bauch gewärmt hatte, von sich, beugte sich ein wenig vor. »Armin!«, flüsterte sie.
Er eilte mit langen Schritten auf sie zu, kniete neben ihr im Gras nieder, nahm ihre Hände und küsste sie.
Lilly hörte ihn flüstern, hörte ihn weinen und wandte sich ab.
Mutter hat es geahnt, dachte sie erschüttert. Es gibt sie also doch: die unhörbare Stimme der Liebe, die nie verstummt, nicht im Leid – und auch nicht über das Sterben hinaus.

»Wo hat er die ganze Zeit gesteckt?« Verschwitzt und aufgeregt trat ihr Alfons aus dem Schatten der Scheune entgegen.
»Dort, wo viele hinziehen, wenn sie hier nicht mehr glücklich sind.«

»In Amerika also.« Er krempelte seine Ärmel hoch. Dünn, entsetzlich dünn war er geworden, dachte Lilly. Aber irgendetwas in seinem Blick ermahnte sie, dass er noch immer der Gleiche war.
»Und? Hat er sein Glück gemacht?«
»Er hat seine Schuld dir gegenüber nicht vergessen.«
Er schob seine Hand unter einen Ärmel und senkte das Kinn auf die Brust.
»Das hat er dir gesagt? Warum? Es geht dich doch nichts an, oder?«
»Er ist mein Vater«, erwiderte Lilly bedeutsam.
Alfons' Gesicht verzerrte sich. Er starrte sie mit offenem Mund an. »Er ist ... Verdammt.«
»Du hast es nicht geahnt?«
»Wie kommst du darauf? Hedwig hatte viele Verehrer. Er, dachte ich damals, war nur einer von ihnen. Du weißt doch: der Adel und die hübschen Seelen.«
»Lass das, Onkel.«
»Es war aber so.«
»Nicht bei deiner Schwester.«
Er setzte an, etwas zu erwidern, winkte dann mit der Hand ab. »Schon gut.« Er schaute über Lillys Schulter hinweg zum Garten. Lilly wandte sich um und sah ihren Vater Fliederdolden pflücken. Es war eine rührende, zärtliche Geste. Von einem Glücksgefühl erfasst, kehrte Lilly zu ihren Eltern zurück.
Nachdem sie lange miteinander gesprochen hatten, bat Armin von Stratten Hedwig, ihm zu erlauben, Lilly am nächsten Morgen abzuholen. »Ich möchte meiner Frau unsere Tochter vorstellen, Hedwig. Du hast doch nichts dagegen?«
»Nein, natürlich nicht, Armin. Sorge für sie – und danke, dass du gekommen bist.«
»Es ist nicht das letzte Mal, Hedwig.«
Sie wies mit dem Zeigefinger gen Himmel. »Wer weiß, Armin, wer weiß.«

Auf ihren eindringlichen Wunsch hin ließ man sie, da die Nacht sehr warm bleiben würde, im Garten schlafen.

In den frühen Morgenstunden läutete Helen an der Tür und riss Lilly unsanft aus dem Schlaf.
»Gerade eben bekam ich eine Depesche von Clemens' Mutter«, keuchte sie. »Lilly, du musst mir helfen. Ich bin völlig durcheinander. Clemens war gestern bei ihr auf dem Gut. Es muss eine furchtbare Auseinandersetzung zwischen ihnen gegeben haben. Clemens hat ihr vorgeworfen, sie vergifte ihn, um ihn an sich zu binden. Er habe Beweise und respektiere sie nicht mehr als Mutter. Mit einem Wort: Er hat mit ihr gebrochen. Sie streitet alles ab, behauptet, ihm immer nur helfen zu wollen. Heute wird sie nach Hohenfelde reisen, um ihren Schwager, der aus Amerika zurückgekehrt sein soll, um Hilfe zu bitten. Sie fleht mich an, auf Clemens einzuwirken und ihn umzustimmen. Sie geht davon aus, dass er seine Kur hier fortführen wird. Wo aber ist er?«
»Ich weiß es nicht, Helen, ehrlich.«
»Das habe ich schon befürchtet. Wir müssen Margit informieren, sie soll uns sofort Bescheid sagen, wenn er im Stahlbad eintrifft.«
»Ja, das wäre das Beste.«
»Aber jetzt sag: Was hältst du von Clemens' Behauptung, seine Mutter würde ihn vergiften? Das ist doch absurd, oder? Ist er vielleicht durch seine Krankheit verrückt geworden?«
»Nein, Helen, das ist die Wahrheit.«
»Das ... das glaube ich nicht.« Sie griff sich an die Stirn. »Niemals!«
Sie tat ihr geradezu leid. Arme Helen. Sie musste behutsam vorgehen, ihr alles in Ruhe erzählen.
»Hast du schon gefrühstückt?«
»Wie kannst du nur ans Essen denken?«, empörte sich Helen.
»Geduld, Helen, einen Moment noch, dann werde ich dir alles erklären.«

Sie gingen in die Küche, Lilly setzte Wasser auf, nahm die Kaffeemühle zwischen die Knie, zermahlte die Bohnen und erzählte Helen alles, bis auf die Tatsache, dass sie Armin von Strattens Tochter war. Das, fand sie, hatte noch Zeit.

Helen stand überstürzt von der Küchenbank auf, lief in die Diele hinaus, kehrte heftig atmend zurück, rang um Worte und ging ein weiteres Mal hinaus. Lilly brühte den frischen Kaffee auf, schnitt Brot, stellte Butter und frische Erdbeer- und Himbeermarmelade auf den Tisch.

Zögerlich kehrte Helen zurück, lächelte schwach. »Ich habe es mir überlegt. Ich werde auf Clemens verzichten. Ich weiß, ich kann seine Liebe nicht erzwingen. Er liebt dich und gab auf, weil er glaubte, deiner nicht mehr wert zu sein.«

»Ich weiß, Helen. Das sagte er mir selbst.«

»Ich sehe ein«, fuhr sie fort, »einen Fehler gemacht zu haben. Ich weiß ja, dass ich nicht schön bin, und so glaubte ich denen, die mir Komplimente über meine Art zu konversieren machten und mich dafür lobten, bescheiden und aufopferungsvoll zu sein. Aber sind das Eigenschaften, die ausreichen, um von einem Mann geliebt zu werden? Kannst du mir verzeihen? Ich habe mich dir gegenüber nicht wie eine gute Freundin verhalten.« Sie nahm Lilly in die Arme.

»Das stimmt«, erwiderte Lilly milde, »du warst geradezu gemein, liebe Helen. Ja, ich verzeihe dir, wenn du mir versprichst, für ein paar Stunden ein Geheimnis für dich zu behalten. Aber erst einmal will ich nach Mutter sehen, sie wollte die Nacht im Garten verbringen.«

»Bei ihrer Krankheit? Ist das nicht leichtsinnig?«

»Es war ihr Wunsch. Es ist Sommer, die Nächte sind sehr warm. Erinnerst du dich, wie wir als Kinder oft nächtelang im Heu oder unter einer Decke, die wir wie ein Zeltdach aufgehängt hatten, auf der Wiese schliefen?«

»Ja, das war sehr romantisch.«

»Na, siehst du. Warte also bitte einen Moment, ich will kurz

nach ihr sehen. Dann können wir frühstücken.« Sie lief hinaus in den Garten.
Hedwig hatte die Hände um die Stiele der Fliederblüten vom Vortag gefaltet.
Sie lächelte Lilly glücklich an. »Ich habe wunderbar geschlafen und möchte nicht mehr zurück in diese furchtbare Dachkammer. Solange es so heiß bleibt, hast du doch nichts dagegen, mir das Essen nach draußen zu bringen? Es ... riecht übrigens nach frischem Kaffee.«
»Magst du aufstehen und mit Helen und mir frühstücken?«
»Oh, Helen ist da? Das ist etwas anderes. Einmal noch möchte ich mit euch zusammen sein, bevor ...«
»Mutter, nicht solche Gedanken an einem Morgen wie diesem. Bist du denn nicht glücklich?«
»Doch, sehr, Lilly. Ich habe seit langem wieder gebetet, unter dem Sternenhimmel, das ist viel schöner als in einer kalten Kirche. Was für ein Erbarmen der Herrgott doch noch mit mir hat.«
Lilly lief zum Küchenfenster zurück, klopfte gegen die Scheibe. Helen verstand und war sofort bei ihr. Sie halfen Hedwig beim Aufstehen, stützten sie von beiden Seiten und geleiteten sie in die Küche. Mit Kissen im Rücken, auf der Bank liegend, genoss Hedwig das Beisammensein. Lilly schenkte den duftenden Kaffee in die Becher, stellte Zuckerdose und ein Kännchen mit frischem Rahm und Milch dazu, bereitete ihrer Mutter eine Scheibe Brot mit Himbeermarmelade zu und begann, Helen ihr Geheimnis zu lüften. Sie erzählte langsam, geradezu umständlich, mit vielen spannungsgeladenen Pausen – nur um sich an ihrer Mutter zu erfreuen, der sie mit jedem Satz mehr anmerkte, wie glücklich diese darüber war, ihr eigenes Geheimnis, ihren eigenen Schmerz nicht mit ins Grab nehmen zu müssen.

Der Morgen schritt voran. Helen machte sich auf zu Margit, um sie zu bitten, sie möge Lilly benachrichtigen, sobald Clemens das

Stahlbad beträte. Lilly hingegen wartete ungeduldig auf ihren Vater. Um sich abzulenken, erledigte sie zunächst die Hausarbeit, bis Hedwig sie bat, sie möge sie wieder zurück in den Garten bringen, wo sie das erste Mal in ihrem Leben entspannt ihren Gedanken nachhängen könne.

Lilly erfüllte ihr den Wunsch und schob den Gedanken beiseite, dass sie noch Gemüsebeete gießen und Mirabellen pflücken müsste. Sie beschloss, sich endlich einmal wieder um Vasko zu kümmern. Um ihrer Mutter ein wenig Gesellschaft zu leisten, stellte sie in ihrer Nähe eine Wanne auf, füllte sie bis auf Fausthöhe mit lauwarmem Wasser, setzte Vasko hinein und begann, sein staubig und zottelig gewordenes Fell feucht auszubürsten.

Leise sprach sie mit ihm.

Die Sonne wärmte.

Die Spatzen unter den Dächern tschilpten lebhaft.

Auf der hinteren Wiese zog Alfons mit weit ausholendem Schwung seine Sense durch das hohe Gras, entfernte sich Bogen für Bogen, Schritt für Schritt, immer weiter vom Garten.

Die ratschenden Geräusche der Sense wurden leiser wie auch der harte Klang, wenn Alfons den Sensenbogen mit dem Wetzstein nachschärfte.

Ansonsten war es ruhig.

Hin und wieder lächelte Hedwig Lilly zu.

Seit Jahren hatte sie keinen solch friedvollen schönen Sommervormittag erlebt.

Auch Vasko schien diese Stunde zu genießen. Denn anders als sonst hielt er still, als wisse er, dass er Lillys gute Laune nicht verderben dürfe. Schließlich hatte er einen langen Winter, ein betrübliches Frühjahr und einen von ihren wechselnden Stimmungen verdorbenen Frühsommer durchleiden müssen. Er hob ein tropfendes Pfötchen, schaute sie erwartungsvoll an. Sie schmunzelte, wie so oft hingerissen von seinem liebreizenden Hundegesicht. Da hörte sie von der Straße her Hufschlag. Vasko spitzte sein Öhrchen, drehte das andere, das einen Knick hatte, leicht nach vorn und spähte Richtung Haus. Lilly trocknete ihn rasch mit einem Handtuch ab, hob ihn aus der Wanne und ging, ihn auf dem Arm, dem Reiter entgegen. Es war Joachim, der gerade atemlos im Hof aus dem Sattel sprang und auf sie zueilte.

»Vater lässt euch grüßen. Er bittet euch tausendmal um Entschuldigung, aber er kann dich, Lilly, heute Morgen noch nicht Mutter vorstellen, wie er es dir versprochen hatte. Ich will ganz offen sein: Bei uns herrscht eine höllische Stimmung, und ich bin froh, dass ich bei euch bin.«

Lilly und ihre Mutter wechselten einen Blick.

»Also ist Isa bei euch?«, fragte Lilly.

»Ja, woher weißt du das?«

»Von Helen, sie war heute Morgen bei uns.«

»Ah, ja, Tante Isa erwähnte, dass sie ihr eine Depesche geschickt hätte. Sie meinte, sie sei ihre einzige Stütze, denn auf uns Strattens würde sie wohl in Zukunft kaum noch bauen können.«

»Wie kommt sie denn darauf?«

»Es mag alles verrückt klingen, aber ich will versuchen, es euch zu erklären.«

Lilly holte rasch einen Gartenstuhl für ihn, sie selbst hockte sich auf einen alten Pflückschemel, nahm Vasko auf den Schoß und kraulte ihn am Kopf.

»Also«, fuhr Joachim fort, »vor zwei Stunden traf sie bei uns ein. Sie war – und ist noch – völlig aufgelöst von dem letzten Gespräch mit Clemens. Dass ihr eigener Sohn sie verdächtigt, sie wolle ihn vergiften, trifft sie ins Mark. Dass er mit ihr brach, will sie nicht wahrhaben. Sie beschuldigt dich, Lilly, du hättest ihn beeinflusst, ihn vergiftet, um einen Keil zwischen sie zu treiben. Sie selbst wolle nur das Beste für ihn, sei völlig unschuldig und flehte uns an, sie zu ihm zu bringen. Als ich ihr sagte, ich wisse nicht, wo er sei, schrie sie, ich belüge sie. Wir alle seien bösartig und hinterhältig. Es wurde immer schlimmer mit ihr. Wie eine Furie raste sie durch Haus und Flure. Vater konnte sie nicht beruhigen, im Gegenteil. Je vernünftiger und ruhiger er auf sie einsprach und dich und Clemens in Schutz nahm, desto wütender wurde sie. Dann hat er ihr offenbart, dass du seine Tochter seist und er dich unterstützen würde, wenn Clemens dich so liebte wie du ihn. Er wolle vermeiden, dass du so unglücklich würdest wie die Frau, in die er sich in jungen Jahren verliebt hatte. Ich finde, er hätte es ihr in dieser aufgebrachten Stimmung nicht sagen sollen. Das war ein Fehler. Er wollte ehrlich sein, klare Verhältnisse schaffen. Aber in einer Situation wie dieser hätte er es besser nicht tun sollen.«

»Was geschah dann?«, flüsterte Hedwig hüstelnd, ihr Tuch auf den Mund gepresst.

»Meine Tante wurde erst bleich, dann hat sie nach dem Schürhaken gegriffen, mit einem irrsinnigen Aufschrei sämtliche Meißener Porzellanfiguren von der Konsole gewischt, den Haken gegen einen Spiegel geschleudert und ist zu Mutter ins Schlafgemach gelaufen und hat sich auf sie gestürzt. Mein Vater rannte ihr nach und konnte sie im letzten Moment davon abhalten, meiner Mutter das Gesicht zu zerkratzen. Sie wollte all ihre Wut an ihr auslassen. Sie habe sie ja schon früher davor gewarnt, meinen Vater zu heiraten, weil er angeblich Freundinnen gehabt hätte. Sie hätte es schon damals geahnt, dass er womöglich die Landmädchen schwängere und so weiter. Es war entsetzlich. Vater hatte Mühe, sich zu beherrschen. Nichts davon sei wahr, beteuerte er und sagte, so hätte er sich seinen Neubeginn in der alten Heimat nicht vorgestellt.«

»Er sagt die Wahrheit«, bekräftigte Hedwig mit starrem Gesicht.

»Und wie ging es weiter?«

»Es wurde immer ungemütlicher. Tante Isa wehrt sich auch jetzt noch entschieden gegen eine Verbindung von dir und Clemens. Sie schrie, sie wolle endlich wieder auf ihrem Gut leben, selig vereint mit Clemens und allzeit umsorgt von Helen.

Als Mutter ihr widersprach, das sei doch Unsinn, hat Tante Isa ihr vorgeworfen, sie sei ihrem Mann hörig und ließe, kaum dass er zurückgekehrt sei, sofort die eigene Schwester im Stich.«
»Sie ist krankhaft eifersüchtig«, unterbrach ihn Lilly verärgert, »auf mich und jetzt sogar auf deine Mutter.«
»Ja, weil es für Tante Isa bedeutet, dass sie sie nicht mehr für sich allein hat.«
»Was für eine besitzergreifende, herrschsüchtige und egoistische Person!«
»Genauso ist es. Tante Isa wäre es viel lieber gewesen, Vater wäre in Amerika geblieben. Das schrie sie ihm auch mehrmals ins Gesicht. Er ist erschüttert von der Wucht ihrer Wut.«
»Und was macht sie jetzt?«
»Sie will unbedingt von uns wissen, wo sich Clemens aufhält. Niemand weiß es, aber sie glaubt uns nicht. Es ist sehr schwierig, ich habe Angst, sie könnte irgendetwas Verrücktes tun, um ihn zu finden.«
»Also ist sie nicht mehr bei euch?«
»Doch, aber das ist ja das Problem. Nachdem sie eine von Mutters italienischen Blumenamphoren mit ihren geliebten weißen Rosen von der Balkonbrüstung gestoßen hatte, hätte Mutter sie am liebsten vor die Tür gesetzt. Aber das geht im Moment noch nicht. Sie ist völlig durchgedreht und besteht darauf, dass wir ihr helfen, Clemens zu finden. Vater hat mich deshalb zu euch geschickt, damit ich mich von diesem Wahnsinn ein wenig erholen kann. Er muss, solange Tante Isa bei uns ist, versuchen, sich zwischen die Frauen zu stellen, um Schlimmeres zu verhindern. Denn Mutter ist zwar stolz und wankelmütig, aber sensibel. Sie ärgerte sich früher oft über die Rechthaberei ihrer Schwester, ließ sich aber auch von ihr beeinflussen. Sie mag Clemens, er tut ihr leid. Jetzt, da sie den wahren Charakter ihrer Schwester erkannt hat, könnte sie ihr Dinge sagen, die das Fass zum Überlaufen bringen.«

Hedwig beugte sich vor. »Wie hat sie denn die Nachricht aufgenommen, dass Lilly deine Halbschwester ist? Sag es ganz offen.«

»Sie will es im Moment nicht glauben, sie möchte sich ihre Freude über Vaters Heimkehr nicht verderben lassen. Sie hat ihn immer vermisst, auch wenn sie es nicht zugeben wollte. Jetzt ist sie sehr glücklich, auch weil sie weiß, dass er ihr ihre Affäre mit Professor Jacobi vergeben hat. Außerdem ist sie froh, dass ich nicht mehr allein die Veranwortung für das Gut tragen muss. Es ist doch leichter, zu zweit ein altes Rittergut an die moderne Zeit anzupassen.« Er wandte sich Lilly zu. »Es tut mir leid, Lilly, aber ich glaube, sie wird wohl noch eine Weile brauchen, um dich als meine Schwester akzeptieren zu können.«

Lilly nickte. »Es reichte mir schon, wenn ich ihr eines Tages frei und ohne Angst die Hand reichen könnte.«

»Sorge dich nicht. Mutter wird dich nicht hassen. Im Gegenteil. Ich glaube, sie wird rasch dazulernen, sobald Ruhe bei uns eingekehrt ist. Solange meine Tante hier war, wehrte sie sich gegen vieles. Doch jetzt ist alles anders. Vater wird mich unterstützen, sie wird einsichtsvoller und weicher werden. Er schont sie wahrlich nicht in seinem Ehrgeiz, sie neu zu erziehen.« Er lachte. »Bevor Tante Isa eintraf, sagte er ihr sogar, dass er dich, Hedwig, noch immer liebe.«

»Die arme Frau! Warum denn das?«

»Er hasst Geheimnisse. Er will, dass alles ganz klar ist. Für jeden.«

»Und? Was hat sie gesagt?« Hedwig richtete sich auf.

»Willst du wirklich die Wahrheit hören?«

»Jaja.«

»Na gut, Mutter hat ... sie hat gelacht. Sie glaubt ihm nicht. Sie ist die ganze Nacht mit ihm aufgeblieben. Sie haben geredet, Champagner getrunken. Die Fenster standen offen. Ich ... ich habe nicht schlafen können, habe sie sogar im Garten lachen hören.«

»Sie ist sinnlich, sie ist eitel«, seufzte Hedwig und sank zurück in ihr Kissen. »Ja, ich verstehe. Er ... er musste es tun.« Sie seufzte schwer. »Danke, Achim. Sie kann es nicht begreifen, wie soll sie es auch können. Liebe hat viele Gesichter, viele.« Sie strich über ihre Brust. »Es ist gut«, murmelte sie, »es ist gut so.« Dann lächelte sie. »Komm, Achim, setz dich zu mir.«
Er stand auf, hockte sich auf die Bettkante. Sie klopfte ihm mit den Fingerspitzen auf den Handrücken. »Sie muss dich trotzdem gut erzogen haben.«
»Ja?«
»Ich wünsche dir, dass du eines Tages eine Frau findest, die dich mit gleicher Leidenschaft liebt.«
Lilly vermied es, ihn anzusehen. Es fiel ihr schwer, die Nähe zwischen ihm und ihrer Mutter auszuhalten. Liebe, Leidenschaft, wie diese Worte wohl auf ihn wirkten?
Verlegen schmiegte sie ihr Gesicht an Vaskos duftiges Fell. Sie dachte an Clemens. Der Vormittag war rasch fortgeschritten, und Margit hatte sie nicht benachrichtigt, was sie gewiss getan hätte, schließlich war auf sie Verlass. Clemens war also nicht ins Stahlbad zurückgekehrt. Aber wo mochte er nur sein?
Sie wurde unruhig, zwirbelte gedankenverloren Vaskos weiche Fellsträhnchen am Nacken. Er blickte zu ihr hoch, leckte ihr über das Kinn und bellte kurz auf. Ein Blick in seine leuchtenden Augen bedeutete ihr, dass er Lust auf Abwechslung hatte ... Sie setzte ihn auf die Erde.
Schmunzelnd schauten sie ihm nach, wie er sofort Richtung Haus flitzte und kurz darauf mit seiner Leine im Maul zurückkehrte.
»Geh nur, Lilly«, wisperte Hedwig. »Du willst für dich allein sein, nicht?«
»Eigentlich sollte ich bis morgen in der ›Strandperle‹ Bescheid geben«, wich sie aus.
»Jaja, überleg es dir am Meer, so wie du es schon immer getan hast, Kind.«

Joachim erhob sich. »Du wirst Clemens suchen, stimmt's?«
»Ja, ich habe so ein seltsames Gefühl. Er ist nicht hier, nicht bei euch. Er hat noch nicht einmal dir geschrieben.«
»Er wird allein sein wollen. Aber fahr ruhig, ich werde bei Hedwig bleiben.«
»Danke, Bruderherz.« Sie küsste ihn auf die Wange.
»Lilly?«
»Ja?«
»Sei vorsichtig – und ... geh Isa aus dem Weg. Bitte.«
»Sie wird doch wohl nicht mit euren Schürhaken am Damm promenieren?« Lilly kicherte.
»Man weiß nie. Pass auf dich auf.«

Lilly war ratlos. In keinem Heiligendammer Hotel, in keiner Sommervilla, in keinem Gästehaus war Clemens von Rastrow als Gast eingetragen. Sie sah ein, dass ihre Suche vergeblich gewesen war. Vielleicht war er nach dem Streit mit seiner Mutter nach Berlin zurückgekehrt, um dort in der Charité sein Leiden auskurieren zu lassen. Oder er hatte sich eine Wohnung genommen, seinen Arbeitsvertrag für das Kinderhospital unterschrieben und wartete auf den Beginn seines neuen Lebensabschnittes ... ohne auf Vergangenes zurückzuschauen.
Bedrückt ging Lilly mit Vasko am Heiligen Damm entlang. Die Sonne stand hoch, Segler kreuzten gegen den heißen Südwestwind. Als Lilly das »Alexandrinen-Cottage« und Damenbad erreicht hatte, blieb sie stehen und schaute eine Weile den Mädchen und Frauen zu, die lachend und kreischend vom Badesteg aus ins Wasser sprangen. Nach und nach wurde ihre Laune besser, und sie musste sogar über die lustigen Zurufe der Badefrau lachen, die von einem Boot aus den Schwimmerinnen Anweisungen gab. Was wohl der alte Professor Vogel gesagt hätte, wenn er ihnen heute zusähe. Bestimmt hätte es ihm Vergnügen bereitet, sie mit gespielt ernster Miene zu ermahnen, sich ja flott ihrer hübschen modischen Badekostüme zu entledigen ... wo ihm doch schon

1793 die großherzogliche Männerschar gehorcht habe und nackt in die Fluten gestiegen sei. Nasse Kleidung, würde er ihnen zurufen, sei höchst ungesund. Das Meerwasser müsse ungehindert den Körper umspülen, nur so könne es seine wahre Heilkraft wirken lassen ... Dann hätte er sich eines seiner geliebten Zuckerstückchen in den Mund geschoben und genüsslich die Lippen gespitzt.

Du liebe Güte, hatte sie Margits Lehrstunde ernst genommen! Eine Ewigkeit schien das her zu sein.

Ihr Blick glitt über das Meer, auf dem sich, von Kühlungsborn kommend, ein Ausflugsdampfer näherte. An Bord sang ein Männerchor, begleitet von einem Akkordeonspieler, der an der Reling auf und ab ging. Lilly wurde immer unruhiger und kehrte schließlich zur Seebrücke zurück. Der Dampfer drehte bei, trötete und legte an. Niemand stieg aus, nur einige Fahrgäste, die sich verspätet hatten, eilten hastig über den Kurplatz herbei. Dann liefen die Turbinen wieder an, der Dampfer legte Richtung Warnemünde ab. Und Lilly hörte, wie der Männerchor die letzte Strophe des alten schönen Volksliedes *Ännchen von Tharau* anstimmte:

> *Würdest du gleich einmal von mir getrennt,*
> *Lebtest da, wo man die Sonne kaum kennt;*
> *Ich will dir folgen durch Wälder, durch Meer,*
> *Durch Eisen und Kerker, durch feindliches Heer.*
> *Ännchen von Tharau, mein Reichtum, mein Gut,*
> *Du, meine Seele, mein Fleisch und mein Blut!*

Sie summte die Melodie mit, hielt ihr Gesicht in den warmen Wind, blinzelte über die Ostsee. Und plötzlich hatte sie das Gefühl, als zöge das Meer sie zu sich hinaus. Sie lief zur Seebrücke, hielt suchend Ausschau – und hatte Glück: Ein Fischerjunge hatte soeben seine Jolle an Strand gezogen und war bereit, sie ihr auszuleihen.

Sie segelte allein auf dem Meer.
Unendliche Weite, stilles Glück.
In dunstiger Ferne die Bucht mit ihrem grünen Diadem aus Buchen, ihrem Perlenschmuck aus weißen Villen.
Langsam legte sich der Wind.
Lilly zog das Segel ein und schloss die Augen.
Vasko schlummerte im Schatten der Bootsbank.
Sie schaukelten im sanften Wellenschlag. Lilly schlief ein.

Es war ein entsetzlich lauter Stoß, ein Krachen von Holz auf Holz. Lilly fuhr hoch. Ihr Boot schaukelte so heftig, dass sie und Vasko im Nu über Bord stürzten. Lilly schnappte nach Luft, schrie, schlug mit den Armen – und traute ihren Augen nicht: Sie war von einer längst aus der Mode gekommenen, alten Badeschaluppe gerammt worden! Ein Schiffer erschien an der Reling und warf ihr gekonnt einen Rettungsring zu. Sie packte ihn, schnappte mit der anderen Hand den panisch paddelnden Vasko und schwamm auf die Schaluppe zu.

»Nimm den Hund und gib mir ein Seil!«, rief sie dem Schiffer zu, dann schwamm sie zu ihrem Segelboot zurück, täute es fest und kehrte zur Schaluppe zurück. Der Schiffer nahm ihr erst das Seilende ab, dann zog er sie an Bord. »Was macht ein Landmädchen wie du hier auf dem Meer?«, fragte er kopfschüttelnd.

»Segeln natürlich!«, gab Lilly verärgert zurück und beugte sich zu Vasko hinab, der zitternd auf den Planken lag.

»Wenn man's denn kann«, stichelte der Schiffer und befestigte das Seilende am Heck seiner Schaluppe, so dass er die Jolle würde abschleppen können.

»Gib mir ein Tuch, bitte«, forderte sie ihn auf, während sie Wasser aus ihrem Kleid wrang. Dann trocknete sie Vasko ab, beruhigend auf ihn einredend. Plötzlich fiel ein Schatten über sie.

»Sie wird mir beweisen, Hinrich, wie gut sie segeln kann. Hier,

nimm das Geld und steig in ihr Boot. Sie wird mich und deine Schaluppe sicher an Land bringen.«
Eine feste männliche Stimme.
Seine Stimme.
Sie schaute zu ihm auf.
Clemens.
»Das kann ich nicht«, erwiderte sie erschrocken. Er schmunzelte. »Das sollst du auch nicht.« Er reichte ihr die Hand, zog sie zu sich hoch. Es war ein wunderbares Gefühl, seine Wärme zu spüren, ihn hier, frei von aller Mühsal an Land, wiederzusehen. Ohne sie loszulassen, fügte er hinzu: »Hinrich, fahr ruhig zurück. Ich werde später die weiße Fahne setzen. Wenn du sie siehst, dann komm und hol uns.«
»Verstanden.«

Sie waren allein. Der Wind war eingeschlafen, die Ostsee glatt wie lackiert, der Schiffer längst Richtung Küste unterwegs. Er musste rudern, und Lilly hoffte, sie würden einen leichteren Rückweg haben. Jetzt war es still. Die Hitze flirrte über dem Meer. Die Schaluppe schaukelte hin und wieder leicht wie ein Blatt auf dem Wasser. Lilly ruhte nackt, in Badetücher gehüllt, auf dem von Segeltuch überspannten hinteren Teil des Bootes, während ihre Kleider an einer landwärts aufgespannten Leine trockneten.
Noch hatte sie Clemens nicht erzählt, dass Armin von Stratten ihr Vater war. Sie wollte sich sicher sein, dass er sie auch als einfache Köchin liebte.
Er hockte ihr gegenüber, mit dem Rücken an die Außenwand des Bootsaufbaus gelehnt, der einen wohnlich ausstaffierten Raum mit Badeluke und durchlöchertem Badekasten beherbergte, in dem vor fast hundert Jahren Heiligendamms erste Gäste ins Wasser hinabgelassen wurden. Clemens sah noch immer mitgenommen aus, doch er war gebräunt und schien auch wieder zugenommen zu haben. Er trug einen Panamahut und eine helle

Leinenhose. Sein weißes Hemd steckte lose unter dem Bund, die Manschettenknöpfe baumelten am teuren Stoff. Er hatte sein linkes Bein ausgestreckt und betrachtete Lilly ruhig, mit dieser scheinbar kühlen, sie immer wieder erregenden, rätselhaften Faszination.

»Ich würde dir gerne mein Gut zeigen, Lilly«, unterbrach er die Stille.

»Dann müssten wir bis Rostock rudern. Die Schaluppe hat Ruder und Segel, aber ... ich bin kein Seemann.«

Er lächelte. »Ich auch nicht.«

»Aber dich hat es wieder hierher ans Meer gezogen.«

»Ja, die Entgiftungstherapie im Rostocker Krankenhaus war, wie du dir vorstellen kannst, scheußlich. Eine hohe Dosis Atropin gespritzt zu bekommen ist kein Vergnügen. Aber es musste sein. Jetzt behandle ich mich selbst, mit geringeren Dosen – und dem Meer. Es geht mir schon viel besser. Antidota sind das eine, das andere ist es, das Blut zu reinigen und die Muskeln zu stärken.«

»Und dazu hast du dir diese alte Badeschaluppe gemietet? Wie in alten Zeiten?«

»Ja, sie ist bequem und bietet mir alles, was ich brauche. Niemand sieht mich, ich bin frei und kann ins Wasser steigen, so oft und so lange ich will. In den ersten beiden Tagen musste mich der Schiffer alle zwei Stunden in dem Badekäfig hinablassen. In der Zeit dazwischen stieg ich in die Wanne mit Moorschlamm dort vorn am Bug. Ich nahm ihn mit, weil ich ungestört meine Kur durchführen wollte. Nach dem Schock vor ein paar Tagen wäre mir nichts so unlieb gewesen, als irgendjemandem zu begegnen, der, wer immer es gewesen wäre, doch nur an meiner seelischen Wunde gerührt hätte.«

»Wie geht es dir heute?«

»Das Kribbeln in den Muskeln lässt nach, auch sind Übelkeit und Schwindel verschwunden.«

»Deine Rosskur wirkt also schon?«

»Ja, es gehört nur etwas Disziplin dazu. Meer und Moor sind heilsam, gute Kost ebenfalls.«

»Wo lässt du denn für dich kochen?«

Er lächelte belustigt. »Du möchtest mir mein Versteck entlocken, Lilly?«

Sie lächelte zurück. »Wir sind allein. Niemand außer den Seemöwen könnte dein Geheimnis weitertragen. Aber irgendwo in der Nähe muss es schon sein, oder? Ich habe ...« Sie errötete.

»Ah, du hast mich gesucht. Das freut mich.«

»Wirklich? Ich dachte, du wolltest mich nie wiedersehen.«

»Ich möchte dich immer so sehen wie jetzt.«

»In Badelaken?«

»Mit nichts darunter als unserer halbierten *Chlamys sentis* ...«

»Clemens! Wie kann ein Mann nach solch dramatischen Ereignissen nur an so etwas denken?«

Er lachte auf. »Weil nur die Gegenwart zählt, Lilly, und du bei mir bist. Ich gebe zu, ich war anfangs vollkommen fassungslos. Wäre ich nicht Arzt, hätte ich es wohl schwerer gehabt, alles zu begreifen. So aber kann ich nur Mitleid mit meiner Mutter empfinden. Sie ist krank, nicht ich. Bitte, tu mir den Gefallen, lass uns jetzt nicht von alldem sprechen. Ich möchte, dass du weißt, wie glücklich ich bin, dass wir uns wiedergefunden haben. Erinnerst du dich? Dort drüben liegt Börderende, dort entdeckte ich dich beim Baden.«

»Von deinem Ballon aus, ja, natürlich.«

»Du lagst in einem Kreis aus Muscheln und sahst so verführerisch aus, dass ich mir damals wünschte, du würdest zu mir in die Höhe gezogen werden.«

Lilly lachte. Vasko sprang von ihrer Liege, trippelte auf Clemens zu. Dieser strich ihm über den Kopf, setzte sich auf und rutschte auf den Knien über die alten Planken zu ihr. »Du hast mich nach meinem Versteck gefragt.«

»Ja, magst du es mir jetzt verraten?«

»Kennst du den alten Pfarrgarten in Rethwisch? Der Pfarrer dort ist ein sehr netter Kerl. Ende August erwartet er wunderbare Gravensteiner Äpfel ...«

»Du warst bei ihm?« Sie fasste es nicht.

»Ja, ich wollte hier, bei dir, in Heiligendamm und Doberan sein – und doch wieder nicht. Ich hatte Angst, jemand könnte mich sehen. Ich hatte auch Angst, dir zu begegnen, weil ich mich schämte, dich so hart von mir gestoßen zu haben. Ich war furchtbar verzweifelt, bis ich eines Nachts auf die Idee kam, dorthin zu gehen, wo wir das erste Mal nach den Jahren der Trennung wieder allein waren: am Conventer See. Ich ließ mich also von meinem Kutscher hierherfahren, jagte ihn herum, suchte nach einem Platz, wo ich meine Gedanken würde ordnen können, und kam schließlich zu diesem Pfarrhof. Ich klopfte an die Tür, und der Pfarrer ...«

»... bot dir Unterschlupf«, vollendete Lilly seinen Satz.

»Ja, mehr als das.«

Ihre Blicke versanken voller Liebe ineinander.

»Möchtest du meine Frau werden, Lilly Alena Babant?«

Sie nahm sein Gesicht zwischen ihre Hände und küsste ihn auf den Mund. »Ja! Ja, Clemens von Rastrow.«

Leichter Wind kam auf, doch die Hitze hielt an. Eine weiß-braune Seemöwe landete unweit der Badeschaluppe und blieb stoisch in ihrer Nähe. Sie nahmen sie kaum wahr. Sie berührten, küssten sich, malten einander, flüsternd und hauchend, andere, leidenschaftlichere Bilder ihrer Liebe. Umflutet von Licht und umhüllt von Blau – dem ätherischen des Himmels, dem versilberten, tiefgründigen des Meeres – spürten beide: Noch war die richtige Stunde nicht gekommen. Und so erküssten und ertasteten sie den Gleichklang ihrer Sehnsüchte.

»Riechst du ihren Saft, Clemens? Er schimmert dir entgegen, wenn ich sie ... aufschneide, die Äpfel.« Sie küsste seinen Bauchnabel. Er löste ihr Haar, seufzte auf.

»Gib mir deine Muschelhälfte, ja?«
Er schloss die Augen, nickte.
»Jetzt schabe ich mit ihr das Apfelfleisch heraus, Häppchen für Häppchen. Sie duften herrlich, sind süß ...« Ihre Zungenspitze glitt über sein seidiges Glied. Er atmete heftig. Ihre Hand strich über seinen glatten festen Bauch.
»Ich setze die Häppchen vorsichtig in eine Pfanne mit frischem flüssigem Karamell, streue Zimt und Anis darüber, vielleicht auch noch eine Prise Ingwer, gieße einen Schuss Portwein hinzu. Es zischelt, brodelt ein bisschen. Wunderbare Düfte steigen zu dir auf. Sie ... sie sind heiß und ... feucht.« Ihre Fingerspitzen trommelten um seine Scham. »Ich mahle ein wenig Kreuzkümmel über der Pfanne, drehe die Mühle zweimal ...« Ihre Lippen umschlossen die Spitze seines Gliedes, das ihre Zunge aufreizend umkreiste.
»Nein, dreimal, viermal ...«
Er atmete heftiger.
Sie setzte sich auf, ihre Hand zwischen seinen Schenkeln.
»Vorsichtig, ganz vorsichtig wende ich die Stückchen.«
Er öffnete seine Augen, die dunkel vor Lust geworden waren.
»Und jetzt?«
»Jetzt nimmst du meine Muschelhälfte.« Sie glitt über seine Schenkel, seinen Bauch und liebkoste seine Schultern.
Er schluckte erregt. »Und jetzt?«
»Jetzt wartest du.«
Er schürzte leicht die Lippen und umfasste ihre Hüften. »Worauf? Worauf, Lilly?«
»Auf mein Feuer.« Sie küsste ihn leidenschaftlich. Kurz.
»O Gott, Lilly.«
Sich auf ihn setzend, fuhr sie lächelnd fort: »Ich werde Calvados in einer Schöpfkelle anzünden, über die Apfelhäppchen gießen, und du wirst ...«
»... mit meiner Muschelhälfte Stückchen für Stückchen herausfischen, dich mit ihnen verführen. Ja, ich werde dich« – er zog

sie zu sich herab, küsste ihre Brüste – »verwöhnen, ja, das werde ich.«

Als dünne Wolkenschleier den flirrenden Glanz der noch immer trägen Ostsee zu verhüllen begannen, setzte Clemens die weiße Fahne. Wenig später ruderten Schiffer in einer Jolle herbei, um sie zurück nach Heiligendamm zu bringen. Clemens kehrte nach Rethwisch, Lilly zur »Strandperle« zurück. Es würde besser sein, vorerst ihre Arbeit wiederaufzunehmen, solange die familiären Unsicherheiten nicht geklärt waren. Sie musste Clemens allerdings schwören, ihr Heiratsversprechen für sich zu behalten. Es sollte vorerst noch ein Geheimnis bleiben, denn er brauchte Ruhe und Zeit für sich, um zu gesunden. Sie solle ihn nur, so oft es ihr möglich sei, auf der Badeschaluppe besuchen …
Am nächsten Tag nahm Lilly ihre Arbeit wieder in der »Strandperle« auf. Ihre Kollegen waren erleichtert, und Benedict Kammgarten, der neue Küchenchef aus Warnemünde, ein quirliger beleibter Mann um die vierzig, freute sich, mit einer jungen Süßspeisenköchin arbeiten zu können, der ein so außergewöhnlicher Ruf vorauseilte. Noch am gleichen Tag setzte Lilly sich mit ihm zusammen, um ihm eine Idee vorzustellen: Sie wolle zum Abschluss der bevorstehenden Renntage ein Fest ausrichten und so schnell wie möglich die Einladungen dazu verschicken. Allerdings müsse noch diskret überprüft werden, ob auch alle Gäste, an die sie dachte, bereits in Heiligendamm eingetroffen seien: Marquis de Montremare, Xaver von Maichenbach, Irina Rachmanowa, Professor Momm … einige Landadelige, Freunde, Familie …
»Sie wollen das Fest auf Ihre Kosten ausrichten, Lilly?«
»Ja, es soll ein Fest der Versöhnung werden. Wären Sie damit einverstanden?«
»Ich wäre wohl ein Lump, würde ich nein sagen, oder?«
»Sogar ein patriotischer!«

Lilly stürzte sich in die Vorbereitungen und freute sich auf das Wiedersehen mit Xaver von Maichenbach und all den anderen Gästen, die sie im vergangenen Sommer kennengelernt hatte. So lange würde sie Clemens Zeit lassen – und alles tun, damit das, was ihr vorschwebte, so perfekt wie möglich würde.

Es wurde ein großartiges, ein brillantes Fest, gekrönt von einem Feuerwerk, das man vom Dach des »Logierhauses«, das auch als Aussichtspunkt diente, abbrannte. Lilly hatte darauf bestanden, dass Helfer ihre Mutter auf einem tragbaren Liegegestell mit dem »Molli« nach Heiligendamm transportierten. Sie wollte ihr die letzten Sommertage ihres Lebens so schön wie möglich gestalten.
Um Mitternacht spazierte sie Arm in Arm mit Clemens über den Damm, als ihnen Xaver von Maichenbach und Marquis de Montremare begegneten.
»Mademoiselle Babant, ich möchte mich bei Ihnen bedanken. Ich freue mich, Ihre Kreationen haben uns alle miteinander versöhnt, nicht wahr? So ist der Geist der Französischen Revolution, der Gedanke an Freiheit, Gleichheit, Brüderlichkeit, auch mancherorts in Deutschland zu spüren.« Er lächelte. »Er ist mir natürlich vertraut, vielleicht aber nicht jedem bekannt. Wollen Sie wissen, was das Geheimnis Ihres – unseres – Buches ist? Haben Sie es dabei?«
»Nein, leider nicht.«
»Das macht nichts, schauen Sie sich sein Nachwort noch einmal in Ruhe an.« Er wandte sich zu von Maichenbach um. »Eine Übersetzung erübrigt sich wohl, nicht, Xaver?«
»Das, was du meinst, sollte wohl jeder verstehen. Herr von Rastrow, es wäre uns ein Vergnügen, Ihrer zukünftigen Gattin ein Geheimnis zu offenbaren. Dürfen wir auf Ihre Erlaubnis hoffen?« Er klang amüsiert, etwas spöttisch, als wollte er auf Clemens' frühere Eifersucht anspielen.
»Bitte, meine Herren, nur zu. Ich lausche!«

Der Marquis wartete einen Moment, dann sagte er:

> »*C'est l'amour qui chante,*
> *c'est l'amour qui rêve,*
> *c'est la passion qui goûte.*«

Es ist die Liebe, die singt, es ist die Liebe, die träumt, es ist die Leidenschaft, die genießt.

Niemand ahnte, dass Isa von Rastrow unweit jener Bucht, in der Lilly am 15. Juli 1885 ihrem Leben ein Ende hatte setzen wollen, an der Kante des Steilufers saß und unbeweglich auf das Meer starrte.

Nachwort

Am 25. August 1793 schickte der Rostocker Hofrat und Professor Samuel Gottlieb Vogel seinem Landesherrn Herzog Friedrich Franz I. von Mecklenburg-Schwerin einen Brief, in dem er ihm den Vorschlag unterbreitete, an der mecklenburgischen Ostseeküste ein Seebad nach englischem Vorbild zu gründen. Schließlich sei seit langem bekannt, dass das Baden in Seewasser »sehr viele Schwachheiten und Kränklichkeiten des Körpers« beheben kann. Den bislang unbebauten »Heiligen Damm« hielte er für besonders geeignet, da sich in Doberan bereits »seit einigen Jahren im Sommer eine ansehnliche Gesellschaft von Fremden aus Rostock, Schwerin, Güstrow, sogar aus Hamburg, (…) versammelt und aufgehalten (habe), um Brunnen zu trinken, in der nahen See zu baden oder sonst (die) Gesundheit zu pflegen«.

Das Gebiet um den Heiligen Damm gehörte zu der Zeit zum Domanium, das heißt zum herzoglichen Besitz. Doberan mit seinen 900 Einwohnern und 85 Häusern war nicht nur zeitweise Sommerresidenz der Herzöge von Mecklenburg-Schwerin, sondern durch die Grablege der mecklenburgischen Herzöge im Münster bereits recht bekannt.

Wie schön schon damals Reisende das Gebiet um den Heiligen Damm an der Ostseeküste empfanden, schilderte der Engländer Thomas Nugent in seinen Erinnerungen an seine Reise aus dem Jahr 1766:

Hier ist der Prospekt (= die Aussicht) bewunderungswürdig schön. Linker Hand zeigte sich uns ein ebenes, mit fetten Wiesen geschmücktes Land und rechter Hand ein majestätischer Wald. Vor uns hatten wir das grenzenlose Weltmeer; der Heilige Damm bezauberte uns gänzlich; er hat das Ansehen eines großen, durch Kunst errichteten Deiches, um die See abzuhalten, die sonst das ganze Land überschwemmen würde.

Kurzum: Herzog Friedrich Franz I. nahm Professor Vogels Vorschlag an und gründete noch im selben Jahr – 1793 – Deutschlands erstes Seebad Doberan-Heiligendamm.
Er griff in die eigene Kasse und stiftete 4250 Taler, zwei Jahre später 12 718 Taler, und versprach, den gesamten Aufbau allein aus eigener Tasche zu finanzieren. Ob die damaligen Kurgäste ahnten, dass ein Großteil der Gelder aus der Arbeit Tausender leibeigener Bauern stammte? Sicher war ihnen diese Tatsache vertraut. Doch ob noch Jahre später Urlauber sich vorstellen konnten, dass Friedrich Franz I. eintausend junge Mecklenburger als Söldner an Wilhelm V. von Oranien (1748–1806) verkaufte und von diesem jährlich 37 000 Silberdukaten holländischer Währung sowie zusätzliche Zahlungen für Tote, Verwundete und Vermisste erhielt?
Wie dem auch sei: Innerhalb kurzer Zeit entwickelte sich Doberan zum Treffpunkt der nationalen und internationalen Oberschicht – die sich morgens zum Baden zum Heiligen Damm kutschieren ließ und gegen Mittag nach Doberan zum Speisen, Spielen, Tanzen, Flanieren, Feiern zurückkehrte …
Könige, Prinzen und Admiräle, Fürsten und Staatskanzler, Erzbischöfe, Künstler und Wissenschaftler – sie alle kurten an diesem schönen Fleckchen Erde.
Ein gutes Händchen bewies Friedrich Franz I. in der Auswahl seiner Architekten: Johann Christoph Heinrich von Seydewitz (1748–1824), Carl Theodor Severin (1763–1839) und Georg Adolph Demmler (1804–1886). Sie schufen diese schöne klassizistische Eleganz der Gebäude, die wir in ihrem schwanenweißen Anstrich noch heute bewundern.

Prof. Vogel indes beschrieb einst voller Begeisterung das sommerliche Leben in Doberan-Heiligendamm:

Jeden Morgen versammelt sich hier die ganze Badegesellschaft (...) und das beständige Gewühl so vieler Menschen auf einem Platze, wovon der eine ins Bad geht, der Andere daher kommt, der Dritte sein Frühstück verzehrt, indeß Andere ihre Promenade im Holze an der See herum machen, oder ruhig sich unterhalten, (...) das alles macht gewiß einen sehr erheiternden, belebenden Eindruck. Eine sehr oft auch vorhandene gute Musik trägt das ihrige bei, einen solchen Morgen recht froh und glücklich zu machen, wenn man die geringste Empfänglichkeit für solche Freuden hat. Ist auch nur ein Funken Freude in der Seele und kein überwiegendes Krankheitsgefühl der unerbittliche Freudenstörer, so erhöht bei dem allen die ausnehmend erquickende Seeluft, bei schönem heiteren Wetter, das wir die ganze Badezeit hindurch hatten, wie reiner Lebensäther, die Empfindungen zu desto lebhafterem Genusse alles ihnen sich darbietenden Vergnügens.
Nicht satt genug kann man sich an dieser balsamischen lebenskraftvollen Luft trinken.

Über das Baden an sich schrieb er:

Man steige weder zu ängstlich, noch zu langsam, noch zu dreist und zu plötzlich ins Bad, und tauche dann den ganzen Körper bis an den Hals in perpendiculairer oder gerader Richtung ein und mehrere Male unter (...).

Und danach?

Gleich nach dem Bade muss man den Körper in gehöriger Ordnung und mit nachdrücklichem Frottieren wohl und vollständig abtrocknen.
Ebenfalls in einer gewissen Ordnung und Folge kleidet man sich nun schnell an, und begibt sich dann auf die Promenade, die man so lange fortsetzt, bis man allgemein warm geworden ist.
Nach der Promenade ist es heilsam, ein Frühstück zu nehmen (...).

Schon in der Antike sprach man von der Thalasso-Therapie, deren wohltuende Heilkraft wir noch heute zu schätzen wissen.

Vieles davon habe ich in meinen Roman einfließen lassen, der, wie alle meine Romane, von aufwendiger Recherche und detailreicher Einzelzeichnung gestaltet ist. Ein Zufall dagegen ist es, dass Professor Vogel das liebte, was die fiktive Hauptfigur Lilly Alena Babant in ihrer Kochkunst ebenfalls verwendet: Zucker. Der berühmte Rostocker Badearzt aß mit Vorliebe Zuckerstückchen, die er stets in seiner Jackentasche mit sich führte.

So ist meine Heldin in Doberan-Heiligendamm also gut geortet, historisch wie fiktiv.

Dabei war es mir wichtig, zwei Ereignisse in der Geschichte des Seebades herauszunehmen, die für die fiktive Biographie von Lilly Alena Babant ausschlaggebend sind: Im August 1885 kaufte Baron Otto von Kahlden für 787 599,31 Mark das Seebad Heiligendamm, und im Mai 1886 wurde die – heute »Molli« genannte – Schmalspureisenbahn durch den Stettiner Eisenbahnunternehmer Friedrich Lenz gebaut.

Nicht nur die schöne Küste und das Meer inspirierten mich zu diesem Roman, sondern vor allem der Anblick der sogenannten »Perlenkette«. Heute sind die ehemaligen Sommervillen unbeseelt und unbehaust, Wind und Wetter ausgesetzt. In ihrer vernachlässigten Eleganz, ihrer auferzwungenen Einsamkeit erinnerten sie mich an verwelkte Schönheiten, die – unfreiwillig an einen Rollstuhl gefesselt – verbittert aufs Meer hinausstarren.

Nur eines können sie noch: uns zum Träumen, zum Erinnern einladen. Villa »Perle« allerdings wurde bereits am 11. Januar 2007 abgerissen ...

Zu guter Letzt möchte ich Christine Steffen-Reimann vom Knaur Verlag und meinem Agenten Dirk R. Meynecke für die Anregung zu Doberan-Heiligendamm als Schauplatz für diesen Roman danken.

Wer sich noch genauer über die Historie des Seebades informieren möchte, dem seien unter anderem folgende Bücher empfohlen:

Groschang, Judith, *Bäderarchitektur in Doberan-Heiligendamm,* Kiel 1999.

Hesse, Heinrich, *Die Geschichte von Doberan und Heiligendamm,* Bad Doberan 1925.

Karge, Wolf, *Heiligendamm. Erstes deutsches Seebad,* Schwerin 2003.

Lisch, Georg Christian Friedrich, *Blätter zur Geschichte der Kirchen zu Doberan und Althof,* Schwerin 1854.

Freiherr Julius Maltzan, *Erinnerungen und Gedanken eines alten Doberaner Badegastes,* Nachdr. v. 1893, Rostock 1997.

Nizze, Adolf, *Doberan – Heiligendamm. Geschichte des ersten deutschen Seebades,* Rostock 1936.

Pfeiffer, Hans-Ulrich/Voß, Wolfgang, *Die Schmalspurbahn Bad Doberan-Kühlungsborn,* Nordhorn 1998.

Skerl, Joachim, *Kloster Doberan.* Rostock 2007.

Sparre, Rose-Marie, *Die Entwicklung des ersten deutschen Seeheilbades Doberan-Heiligendamm von 1793 bis 1969. Eine medizinhistorische Studie,* Diss. Rostock, Doberan 1969.

Sowie das umfangreiche Portal »heiligendamm.city-gate.net« von Martin Dostal, das Bädermuseum im Möckel-Haus in Bad Doberan und vieles mehr ...

Folgende Quellen bieten Anregungen in Sachen Desserts:

»www.germany-press.de«: »*Wo Könige und Dichter tafelten ... Friedrich Franz I. in Bad Doberan. Eine kulinarische Entdeckungsreise durch die neuen Bundesländer.*« pdf 23.11.2008: »Doberaner Schwan«.

Müller, Veronika, *Kostbarkeiten aus dem Harem. Verführerische Rezepte aus Tausendundeiner Nacht,* München 2000: »Butterhalwa«.

de Roche, Max, *Cuisine d'Amour. Von den Geheimnissen aphrodisischer Kochkunst zur Vervollkommnung höchstirdischer Genüsse*, Münster 1991: »Bénédictine au Chocolat«, »Mannstreu-Gelee«, »Chaucers Liebes-Mahl« = Mandelmilchpudding mit Rosenblättern, Zimt und Ingwer.

Uecker, Wolf, *Küche der Liebe*, München 1987: »Nussmehlspeise«.

Des Rätsels Lösung soll hier für jene, die ein Buch vom Ende her »beschnuppern«, nicht verraten werden. Möge das, was Lilly Alena kreiert, den Leser/die Leserin zu eigenen Variationen inspirieren, so wie manches Rezept meine Phantasie beflügelte.

Katryn Berlinger

Das Schokoladenmädchen

Roman

Ende des 19. Jahrhunderts in Riga: Hierher kommt die junge Madelaine, ehrgeizig und gierig auf das Leben. Der Schweizer Zuckerbäcker Martieli, der überzeugt von ihrem Talent ist, setzt sie als Leiterin seiner florierenden Confiserie ein. Madelaine erweist sich schon bald als seines Vertrauens würdig und erobert mit ihren süßen Kreationen die Stadt im Sturm – und so manches Männerherz. Ihr Herz aber gehört einem ungarischen Adligen, doch der soll eine andere heiraten ...
Ein Roman, bei dessen Lektüre die Lust auf eine Praline (oder mehr) unwiderstehlich wird!

Knaur Taschenbuch Verlag

Katryn Berlinger

Der Kuss des Schokoladenmädchens

Roman

Kurz vor dem Ersten Weltkrieg: Madelaine Gürtler, die einst als »Schokoladenmädchen« mit ihren süßen Kreationen Furore und die Männer verrückt machte, ist mit ihrem Mann, dem Grafen Mazary, in seine Heimat Ungarn gezogen. Doch ihre Ehe steht unter keinem glücklichen Stern: Der lang erwartete männliche Erbe bleibt aus, und Madelaine erträgt den Druck kaum mehr, den die gräfliche Familie auf sie ausübt. Verzweifelt flüchtet sich Madelaine in die Arme eines anderen Mannes, doch dann droht sie die Liebe beider Männer zu verlieren ...

Knaur Taschenbuch Verlag